Rachel Hauck

Wie angelt man sich einen Prinzen?

Rachel Hauck

Wie angelt man sich einen Prinzen?
Roman

Aus dem Amerikanischen
von Anja Lerz

Brendow.
Verlag | Alles, was Sinn macht!

Bibliografische Information der Deutschen Nationalbibliothek
Die Deutsche Nationalbibliothek verzeichnet diese Publikation in der
Deutschen Nationalbibliografie; detaillierte bibliografische Daten
sind im Internet über http://dnb.d-nb.de abrufbar.

ISBN 978-3-86506-848-4
© 2016 der deutschsprachigen Ausgabe by Joh. Brendow & Sohn Verlag GmbH, Moers
Originaltitel: How to catch a prince
Erschienen im Mai 2014 bei Zondervan, Grand Rapids, Michigan 49530, USA
Copyright © 2014 by Rachel Hauck
Aus dem Amerikanischen übersetzt von Anja Lerz
Einbandgestaltung: Brendow Verlag, Moers
Titelfoto: fotolia: ri./Rido
Satz: Brendow Web & Print, Moers
Druck und Bindung: CPI – Clausen & Bosse, Leck
Printed in Germany

www.brendow-verlag.de

EINS

Jeden Tag erinnerte sie sich daran, dass sie ein Geheimnis hatte. Bis vor einem halben Jahr hatte sie im Nebel des Todes gelebt. Dann war sie hervorgekrochen und hatte sich nach dem ersten Zipfelchen Leben und Licht ausgestreckt, dem sie in fünf Jahren begegnet war. Es war in Gestalt eines Anrufs gekommen. Einer frischen Brise, einem Angebot.

Aber als der Nebel sich gelichtet hatte, waren die Erinnerungen zum Vorschein gekommen. Solche, die sie schon lange als verloren betrachtet hatte. Jetzt wanderten sie in den leeren Fluren ihres Herzens herum.

Und seit Kurzem reichte schon das leiseste »Kling« oder »Klang«, etwa beim Öffnen der Fahrstuhltüren vor ihrem Büro, um Corina daran zu erinnern, wie sehr sie es liebte, wenn das grandiose, klangvolle Läuten der Glocken der großen Kathedralen durch die frische Morgendämmerung in Cathedral City schallte.

Und es schmerzte sie. Tief in ihrer Seele. Es schmerzte sie eine Sehnsucht, die sie weder erreichen noch entfernen konnte.

Sie atmete lange aus, sackte in ihren Schreibtischstuhl und schloss das Nachrichtenvideo, das sie sich angeschaut hatte. Zwei Mitarbeiter der *Beaumont Post* betraten mit Fastfood-Tüten in den Händen das Großraumbüro und nickten ihr zu.

Corinas Blick folgte ihnen, als sie den großen, schachtelförmigen Raum durchquerten. Durch die schmutzigen, mit Regentropfen übersäten Fenster fiel das gedämpfte Licht der Nachmittagssonne.

Sie sollte selbst auch Essen gehen. Es war fast zwei. Aber sie wartete darauf, dass ihre Chefin, Gigi Beaumont, aus der Mittagspause zurückkehrte. Corina wollte der Gründerin der Mega-Onlinezeitung, der *Beaumont Post*, einen Vorschlag machen. Ein gewagtes Unterfangen, selbst für sie, aber sie war sich ihrer Sache sicher.

In der Zwischenzeit gab es Arbeit zu erledigen. Corina arbeitete sich durch ihre Inbox und ordnete die Berichte, die von Mitarbeitern der *Post* und von freien Korrespondenten aus aller Welt hereinkamen. Gigis Boulevardjournalismusmedienfinger hatten eine große Reichweite.

Corina öffnete eine Story, die letzte Woche fällig gewesen wäre, aber eben erst hereingekommen war, und fing an zu lesen. Aber schon nach dem ersten Satz konnte sie sich nicht mehr konzentrieren.

Was war es denn, das ihr zu schaffen machte? *Juni*. Natürlich. Es war der dritte Juni. Nachdem sie aus dem Nebel herausgekommen war, hatten Daten und Tage auf einmal wieder eine Bedeutung.

Okay. Schön. Dann war eben der dritte Juni. Also, anerkennen, dass der Tag einmal wichtig gewesen war, und weitermachen. Doch mit allem fertigzuwerden, das sie vor über fünf Jahren begraben hatte, war äußerst herausfordernd.

»Corina, hallo ...« Melissa O'Brien setzte sich auf die Kante von Corinas Schreibtisch und warf einen Blick auf den Computerbildschirm. »Was fesselt dich denn gerade so? Eine Geschichte von Chip Allen?« Sie verzog den Mund.

»Ja, ähm ... sie ist gut.« Corina räusperte sich, setzte sich aufrecht hin und schaltete wieder auf Business-Modus um – trotz ihrer wirbelnden Gedanken und ihres knurrenden Magens. »Er hat da einen super Artikel über Hollywood und Gewalt.«

»Hast du schon mit Gigi gesprochen?«

»Nein, noch nicht.« Corina sah den langen, breiten Mittelgang des Großraumbüros hinunter, der vor Gigis Büro endete. Durch die Glasscheibe neben der geschlossenen Tür sah sie ihre Chefin mit ihrem Handy am Ohr auf- und abgehen. »Ich dachte, sie wäre noch zu Tisch.«

»Nein, sie ist wieder hier. Mit dem Anhängsel, das sie als ihr Telefon bezeichnet. Das wird eines schönen Tages noch ihre kleinen grauen Zellen abtöten.«

Corina lachte leise. »Die trauen sich doch sowieso nicht, ihr wegzusterben.«

Gigi Beaumont, die sich ihren Weg aus der Armut der Blue Ridge Mountains herausgebahnt hatte und eine Pionierin in der weiten Welt des Onlinejournalismus geworden war, war eine Naturgewalt, mit der man zu rechnen hatte. Weder Tod, Krankheit, Chaos, Anwälte, feindliche Übernahmeversuche, schlampige Reporter, faule Redakteure noch ihre Ehemänner Eins bis Fünf hatten sie überwinden können.

»Willst du damit sagen, dass du dich nicht traust?« Melissa ließ ihre Handtasche von ihrer Schulter auf Corinas Schreibtisch gleiten. »Wir brauchen eine Chefredakteurin. Du machst den Job doch im Grunde schon, seit Carly vor vier Monaten gegangen ist. Und du bist immer noch die Neue. Komm, sei *mutig*!«

Mutig? Mut war nicht das Problem. Hier ging es um Timing. Alles hing vom Timing ab. »Gigi ist eine Mentorin und eine Freundin. Ich bin ihretwegen hier. Aber wenn sie mich für die Stelle haben will, warum hat sie mich dann nicht gefragt?«

»Das ist eben Gigi.« Melissa zuckte schnaubend mit den Schultern. »Es ist ja schon ein Wunder, dass sie dir überhaupt einen Job angeboten hat. Normalerweise müssen die Leute ja ankommen und betteln.«

»Auch wieder wahr.« Corina stand auf, Bauch rein, Brust raus, und schob ihren Stuhl unter den Schreibtisch.

»Sie ist auf den Beinen, meine Damen und Herren«, zischte Melissa einem imaginären Publikum zu. »Mir scheint, sie geht rein.«

Aber Corina bewegte sich nicht. Als Gigi, seit langem eine Freundin der Del Reys und obendrein Corinas erste Arbeitgeberin nach dem College, sie letztes Jahr nach Thanksgiving mit einem »Komm runter nach Florida und arbeite für mich!« angerufen hatte, hatte Corina angefangen, aus der Lähmung der Trauer aufzuwachen.

Sie war 29 und hatte die letzten fünf Jahre wie in Trauer zugebracht. Am Leben und doch nicht lebendig.

»Also?«

»Ich gehe jetzt.«

»Sieht nicht so aus, als ob du dich bewegst.«

Corina ging im Schritt eines Laufstegmodels auf Gigis Büro zu. »Du siehst doch, dass ich gehe, oder?« Ihre Absätze klangen dumpf auf dem Teppichboden.

»Ja, ja, ich sehe dich.« Die Melodie von Melissas Lachen machte Corina Mut.

Immerhin war sie eine Del Rey, die Tochter einer vermögenden Familie, eine Magnolie aus Stahl, eine ehemalige Miss Georgia, eine College-Absolventin (summa cum laude!), eine Texterin ... und eine Zwillingsschwester.

Sie legte sich die Hand aufs Herz, verlangsamte ihre Schritte und atmete tief durch, während sie sich an ihren Bruder erinnerte. Carlos' Tod in Afghanistan hatte sie mehr gekostet, als sie sich je hätte vorstellen können.

Als sie an Gigis Tür ankam, sammelte Corina ihre verwirrten Gedanken – *vergiss die Vergangenheit* – und formulierte noch einmal ihr Anliegen. *Gigi, ich erledige die Arbeit einer Chefredakteurin ... gib mir die Position auch formell ... Wertschätzung im Team ...*

Corina schaute durch das Fensterglas, klopfte und lächelte, als Gigi sie hereinwinkte. Der Medienmogul war immer noch am Telefon, tigerte auf und ab und sprach lautstark und lebhaft mit seinem Gegenüber.

»Fantastisch, Darling. Ich kann es nicht erwarten. Es wird dir gefallen. Für Familien ist es hier ganz großartig. Ja, wir sind direkt am Atlantik. Und am Indian River. An der berühmten U.S. 1.« Gigi wies Corina mit einer Geste an, sich auf das Sofa aus schokoladenfarbigem Veloursleder zu setzen. »Klar kann er hier Surfen lernen ... Ja, aber natürlich. Und obendrein haben wir hier an der Ostküste unsere eigene Ehrenhalle für Surfer ... Ganz genau. Hör mal, ich habe hier jemanden im Büro. Wir sehen uns dann nächste Woche! Bis dann!« Gigi beendete das Gespräch, wiegte das Handy in ihrem Schoß und zeigte ihr schneeweißes Lächeln, während sie ihren stets präsenten Kaugummi zerbiss. »Meine zauberhafte Corina Del Rey, was verschafft mir das Vergnügen?« Gigis glänzendes blondes Haar umfloss in sanften Locken ihr Gesicht.

»Ich wollte mit dir über –«

»Ich habe nachgedacht.« Gigi sprang auf, steckte das Telefon in ihre Rocktasche, drehte eine Runde im Raum und schnippte mit den Fingern. Die Flusslandschaft hinter ihr lag in der Sonne, und die Sonnenstrahlen fädelten Diamanten aus Licht in die friedliche Wasseroberfläche. »Wir brauchen einen spektakulären Artikel über einen Prominenten. Du weißt schon, etwas, das unsere Startseiten aufpeppt.« Die *Post* hatte als eine Reihe von Blogs ihren Anfang genommen, die Gigi zusammengestellt hatte. Insider in Washington, Hollywood-Experten, Klatschkolumnisten und der gelegentliche Ausguck in die Königshäuser lieferten die Inhalte. Sie hatte Leute vor Ort in New York, L.A., Dallas, Miami, Atlanta, Toronto, London, Madrid, Cathedral City ... bis ans Ende der Welt.

»Wir haben das Stück über die Gewalt in Hollywood, das Chip Allen geschrieben hat.«

»Stinklangweilig, Corina. Gewalt in Hollywoodfilmen interessiert niemanden, und wenn es sie interessiert, dann sind die Leute sowieso schon Allens Meinung. Ich habe ihm mitgeteilt, dass wir nicht sicher sagen können, ob wir den Artikel bringen.« Dafür, dass es ein »internationales« Medium war, war Gigi ein ziemlich praktischer Typ, der sich einbrachte. Sie betrachtete die ganze Welt als ihren Hinterhof und war der Ansicht, dass das Weitergeben von Nachrichten so einfach war wie ein Plausch mit dem Nachbarn über den Gartenzaun. »Wir brauchen etwas Wow-mäßiges.« Gigi wirbelte ihre Hände lebhaft durch die Luft.

»Warum brauchen wir etwas ‚Wow-mäßiges'?«

Gigi hörte auf, zwischen den Fenstern und der Sitzecke hin- und herzugehen und fixierte Corina mit ruhigem Blick. »Du weißt, warum ich dich eingestellt habe?«

»Weil ich eine gute Schreiberin bin. Professionell, organisiert. Ich arbeite hart.« Das war die offizielle Version. Aber in Wirklichkeit? Hatte sie keine Ahnung, warum Gigi sie eingestellt hatte. Die letzten fünf Jahre in Corinas Lebenslauf enthielten nämlich eine dicke fette Lücke. Was hatte sie schon getan? Sie war ein professionelles Klageweib geworden. Sie hatte Dad auf Reisen begleitet, wenn er sie darum gebeten hatte. Und lebte ansonsten zu Hause in den Schatten dessen, was einst eine Familie gewesen war.

Aber *ja*, sie war eine gute Redakteurin und eine tüchtige Arbeiterin. Und Gigi wusste das.

Dass sie eine Erbin – seine Erbin – war, bedeutete Corinas wohlhabendem, aber hart arbeitenden Vater nichts. Er stellte sicher, dass sie und Carlos sich nie alleine auf den Namen und das Vermögen der Familie verließen, um ihren Weg im Leben zu finden. Ihre Freunde auf der Highschool hatten verächtlich geschaut, als Corina im Haus mithelfen und einen Sommerjob annehmen musste, um sich Geld für ein Auto zusammenzusparen. »*Aber dein Vater ist doch ein Multimillionär!*«

Tja, sagt das mal Donald Del Rey.

»Gut in dem, was du tust?« Gigis skeptische Miene, während sie sich setzte, ließ Zweifel in Corina aufsteigen. »Nun, das bist du natürlich. Und übrigens, super, wie du in die Bresche gesprungen bist, nachdem Carly gegangen ist. Das Büro liebt dich. Wer hätte gedacht, dass du solch ein Händchen für Details hast?«

»Ich.«

»Na, aber natürlich.«

»Deswegen finde ich auch, dass du –«

»Corina, ich habe dich eingestellt, damit du Leben in die Bude bringst.«

»Wie bitte?«

»Süße, du bist früher mit Paris Hilton um die Häuser gezogen, und ich wette, wenn ich dir dein Handy klaue, finde ich ein paar Kardashians in deinem Telefonbuch.«

»Hallo, weißt du vielleicht nicht mehr, wie mein Leben die letzten fünf Jahre ausgesehen hat?«

»Ja doch. Ich weiß schon ... all die Trauer.« Gigi legte die Hand auf Corinas Knie. »Es tut mir so leid wegen Carlos. Er war ein wunderbarer junger Mann. Zu schön, um wahr zu sein, und doppelt so nett.« Die Frau in den Fünfzigern zog zwischen den Zähnen Luft ein. »Er erinnert mich an meinen dritten ... nein, vierten ... ja, an meinen vierten Ehemann. Desi.« Sie schloss die Augen und wurde abwesend. »Ich hätte mich nicht von ihm scheiden lassen sollen.«

»Darüber könnten wir doch was auf der Startseite bringen«, sagte Corina.

Gigi kehrte ruckartig aus ihrem Tagtraum zurück. »Sehr witzig, du Naseweis. Nein, was wir brauchen, ist etwas Exklusives.«

»Exklusiv in welcher Hinsicht?«

»Etwas, über das sonst keiner berichtet. Sprich deine Promi-Freunde an, sieh zu, dass du in irgendeine Insider-Geschichte hineinkommst. Denk dir was aus. Vielleicht könntest du dich ja mal mit Bill Clintons Tochter treffen. Oder mit einer von den Bush-Zwillingen.«

»Gigi«, sagte Corina und stand auf. »Wenn du eine Story über die Tochter eines ehemaligen Präsidenten bringen willst, musst du dir jemand anderen dafür suchen. Ich bin hergekommen, um dich um die Stelle der Chefredakteurin zu bitten. Wenn du dich ernsthaft mit mir unterhalten willst, sag Bescheid.« Sie ging auf die Tür zu. Promi-Freunde, Präsidententöchter, Freunde von der Highschool? Sie hatte seit Carlos' Beerdigung praktisch mit keinem von denen zu tun gehabt.

Aber sie nahm es ihnen nicht übel. An dem Tag, als er starb, hatte sich alles geändert. Und dann war mit seiner bitteren Endgültigkeit der Nachmittag gekommen, an dem sie ihrem Vater geholfen hatte, die ersten Schaufeln Erde auf den Sarg ihres Bruders zu werfen. Als Mama weinend in den Armen des Reverend zusammenbrach. Und die liebende, eng zusammenhaltende Familie Del Rey auseinanderfiel. Sie hatte ihren Bruder verloren, eine Konstante in jeder ihrer zärtlichen Kindheitserinnerungen. Und dann hatte sie ihre Eltern »verloren«, die Traditionen der Del Reys, die Nähe und das Lachen.

»Chefredakteurin?« Sie lachte. »Süße, um noch einmal auf meine Frage zurückzukommen, warum ich dich eingestellt habe. Damit du den Reichen und Berühmten hinterhersteigst, dem schlüpfrigen Promi-Tratsch. Damit du um die Welt reist und die armseligen kleinen Leben unserer Leser ein bisschen heller machst mit den Einsichten in die Welt des einen Prozents ganz, ganz oben. Komm schon, du hast doch bestimmt eine Spur, die uns auf eine heiße Story bringt.«

»Nein, und wenn ich eine hätte, würde ich meine Freunde wohl kaum verraten, indem ich sie an dich ausplaudere.«

»Ts, ts.« Gigi schüttelte den Kopf. »Hast du denn gar nichts gelernt, als du damals bei mir gearbeitet hast?«

»Doch, und eben darum schlage ich mich ja für die Stelle vor.« Sie hatte so viel Zeit damit vergeudet, sich zu Hause zu verkriechen und zu versuchen, sich selbst und ihren Eltern wegen Carlos' Tod Trost zu spenden. Und dabei immer darauf zu warten, dass das Leben wieder neu anfangen würde. Jetzt, wo sie frei war, wollte sie endlich Bewegung in die Sache bringen.

Obwohl sich Daddy ordentlich Sorgen darüber machte, dass sie nun ganz auf sich gestellt sein wollte. Dabei hatte er sich in der Vergangenheit nie Sorgen in der Richtung gemacht. Corina vermutete, dass es mit dem Verlust seines Sohnes zusammenhing.

»*Eine Millionenerbin ohne Sicherheitsdienst? Lass mich jemanden für dich einstellen!*«

Aber sie hatte sich geweigert, sie wollte einfach nur *sein*. Wollte wissen, wie ihr Schicksal aussah und wohin die Reise gehen sollte. Sie fühlte sich nach wie vor arm und schwach, kaputt – weit entfernt von allem, das man so mit einer Millionärstochter verband.

Am Ende hatte sie Daddys Bitte nachgegeben, sich wenigstens ein Apartment in einem sicheren Gebäude zu kaufen. Am Fluss hatte sie eine schöne Wohnung mit gewaltigen Sicherheitsvorkehrungen gefunden.

»Ich habe die Position heute besetzt.« Mit einem Arm auf der Sofalehne lehnte Gigi sich zurück. »Ich habe gerade mit Mark Johnson telefoniert.«

»Mark Johnson?« Corina hielt auf dem Weg zur Bürotür an. »*Der* Mark Johnson, mit dem ich nach dem College zusammengearbeitet habe? Der Mann, dem wir anderen *jeden Tag* die Kastanien aus dem Feuer holen mussten, weil er jede Nacht durchgefeiert und die meisten seiner Abgabetermine verpasst hat? *Der* Mark Johnson?«

»Ja, genau, *der* Mark Johnson.« Gigis Lachen verhöhnte Corinas Besorgnis. »Der war vielleicht nicht der allerbeste Angestellte, als er jünger war –«

»Und jetzt ist er so viel älter, was? Wie lange ist das her, sieben Jahre?«

»Auf jeden Fall ist er älter und versierter. Er ist verheiratet, hat ein Kind und hat sich einen sehr beachtlichen Lebenslauf zusammengezimmert.«

Corina hörte die subtile Botschaft zwischen den Zeilen. *Das hast du nicht geschafft.* Nein, weil sie versuchte, die Bruchstücke ihres Lebens zu kitten und sich an ihrer bröckelnden Familie festzuhalten.

»Er hat in London, New York, L.A. gearbeitet und ist derzeit Chefredakteur bei Martin Looper Media.« Gigi hob die Augenbrauen. »Unserem Hauptkonkurrenten.«

»Gigi, du hast mich angerufen. Hast mich gebeten, für dich zu arbeiten. Also lass mich das auch tun. Ich kann das. Ich telefoniere wöchentlich mit New York und London. Ich habe mit unseren Bloggern, freien Korrespondenten und Fotografen geskypt, bin ständig mit ihnen über Facetime und Google Plus in Kontakt. Ich kenne die Leute hier im Büro.«

»Willst du wissen, warum ich dich angerufen habe?«

Gut, der Anruf *war* ziemlich überraschend gekommen. Corina dachte, dass Gott vielleicht ihre Gebete, er möge »irgendetwas tun« erhört habe. Wie konnte sie ihre Eltern lieben und unterstützen und trotzdem ihr Leben weiterleben? Sie fühlte sich, als würde sie ertrinken, ihren ganz eigenen sonderbaren Tod im Schatten ihres Bruders sterben. Und das hätte Carlos nie gewollt.

»Weil deine Mama sagte, du würdest sie wahnsinnig machen.«

»Wie bitte? *Ich* würde *sie* wahnsinnig machen?«

»Sagte, du würdest nie aus dem Haus gehen.«

»Ich?!« Mama! Frustrierende, unbelehrbare Mama. Corina ballte die Hände zu Fäusten und grub sich die Fingernägel in die Handflächen. »*Sie* ist es doch, die nicht rausgeht.«

»Na, immerhin bist du jetzt hier. Ich fand, es war eine gute Idee, die sie da hatte. Du machst weiter. Freut mich. Aber Chefredakteurin? Süße, bitte.« Gigi stand auf, streckte sich und ging zu ihrem Schreibtisch hinüber. Offenbar war ihre Aufmerksamkeitsspanne für das Gespräch erschöpft. »Ich will, dass du *die große Story* findest.« Sie bedachte

Corina mit einem neckischen Lächeln. »Die größte Geschichte deines Lebens.«

»Ja?« Corina hielt die Bürotür auf. »Und das wäre dann wohl welche?«

Zurück an ihrem Schreibtisch, setzte sich Corina seufzend und schüttelte den Kopf in Richtung Melissa, die die Stirn runzelte und Gigis Tür die Zunge herausstreckte.

Die Geschichte ihres Lebens? Corina hatte eine Story, und was für eine. Die ihres eigenen Lebens. Eine echte Sensation, von der sie aber nie jemandem erzählt hatte. Das war ihr Geheimnis.

Und seines.

An Tagen, an denen der Nebel immer noch ihr Herz und ihre Gedanken umhüllte, stellte sie sich vor, es könnte alles nur ein Traum gewesen sein. Dann hörte sie ein Läuten oder das Klingeln der Fahrstuhltür und wusste wieder, dass alles wirklich war.

Aber das war eine Geschichte, die sie nie würde erzählen können. Nie. Weil es ein unglaubliches Geheimnis war. Obwohl sie beim besten Willen nicht wusste, warum sie ausgerechnet ihm gegenüber loyal war.

Mit einem Seufzen beugte sich Corina vor und besah sich Chip Allens trockenen Hollywood-Bericht.

Warum bewahrte sie denn nun ihr Geheimnis? Ein einziger kleiner Gedanke feuerte prompt eine Antwort zurück. Weil sie ihn möglicherweise irgendwie immer noch ein kleines bisschen liebte.

ZWEI

Königreich Brighton – Cathedral City

LIBERTY PRESS
4. Juni
Prinz Stephen ist der begehrteste Junggeselle der Welt

DER INFORMANT
5. Juni
Die königliche Behörde behauptet, Prinz Stephen suche nicht nach Romantik und sei glücklich mit seiner großen Liebe, dem Rugby

6. Juni
Prinz Stephen, Schirmherr der Jungen Rugby-Liga, soll Sommerturnier eröffnen

Stephen schaltete knurrend den Fernseher aus und fand murmelnd ein paar Worte darüber, was er über die Faxen bei *Madeline & Hyacinth Live!* dachte. Was meinten die eigentlich, wer sie waren, dass sie ihm jetzt auch noch eine Braut suchen wollten?

Kaum zu glauben, dass er sie als Freunde betrachtet hatte. Aber heute waren sie einfach zu weit gegangen, als sie auf das Trittbrett der medialen Spekulationen über sein Liebesleben aufgesprungen waren. Was hatte das nur ausgelöst? Er war seit Ewigkeiten nicht mehr mit einer Frau ausgegangen. Und sein unglückseliger verletzter Knöchel hatte ihn die letzten drei Monate vom Rugbyfeld und damit aus den Augen der Öffentlichkeit verbannt.

Was ging hier vor?

Denn trotz allem schauten Frauen und Männer im ganzen Königreich Brighton die Show und twitterten zu dem Hashtag #wiemaneinenprinzenangelt. Schönen Dank auch, Maddie und Hy.

Er sollte seine eigene Antwort darauf twittern. Wenn er denn ein Twitterkonto hätte. *Lasst ihn in Frieden #wiemaneinenprinzenangelt.*

Sein Magen knurrte bei dem Gedanken an Tee und Krapfen, als er aus dem Medienzimmer Richtung Küche humpelte. Er hielt am Fenster im Flur an und sah durch die Schwaden aus Licht und Schatten in die Palastgärten hinunter.

So herrlich grün. Sie verursachten Heimweh nach dem Platz. Aber er steckte hier drin fest, musste warten, bis alles verheilt war. Seine Sprunggelenksverletzung wurde von einer Gehschiene gestützt. Er hatte sich die Verletzung im Frühjahr bei der Seven Nations Championship zugezogen, gerade als seine Karriere einen neuen Höhepunkt erreicht hatte. Die Rugby Union hatte ihn als den besten Außendreiviertel der Liga gelistet.

Er, ein königlicher Prinz, hatte es ganz aus eigener Kraft zu so einer Auszeichnung gebracht.

Und dennoch blieb die Verletzung und heilte nicht so schnell, wie es Stephen sich erhofft hatte. Er spürte Tag für Tag, wie die jüngeren, kühneren Jungs auf seine Position schielten. Die Nummer 14.

In der Küche waren das Teeservice und eine Platte mit Zimtkrapfen bereits für ihn vorbereitet. Guter Mann, Robert. Sein Dienstmann, Butler und Assistent.

Stephen setzte sich an die Kücheninsel, die mit einem Tischtuch, Porzellan und Tafelsilber gedeckt war, einem königlichen Protokoll folgend, das Robert sich aufzugeben weigerte. Stephen goss sich eine dampfende Tasse Tee ein und nahm einen langen, kräftigen Schluck. Dann tunkte er die Spitze des Krapfens ein.

Das leichte, süße Gebäck zerschmolz auf seiner Zunge. Pures Glück.

Stephen starrte durch die Küche aus Stahl und Granit – seine Mutter hatte ein Auge auf die Neugestaltung vor ein paar Jahren gehabt, während er bei der Weltmeisterschaft spielte – und versuchte, seine Gedanken zu ordnen.

Was war es, das ihm wirklich zu schaffen machte? Die Schlagzeilen über sein Liebesleben? Maddie und Hy und das versammelte Twitter-Universum, die ihm Ratschläge geben wollten? Vielleicht war es ja gerade der Mangel an Liebesleben, der ihm zu schaffen machte.

Denn in Wirklichkeit kümmerten ihn Maddie und Hy nur wenig. Der Hashtag war im Grunde ein kluger Schachzug. Die Mädels waren eigentlich gute Kumpels und machten einfach nur ihre Arbeit. Indem sie nämlich die Leute von Brighton jeden Nachmittag der Woche unterhielten.

Nein, *nein*, was ihm wirklich zu schaffen machte, waren die Albträume. Die Erinnerungen, die plötzlich auftauchten. Genau die Dinge, deretwegen er beim Versuch, sie zu vergessen, tausende Meilen das Rugbyfeld auf und abgerannt war.

All das hinter mir lassen.

Aber jetzt, wo sein Körper und sein Geist nicht länger von dem Spiel vereinnahmt waren, verlangten die selbstsüchtigen Dinger seine Aufmerksamkeit.

Bestimmt würde er vor dem Ende des Sommers wieder Herr der Lage sein. Seit seiner Operation im Frühjahr hatte er sich streng an die Physiotherapie gehalten. Er würde in einer Spitzenverfassung und bereit sein, in der Herbstsaison alles zu geben.

Stephen nahm sich noch einen Krapfen, und eine weitere, fern geglaubte Erinnerung tauchte auf. Warum brachten ihn denn nun Krapfen dazu, an *sie* zu denken?

Aber er wusste, warum. Sie hatten zusammen Krapfen gegessen, in jener Nacht. In Franklins Bäckerei. Und die war für immer in sein Gedächtnis eingebrannt.

Robert trat mit einem Stapel Geschirrtücher in der Hand ein. »Da sind Sie ja, Sir. Wie war Ihre Therapie?«

»Gut. Haben Sie die heutigen Schlagzeilen gesehen?«

»Grässliche Angelegenheit, dass derart über Ihr Liebesleben spekuliert wird.«

»Hier haben sie aber nicht angerufen, oder?«

Robert zog eine Grimasse und räumte die Geschirrtücher sorgfältig in eine Schublade. »Sie wären schlecht beraten, das zu tun. Reine Zeitverschwendung.«

»Ganz meine Meinung. Ich kann mir nicht vorstellen, was dieses plötzliche Interesse ausgelöst haben könnte.«

»Vielleicht ist einfach sonst nichts los.« Robert lächelte, und Stephen lachte.

»Das verstehe ich als Kompliment.«

»So war es auch gemeint.« Robert eilte geschäftig in der Küche hin und her und traf Vorbereitungen für das Abendessen. »Ich nehme an, Sie werden für die *Summer Internationals* wieder auf dem Platz sein? Immerhin brauchen die Brighton Eagles ihren Außendreiviertel.« Der ältere, rothaarige Gentleman war schlank und fit und ein brennender Rugbyenthusiast. »Die ganze Stadt steht wegen des anstehenden Turniers unter Strom.«

Als Stephen Robert im Frühjahr eingestellt hatte, war seine Liebe zum Spiel die entscheidende Eigenschaft gewesen, die ihn aus der Menge der königlichen Angestellten hatte hervorstechen lassen. Das und die Tatsache, dass er der Sohn eines Dienstmannes war, der wiederum der Sohn eines Dienstmannes gewesen war. Sein Vater hatte ebenfalls im Palast gedient.

»Für mich wird es keine *Summer Internationals* geben«, sagte Stephen. Dank dieser vermaledeiten, blöden Verletzung. Er hätte sich besser um seine linke Seite kümmern sollen. Bei den *Internationals* hätte er gut noch ein paar Länderspiele verbuchen können. Bisher hatte er in 28 Länderspielen gespielt und war auf gutem Wege zu seinen angestrebten 50. »Der Knöchel ist noch nicht so weit.«

»Ein echter Jammer, Sir, wo wir doch das neue Stadion haben und all das. Es heißt, wir könnten eine schöne Auftaktveranstaltung erwarten.«

»Ich werde von der Bank aus Stimmung machen.«

»Ich bin mir sicher, dass die Jungs von der Unterstützung ihres Prinzen und Kapitäns begeistert sein werden.«

Stephen rutschte in seinem Stuhl hin und her und dehnte vorsichtig seinen linken Knöchel. Den Schmerz schluckte er schweigend. Warum nur wurde es nicht besser? Das Pulsieren schien zu einem Dauerbegleiter geworden zu sein. Was ihn noch mehr wunderte war, wie der Schmerz nach oben hin in seine Brust ausstrahlte und sich in sein Herz fraß.

Seitdem er von seinem Einsatz in Afghanistan zurückgekehrt und vom Royal Air Command aus dem Kriegsdienst entlassen worden war, hatte er seine Zeit auf dem Platz verbracht. Er hatte sich ganz von der Gegenwart gefangen nehmen lassen, hatte an der Zukunft gefeilt und war froh um jede Trainingseinheit, jeden Test, der seine dunklen Dämonen, die schmerzvolle Vergangenheit und die Zweifel an einem freundlichen, liebenden Gott verbannte.

Nun gut, es war ja erst Juni. Dann würde er eben die Sommerspiele verpassen, aber Dr. Gaylord hatte prophezeit, dass noch ein weiterer Monat in der Gehschiene samt Physiotherapie notwendig wäre, bis Stephen wieder bei voller Kraft trainieren könnte.

Während er sich seinen sechsten Krapfen in den Mund stopfte und mit Tee nachspülte, schallte das Läuten der Türglocke durch seine Palastwohnung.

Robert wischte sich die Hände an einem Handtuch ab. »Erwarten Sie jemanden, Sir?«

»Vielleicht ist es ja jemand, der herausgefunden hat, wie man sich einen Prinzen angelt?«

Roberts kleines, strahlend weißes Lächeln sprühte Funken in seine Augen. »Soll ich den Besucher hereinbitten?«

»Aber bitte, ich wüsste die Antwort nämlich selbst gerne.«

Stephen schenkte sich eine neue Tasse Tee ein. Wie genau angelte man sich denn einen Prinzen? Eine Amerikanerin, Susanne, hatte seinen Bruder, den König, mit einem einzigen Blick dingfest gemacht.

Und er? Er war bereits gefangen worden. Einmal. Und er war sich sicher, dass er nicht noch einmal geangelt werden wollte, trotz all der wenig dezenten Hinweise seiner Mutter, die sich Enkelkinder von *beiden* Söhnen wünschte.

»Sir, Ihr Bruder möchte Sie besuchen.«

Stephen wandte sich um und sah Nathaniel hereinkommen, der einen großen weißen Umschlag unter dem Arm trug. »Komm, setz dich zu mir, es gibt Tee und Krapfen. Deine Lieblingssorte.« Stephen machte den Arm lang und schob den zweiten Stuhl von der Kücheninsel zurück, um seinen Bruder einzuladen, sich zu setzen.

»Kann ich dich bitte unter vier Augen sprechen?«, fragte Nathaniel ernst mit seiner tiefen Stimme und ohne die Krapfen auch nur eines Blickes zu würdigen.

»Äh, ja, natürlich, was gibt es denn?« Es war nicht Nathaniels Art, Krapfen links liegen zu lassen. Stephen wies noch einmal auf den Barhocker. »Robert, bitte lassen Sie uns einen Augenblick alleine.«

Der Dienstmann-Butler-Assistent legte ein zweites Gedeck auf und verließ dann ohne ein Wort den Raum, indem er die Küchentüren mit den Buntglasfenstern zuzog.

»Möchtest du nicht wenigstens etwas Tee?« Stephen griff nach der

Teekanne und füllte die Tasse, die Robert für den König aufgedeckt hatte.

»Ich glaube, ich könnte ganz gut eine Tasse gebrauchen.« Nathaniel setzte sich. Den Umschlag hielt er immer noch in der Hand.

»Warum bist du so mürrisch? Hatten Susanna und du Streit?«

»Nein, uns geht es gut. Mehr als gut. Wir versuchen, ein Kind zu bekommen.«

Stephen grinste. »Warum machst du denn dann so ein langes Gesicht, Bruderherz?« Dann zeigte er auf den Umschlag. »Bitte sag mir jetzt nicht, du bist schon wieder wegen der Angelegenheit um den Prinzen von Brighton hier.«

Nathaniel legte das Kuvert auf den Tresen und klopfte sacht mit der Handfläche darauf, als wollte er sichergehen, dass es artig an seinem Platz blieb. »Heute nicht, aber der Streit ist sowieso rein akademisch. Ich verstehe nicht, warum du dich so sträubst. Als mein Bruder bist du eben der Prinz von Brighton. Die Krönung macht das nur offiziell.«

»Ganz genau, und wenn dann dadurch das offizielle Protokoll in Kraft tritt, werde ich Schirmherr wovon noch gleich? 15 karitativen Einrichtungen und Organisationen ... inklusive des Gedenktages für die Gefallenen.«

»Ich hätte gedacht, dass du es als eine Ehre ansehen würdest, Schirmherr für das Kriegsdenkmal und den Gedenktag für die Gefallenen zu sein. Du hast für dein Land gekämpft und wurdest bei dem Einsatz verwundet.«

»Lass es, Nathaniel. Du weißt ganz genau, warum.«

»Ich weiß, was du mir erzählst, ja, aber ich bin mir nicht ganz sicher, ob ich das alles verstehe.«

»Soll ich dir nochmal meine letzten Tage in Afghanistan zusammenfassen?«

»Nein, ich erinnere mich gut an die tragischen Details und an die

Gefallenen – ein Grund mehr, warum ich erwarten würde, dass du diesen Männern die Ehre erweist, indem du ihnen eine Stimme verleihst und das Volk daran erinnerst, welcher Preis für ihre Freiheit bezahlt wurde.«

»Ich gedenke der Jungs auf dem Platz. Ich spiele für sie.«

Stephen verstand den Druck, der auf Nathaniel lastete. Er war ein König mit königlichen Pflichten und Verantwortlichkeiten, es wurden Erwartungen an ihn gestellt. Die Presse hatte schon fast aufgegeben, danach zu fragen, wann der König seinen Bruder ins Amt des Prinzen von Brighton krönen würde.

Die königliche Behörde antwortete immer dasselbe. »*Seine sportlichen Interessen im Rugby stehen aktuell im Vordergrund. Wir lassen ihm den Raum, diesen Interessen nachzugehen.*«

Der Prinz von Brighton diente als Schutzpatron, Fürsorger und Verteidiger der Schwachen. Der Adelstitel war im Jahre 1850 von König Leopold IV. für seinen Bruder geschaffen worden, den er zum Schirmherren und Fürsprecher der Armen und der alternden Veteranen berufen hatte.

Jeweils der älteste Bruder des Regenten erbte den Titel. Der letzte Prinz von Brighton war ihr Urgroßonkel Prinz Michael gewesen, ebenfalls ein Rugbyspieler und Colonel der Luftwaffe, der am Tag der Landung der Alliierten in der Normandie gefallen war.

»Ich hätte erwartet, dass du Onkel Michael, die Männer, die gefallen sind, und ihre Familien, ehren würdest, indem du Schirmherr für das Kriegsdenkmal wirst. Besonders für diejenigen aus anderen Ländern, die Teil des Internationalen Alliiertenverbandes waren, Männer, die nicht aus Brighton stammten, aber trotzdem ihr Leben für die Truppe gelassen haben. Diese Männer waren deine Kameraden und deine –«

Stephen stieß sich vom Tresen ab und stolperte über seinen Barhocker, weil sich sein geschienter Fuß daran verfangen hatte. »Ich weiß, wer diese Männer waren und wie sie gestorben sind. Ich brauche keine Gardinenpredigt, Nathaniel.« Der Tee und die Krapfen wurden ihm sauer im Magen.

Er konnte das nicht tun. Seine Uniform anziehen, sich mit seinem königlichen Ich-bin-heiliger-als-ihr-Titel vor die Nation, ja, die ganze Welt stellen und so tun, als wäre er jemand, der er einfach nicht war. Jemand Würdiges.

Außerdem hatte er seine eigene Gedenkstätte bei Parrson House geschaffen, wo er seinen Kameraden an jedem Gedenktag Respekt zollte. Oder immer, wenn er aufs Land fuhr.

»Gut, hör zu, ich bin mir sicher, dass ich das nicht verstehe, aber ...« Nathaniel nahm den Umschlag zur Hand.

»Nein, du verstehst das nicht. Wirklich nicht. Also lass mich einfach. General Horsch füllt die Rolle des Schirmherren für den Gedenktag und das Kriegsdenkmal sehr gut aus. Er ist ein großartiger Mann, ein verdienter Soldat, und er war der Kommandeur des Internationalen Alliiertenverbandes.«

»Du gibst vor deiner Angst klein bei, Kumpel.«

»Kleinbeigeben?« *Ha!* »Du glaubst, das sei Kleinbeigeben? Ich habe mir das Recht verdient, eine Entscheidung zu treffen.« Stephen schlug sich die Hand vor die Brust und zügelte seine Ängste. »Aber sag nie, ich hätte nachgegeben. Ich stehe *jeden* Tag auf, trete dem Leben entgegen und erinnere mich daran, was an jenem Tag in Torcham passiert ist.«

Seine Stimme verstummte, und die Kacheln der Küche warfen das Echo der Stille zurück.

»Es tut mir leid«, sagte Nathaniel nach einem Moment. »Aber ich bin aus einem ganz anderen Grund hier. Über die Krönung können wir ein andermal sprechen.« Nathaniel reichte Stephen das Kuvert. »Das hier müsstest du mir bitte mal erklären.«

Stephen drehte den Umschlag hin und her. »Das ist eine weiße Versandtasche in einem gewöhnlichen DIN-Format. Sowas verwendet man gewöhnlich zum Verschicken von Drucksachen oder vielleicht auch dazu, Akten und Papiere aufzubewahren.«

»Sehr witzig. Mein Bruder, der Spaßvogel. Schau rein. Schau dir an, was da drin ist.« Nathaniel beugte sich vor und schnipste mit dem Finger gegen die Kante des Umschlags. »Ich habe Mama gegenüber kein Wort über die Sache verloren, weil sie das völlig fertigmachen würde.«

In seinen 31 Jahren hatte er seine Mutter schon öfter »völlig fertiggemacht.« Aber das war als junger Mann gewesen. Seit seiner Zeit an der Universität war das nicht mehr vorgekommen. Jedenfalls seines Wissens nach. Er hatte hart daran gearbeitet, seinen Ruf als »Versager-Prinz« auszulöschen. Ein Versuch, bei dem er sich stets bemühte, aber immer wieder scheiterte.

»Fertigmachen? Was redest du da?« Eine unheimliche Vorahnung griff mit eisigen Fingern nach Stephen, als er das Papier aus dem Umschlag zog. Er fluchte kaum hörbar. »Woher kommt das?«

»Also ist es wahr?«

Stephen starrte auf die goldverzierte Urkunde mit den eingeprägten Lettern. »Ein Stück weit. Nicht so richtig. Ich meine, ja, wir sind nach Hessenberg gefahren und ... Wo hast du das her?«

Erinnerungen, Gefühle, eine Sehnsucht, die er längst überwunden geglaubt hatte, durchströmten ihn.

»Erzbischof Burkhardt ließ es mir per Spezialkurier zukommen. Er ist äußerst besorgt.« Miles Burkhardt war das aktuelle Oberhaupt der Kirche im Großherzogtum Hessenberg, Brightons verschwisterter Nordseeinselnation. »Ihm ist die Urkunde in seinem Büro in die Hände gefallen. Er fand sie in einem Geheimfach, das Erzbischof Caldwell ihm gegenüber nie erwähnt hatte. Er war dabei, vor einer Umgestaltung des Büros Dinge zu sortieren und auszuräumen, und da war es und zeigte sich.«

»Dann mach dir keine Gedanken darum.« Stephen steckte die Urkunde wieder in den Umschlag. Sein Kopf erinnerte sein Herz daran, dass das hier *keine große Sache* war. »Ich habe die Papiere nie bei den Ämtern offiziell gemacht. Das hat gar keinen rechtlichen Bestand. Und wir haben die Sache sowieso beendet, als ich von meinem Einsatz zurückkam.«

»Beendet?«

Nathaniels gerunzelte Stirn irritierte Stephen. Verstand er es denn nicht?

»Wie hat das geendet?«

»Ich weiß es nicht.« Aber doch, er wusste es, wusste es ganz genau. *Lügner.* »Sie ist ihres Weges gegangen, und ich bin meines Weges gegangen.« Er war das Ganze sooft innerlich durchgegangen, um sich davon zu überzeugen, dass er das Richtige getan hatte. Um sich davon zu überzeugen, dass es ihm übrigens auch gar nichts ausmachte. Egal wie, es musste jedenfalls beendet werden. Also hatte er es beendet.

»Stephen«, sagte Nathaniel, stand auf und schnappte sich den Umschlag. »Du bist verheiratet.«

»Nein, bin ich nicht. Ich habe nie den behördlichen Teil des Ganzen abgewickelt.«

»Hast du denn dann die Ehe bei der Kirche aufheben lassen? Diesem Papier hier zufolge ...«, Nathaniel schwenkte die Heiratsurkunde, als sei sie eine Art Du-hast-es-einmal-mehr-versemmelt-Flagge, »bist du nämlich immer noch verheiratet.«

»Aufheben lassen? Wie hätte ich das tun sollen? Keiner wusste davon. Das hast du selbst gesagt ... Dieses Ding ...«, jetzt war es Stephen, der gegen den Umschlag schnipste, »... war in einem Geheimfach versteckt. Die Ehe war nie offiziell.«

»Bist du so schwer von Begriff? Eine Ehe, die von einem Erzbischof geschlossen wird, ist automatisch bei der Kirche aktenkundig. Das ist so gut wie eine behördliche Anerkennung, wenn nicht sogar schwerwiegender.«

»Aber Bischof Caldwell hat die Ehe nie aktenkundig *gemacht*.« Wie lange wollten sie sich denn noch im Kreise drehen? Stephen war alles klar. Er war nicht verheiratet. Er war aus Afghanistan zurückgekehrt mit dem festen Vorsatz, professionell Rugby zu spielen und die Beziehung zu seiner Ehefrau zu beenden.

»Bist du so naiv? Du bist Mitglied des Königshauses. Wenn diese Urkunde bezeugt, dass du Corina Del Rey am ...«, Nathaniel zog die Urkunde wieder aus dem Kuvert und studierte sie, »... am dritten Juni vor sechs Jahren geheiratet hast, dann bist du verheiratet, kleiner Bruder.«

»Unmöglich.« Stephen ging nachdenklich in der Küche auf und ab. Seine Gedanken stießen hart mit den Gefühlen zusammen, die sich in ihm Bahn brachen. »Ich habe sie noch nicht einmal gesehen, seit –«

»Das ändert nichts an dieser unterschriebenen und versiegelten Urkunde. Du bist vor Gott und der Kirche verheiratet. Es sei denn, du hast die Annullierung eingereicht. Hast du das?«

»Nein!« Er zerschnitt die Luft mit einer weiten Armbewegung. »Es war ein Geheimnis. Der Erzbischof versprach, die Urkunde bei sich zu behalten, bis ich sie abholen komme.«

»Nun, da hat er sich also als vertrauenswürdig bewiesen. Leider hat er auch Erzbischof Burkhardt gegenüber keine Silbe darüber verraten. Hat Caldwell dir denn nicht erzählt, dass dieses Zertifikat dich rechtskräftig verheiratet, egal, ob du es bei den Behörden offiziell machst oder nicht?«

Nein. Vielleicht. Ja. Stephen fuhr sich mit den Fingern durchs Haar. Seine zerzausten Locken standen wild in alle Richtungen ab. Ungestüm. Es war eine spontane, *ungestüme* Entscheidung gewesen. Sie waren verliebt gewesen und er kurz davor, an seinen Einsatzort zu fliegen. Bevor er abreiste, hatten sie vier Wochen, um Mann und Frau zu sein. Sie wollten ihr Geheimnis das halbe Jahr über, das er weg sein würde, bewahren und es dann seiner Familie mitteilen wollen, dann ihrer, und am Ende der ganzen Welt.

Er war gut darin, aus dem Bauch heraus ungestüme Entscheidungen zu treffen. Es waren die Dinge, bei denen er zögerte, die am Ende oft schiefgingen. Wie an jenem Tag in Torcham. Wie an jenem Tag auf dem Spielfeld bei der Seven Nations Championship, als er bei seinem Manöver mit einem Abwehrspieler der England Lions gezögert hatte.

»Hast du sie geliebt?«

»Ich glaube schon, ja ...«

Nathaniel atmete aus und strich sich mit der Hand über den Kopf. »Du heiratest die Tochter einer amerikanischen Millionärsdynastie und erzählst keinem etwas davon?« In seinen Augen loderte Feuer auf. Seine Nasenlöcher weiteten sich. Stephen verabscheute seinen Tonfall.

»Ja, ich habe sie geheiratet. Was macht das schon?« Er nahm seinem Bruder das Kuvert wieder weg. Der mochte zwar sein Bruder und sein König sein, aber deswegen war er weder sein Vater noch sein Gewissen noch Gott höchstselbst. »Wenn ich mich recht erinnere, mochtest du sie.«

»Wo ist sie jetzt?« Nathaniel stemmte die Hände in die Hüften und sah sich übertrieben in der Küche um. »Ich sehe keine Fotos. Keine Erinnerungsstücke. Keine Spur davon, dass sie je in deinem Leben war.«

»Weil die Beziehung vorbei ist. Und wo sie jetzt gerade ist, weiß ich nicht. In den Staaten, nehme ich an. Bei ihrer Familie. Sie ist nach Hause gereist, nachdem ihr Bruder gestorben war.« Er wollte seinen Bruder dafür hassen, dass er all das ans Licht zerrte. »Schau, wir zerreißen das Ding einfach und vergessen es. Kein Schaden entstanden, nichts Schlimmes passiert.«

»Der Erzbischof hat eine Kopie angefertigt, und zu Recht. Und wir können nicht einfach eine Heiratsurkunde zerreißen. Corina ist nicht dein Haustier. Sie ist deine Frau.«

»Die ich seit fünf Jahren nicht gesehen habe.« Stephen setzte sich wieder auf seinen Hocker an der Kücheninsel und nahm einen Krapfen, den er dann aber wieder auf den Teller fallen ließ.

»Das wäre mir neu, dass Ehen verjähren können, nur weil man jemanden nicht tatsächlich von Angesicht zu Angesicht *sieht*. Es sei denn natürlich, sie wäre gestorben. Ist sie das? Gestorben?«

»Sei nicht geschmacklos. Obendrein ist das grob unhöflich, wo du genau weißt, was mit ihrem Zwillingsbruder passiert ist.« Stephen tigerte wieder in der Küche herum. Sein Adrenalin setzte zu neuen Höhenflügen an und machte es ihm unmöglich, still zu sitzen. »Und rede nicht so herablassend mit mir.«

»Du hast recht. Ich entschuldige mich. Diese ganze Angelegenheit ärgert mich einfach so dermaßen. Ich weiß nicht, wo ich anfangen soll. Was hast du dir nur dabei gedacht? Hast du sehenden Auges den Thron von Brighton aufs Spiel gesetzt? Vor sechs Jahren war diese Heirat noch ganz und gar gesetzeswidrig. Einem Anwärter auf den Königsthron war es verboten, eine Ausländerin zu heiraten. Was, wenn mir etwas passiert wäre?« Der Rauch des Zorns kräuselte sich um Nathaniels Worte. »Du bist der Zweite in der Thronfolge.«

»Also bitte, ich war es doch, der sich für den Auslandseinsatz eingeschifft hat. Du, der Kronprinz, durftest doch gar nicht.«

»Ich hätte auch in der Badewanne ausrutschen, hinfallen und mir mein königliches Haupt stoßen können.«

»Das kann jetzt nicht dein Ernst sein.« Stephen legte einen boshaften Unterton in sein spöttisches Lachen.

»Nein, wohl nicht.« Zum ersten Mal nahm Nathaniel seinen Tee wahr und nahm einen Schluck. Er zog eine Grimasse. »Der ist kalt.«

»Ich mach uns schnell neuen.«

»Lass gut sein, Stephen.« Nathaniel kauerte auf seinem Hocker. »Erzähl mir mal, was da passiert ist. Warum die Geheimniskrämerei? Wie sah denn euer Plan für die Zeit nach deiner Rückkehr aus?«

»Ich weiß es nicht. Du mit deinen wasundzwanzig Fragen. Also schön, ich war verliebt.« Stephen lehnte sich gegen die Anrichte und kreuzte den geschienten Knöchel über seinen gesunden Fuß. Er spürte einen dumpfen Schmerz. »Es war der Abend des Militärballs. Corina und ich waren auf der Spitze des Braithwaite Tower. Sonst war keiner da, nur wir zwei. Wir schauten hinunter auf die Rue du Roi, die von den Lichtern der Stadt umgeben war, und in dem Moment war das Leben einfach perfekt gewesen. Es war neun Uhr am Abend. Die Glocken der Kathedrale hatten gerade begonnen zu läuten.«

Der Wind wehte durch die Avenue und trug den Duft des River Conour mit sich. Stephen fing Corina mit seinen Armen ein, indem er seine Hände fest auf das Geländer des Braithwaite legte.

Ihr Haar strich ihm über die Wange, und er fühlte sich, als würde er im Glück ihrer Gegenwart ertrinken.

Er drehte sie zu sich herum und fuhr sanft mit dem Finger über ihre Wangenknochen. Dann hob er ihr Kinn an und berührte ihre Lippen mit den seinen. So sanft, so süß. Das weckte einen tieferen, stärkeren Hunger. Als er zurückwich, wusste er, dass das, was da seit Monaten in seinem Herzen flüsterte, echt war.

Er liebte sie. Er wollte sie heiraten. Aber schon in vier Wochen würde er mit seiner RAC Staffel zu einem sechsmonatigen Einsatz in Torcham aufbrechen.

Hinter ihm, neben ihm, vor ihm fingen die aufeinander abgestimmten Glocken der Kathedrale an zu läuten.

Eins, zwei, drei ...

Dann war sie es, die es zuerst sagte. Die Worte, die sein Herz fast zum

Platzen brachten. »Ich liebe dich, Stephen. Du bist mein Prinz.« *Ihr sanftes Lachen rankte sich um sein Herz.*

Vier, fünf, sechs ...

Dann wusste er, was er mehr wollte als alles andere. Er dachte nicht lange nach, zögerte nicht, denn er wusste, dass es richtig war. Er kniete sich hin und sah in ihre haselnussbraunen Augen mit den goldenen Pünktchen.

Sieben, acht ...

»Heirate mich, Corina Del Rey. Ich liebe dich so sehr.«

Neun.

»Was? Dich heiraten?« Ihre Stimme klang laut in der Stille. Die Luft des Juniabends duftete nach Geißblatt.

»Ja, heute. Wir können die Fähre nach Hessenberg nehmen.«

»Hessenberg? Aber warum? Wie? Brightons Gesetz verbietet es dir, eine Ausländerin zu heiraten.« Ihre Stimme zitterte, als sie die Wahrheit aussprach.

»Und doch bist du hier, in meinen Armen.«

»Ich liebe dich, und ich kenne mich mit dem Gesetz nicht aus. Aber ich will nicht verantwortlich dafür sein, das Hause Stratton oder eines seiner Mitglieder zu Fall zu bringen.«

»Aber nicht doch. Das schaffe ich schon ganz alleine. Mein lieber Schatz, ich muss in einem Monat in den Krieg. Wenn das keine Bedrohung für das Hause Stratton ist, weiß ich auch nicht. Aber es ist bestimmt keine, wenn ein Prinz die Frau heiratet, die sein Herz für sich gewonnen hat. Also heirate mich! Bitte. Der Erzbischof ist ein feiner Kerl. Ich bin mir sicher, dass er uns trauen wird.« Oder zumindest hoffte er das.

»Du willst mich wirklich heiraten?«

»Ist das ein Ja?«

»Wenn du mich heiraten möchtest, dann ...«

»Ja, du wirst mich heiraten.« Er nahm sie in den Arm, wirbelte sie herum und küsste sie zum ersten Mal so richtig. So, wie sie sich noch oft küssen würden.

»Stephen? Hast du mich überhaupt gehört?«

Er kehrte wieder zurück zu seinem Bruder in die Gegenwart. »Was hast du gesagt, bitte?«

Nathaniel schenkte sich eine Tasse Tee ein. »Warum hat es aufgehört?«

»Warum *machst* du das nur? Rate doch mal. Du weißt, dass ihr Bruder einer der Männer war, die an jenem Tag gefallen sind.« Nathaniel war neben dem Verteidigungsminister, dem Leiter der Rechtsabteilung der Luftwaffe und seinem lieben, verstorbenen Vater der einzige, der die ganze Wahrheit kannte.

»Ah, also hast du die Ehe wegen ihres Bruders beendet.« Nathaniel wusste, dass Stephen und Carlos befreundet gewesen waren. Und er wusste, dass Stephen ziemlich von der Zwillingsschwester seines Kumpels, Corina, angetan gewesen war.

»Sie ist mit ihren Eltern nach Hause zurückgekehrt, als sie die Nachricht ... wegen Carlos ... bekommen hat.« Stephen schüttelte den Kopf, eine einfache, seichte Geste, die ausdrückte, was er nicht in Worte fassen konnte. »Während dieser fünf Tage, die ich nach der Explosion im Krankenhaus verbrachte, wusste ich, dass ich mich jedes Mal, wenn ich sie ansah, erinnern würde, und –«

»Und dann was? Dann hast du sie angerufen und gesagt, ›das war's, Liebes‹?«

»Nein ... Nach Carlos' Beerdigung kam sie wieder nach Brighton. Ich konnte ihr nicht sagen, wie ich ihr abhandengekommen war, warum ich ihre Anrufe und ihre E-Mails nicht beantwortet hatte, warum ich nicht bei der Beerdigung ihres Bruders gewesen war. Weil die Luftwaffe nicht wusste, dass sie meine Frau war, hatten sie sie natürlich auch nicht kontaktiert, als ich verwundet wurde.«

»Und die Familie hat das ebenso wenig übernehmen können. Du meine Güte, Stephen.« Nathaniels Seufzer tat mehr, als ihn nur zu rügen. Er bestätigte ihn. *Du hast es vermasselt.*

»Für ungefähr zwei Wochen verloren wir den Kontakt zueinander. Zuerst war ich im Krankenhaus und dann ... naja, dann musste ich mit der ganzen Sache fertigwerden. Sie wusste nicht, dass Carlos zu meiner Mannschaft überstellt worden war. Sie flog zurück nach Brighton, um herauszufinden, was mit mir passiert war und um mir von der Sache mit Carlos zu berichten, falls ich davon noch nichts gehört haben sollte. Ich war in ihrer Wohnung, um meine Sachen zu holen, als sie ankam. Da haben wir zusammen gewohnt, nachdem wir geheiratet hatten ... um die Presse fernzuhalten.«

»Und du hast sie weggeschickt?«

»Ich habe ihr gesagt, dass die Heirat ein Fehler war. Das klang vernünftig, weil es ja tatsächlich gesetzeswidrig war, dass ich eine Ausländerin geheiratet hatte. Ich hatte das Gesetz auf meiner Seite.«

»Also hast du sie gar nicht aufrichtig geliebt, als du sie geheiratet hast?«

Stephen warf seinem Bruder einen Blick zu. »Ich habe sie sehr geliebt.«

Ihre Telefonate, die E-Mails, das waren seine Rettungsleine gewesen. Ihre Care-Pakete mit Keksen und Kuchen, kleinen Zeichnungen und Gedichten hatten sein Herz ebenso in Brand gesetzt wie ihre Küsse. Sie war keine besonders tolle Bäckerin – er und die Jungs hatten ihre Kekse mit großen Schlucken Wasser hinunterspülen müssen–, aber Stephen hatte es geliebt, dass sie es versuchte.

Die Zeit in Torcham war schnell vergangen. Die Einheit war an ein paar intensiven Kampfeshandlungen beteiligt gewesen. Tag für Tag hatte Corinas Liebe ihn auf den Beinen gehalten. Aber die Zeit von Juli bis Januar war dem durstigen Mann, der es in der Wüste aushalten musste, trotzdem wie eine Ewigkeit erschienen.

Und dann hatte, vier Wochen vor Ende des Einsatzes, ein Feind, mit dem niemand gerechnet hatte, das Offizierskasino in die Luft gejagt und sechs Männer aus Stephens Staffel getötet. Einschließlich des Bruders seiner Frau.

Stephen überlebte und hatte eine Woche in einem Feldlazarett verbracht, bevor eine Spezialeinheit ihn an Silvester nach Hause zurückgebracht hatte. Alles undercover.

»Du musst sie am Boden zerstört haben.«

»Am Boden zerstört. Das ist eine harte Formulierung.« In letzter Zeit hatte er nachts manchmal von ihren Tränen geträumt. Ein Grund mehr, möglichst bald zum Rugby zurückzukehren. Um mit seiner körperlichen Kraft über seine emotionale Schwäche zu herrschen.

»Sicher ist es das.« Nathaniel seufzte enttäuscht. »Trotzdem passt es. Hat sie dich gefragt, was passiert ist? Wo du warst? Warum du keinen Kontakt mehr mit ihr hattest? Hast du ihr erzählt, dass du von Carlos wusstest? Dass er bei dir war?«

»Ich konnte ihr ja nicht sagen, warum Carlos bei mir war, oder? Das sind vertrauliche Informationen. Deshalb habe ich alle Details vermieden. So eine posttraumatische Belastungsstörung ist eine ganz gute Entschuldigung bei solchen Sachen.« Selbst jetzt noch war die Wahrheit so tief begraben, dass es ihn schmerzte, auch nur an sie zu denken. »Also, ich habe ihr erzählt, dass es eine Explosion gab. Weiter nichts. Der ganze andere Kram ist sowieso vertraulich. Ich sagte, mir sei bewusst geworden, dass ich eine Verantwortung der Krone und dem Hause Stratton gegenüber habe. Wenn es herauskäme, dass ich eine Amerikanerin geheiratet habe, würde es Chaos geben. Ich würde aus der Thronfolge ausscheiden müssen, und das konnte ich Dad nun wirklich nicht antun. Oder dir. Gott hab ihn selig.«

König Leopold V., ihr Vater, war vor zwei Jahren an Leukämie verstorben. Und Stephen vermisste ihn heute mehr denn je.

»Du bist wie der Elefant im Porzellanladen.«

»Nathaniel, ich brauche dein Urteil nicht. Ich bin heute noch überzeugt davon, dass es richtig war, was ich getan habe. Von den ganzen rechtlichen Umständen einmal abgesehen, die sich erst änderten, als du Susanna heiraten wolltest, musste ich alles von Afghanistan vergessen und einfach weiterleben. Und dazu gehörte Corina. Wie hätte ich sie ansehen und mich nicht erinnern sollen?«

»Ich kann nicht glauben, dass sie einfach so nachgegeben hat.«

»Sie hat auch nicht nachgegeben. Bis ich ihr sagte, dass ich auf den Thron verzichten müsste. Da hat sie sich dann langsam damit abgefunden, dass es vorbei war.«

»Aber dass du bei Carlos warst, als er starb, hast du ihr nie gesagt?«

»Nein.« Der Schmerz auf ihrem Gesicht, als er ihr sagte, dass er aus ihrer Ehe herauswollte, hatte ihn beinahe umgebracht. Dieser Anblick war für alle Zeiten in sein Herz eingebrannt. Er weigerte sich, dem noch ein Bild davon hinzuzufügen, wie sie darüber weinte, dass Carlos unnötig gestorben war. Dass er seinetwegen gestorben war.

Daher löschte Stephen die Erinnerung an den Tag, an dem er ihre Ehe beendet hatte, aus. Doch das Gespräch mit Nathaniel zerrte ihn durch die Tiefen und die dunkelsten Winkel seines Verstandes und brachte Bruchstücke und Splitter dieses schrecklichen Tages an die Oberfläche.

Sie hatte so bitterlich geweint, gefleht. Ihn an ihrer beider Liebe erinnert. Wie sehr sie ihn nach Carlos Tod brauchte. Stephen hatte beinahe nachgegeben und sie in die Arme geschlossen, um ihr zu sagen, dass alles gut werden würde.

Doch dann hatte er die Explosion wieder gehört, die gellenden Schreie. Hatte das Blut an seinen Händen gesehen. Und so hatte er es nur gerade so geschafft, nicht auf der Stelle aus ihrer Gegenwart zu fliehen.

Stephen presste sich die Finger an die Stirn und schloss energisch die Tür zu diesen Erinnerungen.

»Sag mir noch eins – wie kann es sein, dass Erzbischof Caldwell bei der Hochzeit so einfach mitgemacht hat?«, sagte Nathaniel.

»Zuerst protestierte er, aber dann machte ihm seine Frau eine schöne Tasse Tee, und hinterher schien er ganz umgänglich. Ich nehme an, er glaubte uns, dass wir uns liebten und wussten, was wir taten.« Stephen fasste Nathaniel an den Arm. »Ich habe sie geliebt. Wirklich. Aber Torcham hat alles verändert.«

»Dir ist schon klar, dass du das in Ordnung bringen musst?!« Nathaniel schob ihm den Umschlag zu.

»Es gibt da nichts in Ordnung zu bringen. Sie glaubt, dass es vorbei ist. Und es ist vorbei. Wirf das Ding in den Müll.«

Nathaniel griff in die Hosentasche und brachte ein zusammengefaltetes Stück Papier zum Vorschein. »Ich habe dir doch bereits gesagt, dass wir das nicht tun können. Erzbischof Burkhardt hat der Urkunde diese Notiz beigelegt. Soll ich sie vorlesen?«

»Ich bitte höflichst darum.« Sarkasmus. Er war am Ende seiner Geduld angekommen.

»Er schreibt: ›Ich bin unsicher, was die Bedeutung dieser Urkunde anbetrifft. Prinz Stephen hat meines Wissens nach derzeit keine Ehefrau. Aber egal, was aus dieser Beziehung geworden ist, bete ich doch darum, dass er sie vor Gott und Menschen ehrenvoll behandeln wird. Während ich annehme, dass er sie im Geheimen geheiratet hat, so kann er sie doch nicht auf die gleiche Weise ablegen. Bei der Kirche muss eine ordentliche Aufhebung der Ehe verzeichnet werden.‹«

»Ich habe sie nicht im Geheimen abgelegt. Sie weiß Bescheid. Ich habe persönlich mit ihr gesprochen.«

»Du wirst ein Aufhebungsverfahren anstrengen müssen. Lass uns beten, dass sie in der Zwischenzeit nicht jemand anderes geheiratet hat. In letzter Zeit war nicht viel über sie oder ihre Familie in den

Medien, und ich nehme an, es wäre eine Angelegenheit von großem öffentlichen Interesse, wenn Corina Del Rey heiratet.«

»W-was?«, entfuhr es Stephen. Sie konnte nicht wieder geheiratet haben. Würde sie das tun? Wie ein Peitschenhieb traf der Gedanke sein eifersüchtiges Herz.

»Sie ist eine schöne, intelligente Frau. Dir muss doch wohl in den Sinn gekommen sein, dass auch ein anderer Mann sie haben wollen könnte. Dass sie weiterleben, eine Familie gründen möchte.« Nathaniel sah auf seine Armbanduhr. »Tut mir leid, dass ich das hier jetzt unterbrechen muss, aber ich muss zu einem Meeting. Ruf Jonathan morgen früh an. Er wird dir helfen, sie ausfindig zu machen. Dann kannst du mit der Royal Air One hinfliegen und dich mit ihr treffen.«

»Wie bitte? Nathaniel, ich werde mich nicht mit ihr treffen. Wir können ihr die Unterlagen per Kurier schicken.«

»Stephen, sie ist deine Ehefrau und verdient es, mit Respekt und Ehrerbietung behandelt zu werden. Besonders, weil sie die letzten fünf Jahre lang einer Lüge aufgesessen ist und geglaubt hat, sie sei ein freier Mensch, obwohl das gar nicht der Fall war. Mal davon abgesehen, dass sie ausgerechnet mit dem königlichen Prinzen von Brighton verheiratet ist. Ich würde sagen, sie verdient es, so ehrenvoll wie eine Prinzessin behandelt zu werden.« Nathaniel ging durch die Küchentür. »Wenn du weiter so argumentierst, muss ich andere Saiten aufziehen.«

»Das wirst du nicht.«

»Stell mich nicht auf die Probe.«

Er fühlte sich wieder wie zwölf. Unter dem missbilligenden, prüfenden Blick seines Vaters, nachdem er seine Kumpels mit in den Thronsaal genommen und eine Kegelbahn aufgebaut hatte. »Ich hatte vor, mich darum zu kümmern.« Stephen ging mit seinem Bruder zur Eingangstür. »Aber dann habe ich in den *Summer Internationals* gespielt.

Dann wurde mir klar, dass ich die Heiratsurkunde ja auch gar nicht hatte, und da habe ich es dann einfach auf sich beruhen lassen.«

»Hast du den Weg zum Büro des Erbischofs vergessen?« Nathaniel öffnete die Tür, und der Duft des Abendregens drang in die Wohnung. »Bring das in Ordnung, Stephen.«

Herrschaftszeiten. Bisher hatte er noch nicht das Vergnügen mit dem König-Bruder Nathaniel gehabt. Aber er hatte recht. Stephen musste sie sehen. Musste Corina das persönlich sagen. Mit einem riesigen, gewichtigen Seufzer sank er auf den nächstbesten Stuhl und starrte aus dem Fenster.

Der Regen fiel in Strömen und platschte auf den sommerwarmen Gehweg. Und in der Ferne hörte Stephen die ersten aufeinander abgestimmten Töne des abendlichen Sechs-Uhr-Läutens der Stadt.

Eins ...

Zwei ...

Drei ...

DREI

Es war spät. Sie war müde und bereit, nach Hause zu fahren. Aber seitdem Mark Johnson am Montagnachmittag angekommen und mit der Gewichtigkeit eines Wahlkampfkandidaten durch das Büro spaziert war, Hände geschüttelt und Hoffnung und Veränderung in Aussicht gestellt hatte, hatte sich Corinas Arbeitspensum verdoppelt.

Ihr war die Aufgabe erteilt worden, ihn mit den Schreibern und der Arbeitsweise des Büros bekanntzumachen. Sie hatte ihre Tage damit verbracht, ihm sowohl die Mannschaft hier in Melbourne, Florida, als auch – mithilfe des Internets – die Mitarbeiterinnen und Mitarbeiter, die auf der ganzen Welt verteilt waren, vorzustellen.

Nachdem dann alle anderen Feierabend gemacht hatten, war sie an den Abenden geblieben, um die E-Mails der Korrespondenten zu beantworten, Artikel zu editieren, nach den Bloggern zu sehen und sicherzustellen, dass Abgabetermine eingehalten wurden.

Sie versuchte, Mark das virtuelle Aufgabenbrett der Abteilung zu zeigen, damit er einige der Aufgaben übernehmen konnte, aber er verharrte im Wahlkampfmodus, schleimte sich bei Gigi und den Mitarbeitern ein, war ständig abgelenkt und nahm Anrufe von seinem früheren Arbeitgeber ebenso an wie die von seiner Frau, seinem Immobilienmakler und irgendeinem Typen, der ihm ein maßgeschneidertes Surfbrett baute.

Ja, klar, Gigi. Mark ist einfach perfekt für den Job.

Mit einem Seufzer fiel Corina in ihrem Bürostuhl in sich zusammen und starrte auf die Lichter von Indian Harbor Beach, die sich im Fluss spiegelten.

Heute schmiss Gigi eine Willkommensparty für Mark, und die gesamte Belegschaft war eingeladen. Und das an einem Donnerstag. Morgen würde dann die Hälfte der Leute anrufen und behaupten, sie

»arbeiteten von zu Hause aus«. Sie sollte gehen, Teil des Teams sein, aber sie konnte sich nicht dazu motivieren, von ihrem Schreibtisch aufzustehen.

Corina richtete ihre Schreibtischlampe aus und wies die Dunkelheit des Großraumbüros etwas in ihre Schranken. Dann starrte sie auf ihren Bildschirm. 21 Uhr. Sie sollte wirklich nach Hause fahren. Ihre bequemen Klamotten anziehen und eine *Mary Tyler Moore*-DVD anschauen.

Oder, sollte sie es schaffen, solange wach zu bleiben, könnte sie einfach im Frieden ihrer Wohnung dasitzen und auf Gott warten. Wenn es in den letzten fünfeinhalb Jahren einen Silberstreif am Horizont gegeben hatte, dann war das die Entdeckung der Wahrheit. Trotz ihres Schmerzes und aller Trauer hatte sie Trost in einem Gott der Liebe und des Friedens gefunden, der ihr all das gewesen war, was er versprochen hatte.

Aber die Mitarbeiter, die nicht hier vor Ort waren, brauchten ihre Aufmerksamkeit. Sie warteten auf Aufträge und Antworten. Die wussten nicht, dass Mark bei seiner Willkommensfeier Kontakte knüpfte, und es kümmerte sie auch gar nicht.

Die Wahrheit? Sie tat sich schwer mit dem Gedanken, dass Mark ihr Vorgesetzter sein sollte. Der Kerl, der sich da gerade durch seine erste Arbeitswoche bei der guten alten *Beaumont Post* feierte.

»Bist du immer noch hier, Süße?«

Corina blinzelte durch das sanfte Licht und sah Gigi, die durch den Mittelgang auf sie zukam. Ihre anmutige Figur war in ein blassblaues Designerkleid gehüllt. Was machte die denn hier? Corina dachte, sie wäre mit dem Rest des Teams gefahren.

»Gehst du denn nicht zu Marks Party?«, fragte Gigi.

»Ich habe diese Woche schon genug Zeit mit Mark verbracht.« Corina schloss ihr E-Mail-Programm und fuhr den Computer herunter, während sich Gigi auf die Schreibtischkante setzte und leise lachte. Sie hatte sich entschieden. Es war Zeit, nach Hause zu fahren.

»Jetzt komm schon, sei ein Teamplayer.«

»Ich bin der Inbegriff eines Teamplayers. Heb dir deine Worte für Mark auf. Noch kannst du es dir anders überlegen«, sagte Corina. »Er ist erst eine Woche hier. Du kannst ihn wieder nach Hause schikken.«

»Ach, jetzt verstehe ich. Das meinst du also? Ich hätte Besseres von dir erwartet, Schätzchen.« Gigi nahm einen Lippenstift und einen Spiegel aus ihrer orangefarbenen Hermes Birkin und zeichnete ihre Lippen in einem dunklen Rot nach. Dann schaltete sie Corinas Schreibtischlampe aus. »Für heute ist die Arbeit getan. Komm, lass uns zu den anderen gehen!«

»Richte ihnen liebe Grüße aus.« Corina nahm ihre Handtasche, eine Prada, die sie schon seit Jahren hatte und immer noch mochte, und ging mit Gigi zur Tür. »Ich mache mich auf den Weg nach Hause. Meine Wohnung ruft schon nach mir.«

Sie hatte nie wirklich alleine gelebt. Noch nicht einmal im Mutterleib, den sie mit Carlos geteilt hatte. Nach der Highschool war sie aufs College gegangen und hatte sich die gesamten vier Jahre über ein Zimmer mit ihrer besten Freundin Daisy geteilt. Gleich nach dem College hatte sie ein Jahr in Melbourne für Gigi gearbeitet und bei ihrer Freundin Tammy gewohnt. Und Daisy war mindestens einmal im Monat auf ein Mädels-Wochenende vorbeigekommen.

Dann war Carlos den Marines beigetreten und wurde für eine internationale Taskforce in Brighton ausgewählt. Sie war mit ihm nach Brighton gezogen, hatte als freie Mitarbeiterin für Gigi gearbeitet und Kreatives Schreiben an der Universität von Knoxton studiert.

Und dort hatte sie ihn dann getroffen. Ihren Prinzen des Campus. Corina seufzte.

»Was ist denn da los?« Gigi, aufmerksam wie immer. Immer wachsam. Immer die Ohren gespitzt. »Welch ein Seufzer!«

»Nichts.« Aber es war etwas los. An Stephen zu denken, brachte Corina die unfassbar große Leere in ihrem Herzen in Erinnerung.

Gigi drückte auf den Fahrstuhlknopf. »Mach dir keine Sorgen, wir finden schon eine superheiße Story für dich. Weißt du was, ich habe gar keine verlässliche Korrespondentin in London. In Cathedral City auch nicht, wenn ich genauer drüber nachdenke. Die haben mich alle sitzen lassen, um Kinder zu bekommen. Wie manche Frauen so tikken ...«

»Ja, was soll das eigentlich? Dass Frauen Babys wollen, eine Familie gründen ...?« Die Fahrstuhltür ging auf, und Corina trat begleitet von Gigis Glucksen ein.

»Was soll ich nur mit dir machen, Corina Del Rey?«

»Mich liebhaben, nehme ich mal an.« Sie lachte und legte eine Hand auf Gigis Arm. »Ich weiß nicht, ob ich das schon gesagt habe, aber: danke. Dein Stellenangebot hat mich gerettet.«

Gigi drückte ihre Hand, während sich die Türen schlossen, und sie fuhren schweigend in die Lobby aus Glas und Fliesen mit den hohen, nackten Stahlträgern hinunter.

Sie winkten dem Nachtwächter, Jones Parker, eine gute Nacht zu. »Gute Nacht, Miss Beaumont. Wiedersehen, Miss Del Rey. Passen Sie gut auf sich auf. Es heißt, ein Tropensturm käme auf uns zu.«

»Und das am zehnten Juni«, sagte Gigi. »Nun, das ist wohl der Preis, den wir für unseren Sonnenschein und die schönen Winter hier in Florida bezahlen.«

»Ja, Ma'am. Es heißt, er bringe massenhaft Wind und Regen. *Anna* nennen sie den Sturm. Er soll wohl am Wochenende auf die Küste treffen.«

Corina trat hinaus in den warmen, taufeuchten Abend, hinein in die steife Brise, die sich vom Indian River her über die Schneise der U.S. 1 Bahn brach.

»Lass uns vorbereitet sein, Corina. Kann sein, dass wir das Büro morgen früher schließen müssen.«

Corina fing an, über den Parkplatz zu ihrem schwarzen, klassischen '67er GTO zu gehen, der unter der bernsteinfarbenen Straßenlampe auf sie wartete. »Vergiss nicht, deinem Chefredakteur Bescheid zu sagen.«

Gigi lachte. »Du lässt nicht locker.« Dann streckte sie die Arme nach Corina aus. »Du weißt, dass ich dir das Allerbeste wünsche. Deine Mutter und ich sind schon so lange befreundet, aber ich –«

»Ist schon okay, Gigi. Das weiß ich doch.«

»Gut.« Gigi machte sich auf den Weg zu ihrem Wagen, der an der anderen Seite des Gebäudes stand. »Dann hör auf, auf der Sache herumzureiten.«

»Niemals. In einem halben Jahr wirst du mir sagen, dass ich von Anfang an recht hatte.« Wenn nicht schon vorher.

»Wie du meinst, Süße, wie du meinst.«

Als sie an ihrem Auto angekommen war, schloss Corina die Tür auf, warf ihre Handtasche über die Fahrersitzbank aus rotem Leder und hielt das Gesicht in den Wind. Sie liebte Stürme. Also, echte, natürliche Stürme, keine emotionalen. Von Letzteren hatte sie für den Rest des Lebens genug.

Ein Tropensturm wäre neu für sie. Neben den Sicherheitseinrichtungen ihres Penthouses hatte der Bauherr garantiert, dass das Gebäude einem Hurrikan der Kategorie 4 standhalten würde.

Corina legte den Kopf in den Nacken und betrachtete den Himmel. So klar und schön, frisch und windig, ohne einen Hinweis auf einen Tropensturm zwischen den glitzernden Sternen.

»Corina?«

Beim Klang der vertrauten Stimme fuhr sie herum. Ihr Herzschlag ging durch die Decke. *Stephen?*

Sicher doch. Da drüben, im Licht der Parkplatzbeleuchtung und im Schatten der Königspalmen, stand Stephen Stratton, Prinz von Brighton, mit den Händen in den Taschen seiner Jeans. Über seinen Augen, die glänzten wie Kristalle, zerzauste ihm eine Windböe nach der anderen das ohnehin schon widerspenstige Haar.

»Oh nein ...« Sie fiel gegen ihr Auto und versuchte, zu Atem zu kommen. »Was machst du hier?«

»Ich habe es bei der Wohnung versucht, aber dein Rezeptionist hat mir gesagt, du seist noch nicht von der Arbeit zu Hause. Also bin ich hierhergekommen.« Er ging ein paar Schritte auf sie zu. »Wie geht es dir?«

»Wie es mir geht? Du bist viertausend Meilen geflogen, um mich zu fragen, wie es mir geht?«

»Gut schaust du aus.« Der zweite Teil seiner Bemerkung fiel leiser aus, und in seiner Stimme klang ein heiserer Unterton mit. »So schön wie eh und je.«

»Fünfeinhalb Jahre.« Sie ballte ihre Hände zu Fäusten. »Kein Piep von dir. Kein Anruf, kein Brief, nicht einmal eine SMS oder eine E-Mail.« Sie bemerkte eine Bewegung im Schatten, wo sich ihnen eine breite, stämmige Figur näherte. »Du hast einen Bodyguard?«

»Thomas.« Stephen wies mit der Hand über seine Schulter auf ihn.

»Was machst du hier?« Sie verschränkte die Arme und ging in Kampfstellung gegenüber dem Mann, den sie einst geliebt hatte. Von ganzem Herzen. Vorbehaltlos. Mit einer Leidenschaft, von der sie vorher nicht gewusst hatte, dass sie sie besaß.

»Ich bin wegen einer heiklen privaten Angelegenheit hier.«

»Du bist viertausend Meilen geflogen, um mit mir über eine heikle Angelegenheit zu sprechen? Was ist mit Brightons Telefondiensten los? Verweigert dir der Palast immer noch ein E-Mail-Konto? Hast du vergessen, wie man SMS schreibt?«

»Brightons Telefondienste funktionieren tadellos. Und das ganze Königshaus ist auf dem aktuellsten Stand der Technik. Aber die Angelegenheit, wegen der ich hier bin, ist keine Sache für ein Ferngespräch oder eine E-Mail zwischendurch.« Stephen sah sich um und humpelte näher. Sein linker Fuß steckte in einer Gehschiene. »Wäre es möglich, dass wir uns bei einer Tasse Tee in deiner Wohnung zusammensetzen?«

Corina machte eine Geste zu den Palmen hin. »Ich glaube, der Parkplatz kann ganz gut verkraften, was du mir zu sagen hast. Wenn ich mich recht erinnere, standen wir bei unserem letzten Gespräch vor einem Rugby-Stadion. Du hattest verschwitztes Rugbyzeug an.«

Er seufzte, beugte sich vor, um im dämmrigen Licht seine Finger zu betrachten, und ihre gespielte Selbstsicherheit bröckelte. Ihre Knie wurden weich, ihr Herz ohrfeigte ihren Kopf – rechts und links – und mahnte einen höflicheren Umgangston an.

Er ist hier.
Auf meinem Parkplatz.

Fünfeinhalb Jahre hatte sie darauf gewartet, dass er sich meldete. Jetzt stand er hier, gerade mal einen Meter von ihr entfernt. Er sah so gut und so selbstbewusst aus wie immer, und wie sehr sie sich auch anstrengen mochte, um ein Fünkchen gerechten Zorn zu verspüren, in seiner Gegenwart fühlte sie sich wie Wachs. Sie wollte ihre Arme um seinen Hals schlingen. Ihn küssen. Ihn lieben mit allem, was sie in ihrem Herzen für ihn aufbewahrt hatte.

Aber er hatte sie fallengelassen. Er war ihrer nicht würdig.

»Ja, ich bin mir sicher, dass der Parkplatz und die Palmen und Büsche unser Gespräch bestimmt wohlwollend aufnehmen werden. Trotzdem bitte ich um ein wenig Gnade. Wir sind heute Abend erst angekommen und stecken ein bisschen im Jetlag. Wenn du mir den Gefallen nicht tun möchtest, dann denk doch bitte an Thomas.« Er zeigte auf seinen geschienten Fuß. »Und mein verletzter Knöchel könnte eine Stütze gebrauchen.«

Corina sah ihn einen Moment lang an, überlegte und besann sich auf das kühne Blut der Del Reys, das durch ihre Adern floss. »Das ist unglaublich. Jahrelang höre ich nichts von dir, und dann kommst du an und besitzt die Dreistigkeit, Forderungen zu stellen. Einmal ein Prinz, immer ein Prinz.«

»Einmal eine amerikanische Millionärstochter, immer eine amerikanische Millionärstochter. Ich appelliere an deine Gnade und an deinen Charme. Und an die Tugenden deines Südstaatenerbes.«

Am liebsten hätte sie über seinen Versuch, sie zu beschwichtigen, gelacht. Aber er war schon immer schlagfertig gewesen, frech und gewitzt. Außer, wenn er in düsterer, mürrischer Stimmung und kampfmüde war.

»Wie hast du mich gefunden?«

»Das war nicht schwer. Du versteckst dich ja nicht gerade.«

»Miss Del Rey?« Jones rief von der Lobby herüber und trat in die Nacht heraus. »Ist bei Ihnen alles in Ordnung?«

»Ja, Jones, vielen Dank!«

»Sind Sie sicher?«

Corina betrachtete die Konturen von Stephens Gesicht, die vom Licht der Straßenlaternen hervorgehoben wurden. Seine Brust und seine Arme waren dick und breit, weit muskulöser und praller als damals, als sie vor sechs Jahren seinem Heiratsantrag zugestimmt hatte. Sie sammelte ihre Aufmerksamkeit, um Jones zu antworten.

»Ja, ganz sicher.«

Was würde sie nicht darum geben, dass Jones die Polizei anrief. Aber was würde das bringen? Stephen besaß diplomatische Immunität. Und es gab kein Gesetz, das ihm verbot, sich auf einem Parkplatz mit einer Freundin, äh, seiner Exfrau, zu unterhalten.

Stephen schaute zum Beaumont Media Haus hinüber, während

Jones wieder zurück ins Gebäude ging, und wandte dann seinen Blick Corina zu.

»Also?«, fragte sie. »Warum bist du hier?«

»Ich nehme an, es bringt nichts, um den heißen Brei herumzureden.« Er atmete lange und tief ein. Das setzte Corinas Nerven unter Strom. Was machte ihm so zu schaffen? »Corina«, sagte er, »wir sind immer noch verheiratet.«

Ihre Arme hingen kraftlos an ihrem Körper. All ihr Mut verflüchtigte sich. »W-wir sind w-was?«

»Wir sind verheiratet. Das Großherzogtum Hessenberg hat einen neuen Erzbischof, und der hat unsere Heiratsurkunde in einem Versteck in seinem Büro gefunden, als er das für eine Renovierung vorbereitet hat. Ich nehme mal an, Erzbischof Caldwell hat sie da zur Sicherheit verwahrt. Na, jedenfalls hat der neue Erzbischof die Urkunde dann an Nathaniel geschickt.«

»Du hast gesagt, die Urkunde, die wir unterschrieben haben, sei nie den Behörden vorgelegt worden und deswegen ungültig. Wir könnten einfach unserer Wege gehen.«

»Ich – ich habe mich geirrt. Weil wir von einem Erzbischof höchstselbst in einer Kirche getraut wurden und ich Mitglied des Königshauses bin, ist offenbar weiter keine Behörde vonnöten. Unser Ehegelöbnis ist rechtens und verbindlich.«

Corina hielt sich am Auto fest. *Verheiratet?* »Ich habe dich gefragt, weißt du noch? Wie es sein konnte, dass die Heirat in dem Moment rechtens war, wo es darum ging, Flitterwochen zu machen, aber auf einmal nicht mehr gelten sollte, als du wolltest, dass es vorbei war. Du hast gesagt: ›So ist das eben.‹ Du hast mich angelogen? So dreist? Um deinen Willen zu bekommen? Warum?«

»Ich habe nicht gelogen. Ich habe wirklich geglaubt, wir könnten unserer Wege gehen, als wäre nie etwas passiert.«

Nie etwas passiert? Seine Worte gruben sich noch tiefer, schmerzten noch mehr als vor fünf Jahren. »Aber es *ist* passiert, Stephen.«

Die Erinnerung an die Düfte und Bilder seines romantischen Heiratsantrags überwältigte sie. An die windige Fährüberfahrt. Wie sie den Erzbischof geweckt hatten. An ihre Flitterwochen, in denen sie sich in ihrer Wohnung verschanzt hatten, wo sie sich vor der Welt, ja, sogar vor Carlos, versteckten, immer in dem Wissen, dass ihre gemeinsamen Tage vor seiner Entsendung gezählt waren.

Daran, wie sie sich geliebt hatten. Ihre erste gemeinsame Nacht.

Sie musste nachdenken. Fahren. »Ich muss los.« Corina schwang sich hinter das Lenkrad und warf den Motor an.

»Ich habe die Unterlagen für die Annullierung mitgebracht.« Nüchtern. Ruhig. Als ob nichts an dieser Unterhaltung seine Gefühle berührte. Nun, sie hatte ja schon lange den Verdacht, dass er sein Herz irgendwo in der Wüste Afghanistans zurückgelassen hatte.

»Die Unterlagen hast du mit, ja?« Sie umfasste das Lenkrad. »Na, schönen Dank auch. Wie überaus praktisch.« Sie stieg wieder aus und schlug die Autotür hinter sich zu. Der Motor schnurrte sanft im Leerlauf. »Stephen, was, wenn ich jemand anderes kennengelernt hätte? Geheiratet hätte? Kinder bekommen hätte?«

»Was glaubst du, warum ich jetzt hier stehe? Um dir die Wahrheit zu sagen.«

»Und damit ich die Unterlagen unterzeichne.«

»Es tut mir leid«, sagte er, leise, mit einem Hauch Zärtlichkeit.

Corina sah zu ihm auf und erhaschte einen Blick auf das Weiße in seinen Augen. »Was genau erzählst du mir eigentlich gerade nicht?«

»Ich erzähle dir, dass wir immer noch verheiratet sind und dass ich die Papiere für die Annullierung dabei habe.« Er zeigte mit dem Daumen auf Thomas und den dunklen Wagen, der an der Vorderseite des Gebäudes geparkt war.

»Einfach so?« Corina schnippte in der feuchtwarmen Luft mit den Fingern. »Hey, Corina, dich habe ich ja schon seit Ewigkeiten nicht mehr gesehen, unterschreibe doch mal den Wisch hier.«

Er ging vom Auto weg. »Ich wollte nicht auf einem Parkplatz mit dir darüber sprechen, aber du wolltest ja nicht woanders hin.«

Sie fühlte sich krank und schwach. »Es geht doch nicht um den Parkplatz. Es geht darum, dass du aus dem Nichts einfach auftauchst und mir mit der Annullierung eins überbrätst. Und dabei weiß ich noch nicht einmal, warum unsere Ehe überhaupt gescheitert ist.«

Corina setzte sich hinters Steuer. Dann legte sie den Rückwärtsgang ein. Aber jetzt konnte sie einfach nicht Gas geben. Mit einem schnellen Blick zu ihm hinauf brachte sie das reuevolle Flüstern in sich zum Schweigen und sagte: »Du weißt, wo ich wohne?«

»Ja.«

»Dann treffen wir uns gleich dort.« Sie schoss aus der Parklücke, öffnete das Verdeck ihres Cabrios und raste die U.S. I hinunter nach Hause, während unter ihr der GTO, ja, ihre ganze Welt, rumpelte.

VIER

Sein Knöchel brachte Stephen beinahe um, als er mit Thomas über den Parkplatz auf den Haupteingang von Harbor's Edge zuging, dem Luxuskomplex aus Eigentumswohnungen am Flussufer.

Der Türsteher musterte sie zweifelnd von oben bis unten. »Sie wollen zu Miss Del Rey?«

»Ja, sie erwartet uns.«

Mit einem Nicken trat der Mann beiseite. »Oberste Etage. Penthouse. Rechts.«

Im Lift schwieg Stephen. Er rang mit seinen Gedanken und sortierte seine Gefühle. Sie weckte etwas in ihm, von dem er nicht gedacht hatte, dass er es noch besaß.

»Sie ist sehr schön«, sagte Thomas, der unverwandt geradeaus starrte.

»Das stimmt.«

»Auch sehr entschlussfreudig.«

»Ja, doch. Ziemlich.«

»Ich mag sie.«

Stephen sah seinem Sicherheitsoffizier direkt ins Gesicht, während der Aufzug seine Fahrt verlangsamte und sie in der obersten Etage ablieferte. »Wir sind nicht hier, um sie zu mögen.« Während Thomas Angestellter der königlichen Garde gewesen war, war er über die Jahre auch Stephens Freund geworden. Er war ein fast ständiger Begleiter, wenn Stephen mit den Brighton Eagles reiste, bei jedem internationalen Spiel.

»Ich sage nur –«

»Na, dann sag es eben nicht.« Stephen klopfte auf die Umhängetasche, die er über der Schulter trug. »Ich bin hergekommen, um sie zu bitten, die Unterlagen für die Annullierung zu unterzeichnen. Ende der Geschichte.«

»Rein geschäftlich?«

»Ja, rein geschäftlich.«

Aber er log und versuchte nur, sich selbst ein besseres Gefühl zu verschaffen, indem er die Lüge in einen Hauch Wahrheit kleidete. Er war wegen der Annullierung gekommen, aber unter der Oberfläche lauerte noch viel mehr. In dem Augenblick, als er ihren Namen ausgesprochen und sie sich zu ihm umgedreht hatte, waren seine Gefühle für sie wieder erwacht und flatterten wie Schmetterlinge in seiner Brust herum.

Er mochte sie. Immer noch. Sehr. Aber seine Gefühle änderten nichts an dem Grund, aus dem er gekommen war. Und auch nichts an dem Geheimnis über Afghanistan, das er bewahrte.

Er konnte ihr die Wahrheit, warum er ihre Ehe beendet hatte, nicht sagen. Aus Gründen der nationalen Sicherheit, seiner persönlichen Sicherheit und der seiner Familie. Und zum Wohle des Volkes, der Krone und des 460 Jahre alten Hauses Stratton waren die Einzelheiten über den Tag in Torcham auf höchster Geheimhaltungsstufe versiegelt.

Der Lift hielt an, und die Türen öffneten sich. Stephen ging mit Thomas über den Flur auf Corinas Tür zu. Er atmete tief durch, hielt inne, anstatt zu klopfen, und sah Thomas an. »Hör mal, alter Freund, kannst du uns einen Moment unter vier Augen reden lassen? Eine Audienz kommt mir ein bisschen unangebracht vor.«

Mit einem Schulterklopfer zog sich Thomas zurück. »Ich bin gleich hier draußen.« Er zeigte auf ein Plüschsofa an der Wand und hielt sein Smartphone hoch. »Da kann ich solange meine Mails abarbeiten.«

»Danke.« Noch ein, zwei Atemzüge, dann klopfte Stephen leise. Und dann noch einmal etwas energischer, während er auf Geräusche auf der anderen Seite der Tür lauschte.

Gleich nachdem er mit einem Herzen aus Stein aus Afghanistan zurückgekehrt war, hatte er sich selbst davon überzeugt, dass Corina wegmusste. Erstens konnte er ihr sein Herz nicht schenken, denn wenn sie die Wahrheit wüsste, würde sie ihn verabscheuen.

Zweitens würde er sich jedes Mal, wenn er sie sah, an das erinnern, was er doch unbedingt vergessen wollte.

Und drittens konnte man ihr mit der Wahrheit nicht trauen. Das Verteidigungsministerium hatte den Vorfall als eine Frage der nationalen Sicherheit eingestuft. Corina und die Del Reys waren eine mächtige Familie mit Einfluss und Zugang zu allem Möglichen.

Mit der Wahrheit in den Händen hätten sie alles ans Licht bringen können. Und Stephens Plan, seine Dämonen auf dem Rugbyfeld auszutreiben, wäre gescheitert.

Die Tür flog auf. Das erschreckte ihn. »Komm rein«, sagte sie mit einer weiten Armbewegung.

Er zögerte und trat dann ein. »Danke.« Konnte es wirklich sein, dass sie ihm immer noch den Atem nahm? Am liebsten hätte er eine Pause-Taste gedrückt und sie eine Weile lang einfach angesehen. Seinen Kelch wieder randvoll gefüllt mit dem Licht ihrer haselnussbraunen Augen. Es drängte ihn, seine Finger durch den langen, seidigen Fluss ihres dunklen Haares gleiten zu lassen.

Sie war ihm das erste Mal aufgefallen, als sie in Knoxton über den Campus ging. Ihre langen Locken hatten sich hinter ihr im Wind gekräuselt, als wollten sie die Brise necken, ihnen zu folgen.

»Wo ist dein Bodyguard?«

»Der wartet im Flur.« Stephen blieb unter der Tür stehen. Das weitläufige Loft spiegelte Corinas Art, ihren Stil, sehr genau wider. Elegant und klassisch, mit Holzdielen, hohen Decken, gewölbten Torbögen und Stuckverzierungen mit vielen Details. Und dennoch wirkte es sehr bewohnt, gemütlich und heimelig. »Du hast es schön hier, Corina.«

»Danke. Mir gefällt es auch.« Sie betätigte einen Lichtschalter in der

Küche, und ein goldener Glanz beleuchtete die Wände. »Kann ich dir eine Flasche Wasser anbieten?«

»Wasser wäre gut, ja.« Stephen entdeckte einen Stapel Zeitungen neben dem Komfortsessel und spürte ein altbekanntes Ziehen in der Brust. Ihr Flitter-Monat war das letzte Mal gewesen, dass er echten Frieden empfunden hatte.

»Bitteschön.« Corina reichte ihm das Wasser und blieb stehen.

Sie würde ihn wohl nicht weiter in ihr Domizil einladen, was? Er zeigte auf die Zeitungen. »Wie ich sehe, magst du nach wie vor gedruckte Neuigkeiten.«

»Richtig«, sagte sie, ohne ihn anzusehen.

Seine Erinnerungen gerannen zu einer sanften Reminiszenz in seinem Herzen, aber es war unklug, eine Reise in die Vergangenheit anzutreten. Er hatte eine Aufgabe zu erledigen.

»Was brauchst du nun also von mir?« Ihre kühle, scharfe Stimme schnitt durch seine Gedanken.

Ihre Blicke trafen sich, hielten einen Moment lang aus, und Stephens Entschluss wackelte. Ein klitzekleines Bisschen. Er brach aus ihrem Blick aus, ging hinein und stellte sein Wasser auf den Küchentisch. Dann holte er die Dokumente aus seiner Umhängetasche. »Ich bräuchte bitte hier deine Unterschrift.« Er breitete die Papiere auf dem Tisch aus.

Sie bewegte sich nicht. Starrte ihn nur an. »Es tat mir so leid, als ich hörte, dass dein Vater gestorben ist. Ich wollte noch eine Karte schicken, aber ...« Sie pulte an dem Etikett ihrer Wasserflasche herum.

»Nicht der Rede wert. Das verstehe ich doch.« Stephen schob ihr die Seiten zu. Schweiß bildete sich unter seinen Armen und auf seinem Rücken. Er ignorierte den Druck, der sich in seinem Knöchel aufbaute. Er würde sich setzen können, wenn er in seine Unterkunft am Strand zurückgekehrt war. Aber jetzt ... »Wir vermissen ihn alle sehr.«

»Ich vermisse Carlos.« Ihre unerwartete Ehrlichkeit zündete ein Inferno in Stephens Innerem, sengte die Regeln für den Umgang miteinander an. *Verhalte dich rein geschäftsmäßig. Sei offen, aber sage nichts Intimes oder Persönliches. Kümmere dich nur um deine Aufgabe.*

Ihr nussbrauner Blick strich über sein Gesicht und brachte Schweißperlen über Schweißperlen hervor. Er schraubte den Deckel von seiner Flasche und nahm einen langen, wenig eleganten Schluck. Das kalte Getränk kühlte seine heiße, ausgedörrte Seele nur wenig.

»Du wirst sehen, dass die Unterlagen vollständig sind.« Er schob die Annullierungspapiere noch etwas näher an die Tischkante. Sie wollte eine Antwort, nicht wahr? Aber er konnte sich um nichts in der Welt dazu durchringen, in ihrer Gegenwart über ihren Bruder zu sprechen. »Lies sie durch! Überlege, ob du Fragen dazu hast!«

Er lächelte, als wollte er sie davon überzeugen, dass doch alles ganz gut lief. Es lief doch gut, oder? Aber sie bewegte sich keinen Millimeter auf ihn, den Tisch oder die Papiere zu. Er räusperte sich, verlagerte sein Gewicht und atmete sich durch das schmerzhafte Stechen in seinem Fuß. »Wohnst du schon lange hier?« Banal. Oberflächlich. Aber er gab der Versuchung nach, eine Kerbe in ihren Panzer aus Eis zu schlagen.

»Ein halbes Jahr.« Corina führte die Flasche zum Mund. »Aber du bist ja nicht viertausend Meilen weit hierher geflogen, um ein Pläuschchen zu halten.« Sie ging zum Küchentisch, schaltete eine Lampe in der Nähe ein, und besah sich die Dokumente. Stephen wartete. Was ging hinter ihren wunderschönen Augen vor sich? Sie gab ihm keinerlei Anhaltspunkte. Einen Augenblick später sah sie auf. »Wenn ich das hier unterschreiben soll, dann brauche ich vorher etwas von dir.«

Er senkte seine Arme. Versteifte den Rücken. Wie hatte er nicht vorhersehen können, dass ein Gegenangriff auf ihn wartete? Er war ein Sportler, spielte in der Offensive wie in der Defensive. *Du hast deine Sinne nicht beieinander, Freundchen. Pass bloß auf.*

»Also dann. Was möchtest du? Aber ich kann nichts garantieren.« Geld konnte sie doch wohl nicht wollen. Die Del Reys waren vermutlich reicher als die Strattons. Nein, es war eine Tatsache: Er wusste sicher, dass ihr Vermögen größer war. Er hatte ihr keinen Ring oder andere wertvollen Geschenke geschenkt, also konnte sie auch nicht darum bitten, irgendetwas behalten zu dürfen. Wollte sie den Titel einer Prinzessin? Bei dem Gedanken stellten sich ihm die Nackenhaare auf. Nathaniel würde von ganzem Herzen Nein sagen.

»Finde heraus, was wirklich mit meinem Bruder geschehen ist.«

»Wie bitte?« Aber er hatte sie gehört. Der Raum verdunkelte sich, und er konnte den Spott seiner Dämonen in seinen Ohren rauschen hören. Sein Blut floss wie geschmolzene Lava und verbrannte ihn von innen heraus. Sein Knöchel feuerte Schüsse reinen Schmerzes durch sein Bein. »Du misst mir mehr Bedeutung bei, als ich habe. Ich – ich habe keinen Zugang zu den Akten deines Bruders. Er war in einer anderen Einheit, die sechs Wochen vor meiner ausgerückt ist. Wie soll ich das herausfinden? Ich bin nur ein kleiner Prinz.« Er konnte das Zittern in seiner Stimme kaum kontrollieren.

»Ein kleiner Prinz?« Ihr Gesichtsausdruck passte zu ihrem scharfen Tonfall. »Du bist der Prinz von Brighton. Oder das solltest du jedenfalls sein. Du hast Zugang zum Verteidigungsministerium, bis hin zur höchsten Geheimhaltungsstufe.«

»Du verwechselst mich mit meinem Bruder.«

»Dann frag deinen Bruder.« Sie trat vom Tisch weg. Ihre Augen sprühten Funken. »Mein Zwillingsbruder, Stephen. Mein bester Freund, mein Carlos, zog aus in den Krieg und kam nicht zurück. Er kommt nie mehr zurück. Die einzige Antwort, die wir aus dem Pentagon erhalten haben, lautete, dass er unter dem Kommando des Internationalen Alliiertenverbandes aus Cathedral City war. Wenn wir Antworten wollten, sollten wir uns bei deinem Verteidigungsministerium erkundigen.«

»Dann erkundigt euch. Dein Vater hat doch sicher Beziehungen.«

»Die treffen auf Stille und Stahltüren. Er bekommt keine Antworten. Uns wurde gesagt, er sei in einem Feuergefecht gestorben. Ein Held, sagen sie, aber wir haben keine Orden von ihm. Keine Auszeichnungen. Keinen Ehrenappell.«

Das Trommeln in seinen Ohren übertönte ihre Worte. *Corina ... Was verlangst du von mir?* »Glaube mir, ich bin in meinen Privilegien wirklich eingeschränkt.«

»Dann finde einen Weg. Sprich mit Nathaniel. Beauftrage einen Privatdetektiv, einen Meisterdieb, der ins Verteidigungsministerium einbrechen kann, egal, was. Finde einfach heraus, was passiert ist. Seitdem er gestorben ist, ist nichts mehr, wie es vorher war. Ich habe alles verloren. Meine Familie. Dich.« Sie biss sich auf die Unterlippe und schwieg.

Am liebsten wäre Stephen herumgelaufen, aber sein Knöchel wehrte sich. Er zog einen Stuhl hervor und setzte sich abrupt hin. Seine Gedanken wirbelten wild durcheinander, und sein Herz wütete. *Sag's ihr. Sag's ihr einfach.* Aber das konnte er nicht. Seine Beichte lag so tief, das nicht einmal das Erdbeben ihrer Bitte sie an die Oberfläche zerren konnte.

Nach einem Moment sah er zu ihr auf. »Und was ist, wenn ich nicht herausfinden kann, was mit ihm passiert ist? Wirst du die Papiere dann einfach nicht unterschreiben? Du willst doch bestimmt auch mit deinem Leben weitermachen, wieder heiraten.«

Ihr Lachen spießte seine Seele auf und provozierte ein höhnisches Kichern seiner inneren Dämonen. *Du Narr. Du bist es nicht wert.* »Mein Leben endete an dem Tag, als Carlos starb. Meine Eltern trauern immer noch. Sie konnten keinen Schlussstrich ziehen. Unser Haus, das früher so voller Lachen war, ist ganz stickig vor Sorge. Mein Vater hält es keine fünf Minuten mehr darin aus. Meine Mutter dagegen kann das Haus nicht verlassen. Sie weinen um Carlos, als hätten wir gerade erst frische Erde auf sein Grab geschaufelt. In den letzten fünfeinhalb Jahren habe ich mein Herz dazu gezwungen, zwischen den beiden einen Spagat zu machen. Ich habe versucht, eine Brücke zu sein, eine Art Glück zurückzubringen. Ich habe versucht, die Familie wiederherzustellen, die wir einmal waren. Aber wir heilen einfach nicht, Stephen. Sie wollen beide wissen, was mit ihrem wunderschönen Sohn passiert ist, ihrem Stern, dem Erben des Namens Del Rey und der Dynastie, die zu diesem Namen gehört.«

Corina beugte sich zu ihm vor. Indem sie die Hände auf die Armlehnen rechts und links von ihm stemmte, sperrte sie ihn ein. »Wenn das heißt, dass ich mit dir verheiratet bleiben muss, weill ich versuche, meinen Eltern zu helfen, dann bezahle ich den Preis eben. Die Frage ist, ob *du* den Preis bezahlen willst? Ohne Wahrheit keine Unterschrift.«

Was sah sie aufgeplustert und selbstzufrieden aus. »Du machst Witze«, schoss er zurück und zwang sich zu bissiger Entschlossenheit.

»Lache ich denn?«

»Corina, unsere Beziehung hat nichts mit dem Tod deines Bruders zu tun. Wir können doch nicht in der Schwebe bleiben –«

»Aber sicher können wir das. Wir sind doch seit fünfeinhalb Jahren in der Schwebe. Wir wussten es nur einfach nicht.« Sie sah ihn aus zusammengekniffenen Augen, mit zusammengekniffenen Lippen an, und sein Herz bebte. »Seit dem Tag, an dem ich dich nach deiner Rückkehr aus Afghanistan gesehen habe, mit blauen Flecken und sichtbaren und unsichtbaren Verletzungen, schweigend und trotzig und alles, seitdem wusste ich, dass da noch etwas ist. Irgendetwas, von dem du uns nichts gesagt hast. Und ich weiß nicht, was oder warum. Aber du weißt mehr, und ich glaube, du kannst etwas über meinen Bruder herausfinden.«

»Ich habe es dir doch gesagt. Nach der Explosion wurde mir klar, dass ich das Haus Stratton nicht gefährden darf. Ich hätte meine Anrechte auf den Thron aufgeben müssen, wenn unsere Ehe öffentlich bekannt geworden wäre. Ich habe falsch gehandelt, als ich dich heimlich geheiratet habe. Ich habe gegen das Gesetz Brightons verstoßen und das Wohl der Krone riskiert. Nicht mehr als das und nicht weniger.«

»Also warst du während deines ganzen Einsatzes wahnsinnig verliebt in mich, und das ging bis ... wann genau nochmal? Ich habe nichts von dir gehört, nachdem Carlos getötet wurde. Ich habe mir unglaubliche Sorgen gemacht und mich gefragt, ob dir etwas zugestoßen ist. Ich habe immer wieder angerufen, bin nach Brighton zurückgeflogen. Ich wollte gerade zur königlichen Behörde, als ich dich am Neujahrstag in meiner Wohnung gefunden habe.«

Er wusste das alles. Warum musste sie das alles noch einmal durchgehen? »Corina, es ist jetzt nicht nötig –«

»Oh doch, es ist nötig. Ich will wissen, ob mich meine Erinnerung nicht irgendwie im Stich lässt.« Sie wanderte in der Küche umher und ging dann ins Wohnzimmer, bevor sie fortfuhr. »Ich bin mit meinem Herzen in den Händen nach Brighton hinübergeflogen, wo ich den Trost und den Zuspruch meines Mannes suchte, nachdem ich gerade meinen Bruder verloren hatte. Ich habe gehofft und gebetet, dass es dir gut geht. Ich wollte einfach bei dir sein und dich auch trösten. Aber wer begrüßte mich? Ein Mann aus Stahl. Und damit meine ich nicht einen von der Superman-Sorte. Kalte, harte Augen wie polierte blaue Steine. Ich gehe auf dich zu, um dich zu küssen, und du schubst mich weg.«

Die Einzelheiten gruben sich in den trockenen, brachen Boden seines Inneren. An jenem Tag hatte er sie wieder in die Arme schließen wollen. Er hatte sie halten wollen, sie lieben, wollte sich wieder lebendig fühlen. Aber alles, was er sehen konnte, waren Blut und Tod.

»Corina ...« Stephen erhob sich, die Vergangenheit war ihm gerade entschieden zu gegenwärtig.

»Ich habe dich gefragt, was denn los sei, was in Torcham passiert ist. Du hast etwas von einer Explosion gesagt. Ich berührte die Schnitte in deinem Gesicht, an deinen Händen, deinen Armen, aber du hast dich zurückgezogen und mir ohne Vorwarnung gesagt, dass es mit uns vorbei ist. Dass die ganze Heirat ein Fehler gewesen sei.« Sie packte ihn an den Schultern und schüttelte ihn. Kräftig. »Ich war unsagbar verliebt in dich. Ich habe dir mein Herz geschenkt, meine Seele und meinen Körper. Und du? Überrollst mich und lässt mich am Boden zerstört zurück.«

Am Boden zerstört. Nathaniels Worte. Ihr Bekenntnis ließ ihn zittern. Er wich ihrem Blick aus, straffte seine breiten Rugby-Schultern und löste sich von ihr. »Es tut mir leid.« Er schluckte seine eigene Offenbarung herunter. »Aber so muss es eben sein.«

»Warum?« Sie beugte sich zu ihm, um ihm ins Gesicht sehen zu können, aber er hatte genug.

»Weil ...« Seine Stimme dröhnte durch das weitläufige Loft. »... weil ich es gesagt habe. Genug. Wirst du die Nichtigkeitserklärung unterschreiben oder nicht?« Eine Hand auf den Tisch gestützt, rüstete er sich innerlich für ihre Antwort.

»Du kennst meine Bedingung.«

»Ich akzeptiere diese Bedingung aber nicht.«

»Das ist schlecht. Du kannst nicht immer deinen Willen haben, Stephen. Ich hatte zu viel Zeit, um über das alles nachzudenken. Keine Neuigkeiten, keine Unterschrift. Finde heraus, was mit Carlos passiert ist, und du bist ein freier Mann.«

FÜNF

Noch lange, nachdem Stephen gegangen war, hallte ihr Streit in Corinas Wohnung in ihm nach. Als die Wirkung des Adrenalins endlich nachließ, blieb Corina schwach zurück und schaltete alle Lichter aus – außer denen, die die Glasfronten ihrer Küchenschränke in ein indirektes Licht hüllten.

In ihrem Schlafzimmer schob sie die Balkontüren auf und trat in die Nacht hinaus, hinein in den Gesang der Grillen und in die steife Brise, die vom brackigen Fluss herüberwehte. Lang fielen die Lichtstrahlen von den Wohn- und Geschäftshäusern auf der vorgelagerten Insel auf das Wasser. Ein kleines Segelboot, das mit einer weihnachtlich anmutenden Lichterkette geschmückt war, trieb auf den hohen Bogen der Hebebrücke zu.

Stephen. Er war zu ihr gekommen. Aber nicht, um sie als sein eigen heimzuholen, um ihr seine Liebe zu gestehen, sondern um sie einmal mehr abzuweisen. Corina lehnte sich aufs Geländer und ließ den Kopf hängen. Überwältigende Gefühle fuhren ihr durch Mark und Bein und ließen ihr Tränen über die Wangen strömen.

Ihre Ehe. Carlos. Ihr Familienleben. So viele Verluste. Als sie vorhin nach der Begegnung mit Stephen auf dem Parkplatz zu Hause angekommen war, war sie zuerst fest entschlossen gewesen, die Papiere zu unterzeichnen. Darum war es doch bei dem Umzug nach Melbourne gegangen: um einen Neuanfang, darum, ihr Leben in die Hand zu nehmen und zu gestalten. Oder nicht?

Wie konnte sie neu anfangen, wenn sie nach wie vor an *ihn* gebunden war? Sie betete um Mut, während sie darauf wartete, dass er anklopfte. Aber als er eintrat, war ihr plötzlich die Idee mit Carlos gekommen, und dann hatte sie nicht mehr davon ablassen können.

Sie wischte sich die Augen mit dem Saum ihres Oberteils. Ihre Bitte bedauerte sie kein bisschen. Ihre kleine Ansprache an Stephen war direkt aus ihrem Herzen gekommen, und es fühlte sich gut an, sich dieser Last entledigt zu haben.

Sie brauchte Stephens Gnade nicht. Er brauchte die ihre. Was war also dabei, wenn ihre Forderung sie noch für ein paar Wochen – oder Monate, oder Jahre – länger mit ihm verband? Ihre Familie würde endlich einen Abschluss finden. Frieden. Die Chance, wieder *die* Del Reys zu sein. Immer zusammen. Immer lachend.

Corina setzte sich auf den hölzernen Adirondackstuhl. In solchen Momenten vermisste sie den weisen, wenn auch in aller Regel sehr vorwitzigen Rat ihres Bruders. Sie vermisste seine unerschütterliche Zuversicht. Sein dröhnendes Lachen.

Aber heute Abend vermisste sie am meisten das, was mit Stephen hätte werden können. Carlos war immer ihr bester Freund gewesen. Sie hatte sich nie vorstellen können, dass jemand seinen Platz einnehmen könnte. Bis sie Stephen kennengelernt hatte.

Sein mutiges, keckes Selbstvertrauen hatte sie für ihn eingenommen... Nun ja, zumindest so nach und nach. Corina lächelte, als sie daran dachte, wie Stephen in einem Management-Seminar hinter ihr saß und sich andauernd zu ihr vorbeugte, um ihr Fragen ins Ohr zu flüstern. Als ob er tatsächlich ihre Hilfe gebraucht hätte. Aber er war ein Schürzenjäger. Ein unverfrorener, charmanter Schürzenjäger.

Als sie dann seinem ausdauernden Werben nachgab und sich mit ihm verabredete, verlor sie ein Stück ihrer selbst an ihn. Er wurde zu ihrem Seelenverwandten, ihrer wahren Liebe. Weit mehr als ein bester Freund.

Aber das Leben hatte anderes mit ihr vor.

Corina drückte sich aus dem Stuhl hoch, ging hinein und ließ ihre Gedanken auf dem Balkon zurück. Sie fischte ihr Telefon aus der Handtasche und wählte die Nummer von Daisy, ihrer besten Freundin seit der Junior High, die inzwischen verheiratet war und zwei prächtige kleine Mädchen hatte.

Aber sie beendete den Anruf, noch bevor die Verbindung zustande gekommen war. Im Grunde war ihr gar nicht nach Reden zumute. Und Gespräche mit Daisy waren stets mit den Zwischenrufen ihrer Kinder gewürzt.

Corina warf ihr Telefon aufs Bett und ging durch den mysteriösen Duft von Stephens Rasierwasser, der immer noch in der Luft hing, zum Kleiderschrank in der Ecke ihres Schlafzimmers. Oder spielte ihr da ihre Vorstellungskraft einen Streich? Als er im Auslandseinsatz war, hatte sie sein Kopfkissen nicht gewaschen, damit sie seinen Duft beim Einschlafen noch einatmen konnte.

Aber das war lange her. Eine Geschichte aus dem Märchenbuch. Corina stellte sich vor den antiken Kleiderschrank, der einst ihrer Ururgroßmutter mütterlicherseits, Thurman, gehört hatte, gekauft im Jahre 1910 in Frankreich.

Corina knipste die Stehlampe an und öffnete die geschnitzten Türen. Dann schob sie ihre Pullover beiseite und fand den Eisenring an der Rückwand, der ein Geheimfach öffnete. Hatte sie nicht nach ihrer letzten Reise nach Brighton etwas hier hineingelegt? Als Stephen sie abgewiesen hatte?

In dem gedämpften Licht fand sie den Umschlag. Den Umschlag, den sie dort hineingestopft hatte, nachdem sie in diesem verhängnisvollen Januar vor über fünf Jahren aus Brighton zurückgekehrt war.

Noch einen Monat zuvor war sie so glücklich gewesen, hatte sich auf ein freudiges, glückliches Weihnachtsfest zu Hause gefreut. Ihr süßes Geheimnis, eine verheiratete Frau zu sein, hatte nicht gerade wenig zu ihrem ganz eigenen Privatvergnügen beigetragen.

Carlos Geschenke waren lange im Voraus in die Post gegeben worden. Und Corinas private Geschenke waren zu Stephen unterwegs.

Sie hatten vor, in den frühen Stunden des Weihnachtsmorgens miteinander zu skypen. Oh, wie heiter und warm hatte sie sich mit dem großen Schatz ihres Geheimnisses gefühlt. Der Traum einer Liebenden.

Aber der Anruf über Skype blieb unbeantwortet. Ebenso wie die Karte, die die Familie an Carlos geschickt hatte.

Was vielleicht wie eine harmlose Kleinigkeit aussah – immerhin hatten sie sich schon vorher manches Mal verpasst, wenn sie telefonieren wollten – war zu einem abscheulichen Albtraum geworden, von dem Corina glaubte, sie würde nie wieder daraus aufwachen.

Sie griff in das Geheimfach und zog den Umschlag heraus. Dann ging sie auf den Balkon. Vermutlich sollte sie das vermaledeite Ding einfach in den Fluss werfen. Gut, das Ufer war beinahe einen halben Kilometer entfernt. Egal. Das wäre dann eben ein symbolisches Wegwerfen. Eine Metapher dafür, dass sie das letzte Bisschen Stephen aus ihrem Kopf und aus ihrem Herzen tilgte.

Sie zog die Hand zurück und fragte sich, wie weit sie den leichten Umschlag wohl werfen könnte. Bei ihrem Glück würde er vom Wind erfasst und auf Mrs. Davenports Balkon geweht werden.

Corina ging zu ihrem Bett zurück und schüttelte den Inhalt heraus.

Eine Grußkarte. Ein Zeitungsausschnitt. Der Kronkorken einer Limonadenflasche. Und ein dünnes, seidiges rotes Bändchen.

Corina nahm die Karte in die Hand. Mit dem Finger strich sie über die Umrisse einer sittsamen Braut aus dem Jahre 1900, die ein Kleid mit einem hochgeschlossenen Kragen und einen langen, fließenden Schleier trug. Ihre glänzenden Locken kräuselten sich um ihre Porzellanwangen, während sie ihren umwerfenden, dunkelhaarigen Bräutigam mit blauen Augen anstrahlte.

Und sie glitt in die Erinnerung hinein.

»*Er sieht aus wie ich*«, *sagte Stephen, der die Karte aus dem Ständer pflückte.*

»Ja, aber sie sieht nicht aus wie ich.«

»Perfekt, die Karte ist genau richtig für dich. Damit du dich an mich erinnerst.« Er zog sie an sich und küsste sie leidenschaftlich und liebevoll. Was der Ladenbesitzer, der die ganze Szene beobachtete, sich dabei dachte, kümmerte ihn nicht. »Ich werde meine eigenen Erinnerungen an dich haben.« Sein durchtriebenes Grinsen zeigten ihr ganz eindeutig, welche Sorte Erinnerungen er in sich wachhalten würde, und sie errötete.

»Stephen, pssst...«

»Was denn? Du bist meine Frau. Meine Erinnerungen werden mich durch meinen Einsatz bringen. Ich bin froh, dass sie meine Erinnerungen sein werden, ganz allein meine. Keiner wird mich fragen können ›Was macht die Werteste?‹ Wenn ich ein dämliches Grinsen im Gesicht trage, werden sie einfach denken, ich hätte zu viel Eintopf gegessen.«

»Na, na, so viel Lob. Da komme ich doch tatsächlich gleichauf mit deiner Vorliebe für Eintopf.« Corina boxte ihn sanft auf die Schulter, lachte, errötete wieder. »Ich werde auch meine privaten Erinnerungen haben. Aber die Karte nehme ich trotzdem. Sie ist so schön. Und ein Souvenir an unsere Hochzeitsnacht in Hessenberg.«

»Es tut mir leid, dass wir nicht mehr machen können, Liebes«, sagte Stephen. »Aber wenn ich von dem Einsatz zurück bin, bringen wir die Heirat mit Dad und dem Parlament in Ordnung. Du suchst dir einen Ring aus den Kronjuwelen aus. Dann machen wir ein ordentliches Fest, das einem Prinzen und seiner Prinzessin angemessen ist.«

»Aus all dem mache ich mir nichts. Das weißt du doch, oder? Solange ich ganz die deine bin.« Sie küsste ihn mit brennender Liebe. »Ist das alles wahr? Du gehörst ganz mir?«

»Sehr wahr. Du hast mein Herz gefangen, Liebes, und wir haben das ganze Leben vor uns, um Erinnerungen zu schaffen.« Er segnete ihre Schläfe mit einer leichten Berührung seiner Lippen. »Aber bis dahin hast du die hier als kleine Gedächtnisstütze.« Stephen hielt die Karte hoch und ging damit zur Kasse.

Sollte der Ladenbesitzer ihn erkannt haben, so sagte er kein Wort. Jetzt öffnete Corina die Karte, und ihre Augen füllten sich mit Tränen, als sie den einfachen Spruch las.

Zu sagen, ich liebe dich, geht weit über Worte hinaus.
's ist eine Wahrheit in meinem Herzen.
Ich liebe dich, mein Engel, und du hast mich geheiratet.
Nichts wird uns je trennen.

Darunter hatten sie beide unterschrieben. Ihre Unterschriften symbolisierten ihre endgültige Zusicherung zueinander.

Corina warf die Karte über das Bett weit von sich. Was für ein fieser Schleimer. Alles war eine Lüge. Stephen liebte nur, solange es Spaß machte, solange alles leicht und bequem war. Aber wenn sich irgendein unerwartetes Hindernis zeigte? Peng, weg war er.

Sie griff nach dem Band und wickelte es um ihren Ringfinger. Nachdem sie keine Ringe getauscht hatten, hatte Erzbischof Caldwell Stephen angeboten, das Bändchen um Corinas Finger zu wickeln, während er sein Ehegelübde ablegte.

Stephen hatte sich so sehr dafür entschuldigt, dass er nicht besser auf seinen Heiratsantrag vorbereitet gewesen war. *»Aber ich verspreche dir ... wenn ich zurückkomme ... jeden Edelstein, den du dir wünschst.«* Er hatte ihr Gesicht in seinen Händen gehalten und sie wieder und wieder geküsst.

Um die Wahrheit zu sagen, hatte Corina ihre eigenen Familienerbstücke, die sie in ihre Verbindung mit einbrachte. Der diamantene Verlobungsring ihrer Urgroßmutter Del Rey war einmal im Smithsonian ausgestellt worden. Aber wie sehr Corina doch das Band liebte und den zärtlichen, süßen, romantischen Moment, an den es sie erinnerte. Sie hob die Hand hoch und lauschte ...

»Ich gelobe dir meine Liebe und Treue, meine Ehre und mein Vertrauen. Ich gelobe, dich zu ehren, bis dass der Tod uns scheidet.«

Die Erbin und der Prinz. Sie waren füreinander bestimmt. In Liebe. Für immer. Sie würden es gemeinsam schaffen, würden den Tatsachen von Wohlstand und Macht trotzen, die ein Paar in diesen modernen Zeiten auseinander zu zerren drohten.

Ihre beiden Elternpaare führten liebevolle Beziehungen. Nun ja, ihre Eltern hatten jedenfalls eine liebevolle Beziehung geführt, bis Carlos starb.

Corina steckte das Band wieder zurück ins Kuvert. Wie hatte sie sich nur so in ihm täuschen können?

Im Umschlag steckte noch ein drittes Erinnerungsstück. Ein großes Farbfoto von ihnen beiden beim Militärball, am Abend von Stephens Heiratsantrag. Eine von Corinas Freundinnen hatte den Schnappschuss mit ihrem iPhone gemacht und ihr später geschickt. *»Schön abspeichern, damit du es deinen Enkeln zeigen kannst: Der Abend, an dem du mit einem Prinzen getanzt hast.«* Oh, sie ahnte ja nicht ...

Corina hatte das Foto ausgedruckt, gerahmt und an ihr Ehebett in ihrer Wohnung gestellt. Wie sehr sie die Erinnerungen an all das, was sie mit dem Foto verband, schätzte.

Jetzt war das Foto ungerahmt und in Viertel gefaltet. Corina strich es auf dem Bett glatt. Das gefaltete und zerknitterte Bild zeigte sie in Stephens Armen, in ihrem Element. In ihrer beider Element. Die Gefühle ihrer Herzen spiegelten sich auf ihren Gesichtern. Entspannt, lachend, verliebt.

Sie war überrascht, dass die Presse an jenem Abend nicht Lunte gerochen hatte. Aber Stephen hatte eine pfiffige und kluge Art, den Augen der Medien auszuweichen.

Corina ließ es zu, dass ein Teil ihrer Erinnerungen sie noch einmal fühlen ließ, was sie in jener Nacht empfunden hatte.

Stephen sah in seiner Galauniform fabelhaft aus, jedenfalls gut genug, jederzeit in Ohnmacht zu fallen. Sie wirkte frei und glücklich und machte dem weißen, federhaften Kleid von Luciano Diamatia alle Ehre. Mama hatte Himmel und Erde in Bewegung gesetzt, um das Kleid zu Corinas Debüt fertigzubekommen, als sie 18 Jahre alt geworden war und zum ersten Mal an den großen Abendgesellschaften teilnehmen durfte. Sie hatte all ihr Können eingesetzt, um den exklusivsten und öffentlickeitsscheusten Designer der Welt aus seiner Deckung zu zerren, damit er ihrer Tochter ein *einfaches kleines Kleidchen* schneiderte.

Aber der Designer hatte nicht pünktlich zum Debüt geliefert. Mama war außer sich gewesen. Corina hätte das Kleid beinahe bei der Wahl zur Miss Georgia getragen, aber Mama hatte befürchtet, das würde zu Aufständen unter den anderen Mädchen führen.

Aber fünf Jahre später, als Corina nach Brighton gezogen war, um Carlos Gesellschaft zu leisten, der für die Friedensmission des Internationalen Alliiertenverbands ausgebildet wurde, gehorchte sie der kleinen leisen Stimme ihres Inneren, die sie mahnte, sie könne es vielleicht gebrauchen, und packte das Kleid ein.

Das seltene, wertvolle Kleid war eins von Corinas wertvollsten Besitztümern. Weil sie beim ersten und einzigen Mal, als sie das Kleid trug, ihre wahre Liebe heiratete.

Corina ließ das Foto sinken und starrte zur Decke. Vielleicht *waren* sie ja wirklich in dem Moment gebannt gewesen, hatten sich von der Romantik treiben lassen, von der dramatischen Größe, heiraten zu können, nur weil sie es wollten.

Sie setzte sich auf. Aber nein, als er auf dem Dach des Braithwaite Towers um ihre Hand angehalten hatte, hatte Corina absolut keine Vorbehalte oder Zweifel gekannt.

»*Ja, natürlich werde ich dich heiraten. Ja!*«

In jenem Moment hatte es auf der ganzen Welt nur sie beide gegeben. Keine Medien. Keine Regeln. Keine Traditionen. Keine 200 Jahre alten Gesetze. Keine Erwartungen. Keine aristokratische Gefolgschaftstreue auf irgendeiner Seite des Ozeans. Kein Druck. Keine Entsendung. Keinen Krieg. Keine Verpflichtungen.

Sie waren frei, ihren Herzen zu folgen. Und das hatten sie auch getan.

Sie starrte das Foto an. Das Gesicht, das ihr da entgegenlächelte, war ihres. Aber die Gefühle der Corina *dort* waren ein ganzes Leben entfernt von denen der Corina *hier*.

Und ihr Prinz? Er sah besser aus denn je, selbstbewusst und voller Stolz, sein Äußeres geprägt von seinen Rugby-Muskeln und seiner Disziplin.

Aber das war nur, was man sehen konnte. Er trug auch immer noch Schmerz in den Augen. Der gleiche Blick, den sie gesehen hatte, als sie an jenem Silvestertag nach Brighton geflogen war.

»*Was ist in Torcham passiert, Stephen?*«

Seine kristallblauen Augen waren matt gewesen, ihnen fehlte Leben und Frohsinn. Irgendetwas fraß tief in seinem Inneren an ihm. Aber anstatt ihr zu sagen, was das war, hatte er ihre Ehe beendet.

Genug. Ihre Reise in die Vergangenheit barg lauter Gefahren.

Als sie das Foto wieder in den Umschlag steckte, fand Corina die Tickets für die Fähre, die in einer Ecke klemmten. Sie hatten das letzte Schiff nach Hessenberg gerade noch erreicht. Ihre Füße waren an Deck gelandet, als das Boot gerade ablegte.

Lachend waren sie in eine Innenkabine gestolpert.

»*Machen wir das?*«

»*Ja, wir machen das.*«

»*Bist du sicher, bist du ganz sicher? Ich kann warten –*«

Seine Lippen bedeckten ihre, stahlen ihren Atem und ihr Bekenntnis.

»*Corina, ich habe dich von dem ersten Moment an, als ich dich auf dem Campus gesehen habe, geliebt.*«

Sie drückte ihre Hand an seine Brust. »*Und ich habe dir noch nicht einmal die Uhrzeit verraten.*«

Was sollte sie nun mit ihrer unerwiderten Liebe anfangen? Der Mann wollte eine Annullierung.

Corina stopfte den Umschlag zurück in das Geheimfach ihres Kleiderschranks und knallte die Tür zu. Wenn und falls sie jemals einen Mann zum Heiraten finden sollte – sollte Gott es denn so gut mit ihr meinen –, würde sie den Mut finden, dieses Kuvert mitsamt all seinen Schätzen in den Fluss zu werfen.

SECHS

Gigi

Schon als kleines Mädchen, das barfuß über die Hügel ihrer Heimat in den Blue Ridge Mountains, Georgia, sauste, hatte Gigi Beaumont ein Näschen für Neuigkeiten gehabt.

Sie hatte den schönsten Klatsch und Tratsch gesammelt, indem sie um die schrumpeligen Bergbewohnerinnen – die die eine oder andere saftige Geschichte zu erzählen wussten – herumgeschlichen war, während diese sich im Gemischtwarenladen unterhielten oder über den Marktplatz schlenderten. Dann hatte Gigi ihre Geschichten aufgeschrieben und sie auf dem Matrizendrucker, den sie im Kirchenkeller gefunden hatte, vervielfältigt. So hatte sie im zarten Alter von zehn Jahren ihre erste Zeitung hergestellt.

Als Mama diese Zeitung gelesen hatte, hatte sie Gigi eine gründliche Abreibung verpasst für das, was sie über die Frau des Bürgermeisters geschrieben hatte. Aber als sich herausstellte, dass es stimmte – »es« war in diesem Falle eine Affäre mit dem Sheriff –, war Mama ihre beste Außendienstlerin und Informantin geworden.

46 Jahre später kroch sie immer noch um die Geschichtenerzähler und Tratschweiber herum und hoffte auf »die« Story. Die Skandalgeschichte, die die Welt aus den Angeln heben würde.

Beaumont Media konnte weiß Gott einen Durchbruch gebrauchen.

Mark Johnson einzustellen war nur ein heimlicher Schachzug, um der stagnierenden Marke ihrer Zeitung neues Leben einzuhauchen.

Vor 20 Jahren war sie Pionierin im großen Spiel der Online-Nachrichten gewesen.

Vor 15 Jahren hatte sie als Leitwölfin im stetig wachsenden Rudel der Nachrichtenportale im Internet gegolten.

Vor zehn Jahren waren dann die größeren alten Print-Köter mit all der Kraft und Macht, die ihnen durch ihre langjährigen Traditionen und gefüllten Bankkonten zur Verfügung standen, von der Veranda gesprungen und an ihr vorbeigezogen.

Letztes Jahr hatten ihre Bücher nur so von roter Tinte getrieft.

Sie ließ nach. Verlor. In so einer Situation war sie in ihrem ganzen erwachsenen Leben noch nie gewesen. Die Dinge standen so schlecht, dass sie heute Morgen fast, *fast*, gebetet hätte, als sie beim Duschen mit Grauen an das Treffen mit ihrem Finanzvorstand dachte.

Was sie brauchte, war ein Scoop, eine Sensationsnachricht. Eine Riesenstory. Sie musste im Boulevardbusiness unbedingt wieder obenauf kommen. Und das war genau der Punkt, an dem Corina, das It-Girl, ihr Gewicht in Gold wert war.

Das waren Gigis Gedanken, als sie um halb Neun am Freitagmorgen mit einem Café Latte in der einen und einer braunen Papiertüte in der anderen Hand das Beaumont-Gebäude betrat. Es war ziemlich leise. Die Party für Mark gestern Abend hatte lange gedauert. Als Gigi River Rock um Elf verlassen hatte, waren die meisten Angestellten noch dort gewesen.

Ein ruhiger Freitagmorgen kümmerte sie nicht, solange jeder seine Arbeit vor Montag irgendwie erledigt bekam.

Als sie durch die Lobby ging, winkte Jones, der immer noch Schicht hatte, sie mit einem *Pssst* herüber. Gigi war eigentlich danach, einfach weiterzugehen, aber mit einem Seufzer, der Bände sprach, gab sie doch nach. »Ja, Jones, guten Morgen. Was kann ich für Sie tun?« Er war zugegebenermaßen eine großartige Quelle für Informationen und Tratsch, was die Mitarbeiterschaft in Melbourne anging. Gigi beugte sich über seinen Tresen und hörte mit scharfen Ohren zu. Sie hatte den Verdacht, dass der Chef ihrer IT-Abteilung sie beklaute. Irgendwie kam es ihr vor, als würde sie in letzter Zeit eine Menge neuer Laptops absegnen.

»Ich dachte, es interessiert Sie bestimmt, dass ein junger Herr Miss Del Rey gestern auf dem Parkplatz abgefangen hat, nachdem Sie gegangen waren.«

Das war es? Seine *Pssst*-Neuigkeiten? »Was Sie nicht sagen? Was denn für eine Art *junger Herr*?« Corina war ein artiges Vorzeige-Mädchen mit weißer Weste. Wie? Das würde Gigi wohl nie herausfinden. Das Mädchen war als Teenager mit Paris Hilton und Konsorten unterwegs gewesen und nicht ein einziges Mal wegen Trunkenheit, Rauchen oder Sex in die Schlagzeilen geraten.

Gigi nippte an ihrem Kaffee und war schon gelangweilt von ihrem Gespräch, als es sie plötzlich in der Nase juckte. *Ach, schau her.*

»Ich weiß nicht, welche Art Gentleman. Er schien soweit ganz sauber, obwohl Miss Del Rey mächtig unter Anspannung zu sein schien. Ich hab zu ihr rüber gerufen, ob auch alles in Ordnung sei. Sie versicherte, es sei alles gut. Aber ich glaube, die haben über was gestritten, Miss Beaumont.«

Gigi schenkte Jones ein ermutigendes Lächeln. »Haben Sie irgendetwas von dem Gespräch mitbekommen?« *Also, Corina, was versteckst du?*

»Nein, leider nicht, aber ich glaube, das war was Ernstes.«

»Danke, Jones. Sie sind ein guter Mann. Erinnern Sie mich daran, Ihnen bei Gelegenheit eine Gehaltserhöhung zu geben.«

»Ja, Ma'am. Gern geschehen.«

Er nickte auf eine Art und Weise, die Gigi zeigte, dass er sich mehr darüber freute, dass er wusste, *wie* er in ihrem Spiel mitspielen konnte, als über die Vorstellung einer Gehaltserhöhung.

Als sie sich abwand, um weiterzugehen, lieferte Jones noch ein Apropos nach. »Hab ich erwähnt, dass da noch ein zweiter Mann war? Groß und kräftig, hat mich an meinen Schwager bei den Special Forces erinnert. Er hat am Auto auf den anderen gewartet. Und wo ich doch selber im Sicherheitsdienst arbeite, erkenne ich einen Bodyguard, wenn ich einen sehe.«

»Ein Bodyguard? Sind Sie sicher?«

»Würd die Gehaltserhöhung drauf wetten, die Sie mir versprochen haben.«

»Hmm ... Sehen Sie mal, was Sie noch herausfinden können, Jones.«

Er ließ sein breites, weißes Grinsen blitzen. »Sie können sich auf mich verlassen.«

Beim Aufzug drückte Gigi den Pfeil nach oben. Na, na, na, wenn sich da nicht was zusammenbraute. Eigentlich hatte sie nicht vorgehabt, heute Morgen eine Gedankenknobelei zu lösen, aber Jones' Neuigkeiten faszinierten sie.

»Dann kamen die Rosen.«

Gigi wirbelte zu Jones herum. »Rosen?«

»Die sind jetzt auf ihrem Schreibtisch. Ein Mann hat sie heute früh um acht geliefert. Können Sie sich das vorstellen? Frühmorgens um acht.«

»Wirklich, Jones?«

»Wetten, da schwärmt jemand ziemlich für sie.«

»Die Wette würden Sie vermutlich gewinnen.« Ein verliebter Mann? Gigi rubbelte sich die Nasenspitze. Jap, Liebe. Sie würde ihr Vermögen darauf setzen. »Haben Sie vielen Dank, Jones.«

»Immer wieder gerne, Miss Beaumont.«

»Ich sage der Buchhaltung, sie sollen sich umgehend um Ihre Gehaltserhöhung kümmern.«

»Ja, dann danke ich schön. Vielen, vielen Dank.«

Auf diese Art und Weise dehnte sie ihr Reich aus. So gewann sie die Leute für sich. Indem sie ihnen bezahlte, was sie ihr wert waren. Indem sie für ihr Wissen, ihre Loyalität und gelegentlich für ihr Schweigen bezahlte.

Sie fuhr in die erste Etage und grübelte über diese Entwicklung nach. Normalerweise würde sie sich keine weiteren Gedanken darüber machen, wenn sich eine der weiblichen Angestellten mit einem Mann auf einem Parkplatz unterhielt. Aber Corina Del Rey war keine normale Frau.

Gigi betrat das Großraumbüro und ging zu Corinas Schreibtisch, wo der schönste Rosenstrauß, den die Welt je gesehen hatte, die Sonnenstrahlen einfing, die durchs Oberlicht fielen. Mindestens zwei Dutzend Stück. Mindestens.

Sie tätschelte Melissas Arm, als sie vorbeischlich. »Wer hat die hier geschickt?«

»Sag du's mir, *Boss*. Du bist doch immer schon ihre Freundin.«

»Was weißt du über Corinas Liebesleben?« Gigis Nase juckte wie ein flohgeplagter Hund.

»Ähm, dass sie keins hat?« Melissa beugte sich über den Schreibtisch und schnupperte an den seidigen Blumen. »Ich habe noch nie Rosen in diesem Farbton gesehen.«

»Geh mal auf ihre Facebook-Seite«, ordnete Gigi an und ließ keinen Raum für Widerspruch. »Schau nach, ob sie irgendetwas über eine Verabredung oder über einen ›alten Freund‹, der die Stadt besucht, gepostet hat!«

Melissa wich zurück, versuchte, sich zu verdrücken. »Ich werde ihr nicht hinterherspionieren, Gigi. Nicht einmal für dich.«

»Wenn sie was darüber auf Facebook geschrieben hat, wie soll es denn dann Spionage sein, Schätzchen?« Also wirklich, wenn das so weiterging, würde sie noch kleinbeigeben müssen und sich der Facebook-Generation anschließen. Das hätte sie wohl schon lange gemacht, wenn sie einfach nur selbst auf der Seite unterwegs sein wollte, aber das war nicht ihr Modus Operandi. Sie tickte anders: Indem sie mit anderen Leuten zusammenarbeitete – und diese für sich arbeiten ließ.

Indem sie sie in ihre Mannschaft holte. Gigi schickte Mel mit einer Handbewegung an den Computer. »Lass uns einfach kurz einen Blick drauf werfen. Ist sie bei Instagram? Twitter?«

»Das weiß ich nicht, aber falls es dich interessiert, dann frag sie doch einfach, wenn sie kommt.«

»Mir wird sie nicht die Wahrheit sagen.«

»Dann lass sie in Frieden!« Melissa ließ ihre Tasche auf den Schreibtisch fallen, setzte sich und weckte ihren schlafenden Mac mit einer Mausbewegung auf. »Und übrigens postet sie ganz selten was auf Facebook.«

»Schön, dann wird dir diese kleine Übung hier also keine Schuldgefühle verursachen. Bist du denn gar nicht neugierig?«

»Ein bisschen.«

Gigi linste über Melissas Schulter, als die gerade Corinas Facebook-Profil aufrief.

Sie hatte da so ein Gefühl, einen Instinkt, der ihr sagte, dass sie irgendetwas auf der Spur war. Aber was? Wie groß war die Sache?

Seit dem Tag, an dem Corina ins Großraumbüro gekommen war, spürte Gigi, dass sie eine Geschichte in ihrem Herzen verborgen hielt. Ein Geheimnis. Aber in den letzten sechs Monaten war Corina lediglich eine zuverlässige, *langweilige,* stetige Schreiberin und Redakteurin gewesen.

Was nutzte es schon, wenn man eine der wohlhabendsten jungen Frauen der Welt einstellte, wenn sie nicht wenigstens ein bisschen Stoff ablieferte?

Oh, vielleicht war der Mann der Freund, oder vielleicht sogar der Ehemann von einer von Corinas Freundinnen? Und die Rosen waren ein Bestechungsversuch. Jetzt hatte Gigi Blut geleckt.

»Nichts«, sagte Melissa und schlug mit der flachen Hand auf die Tischplatte, während sie sich zurücklehnte. »Sie hat seit letzter Woche nichts gepostet. Und das war auch nur eine weitergeleitete Meldung über einen Fonds für den Gedenktag im Königreich Brighton.« Melissa klickte auf den Link. Daraufhin öffnete sich ein Artikel der *Liberty Press,* in dem es um ein neues Kriegsdenkmal ging und um die Pläne des Verteidigungsministers, der im nächsten Frühjahr eine große Gedächtnisfeier plante.

»Danke, dass du's versucht hast. Erinnere mich mal daran, dass ich dir dein Gehalt erhöhe.« Gigi wandte sich samt Gebäck und Kaffee ihrem Büro zu, an ihrem Arm baumelte die Gucci-Tasche.

»Hat Corina nicht eine Zeit lang an der Knoxton University studiert? In Brighton?«, sagte Melissa fast nebenbei. Gigi hielt an und ging dem Gedanken nach.

»Ja, stimmt. Als ihr Zwillingsbruder Carlos dort für seine militärische Ausbildung stationiert war. Sie hat damals als Freie für mich gearbeitet. Hat über die Kunsttage, das Filmfestival und die Modewochen berichtet.«

»Sie hat einen Zwillingsbruder?« Melissa sah zu Gigi auf.

»Hatte. Er ist in Afghanistan gefallen. Anscheinend in einer Wolke aus Geheimnistuereien.« Sein Tod musste der Grund sein, warum Corinas Augen nicht mehr leuchteten. Die Wurzel ihres Geheimnisses.

Gab es eine Verbindung zwischen Carlos und dem Mann vom Vorabend? Vielleicht ein schwuler Liebhaber? Oh, das wäre dann wohl die Mutter aller Schlagzeilen. Gigi stellte sich vor, wie sich die Zahlen in ihren Büchern alle wieder schwarz färbten.

»Mir gegenüber hat sie ihn nie erwähnt.« Melissa scrollte die Facebookseite weiter hinunter. »Sie scheint eine Vorliebe für Cathedral City zu haben. Sie hat ein Foto von König Nathaniel an seinem Hochzeitstag gepostet. Aber das war vor zwei Jahren. Kaum zu glauben, dass er eine Amerikanerin geheiratet hat, was?«

»Könnte das irgendwas bedeuten? Was denkst du?«

Mel klickte Corinas Profil weg. »Nichts, Gigi. Nur, dass die Blumen vielleicht von jemandem aus Brighton sein könnten. Immerhin hat sie da mal gewohnt.«

»Aber warum sollte ihr jemand Blumen schicken? Meinst du, es könnte vielleicht eine alte Flamme sein?« Gigi ging um Corinas Schreibtisch herum, stellte ihren Kaffee ab und betrachtete die Rosen. Da. Sicher doch. Eine Karte. Warum war sie darauf nicht früher gekommen? Sehr sorgfältig stibitzte sie den Umschlag aus dem Strauß. Das Kuvert war weiß. Einfach. Ohne jegliche Information. Nicht mal der Name oder das Logo des Floristen war darauf.

»Du steckst ganz schön viel Energie in die Sache. Es sind doch nur Rosen.«

»Und genau an diesem Punkt liegst du voll daneben, Süße.« Gigi schnappte sich ihren Latte und machte sich auf den Weg zu ihrem Büro. »Diese Rosen sind ein Statement. Und ich will wissen, wofür sie stehen, was sie ausdrücken sollen.«

In ihrem Büro schloss sie die Tür, stellte ihr Frühstück zur Seite und öffnete ihr E-Mail-Programm. Der Kitzel einer *Story* ließ ihren Puls rasen.

Deanna Robertson war ihre Statthalterin in Brighton. Sie arbeitete beim *Informanten*, aber Gigi hatte die Karriere der guten Frau ins Rollen gebracht, als sie gleich nach dem College bei der *Beaumont Post* angekommen und um eine Stelle gebettelt hatte. Deanna war außerdem gut vernetzt.

Dann gab es noch Madeline Stone. Meine Güte, wie hatte sie denn Maddie vergessen können? Sie war eine von zwei Moderatorinnen der Fernsehsendung *Madeline & Hyacinth Live!* – Gigi schaute sich hin und wieder mal eine Folge bei YouTube an –, aber vor zehn Jahren war Maddie eine Praktikantin bei der *Beaumont Post* gewesen.

Wenn Deanna und Maddie nichts auftun konnten, würde Gigi

ihre Fahndung auf London und New York ausdehnen, aber für den Moment würden es diese beiden sorgfältig ausgewählten, gut bezahlten Informantinnen sehr gut tun. Sie schickte erst Deanna, dann Madeline eine private E-Mail mit ihrer auffällig-unauffälligen Betreffzeile, ihrem Standard-Code.

Betreff: Tolles Rezept, musst du unbedingt ausprobieren!

Vertraulich, muss unbedingt unter uns bleiben. Corina Del Rey, ein internationales It-Girl, arbeitet ebenfalls bei der Beaumont Post. Wie Du vielleicht noch weißt, studierte sie an der Knoxton University und arbeitete in der Zeit als freie Mitarbeiterin für mich.

Ich bin ganz scharf auf Geschichten oder Gerüchte über sie. Wo sie gewohnt hat, mit wem sie Umgang hatte, wie sie sich in der aristokratischen Gesellschaft von Cathedral City zurechtgefunden hat.

Ideen, Verbindungen, Gedanken? Ich glaube, da steckt eine Story dahinter. Ich finde nur noch keinen Angriffspunkt. Ich weiß deine Hilfe sehr zu schätzen und werde sie großzügig honorieren.

Herzlich,
GB

SIEBEN

Am Freitagmorgen ging Stephen am Strand spazieren. Er presste sich das Handy ans Ohr und wartete darauf, dass sein Bruder den Anruf entgegennahm.

Er lehnte sich in die steife Brise und lauschte dem Rauschen der Wellen, die sich an der Küste brachen. Der Sturm – *Anna*, war das richtig? – machte sich daran, an Land zu gehen.

Er wollte am Nachmittag wieder abreisen, bevor der Sturm sie zum Bleiben zwingen konnte. Deswegen hatte er Thomas ans Telefon gezwungen, damit der mit dem Piloten eine Verabredung traf. Aber er musste auch unbedingt Corinas Unterschrift kriegen, bevor er flog, sonst musste er befürchten, dass gar nichts daraus werden würde.

Corina. Dieser kleine Ausflug nach Amerika sollte eine einfache Angelegenheit mit einer überschaubaren Aufgabe sein. »*Bitte unterschreibe diese Nichtigkeitserklärung.*« Aber wie war er nur darauf gekommen, dass dies ein einfaches Unterfangen sein könnte? Ohne Komplikationen?

Stephens Füße sanken bei jedem Schritt tief in den kühlen, nassen Sand ein. Er war sich seines empfindlichen Knöchels, dem er eine Auszeit von der Gehschiene gönnte, sehr bewusst, und der Wind presste sein Brighton Eagles-T-Shirt gegen seine Brust. *Himmel, Nathaniel, müssen die dich auf dem Klo suchen oder was?*

»Stephen?« Endlich!

»Warum brauchst du denn so lange, bis du rangehst?«

»Ich war noch an einem anderen Apparat. Also, wie läuft es mit Corina?«

Stephen fuhr sich mit der Hand durch die Haare und hielt das Gesicht in den Wind. »Im Wetterbericht haben sie einen Tropensturm angekündigt.«

»Ist das eine Art Zeichen? Erwartest du einen Sturm mit Corina?«

»Sie weigert sich, zu unterschreiben.«

»Sie – was? Warum?«

»Sie sagt, sie will, dass ich erst herausfinde, was mit ihrem Bruder passiert ist.« Die Wellen wuschen den weichen Sand unter seinen Füßen weg, und Stephen sank weiter ein.

Nathaniel pfiff. »Was hast du ihr erzählt?«

»Dass ich nichts weiß. Sie hat damit argumentiert, dass mein Bruder der König sei und ich Zugang zum Verteidigungsministerium habe, also sollte ich etwas herausfinden können.«

»Stephen, die Dinge, die an jenem Tag geschehen sind, sind unter Verschluss. Du weißt, was auf dem Spiel steht. Nicht einmal Mutter kennt die Einzelheiten.«

»Das brauchst du mir nicht zu predigen. Ich bringe dich nur auf den neuesten Stand. Mal davon abgesehen, dass die Details eine Frage der nationalen Sicherheit sind und auch meiner Zukunft als Rugbyspieler, will ich ihr das alles auch gar nicht erzählen. Wenn sie mich jetzt schon hasst, wird sie mich erst recht verabscheuen, wenn sie die ganze Wahrheit erfährt.« Und zu Recht. Das glaubte er mit seinem ganzen Sein.

»Ganz zu schweigen davon, dass sie eine von der Journaille ist. Hast du nicht gesagt, dass sie für die *Beaumont Post* arbeitet?«, fragte Nathaniel.

»Sie würde uns aber nicht hintergehen. So eine ist sie nicht.«

»Vielleicht, aber wir haben es doch schon oft genug erlebt, wie Reporter und Moderatoren, denen wir vertraut haben, uns am Ende doch hintergangen haben. Ob nun absichtlich oder nicht. Sei misstrauisch, Stephen. Bleib auf der Hut, so gut du kannst. Ich will den Palast nicht am Ende in Rauch aufgehen und Menschen sterben sehen.«

»Ob das passieren würde, wissen wir nicht.«

»Wir haben aber auch nicht geglaubt, dass es in Torcham passieren würde. Ein einziger kleiner Hauch der schmutzigen Angelegenheit in der Öffentlichkeit, und wir müssten mit unzähligen Nachahmern rechnen.«

»Was also soll ich machen?« Die Frage war nicht rhetorisch gemeint. Er brauchte den Rat und die Weisheit seines Bruders. »Ich habe noch nicht einmal angedeutet, wie ihr Bruder gestorben ist. Aber sie weigert sich, die Annullierung zu unterschreiben, wenn sie die entsprechenden Informationen nicht bekommt.«

All die Jahre lang hatte Stephen in ruhigen Momenten immer wieder versucht, sich vorzustellen, wie es wohl wäre, Corina die Wahrheit zu sagen. Aber als er sich ihren Gesichtsausdruck vor Augen führte, das Weinen in ihrer Stimme hörte, die Verachtung in ihren Augen sah, schauderte er jedes Mal und dankte Gott dafür, dass der Vorgang von höchster Stelle abgeschlossen und versiegelt worden war.

Das war die einzige Sache, für die er Gott dieser Tage dankbar war. Ansonsten fehlte ihm jedes Verständnis dafür, wie ein guter Gott Prüfungen und Ungeheuerlichkeiten wie Krieg überhaupt auf der Welt dulden konnte.

»Überzeuge sie! Du hast sie dazu bezirzt, dich zu heiraten, also musst du wohl irgendwie einen Draht zu ihr haben. Bezirze sie, die Dokumente zu unterschreiben.«

»Du hast ja ihr Gesicht nicht gesehen. Resolut. Entschlossen. Sie hat nichts zu verlieren. Sie hat bereits alles verloren.« Das Wehen der salzigen Brise rammte das Geständnis Stephen mitten ins Herz.

Eine weniger starke Frau wäre vielleicht wahnsinnig geworden vor Trauer. Aber nicht Corina. Sie machte weiter. Für sich selbst, für ihre Eltern. Es stand ihm vielleicht nicht zu, sie wieder zu lieben, aber er bewunderte sie.

»Dann finde eine Lösung. Sag ihr, dass dich das Verteidigungsministerium nicht an die Akten lässt!«

»Und aus welchem Grund? Ich war ein entsandter Offizier des RAC. Ich bin der Zweite in der Thronfolge. Mein Bruder ist der König. Warum würden sie mir verweigern, die Akten einzusehen, um einer trauernden Familie Gewissheit und Frieden zu verschaffen? Sie wird das durchschauen, das kann ich dir gleich sagen. Sie ist misstrauisch, Nathaniel. Wenn ein Mann wie ihr Vater, Donald Del Rey, mit seiner Macht und seinem Reichtum nicht die Antworten bekommt, auf die er aus ist, dann ist irgendetwas im Busch. Und ich kann ja auch nicht ewig hierbleiben und sie mürbe machen. Ich habe diesen Monat einen ziemlich vollen Terminkalender.«

»Dann finde eben einen Weg ohne die Information. Überrede sie.«

»Ich werde mein Bestes versuchen, aber ich muss auf jeden Fall am Sonntagmorgen fliegen, wenn nicht sogar vorher. Es sei denn, der Sturm zwingt uns zu bleiben. Außer einem vollen Terminkalender ist da ja auch noch die Physiotherapie, mit der ich weitermachen muss.«

»Dann sieh zu, dass du in die Gänge kommst.«

Stephen legte auf, stopfte das Telefon in die Tasche seiner Shorts und blickte über das aufgewühlte Meer. Der Tag versprach, heiß und stürmisch zu werden. Wie überaus passend.

Auf dem Weg zurück zu ihrer angemieteten Wohnung sah Stephen Thomas, der auf dem Balkon wartete und ihm entgegensah.

»Was haben wir von diesem Sturm zu erwarten?«, fragte Stephen, als er das kühle Foyer betrat. »Starken Wind, Regengüsse, Stromausfälle?«

Brighton, eine Nordseeinsel, bekam auch seinen Anteil an Hochseestürmen ab, aber Stephen hatte sein ganzes Leben lang abseits der größten Unruhen auf einem Hügel in Cathedral City gelebt.

Thomas nickte. »Oder Schlimmeres. Während Sie telefoniert haben, sind Leute hier vorbeigekommen. Wir sollen den Strand und die vorgelagerte Insel verlassen.«

Stephen sah ihn mit zusammengekniffenen Augen an, während der Wind an seinen Hosenbeinen zerrte. »Und dann wohin?«

»Sie haben etwas mit Miss Del Rey zu verhandeln. Warum nicht zu ihr?«

»Mensch, alter Freund, nein. Mit ihr eine Nacht lang unter einem Dach festzusitzen, könnte für uns alle das Ende bedeuten.«

»Oder Sie könnten bekommen, wofür Sie hergekommen sind.«

Stephen zog eine Grimasse und starrte dann über den Atlantik, wo das Wasser zu kochen schien. Von allen Sicherheitsoffizieren musste er natürlich den mit dem besten Durchblick und dem frechsten Mundwerk erwischen.

Die Vorstellung, einen Abend mit Corina zu verbringen, erschütterte ihn bis ins Mark. Er zog vor, Abstand zu halten. Eine Ozeanbreite Abstand. Und gute fünf Jahre dazu.

Stephen sah zu seinem Knöchel und der perfekt gezackten Narbe hinunter. Ein leiser Dialog säuselte sich durch seine Erinnerung.

»Was hast du denn mit deinem Leben so vor, Prinz Stephen?«

»Ich will für die Brighton Eagles spielen.« Er hatte seinen Herzenswunsch gleich bei ihrer ersten Verabredung gebeichtet. Als sie nicht über die Idee lachte, dass ein Prinz professionell Rugby spielen wollte, wusste er, dass sie etwas Besonderes war.

»Dann solltest du daran arbeiten.«

»Mit meinem königlichen Titel und allen Erwartungen, die daran hängen? Ich muss erst einmal meinen Militärdienst absolvieren.« Seinen Zweifeln Ausdruck zu verleihen, betonte die Schatten und Grauzonen seines Lebens.

»Blablabla, Ausreden. Sag doch gleich, wenn du Angst hast. Das nimmt dir schon keiner übel.«

»Wie bitte? Hast du gerade ›blablabla‹ gesagt? Ich habe keine Angst. Also bitte.«

»Na, wir wissen doch beide, dass mit deinen Ohren alles in Ordnung ist.«

Er hatte gelacht, sie in die Arme geschlossen und herumgewirbelt. Und beinahe geküsst. »Amerikaner. Ihr haltet euch für sooo klug.«

Ihre Augen hatten sich zu einem goldenen Speer mit haselnussbrauner Spitze verengt. »Halten? Wir halten uns nicht für klug, mein Bester, wir wissen, dass wir es sind.«

»Stephen. Sir.« Thomas kam zu ihm auf den Balkon. »Ich habe Miss Del Rey angerufen. Sie hat uns die Erlaubnis erteilt, in ihrer Wohnung unterzukommen.«

»Du hast was?« War das eine Verschwörung? »Nein. Finde eine andere Unterkunft.«

Thomas schüttelte den Kopf. »Ich bin verantwortlich für die Sicherheit, und ich tätige die Anrufe. Miss Del Reys Wohngebäude ist sicher und diskret. Ihre Wohnung ist die einfachste und sicherste Lösung.«

Stephen seufzte. Wenn sie gemeinsam reisten, kümmerte sich Thomas um strikte Kontrolle. Selbst wenn sie mit seiner Mannschaft unterwegs waren, konnte es sein, dass Thomas Stephen in ein anderes Hotel bringen ließ, wenn er den Eindruck hatte, es sei nicht hundertprozentig sicher. Seit Torcham verlangte der Palast gewisse Sicherheitsanforderungen. Stephen würde nie »einer von den Jungs« sein können. Aber er machte Abstriche, um das tun zu können, was er liebte.

Er sah Thomas scharf an. »Bist du sicher, dass es ihr nichts ausmacht?«

»Ich habe sie nicht gefragt, ob es ihr etwas ausmacht. Ich habe sie gefragt, ob sie für uns Platz hat. Was sie von der Situation insgesamt hält, ist zweitrangig und muss hinter unserer Sicherheit zurückstehen.«

Stephen seufzte und machte sich auf den Weg zur Treppe. »Wann treffen wir uns mit ihr?«

»Sie ist auf dem Nachhauseweg und macht unterwegs noch einen Zwischenstopp. In einer Stunde treffen wir uns mit ihr an ihrer Wohnung.«

Oben, unter der Dusche, überkam ihn eine Welle aus Panik. Sie tränkte sein Herz, während ihm das warme Wasser über Nacken und Rücken strömte.

Wie konnte er sie nur überzeugen? Er konnte sich wie der letzte Barbar verhalten, was die Annullierung anging, und sie dazu bringen, ihn zu hassen. Aber er war sich nicht sicher, ob er das über sich bringen würde. Oder ob das etwas an ihrem Entschluss ändern würde, dass er herausfinden sollte, was mit ihrem Bruder geschehen war.

Bedauern. Das trug er wie einen Winterschal. Wenn er zurückreisen und irgendetwas an den Ereignissen ändern könnte, die zu dieser Nacht geführt hatten, er würde es tun. Aber das konnte er nicht, und sechs Männer waren gestorben. Für ihn.

Stephen schlug mit den Fäusten gegen die Fliesen der Dusche. Er wusste es nicht. *Er wusste es nicht!*

Was machte es schon für einen Unterschied, was er ihr erzählte? Er würde einfach etwas erfinden. Denn egal, ob sie die Papiere nun unterschrieb oder nicht, ein freier Mann würde er ohnehin nie sein.

Und das war eine Tatsache, mit der er für den Rest seines Lebens auskommen musste.

Corina verließ zum vertrauten »Ping« den Fahrstuhl in ihrem Wohnkomplex, am einen Arm schwangen Plastiktüten, im anderen hielt sie eine Vase voller roter Rosen.

Gigi hatte ihre Angestellten gerade in den Feierabend geschickt, damit sie sich um ihr Zuhause und ihre Familien kümmern konnten, als Thomas angerufen und sie mit seiner freundlichen Stimme um einen Unterschlupf gebeten hatte.

»*Es ist nur so, dass wir niemand anderen hier kennen und eine sichere Zuflucht brauchen.*«

»*Ja, also, ich weiß nicht ...*«

»*Bitte, Corina, Sie sind unsere schnellste und sicherste Möglichkeit.*«

Seufz. »*Nur, wenn er sich anständig benimmt.*«

Thomas lachte. »*Ich gebe Ihnen mein Wort darauf.*«

Aber mal im Ernst: Was sollte sie denn tun? Thomas absagen? »*Soll der Mistkerl doch ins Meer gespült werden.*« *Oder:* »*Dann müssen Sie dem Sturm eben im Sea Joy Motel trotzen.*«

Als sie ihren Einkaufswagen durch den überfüllten Supermarkt schob, fand sie den Silberstreif am Horizont. Gute 18 Stunden in ihrer Wohnung festzusitzen, während draußen ein Sturm tobte, könnte genau das Richtige sein, um Stephen die Wahrheit abzupressen.

Sie nickte Captain, dem Türsteher, zu, als sie die Eingangshalle betrat. Stephen und Thomas folgten ihr auf dem Fuße.

»Ich hoffe, wir drängen uns nicht zu sehr auf.«

Sie drehte sich um und sah Stephen, ach so selbstbewusst, mit großen Schritten auf sich zukommen.

Sie balancierte die Rosen und fasste die Griffe ihrer Plastiktüten noch einmal etwas fester. »Ich habe doch ja gesagt, oder?« Sie drückte auf den Fahrstuhlknopf. Ihr Herz schlug einen Trommelwirbel voller Gefühle.

An ihrer Wohnungstür angekommen, lud Corina die Herren ein und zeigte ihnen den Weg zu dem Schlafzimmer am Ende des kurzen, dunklen Flurs. Sie war sich sicher, dass ihr die Rosen gleich aus der Hand rutschen würden. »Im Schrank im Badezimmer sind frische Handtücher.« Sie atmete tief durch, als sie ihre Einkäufe auf der Kücheninsel abstellte.

»Corina, die Krone bedankt sich bei Ihnen«, sagte Thomas mit großer Aufrichtigkeit in seinem tiefen Bariton. »Wir werden Ihnen jegliche Ausgaben erstatten –«

»Also bitte, Ausgaben.« Sie grub eine Tüte Erdnuss-M&Ms aus einer Tasche. »Meinen Sie die extravaganten fünf Dollar, die ich für die hier bezahlt habe?«

»Das ist meine Lieblingssorte«, sagte Stephen mit einer beiläufigen, saloppen Art, die so gar nicht nach ihm klang. »Da kann ich dir die fünf Dollar auch gleich bar geben.«

Sie lachte nicht. Aber nur, weil sie wirklich nicht wusste, was er da gerade tat. Humor? Ein Ablenkungsmanöver? Scham?

Er funkelte sie ebenfalls an. »War nur ein Witz, Core.«

Core. Den Kosenamen hatte er bei ihrer zweiten Verabredung benutzt. Nachdem sie ein Semester lang dreimal die Woche bei dem Management-Seminar Stephens Flirtereien standgehalten hatte – hätte sich auf ihrem Tisch ein Tintenfass befunden, wäre es in seinen Haaren gelandet, die Sorte Flirt –, waren sie Freunde geworden. Kameraden. Als ob sie in benachbarten Häusern aufgewachsen wären. Alles war leicht. Die Gespräche. Das Lachen. Sogar die schweigsamen Momente.

»Ihr könnt euch von allem nehmen. *Gratis.*« Denn das war schon von jeher die Grundregel in der Küche der Del Reys.

Während Stephen und Thomas sich im Gästezimmer einrichteten, leerte Corina ihre Einkaufstaschen. Oreos, M&Ms, Weintrauben, Kirschen und kandierte Äpfel arrangierte sie auf der Kücheninsel. Das Wasser und die Cola light verstaute sie im Kühlschrank.

In ihrem Schlafzimmer schlüpfte sie in ein paar Shorts und ein Top. Erst jetzt wurde ihr klar, wie ihr Unterbewusstsein sie gesteuert hatte, als sie die Erdnuss-M&Ms in den Einkaufswagen gepackt hatte. Sie selbst bevorzugte die einfachen Schokolinsen. Aber die mit den Erdnüssen waren tatsächlich Stephens Lieblingssorte.

Während sie durch den Supermarkt geschlendert war, hatte sie überhaupt nicht über ihre Wahl nachgedacht.

Während ihres Flitterwochenmonats hatte Stephen pfundweise Erdnuss-M&Ms gegessen. So wirkte es jedenfalls.

»Kann ja sein, dass ich keine mehr bekomme, bis ich wieder zu Hause bin.«
»Ich werde dir jede Woche eine Tüte schicken, Schatz.«
»Versprochen?« Sein Kuss schmeckte nach Schokolade.
»Versprochen.«

Sie hatte Wort gehalten und war jede Woche beim Süßwarenladen vorbeigegangen, hatte eine große Tüte M&Ms gekauft und diese dann direkt zur Post gebracht. Das hatte sie mit solcher Regelmäßigkeit gemacht, dass am Ende die Postangestellte den Karton schon fertig adressiert und frankiert vorbereitet hatte, wenn Corina vorbeigekommen war.

Sie kam gleichzeitig mit Stephen wieder in der großen Wohnküche an. Eine starke Bö traf das Penthouse, als Corina die M&Ms in eine Kristallschale schüttete.

»Ich weiß noch, wie du mir damals jede Woche ein Paket M&Ms geschickt hast.«

»Ja, das hab ich gemacht.«

Stephen warf sich ein paar davon in den Mund und wirkte verloren, unentspannt. »Oh ja, Thomas schläft eine Runde.«

»Der kann bei dem Wind schlafen?«

»Er war bei einer Spezialeinheit in Afghanistan. Er kann bei Raketenlärm, Mörserkrach und Explosionen schlafen. Ich hab mal gesehen, wie er beim Strammstehen geschlafen hat.«

»Da hat er es aber gut.«

Ihre Blicke trafen sich, und Stephens Gebaren war demütig und zerknirscht. »Danke, dass wir kommen durften.«

»Hast du über meine Bitte nachgedacht?« Sie legte ein Schneidebrett bereit und wusch die Äpfel ab. Seine Gegenwart wurde ihr immer bewusster, immer wirklicher.

Sie war *verheiratet*. Jetzt, in diesem Moment. *Mit ihm*. Was machte man denn so als Mädchen, nachdem man einen Prinzen geheiratet hatte? Nachdem man der Liebe seines Lebens »Ja, ich will« zugesagt hatte?

In der Nähe der Balkontür gab es einen lauten Knall. Corina lehnte sich an der Spüle nach hinten, um zu entdecken, dass der Adirondackstuhl gegen das Glas geschleudert worden war. »Mist. Ich habe vergessen, die Balkonmöbel reinzuholen.«

Sie trocknete sich die Hände ab, aber Stephen war schon unterwegs, öffnete die Doppeltür zum Balkon und holte die Stühle und den klapprigen Pflanztopf mit dem moribunden Efeu herein.

»Muss sonst noch was in Ordnung gebracht werden?«, fragte er und sah sich suchend im Raum um.

»Das war alles. Danke, Stephen.«

»Das war das Mindeste, was ich tun konnte.«

Ihre Blicke trafen sich. So wie jetzt war es noch nie zwischen ihnen gewesen – förmlich und unbeholfen. Nicht einmal, als er mit ihr geflirtet und sie ihn ignoriert hatte.

Zurück in der Küche, nahm sie sich ein Messer und begann, die Äpfel kleinzuschneiden. Die Aufgabe gab ihr ausreichend Deckung, um sich ihren Prinzen heimlich anzusehen. Sie wollte ihn küssen. *Warum liebe ich dich immer noch?*

Stephen wanderte mit einer weiteren Handvoll M&Ms in den Wohnbereich und sah aus dem Fenster, wo er im grauen Licht des Sturms stand. »Um deine Frage zu beantworten: Ich habe Nathaniel angerufen. Es gibt nichts zu erzählen. Dein Bruder ist in einem Feuergefecht ums Leben gekommen.«

»In Torcham? Er war in Peschawar stationiert.« Sie rammte das Messer in den süßen, knackigen Apfel. »Was hat er in Torcham gemacht?«

»Truppen werden die ganze Zeit verlegt. Es kann tausend Gründe geben, aus denen es ihn nach Torcham verschlagen hat. Ein Kurzeinsatz.«

»Aber du weißt ganz genau, warum er in Torcham war, stimmt's?« Sie stöberte. Stocherte. Versuchte, es aus ihm herauszubekommen.

»Was willst du?« Stephen ging durchs Zimmer und lehnte sich an die Kücheninsel. »Soll ich mir etwas ausdenken? Eine großartige Geschichte erfinden, die irgendwie glaubhaft klingt? Er war in Torcham und hat seine Arbeit gemacht. Den Frieden gesichert. Das ist Sinn und Zweck des Alliiertenverbandes.« Er wies auf die Rosen. »Die sind ja schön.«

Corina funkelte ihn an. »Die sind von dir.«

»Von mir?« Er schlug sich die Hand gegen die Brust. »Ich habe sie dir nicht geschickt.«

Jetzt war er einfach grob unhöflich. »Ach ja? Und warum ist die Karte dann mit deinem Namen unterschrieben?« Corina fischte den weißen Umschlag zwischen den Blüten heraus und warf ihn ihm zu. Wenn er früher Blumen geschickt hatte, hatte er fast stündlich angerufen, bis sie endlich angekommen waren. Obwohl sie es schon komisch fand, dass er seine Initialen benutzt hatte. PS. Prinz Stephen.

»*Gibt's was Neues? Irgendwas los?*«
»*Nein, ich arbeite nur an einem Artikel.*«
»*Ruf mich an, wenn ... du weißt schon. Wenn irgendwas passiert.*«
»*Zum Beispiel?*«
»*Na, irgendwas halt, Süße. Ruf mich an.*«

Er hielt die Karte hoch und zog eine Show ab, als er den Text las. »Ich halte unsere gemeinsamen Erinnerungen in Ehren. Herzlichst, PS.« Mit einem Hohnlachen sah er sie an. »Ich halte unsere Erinnerungen in Ehren? PS? Klingt das überhaupt nach mir? Erstmal wären meine Initialen ja SS. Und zweitens hätte ich wohl eher geschrieben, ›Alles Gute, Liebes.‹«

Corina schnappte sich die Karte aus seiner Hand. »Wer hat sie dann geschickt?«

»Ich habe keine Ahnung, das kann ich dir versichern. Vielleicht dein Freund.«

Er flirtete. »Ich habe keinen Freund.«

»Also bist du nicht ausgegangen, seit –«

»Seit du mich abserviert hast?« Corina fuhr mit dem Messer energisch durch einen weiteren Apfel. »Doch, ein paar Mal. Ich dachte, ich wäre Single.«

»Wie bist du zurechtgekommen?«

»Es ging.« *Es war nicht wie mit dir und mir.* »Es war ein alter Freund aus dem College. Aber er lebt in New York. Immer mal wieder hatte er geschäftlich in Atlanta zu tun.« Warum erzählte sie ihm das? »Er rief dann eben an, und wir trafen uns zum Essen.«

An solchen Abenden legte sie ihre Trauerkleidung ab und tat so, als wäre das Leben voller Glanz und Möglichkeiten. Tod und Herzschmerz waren eine Million Meilen weit weg. Sie war jedes Mal froh um diese Nächte, die ihr wie eine Atempause erschienen.

»Was ist passiert?«

Sie schnitt die geviertelten Äpfel in kleinere Stücke. »Was kümmert's dich?«

»Ich will mich nur mit dir unterhalten.« Stephen griff nach einem Apfelschnitz, öffnete den Becher mit dem Karamell und stippte das Obst hinein.

»Er lebt in New York, und ich wohne eben hier.«

Stephen streifte sie mit einem schnellen, blauen Blick. »Ich weiß, dass diese Angelegenheit zwischen uns nicht angenehm ist.«

»Nicht angenehm?« Sie rammte das Messer in einen weiteren knackigen Apfel. »Nicht angenehm, das sind Zahnschmerzen. Wenn man sich an Papier schneidet, das ist nicht angenehm. Sein iPhone zu verlieren ist nicht angenehm. Das hier zwischen uns ist absolut furchtbar. Ich wollte dich hassen, weißt du. Übrigens hätte derjenige, der die Rosen geschickt hat, das besser nicht tun sollen. Gigi Beaumont ist den ganzen Morgen über wie ein hungriger Aasgeier um meinen Schreibtisch gekreist und hat sich gefragt, von wem die wohl sind.«

»Sag ihr, sie sind von deinem alten Verehrer.«

»Ich werde sie nicht anlügen. Und ich werde ihr nicht den kleinsten Einblick in mein Privatleben geben. Was glaubst du, wer sie geschickt hat?«

»Ich habe keine Ahnung. Aber ich werde der Sache nachgehen, wenn ich wieder zu Hause bin, das kannst du mir glauben. Es kommen nur wenige Leute dafür infrage.«

»Wann fliegst du?«

»Sonntag.«

Seine Antwort hing zwischen ihnen.

»Meine Bedingung gilt noch«, sagte sie.

»Meine Antwort auch. Ich verstehe nicht, warum du nicht selbst zu der Einsicht kommst ...«

»Einsicht? Nichts hat in den letzten fünfeinhalb Jahren auch nur das kleinste Fitzelchen Sinn ergeben. Dass du mich verlassen hast nicht, dass meine Eltern sich auseinandergelebt haben auch nicht. Wenn man so will, ist Carlos' Tod das Einzige, dass Sinn ergibt. Er ist in den Krieg gezogen, und im Krieg sterben nun einmal Menschen. Aber wie er starb? Das ergibt auch keinen Sinn. Was soll die Geheimniskrämerei? Und dieses Schachern zwischen uns? Das ist das einzige Pfund, mit dem ich wuchern kann. Die einzige Möglichkeit für mich, herauszufinden, warum ich plötzlich so ganz alleine dastehe.«

Er schluckte und wandte sich stumm ab.

»Manchmal möchte ich heim nach Marietta fahren und sagen: ›Mama, Daddy, euer Sohn ist nicht umsonst gestorben.‹« Corina starrte in die Apfelschüssel. Ihre Augen füllten sich mit Tränen. Draußen trieb der jaulende Wind die ersten Regentropfen des Sturms gegen die Fensterscheiben.

So viele Apfelschnitze würden sie nie essen. Sie öffnete eine Schublade und holte eine Plastiktüte heraus.

Stephen zeigte auf seinen Fuß. »Ich müsste mal meinen Knöchel hochlegen.«

»Brauchst du Eis?«

»Nein, danke. Ich muss ihn nur hochlegen.«

Sie zeigte auf einen der Komfortsessel. »Bitte, bedien dich.«

»Corina«, sagte er langsam, zögernd, seine Gedanken abwägend. »Dein Bruder ist als Held gestorben.«

Sie sah Stephen lange forschend an, wählte ihre Worte sorgfältig. Sie war bereit, mehr Details einzufordern, darauf zu bestehen, dass er mehr wissen musste, als er zugab. Sie fühlte instinktiv, dass das der Fall war. Aber anstatt mehr zu verlangen, drängte ein Bekenntnis aus ihrem Herzen heraus. »Weißt du, worüber ich nachdenke?«

Er schüttelte den Kopf. Immer noch stand er zwischen Küche und Wohnbereich. Sein dunkles Haar wirbelte um den Kopf, seine Augen waren fest, sein Kiefer angespannt.

»Habe ich ihn genug geliebt?«

»Ihn genug geliebt?«, fragte Stephen. »Was meinst du? Ich habe noch nie Geschwister kennengelernt, die sich mehr um einander gekümmert, sich inniger geliebt hätten. Ich würde sagen, du hast ihn mehr als genug geliebt.«

Die Unterhaltung wühlte Corinas verborgene, tiefere Gefühle auf. »Aber hab ich ihn wirklich genug geliebt?«

Der Gedanke, genug zu lieben, war Corina zum ersten Mal gekommen, als sie auf dem Boden einer alten Kapelle vor den Toren Mariettas geweint hatte, gleich nach Carlos' Beerdigung, gleich nachdem sie

Stephen zum zigsten Mal angerufen und keine Antwort bekommen hatte, als ihr erschüttertes Herz befürchtete, sie hätte auch ihn verloren.

Herr, wie kann ich nur ohne sie leben?

»Da war so ein Abend, kurz bevor er ausschiffte«, fing sie an, bedächtig. Sie wählte ihre Worte vorsichtig und öffnete die Tür zu ihrem Herzen nur einen kleinen Spalt breit für den Prinzen. »Carlos kam bei mir vorbei. Du warst auf dem Stützpunkt und hast da irgendwas gemacht. Natürlich waren wir da noch nicht verheiratet, aber wir waren verliebt.« Sie räusperte sich und atmete tief, um die Tränen zurückzuhalten. »Ich wollte ihm um jeden Preis von uns erzählen, dass es etwas Ernstes war mit uns. Carlos und ich hatten nie Geheimnisse voreinander gehabt. Außerdem wart ihr beide Freunde, also dachte ich, warum sollte ich ihn nicht auf den neuesten Stand bringen? Du warst meine erste wahre Liebe.

Aber irgendwie schien er etwas auf dem Herzen zu haben, also habe ich uns Tee gekocht, Kekse rausgestellt und darauf gewartet, dass er auf den Punkt kommt. Oh, der Bursche brauchte manchmal ewig, um etwas zur Sprache zu bringen, weißt du noch? Also habe ich angefangen, meine Wäsche zu machen, das Geschirr abzuwaschen, eine SMS von einer anderen Reporterin zu beantworten ...

Und dann hast du angerufen, um mir zu sagen, dass du fix und fertig seist und nach Hause fahren wolltest, um dich auszuruhen. Ich saß auf dem Fußboden in der Küche, schön in die Ecke gekuschelt, lächelte und hörte mir an, wie du mir erzähltest, dass du mich liebst ...« Sie unterbrach sich. Diese Unterhaltung von anno dazumal zu wiederholen führte doch zu nichts. »Als wir auflegten, fragte mich Carlos, wie's lief. Er mochte dich, weißt du, schon seitdem ihr für den Alliiertenverband ausgebildet wurdet.«

»Hast du es ihm erzählt?«

»Nein, weil mir klar war, dass ihn etwas beschäftigte. Man musste Carlos in Frieden lassen, um ihm die Sachen entlocken zu können. Also schauten wir eine Weile fern, und dann ging er. Er hat mir nie erzählt, warum er gekommen war, ob ihn irgendetwas bekümmerte oder nicht. Zwei Tage später schiffte er aus.«

»Wie soll das denn nicht genug lieben sein? Er war ein großer Junge. Er hätte dir ja sagen können, was ihn beschäftigte, wenn er das gewollt hätte.«

»Verstehst du das nicht? Ich war so sehr mit meinem eigenen Leben beschäftigt und damit, dich zu lieben ... Ich glaube, er spürte, dass sich da etwas zwischen uns gedrängt hatte. Und er war sich nicht sicher, wie er danach fragen sollte. Ich hätte es ihm einfach erzählen sollen.« Ihre tränenerfüllte Stimme brach. »Mir kam es so vor, als hätte ich ihn ignoriert, nachdem wir beide angefangen hatten, miteinander auszugehen. Ich glaube, er empfand das genauso. Ich war so eng mit dir, dass ich meine Beziehung zu Carlos vernachlässigt habe. Es war komisch, anders zwischen uns Ende Mai, bevor er abreiste.«

Sie nahm sich eine Serviette aus dem Körbchen auf dem Kühlschrank und putzte sich die Nase, wischte sich die Augen. »Ich erinnere mich, wie er an einem Abend anrief und mich fragte, was ich gerade mache, und ob ich nicht Lust hätte, im Pub was zu essen. Ich sagte nein, weil ich mit dir verabredet war. Aber habe ich Carlos eingeladen, mitzukommen? Nein, weil ich mit dir alleine sein wollte. Ich – ich glaube, er hat mich vermisst, Stephen. Ich bin ihm nach Brighton hinterhergezogen, um mit ihm dort sein, für ihn da zu sein. Aber dann ging es nur um mich und meine Gefühle.« Sie sackte gegen die Theke. In ihrer Brust drängte sich ein Schluchzer an den anderen. »Ich habe nicht bemerkt, dass mein Bruder vielleicht Angst haben könnte oder sogar schon Heimweh, weil er nicht wusste, was ihn in der Wüste in Afghanistan erwarten würde.«

Sie vergrub das Gesicht in den Händen und konnte die Tränen nicht mehr zurückhalten. Es war Jahre her, dass sie ihrem Herzen erlaubt hatte, diese düstere Straße der Erinnerung entlang zu schleichen.

Stephens Hand berührte sie sachte. Dann legte er ihr den Arm um die Schulter und drückte ihren Kopf gegen seine Brust. Er roch sauber, nach Weichspüler, nach Gewürzen und purer Natur.

»Psst, Liebes. Carlos wusste, dass du ihn liebst. Dessen bin ich mir ganz sicher.«

Sie schob ihn von sich weg. »Nein, tu das nicht.« Frustriert darüber, dass sie sich vor ihm so verletzlich gemacht hatte, sammelte sie sich und holte Luft, holte ihre Gefühle zurück, atmete so tief ein, dass ihre Lunge schmerzte.

»Ja, er wusste, dass ich ihn geliebt habe. Wir hatten eine enge Verbindung zueinander, weißt du? Du warst sein Freund, aber kanntest du ihn auch als einen vollendeten Zuhörer? Das war er nämlich.« Über Carlos zu sprechen fühlte sich gut an. Mama und Daddy mochten das nicht. »Und trotzdem hat er Stunden gebraucht, um zu sagen, was er sagen wollte. In der Highschool hat seine Freundin Kerri mit ihm am Ende unseres vorletzten Jahres Schluss gemacht, aber ich habe das erst am Ende der Sommerferien erfahren, nachdem wir schon sechs Wochen in unserem Haus auf Hawaii zusammen verbracht hatten. Ich wusste, dass ihn irgendetwas umtreibt, aber ich habe meiner eigenen Welt nie gesagt, sie soll still sein, damit ich seiner zuhören konnte. Er ging an diesem Abend nach Hause, und ich habe ihn nie wieder gesehen.«

»Corina, du bist zu hart mit dir. Es ist doch ganz normal, dass man nachdenklich wird, wenn jemand so jung und unerwartet stirbt.«

»Jetzt weißt du, warum ich wissen muss, was mit ihm passiert ist. Wir haben seine Truhe, seine Fotos und ein paar Briefe. Den süßen kleinen Teddybären, den er mitgenommen hat. Den er schon als Baby hatte. Und ein Gebetbuch, das wir zu unserer Taufe geschenkt bekommen haben. Aber das ist alles. Die Wahrheit fehlt. Verstehst du das nicht? Kann das nicht dein Abschiedsgeschenk für mich sein?«

Seine Miene verfinsterte sich, er schluckte und wandte sich ab. »Ich wünschte, ich könnte dir geben, was du willst, aber ich kann es nicht.«

Sie ächzte leise.

»Er war ein perfekter Soldat. Ein guter Kamerad.«

»Was hat es also mit diesem Mantel der Geheimhaltung auf sich?«

»Du interpretierst viel zu viel in die fehlenden Einzelheiten hinein.«

»Carlos hat sich freiwillig gemeldet. Er wollte sich für die Freiheit, für die Schwachen einsetzen.« Sie hämmerte mit der Faust auf die Arbeitsfläche. »Deshalb will ich das wissen. Es tut mir leid, wenn dich das an mich und unser sogenanntes Eheversprechen fesselt, aber jetzt weißt du jedenfalls, wie sich unsere Familie fühlt.«

Danach gab es nichts mehr zu sagen. Sie hatte ihre Seele ausgeschüttet. Erst jetzt fiel ihr wieder ein, dass draußen ein Sturm tobte.

»Ich – ich werde tun, was mir möglich ist. Das ist alles, was ich versprechen kann.«

»Das ist alles, was ich verlange.«

Thomas erschien in der Küche, bediente sich bei den Süßigkeiten und den Keksen und fragte, ob wohl etwas Gutes im Fernsehen liefe, das man sich vielleicht anschauen könnte. Seine Anwesenheit durchbrach die Spannung zwischen Corina und Stephen. Falls ihm auffiel, dass etwas in der Luft hing, ließ er sich nichts anmerken.

Das Trio ließ sich im Wohnzimmer bei gedimmten Licht nieder und fand *Zurück in die Zukunft* auf AMC. Corina sank erschöpft in ihren Fernsehsessel, nahm ihr Kuschelkissen (von der Universtiy of Georgia) in den Arm und rollte sich zusammen. Das Gebäude zitterte leicht unter einer weiteren Windbö, aber Corina empfand das als seltsam friedlich; sie zog den Tropensturm *Anna* dem, der da in ihrer Brust tobte, entschieden vor.

Sie sah zu Stephen hinüber, bevor sie die Augen schloss, und erwiderte sein zurückhaltendes Lächeln. Sie verabscheute es, dass er sie so weich werden ließ. Wie bewirkte es seine Gegenwart nur, die intimsten Gedanken ihres Herzens ans Tageslicht zu befördern?

Als sie am nächsten Morgen aufwachte, war der Sturm abgeklungen, und Stephen und Thomas waren weg. Ihre Betten waren gemacht, als hätten sie nie darin geschlafen. Thomas hatte eine Nachricht auf seinem Kissen hinterlassen.

Danke für Ihren Dienst an dem Königreich Brighton und seinem König!

Auf dem Tresen in der Küchen hatte Stephen eine Notiz zu den Annullierungspapieren gelegt.

Unterschreibe und schicke sie, wenn du so weit bist. Danke für die Unterkunft. Mach's gut, meine Liebe. SS.

ACHT

Wolken und Regen folgten dem Tropensturm *Anna* auf dem Fuße und lagen das ganze Wochenende lang über Melbourne und den Stränden.

Corina lenkte sich am Samstag ab, indem sie saubermachte und in den halb überfluteten Straßen Erledigungen machte. Sie bedauerte es sehr, dass sie solch einen empfindlichen Teil ihres Herzens vor Stephen bloßgelegt hatte. Er hatte das einfach nicht verdient, und jetzt nahm er einmal mehr einen Teil von ihr mit sich.

Aber im Laufe des Tages spürte sie seine Abwesenheit und fragte sich, wie er und Thomas wohl den Samstag verbrachten.

Außerdem fühlte sie sich leichter. Ihre Gedanken waren klarer. Eine Melodie sprudelte in ihrem Herzen. Vielleicht hatte sie das die ganze Zeit schon gebraucht. Eine Entlastung. Eine gute Therapiestunde. Sie war vor Jahren schon zur begleitenden Seelsorge gegangen, aber es hatte Zeit gebraucht, bis ihre Gedanken und Gefühle Gestalt annahmen.

In der Nacht zum Sonntag schlief sie unruhig, wachte dann aber mit dem Bedürfnis nach Anbetung auf. Sie sehnte sich danach, ihr Herz jemandem zu geben, der größer war als sie selbst. Sie schlüpfte in ihre Jeans und eine Bluse und machte sich auf den Weg ins Haus der Freiheit in Viera.

Die Kirche war bis zu Carlos' Beerdigung ein fester Bestandteil im Hause Del Rey gewesen. Danach war Daddy aus dem Kirchenvorstand zurückgetreten, und Mama hatte sich aus all ihren Komitees herauswählen lassen, sogar aus der Wohltätigkeitsorganisation für Frauen, die sie selbst gegründet hatte.

Die Trauerjahre hatten Corina ausgelaugt, hatten sie geistlich stumpf werden lassen, und sie ertappte sich dabei, wie sie ein wenig von der Wahrheit abgedriftet war. Sie hatte ihre Sonntage damit zugebracht, auszuschlafen, die Zeitung zu lesen und Filme zu schauen. Flucht auf fleischliche Art.

Aber als sie endlich aus dem Nebel auftauchte, wurde ihr bewusst, dass sie zu dem zurückkehren musste, der die Antworten kennt. Er musste die wahre Lösung für ihre dunklen Jahre sein. Weil Er das einzig wahre Licht war.

Sie war schon ein paar Mal im Haus der Freiheit gewesen, seit sie nach Melbourne gezogen war. Als sie am Sonntagmorgen in die hinterste Reihe schlüpfte, wurde sie daher gleich von Seiner Gegenwart umfangen.

Sie schloss ihre Augen und hob die Hände so hoch, wie es ein Baptistenmädchen eben konnte, weinte und flüsterte: »Hier bin ich, Herr.«

Die Musik wechselte, und Corina stöhnte und legte sich die Hand aufs Herz. Sie fühlte sich, als wäre eine weitere Tür aufgebrochen worden. Tränen liefen ihr über die Wangen, und es kümmerte sie nicht, wer sie sah.

Ihr Adrenalin schoss in die Höhe, als sie dachte, sie höre das Geläut einer Kathedrale. Sie öffnete die Augen und suchte die Bühne mit den Musikern nach Glocken oder Schellen ab. Aber da waren heute nur Gitarren und Schlagzeug.

Mit einem trockenen Schlucken wiederholte sie ihr Gebet. »Hier bin ich, Herr.«

Und da hörte sie seine Stimme, ein Echo der göttlichen Wegführung, die sie an jenem Abend vor fünfeinhalb Jahren erfahren hatte. Der einfache Satz ging ihr durch und durch.

Liebe reichlich.

Aber was bedeutete das?

Corina dachte den ganzen Sonntagnachmittag darüber nach und verbrachte einen guten Teil des Abends damit, im Evangelium des Johannes zu lesen, zu suchen, zu fragen, zu glauben.

Jetzt war es Montagmorgen. Corina fuhr schlecht gelaunt und müde zur Arbeit, nachdem sie wieder sehr schlecht geschlafen hatte. Sie war viel zu oft aufgewacht und hatte an Stephen gedacht, hatte dann Gebete gemurmelt, bis sie wieder eingeschlafen war, nur um kurze Zeit später wieder aufzuwachen.

Als erstes stand heute Morgen ein Meeting mit Mark an, und dafür wollte sie topfit sein.

Der Motor des GTO rumpelte, als Corina auf den Parkplatz der *Post* fuhr. Sie legte sich den Träger ihrer Umhängetasche über die Schulter, schnappte sich einen großen Becher grünen Tees und ging mit hochgezogenen Schultern zügig zum Gebäude, während sie sich Sonnenschein herbeiwünschte.

Und Stephen vermisste.

Nein, ich kann ihn nicht lieben. Das war nur der Nachhall des Wochenendes. Das würde in ein paar Tagen schon vorbeisein. Aber die letzten vier Tage waren ein emotionaler Rundumschlag gewesen. Am Donnerstag war sie als alleinstehende Frau, die im Begriff war, ihrem Leben Starthilfe zu geben, zur Arbeit gegangen, und am Ende desselben Tages war sie verheiratet. Mit einem Prinzen.

Der Gedanke daran versetzte ihr einen kleinen Stromschlag. Mal ganz oberflächlich betrachtet, wie viele Frauen konnten denn schon von sich behaupten, einen Prinzen zu kennen, geschweige denn, mit einem verheiratet zu sein? Obwohl sie ihn nicht deswegen geheiratet hatte. Ihr war es eigentlich lieber, dass er ein Sportler und ein Soldat war, auf den Prinzen legte sie nicht so viel wert.

Aber mal ganz ehrlich, was brachte ihr dieser Gedankengang eigentlich? Genau: nichts. Stand heute Morgen war, dass die Papiere dort lagen, wo Stephen sie ihr hinterlassen hatte, und da würden sie auch liegen bleiben, bis er mehr Informationen ausspuckte.

»*Dein Bruder ist als Held gestorben.*«

Entweder Stephen wusste etwas, oder es war nicht das Blut der Del Reys, dass da in ihren Adern floss.

Corina nahm die Treppe und betrat das leise Großraumbüro.

Sie ließ ihre Handtasche in die unterste Schreibtischschublade fallen, setzte sich und nahm einen vorsichtigen Schluck grünen Tees. Zu heiß. Corina nahm den Deckel ab und ließ den Dampf heraus.

»Hey du«, sagte Melissa, die an ihrem Schreibtisch anhielt. »Ich habe am Freitag versucht, dich anzurufen. Ich wollte mal hören, ob du Lust hättest, zu unserer Tropensturmparty zu kommen.«

»Ehrlich?« Corina wühlte das Telefon aus der Handtasche. »Mir wurden gar keine entgangenen Anrufe angezeigt.«

»Mir war die Vorstellung zuwider, dass du alleine zu Hause sitzt. Hast du den Sturm denn gut überstanden?«

»Ja, einigermaßen. Was für ein Spaß, oder? Der ganze Wind und der Regen und alles.« Melissa zog eine Grimasse. Nein, sie fand den Sturm überhaupt nicht witzig. »Ich habe das ganze Essen gekauft, das du als Tropensturmfutter vorgeschlagen hast – M&Ms, Kekse, Obst.« Dann füge man noch einen Prinzen und seinen Leibwächter dazu und voilà, wenn das mal keine Party war.

Innerlich lächelte Corina. Das war schon eine abgefahrene Situation. Lustig, aber auf eine traurige Art. *Mein Ehemann, der Prinz, ist auf ein Pläuschchen vorbeigekommen.*

»Okay ...« Melissa bewegte sich auf ihren eigenen Schreibtisch zu. »Solange du *Spaß* hattest. Ein paar von uns wollen heute Abend ins River Rock, falls du mitkommen magst.«

»Sicher, warum nicht.« Corina nippte noch einmal an ihrem Tee. Immer noch zu heiß. Also fuhr sie ihren Mac hoch und öffnete zuerst die E-Mails, dann den Browser und wühlte sich durch ihren morgendlichen Zeitungsstapel. Sie hatte noch ein paar Minuten vor ihrem neun-Uhr-Termin mit Mark.

Auf einmal hockte Gigi auf ihrer Schreibtischkante. »Na, was machen denn die Rosen?«

»Die blühen.« Corina pustete über ihren Tee.

»Und du?«, fragte Gigi. »Blühst du auch? Die ganze Angelegenheit mit Mark zieht dich doch nicht etwa runter, oder?«

»Mich runterziehen? Nein. Das ist nur ein Schlagloch auf einer langen Straße. Hör mal, Gigi, wo wir gerade vom Teufel sprechen – ich habe in neun Minuten einen Termin mit ihm. Brauchst du etwas von mir?«

»Dich, Süße.« Gigi präsentierte im hellen Morgenlicht eine goldgeprägte Einladungskarte, die sie mit großer Geste auf Corinas Schreibtisch legte »Dein erster Außenauftrag.«

Corina las die Aufschrift auf dem schweren Büttenpapier.

Im Namen seiner Majestät und des königlichen Hauses Stratton sind Sie auf das Herzlichste zu der Premiere des Filmes »Am goldenen Teppich: König Stephen« eingeladen.
Die Premiere beginnt am 14. Juni um 20 Uhr.
Wir bitten um Rückantwort an den Lord Chamberlain!

»Was ist das denn?«

»Eine Einladung. Steht da übrigens auch. ›... sind Sie auf das Herzlichste eingeladen ...‹ Ich will, dass du über die Premiere berichtest.« Gigi war in Medien-Mogul-Hochform. »Ich habe auch schon mit dem Hauptdarsteller, Clive Boston, gesprochen, und er hat mir ein Exklusivporträt zugesichert.« Sie grinste und zwinkerte. »Er ist mir noch was schuldig.«

»Clive Boston ist dir noch was schuldig?« Der ungestüme, aber insgesamt sehr zurückgezogen lebende Star hatte in den letzten zehn Jahren keine Interviews gegeben. »Will ich überhaupt wissen, warum? Oder wie?«

»Nein, glaub mir, das willst du nicht wissen. Egal, jedenfalls will ich, dass du –«

»Nein, Gigi. Nein.« Geradeheraus. Nein. Corina reichte Gigi die Einladung. »Wir haben Freie in London, die nach Cathedral City fliegen und die Sache erledigen können.«

»Das wäre ja ganz nett, wenn ich was über den Tourismus oder den ersten Tag des Sommerlochs haben wollte, aber das ist eine königliche Einladung zu einer Filmpremiere. Da schicke ich nicht einfach irgendwen an meiner Stelle hin. Ich schicke dich.«

»Du schickst mich den ganzen Weg nach Cathedral City, damit ich über eine Filmpremiere schreibe? Das ist eine ziemlich teure Pressereise.«

»Vergiss Clive nicht. Die Tatsache, dass wir das Interview kriegen, meine Liebe, ist es, was uns von den dicken alten Hunden unterscheidet. Bei denen, die den Fisch an Land ziehen, die die Insider-Geschichten bekommen, da will alle Welt die Nachrichten lesen. Außerdem musste ich den Deal mit Clive irgendwie versüßen, also habe ich dich als Schmankerl mit reingeworfen. Ich habe ihm gesagt, dass du das Interview führen würdest.« Sie sah Corina mit hartem Blick an. »Du musst Ende der Woche abreisen.«

»Gigi, ist es dir vielleicht mal in den Sinn gekommen, mich zu fragen? Clive Boston? Der ist ein arroganter Angeber.« Vor vielen Jahren hatten sich Corinas Wege mit denen des Kultdarstellers gekreuzt – als sie mit Daddy nach L.A. gereist war –, aber sie hatten eher so eine Art »Hallo, wie geht's?«-Beziehung, mehr war da nicht. Ganz sicher nicht genug, um den Schauspieler auf die Interview-Couch zu locken. »Er ist berüchtigt dafür, dass er Termine platzen lässt.«

»Ihm schien wirklich viel daran zu liegen, dich zu treffen. Er sagte, er wollte dich schon immer besser kennenlernen. Er wird nächste Woche für die Premiere in Cathedral City sein, also kannst du das

Interview dort führen. Zwei Fliegen mit einer Klappe.« Gigi klatsche eine Haftnotiz auf die Schreibtischplatte. »Hier sind seine Kontaktdaten. Er sagt, Textnachrichten gehen am besten. Wir brauchen diese Story, Corina. Die *Beaumont Post* ist überreif für einen großen Wurf, eine rechtschaffene Exklusivreportage.« Gigi stand auf und zupfte am Saum ihrer Anzugjacke. »Lass mich nicht hängen, Liebes.«

»Corina?« Mark steckte seinen Kopf aus der Tür seines Eckbüros ins Großraumbüro. »Kommst du?«

»Sie ist unterwegs«, sagte Gigi.

»Einen Moment noch, Mark. Gigi«, rief Corina mit einem *rechtschaffenen* Unterton hinter ihr her, während sie ihre Notizen für das Gespräch mit Mark zusammensammelte. »Ich sage nicht ja.«

Cathedral City? Sie konnte nicht nach Cathedral City reisen. *Er*, der Mann, mit dem sie verheiratet war, lebte dort.

»Klar sagst du ja. Das ist perfekt für uns. Eine amerikanische Großerbin auf dem goldenen Teppich ... Jeder wird darüber sprechen. Dann bringen wir eine Exklusivstory mit einem Einsiedler, einem Star, über den die Welt mehr wissen will, interviewt von *der* Corina Del Rey.« Gigi zitterte und seufzte. »Brillant. Ich bin ganz außer mir.«

»Gigi!« Ein paar Mitarbeiter hoben die Köpfe über ihre Computermonitore, als Corinas Ruf durch das Großraumbüro erschallte. »Schick eine rasende Reporterin von da unten hin. Clive fliegt auf jedes schöne Gesicht. Schick doch ... Ach, ich weiß nicht. Er kommt wahrscheinlich sowieso nicht.«

»Er kommt. Und ich schicke dich. Warum sollte ich jemand anderes als dich hinschicken? Eine umwerfende, wohlhabende, intelligente Frau. Eine Del Rey, die Antwort der Südstaaten auf die Kennedys. Ich würde fast sagen, dass du ebenso interessant bist für die Welt wie Clive.«

»Ich bin niemand, Gigi.« Corina sah zu Mark hinüber, der mit verschränkten Armen wartend im Türrahmen lehnte. »Warum machst du das?«

Wusste die Frau irgendwas? Hatte sie Stephen am Wochenende gesehen? Oder vielleicht einer ihrer Spione? Corina hatte den Verdacht, dass Jones, der Nachtwächter, eine Art Informant war, und der hatte sie ja letzte Woche mit Stephen auf dem Parkplatz beobachtet. Aber Corina war vorsichtig gewesen. Sie war sich sicher, dass sie Stephen nicht verraten hatte. Könnten die Rosen ihr einen Hinweis gegeben haben?

Aber wenn Gigi auch nur das Fitzelchen einer Story über ein Mitglied eines Königshauses wie Prinz Stephen zu fassen bekommen hätte, hätte sie es bestimmt auf der Titelseite der Sonntagsausgabe der *Post* gebracht, die einzige Ausgabe der Zeitung, die sowohl online als auch gedruckt erschien.

Corina nahm an, dass ihr Geheimnis vom Wochenende sicher war. Aber dieser unvermittelte Auftrag, nach Cathedral City zu reisen, erschütterte sie. Ließ sie wachsam werden.

»Es ist eine königliche Einladung, und ich schicke meine Spitzenkraft. Lebe ein bisschen, Corina. Mach dich auf ins Abenteuer. Erinnere dich an das Leben, das du geführt hast, bevor dein Bruder gestorben ist.«

»Dieses Leben ist vorbei, Gigi. Alles, was bleibt, ist das Leben zu leben, *nachdem* Carlos gestorben ist.«

»Na, dann fang an, dein Schicksal in die Hand zu nehmen. Meine Güte, Mädchen, beschränke dich doch nicht auf ein Leben in der Bedeutungslosigkeit.«

»Wie bitte? Was hast du gesagt?«

»Ich habe gesagt, du sollst dein Schicksal in die Hand nehmen.«

»Nein, das danach ...«

»Beschränke dich nicht auf ein Leben in der Bedeutungslosigkeit!

Mach Carlos stolz! Tu etwas! Das hier?« Sie wies auf die Ecken des Raumes. »Das ist doch Kinderkram für dich. Also, jetzt lass Mark nicht warten!«

Aber Corina konnte sich nicht bewegen. Die Worte, die Gigi da eben so mir nichts, dir nichts aus dem Handgelenk geschüttelt hatte, nagelten sie dort fest, wo sie stand. Corinas Herz brach noch ein bisschen weiter auf. Ihr war unwohl, und sie zitterte innerlich.

»Habe ich in der Angelegenheit etwas zu sagen, Gigi?«, rief Mark, der sich endlich auch in die Unterhaltung einschaltete.

»Nein, eigentlich nicht.«

Mit einem Schulterzucken wandte sich Mark ab und ging in sein Büro. Oh, sicher doch, er war genau das, was die *Post* brauchte. Eine gefügige Spielfigur für Gigi Beaumont. In diesem Streit war er keine große Hilfe.

»Süße, worüber denkst du denn jetzt so intensiv nach?« Gigi wedelte mit der Hand durch die Luft. »Ich kann den Rauch schon beinahe riechen. Dabei ist es eine ganz einfache Entscheidung. Ja. Ich sag dir mal was – du kannst im Wellington unterkommen. Auf meine Kosten.«

»Im Wellington?« Das Luxushotel von Cathedral City. Corinas Familie hatte dort gewohnt, wenn sie Brighton im Sommer besuchte.

»Corina«, sagte Mark aus seiner entlegenen Ecke und zeigte das bisschen Rückgrat, das er besaß. »Ich wäre dann soweit.«

Sie ging zu seinem Büro und versuchte, einen Weg zu finden, wie sie aus diesem unerhörten Auftrag wieder herauskommen könnte. Bei der Premiere würde sie doch sicher jemandem aus der königlichen Familie über den Weg laufen. Vielleicht Stephen selbst. Und was dann?

Überhaupt, was hatte denn der Besuch einer Filmpremiere und ein Interview mit einem in die Jahre gekommenen Filmstar damit zu tun, ein bedeutsames Leben zu führen?

Und dann sprach auf halbem Wege zu Marks Büro die Stimme in

ihr Herz, die sie in der Kapelle, ja, erst gestern im Gottesdienst gehört hatte.

Liebe reichlich.

Diese einfache Botschaft wirbelte allerhand Grübeleien auf. Sie wusste immer noch nicht, was genau das bedeuten sollte. Liebe reichlich? Wen lieben? Wie lieben?

Sie schüttelte den Nachhall des göttlichen Flüsterns ab und baute ihr Material auf dem Konferenztisch auf, um Mark einmal mehr zu zeigen, wie das virtuelle Auftragsbrett der *Post* funktionierte. Aber er war jetzt am Telefon, daher ging sie zu seinem Fenster. Es ging zur Straße hinaus, und man sah den Stadtteil außerhalb des Pressegebäudes.

Jenseits der U.S. I befand sich eine katholische Kirche, die ein Kreuz auf dem höchsten Punkt ihres Daches trug. Die Vormittagssonne hob das Symbol hervor und ließ es einen langen Schatten über die vierspurige Straße werfen. Der Schatten fiel außerdem durch Marks Fenster und auf seinen Boden.

Als Corina ihren Blick senkte, sah sie, dass das Kreuz auch sie bedeckte. Zitternd trat sie vom Fenster zurück. Wie konnte das sein? Die Kirche war sechzig, siebzig Meter entfernt.

Sie ging rückwärts zum Konferenztisch zurück und fühlte sich leicht und schwindelig. Mit einer Hand stützte sie sich am Tisch ab.

»Bereit?«, fragte Mark, der auflegte und an die Stirnseite des Konferenztisches trat. »Lass uns anfangen. Um Zehn treffe ich mich mit meiner Frau, wir haben einen Termin für eine Wohnungsbesichtigung.«

»Be-bereit.« Aber sie war nicht bereit. Sie war für überhaupt nichts bereit. Sie konnte ihre Gedanken zu nichts zusammenführen, was irgendeinen Zusammenhang aufwies. Die Ereignisse des Wochenendes hatten sie durchlöchert wie ein Hagel Schrot. Und der Schatten des Kreuzes, der gerade auf sie gefallen war, hatte seinen Teil dazu beigetragen.

Genau in dem Moment schlug die alte Standuhr in der Ecke die Stunde, und ihr voller, lauter Ton ging Corina durch und durch. Sie drückte sich die Finger gegen die Schläfen, während ihr Herz bei jedem Ton aus dem Rhythmus kam.

Einen Augenblick lang fiel sie aus der Zeit und fand sich auf der Spitze des Braithwaite Turms wieder, lag in Stephens Armen und tanzte zu der herrlichen Symphonie des Neun-Uhr-Läutens der Glokken von Cathedral City.

»Blöde Uhr. Geht nie richtig.« Mark schob sich mit einem ärgerlichen Schnaufen von der Schreibtischplatte weg, öffnete die Glastür der Uhr und hielt das Pendel beim dritten Glockenschlag an.

»Warte, sie war doch noch gar nicht fertig«, sagte Corina.

»Wen stört das schon. Die Zeit stimmt nicht. Meine Frau bestand darauf, das alte Ding hier hineinzustellen. Dem Büro einen persönlichen Anstrich verleihen, sagte sie.«

Mark kehrte zum Tisch zurück, aber Corina fühlte sich beraubt, betrogen um die Musik, die aus der ganz eigenen Zeit der Uhr erklungen war.

»Billiges altes Ding ... Mein Opa hat sie als Jugendlicher gemacht. War eine Arbeitsprobe oder so was. Ich glaube, ich gebe einfach dem Hausmeister Bescheid, dass der sie haben kann.« Mit einem Blick auf Corina schlidderte Mark zum Tisch. »Hör zu, ich weiß, dass du gerne mit diesem Albatros von einer Organisationshilfe arbeitest, aber ganz ehrlich? Das ist auf Windows 3.1.1 ausgelegt. Ich will ein neues Auftragsmodell entwickeln. Ich habe einen Freund, der ist Programmierer und –«

»Dem Hausmeister geben? Du würdest die Uhr deines Großvaters weggeben, weil sie nicht richtig geht?« Corina gab sich keine Mühe, ihre Gefühle zu verbergen. Marks gerunzelte Stirn zeigte ihr, dass sie kurz vor verrückt war.

»Es ist nur eine Uhr. Ich glaube, Opa hat sie nicht einmal besonders gemocht.«

»Aber sie ist es doch wert, dass man um sie kämpft. Du kannst sie doch nicht einfach abschreiben –«

»Corina, wovon sprichst du eigentlich gerade?«

Liebe reichlich.

Da wusste sie es. Sie konnte es nicht einfach *abschreiben*. Die Tür war geöffnet worden. Nicht nur ihr Herz, auch seines. Frieden füllte die Risse und Löcher ihrer Seele. Zum ersten Mal seit fünf Jahren erkannte sie ein Stück ihrer selbst. Bis jetzt hatte sie einfach nur Gefühle durchlebt.

»Mark, ich mach das. Ich berichte über die Premiere.« Sie verließ den Konferenztisch und war mit den Gedanken in der Zukunft. Sie würde einen Flug buchen müssen, auch das Hotelzimmer. Nachforschungen anstellen. Ihre Geschichtskenntnisse über König Stephen I. auffrischen. Und was hatte Clive Boston in der letzten Zeit eigentlich gemacht? Sie würde ein Kleid für die Premiere brauchen. Aber sie hatte ja die perfekte Robe für solche Zwecke zu Hause in Marietta. In der Tür drehte sie sich noch einmal zu Mark um. »Ich halte ein neues Auftragswerkzeug für eine richtig gute Idee. Die Mitarbeiter werden begeistert sein.«

Hoch erhobenen Hauptes und mit durchgedrückten Schultern marschierte sie in Gigis Büro. »Ich mach's.«

»Natürlich machst du's.« Die Chefin riss ihren Blick vom Computerbildschirm los. »Aber was bringt dich denn dazu, hier hereinzukommen und mir das zu erzählen?«

»Das Läuten einer alten Standuhr.«

NEUN

Vier Tage nach seiner Rückkehr aus Florida wachte Stephen schwer atmend auf. Seine Haut brannte wie Feuer.

Corina war durch seinen Albtraum getaumelt, eine Todesszene. Sie hatte gejammert und geklagt, hatte ein weißes Brautkleid, befleckt vom Blut ihres Bruders, getragen, und ihre Augen waren wild und voller Schmerz gewesen.

»Habe ich ihn reichlich geliebt?«

Stephen rollte sich aus dem Bett und fiel auf die Knie. Seine Stirn presste er auf den dicken Teppich.

Er wiegte sich hin und her und bettelte und bat seine Seele, den Erinnerungen der Nacht ein Ende zu bereiten. Er würde sich ja direkt an den Allmächtigen wenden, wenn er nur genug Glauben zusammenkratzen könnte, an einen Gott zu glauben, der solch schlimme Dinge geschehen ließ.

Jede Erinnerung, all seine Gedanken und Gefühle, hatte er mit dem »Warum?«-Schlüssel weggesperrt. Wenn Gott »die Welt so sehr geliebt« hatte, warum ließ er dann Gräuel wie Krieg zu?

Und vor allem, warum musste ein guter Mann wie Carlos Del Rey sterben, während Stephen leben durfte?

Egal, Antworten hin oder her, das hier *musste* aufhören. Und es würde nicht aufhören, bevor er nicht wieder mit einem Rugbyball unter dem Arm auf dem Platz stand, wo ein wachsamer Verteidiger das Einzige war, das hinter ihm her war.

Nach einer Weile riss er sich zusammen und duschte. Er hatte einen vollen Tag vor sich und keine Zeit dafür, sich mit schwarzen Erinnerungen und spukenden, weinenden Bräuten auseinanderzusetzen.

Aber seine Seele war verstört, befleckt, und er fühlte sich zu hilflos, um irgendetwas dagegen zu tun.

Im Speisesaal brachte Robert ihm das Frühstück und zauberte dann ein iPad hervor.

»Die königliche Behörde bat mich darum, Ihren Terminplan mit Ihnen durchzugehen.«

Stephen nickte und nippte am Tee. Er hatte seine Termine immer im Kopf gehabt und sich nie um so etwas wie einen Kalender geschert. Sehr zum Missfallen der königlichen Behörde. Um ehrlich zu sein, hatte Stephen ja auch gelegentlich eine Veranstaltung verpasst. Das war nicht so gut gelaufen für ihn. Daher brauchte es einen Robert.

»Heute steht der Fan-Tag der Brighton Eagles drüben im Wellington an. Thomas kommt um Elf, um Sie hinüberzufahren.«

»Gestiefelt und gespornt.« Stephen lächelte, biss in sein gebuttertes Brötchen und zupfte am Bündchen seines Rugbyshirts. Er hatte die Nachrichten gesehen, während er sich vorhin angezogen hatte und Channel One hatte berichtet, dass »... bereits jetzt geschätzt über tausend Schaulustige die Market Street säumen. Sie freuen sich darauf, die Mannschaft sowie den Prinzen ganz aus der Nähe zu erleben.«

So sehr sich Stephen auf die Veranstaltung freute, darauf, mit seiner Mannschaft zusammen zu sein und die Fans zu treffen, so würde die große Menschenmenge doch ein Sicherheitsrisiko mit sich bringen. Obwohl fünfeinhalb Jahre ereignislos verstrichen waren, trug Stephen einen Reflex in seinem Körper, der ihn immerzu bereithielt, sich auf jemanden zu stürzen, sollte ein anderes vertrautes Gesicht, ein Freund ...

»Haben Sie mich gehört, Sir? Morgen, am Freitag ...« Robert las weiter von seinem iPad vor. »Morgen, am Freitag, eröffnen Sie das Rugby-Jugendturnier. Haben Sie eine Rede vorbereitet?«

»Ja, ja, natürlich. Genau hier.« Stephen klopfte auf sein Herz. Er brauchte kein förmliches Manuskript, um vor Brightons Jugend über Rugby und die Wichtigkeit des Sports zu sprechen.

»Noch zwei Punkte, dann sind Sie frei«, sagte Robert und verbarg sein Lächeln. Er wusste, wie öde Stephen diese ganze Planerei fand. »Am kommenden Montagabend ist die Premiere des Films *König Stephen I.*, wo Sie die königliche Familie vertreten. Haben Sie alles, was Sie dafür brauchen? Der Palast schickt Ihnen um Sieben die Limousine. Thomas wird die Sicherheitsvorkehrungen mit Ihnen durchsprechen. Es gibt eine After-Show-Party, zu der Sie eingeladen sind und für die ich für Sie zugesagt habe. Aber es wird nicht erwartet, dass Sie dort auftauchen, falls Sie das nicht wollen. Ich habe die Gastgeberin informiert, dass es nur ein kurzer Besuch werden wird, falls Sie überhaupt kommen.«

»Sie sind ein guter Mann, Robert.«

»Dann kam noch eine recht kurzfristige Anfrage, sie ist erst gestern reingekommen. Die Redaktion von *Madeline & Hyacinth Live!* fragt an, ob Sie morgen nach der Eröffnung des Jugendturniers als Überraschungsgast in der Sendung auftreten wollen. Die königliche Behörde überlässt die Entscheidung ganz Ihnen, aber wenn Sie sich vorstellen könnten, aufzutreten, dann wäre das ›gute PR‹, meinte Albert.« Robert legte sein iPad ab. »Andererseits handelt es sich um Madeline und Hyacinth, also kann man nie wissen, welchen Unsinn die sich nun wieder ausgedacht haben.«

Stephen spülte sich den letzten Happen Brötchen mit einem großen Schluck Tee hinunter. »Haben sie gesagt, warum sie mich einladen wollen?« Er tendierte zu einem Ja, selbst nach der *#wiemaneinenprinzenangelt*-Kampagne letzte Woche auf Twitter. Mit etwas zeitlichem Abstand und aus einer anderen Perspektive betrachtet, war das eine ganz schön clevere Aktion.

Der einzige Haken? Er wollte nicht in einer Art Jux landen wie: »Und bitteschön, hier haben wir die Gewinnerin unseres Wettbewerbs«, wo er dann prinzenhaft und nett zu einer Frau sein müsste, die er noch nie vorher getroffen hatte. Im landesweiten Fernsehen.

Aber trotzden, Maddie und Hy waren lustig und kreativ, sie bildeten das Herz der Popkultur im Königreich Brighton.

»Sie sagten, sie wollten über den Film sprechen«, sagte Robert. »Und über die königliche Familie, die Geschichte des Hauses Stratton und Ihr Rugby.«

Stephen zögerte. »In Ordnung, ich mache es. Aber ich will einen Vertrag mit einer Zusatzklausel. Ich werde nicht über den Krieg oder mein Liebesleben sprechen.«

»Wie Sie wünschen, Sir.«

Stephen wählte noch ein Brötchen und griff nach der Marmelade. »Was steht dann an? Die Kunstauktion für die Stiftung Kinderliteratur am Dienstag?«

»Sehr gut. Ja. Und das wöchentliche Abendessen mit Ihrer Familie am Sonntagabend haben Sie auch nicht vergessen, oder?«

»Ist gebucht.« Obwohl er das Abendessen mit der Familie schon gelegentlich vergessen hatte. Stephen sah auf seine Armbanduhr und schob sich einen großen Bissen in den Mund.

Thomas kam bald, und er wollte vorher noch ein paar Übungen für seinen Knöchel machen. Das dumme Ding schmerzte heute Morgen mehr als sonst.

»Während Sie sich anzogen, rief Ihr Bruder an«, sagte Robert, der den Kalender auf seinem Bildschirm schloss. »Er erkundigte sich, wie Sie mit Ihrer ›Aufgabe‹ vorankämen. Sie wüssten, was er meint.«

»Die Aufgabe ist in der Schwebe.« Stephen legte die Serviette beiseite und ging aus der Küche zu seinem Ankleidezimmer auf der anderen Seite des Eingangsbereichs. Er wollte ein paar der Rugbymützen zum Fan-Tag für die Kinder mitnehmen, die er selbst angefertigt hatte, in Anlehnung an die Mützen, die die Profis sich durch die Teilnahme an Länderspielen verdienten. Er würde schon ein oder zwei finden, die solch eine Auszeichnung verdient hatten.

»Gibt es sonst noch etwas, Sir?«, fragte Robert, der ihm gefolgt war. Stephen blieb in der Tür stehen. »Ich glaube nicht.«

»Nichts, was im Nachgang zu Ihrer Amerikareise erledigt werden müsste? Vielleicht, was diese Aufgabe angeht, die Seine Majestät erwähnte?«

»Das läuft. Oh, stellen Sie sich auf ein spätes Abendessen ein. Ich mache noch einen Umweg zum Stadion, Generalprobe für die Eröffnung des Jugendturniers.«

»Sehr gut.«

Stephen ging in sein Büro. Er hatte noch eine knappe Stunde, um seine Übungen zu machen, seinen Schreibtisch aufzuräumen und darüber zu grübeln, wie er Corina wohl zum Unterschreiben bringen könnte.

Aber Roberts Fragen über Amerika fuchsten ihn. Wusste er irgendetwas? Wusste irgendjemand irgendetwas darüber? Hatte Corina angerufen? Er fühlte sich bloß und verletzlich. Und das gefiel ihm gar nicht.

Er musste vorsichtig sein. Die Augen offen halten.

Eine Minute nach elf traf Stephen Thomas in der Garage.

Der Mann begrüßte ihn, faltete seine Zeitung zusammen und schob sich den letzten Rest eines Schokokekses in den Mund.

Thomas glitt hinter das Lenkrad und erklärte die Sicherheitsmaßnahmen, die für die Veranstaltung getroffen worden waren. »Wir haben einen Aufenthaltsraum für Sie und die Mannschaft vorbereitet. An jeder Tür habe ich zwei Mann positioniert, und das Sicherheitspersonal des Hotels beobachtet den Eingang und die Eingangshalle.«

Auf dem Beifahrersitz hörte Stephen zu. Als Thomas dann rückwärts aus der Garage gefahren war und sich in den Verkehr eingefädelt hatte, fragte er: »Meinst du, sie hat geplaudert?«

»Wer?« Thomas warf ihm einen Blick von der Seite zu. »Corina?«

»Wer sonst?« Stephen starrte aus dem Fenster, wo das Treiben von Cathedral City vorüberglitt.

»Wem sollte sie etwas erzählen? Ich wüsste nicht, wie sie nach all den Jahren einen Vorteil aus der Sache ziehen könnte.«

»Gehässigkeit braucht nicht immer einen Vorteil.«

»Verzeihen Sie mir, wenn ich das so sage, aber Corina scheint mir keine rachsüchtige Person zu sein. Das ist nicht ihre Art. Wieso fragen Sie?«

»Aus keinem besonderen Grund.« Stephen lehnte sich zurück, streckte sein Bein aus und bewegte seinen Knöchel vorsichtig, um ihm die Flausen auszutreiben. Verdammter Mist nochmal, tat das Ding weh heute. »Robert fragte eben, ob ich Hilfe bei irgendeiner Sache wegen Amerika bräuchte. Die Art und Weise, wie er es gefragt hat, hat mich neugierig gemacht.«

Außer Roberts Kommentar waren da noch die Überreste seines Traums, die ihn an Stellen störten, die er mit seinen Gedanken nicht erreichen konnte.

Wenn es nach ihm ginge ...

... dann würde er in die Vergangenheit reisen, drei Monate zurück in das Spiel gegen England, und *nicht* den Schritt zur Seite machen, der ihm den Knöchel ruiniert hatte. Dann würde er fünfeinhalb Jahre zurückreisen und an jenem Tag in Torcham *nicht* zögern.

Er würde sogar noch weiter zurückreisen und *nicht* Asif als Übersetzer empfehlen. Und *nicht* Carlos seinem Kommandeur als neues Teammitglied empfehlen.

Er würde sechs Jahre zurückreisen und Corina *nicht* um ihre Hand bitten.

Alles, um ihn vor all den Dingen zu bewahren, mit denen er sich heute abplagte. *Seufz.* Das hier war *kein* nützlicher Gedankengang. *Jetzt komm schon, krieg den Kopf klar. Sei da für deine Fans.*

Das Auto ruckelte, und Thomas murmelte und hupte, befahl einem langsam fahrenden Auto, Seiner königlichen Majestät die Bahn frei zu machen. »Der Prinz von Brighton ist an Bord!«

»Ruhig, Kumpel«, sagte Stephen und atmete tief aus. Er ließ seine Gedanken los, verdrängte sein Bedauern.

Ein paar Minuten später bog Thomas in die Market Avenue ein und pfiff leise durch die Zähne. »Da schau her.«

Tausende Fans säumten die Straße und formten ein riesiges, winkendes Banner in Blau und Gold. Stephens Herz erwärmte sich. Dafür lebte er – für die Fans. Er war ihr Flügelstürmer, und er würde alles tun, was in seiner Macht stand, um so bald wie möglich wieder auf dem Platz zu stehen.

Thomas manövrierte den Wagen vorsichtig zur kreisrunden Auffahrt des Wellington, wo Uniformierte umherschwirrten und Schaulustige in ihre Schranken verwiesen.

»Bleiben Sie, wo Sie sind«, sagte Thomas, während er die Tür des Audis gegen den Druck der Menschenmenge presste und ausstieg.

»Ich habe mich den Kugeln der Taliban gestellt. Da kann ich wohl mit ein paar übergeschnappten Fans fertigwerden.« Stephen stieg aus, richtete sich zu seiner vollen Größe auf und winkte. *Das* hier war sein Element, hier war er der Prinz, der er sein wollte. Die Fans brüllten und schrien Stephens Spitznamen: »Strat, Strat, Strat.« Der Lärm unter der Überdachung der Auffahrt war ohrenbetäubend.

»Haben Sie Ihnen bei der Luftwaffe denn gar nicht beigebracht, dass man Befehlen Folge zu leisten hat?« Thomas stellte sich Schulter an Schulter neben ihn. »Das hier ist eine Menschenmenge. Haben Sie das Protokoll denn ganz vergessen?«

»Es ist Fan-Tag. Ich gebe ihnen, was sie wollen, oder?«

Außerdem konnte er der Angst nicht noch mehr Raum einräumen, sonst würde er überhaupt niemandem mehr vertrauen können. Dann würde er den Palast nie mehr verlassen und immer damit rechnen, dass irgendwo ein Irrer mit einem Bombengürtel auf ihn lauerte.

»Aber ich bin derjenige, der sich dem Palast gegenüber verantworten muss, wenn irgendetwas passiert.« Thomas bahnte einen Weg zur gläsernen Lobby des Wellington. Die Rufe unter der Überdachung wurden zu einem dröhnenden Klangteppich, aus dem man keine einzelnen Stimmen mehr heraushören konnte.

Der Chefportier und die Sicherheitsleute des Hotels kamen durch die großen Schiebetüren geschossen und drängten die Masse beiseite. »Zurück. Benehmen Sie sich. Sie bekommen schon noch Gelegenheit, die Mannschaft und den Prinzen zu begrüßen.«

Den Prinzen? Die Mannschaft würde ihn sonst was nennen, wenn er höfisches Protokoll fordern würde.

»Willkommen, Eure Hoheit.« Der Hotelmanager empfing Stephen direkt hinter der Tür mit einer knappen Verbeugung. »Ihr Aufenthaltsraum ist gleich hier.«

Stephen, der sich fast erstickt fühlte von den ganzen Sicherheitsleuten, ging über den Marmorfußboden zu einer schlichten Tür hinüber. Über ihm wölbte sich das Kuppeldach der Lobby, die ganz in Stahl und Glas gehalten war.

Zu seiner Rechten näherte sich ihm eine schöne Rothaarige mit temperamentvollen, grünen Augen.

»Eure Hoheit«, sagte sie und knickste, »darf ich Ihr Autogramm haben?«

Stephen verlangsamte seinen Schritt. Ihr Selbstbewusstsein und ihre rauchige Stimme zogen ihn an, aber er ermahnte sich, dass er kein freier Mann war. Sein Herz tat einen Seufzer der Erleichterung. Er war vergeben. Jedenfalls bis auf Weiteres, und die Sicherheit gefiel ihm.

Thomas blockierte ihre nächsten Schritte. »Autogramme gibt es nur bei der Veranstaltung. Bitte warten Sie in der Schlange.«

Stephen lächelte und zuckte mit den Schultern. *Da müssen wir uns wohl an die Regeln halten.*

»Dann sehe ich Sie am Ende der Schlange.« Sie bremste sich gerade noch, ein Schnütchen zu ziehen und zwinkerte ihm stattdessen ziemlich verwegen zu.

Im Aufenthaltsraum begrüßte Stephen seine Mannschaftskameraden und beteiligte sich am allgemeinen Gespräch. Sie bereiteten sich darauf vor, ihre Fans zu treffen, freuten sich über das kürzlich gewonnene Spiel gegen Ulster und nervten den Veranstaltungsmanager, der verzweifelt versuchte, ihre Aufmerksamkeit zu bekommen. Sie waren schlimmer als Schuljungen, und Stephen liebte sie.

»Bitte, schenken Sie mir einen kurzen Moment Aufmerksamkeit. Mein Name ist Langley, und ich bin heute Ihr *Gastgeber*. Nun, die Autogrammstunde geht bis 18 Uhr, nicht länger.« Langley klatschte die Hände zusammen und sah aus, als könnte er sich ein »Kinder, Kinder!« nur gerade so noch verkneifen.

»Meine Herren, bitte konzentrieren Sie sich. Auf *mich*. Wenn Sie nicht wissen, wie der Hase läuft, werde ich es Ihnen auch dann nicht sagen, wenn Sie ankommen und darum betteln.«

»Hört mal zu, Jungs«, sagte Stephen und nickte in Richtung des Koordinators. Das Team beruhigte sich. So sehr er gerne einfach nur einer der Jungs gewesen wäre, war sich Stephen doch seines Sonderstatus' bewusst. Er musste sowohl Mann als auch Prinz sein.

»Vielen Dank, Eure Hoheit.« Langley war steif und ordentlich, zu mager für einen erwachsenen Mann, aber Stephen mochte ihn. Er wirkte effizient und schien seine Arbeit mit Leidenschaft zu erledigen. »In der Hotellobby gibt es einzelne Stationen mit Ihren Namen. Die Fans werden in einer Schlange durchgelassen, immer einer nach dem anderen. Sie erhalten ein Souvenir und gehen dann an den Stationen für die Autogramme vorbei. Sprechen Sie nicht mit der Presse.« Er stieß seinen Zeigefinger in die Luft. »Sie werden versuchen, sich einzuschleichen und Sie zu hintergehen, aber wir haben keine Zeit für solche Mätzchen.«

»Du weißt schon, dass du mit Rugbyspielern sprichst, oder, Kumpel?« Und das ausgerechnet vom rechten Pfeiler Earl Bruce, in dessen Leben es keine Regel und keine Anordnung gab, gegen die er nicht verstoßen oder die er nicht beugen oder brechen konnte.

»Das weiß ich, und Sie wissen wohl, dass Sie nicht nur Botschafter für das Rugby, sondern auch für das Königreich Brighton sein sollen. Vergessen Sie nicht, dass sich Ihr Prinz unter Ihnen befindet.«

Die Jungs jubelten, und Randal Cummings, ein Innendreiviertel der Eagles, klopfte Stephen derart auf den Rücken, dass er vorwärts stolperte und sein Gleichgewicht ausgerechnet mit seinem schmerzenden linken Fuß fangen musste. Schmerz schloss sich wie eine Faust um seinen Knöchel. »Vorsicht, Randall, oder ich stehe nie wieder mit euch auf dem Platz.«

Langley schnippste mit den Fingern. »Ich rede noch, hallo, ich rede noch ... Machen Sie bitte keine Fotos, Selfies, wie man heute sagt, sonst sitzen wir den ganzen Tag hier.« Der Mann bedachte sie mit dem ernstesten, gewichtigsten Blick, den er zustande brachte, aber das brachte die Jungs nur umso mehr dazu, zu kichern und sich gegenseitig Gehässigkeiten zuzuflüstern. »Da draußen warten über fünftausend Menschen darauf, Sie zu sehen.«

Das brachte sie zum Schweigen. Stephen betrachtete seine Kollegen. Jedes der sonst so heiteren Rugbygesichter war augenblicklich zu Stein erstarrt. Es war eine Sache, vor Zehntausenden im Stadion zu spielen. Da waren die Jungs voll in ihrem Element. Aber es war eine ganz andere Angelegenheit, so viele Besucher von Angesicht zu Angesicht zu begrüßen.

»Es ist Zeit.« Langley klatschte in die Hände und versuchte, die

Männer zusammenzutreiben und aus dem Aufenthaltsraum hinauszuscheuchen. Aber sie hörten einfach nicht zu.

Stephen unterbrach den Lärm mit einem scharfen Pfiff. »Es ist Zeit. Lasst uns rausgehen.«

Die Lobby des Wellington war packend voll. Sie quoll über vor Kindern im Alter von einem bis 92 Jahren – junge Rugbyspieler, Familien, Fans und schöne, modisch gekleidete Frauen, die der Mannschaft schöne Augen machten.

Die Stephen schöne Augen machten.

Thomas ging neben ihm, gleich an seiner rechten Schulter. »Die Sicherheitsleute sind überall. Wir haben ein Team in zivil, das die Menschenmenge von innen und außen beobachtet. Im Eingangsbereich ist ein Metalldetektor im Einsatz. Taschen werden kontrolliert.«

»Gut«, sagte Stephen. »Ich wäre nicht hier, wenn ich glauben würde, dass jemand in Gefahr wäre. Aber bitte, bleiben Sie wachsam.«

Erhöhte Sicherheitsvorkehrungen und das Bewahren von Kriegsgeheimnissen waren das Einzige, was es Stephen ermöglichte, Profi-Rugby zu spielen. Er war erst ins Team aufgenommen worden, nachdem die Liga einem strikten Sicherheitsprotokoll zugestimmt hatte. Sonst wäre das Reisen mit einem Prinzen eine Gefahr für Spieler und Fans gleichermaßen.

Er war dankbar dafür, dass die letzten fünfeinhalb Jahre ohne Vorfälle vergangen waren.

Er fand seinen Namen an einem Tisch. Käse. Auf seinem Plakat stand Prinz Stephen, nicht Stephen Stratton. Er schnappte sich den Stift, der für die Autogramme bereit lag, strich »Prinz« durch und schrieb »Außendreiviertel«.

Und dann wurde die Masse losgelassen. Drei Stunden lang sah er nicht ein einziges Mal auf. Jungs, Mädchen, Mütter und Väter, Fans aller Altersklassen, Größen und Formen gratulierten zur Seven Nations Championship im Frühling und wünschten der Mannschaft alles Gute für die anstehende Weltmeisterschaft.

»Was glauben Sie, wann Sie wieder auf den Platz zurückkönnen, Eure Majestät? Brighton braucht seine Nummer 14.« Ein großer, breitschultriger Mann hielt Stephen einen Rugbyball zum Signieren hin.

»Wer kann das schon sagen?« Er unterschrieb schwungvoll. »Wir beantworten heute keine Fragen.«

»Aber bitte, ich bin doch nur ein Fan. Ich will doch nur wissen –«

»Sie sind ein Reporter. Rick Ackers vom *Sports Guardian*.«

Der Mann lief rot an. »Ich habe denen gesagt, dass Sie sich an mich erinnern würden.« Er beugte sich über den Tisch. Aus dem Augenwinkel sah Stephen Thomas nähertreten. »Wir beim *Guardian* sind Ihre größten Fans. Wir würden uns sehr über einen Exklusivbericht freuen, Sir.«

Stephen gab den Ball zurück. »Schönen Tag noch, Rick.«

»Einen Monat noch? Sechs Wochen? Werden Sie es zu der Premiership schaffen?«

Aber Stephen war mit seiner Aufmerksamkeit bereits bei einem ernst aussehenden Mädchen von etwa acht Jahren. »Bist du hier, um deinem Bruder beim Jugend-Turnier morgen zuzusehen?«

»Meinem Bruder?« Missbilligend, fast beleidigt, schob sie ihr Kinn vor. »Ich bin die Nummer Sechs. Und eine ziemlich gute noch dazu.«

»Ach so. Ein linker Flügelstürmer. Ich bitte um Verzeihung.« Stephen lächelte sein aufrichtigstes Lächeln und nahm das Poster entgegen, das sie ihm hinhielt. »Wie heißt du?«

»Leslie, und ich bin mindestens genauso gut wie die Jungs.«

»Vielleicht sogar besser.« Stephen unterschrieb auf dem Poster und bückte sich dann unter den Tisch, um eine seiner Mützen hervorzuholen. »Bitteschön. Eine besondere Kappe für ein besonderes Mädchen.«

»Für mich?« Ihre blauen Augen funkelten.

»Lass dich nie aufhalten. Spiel tüchtig.« Stephen nickte ihrem Vater zu. »Wenn Sie jemals etwas von mir brauchen, rufen Sie bitte bei der königlichen Behörde an.«

Der Mann erbleichte und stotterte. »W-was Sie nicht sagen? Da-danke, Sir. Sie sind sehr freundlich.«

»Wir brauchen mehr Spieler wie Ihre Leslie.«

»Sie ist ein zähes Stück, ehrlich, Eure Hoheit.«

Leslie nickte Stephen zu, als wollte sie sagen, na, das war's dann wohl, ging weiter und wandte sich Earl Bruce und dessen Pflichten als Pfeiler zu.

Langley wuselte die Schlange entlang und flüsterte der Mannschaft zu: »Schnell, schneller, nicht aufhalten lassen. Wir haben keine Zeit zu vergeuden.«

Stephen begrüßte den nächsten Fan, einen Jugendlichen. Dann den nächsten. Einen jungen Mann. Danach kam die Rothaarige, die ziemlich wenig Interesse an Rugby zu haben schien.

»So sieht man sich also wieder, Eure Hoheit.« Sie kicherte, während sie sich huldvoll zu ihm hinüberbeugte und dabei den fleischlichen Teil ihrer weiblichen Reize offenbarte.

»So ist das.« Er unterschrieb das Mannschaftsfoto und wollte ihr gerade die Hand schütteln, als er eine Frau entdeckte, die durch die überfüllte Lobby ging. Corina? Den dunklen Schleier ihrer Haare würde er überall wiedererkennen. Was machte sie hier?

»Eure Hoheit, Eure Hoheit«, der arme Langley, dessen dünne Stimme ihm kaum durch die überfüllte Lobby folgen konnte. »An Ihre Station, bitte. Sie müssen hinter dem Seil bleiben. Was für ein Durcheinander!«

Aber Stephen fuhr fort, sich mit Rugby-geübter Beharrlichkeit durch die Menschenmenge zu drängeln. Er würde sich von niemandem aufhalten lassen, wenn Corina in der Lobby war. War sie etwa den ganzen Weg hierhergeflogen, um ihm die Annullierungspapiere zu bringen?

»Stephen.« Thomas' Hand legte sich schwer auf seine Schulter. »Wo gehen Sie hin?«

»Sie ist hier.« Stephen schob sich an einem großen Mann vorbei und holte zu Corina auf, die an der Rezeption stand. Aber gerade, als er die Hand nach ihrer Schulter ausstreckte, drehte sie sich um.

Stephen hielt inne, seine Hand schwebte noch mitten in der Luft. Das war *nicht* Corina. Er wurde schwächer, als das Adrenalin nachließ, und konnte seine Enttäuschung schmecken.

Die Frau japste nach Luft und bot Stephen einen ungelenken Knicks dar. »Eure Hoheit ...«

»Herzlich Wi-Willkommen im Wellington.« Er schenkte ihr ein schwaches Lächeln und wandte sich dann ab, um sich mit vielen Entschuldigungen einen Weg zum Aufenthaltsraum zu bahnen.

»Sie dachten, das sei Corina?«, fragte Thomas, der neben ihm ging und ihm über die Schulter zuflüsterte.

»Lassen Sie mich in Frieden, Thomas.« Stephen fand die gekühlten Getränke und nahm sich mit einem Ruck eine Flasche Wasser aus dem Eis. Ein kalter, reinigender Schluck befeuchtete seine ausgedörrte Kehle.

»Sie sind immer noch in sie verliebt.« Thomas, sehr zu Stephens Missfallen, ließ ihn nicht in Frieden. Er griff nach einer Cola in dem Eiskübel und sah Stephen mit einem wissenden Grinsen an.

»Sage mir nicht, wie ich mich fühle, Thomas.« Stephen setzte sich auf die harte, erbsengrüne Couch. Sein Knöchel pochte. Er trank sein Wasser aus und zerquetschte die Wasserflasche, die er anschließend in den Abfalleimer an der Wand warf. Immer noch in sie verliebt? Nein, nein und nochmals nein.

»Lass uns wieder rausgehen.« Er wollte die Fans nicht hängenlassen.

Als er aufstand, sah er seine Reflexion im Spiegel an der Wand und wusste es.

Thomas hatte Recht. Er war immer noch in seine Ehefrau verliebt.

ZEHN

Am Donnerstagmorgen stieg Corina aus dem Taxi und trat in den Schatten ihres Elternhauses in Marietta. Eine 150 Jahre alte, weiße, dreistöckige Vorkriegsvilla mit bodentiefen Fenstern und einer umlaufenden Veranda, die ihr Ur-Ur-Urgroßvater gleich nach dem Bürgerkrieg gekauft hatte. 1867.

Nach gerade einmal sechs Monaten in Amerika hatte Großpapa Carlos Del Rey I., der aus der alten königlichen Stadt Castilia in Spanien stammte, sich in den neu aufblühenden Südstaaten einen Namen gemacht.

Seitdem hatte jeweils der eine oder andere Del Rey Casa Hermosa geerbt und darin gelebt. Das schöne Zuhause. Und das war es auch gewesen, als Corina aufwuchs – ein Haus voller Leben, Freude, Gelächter.

Das wunderbare Anwesen, das sie einst ihr Zuhause genannt hatte, wohin sie sich geflüchtet hatte, wenn sie Schutz und Liebe, Akzeptanz und Lachen suchte, war nun ein griesgrämiges Mausoleum geworden.

Sie sah zum Balkon des Obergeschosses hinauf, als der Taxifahrer ihr die Koffer zu Füßen stellte. Carlos und sie waren früher in den Sommernächten immer dort hinausgeklettert, hatten sich die Sterne angeschaut und sich etwas gewünscht.

»Das macht dann 42,50.«

Corina sah den Taxifahrer an, verscheuchte die letzten Erinnerungen und griff nach dem Portemonnaie in ihrer Handtasche. Würde Casa Hermosa ohne Carlos jemals wieder schön sein?

Sie bezahlte den Fahrer, während die klebrige, schwüle Luft Georgias sie mit einer schwachen Brise umfing, die ihr die Hosenbeine gegen die Haut strich. Dann fand sie sich alleine unter den Magnolien und Lebenseichen wieder, das Spanische Moos schien zum Gruß zu winken.

Niemand wusste, dass sie kam. Es war das erste Mal, dass sie nach Hause kam, seitdem sie angefangen hatte, für Gigi zu arbeiten. Aus irgendeinem halsstarrigen Grund hatte sie Mama nicht angerufen, um ihr zu sagen, dass sie kommen würde.

Möglicherweise, weil sie so viel im Kopf hatte. Dass Prinz Stephen wieder aufgetaucht war, sackte jeden Tag tiefer in ihre Seele.

Während der Vorbereitungen für ihre Reise nach Brighton und während des einstündigen Flugs von Melbourne nach Atlanta hatte Corina versucht, ihre Gedanken und Gefühle zu sortieren, versucht, die Wahrheit von wahnwitzigen Hoffnungen zu unterscheiden, Träume von der Realität.

Sie sagte sich, es sei nun mal Teil ihrer Arbeit, nach Brighton zu reisen. Gigi bestand darauf, dass sie über die Premiere berichtete und Clive interviewte. Aber sie fragte sich auch, ob »liebe reichlich« sie dazu ermutigte, ihren Ehemann zurückzuerobern.

Dabei war Stephen doch nach Melbourne gekommen, um die Aufhebung ihrer Ehe in die Wege zu leiten. Nicht, um sich auszusöhnen. Warum sollte sie eine andere Möglichkeit überhaupt in Erwägung ziehen? Besonders nach seiner grausamen Abweisung am schlimmsten Tag ihres Lebens. Verrückt, oder?

Aber sie waren immer noch verheiratet. Nachdem sie fünfeinhalb Jahre lang geglaubt hatten, es sei alles vorbei.

Ehrlich gesagt war sie dieser Tage praktisch ein Knäuel heulender Verwirrung. Das Schlimmste daran war, dass es niemanden gab, mit dem sie darüber sprechen konnte, weil keiner Bescheid wusste.

Corina hätte fast klein beigegeben und Daisy angerufen, um ihr das Ganze zu beichten. Aber am Ende schaffte sie es dann doch nicht, die richtigen Worte zu finden. Ihre Heirat, ihre Beziehung mit Stephen fühlten sich intim, persönlich an, als sei das alles etwas, das nur für Gottes Ohren bestimmt war.

Der kannte die Wahrheit. Mit ihm konnte sie sprechen. Und er war mehr als bereit zuzuhören.

Wenn Gott hinter dieser Reise nach Brighton steckte, und wenn sie das Läuten der Standuhr und das geflüsterte »liebe reichlich« richtig interpretiert hatte, dann wollte sie gehorchen.

Oder aber all das lief auf die Tatsache hinaus, dass sie einfach nur eine dumme Kuh war, dazu bereit, sich verzweifelt an alles zu klammern, das sie einst geliebt und verloren hatte.

»Gott«, flüsterte sie nun im Schatten ihres Elternhauses, »ich vertraue dir. Aber bitte hilf mir jetzt. Bin ich überhaupt auf der richtigen Fährte? Kann ich Stephen zurückgewinnen? Ist es das, was du willst?«

Jedenfalls war sie zu diesem Zeitpunkt ganz da, war bereit, ihr Herz, ihren Willen und ihren Stolz zu opfern. Ach, Käse, sie war sich nicht einmal mehr zu gut dafür, zu betteln.

Liebe brachte ein Mädchen einfach dazu, sich auszuschütten.

Sollte Stephen sie rundheraus ablehnen, würde sie die Papiere unterzeichnen – mit oder ohne Neuigkeiten über Carlos. Die Wahrheit, so trostreich sie auch sein mochte, würde Carlos nicht zurückbringen, und sie sehnte sich verzweifelt danach, dieses offene Kapitel ihres Lebens abzuschließen.

Corinas Erinnerungen sprachen zu ihr, als sie auf die Veranda zuging. Sommerabende, an denen sie Glühwürmchen jagten, der Geruch von Daddys Grill, der in der Luft lag. Das Summen der Eismaschine. Der Klang von Daddys Gitarre und Mamas süßer Sopran. Wie sie sich mit Carlos hinausschlich, um mitten in der Nacht im Pool zu baden.

Wie sie die Weihnachtslichter am Geländer befestigt hatten. Geburtstagsfeiern und Kuchenanschneiden. Ganze Samstagabende im Schaukelstuhl auf der Veranda, leise Gespräche, das Zirpen der Grillen und Zikaden, die Erinnerung daran, wie sie sich Texte für ihre Musik ausdachten.

Lachen, bis ihr die Seite wehtat.

All das hatte aufgehört, als Carlos starb. Corina verstand das. Sie ertrug den gleichen Schmerz wie ihre Eltern. Was war schon ihr Geburtstag ohne ihren Zwillingsbruder, ihren besten Freund? Was waren schon Feiertagstraditionen, wenn ein Teil ihres gemeinsamen Herzens fehlte?

Aber wie sollte sie ohne Lachen, Liebe und Zuneigung überleben? Ohne neue Erinnerungen und neue Traditionen? Sie hatte es fünf Jahre lang versucht und darüber beinahe ihre Seele verloren.

Wie dem auch sei. Sie war jedenfalls nicht hier hochgeflogen, um sich an das zu erinnern, was einmal gewesen war. Sie war wegen *des Kleides* gekommen. Dem Luciana Diamatia. Dem perfekten Kleid für eine königliche Filmpremiere. Perfekt, um Stephen an die Liebe zu erinnern, die sie einst geteilt hatten.

Sie bückte sich, um ihr Gepäck aufzusammeln, als ein kurzes Hupen sie dazu brachte, sich umzusehen. Daisy Blackwell. Sie würde diese Art Hupen jederzeit und überall erkennen.

»Na, so wahr ich hier sitze, Corina Del Rey«, sagte Daisy, die ihren Mercedes neben Corina zum Stehen brachte.

»Daisy Blackwell, so wahr ich hier stehe.« Corina zwang eine Dosis Munterkeit in ihre Worte, während die süße, sonnengebräunte und fitte Daisy aus dem Auto ausstieg. Sie war vom Scheitel ihres Blondschopfes bis zu den sorgfältig pediküren Zehen durch und durch eine Südstaatenlady.

»Warum hast'n niemand gesagt, dass du kommst?« Daisy umfing Corina in einer mächtigen Umarmung. Eine Duftwolke – Chanel – legte sich über sie beide.

»Ich bin nur für ein paar Stunden hier. Heute Abend fliege ich schon wieder.« Ihre alte Freundin wiederzusehen, machte noch einen Knoten in ihre sowieso schon verhedderten Gefühle.

Wie viele Stunden hatten sie kichernd und träumend in ihrem Zimmer zugebracht, während sie sich fürs Cheerleader-Training fertigmachten, für Football- und Basketballspiele, fürs Homecoming oder den Abschlussball, Samstagabendverabredungen und ihren ersten Schönheitswettbewerb? Tausende Stunden. Tausendfach Segen.

»Wir haben uns ja seit Urzeiten nicht mehr gesehen, ehrlich, Mädchen –« Daisy beugte sich in das offene Beifahrerfenster, »ihr erinnert euch doch an Tante Corina, Mamas beste Freundin auf der Highschool.«

Corina spähte ins Wageninnere und winkte den beiden flachsköpfigen kleinen Mädchen zu, die in ihren Kindersitzen angeschnallt waren. »Hey, Anna.« Sie war vier Jahre alt und süßer als ein gescheckter Hundewelpe. »Und hallo Betsy«, sagte Corina. Mit ihren zwei Jahren war Daisys jüngere Tochter ein Spiegelbild der Schönheit ihrer Mutter. »Die sind ja zuckersüß, Daisy.«

»Ich weiß.« Sie seufzte und wandte sich mit verschränkten Armen Corina zu. Daisy war gekleidet wie jede Schönheit der Oberklasse von Georgia, in Plisseeshorts und passendem Top, dazu Glitzersandalen. Kurz, Daisy verkörperte alles, was sich Corina erträumt hatte. Ehefrau eines Rechtsanwalts, angesehenes Mitglied des Country Clubs. Und Mutter zweier Kinder. »Aber die bringen mich noch ins Grab. Travis sagt, wir müssen sie ja nur großziehen, bis sie ins College gehen. Dann müssen sie sehen, wie sie zurechtkommen.« Ihr Glucksen flirtete mit dem Sommerwind. »Also, wie lebt es sich so mit der großartigen Gigi Beaumont?«

»So verrückt wie immer. Sie schickt mich auf eine Dienstreise nach Brighton.«

»Na, du Glückliche du ... Ich liebe Brighton. Ich wünschte, ich könnte Travis dazu überreden, hinzufliegen, aber er hasst lange Reisen mit den Mädchen. Und ohne sie würde er nicht so weit weg fliegen.

Sie sind so jung. Wenn irgendetwas passiert ...« Daisy hob ihre blauen Augen zu Corina auf. »Es tut mir leid. Manchmal vergesse ich ...«

»Ich wünschte, ich könnte es vergessen.« Immer mehr verlangte es Corina danach, die Wahrheit zu sagen. Sie verschlang aufrichtige Gespräche regelrecht. Mama weigerte sich, über Carlos zu sprechen. Und Daddy war irgendwie nie da. »Aber selbstverständlich darfst du über dein Leben sprechen, Daisy. Es ergibt Sinn, dass ihr die Mädchen nicht alleine lassen würdet.« Wenn sie zwei Schönheiten wie Anna und Betsy hätte, würde Corina sie auch nicht aus den Augen lassen.

»Na, da bist du nun also zur finsteren Plantage zurückgekehrt.« Daisy schielte zum Haus hinüber. »Deine Mama war immer noch nicht wieder bei einem ›Daughters of Dixie‹-Treffen. Und mein Daddy sagt, dass dein Daddy immer noch nicht wieder auf dem Golfplatz oder in der Kirche war.« Daisy biss sich auf die Unterlippe. »Es tut mir leid, ich weiß, dass das alles furchtbar schmerzhaft ist, aber wir vermissen deine Eltern hier.«

»Du weißt, dass ich deswegen fortmusste. Sie kommen nicht aus ihrer Trauer heraus.« Corina fasste die Haare im Nacken zusammen und ließ Luft an ihren Nacken. »Ich finde mich langsam mit dem Gedanken ab, dass das Leben nie mehr so sein wird wie früher.«

»Aber ihr seid die Del Reys. Die beste Familie der Stadt. Das wird schon wieder mit euch, da bin ich mir ganz sicher. Eines Tages wird Horatia mit einer kilometerlangen Tagesordnung bei den Dixies auftauchen. Der gute alte Donald wird mit Daddy und Reverend Pike auf dem Golfplatz stehen und über einen Kirchenanbau sprechen.« Daisy drückte Corinas Arm, als könnte sie ihr damit etwas von ihrem Enthusiasmus abgeben.

»Du bist ja eine noch größere Träumerin als ich.«

»Das wird wohl keiner abstreiten.« Daisys Lachen holte Corina über den Berg, brachte sie einen Schritt weiter auf ihrem Weg nach Hause.

»Also, sag mal, was gibt's in Brighton? Und warum kommst du erst hierher?«

Was es in Brighton gibt? Vielleicht die wahre Liebe. »Ich bin wegen des Luciano Diamatia hergekommen.«

Daisy schlug sich die Hand aufs Herz. »Oh, mein Herz. Oh, ich *lieeebe* dieses Kleid.« Dann zog sie eine Augenbraue hoch und sah ihre Freundin forschend an. »Und zu welchem Anlass braucht die Dame das Diamatia? Ich meine, ganz ehrlich, Corina, das muss doch wohl eines der seltensten und, wenn ich das mal so sagen darf, am seltensten getragenen Designerkleider der Welt sein.«

»Ich kann ja nichts dafür, dass er nicht rechtzeitig zu meinem Debüt damit fertiggeworden ist. Ich trage es bei einer Filmpremiere. *König Stephen I.*«

»Wow, du hast ja Glück!« Daisy fuhr sich mit ihrer schlanken Hand durchs Haar. »Wir haben gestern Abend den Trailer dazu gesehen, und der sieht einfach fantastisch aus. Eine Mischung aus Braveheart und König Arthur. Und Clive Boston ...« Daisy schloss die Augen und atmete entrückt aus. »Einen tolleren Mann hat es wohl nie gegeben.«

»Ich mache ein Interview mit ihm.« Vorausgesetzt, er tauchte auf, aber egal – sich hier mit Daisy zu unterhalten machte Corina so viel Spaß wie sonst lange nichts mehr, warum sollte sie das also verderben?

»Ach, komm.« Daisy schubste Corina spielerisch. »Du interviewst Clive Boston? Weißt du noch, wie du ihn vor Jahren mal bei diesem Indie-Filmfestival getroffen hast? War er da nicht so ein arroganter Schnösel? Aber egal. Ich könnte ihn stundenlang einfach nur anschauen.«

Corina lachte, ohne sich von dem Aufwallen der Trauer daran hindern zu lassen. »Er war schlicht und einfach unhöflich, bis er herausfand, dass Daddy einer der Geldgeber des Films war. Danach war er ganz ›Miss Del Rey, ich darf Sie doch Corina nennen?‹!«

Die Freundinnen lachten zusammen, ganz wie früher, als sie den Tiger, der sich Leben nannte, noch mit allen vier Händen am Schwanz gepackt hatten. Die Brise strich gemächlich zwischen ihnen durch, während ihnen die Sonne über Georgia durch das Sommerlaub zuhörte.

Daisy wurde nüchtern. »Ich vermisse dich.«

»Ich vermisse mich selbst auch.«

»Ich wünschte, du würdest mir sagen, was dich sonst noch bedrückt.« Daisy durchbohrte Corina mit ihrem Blick, eine Freundin, die die Sorgen der anderen aufspürte. »Ich kann mir nicht helfen, aber ich sehe, dass da noch mehr ist. In deiner Haltung. Ist es, weil du einen Zwilling zurückgelassen hast? Macht es das schlimmer?«

»Ja, ein Zwillings-Ding ...« Da. Bitte. Nett und sicher. Und wahr. Aber ohne Not, ihre Lebensreise mit Prinz Stephen offenzulegen.

»Corina, ich kann mir nicht vorstellen ...« Daisy nahm ihre Hand und drückte sie. »Du weißt, dass ich immer für dich da bin.«

»Und dafür habe ich dich lieb.«

Daisy war geduldig gewesen nach Carlos' Tod, hatte Corina den Raum gelassen, den sie brauchte, und ihre Tage mit ihrem eigenen Leben und ihrer eigenen Familie gefüllt. Und in den dunklen Jahren der Trauer war Daisy ein paar Mal im Jahr vorbeigekommen und hatte versucht, Corina herauszulocken.

Aber Corina fand es schwierig, Daisys Lebensfreude mit dem dunklen Regen ihrer eigenen Trauer zu übergießen.

»Ich habe von dir geträumt«, fing Daisy langsam an. Sie starrte in die Ferne und versuchte sich, zu erinnern. »Du warst ...« Sie lachte. »Ach, das wirst du *lieben*. Du warst ... jetzt kommt's ... eine *Prinzessin*.«

Corina achtete darauf, zu lachen. Laut und schnell. »Oh, das ist ja schick.«

»Ich meine, wie komme ich denn bloß auf so einen Traum? Aber der war so echt.« Daisys vergnügte Unbeschwertheit wich einem ernsten Blick auf Corina. »Du warst so glücklich. Deine Augen hatten so einen besonderen Glanz, die strahlten richtig ... vor Freude. Du warst mit Prinz Stephen von Brighton verheiratet.«

Daisys letzte Worte saugten Corina die Luft aus den Lungen. Sie taumelte zurück, versuchte zu atmen, und trotz der Hitze Georgias lief es ihr eiskalt über die Arme.

»Ach herrje!« Sie stemmte die Hände in die Hüften und versuchte zu lachen, aber die knappe Luft ließ nur einen hilflosen Japser zu. »Da-das ist ja was. Ein *Albtraum*. Das wäre das, ein Albtraum, ja. Ich, eine Prinzessin? Die Fotografen, die einen immer verfolgen, Blogs und Zeitschriften, die jedes kleinste Bisschen, alle Kleider und Frisuren auseinandernehmen. Gräfin Kate ist eine Heilige, wenn du mich fragst.«

»Nein, Corina«, sagte Daisy und war noch ernsthafter als vorher. »Du wärst eine perfekte Prinzessin. Du bist ja im Grunde jetzt schon eine. Aber was mich richtig berührt hat, war, wie glücklich du warst. Ich bin mit Tränen in den Augen aufgewacht.«

Im Inneren des SUV kreischte eins der Mädchen laut auf, während das andere »Mama!« brüllte.

Daisy beugte sich hinunter, um durch das offene Fenster zu schauen. »Betsy, Süße, ich habe dir doch gesagt, dass du deine Saftflasche nicht selber aufmachen sollst.« Daisy lächelte Corina an. »Sie hat sich vollgekleckert, und sie hasst es, nass zu sein. Die wird den ganzen Heimweg über weinen.«

»Dann fahr mal, du hast Besseres zu tun, als hier mit mir ein Pläuschchen zu halten.«

»Na, ob das besser ist, weiß ich nicht, aber ...« Lächelnd zog Daisy Corina in eine Umarmung. Und eine flüchtige Sekunde lang barg Corina ihr Gesicht an der Schulter ihrer Freundin und ließ ein Stück ihrer Last dort zurück.

Daisy hupte auf ihre unnachahmliche Weise, während sie langsam die Auffahrt hinunterschlich. Corina winkte ihr. Zu ihren Füßen standen ihre Taschen. Dass es Daisys Traum wirklich gegeben hatte, wurde zum ersten Kuss auf ihrem Herzen, der sie glauben ließ, dass Gott ihre Gebete wirklich hörte.

Bedeutete das, dass sie sich mit Stephen aussöhnen würde? Sie hatte keine Ahnung. Aber für den Moment hatte sie jedenfalls eine Portion mehr Mut, und das war doch schon mal etwas.

Ida Mae, Mamas Zofe, öffnete breit lächelnd die Tür. »Herr im Himmel, herein mit dir, mein Mädchen.« Sie drückte Corina mit ihren sonnengebräunten, kräftigen Armen an die Brust. Eine Umarmung, die nach Vanille und Zimt duftete. »Warum hast du denn nicht vorher angerufen? Ich hätte Knödel gemacht.«

»Ich bin nur für ein paar Stunden hier.« Corina sah ihr in die forschen braunen Augen. »Wie wäre es, wenn wir das machen, wenn ich wiederkomme? Knödel und Apfelstrudel.«

Die Augen der Angestellten wurden feucht. »Ich habe dich so vermisst.« Sie wischte sich die Tränen mit einem Zipfel ihrer Schürze ab. »Sag, wie ist es in Florida? Hier ist es einfach nicht mehr dasselbe, seitdem du weg bist.« Sie hielt für einen stillen Augenblick inne. *Und Carlos.*

»Florida ist schön.« Corina legte ihrer alten Freundin den Arm um die Schultern. »Ich bin wegen meines Reisepasses und dem Diamatia hier. Ich fliege heute Abend noch von Atlanta nach Brighton.«

»Da-das Diamatia, sagst du?« Ida Maes Augen wurde groß und sie wand sich ein wenig. »Na-na, das ist doch schön, oder? Ich-ich hätte es dir doch schicken können.«

»Ich habe erst am Montag herausgefunden, dass ich das Kleid brauche, und das war alles ziemlich verrückt ... Geht's dir gut, Ida Mae?«

Die Angesprochene nickte und atmete tief durch. »Wofür brauchst du denn das Kleid?«

»Ich berichte am Montagabend über eine Filmpremiere in Cathedral City.« *Und gewinne meinen Ehemann zurück.*

Ida Mae seufzte und faltete die Hände über ihrem Herzen. »Ich vermisse unsere Sommerferien an den Küsten von Brighton.«

Das »Mädchen« war ein Teil der Familie Del Rey, seitdem Daddy und Mama frisch verheiratet waren. Sie hatte selbst nie geheiratet und war mit ihnen in ihre Häuser auf Hawaii, in Colorado und Vermont gereist, und jeden zweiten Sommer auch nach Brighton. Sie gehörte zur Familie. Wenn Mama ehrlich war, war sie auch ihre beste Freundin.

Mehr als die aristokratischen Gesellschaftsdamen jedenfalls, mit denen sie zu Mittag aß und Wohltätigkeitsvereinigungen leitete. Weil Ida Mae Mama in der dunkelsten Stunde getröstet hatte. Ihre Freundinnen dagegen waren weit und breit nicht zu sehen gewesen.

»Ich vermisse Brighton auch.« Wahrheit? Ja, sie vermisste Brighton. »Und, oh, Ida Mae, hör zu, das wird dir gefallen. Ich arbeite an einem Interview mit Clive Boston.«

Ida Mae hielt auf dem Weg zur Küche an und tat so, als ob sie in Ohnmacht fiele. Mit großer Geste legte sie sich den Handrücken gegen die Stirn. »Clive Boston ist einer meiner Lieblingsschauspieler. Ich habe ihn bei dieser einen Premiere von deinem Daddy kennengelernt.« Daddys Hobby, in Hollywoodfilme zu investieren, kam ihnen allen zugute. »Wie wäre es denn mit dem so als Schatzi?« Ida Mae wackelte mit den Augenbrauen und nahm einen großen Krug mit goldbraunem Eistee aus dem Kühlschrank.

»Clive?« Corina verzog die Lippen. »Der ist nicht mein Typ.« Dunkelhaarige, Rugby spielende Prinzen waren mehr ihr Fall. »Und außerdem ist er 45 oder so.«

»Ach so, Methusalem, verstehe. Ich hätte nichts gegen 45. Ach, was sage ich, ich hätte auch nichts gegen 55.« Ida Mae schnaubte lachend, während sie Corina ein Glas Tee einschenkte und Chips und Salsa in Schüsseln füllte. »Iss was, Mädchen. Du siehst viel zu dünn aus.«

»Ich werde ja auch nicht von dir bekocht.« Corina stippte die Chips in Ida Maes hausgemachte Salsa und seufzte. Einfach himmlisch.

»In der Dose sind auch noch Kekse.« Die Haushälterin stellte eine blaugoldene Keksdose aus Porzellan auf den Tresen.

Corina hob den Deckel und hatte plötzlich Tränen in den Augen. Seitdem sie alt genug war, den Küchenhocker über den Fliesenboden zu schieben, hatte sie diese blaugoldene Keksdose immer wieder gesucht – und immer wieder gefunden. Aber das war eine Tradition, die inmitten des Trauerns und Irgendwie-Zurechtkommens verlorengegangen war.

»Ich habe beschlossen, dass die Zeit dafür reif ist«, sagte Ida Mae.

»Weiß Mama davon?« Das Keksebacken war eine der Familientraditionen, von denen Mama nach der Beerdigung abgeraten hatte.

»Ja, aber ich habe noch nicht gesehen, dass sie einen davon gegessen hätte. Sonntags nehme ich die Kekse dann eben mit zu den Abendessen meiner Familie. Aber einmal, aber da kann ich mich auch täuschen, jedenfalls einmal kam es mir so vor, als hätte ich den Deckel klappern hören, als ich mich unten um die Wäsche gekümmert habe.«

»Wow.« Vielleicht bestand ja trotz allem noch Hoffnung für Horatia Del Rey.

Ida Mae ging zur Tür der Bibliothek. »Horatia, meine Liebe, hier ist jemand, der Sie besuchen möchte.« Die Zofe klang mehr wie eine liebende Mutter als eine altgediente Angestellte.

»Ja, ich weiß«, antwortete Mama, deren Stimme aus der Tiefe der

Bibliothek kam, in der sich Licht und Schatten die Ehre gaben. »Ich habe gesehen, wie du dich draußen mit Daisy unterhalten hast. Was führt dich denn her, Corina?«

Sie hatte sie gesehen? Und war nicht zur Tür gekommen? Als Corina und Carlos im ersten Jahr am College für die Weihnachtsferien nach Hause gekommen waren, hatte Mama die Kapelle der Highschool im Vorgarten aufmarschieren lassen.

»Hallo Mama.« Corina spülte ihren letzten Happen Chips mit einem Schluck Tee hinunter und ging in die Bibliothek. Hier, an dem mit geweißelten Backsteinen ummauerten offenen Kamin in der Mitte des Zimmers, hatte sie Lesen gelernt. Hier hatte sie sich an Winterabenden zusammengerollt wie eine Katze und ihr erstes Buch, *Unsere kleine Farm*, verschlungen. »Ich fliege morgen nach Brighton. Ich bin hier, um ein paar Dinge zu holen.«

»Ah ja.« Mama sah schön aus, wie immer makellos gekleidet in ihrer Seidenbluse, einem Leinenrock und einer Perlenschnur um den Hals. Zu einer anderen Zeit hätte sie vielleicht geglaubt, Mama wäre auf dem Weg zu einem Mittagessen oder gerade zurück von einer Wohltätigkeitsveranstaltung.

Aber ihre hageren Wangen, die von den dunklen Ringen unter ihren Augen noch betont wurden, erzählten eine andere Geschichte.

»Wie geht es Daddy?«

»Der ist nach Birmingham unterwegs. Er überwacht dort den Bau eines neuen Golfplatzes.«

»Das freut mich für ihn.« Als der Hauptverwalter des Del Rey-Familienvermögens dirigierte Daddy vor allem Investitionen und saß im Aufsichtsrat von etwa einem Dutzend Firmen. Als sie und Carlos Teenager gewesen waren, hatte er eine Leidenschaft dafür entwickelt, Golfplätze zu entwerfen und anzulegen.

»Nach diesem jetzt kommt noch ein zweiter.« Mama seufzte, glättete ihren Rock und setzte sich in den Queen-Anne-Marie-Stuhl, den sie von Corinas Ururgroßmutter Thurman geerbt hatte. »Was gibt's in Brighton?«

»Eine Filmpremiere. Gigi hat eine Einladung des Palastes erhalten und beschlossen, dass sie mich an ihrer Stelle hinschickt.« Corina ging langsam weiter in den Raum hinein, als gäbe Mamas Frage ihr die Erlaubnis, dies zu tun. Sie lehnte sich an die Couch und strich mit beiden Händen über den wollseidenen Bezug. »Clive Boston ist der Hauptdarsteller, und ich soll ihn interviewen. Aber er ist berüchtigt dafür, nicht aufzutauchen.«

»Oh? Bestell Clive schöne Grüße.«

»Mama, weißt du was? Warum kommst du nicht einfach mit?« Einfach so. Aus der Hüfte geschossen. Es fühlte sich an wie eine gute Idee. Sie würde sich dann noch überlegen müssen, wie sie die Sache mit Stephen erklären sollte, aber – ach, Details, Details. »Ich bin im Wellington untergebracht.«

Mama lachte. »Du meine Güte, nein. Was soll ich denn in Brighton?«

»Na, was du immer in Brighton gemacht hast. Einkaufen. An die Küste fahren. Das Kunstfestival besuchen. Tee trinken mit Lady Hutton. Dir ein Rugbyspiel anschauen.« *Zeit mit mir verbringen. Deiner Tochter.*

Mama nahm ihr Buch zur Hand. »Ich brauche nicht einkaufen zu gehen. Ich habe mehr Kleider, als ich je tragen könnte. Ich habe keinen Bedarf an Kunst, und mit Lady Hutton habe ich nicht mehr gesprochen seit ...« Ihre Stimme wurde leiser. »Mir geht es hier ganz gut.«

»Willst du denn nicht ...«

»Corina«, sagte Mama mit einem scharfen Seufzer und einem warnenden Blick. *Übertreibe es nicht.*

»Ich gehe hoch in mein Zimmer. Ich brauche meinen Reisepass und das Diamatia. Ich will es bei der Premiere tragen.«

Mama zupfte sich eine imaginäre Fluse vom Rock. »Ida Mae, Corina ist wegen ihres Reisepasses gekommen.«

Die treue Hausdame kam zur Bibliothekstür und schaute finster. »Horatia, Sie können es ihr auch ebenso gut gleich sagen.«

»Mir was sagen?«, fragte Corina. »Mama?«

Mama schürzte die Lippen und wechselte einen Blick mit Ida Mae. »Ich habe dein Zimmer umgestaltet.«

»Du hast was?«

»Ich brauchte eine Aufgabe, deshalb habe ich dein Zimmer in einen Raum der Stille umgewidmet.«

»Einen Raum der Stille? Das ganze Haus ist eine Leichenhalle.« Corinas Stimme war laut und deutlich, und ihre Worte klangen härter als beabsichtigt. »Wie kann denn ausgerechnet dir Stille fehlen?«

Mama reagierte nicht, sondern saß einfach nur in ihrem Stuhl und sah durch das Fenster hinaus in den Garten.

Corina kniete sich neben sie. »Mama, es tut mir leid, aber warum denn mein Zimmer? Wir haben doch massenweise Zimmer, die man umgestalten könnte?«

»Deines liegt dem von Carlos genau gegenüber.« Das letzte bisschen Licht, dass noch in Mama lebte, leuchtete in ihren Augen, als sie seinen Namen aussprach. »Ich wollte mich nicht mit dir streiten. Ida Mae kann dir deine Sachen zeigen.«

»Mama.« Corina drückte Mamas dünnen Arm und befürchtete, dass sie sie Tag für Tag ein Stückchen mehr verlor. »Beim besten Willen, ich –«

»Weißt du, was dein Problem ist?«, fragte Mama, das Kinn in die Hand gestützt, der Blick kalt und abwesend. »Du weißt nicht, wann du aufgeben musst. Wann du einfach eingestehen musst, dass das Leben dich geschlagen hat.«

»Ich bin 30, Mama. Als du in meinem Alter warst, hattest du Carlos und mich. Ich konnte doch nicht einfach akzeptieren, dass das Leben mich besiegt hat, als ich 25 war. Was hätte ich denn dann mit mir anfangen sollen?« Sie war geblieben, hatte versucht, Mama herauszulocken, sie wieder ins Leben zurückzuholen. »Gib nicht auf. Du hast doch so viel, für das es sich noch zu leben lohnt.«

»Ich habe meinen Sohn verloren. Und wofür? Für einen Krieg, den wir nicht gewinnen können, dafür hat unsere Regierung schon gesorgt. Gefallen in einem Gefecht? Was soll das denn heißen?« Zitternd presste sich Mama die Hand gegen die Stirn. Es war, als habe sie eben erst von Carlos' Tod erfahren. »Mein Baby ...«

»Du bist nicht alleine, Mama. Ich habe meinen Bruder verloren, meinen Zwilling.« Corina sehnte sich danach, Mama zu umarmen, aber die würde sich doch nur wieder aus ihren Armen winden.

»Und trotzdem, schau dich an. Ziehst nach Florida, besuchst Filmpremieren.«

»Ich hätte hier keinen Tag länger herumsitzen können. Fünf Jahre lang nur existieren, aber nicht leben. Du weißt ganz genau, was Carlos davon halten würde.«

»Wir wissen aber leider nicht, was er denken oder wollen würde, nicht wahr? Weil er nämlich nicht hier ist.« Mama schoss auf die Beine und ging mit großen Schritten zum Fenster. Das Licht betonte ihr dunkles Haar und ihren zarten Körperbau, ließ sie engelhaft wirken. »Übrigens ist das Diamatia nicht hier.«

»Nicht hier?« Irgendetwas an Mamas Tonfall grub ein tiefes Loch in Corinas Magengrube. »Wo ist es dann?«

»Ich habe es gespendet«, antwortete Mama und rieb ihre Arme mit den Händen, als wäre ihr kalt.

»Du hast es *gespendet*?« Eine kitzelnde Hitze überkam Corina und befeuerte ihr Temperament. Sie stapfte auf Mama zu und bekam sie am Arm zu fassen. »Wem? Und warum, wenn ich fragen darf?«

»Wir hatten keine Verwendung mehr dafür.«

»Wir? Hatten keine ... Verwendung ... mehr dafür? Wer ist wir, Mama? Es war *mein* Kleid.« Wut trieb Corina Tränen in die Augen, aber sie waren zu heiß, zu dick, um über ihre Wangen zu laufen.

»Das ich für dich erworben habe.« Mama wandte sich mit den Händen in den Hüften Corina zu. »Indem ich den exklusivsten und öffentlickeitsscheusten Designer der Welt ausfindig gemacht habe.«

»Und das gibt dir das Recht, es zu verschenken? Du hast Himmel und Erde in Bewegung gesetzt, um Luciano davon zu überzeugen, ein Kleid für mich zu entwerfen. Woher der plötzliche Wunsch, es wegzugeben?«

»Livy Rothschild hat für einen guten Zweck Dinge bei Christie's versteigert, und sie fragte mich, ob ich wohl etwas hätte, das man verkaufen könnte.«

»Livy Rothschild? Die rief dann wohl einfach mal an und sagte, ›Hallo Horatia, hast du was zu verkaufen? Wie wäre es mit dem Diamatia?‹«

»Sei nicht albern. Sie rief an, um sich zu erkundigen, wie es mir ginge. Sie war eine meiner wahren Freundinnen in dieser Leidenszeit.«

Corina ballte ihre Hände zu Fäusten und drückte sie sich vor die Augen. Livy war genauso eine Schönwetterfreundin wie die anderen auch. Trauer machte sie unruhig, und sie mied sie wie einen Zehn-Dollar-Rock aus dem Kaufhaus. Corina konnte sich nur an eine Handvoll kurze Besuche der Aristokratin aus Boston nach der Beerdigung erinnern.

»Was ist mit mir, Mama? Hm? Ich bin hier bei dir geblieben. Ich habe meine Karriere, mein Sozialleben aufgegeben. Die meisten meiner Freundinnen sind verheiratet, gründen Familien. Aber ich bin bei dir und Daddy geblieben.« Corinas Haltung und ihr Tonfall forderten eine Antwort ein. »Warum hast du also überhaupt darüber nachgedacht, mein Kleid wegzugeben?«

»Hör auf, mich zu piesacken. Die Sache ist erledigt.«

Corina trat zurück. »Ist es verkauft worden? Weil ich es mir sonst von Livy hole.«

»Ja, es ist verkauft. Das Geld ging an eine Hilfseinrichtung für Mädchen, die zu alt sind für einen Heimplatz, aber keinen Platz haben, wo sie sonst hinsollen.«

»Das ist eine tolle Sache, aber warum hast du denen nicht einfach einen Scheck ausgestellt?«

Das schwarze Loch in ihrer Körpermitte wurde größer, und Corina musste sich bemühen, nicht hineinzufallen. »Verkaufe meine Sachen nicht.« Es war, als würde Mama Stück für Stück jedes Anzeichen von Corinas Existenz entfernen. »Wir hatten doch vor, das Kleid meiner Tochter für ihr Debüt zu geben, weißt du nicht mehr? Und wenn ich keine Tochter bekommen sollte, wollten wir es Carlos' Tochter geben. Damit eines Tages diese Tochter es wiederum ihrer Tochter weitergeben könnte.«

»Carlos wird aber keine Tochter bekommen, nicht wahr? Und einen Sohn auch nicht.« Mama stand Corina mit verschränkten Armen und geradem Rücken gegenüber. »Und hast du vielleicht vor, in naher Zukunft zu heiraten?«

Konnte Mama die Dampfwolken sehen, die von der vor Wut kochenden Corina aufstiegen?

»Dachte ich es mir doch«, sagte Mama. »Also habe ich das Kleid aufgegeben. Es war das Richtige.«

»Mama.« Corina nahm ihre Mutter bei beiden Armen. Ihre Knie zitterten, ihr Herz explodierte. »Ich. Bin. Nicht. Tot. Carlos ist nicht mehr, und das tut *jeden Tag* weh. Aber ich bin immer noch hier. Ich werde heiraten, ich werde dir und Daddy Enkelkinder liefern, die ihr verwöhnen könnt. Wir werden neue Erinnerungen schafften und –«

»Ich will keine neuen Erinnerungen.« Mama wurde weicher, und die

Tränen flossen. »Ich will die alten. Die, in denen mein Sohn lebt.« Sie winkte jede Antwort ab und drehte sich um. »Hol einfach, was du von deinen Sachen brauchst. Es gibt noch andere Kleider.«

Mama wandte sich mit feuchten Augen an Ida Mae. »Kannst du Corinas Reisepass aus dem Safe holen? Und ihr zeigen, wo du ihre Kleider aufbewahrt hast?«

»Komm mit, mein Schatz.« Mitgefühl lag in Ida Maes sanfter, leiser Stimme.

Corina blieb nichts weiter übrig, als zu gehorchen. Stumm. Am obersten Treppenabsatz angekommen, zögerte Ida Mae. »Sie glaubt, ich hätte deine Kleider in das Granatzimmer gebracht. Aber ich habe sie in deinem alten Ankleidezimmer gelassen. Es kam mir verkehrt vor, sie woanders hinzubringen.«

Corina küsste die Wange der Älteren. »Danke dir.« Vor ihrer Zimmertür fragte sie: »Kommt sie nicht einmal hier herein?«

»Doch, das tut sie.«

»In einem Haus mit 18 Zimmern baut sie ausgerechnet meines um?«

»Geh rein. Dann wirst du verstehen.«

Corina drehte den Türknauf und betrat das Zimmer, in dem sie geschlafen hatte, seit sie zwei war. Wo sie mit ihren Freundinnen gekichert und ihre Träume geträumt hatte. Wo Tommy Barnes ihr am Abend vor ihrem letzten Abschlussball ein Ständchen gesungen hatte.

Weg waren die Pink- und Violettöne. Die Wände waren in einem dunklen Orange gehalten, und ein dicker brauner Teppich bedeckte die alten Holzdielen. In den Ecken lagen Kissen, und hölzerne Stühle ersetzten ihre alten Möbel. Zimmerpalmen und ein Ficus verliehen dem Zimmer ein gewisses Gartengefühl, und leise Streichmusik erklang aus den Lautsprechern, die an der Decke hingen.

Fotos von Carlos waren geschmackvoll im Zimmer verteilt. Und dann verstand Corina. »Sie will nicht, dass er vergessen wird.«

»Das ist ihre größte Angst.«

»Sein Zimmer ist wie immer?«

»So wie an dem Tag, als er es verlassen hat.« Ida Mae strich mit der Hand über einen kleinen Beistelltisch. »Leb du weiter, Corina. Aber Carlos wird für immer ein junger, hübscher 25-Jähriger sein, der nichts zu verlieren und alles zu gewinnen hat.«

Corina überquerte den Flur und betrat sein Zimmer. Es war unberührt. Jungfräulich. Die Vorhänge waren gegen das Sonnenlicht zugezogen, aber Corina konnte die Pokale, Poster und Fotos ihres Bruders deutlich erkennen. Alles war am selben Platz wie an dem Tag, als er abgereist war, um nie mehr zurückzukehren.

»Niemand betritt das Zimmer, außer der Putzfrau einmal die Woche«, sagte Ida Mae, die hinter ihr hereingekommen war.

Corina sank traurig auf den nächstbesten Stuhl. »Wird es denn je wieder besser werden?«

»Ich weiß es nicht, Liebes, ich weiß es nicht.« Ida Maes Hände strichen über Corinas Schultern. »Trauer ist ... naja, sie ist jedenfalls nicht unsere Freundin.«

»Aber das gibt ihr doch nicht das Recht, mich zu behandeln, als wäre ich auch tot.«

»Sie liebt dich, Corina.«

»Da hat sie aber eine seltsame Art gefunden, mir das zu zeigen.« Sie sah zu Ida Mae auf, die Tränen in den Augen hatte. »Das alles kann für dich auch nicht gerade leicht sein.«

»Jetzt komm mit.« Ida Mae rieb sich die Augen. »Lass uns ein schickes Kleid für diese Premiere da aussuchen. Dann kann ich uns was Leckeres zu Essen machen.«

Corina sah sich ein letztes Mal in Carlos' Zimmer um. Wenn sie tief einatmete, konnte sie einen Hauch vom Duft seines Haargels ahnen. Sie lächelte.

»Carlos, du nimmst viel zu viel von dem Zeug.«
»Sei ruhig. Es sind meine Haare.«
»Ich kann dir jetzt schon sagen, dass kein Mädchen die Haare jemals anfassen wollen wird. Hier, lass mich dir helfen.«
»Na gut, aber das sagst du niemandem.«
»Es ist unser Geheimnis.«

»Ich habe nicht geglaubt, dass uns das jemals passieren würde, Ida Mae. Wir sollten einmal im Monat sonntags zusammen zu Abend essen, unsere Sommer in Vermont verbringen, Silvester auf Hawaii und eine ganze Reihe neuer Traditionen mit unseren eigenen Familien erschaffen.«

»Gib nicht auf, Süße. Wie du selbst gesagt hast, du bist noch nicht tot.«

Zurück in Corinas Zimmer half Ida Mae ihr, ein Kleid von Versace auszuwählen und ihr anschließend ihre Sachen hinunterzutragen. Dann holte sie Corinas Reisepass aus dem Safe.

»Ida, kannst du mich zum Flughafen bringen?«

»Du weißt doch, dass ich das kann. Ich finde es schlimm, dass du den ganzen Weg wegen des Kleides umsonst gekommen bist ... Ich hätte es dir sagen sollen ... Ich hab gleich gewusst, dass ich es dir hätte sagen sollen.«

»Es ist okay. Ich wollte ja auch Mama und dich besuchen.« Und Daddy, falls der sich je wieder blicken ließe.

Corina ging in die Bibliothek zurück, während Ida Mae ihre Handtasche und ihre Schlüssel holen ging, damit sie bereit war, jederzeit zu fahren, wenn Corina das wünschte. »Mama, Ida fährt mich zurück nach Atlanta. Mein Flug geht heute Abend.«

»Hab eine gute Reise.«

»Der Raum der Stille ist schön. Friedlich.«

»Meinst du, er würde ihm gefallen?«

»Das glaube ich, ja.« Corina trat vorsichtig näher und beugte sich vor, um ihr einen Kuss auf die Stirn zu hauchen. »Tut mir leid wegen vorhin.«

»In Ordnung.« Mama hob ihr Gesicht. Ihr Lächeln war wie eingefroren, ihre Augen leer. »Es ist vergessen.«

Corina kniete auf dem Boden neben ihr, lehnte sich an den Stuhl und ruhte sich ein paar Minuten lang aus, während sie der Mittagssonne bei ihrer Reise über den See zusah.

ELF

»Sie machen wohl Witze.« Corina lehnte sich mit dem iPhone in der Hand über den VIP-Empfangstresen und zeigte ihre Reservierung auf dem Bildschirm vor. »Hier stehen mein Name, das Datum und die Bestätigungsnummer. Corina Del Rey. Schauen Sie noch einmal nach.«

Nach einem Acht-Stunden-Flug von Atlanta nach Cathedral City wollte sie nichts weiter als ein heißes Bad, reichlich leckeren Zimmerservice und ein Schläfchen. Was sie ganz bestimmt nicht wollte, war ein vorwitziger Hotelangestellter, der behauptete, sie habe keine Reservierung.

Der Angestellte schüttelte den Kopf. »D-e-l R-e-y?«

»Ja.«

»Ich entschuldige mich noch einmal vielmals, aber ich kann weder Ihren Namen noch Ihre Reservierungsnummer finden.«

»Wie ist es mit Beaumont Media? Das habe ich als meinen Firmennamen angegeben.«

Das Gesicht des Rezeptionisten hellte sich auf, und seine Finger schnellten über die Tastatur. Doch seine Hoffnung schwand schnell dahin. »Kein Beaumont Media.«

»Aber ich *habe* doch eine Bestätigungsnummer.« Sie wedelte mit ihrem Telefon unter seiner Nase herum.

»Das sehe ich, aber wenn ich die nicht im System habe, kann ich Ihnen leider kein Zimmer geben.«

»Wollen Sie mir sagen, dass Sie kein Zimmer mehr frei haben? Überhaupt keines mehr?« Corina liebte dieses Hotel. Über den weißen Marmorboden der Eingangshalle zu gehen war wie ein Spaziergang durch die himmlischen Straßen im neuen Jerusalem. Die Suiten waren luxuriös. Das Essen göttlich.

Der Angestellte fuhr zusammen. »Es tut mir leid, Miss Del Rey, aber wir sind vollständig ausgebucht. Es ist Hochsaison, und obendrein laufen die Kunstfestivals, die *Summer Internationals*, das Rugby-Jugendturnier und natürlich die Premiere für *König Stephen I.* Um ehrlich zu sein, bin ich überrascht, dass Sie überhaupt imstande waren, so kurzfristig eine Buchung zu machen.«

»Offenbar habe ich ja keine Buchung getätigt.« Corina sammelte ihr Portemonnaie und ihr Telefon zusammen und steckte sie in die Handtasche.

»Der Juni ist ziemlich turbulent in Cathedral City.«

»Ja, das weiß ich …« Sie beugte sich über den Tisch und senkte die Stimme. »Mein Vater ist Donald Del Rey.« Noch nie zuvor in ihrem Leben hatte sie den Namen ihres Vaters so benutzt. So tickten die Del Reys einfach nicht. Aber die Verzweiflung trieb sie über ihre eigenen Grenzen. »Sind Sie *sicher*, dass Sie kein Zimmer mehr freihaben?«

»Oh, ich verstehe.« Der Angestellte beugte sich noch weiter zu ihr hin und flüsterte: »Ist er im Vorstand des Wellington?«

»Nein.« Sie zog eine Grimasse. Das Wellington hatte die Del Reys also vergessen. In fünfeinhalb kurzen Jahren. Corina schaute zu ihren Sachen hinüber, die von einem Portier bewacht in einer Pfütze aus Morgenlicht standen. »Können Sie mir sagen, wo ich vielleicht sonst ein Zimmer finden könnte?«

»Wir haben einen Computer im Gästebereich, Miss del Rey, und ein Telefonbuch. Aber die meisten Hotels, wenn nicht gar alle, werden ausgebucht sein.«

»Dann wollen wir hoffen, dass in dieser großen alten Stadt irgendwo eine Stornierung vorgenommen wurde.«

»Das gibt es bestimmt, aber«, er beugte sich wieder vertraulich zu ihr, »nicht in einem Hause, das Ihren Standards entspricht.«

»Gerade klingt jedes Zimmer mit einem Bett und einem Badezimmer perfekt.«

»Dann werden Sie sicher etwas finden. Immerhin ist Ihr Vater Donald Del Rey.«

Na toll, jetzt verspottete er sie auch noch. Was war denn mit dem Kundenservice passiert? Am anderen Ende der Lobby erreichte Corina den Portier und gab ihm ein großzügiges Trinkgeld. »Würden Sie meine Sachen bitte nach draußen tragen?«

»Gerne, Ma'am.«

Der Portier sammelte ihre Koffer ein und rollte sie auf einem Wagen durch die riesengroßen Schiebetüren, wo er sie neben der geschäftigen Gästeauffahrt abstellte. Corina fühlte sich ebenso abgestellt wie ihr Gepäck. Wie bestellt und nicht abgeholt.

Zwei Kleinbusse mit jungen Rugbyspielern waren gerade angekommen. Corina betrachtete sie einen Moment lang und beneidete sie um ihre Freiheit, ihre Ausgelassenheit und ihre Leidenschaft. Sie musste ihre Leidenschaft wiederfinden. Ihre Lebenslust.

Daisys Traum kam ihr hin und wieder in den Sinn, und Teile davon begannen, zu Corinas eigenem Traum zu werden. Der Teil jedenfalls, in dem sie glücklich war.

Und was Prinz Stephen anging? Sie war noch nicht stark genug, um ihre Hoffnung auf ihn zu setzen.

»Kann ich Ihnen behilflich sein?« Der Chefportier kam auf sie zu. Sein gestärktes weißes Hemd wies bereits Schweißflecken auf.

»Ja, ein Taxi bitte.« Dann fuhr sie eben solange durch die Stadt, bis sie ein anständiges Hotel gefunden hatte. Beim Royal Astor würde sie anfangen und dann weitersehen.

»Das kann einen Moment dauern. Wir sind ziemlich beschäftigt.«

Ein weiterer Kleinbus kam an und spuckte noch mehr Rugbyspieler aus.

Die Luft um sie herum, in der ganzen Stadt, wirkte elektrisiert. Sommer in Cathedral City. Unvergleichlich.

Corina nahm die Gerüche und Geräusche in sich auf. Das hätte sie schon längst machen sollen. Aber sie hatte sich wegsperren lassen. Hatte zugelassen, dass sie sich abgelehnt, verängstigt und zerbrechlich fühlte.

Die Glocken der Kathedrale verkündeten der Stadt die volle Stunde. Neun Uhr. Corina schloss die Augen und lauschte den hell klingenden Tönen, dankbar dafür, dass niemand sie abstellen konnte.

Drei ... Vier ... Fünf ...

Die gotischen und romanischen Kathedralen, deren Glockentürme himmelwärts strebten, waren bezaubernd. Der Stolz der Stadt. Der Stolz Brightons.

Sieben Kathedralen waren im Laufe der Jahrhunderte gebaut worden, ein Andenken an die christliche Geschichte des Landes. An den Glauben an Christus. An das Gebet. Seit über zweihundert Jahren läuteten die Glocken, jeweils um sechs und um neun Uhr, am Morgen und am Abend und zur Mittagsstunde, ihr aufeinander abgestimmtes, synkopiertes, herrliches Läuten. Corina wurde nie leid, es zu hören.

Die Tradition hatte im Krieg 1812 ihren Anfang genommen, als Brighton sich mit den neu formierten Vereinigten Staaten von Amerika gegen die Briten positioniert hatte und einer der Erzbischöfe das Volk an die Morgen- und Abendgebete erinnern wollte.

Heute kamen aus aller Welt Touristen, um das aufeinander abgestimmte melodiöse Geläut der Kathedralenglocken zu hören.

In der Zwischenzeit wartete Corina auf ein Taxi. Sie wechselte einen Blick mit dem Chefportier, aber der war mit einer Limousine ankommender Gäste beschäftigt.

»Ich habe Sie nicht vergessen, Miss.«

Corina neigte den Kopf in Richtung des Fleckchen blassblauen Himmels, das zwischen den Gebäuden zu sehen war, und lauschte den letzten Glockenklängen. Dem letzten Aufruf zum Gebet.

Herr, danke, dass du mich hergeführt hast. Ich danke dir für einen Platz, an dem ich mich ausruhen und schlafen kann.

Sie lachte und wischte sich die Spinnenweben von ihrer müden Seele. Brauche. Nur. Ein. Bett. Und. Ein. Bad.

Während sie immer noch auf ihr Taxi wartete, grub Corina ihr Telefon aus der Tasche und schrieb Gigi, dass sie gut angekommen war. Dann fand sie die Nummer ihrer Freundin Sharlene in ihrer Kontaktliste und bereute es, dass sie nicht schon vorher ein Treffen mit ihr vereinbart hatte. Als Sharlenes Anrufbeantworter ansprang und ihr mitteilte, dass diese im Urlaub sei und antworten würde, wenn sie nicht gerade schliefe oder am Strand läge, legte Corina auf.

Vor lauter Vorbereitungen auf die Premiere und auf das Interview mit Clive sowie der Schützenhilfe für Mark, der nach und nach die Rolle des Chefredakteurs einnahm, hatte Corina die private Seite ihrer Reise nicht besonders gut organisiert. Welche Freunde wollte sie treffen? Wenn überhaupt? Welche Erinnerungen wollte sie wecken? Und vor allem, wann und wie sollte sie Stephen kontaktieren? Was würde sie ihm sagen, wenn sie es dann letztendlich tat?

Hey, Kumpel, ich bin hergekommen, um reichlich zu lieben. Keine Ahnung, was das heißen soll. Machst du mit?

Sie wollte sich gerade noch einmal nach ihrem Taxi erkundigen, als eine Frau auf sie zutrat, die einen weißen Mantel mit einem Pelzkragen und eine Wollmütze trug. Im Juni? Corina starrte sie einen Augenblick lang unhöflich an.

»Sie suchen ein Zimmer«, sagte die Frau. Es war eine Aussage, keine Frage.

Corina beobachtete die Bewegungen ihres Gegenübers. »Und Sie sind ...?«

»Eine Freundin.« Ihre Stimme war voll und stark, und dennoch leicht und wohlklingend.

»Meine Freundin? Haben wir uns schon einmal getroffen?« Sie sah nicht vertraut aus und kam Corina auch nicht so vor.

»Sozusagen.« Sie bot Corina eine einfache, cremefarbene Karte an. »Es gibt einen Platz für Sie, einfach die Straße hinunter. Einen Block weiter südlich.«

»Wie bitte? Einen Platz für mich?« Corina zögerte, nahm aber die Karte entgegen und las die einfache Aufschrift. *Das Herrenhaus.*

»Gehen Sie vor bis zur Ecke Market Avenue.« Die Frau zeigte die Straße hinunter. »An der Ampel gehen Sie über die Straße. Dann folgen Sie der Crescent einen Block lang. Sie können es gar nicht verfehlen. Ein malerisches kleines Etablissement gleich zwischen Gliden und Martings.«

»Gliden und Martings? Die Kaufhäuser?« Corina schaute sich kurz um, um zu sehen, ob einer der Portiere in Rufweite war. »Hören Sie, ich bin müde, und mir ist ehrlich gesagt völlig egal, was Sie machen.« Mal ehrlich? Eine Hausiererin gleich vor dem großartigen und edlen Wellington?

»Im *Herrenhaus* wartet ein Zimmer auf Sie. Bitte, gehen Sie hin. Im Glauben.«

Im Glauben. Corinas Gefühl, dass hier irgendetwas nicht stimmte, wurde plötzlich von einer Flutwelle tiefen Friedens ausgeglichen.

Die Fremde ging einen Schritt zurück und nickte in Richtung der Straßenecke. »Der Verkehr ruht. Sie können gehen.«

Corina blickte die Straße hinunter, schaute dann zur Portiersstation hinüber und spürte so etwas wie eine himmlische Pause, als ob die Welt nur darauf wartete, dass sie sich bewegte. Der Verkehr aus beiden Richtungen stand tatsächlich an der Ampel still, langsam bildeten sich Autoschlangen im Leerlauf.

»Haben Sie keine Angst.«

Corina streckte die cremefarbene Karte von sich weg und forderte die Frau auf, sie zurückzunehmen. »Ich – ich glaube, das ist nichts für mich.«

»Sie sind in sehr sicheren Händen. Erinnern Sie sich an den Grund Ihres Kommens.« Sie nickte zur Straße und vergrub die Hände in den tiefen, ebenfalls cremefarbenen Taschen ihres Mantels. Sie wirkte ätherisch und verströmte einen überwältigenden Frieden. »Es wäre gut, jetzt zu gehen, sonst verpassen Sie die Chance. Trauen Sie Ihrem Glauben. Er hat sie doch bis hierher gebracht.«

»O-okay.« Corina sammelte ihr Gepäck zusammen. Während sie keinesfalls beabsichtigte, im *Herrenhaus* abzusteigen, wusste sie ganz bestimmt, dass sie von dieser Frau wegwollte. Weiße Wolle und Pelz! Im Juni!

Sie rollte ihre Koffer hinter sich her und ging, von der Fremden beobachtet, über die Straße. Dann würde sie eben einen Block weit zu Fuß gehen und dann ein Taxi rufen und sich auf die Suche nach einem Hotel machen. Darüber, dass die Welt auf einmal in Zeitlupe tickte und sogar der Verkehr für sie eine Pause machte, bis sie über die Straße gegangen war, machte sie sich keine Gedanken. Hiermit. Machte sie sich. Keine Gedanken. Darüber.

Was war hier eigentlich los?

Vermutlich führte die Stadt eine Wartung der Ampeln durch oder so was. Ja, das musste es sein. Sonst hätte der Verkehr nicht aus allen Richtungen kommend angehalten.

Dennoch sprang die Ampel im Westen auf Grün, sobald Corina die Fahrbahn verlassen hatte und den Gehweg betrat. Autos sausten vorbei. Fußgänger hasteten mit knirschenden Absätzen den Fußweg entlang. Die Trillerpfeife des Chefportiers schrillte durch die Luft.

Und die Frau in Weiß? Weg. Verschwunden. Keine Spur von ihr auf der Market Avenue oder der Crescent. Ein Wirbeln, ein Sausen, so wie das von letztem Sonntag, eine Berührung des Göttlichen, umfing Corina.

Sie hielt inne und lauschte. Sie wartete und beobachtete. Aber sie war zu müde, um weiter darüber nachzudenken. Sie konnte die letzten paar Minuten gut und gerne auf den Jetlag schieben. Oder einfach den Sommer in Brighton.

Und das war natürlich auch die Antwort. Richtig. Erschöpfung. Und ein bisschen von dem Zauber dieser traumhaften Insel.

Corina fasste die Griffe ihrer Taschen und Koffer noch einmal neu und ging langsam dorthin, wo das *Herrenhaus* sein sollte. Innerlich bereitete sie sich schon einmal darauf vor, alles fallen zu lassen und wegzurennen. Wenn irgendetwas, *irgendjemand*, ihr auflauern oder sie anspringen sollte, wäre sie nur noch Hacken und Ellbogen.

Noch ein paar zögerliche Schritte weiter, dann war sie an Gliden vorbei und stand im hellen Licht eines der Schaufenster von Martings. Bitteschön, da war doch nichts zwischen den beiden ...

Doch dann sah sie es. Ein winziges Gebäude, das sich in den morgendlichen Schatten der beiden Giganten rechts und links kuschelte. Ein grob geschnitztes Schild hing über der Tür.

Das Herrenhaus.

Corina ging bis an den Bordstein zurück, um das Haus gründlich in Augenschein zu nehmen. Viel gab es allerdings nicht zu sehen. Nur die Fassade eines altmodischen Inns, wo es nicht mehr gab als eine Tür und ein einziges großes Fenster, in dem ein sanftes, gelbliches Licht leuchtete.

Corina veränderte noch einmal ihren Griff, ging los und versuchte ihr Glück an der Tür, wo sie erschrocken die Hand zurückzog, als diese knarrend aufsprang. Sie ging weiter hinein und zerrte ihre Koffer über die Schwelle. »Hallo?«

Die kleine Eingangshalle bestand aus einer Sitzgarnitur, einem steingefassten offenen Kamin und einem unbesetzten Empfangstresen. Der Boden aus breiten Holzdielen passte zu dem hölzernen Kaminsims – er war dunkel und abgenutzt, ohne jeden Schimmer oder Glanz.

Eine muntere, fröhliche Frau, deren herzförmiges Gesicht von weißem Haar umflossen war, erschien hinter dem schmalen Empfangstisch. »Ach, da sind Sie ja. Ich dachte schon, Sie hätten es sich anders überlegt.«

»Mir anders überlegt? Es tut mir leid, aber ich habe gar keine Reservierung. Ich bin ...«

»Corina Del Rey. Ja, ja, das wissen wir. Kommen Sie herein. Bleiben Sie doch nicht dort in der Tür stehen.« Sie kam hinter dem Tresen hervor und streckte die Hand nach Corinas großem Koffer aus. Sie trug eine weiße Bauernbluse und einen schwarzen Rock mit einer Spitzentunika darüber.

»Wie, Sie wissen das? Wer weiß was? Und woher?«

Die Dame lächelte sie freundlich an, und Corinas Abwehr wurde schwächer. »Wir haben Ihr Zimmer schon vorbereitet. Schön ist es, das Zimmer. Im vierten Stock mit einer fabelhaften Aussicht über die Stadt. Ganz atemberaubend, will ich meinen.« Sie legte sich beide Hände aufs Herz und seufzte. »Mein liebster Ort auf der ganzen Welt. Ich hoffe, die Treppen machen Ihnen nichts aus. Wir haben keinen Lift.«

»Der Rezeptionist ... im Wellington ... hat der Sie angerufen?« Wie nett von ihm. Und überraschend, weil er doch eigentlich gar nicht so gewirkt hatte, als wollte er sich als besonders hilfreich hervortun. Aber welche andere Erklärung könnte es geben?

»Das Wellington? Nein, niemand aus dem Wellington hat angerufen.« Die Frau kicherte und hielt sich scheu die zarte Hand vor den Mund. »Ich muss wirklich mal wieder losziehen und mir die Stadt aus der Nähe anschauen. Ich war länger nicht mehr dort. Nun, soll ich Ihnen dann jetzt Ihr Zimmer zeigen?«

Sie war verrückt. Ganz eindeutig. »Hören Sie, ich weiß Ihr gemütliches kleines Gasthaus wirklich sehr zu schätzen, aber ich glaube, ich versuche es doch im Royal Astor.« Oder vielleicht auf einer Parkbank. Da gab es bestimmt eine, die nur auf sie wartete.

Aber die exzentrische Gastgeberin hörte ihr gar nicht zu. Sie schnippste mit den Fingern und verzog den Mund, dann zeigte sie auf eine geschlossene Tür neben dem Kamin. »Den Teil vergesse ich immer.« Sie wölbte die Hände um den Mund. »Brill! Komm und kümmere dich um das Gepäck, mein Guter. Sie ist hier.«

Nein, nix, nada. Sie war raus. Das *Herrenhaus* war einfach zu abgefahren. Raus hier. Vielleicht war das hier das »Hotel California« von Cathedral City? Corina ging einen Schritt rückwärts. Aber warum fühlte sie Frieden? In dem Licht und in dem Raum?

Ein Schweißtropfen kroch über ihre Schläfe. »Wissen Sie was?«, sagte sie mit einem heiseren Krächzen. »Mir ist gerade eingefallen, dass ich eine andere Unterkunft habe.« Sie griff nach dem großen Koffer, aber die Frau ließ ihn nicht los.

»Mein Name ist Adelaide.« Sie bot ihr die Hand an. »Bitte gehen Sie nicht.« Ihr Tonfall nahm Corinas aufsteigender Angst die Kraft.

»In Ordnung ...« Corina nahm die Hand an und schüttelte sie leicht. »Ist – ist Ihr Haus denn im Hotelverzeichnis von Cathedral City geführt?« Sie wusste nicht, wie sie sich sonst versichern sollte, dass das Hotel seriös war, außer, direkt nach der Betreiberlizenz zu fragen. Und das ginge dann doch wohl ein bisschen zu weit. Wenn die Frau jetzt ja sagte, könnte sie durchatmen, sich entspannen. Diese kuriose, Asbachuralte, hinter-dem-Mond gelegene Hütte genießen.

»Meine Gute, wir waren das erste Inn, das in Cathedral City überhaupt gebaut wurde. Von König Stephen I. selbst.« Adelaide schob stolz ihre Brust vor. »Fünfzehnfünfundfünfzig.«

»Fünfzehnfünfundfünfzig?« Vor 450 Jahren? Ah, langsam fiel der Groschen. Das musste alles eine Werbeaktion für den Film sein. Bestimmt. Was auch Adelaides Kostüm erklären würde. Und die Frau in Weiß. Eine Schauspielerin, die in den Straßen herumgeisterte und nach verwirrten Touristen Ausschau hielt, die sie hierherschicken konnte. Corina spähte im Zimmer herum und suchte es nach versteckten Kameras ab.

»Aber machen Sie sich nur keine Gedanken. Das ist hier alles renoviert worden. Modernisiert, sozusagen. Außer der Lift, der fehlt. Aber wir haben ja Brill. Ha. Das ist unser Aufzug in Person. Brill!«

»Hier, hier. Wo ist das Mädchen?« Ein großer, grobschlächtiger Mann mit einem gutmütigen Gesicht und dünnen, grauen, lockigen Haarbüscheln quetschte sich durch die Seitentür in die Eingangshalle. »Da ist sie ja. Na, was sagen wir denn dazu? Hübsch und gesund. Bisschen mitgenommen vielleicht, aber sonst gut. Wie geht's dem Mädel denn? Was hältst du von dem Ort hier?«

»Schö-schön.« Corinas Gedanken begannen einen Zwist mit ihren Gefühlen, die beiden stritten sich im schnellen Takt ihres Herzens. Lauf-bleib-lauf-bleib. Aber dieser Brill? Sie mochte ihn. Sie fühlte sich zu ihm hingezogen, als würde sie ihn schon ihr ganzes Leben lang kennen.

»Hör auf, sie zu löchern, lass sie in Frieden. Sie braucht Ruhe.«

»Dann wollen wir sie mal versorgen.« Brill nahm den großen Koffer und nickte zur Treppe hin. »Ladies first.«

»Adelaide? Brill?« Seltsam, wie vertraut die Namen ihr über die Lippen kamen. Als hätte sie sie schon tausend Mal ausgesprochen. »Woher wussten Sie denn nun, dass ich kommen würde?«

»Es ist unsere Aufgabe, das zu wissen.« Das Leuchten in Adelaides Augen strahlte auf, als hätte Gott sie aus Sternen gemacht.

»Ihre Aufgabe?«

»Kommen Sie, Liebes, wir haben genug Zeit für ein Schwätzchen, wenn Sie sich ausgeruht haben.« Adelaide griff nach dem kleineren Rollkoffer. Eine dicke, goldene Kette mit einem goldenen Medaillon baumelte unter der blasslila Tunika hervor.

Corina zögerte. Folgen oder fliehen? Folgen oder fliehen!
Adelaide hielt auf der ersten Stufe an. »Kommen Sie?«
Folgen. »J-ja, ich komme.« *Im Glauben.*
Während sie die Treppen hinaufstiegen, sagte Adelaide: »Wie ich bereits sagte, wurde das *Herrenhaus* von König Stephen I. erbaut, und zwar für seine wahre Liebe.«

»Magdalena?« Nachdem Corina ihre Geschichtskenntnisse aufgefrischt hatte, hatte sie nun große Erwartungen an Hollywoods Darstellung des überlebensgroßen Stephen I. und seiner Königin.

»Oh ja. War das nicht die größte Liebesgeschichte aller Zeiten? Zusammen gründeten sie das Haus Stratton, bauten dieses Königreich auf. Ach, das war eine schwere Zeit für die neu gegründete Nation, aber Stephen I. und Magdalena liebten reichlich bis zum Ende ...«

»Wie bitte? Was haben Sie da gesagt? Sie *liebten reichlich*?«

»Ja, sie wussten, wie man reichlich liebt. Magdalena war die Frau, die das Herz des Königs gewann.« Adelaide schwatzte munter weiter, ohne ihr wirklich eine Antwort zu geben. Auf dem dritten Treppenabsatz hielt sie schwer atmend an. »Sie kämpfte in König Stephens Armee gegen Henry VIII. Ihre Liebe bildete das Fundament des jungen Königreichs. Welch ein Geschenk, so eine Liebe.« Ihre blauen Augen schienen durch Corina hindurchzusehen. »Finden Sie nicht auch?«

»Ich glaube schon, doch.« Warum redete diese Frau so, als wüsste sie irgendetwas?

Adelaide lächelte zu ihr hinunter. »Es ist wichtig, die Geschichte zu kennen.«

»Die Sachen hier werden übrigens nicht leichter, wenn ich eurem Gewäsch zuhören muss, meine Damen.« Brill schnaufte und grummelte, aber der freundliche alte Mann konnte keiner Fliege etwas zuleide tun.

»Ho, ruhig, Brauner. Wir gehen ja schon.« Sie atmete noch einmal tief durch, dann schürzte Adelaide ihren Rock und kletterte weiter die

Stufen hinauf. Ihr Medaillon pendelte hin und her, und die Schlüssel in ihrer Tasche klirrten.

Corina folgte ihr die Wendeltreppe hinauf und landete auf dem nächsten Treppenabsatz. »Ich freue mich schon auf die Darstellung der Magdalena im Film.« Jetzt, wo sie darüber nachdachte, wäre ein Porträt der ersten Königin eine schöne Nebenstory für ihren Premierenartikel, und die Frau hier schien so etwas wie eine Expertin zu sein.

»Oh, sie werden ihr nicht gerecht werden. Sie können eine Frau wie Magdalena nicht auf einer Leinwand einfangen. Sie war so eine Schönheit, so schön war sie, so wie Sie.« Adelaide wandte sich nach Corina um. »Dunkles Haar, olivfarbige Haut, die Augen wie Bernstein. Unabhängig. Mutig, indem sie das Schwert ihres Bruders aufnahm, als dieser im Krieg der Leibeigenen fiel.« Adelaide hielt auf dem Treppenabsatz im dritten Stock an, um durchzuatmen; in ihren Augen lag ein Blick in die weite Ferne. »Oh, wie sehr König Stephen sie geliebt hat. So sehr, dass er sich seinem Geheimrat entgegengestellt hat. Sie war zu stark für diese Männer. Es war die erste Prüfung, ob Stephen reichlich lieben konnte.«

Adelaide ging weiter auf den nächsten Absatz zu. Die alten, breiten Stufen knarrten.

»Prüfung? Wie meinen Sie das?«

»Ob er König und Diener sein konnte?« Adelaide hob den Zeigefinger. »Das ist die erste und wichtigste Regel im Königreich.«

»In Brighton?«

»In *dem* Königreich. Um zu herrschen, muss man dienen können.«

Corina stolperte fast beim nächsten Schritt. Worüber sprachen sie eigentlich? *Das* Königreich.

»Lauf zu, Mädel. Meine Arme werden müde.« Brill rempelte sie freundlich und vorsichtig an, und Corina taumelte den dunklen Korridor unter einer tiefen Balkendecke entlang.

»Mach langsam, Brill. Ich erzähle ihr gerade vom Königreich.«

»Sind wir schon so weit?« Brill veränderte seinen Griff an den Koffern. »Du hast doch gesagt, wir sollen ihr etwas Ruhe gönnen.«

»Aha, so ist das also. Heute hast du also beschlossen, mir tatsächlich einmal zuzuhören, und zitierst mich prompt gegen mich.« Adelaide führte sie einen schmalen Gang hinunter zu einer Holztür, während Brill vor sich hinbrummelte und Corina leise schmunzelte.

Was für ein Duo, diese beiden. Wie ausgerechnet sie gerade zu diesem Abenteuer kam, würde sie wohl nie herausfinden, aber sie machte sich eine Notiz im Oberstübchen, die Augen nach versteckten Mikrofonen und Kameras aufzuhalten und sich nebenbei schon gleich Notizen für eine weitere Story zu machen, neben der Filmkritik und dem Artikel über die Premiere.

Bei der Tür stocherte Adelaide den Schlüssel ins Schloss und drehte den Türknauf. Die Tür öffete sich zu einem prächtigen, ausgedehnten Raum, der sich über die gesamte Länge des Inns zog.

Corina warf einen zögernden Blick hinein, bevor sie eintrat. Das Zimmer war schön, einladend, und trotz der Eisnadeln, die ihr die Vorahnung über den Rücken geschickt hatte, feuerte doch die Freundlichkeit von Adelaide und Brill den Ofen des Friedens an, der in ihrem Geist zu glühen begonnen hatte.

Sie hatte nicht gewusst, was sie angesichts des Zustands des *Herrenhauses* von einem Zimmer hier erwarten sollte. Aber der Raum war ganz hervorragend, auf dem Stand der Zeit, mit einer hohen, gewölbten Decke, cremefarbenen, strukturierten Wänden und einem gewienerten, glänzenden Parkettboden.

Ein wunderbarer Duft lag in der Luft, und Corina atmete tief ein, um ihn in sich aufzunehmen.

Als sie eintrat, reichte Adelaide ihr den Schlüssel. »Sie werden ihn zwar nicht brauchen, aber ich gebe ihn Ihnen als ein Zeichen.«

Corina lachte, aber eine Gänsehaut überkam sie. Sie ballte die Faust um den Schlüssel. »Ein Zeichen? Was denn für ein Zeichen?«

»Dass es Ihres ist. Glauben Sie einfach.«

Sie erstarrte auf der Stelle. Wusste diese Frau etwas über Stephen? Wie? »Adelaide, was ist hier eigentlich los?«

»Ganz reizend, nicht wahr?« Adelaide verschränkte die Arme ganz entspannt vor dem Körper und lächelte, während sie sich umsah, höchst zufrieden mit dem, was sie erblickte.

»Ja, doch.« Corina schlenderte durch das Zimmer und sah sich um. An der Außenwand war ein großes Panoramafenster, wie das unten in der Lobby, das eine atemberaubende Aussicht auf Cathedral City und den River Conour umrahmte. »Es ist sehr schön.«

»Meinen Sie, dass Sie bleiben wollen?« Adelaides Augen funkelten.

Corina betrachtete das seltsame Pärchen. »Ich weiß nicht so recht, was ich von Ihnen beiden oder diesem Ort hier halten soll. Ist das hier eine Art Kampagne für den Film? Was ist hier los?«

»Kampagne?« Adelaide klopfte sich mit der Hand auf die Brust. »Himmel, nein.«

»Was hat das alles hier denn dann zu bedeuten?«

»Ähem.« Brill stand mit Corinas Gepäck in den Händen in der Tür. »Wo sollen diese hier hin?«

»Brill, es tut mir so leid. Stell sie einfach bei der Tür ab. Ich packe sie dann später dorthin, wo ich sie brauche.« Sie nahm ihm den Rollkoffer ab und verstaute ihn neben einem Schrank aus Walnussholz.

»Ja«, strahlte Adelaide. »Sie sind prima. Sie sind die Richtige.«

»Die Richtige?«

Adelaides Augen versprühten einen Glanz, der Corinas Geist unter Strom setzte. »Jedenfalls, wie Sie sehen, ist hier das Bett.« Sie klopfte auf die enorme Matratze, die von einem in Creme- und Brauntönen gemusterten Quilt bedeckt war. »Zum Träumen geschaffen, würde ich sagen.« Sie ging durchs Zimmer. »Hier ist Ihre Sitzecke.« Sie knipste eine Lampe an – war das eine originale Tiffanylampe? »Und zum Klo geht's den kleinen Flur da entlang.«

Corina folgte Adelaide und landete in einem wahren Badeparadies. Fliesen und Granit mit einem in den Boden eingelassenen Whirlpool, ein Waschtisch, eine Dusche mit goldenen Armaturen, alles geflutet von dem hellen Morgenlicht, das durch ein großes Oberlicht hereinströmte.

»Ich weiß nicht, was ich sagen soll.« Über alles, eigentlich. Über das Inn, Adelaide, ihr Gerede von einem Königreich und die Freundschaft, die sie für das eigentümliche Paar empfand. Corina inspizierte das Porzellanwaschbecken, fuhr mit der Hand über den glatten, schieferfarbenen Granit des Waschtischs.

»Dann sagen Sie doch einfach nur, dass Sie bleiben.« Adelaide tätschelte die Schubladenfront des Schranks. »Hier drin sind Ihre Handtücher und Bettwäsche. Wir lassen Sie jetzt alleine, damit Sie sich einrichten können. Wenn Sie mich brauchen, ziehen Sie einfach hier.« Sie zeigte auf den dicken Zugstrang aus Damast neben ihrem Bett. »Ein Element aus der Alten Welt, an dem wir festhalten wollten. Wir dachten, es würde Ihnen gefallen.«

»Mir?«

»Ja, Ihnen. Entspricht denn nicht alles hier Ihrem Geschmack? Die Farben, die Möbel?«

Corina sah sich noch einmal rasch im Raum um. Das stimmte wirklich. Es waren alles Stücke, die sie selbst auch ausgewählt hätte. Um ehrlich zu sein, hatte sie schon einmal überlegt, einen Schrank zu kaufen, der dem, der die Handtücher beherbergte, erstaunlich ähnlich sah.

»Warum beantworten Sie meine Frage nicht, was hier los ist?«

»Mein gutes Mädchen.« Adelaide nahm Corinas Hände. »Sie sind gerade erst den ganzen Weg aus Georgia hergeflogen. Wir haben noch eine Menge Zeit, um über alles zu reden.«

»Sehen Sie, genau das meine ich. Woher wissen Sie das?«

»Meine Liebe, das ist meine Aufgabe. Und jetzt ruhen Sie sich aus.« Sie wies Brill mit einer Geste an, die Treppe hinunterzugehen. »Wir werden Tee und Kuchen heraufbringen und vor Ihrer Tür abstellen. Wenn Sie ein Klopfen hören, werden Sie wissen, dass wir da waren.«

»Warten Sie! Halt.« Corina zog ihre Handtasche hervor, die zuunterst unter dem ganzen Gepäck gelandet war, und wühlte nach ihrem Portemonnaie. »Trinkgeld. Ich muss Ihnen ein Trinkgeld geben.« Sie hielt Adelaide zwei zehn-Pfund-Scheine hin. »Einer für Sie und einer für Brill. Vielen, vielen Dank. Sie sind wahre Lebensretter.«

Adelaide schob das Geld zurück. »Behalten Sie es. Wir haben keine Verwendung dafür.«

»Keine Verwendung für Geld?« Corina hielt der verrückten alten Frau das Geld wieder hin. »Wer um Himmels Willen braucht denn kein Geld?«

»Solche, die um des Himmels Willen hier sind.«

»Was?« Das Wort kam aus einem stumpfen Reflex aus ihr heraus. Aber etwas in ihrer Seele war angestoßen worden, von dem Corina wusste, dass es wahr war. Dieser Moment enthielt etwas Göttliches.

Adelaides leise Schritte verhallten im Treppenhaus, als sich Corina im Licht der Tiffanylampe auf die Chaiselongue sinken ließ, das Geld noch in der Hand. Sie war verwirrt, fühlte aber einen eigenartigen Frieden.

Während dieser Ort keinen Sinn ergab, wusste Corina, dass sie hier sein sollte. Nicht mit ihrem Verstand, aber in ihrem Herzen. Sonst wäre sie schneller hier raus, als die Georgia Bulldogs einen Treffer landeten – extrem schnell.

Nach ein paar Minuten raffte sie sich auf, füllte noch einmal ihre Lungen mit dem tiefen Frieden, der ihren Verstand überstieg, und ging zum Fenster.

Cathedral City lag vor ihr ausgebreitet da. Atemberaubend.

Seitdem sie im Januar aus dem Nebel des Todes und der Trauer hervorgekrochen war, schien Gott ihr immer wieder zuzuflüstern. In kleinen Dingen. Großen Dingen. Durch alle, von Gigi über Ida Mae bis zu Melissa, Mama, Daddy und Daisy. Stephen. Und jetzt vielleicht durch dieses schrullige Paar, Adelaide und Brill.

Es sei denn, sie waren doch Schauspieler, die als altmodische Wirtsleute posierten, um den Film bekannter zu machen. Corina sah zur Tür hin und lauschte in der Erwartung, andere Gäste zu hören.

Aber im Zimmer blieb es still, bis auf den Klang ihres eigenen Herzschlags.

Sie musste dem Ganzen einfach selbst einen Sinn abgewinnen. Sie musste ihre Zweifel an Stephen im Zaum halten und das Risiko eingehen, ihr Herz in Gottes Hände zu legen.

Gott schuldete ihr nichts. Tatsächlich hatte er ihr ja bereits ein Geschenk über jedes Maß hinaus gemacht, als sie es weder verdiente noch genug darüber wusste, um ihn überhaupt darum zu bitten.

Aber, oh, diese »liebe reichlich«-Abenteuer war unheimlich. Es machte ihr richtig Angst.

Was, wenn diese Reise bedeutete, dass sie so gar nichts für sich selbst gewann, aber alles an Gott verlor? An Stephen? Was, wenn die Reise bedeutete, dass sie mit leeren Händen, dafür aber Christus umso ähnlicher, wieder nach Hause kam? Sie zitterte, die Vorstellung zerrte an ihrem Verständis davon, dass sie sich doch selbst gehörte und auch selbst schützen musste.

Sie hatte von vorneherein gewusst, dass es bei dieser Reise nach Brighton nicht um Filmpremieren oder Star-Interviews ging, sondern darum, »reichlich zu lieben«. Um die Auswirkungen eines Gebets, das sie auf dem kalten, harten Kirchenboden gesprochen hatte, als sie sich leer, sinn- und wertlos gefühlt hatte.

ZWÖLF

Am Freitagnachmittag wartete Stephen hinter den Kulissen von *Madeline & Hyacinth Live*! auf sein Stichwort. In seinem gestärkten weißen Hemd und der dunkelblauen Armanijacke war ihm heiß, er fühlte sich klebrig.

Die Visagistin lungerte um ihn herum und tupfte gelegentlich den Glanz von seiner Stirn. »Sie werden sich vorne im Bühnenbild abkühlen. Da draußen ist es eiskalt.«

Wenige Meter von ihm entfernt, zwischen den Falten des Bühnenvorhangs verborgen, stand Thomas, der das Publikum im Auge behielt und über Funk mit den drei Leuten sprach, die zu seinem Team gehörten.

Stephen machte sich krumm, um – um den bulligen Bodyguard herum – einen Blick auf die Tribünenplätze zu werfen. Das Publikum bestand vorwiegend aus Frauen und sah harmlos aus. Er hatte Thomas' Sicherheitsmaßnahmen schon vorher als übertrieben moniert, aber der hielt sich unbeeindruckt an das Protokoll.

Stephen schlug ihm auf die Schulter. Thomas warf ihm einen Blick über die Schulter zu und nickte. Er sollte dankbar sein für die Wachsamkeit des Mannes. Es war sein eigener Mangel an Wachsamkeit, der Menschen den Tod gebracht hatte. Sein Vertrauen in einen Mann, der seine bösen Absichten gut verborgen hatte.

Er betrachtete das Publikum noch einmal kritisch. Aber nicht auf der Suche nach Eindringlingen, sondern nach ... wem?

Corina? Der Doppelgängerin von Corina?

Die Begegnung mit der Doppelgängerin gestern im Wellington rührte an seinen Gefühlen für sie. Die Liebe und Zuneigung, die er auf dem Spielfeld seines Herzens zu Boden gezwungen hatte, indem er jede Entschuldigung und jedes emotionale Päckchen, das er finden konnte, auf sie aufgetürmt hatte. Er hatte ihnen nie wieder erlaubt, aufzustehen, freizusein, ihnen nie die Chance gegeben, einen Schuss über die Torlinie seines Herzens zu versuchen.

Wie konnten sie es wagen, gegen ihn aufzubegehren? Er hätte nie nach Florida reisen sollen.

»Alles sicher, Sir«, sagte Thomas leise in Stephens Ohr. »Die Kollegen draußen durchstreifen noch den Parkplatz, aber hier drinnen sind wir soweit.«

Stephen sah auf seine Uhr. Er war jede Sekunde dran. Madeline und Hyacinth waren auf der Bühne allerdings gerade dabei, mit der sehr lebhaften Köchin Connie Spangler zu kochen.

Der Bühnenmanager gab ihm ein Zeichen. »Fünf Minuten!«

Ihm war immer noch zu warm, und Stephen schlüpfte aus seiner Jacke, legte sie über die Lehne eines Barhockers und setzte sich.

Öffentliche Auftritte. Die hatte er seit Afghanistan sehr begrenzt. Obwohl er in letzter Zeit seinen Anteil an königlichen Pflichten übernommen hatte.

Aber vor ein paar Jahren hatte die Krone noch abgelehnt, als die Brighton Eagles Stephen baten, eine Pressereise zu veranstalten, immerhin war er ihr berühmtester Spieler. Zu riskant. Zu öffentlich.

Stephen verbrachte die meisten Jahre als Rugbyspieler damit, das Scheinwerferlicht zu meiden, indem er sich unmittelbar nach dem Spiel in die Umkleidekabine zurückzog, um der Presse aus dem Weg zu gehen. Der Fan Day neulich war einer seiner seltenen öffentlichen Auftritte für das Team.

Die Jungs verstanden das. Stephen erklärte ihnen, seine Zurückgezogenheit beruhe auf Sicherheitsgründen.

Jedesmal, wenn er auf den Rasen hinaus lief, war er sich trotzdem des Risikos voll bewusst: Jemand könnte versuchen, ihn zu töten. Je mehr Zeit verging, desto mehr öffentliche Auftritte nahm Stephen im

Namen der Krone wahr. Aber stets waren strikte Sicherheitsmaßnahmen geboten.

Madeline und Hyacinth hätten ihn schon seit Jahren gerne in ihrer Show gehabt. Jetzt, wo es klappte, berichtete die königliche Behörde, die beiden seien »begeistert«.

Der Bühnenmanager trat mit einer Verbeugung auf ihn zu. »Eure Hoheit, nach der Werbepause sind Sie an der Reihe.«

»Danke.« Stephen hüpfte von seinem Hocker herunter, richtete sich den Kragen und steckte das Hemd ordentlich in die Jeans. Dann schlüpfte er in seine Anzugjacke. Er mochte den ungezwungenen Prinz-als-Rugbyspieler Aufzug. Er atmete aus. Ein klein bisschen nervös war er. Aber das sollte Spaß machen.

Die Applausampel ging an, und das rote Licht der Kamera ging aus. Visagisten rannten auf die Bühne wie eine Horde Heinzelmännchen. Sie tupften die Stars der Show ab, brachten ihnen die Frisuren in Ordnung und zogen sich zurück, als der Bühnenmanager rief: »Dreißig Sekunden!«.

Thomas klopfte Stephen auf die Schulter. »Hals- und Beinbruch.«

Stephen lachte. »Reicht ein Knöchel noch nicht?«

Die Show war nach der Werbung jetzt wieder auf Sendung. »Haltet eure Hüte fest, Mädels. Wir haben eine Überraschung für euch!« Madeline, eine hellhäutige Blondine, strahlte erst das Publikum an und dann ihre Co-Moderatorin. »Ich bin völlig außer mir, und du, Hy?«

»Schau dir mal meine Tränensäcke an, Maddie! Ich habe keine Sekunde geschlafen letzte Nacht. Keine Sekunde.« Hyacinth, dunkelhaarig und sehr schlank, mit glasklaren blauen Augen, glitt von ihrem hohen Moderatorenstuhl. »Ladies und Gentlemen, bitte begrüßen Sie mit uns zum ersten Mal überhaupt in dieser Sendung, Seine Königliche Hoheit, Prinz Stephen.«

Stephen wurde von einer Welle aus Jubelrufen und Applaus umspült. Mit den Schultern nach hinten, Kopf hoch erhoben, tat er sein Bestes, seinen ungelenken Gang mit dem geschienten Knöchel auszugleichen. Er streifte die erste Stuhlreihe, schüttelte Hände und winkte dem restlichen Publikum zu. Dann umarmte er Madeline und Hyacinth, ein Bruch des königlichen Protokolls, und nahm seinen Platz zwischen den beiden Moderatorinnen ein.

»Na, na, na, was sind wir aufgeregt«, begann Hyacinth. Ihr Kommentar stachelte das Publikum an.

Ein tiefer Sprechgesang erhob sich aus den letzten Reihen. »Strat, Strat, Strat!« Eine Abkürzung seines Nachnamens, die Sportkommentatoren in den Umlauf gebracht hatten, als sie seine Art, Haken zu schlagen, analysierten.

»Wenn er zur Seite ausweicht, geht das so, strat, strat, strat …«

Stephen zeigte mit einem Nicken und einem Winken lächelnd, dass er sie sah, und entspannte sich. Er mochte seine Identität als Rugbyspieler. Sie machte ihn zu einem normalen, alltäglichen Mann.

Er war sich ziemlich sicher, dass er alles, was ihn als Prinzen ausmachte, hinter sich gelassen hatte, als Menschen für ihn gestorben waren.

»Nun beruhigt euch mal, sonst kommen wir nie dazu, uns zu unterhalten.« Hyacinth ging an den Kameras vorbei zur Tribüne und machte mit beiden Händen beruhigende Bewegungen. »Wir haben nur fünf Minuten mit ihm, und ihr habt schon eine davon verschwendet.«

Das Publikum lachte, gab aber Hyacinths beachtlichem Charme nach und machte mit.

Als Hyacinth zu ihrem Stuhl zurückging, legte Madeline ihre Hand auf Stephens Arm. »Wir sind völlig aus dem Häuschen, dass wir Sie hier haben. Erzählen Sie uns, was Sie in der letzten Zeit so gemacht haben, Eure Hoheit?«

»Stephen, bitte, nenn mich Stephen.« Aua, dafür würde er was von Mutter zu hören bekommen, dass er seinen Titel wegließ.

»Dein Name ist Prinz Stephen. Das ist es, wer du bist. Seine Königliche Hoheit, Prinz Stephen Marc Kenneth Leopold of Brighton Kingdom.«

»Prinz Stephen.« Hyacinth kannte die Welt. Sie wusste es besser. »Wie geht es Ihrem Knöchel? Wir vermissen Sie so sehr auf dem Platz bei den Sommerspielen.«

»Das wird langsam. Ich muss immer noch so einiges an Physiotherapie durchlaufen, aber für die Premiership im Herbst bin ich wieder fit.«

Jubel und Pfiffe aus dem Publikum.

»Werden Sie in dieser Auszeit zum Prinz von Brighton gekrönt werden?« Madeline las die Frage von ihren Moderationskarten ab. Sie fühlte sich seltsam an, die Frage, fehl am Platze und vielleicht von der königlichen Behörde strategisch so positioniert, dass er den Druck verspürte, nachzugeben.

»Wir sind noch in Gesprächen deswegen.« Eine Nicht-Antwort funktionierte immer.

»Also werden Sie der Schirmherr des neuen Kriegsdenkmals? Wir sind so stolz darauf, dass Sie gemeinsam mit den anderen Männern König und Königreich gedient haben.« Hyacinth klatschte aufmunternd in Richtung des Publikums und ermunterte sie, mitzuapplaudieren. »Er ist unser Held, ob auf dem Rugbyplatz oder sonstwo.«

Stephen wurde es im heißen Scheinwerferlicht eiskalt. Er war hergekommen, um über die Filmpremiere zu sprechen. »Nein, nein, die wahren Helden sind die Kameraden. Aber das ist alles Teil der Gespräche.« Er warf Madeline einen heimlichen Blick zu. *Weitermachen. Themawechsel.*

Madeline stimmte sich stumm mit Hyacinth ab, und die beiden machten nahtlos weiter. Stephens Frösteln verwandelte sich in eine Art zähen Schweiß, klebte ihm auf der Haut. Immer wieder baute sich eine schalldichte Mauer um ihn auf und sperrte ihn ein.

Panikattacken waren tagsüber normalerweise nicht Teil seiner üblichen Probleme. Außer in Momenten wie diesen – und die waren selten. Stephen atmete ein, lang, tief, zwang sich, das schwache, weit entfernte Geräusch einer explodierenden Bombe nicht zu hören.

Dann, und nur dann, war er verzweifelt genug, das einzige Gebet zu flüstern, das er dieser Tage sprach. *Gott, hilf.*

Er erhaschte einen Blick auf Thomas, der im Publikum war, vorne, in der Mitte, und konzentrierte sich auf seinen Freund und Sicherheitsoffizier. Thomas nickte ihm ermutigend zu, und Stephens Panik ebbte ab.

Diese rätselhaften Momente irritierten ihn. Er war ein ausgebildeter Pilot der königlichen Luftwaffe, ein bewährter Rugbyspieler. Welches Recht hatten die Umgebung eines Studiobilds und die Erwähnung der Gedenkstätte, seine Adern mit Angst zu füllen?

Weil er wusste, wenn die Welt nur ein bisschen länger, ein bisschen genauer hinschaute, dann würde sie ihn durchschauen. In seinem Kern war er ein Blender, ein Hochstapler. Das genaue Gegenteil eines Helden.

»Also, was haben Sie denn den Sommer über so vor? Wie wir hören, haben Sie einen vollen Terminkalender.« Hyacinth tippte ihm aufs Knie, sie hatte gemerkt, dass Stephen einen Moment lang mit den Gedanken woanders war.

»Ganz richtig, stimmt. Ja. Sehr voll.« Er sammelte sich und holte seinen ganzen königlichen Charme hervor. »Am Montag besuche ich die Premiere von *König Stephen I.*, und am Dienstag geht es weiter mit der Kunstauktion für die Stiftung Leseförderung bei Kindern. Also, ja, es ist so einiges los.«

»Wo wir gerade von der Premiere sprechen ...« Madelines Gesichtsausdruck löste einen anderen, neuen Alarm in Stephens Brust aus. »Wir haben gehört, dass Sie noch kein Date für die Veranstaltung haben.«

Stephen zwang sich, zu lachen. »W-was?« Jemand in der königlichen Behörde würde dafür büßen müssen.

»Nichts für ungut, Eure Hoheit, aber wir haben ein kleines Spiel mit unserem Publikum hier im Studio und unseren Zuschauern gespielt.« Hyacinth hielt ihr iPhone hoch. »Sie müssen wissen, dass es uns nicht entgangen ist, dass Sie schon länger nicht mehr in der Gesellschaft einer schönen Frau gesehen worden sind. Außer der von Madeline und mir, natürlich.«

»Natürlich.« Er beschloss, sich zu entspannen und mitzuspielen. Dabei hatte er Corinas Anblick vor Augen. Er war sehr wohl gerade erst in der Gesellschaft einer schönen, intelligenten, liebenden, freundlichen Frau gewesen.

»Meine Damen, weil es fast unmöglich scheint, dass eine der tollen Frauen von Brighton sich dieses Prachtstück von einem Prinzen schnappt«, Madeline lachte, behielt aber ihren ernsten Tonfall bei, »wollen wir mehr von euch hören, solange Prinz Stephen hier ist. Twittert uns, solange die Sendung läuft, wie ihr meint, dass man sich den begehrtesten Prinzen der Welt angeln könnte. Schreibt auf jeden Fall unseren Lieblings-Hashtag dazu: *#wiemaneinenprinzenangelt*.«

»Oder postet unter dem gleichen Hashtag auf unserer Facebookseite«, sagte Hyacinth. »Das macht Ihnen doch nichts aus, oder, Prinz Stephen?«

Er bedachte sie mit einem steinernen Blick. »Um ehrlich zu sein, Hyacinth –«, da war doch noch diese Kleinigkeit mit der Zusatzklausel. »Ich glaube nicht, dass sich irgendjemand dafür interessiert, über mein langweiliges Liebesleben zu twittern.«

Hyacinth stupste lachend sein Knie an. »Wir haben vereinbart, nicht über Ihr Liebesleben zu *sprechen*, verstehen Sie.« Sie hob die Augenbrauen. »Und deshalb haben wir uns dieses lustige kleine Spiel ausgedacht.«

Ach, na klar, jetzt verstand er. Er verstand, dass er das nächste Mal die Zusatzklausel sehr viel genauer formulieren musste. Er hätte erwarten müssen, dass sie Unfug dieser Art planten.

Er sah zwischen Hyacinth und Madeline hin und her und überflog dann das Publikum. Anstatt einfach zu gehen, was der königlichen Behörde Kummer machen würde, beschloss er, sich zu entspannen und mitzuspielen. Fürs erste war er einfach dankbar dafür, dass der Anflug von Panik so schnell abgeklungen war, wie er gekommen war, und froh darüber, dass die Moderatorinnen sich so ein Spiel ausgedacht hatten, anstatt ihm persönliche Fragen zu stellen. Verglichen mit Torchham war das hier ein Paradies. Könnte sogar den einen oder anderen Lacher bringen.

»Wir werden Prinz Stephen bitten, am Ende der Show den besten Tweet auszuwählen. Die Gewinnerin hat die Möglichkeit, etwas zu gewinnen, nämlich ...« Madelines nächste Worte hauten richtig rein, »... die Chance, ihn zu der Premiere zu begleiten.«

Das Publikum geriet außer sich. Der Monitor, der die Tweets anzeigte, scrollte am laufenden Band, so viele kamen herein.

Was? Nein, nein, nein ... Also, *dabei* spielte er nun nicht mehr mit. »Meine Damen.« Stephen rutschte von seinem Stuhl herunter und hob die Hände. Das würde er in Ordnung bringen. »Ich bin geschmeichelt, aber die Informationen, die Sie haben, sind leider falsch. Ich habe sehr wohl eine Begleitung für die Premiere.«

»Ach du meine Güte.« Madeline ignorierte ihn und ging lachend zu dem Monitor hinüber. »Die laufen so schnell durch, dass ich sie kaum lesen kann.«

»Hier ist ein guter ... Von CharonMitC. ›Behandelt ihn wie jeden anderen auch. Er zieht seine Hose auch erst übers eine Bein, dann übers andere. Wie jeder andere Kerl auch.‹« Madeline schaute Stephen an. »Stimmt das? Wie zieht sich denn ein Prinz seine Hosen an?«

»Wir haben da so eine Spezial-Hosen-Anzieh-Maschine, extra für Prinzen, also ...«

Das Publikum lachte. Madeline klopfte sich ein bisschen allzu entzückt auf den Oberschenkel. Aber Stephen schwitzte schon wieder. Reichlich. Wie würden die Mädels das wohl finden? Ihr königlicher Prinz schwitzte. Sehr viel.

»Den hier mag ich.« Hyacinth gesellte sich zu ihrer Co-Moderatorin an den Monitor. »Von Alltagsmädchen. ›Sei ehrlich mit ihm. Hör ihm zu, aber erzähl ihm auch, was dich bewegt.‹«

Stephen nickte. Kein Mann mochte es, auf Abstand gehalten zu werden. Er hatte sich in Corina verliebt, weil sie ihn liebte, wenn nötig, auf seinen Platz verwies, und sich ihm ganz offenbarte, ohne Einschränkungen.

»Oh, Achtung, hier ist einer ... Von LiddyWellborn. ›Ignoriere ihn.‹« Madeline zog ein Gesicht und sah Stephen fragend an.

Er schüttelte den Kopf. »Wenn sie ihn ignoriert, kommt er sie auch nicht besuchen.« Corina hatte ihn anfangs ignoriert, aber jedes Mal, wenn er sie über den Campus hatte gehen sehen, das Haar glänzend im warmen Licht der Abendsonne, hatte er sein Herz ein bisschen mehr an sie verloren. Dann bewerkstelligte er es, in einem Management-Seminar einen Platz gleich hinter ihr zu ergattern, und irgendwann in der Mitte des Semesters sprach sie dann endlich mit ihm.

»Hier ist ein interessanter Tweet.« Madeline beugte sich lachend vor zum Bildschirm. »Aber das verstehe ich jetzt nicht. Von CorinaDelRey ...« Sie sah verwundert aus. »Ist das nicht diese amerikanische Millionärstochter?«

Stephens Herz zog sich beim Klang ihres Namens schmerzhaft zusammen. Corina? Aber ganz bestimmt nicht ... Unmöglich. Die hatte er in Amerika zurückgelassen. Da machte sich sicher jemand einen Spaß. Er überflog das Publikum. War sie hier?

»Sie twittert, ›Sag ihm, American Football ist tausendmal besser als Rugby.‹« Hyacinth lachte gackernd. »Na, wir wissen ja, dass man *damit* ganz bestimmt keinen Punkt bei unserem Prinz Stephen landet.«

Die nächsten Minuten über lasen die Moderatorinnen Tweets vor und kommentierten sie humorvoll, während Stephens Konzentration sich auf den Gedanken fokussierte, Corina könnte in der Stadt sein.

Nein, sie hatte den Thread sicher einfach nur bei Twitter gefunden. In Florida war es ungefähr 10 Uhr, kurz nach dem Beginn ihres Arbeitstags.

In der Zwischenzeit lächelte er und nickte, und lachte an den richtigen Stellen.

»Hier ist mein Favorit. Von DebShelton. Ihr Tweet besteht ganz aus Hashtags. ›#fakeittilyoumakeit #tusoalswärstduprinzessin.‹«

Hyacinth und Madeline lasen noch so lange weiter Tweets vor, bis der Spaß daran nachließ. Stephen leerte ein großes Glas Wasser, um seine Gedanken über Corina, die gerade so richtig auf Touren kamen, wieder abzukühlen.

Madeline und Hyacinth gingen zu ihren Stühlen zurück. Sie redeten weiter davon, welch ein großer Spaß das alles sei und holten sich Unterstützung beim Publikum. Dann forderten sie Stephen ziemlich forsch heraus, eine Gewinnerin auszuwählen.

»Was denken Sie, Eure Hoheit?«, fragte Hyacinth. »Ich mag ja LibbyWellborn. Sie klingt wie jemand, mit dem man gut auskommen kann.«

»Mir hat DebShelton gut gefallen.« Madeline verfolgte mit den Augen die Tweets, die noch einmal über den Monitor huschten.

Das konnten sie nicht ernst meinen. Ein Blind Date? Zu einer königlichen Filmpremiere?

»Wartet, das hier müssen wir vorlesen«, unterbrach Hyacinth das rauschende Gelächter. »Von TriciaGauss. ›Küss einen Frosch.‹«

Erneut brandete Gelächter auf.

»Na ja, kann man machen ...«, sagte Stephen und ahmte einen Frosch nach, was ihm eine Runde Applaus einbrachte.

»Hier ist noch ein neuer ... Oh, aber das ist was ganz anderes. Von AgnesRothery. ›Bird wäre stolz.‹« Madeline warf Stephen einen Blick zu. »Bird?«

Das Studio um Stephen wurde dunkel, als das Leuchten der Heiterkeit in seinen Augen verblasste. Agnes. Ihren Namen hatte er seit Jahren nicht mehr gehört. Bird war einer seiner besten Freunde gewesen. Vor und in Afghanistan. Agnes war seine Freundin. Bird hatte vorgehabt, ihr einen Antrag zu machen, wenn ihr Einsatz beendet war. Aber er hatte nicht lange genug gelebt, um sie noch einmal zu sehen.

Stephen versuchte zu antworten, aber er verlor die Kontrolle über seine Worte, alle Feuchtigkeit in seinem Mund schien schlagartig verdunstet zu sein.

»Bird war ein Kamerad in Afghanistan.« Die Antwort kam aus dem Publikum. Thomas. »Er starb im Gefecht.«

Die bittere Wirklichkeit des Todes saugte Luft und Wärme aus der Studioatmosphäre. Hyacinth strich mit der Hand über Stephens Rücken, während das Publikum geschlossen aufstand und respektvoll applaudierte.

»Können Sie uns etwas über Ihren Einsatz in Afghanistan erzählen?« Madeline machte dem Bühnenmanager ein Zeichen, er solle irgendetwas abschneiden. Vermutlich sollte er den Twitter-Strom unterbrechen. »Sie haben nie darüber gesprochen.«

»Nein, das kann ich nicht. Und ich, ich habe eine Verabredung für die Premiere, meine Damen.« Die Worte kamen schwach und tolpatschig heraus, ihnen fehlte jeder Charme.

Er wollte einfach nur weg vom Set. Verschwinden. Oh, möge sich der Boden auftun und ihm einen Fluchtweg präsentieren.

Agnes? Sie hatte in guter Absicht gewittert. Aber das hatte Stephen nur daran erinnert, dass er sie und Bird im Stich gelassen hatte. Sein Versprechen gebrochen hatte. Aber er konnte nicht ... konnte sie nicht besuchen.

In seinem Unterbewusstsein führte er Buch darüber, was er diesen Männern schuldete, und seine Seele zog jeden Tag Bilanz. Er würde ihnen nie zurückgeben können, was er ihnen schuldete. Warum sollte er Agnes also besuchen? Warum Carlos' Schwester? Oder schlimmer noch, mit ihr verheiratet bleiben, sie lieben, ein Leben mit ihr aufbauen und eine Familie gründen?

Er tröstete sich mit dem Gedanken, dass er die königliche Behörde damit beauftragen würde, Agnes' Adresse herauszufinden. Das bedeutete ja noch lange nicht, dass er sie besuchen musste, aber dann wüsste er immerhin, wo sie sich aufhielt, konnte sich versichern, dass sie nicht im verarmten East End wohnte. So viel konnte er tun.

Madeline sah ihn mit gerunzelter Stirn an. »Sind Sie sicher, dass Sie die Gewinnerin nicht als Ihre Begleitung zu der Premiere mitnehmen können?«

»Ganz sicher. Es könnte sein, dass meine Begleitung sich nicht gerade über geteilte Aufmerksamkeit freuen würde. Bedauere aufrichtig.«

Die Moderatorin guckte traurig und seufzte. Neben ihr bot Hyacinth der Gewinnerin schnell einen Preis aus dem *Madeline & Hyacinth Life!* Fansortiment an. »Es tut uns leid, dass es kein Date mit dem Prinzen bei der Premiere geworden ist, aber ...«

»Wie wäre es mit Tickets für die Kunstauktion? Als mein Gast.« Stephen hatte sich ein bisschen erholt und konnte mit einer sicheren Alternative aufwarten. Er würde sie begrüßen und dann mit seinen Pflichten weitermachen.

Das Publikum applaudierte zustimmend. Hyacinth las Debs Antwort-Tweet vor: »»Aaaaaah, wie wunderbar, ja!««

»Also, Eure Hoheit, wer ist denn nun Ihre geheimnisvolle Verabredung?« Madeline ging ohne zu zögern direkt ans Eingemachte. Der Bühnenmanager signalisierte sechzig Sekunden bis zur Pause.

»Ein *Geheimnis*.« Stephen wimmelte sie mit seinem schönsten Grinsen ab. »Sie werden warten müssen, dann werden Sie schon sehen.« Er würde Mum dazu verdonnern, mitzukommen. Ihr Ehemann, Henry, würde nichts dagegen haben. Mum war ein großer Fan von Kino im Allgemeinen und Clive Boston im Besonderen.

Madeline wandte sich an die Kamera. »Wir sind gleich wieder da, freut euch auf Prinz Stephen, auf mehr über die Premiere von *König Stephen I.* und seine Pläne für das wichtigste Rugbyturnier des Jahres: die Premiership im Herbst.«

Das Publikum applaudierte, und die Lichter gingen aus. Stephen atmete tief aus und erwartete eine Pause, aber Madeline wandte sich ihm zu.

»Also. Corina Del Rey? Sie kennen sie?«

»Ein bisschen. Ist lange her.«

»Eine amerikanische Millionärstochter twittert darüber, wie man sich einen Prinzen angelt? Ist sie in der Stadt?« Madeline sperrte den Mund auf. »Ist sie Ihre Verabredung?«

»Ganz bestimmt nicht.« *Ruhig, mein Junge. Sei ein Fels.*

»Warum hat sie dann getwittert, dass American Football dem Rugby weit überlegen ist?«

Er griff nach dem Wasserbecher, den ihm eine junge Frau mit einem Headset anbot. »Sie sind ganz schön vorwitzig. Sie wissen doch, wie Amerikaner manchmal so sind. Twittern Sie ihr doch zurück, wenn Sie es unbedingt wissen wollen.« Jetzt hatte er es vermasselt. Warum hatte er das bloß gesagt?

»Ja«, sagte Madeline, lehnte sich zurück und durchbohrte ihn mit ihren Blicken. »Ja, ich glaube, genau das werde ich tun.«

Sie schlief länger als beabsichtigt und wachte erst am späten Nachmittag auf, als die Sonne gen Westen gewandert war und das Zimmer in gemütliche Schatten tauchte.

Corina wanderte im Raum herum und schüttelte den Schlaf und den Jetlag ab. Dann machte sie sich in dem fantastischen Badezimmer frisch – sie machte sogar ein paar Fotos mit ihrem Handy, weil sie darüber nachdachte, das Badezimmer in ihrer Eigentumswohnung im gleichen Stil zu gestalten –, und schließlich ließ sie Adelaide herein, die eine Schale dampfende Suppe mit Huhn, wildem Reis und Pilzen brachte, dazu warmes, butteriges Landbrot.

Das Aroma ließ ihren Magen laut knurren. Sie war halb verhungert.

»Das ist ja unglaublich lecker!« *Langsam. Lass es dir schmecken.* Corina stippte die Brotkante in die Suppe. »Aber Sie brauchen mir doch keinen Zimmerservice zu bringen. Wo essen denn die anderen Gäste?« Wenn es ein Speisezimmer gab, so wie in vielen anderen rustikalen Gasthäusern in Brighton, würde sie dort essen.

»Wir haben kein Speisezimmer. Wir werden Sie in Ihrem Zimmer bedienen. Das ist uns eine Ehre. Wir sind Diener.«

»Servieren Sie allen Gästen in ihrem Zimmer?«

Sie ging zur Tür. »Ruhen Sie sich aus. Sie haben eine lange Woche vor sich.«

»Adelaide«, sagte Corina, und lachte leise. »Sind Sie etwa an meine Sachen gegangen, solange ich geschlafen habe? Woher wissen Sie so viel?«

»Ich sagte Ihnen doch bereits, dass das meine Arbeit ist. Ich weiß, warum Sie nach Brighton gekommen sind.«

»Oh? Warum bin ich denn gekommen?« Corina fischte. Was wusste die alte Frau? Corina schätzte sie auf 75. Höchstens 80. Trotz ihrer glatten Haut. Sie war außerdem von einer ungewöhnlichen Aura umgeben, wie ein Kranz aus aufleuchtenden Lichtern.

Und Brill, der war ein Bär mit einem Gummibärenherzen, nicht wahr? Freundlich, aber trotzdem so ... Corina suchte nach dem richtigen Wort. Ritterlich. Kriegerisch? Kampferprobt. Als hätte er schon viele Schlachten erlebt. Obwohl er keine Narben trug.

»Sie sind gekommen, um den Ruf der wahren Liebe zu beantworten.« Adelaide schloss die Tür, und ihre sanften Schritte verklangen auf der Treppe.

Corina starrte die Tür an. Um den Ruf der wahren Liebe zu beantworten. »Adelaide, wie –«

Ach, vergiss es. Sie würde nur wieder sagen: »Das ist meine Arbeit.«

Der Ruf der wahren Liebe. Wenn *er* doch nur rufen würde. Corina nahm an, es lag jetzt an ihr, ihn anzurufen, weil die Annullierungspapiere bei ihr waren. Aber jetzt gerade lockte sie der Duft der Suppe mehr als alles andere. Sie nahm das Tablett mit hinüber zum Bett und entdeckte die Fernbedienung für den Fernseher.

In der Ecke erwachte ein Flachbildschirm zum Leben und warf einen bläulichen Schimmer in die Schatten. Corina löffelte ihre Suppe und zappte wahllos durch die Kanäle. Sie blieb hängen, als sie Madeline Stone von *Madeline & Hyacinth Live!* entdeckte.

Sie liebte diese Sendung. Die beiden hatten gerade erst angefangen, als Corina in Brighton gelebt hatte. Jeden Nachmittag nahm sie sich eine Auszeit, um sich die Sendung anzuschauen. Carlos war ziemlich begeistert von Hyacinth, die er einmal auf einer Party getroffen hatte, aber er war der Sache – nein, *ihr* – nicht nachgegangen, weil er kurz vor seinem Auslandseinsatz gestanden hatte.

Corina tippte ihr Brot in die Suppe – ihre Geschmacksnerven waren so dankbar! – und wollte gerade abbeißen, als Madeline den Überraschungsgast des Tages ankündigte: »Ladies und Gentlemen, bitte begrüßen Sie mit uns, zum ersten Mal überhaupt in dieser Sendung, Seine Königliche Hoheit, Prinz Stephen.«

Corina verschluckte sich an ihrem Brot und verbrannte sich dann die Zunge, als sie es mit einem Schluck Tee hinunterspülen wollte.

Stephen. Ihr Herz zog sich schmerzhaft zusammen. Er sah ... umwerfend aus. Groß, mit geradem Rücken, breitschultrig. Er trug einen blauen Blazer und Jeans. Und die Jeans waren nicht von der sackartigen Sorte. Eher von der Sorte, die seine muskulösen Beine zur Geltung brachten.

Und sein Haar, so dick und wild, wirbelte um seinen Kopf, die losen Enden machten, was sie wollten. Ob gegelt oder nicht, sein Haar brachte sie immer dazu, dass sie ihre Hände in den dunklen Strähnen vergraben wollte.

Sie zielte mit der Fernbedienung auf den Fernseher und machte lauter. Sie hörte zu, lachte und legte schließlich die Stirn in Falten, als sie seinen angespannten Gesichtsausdruck sah, als die Moderatorinnen das Kriegsdenkmal erwähnten.

Irgendetwas im Zusammenhang mit dem Krieg belastete ihn sehr. Etwas, das ihn mürrisch und schwermütig nach Hause geschickt hatte.

Jetzt stellte Madeline ein Twitterspiel vor, bei dem es um den Hashtag *#wiemaneinenprinzenangelt* ging.

Spontan grabschte Corina nach ihrem Telefon, fast hätte sie dabei ihr Essenstablett umgeworfen. Sie hörte zu, wie die beiden die Tweets vorlasen, lachte, schüttelte den Kopf. Die Leute hatten ja keine Ahnung.

Sie öffnete ihre Twitter-App und zögerte. Sollte sie? Nein, das war zu riskant. Aber irgendetwas daran, gerade jetzt an genau diesem Ort zu sein, brachte sie dazu, ausbrechen zu wollen, ein Leuchtfeuer anzünden zu wollen. Ein Fitzelchen von ihrem Geheimnis ans Licht zu bringen.

Das könnte andererseits aber auch Madeline und Hyacinth auf den Plan rufen. Keiner wusste von ihrer Ehe. Aber das lag daran, dass noch keiner versucht hatte, etwas darüber herauszufinden. Ihre Beziehung war stürmisch und privat gewesen. Der Militärball war der erste Anlass gewesen, bei dem man sie zusammen in der Öffentlichkeit gesehen hatte. Und sie hatten darauf geachtet, den Medien ganz klar zu zeigen, dass der Prinz und die Erbin nur Freunde waren.

Aber wenn sie twitterte, würde sie ihm einen Tipp geben. Warum nicht? Sollte er doch wissen, dass sie in der Nähe herumlungerte. Das könnte ihn zumindest dazu motivieren, sie zu kontaktieren. Vielleicht würde sie ihr dann die Informationen bringen, die sie über ihren Bruder eingefordert hatte.

Sie atmete tief durch und dachte nach. Die Tweets rollten nur so über den Bildschirm. Manche davon waren ziemlich witzig. Was könnte sie wohl schreiben, das gleichzeitig unverfänglich und vielsagend war? Sport. Sie hatten sich immer über die Vorzüge von American Football im Vergleich zu Rugby (und umgekehrt) gekabbelt.

Nach einer solchen Debatte auf einem Rugbyplatz hatten sie sich zum ersten Mal geküsst. Er zeigte ihr, wie man den Ball abschlug, und sie versuchte immer wieder, ihn zu passen wie ein Quarterback bei den Georgia Bulldogs.

»*Jetzt bist du einfach nur stur.*« *Er wirbelte sie in seinen Armen herum.*

»*Nein, ich zeige dir einfach nur, wie man den Ball richtig ans andere Ende des Platzes bekommt.*«

Ihre Blicke trafen sich, und sie glitt eng an seinem Körper entlang hinunter, aber ihre Füße berührten nie den Boden. Er streichelte ihr mit einer Hand über das Gesicht, schob ihr Haar zurück und neigte dann seine Lippen zu ihren.

Sie zitterte derartig, dass sie den Rugbyball aus der Hand verlor. Mit einem dumpfen Geräusch fiel er auf den Boden.

»Hast du vor, mich zu küssen?« Ihr Herz überschlug sich in ihrer Brust und brachte ihre Worte dazu, wackelig und kaum hörbar herauszukommen.

»Wenn du mal aufhören würdest zu reden.«

Als seine Lippen ihre berührten, hielt die Zeit an, und sie verlor sich in der Hitze seiner Leidenschaft und der Kraft der Arme, die sie hielten. Dann glitt seine Hand über ihren Rücken und blieb auf der Rundung ihrer Hüfte liegen. Sie zog ihn fester an sich, ließ ihn los und zeigte ihm, was Worte nicht sagen konnten.

Ich bin dein, Stephen Stratton. Ich gehöre dir.

Erbarmen ... Die Erinnerung wirbelte die dumpfen und blassen Überbleibsel von Corinas Leidenschaft und ihren Gefühlen für Stephen auf.

Mit einem Blick auf den Fernseher und einem stärkenden Löffel von Adelaides himmlischer Suppe beschloss sie, es zu tun. Zu twittern. »Sag ihm, American Football ist tausendmal besser als Rugby.« Sie fügte den Hashtag *#wiemaneinenprinzenangelt* hinzu und drückte »Senden«.

Sie lehnte sich zurück und wartete. Sie war zufrieden mit sich. Lange genug hatte sie sich in den Schatten von Geheimnissen und Tod versteckt.

DREIZEHN

»So ist es genau richtig, Leslie.« Am Samstagnachmittag humpelte Stephen mit Leslie und einigen ihrer Teamkollegen über den Übungsplatz der Eagles. Ihre Mannschaft, die Watham 2 Warriors, hatte ihr Spiel gewonnen und war im Turnier weitergekommen. »Beweg deine Beine!«

Er lachte, applaudierte, spürte den Kitzel ihres Laufs. Sie rannte ungebremst über die Mallinie, setzte den Ball auf den Boden und feierte mit ihren Freunden, die hinter ihr herrannten, sie umschubsten und sich auf sie auf sie warfen.

Nach dem Sieg der Warriors war Stephen zu ihrer Bank gegangen, um ihnen zu gratulieren, was einen ziemlichen Aufruhr unter den Müttern verursacht hatte. Die Mädchen bettelten ihn an, mitzuspielen.

»Ich kann doch nicht, ihr Lieben. Mein Knöchel. Aber wie wäre es, wenn ich euch meine besten Tipps verrate, wie man einen Angriff spielt?« Sie kreischten vor zustimmender Begeisterung – das nun war etwas, das eine Rugbymannschaft aus Jungen nie tun würde. Diese Mädchen waren Mut pur.

Stadionangestellte organisierten einen Wagen und begleiteten Stephen und die Mädchen zum Übungsfeld auf der Ostseite des Stadions.

Im Flutlicht und vor der Geräuschkulisse des Publikums, das das nächste Spiel verfolgte, humpelte Stephen mit den Mädchen auf dem Platz auf und ab, zeigte ihnen, wie man einen Haken schlug und wie man den Ball aus einem Gedränge heraus spielte.

Rugby war der beste Sport überhaupt, und nach einer halben Stunde mit diesen Mädchen war er ihr Fan. Er nahm sich vor, mit der königlichen Behörde und der Rugby Union über eine Kampagne zur Stärkung des Mädchenrugbys zu sprechen. Er würde Schirmherr und Sprecher für sie werden.

Nimm das, Corina Del Rey. *Du und dein American Football.* Man kann ein Mädchen nicht vernünftig in eine American Football-Ausrüstung stecken.

Ihr gestriger Tweet verfolgte ihn. Die ganze Nacht über hatte sich der Satz in seiner Brust gewunden. Wo war sie? Hatte sie aus Amerika getwittert? War sie nach Brighton geflogen? Wenn ja, wo hielt sie sich jetzt auf? Hatte sie die Annullierungspapiere mitgebracht? Es drängte ihn, diesen Teil seines Lebens abzuschließen, zu versiegeln und endgültig wegzupacken.

Er überlegte, ihr zu schreiben, zu fragen, ob sie mit einer bestimmten Absicht getwittert hatte. Aber er wollte Zeit zum Nachdenken haben. Er hatte noch nichts wegen ihrer Bitte um mehr Informationen über Carlos unternommen. Es gab ja im Grunde auch nichts zu unternehmen, außer ihr Zugang zu streng geheimen Unterlagen des Brighton'schen Militärs zu verschaffen.

Um ehrlich zu sein, war er froh, dass sie ihre Bitte nicht auch noch öffentlich getwittert hatte.

Fragt ihn, wie genau eigentlich mein Bruder gestorben ist. #wiemaneinenprinzenangelt

Dann hätte er schwupps den Verteidigungsminister am Telefon.

Leslie rannte mit ihren Freundinnen im Schlepptau über den Platz auf ihn zu. Stephen lächelte und hob sie mit einer einarmigen Umarmung hoch. »Ich glaube, du hast noch eine große Zukunft im Sport vor dir.«

Sie schlang ihm die Arme um den Hals und drückte ihn fest. »Danke, dass du zu meinem Spiel gekommen bist, Eure Hoheit.«

»Aber gerne doch. Ich bin eben ein Rugbyspieler.« Leslies Freundinnen drängelten sich um ihn herum, deshalb kniete er sich hin, vorsichtig, wegen seines Knöchels, und schrieb sich jeden einzelnen Namen auf. Er versprach, jeder von ihnen eine seiner besonderen Kappen zu schicken.

»Ich habe dir ja gesagt, dass ich gut bin, Sir.« Leslie von den Watham 2 Warriors litt jedenfalls nicht unter mangelndem Selbstbewusstsein.

»Haltet euch gut ran in der Schule und beim Training, spielt als Mannschaft gut zusammen, dann werdet ihr es noch weit bringen.«

Die Eltern der Mädchen kamen dazu und riefen, »Zeit, nach Hause zu fahren!« Stephen klatschte mit den Mädchen ab und sah zu, wie sie weggingen. Wieder ein Drücken und Ziehen in seiner Brust.

Er hätte so gerne eine Familie gehabt. Töchter. Sieben. Dann hätte er eine Siebener-Mannschaft gründen können. Die Stratton Royals.

Thomas stellte sich neben ihn. »Eine tolle Truppe, oder?«

»Eine supertolle Truppe.«

»Denken Sie an Corina?«

Wie machte er das? War Stephen so leicht zu durchschauen? »Nein.« Lüge. »Es ist nur ... Na, auch egal. Fertig?« Er hatte Hunger. Und sein Knöchel brauchte Ruhe.

Schweigend ging Stephen mit Thomas zum Auto. Die Luft dieses Sommernachmittags war voller Sonne und Wind, voller Rufe aus dem Stadion, voller Siege und Verluste.

Er war gerade dabei, auf den Beifahrersitz zu gleiten (soweit *gleiten* mit seinem Hinkebein eben ging), als er ihre Stimme hörte. »Stephen?« Als er sich umdrehte, winkte ihm Corina beherzt zu und zuckte mit den Schultern. »Überraschung!« Er kniff die Augen zusammen, um besser durch das helle Licht sehen zu können, das von den vielen Windschutzscheiben reflektiert wurde.

»Corina?«

»Ja.« Sie machte einen Schritt auf ihn zu.

»Wie hast du mich gefunden?« Stephen wies mit dem Arm auf die Autos, die dicht an dicht auf dem völlig überfüllten Parkplatz standen.

»Ich habe gehört, dass du hier bist, also habe ich ein Taxi genommen. Als ich dann angekommen bin, hat mir ein Mann in einem blauen

Overall gesagt, du wärst auf dem Übungsplatz, und in die Richtung bin ich dann losgegangen. Und da«, sie zeigte auf den Übungsplatz, »bist du dann herausgekommen. Hi, Thomas.«

»Tag, Corina.« Thomas lehnte lächelnd an seiner Tür und feuerte einen Blick zu Stephen. Einen Blick, den dieser aber lieber nicht weiter interpretieren wollte.

»Du bist in Amerika in ein Taxi gestiegen und hergekommen?«, fragte Stephen. Er versuchte, einen Spaß zu machen, die Spannung zwischen ihnen abzubauen. Jedenfalls die Spannung, die seine Brust wieder fest im Griff hatte.

Sie zog ein Gesicht. »Sehr witzig. Ich bin gestern herübergeflogen. Die königliche Behörde hat Gigi eine Einladung für die Premiere von *König Stephen I.* geschickt, und sie fand, ich sei die einzige geeignete Kandidatin, um sie dort zu vertreten.«

»Du bist den ganzen Weg wegen der Premiere hergekommen?«

»Und um Clive Boston zu interviewen.«

»Clive?« Die Vorstellung, wie sich Corina mit dem flirtenden Frauenmagneten Clive zusammensetzte, ließ ihn eifersüchtig werden. »Ich dachte, der ginge der Presse aus dem Weg.«

»Offenbar hat er einem Exklusivbericht der *Beaumont Post* zugestimmt. Da sieht man, wie es um ihn steht.«

»Ha! Wahrscheinlich hat er gehört, dass du das Interview führen wirst. Der kann doch einem hübschen Gesicht nicht widerstehen.«

Und konnte er das Clive übelnehmen? Wenn er sie sich so ansah, mit diesen bernsteinfarbenen Augen und dem rabenschwarzen Haar ... Sie war überwältigend. Und fürs Erste übrigens auch seine Frau. Stephen zappelte. Das war eine Gefühlsreise, die er nicht unternehmen sollte. Sie war nur auf dem Papier seine Frau und hatte alle Freiheiten, das zu tun, wonach ihr der Sinn stand. »Glückwunsch zum Interview.«

»Ich glaube eigentlich, dass er mich versetzt, aber wir werden sehen.« Sie stand, wo sie stand, und sah ihn unverwandt an.

Stephen lehnte sich an das Auto und verschränkte die Arme. Seinen linken Knöchel kreuzte er über den rechten. »Also warst du es wirklich, stimmt's? Der Tweet?«

»Ich konnte nicht widerstehen.« Ihr Lächeln verblasste. »Aber ich hab schon gesehen, dass du mich schnell verleugnet hast.«

»Nein, ich habe nur gesagt, dass du nicht meine Verabredung sein wirst. Was hast du denn erwartet? Hätte ich aufs Ganze gehen und alles erzählen sollen? ›Ja, Hyacinth, ich kenne Corina *sehr* gut.‹« Er zog die Augenbrauen hoch. »Wenn du verstehst, was ich meine.«

»Ha, ha, aber du hättest ja sagen können, dass wir Freunde waren.«

»Wozu? Das hätte sie nur auf uns angesetzt. Corina, wir haben die Aufhebungsunterlagen auf dem Tisch. Wir können das Ganze ohne Skandal, ohne Paparazzi und Reporter abwickeln. Ohne, dass einer von uns in Schande fällt. Und wo wir gerade dabei sind, ich finde, du solltest die Papiere einfach unterzeichnen.« Da, das war doch ziemlich prinzenhaft und gebieterisch. Etwas zuende bringen. Die kleine Leslie hatte ihn inspiriert.

»Ach wirklich?« Sie kam noch näher. »Nun, also ich denke, du solltest mir einfach die Einzelheiten über Carlos beschaffen, um die ich dich gebeten habe. Was also gibt es Neues?«

Stephen schob sich frustriert vom Auto weg. »Wir können diese Schleife doch nicht ewig weiterdrehen. Du weißt, was ich weiß.«

»Willst du mir sagen, du wüsstest von nichts? Weil das genau das ist, was ich weiß. Nichts.«

»Du versuchst, ein totes Pferd anzutreiben. Es gibt nicht mehr zu berichten. Er ist als Held gestorben.«

»Ich werde etwa eine Woche hier sein, nur für den Fall, dass du noch über etwas Genaueres stolpern solltest.«

»Das wird nicht passieren, aber gut zu wissen.« Er verschränkte seine Arme wieder, starrte sie an und baute schnell eine Mauer um sein schwaches, zappelndes Herz.

»Also, hast du nun eigentlich eine Verabredung für die Premiere?«

»Ja.«

»Nein.« Das war Thomas. Der alte Verräter.

»Aha, ich verstehe.« Corina brachte sowohl den Schultergurt als auch ihre Körperhaltung in Ordnung. »Thomas, haben Sie denn an dem Abend frei?«, fragte sie. »Ich bräuchte noch eine Begleitung.«

Stephen versteifte sich. Was? Sie konnte die Premiere doch nicht mit Thomas besuchen. Die beiden würden ein fürchterliches Paar abgeben.

»Das ehrt mich, Miss, aber ich bin die Verabredung Seiner Hoheit.«

»Also hast du kein Date-Date?« Sie beugte sich zu Stephen vor. »Nur Thomas?«

»Ich habe ein Date.«

»Wirklich?« Das kam nun wieder von Thomas, der um den Wagen herumgekommen war und sich zu Corina gesellte. »Wen? Sagen Sie jetzt nicht, Ihre Mutter.«

»Warum nicht? Sie ist eine spitzenmäßige Kinogängerin.« Er machte eine Handbewegung zu Corina und sah ihr tief in die Augen. »Und ein großer Fan von Clive Boston.«

»Okay, Sir Blauauge«, sagte Corina. »Reg dich nicht auf.«

Sir Blauauge. Der Spitzname rammte ihn mit der Wucht eines Abwehrspielers und knallte sein Herz auf den Boden, und jetzt sehnte er sich nach etwas, das er sich fünfeinhalb Jahre nicht gewünscht hatte. Intimität. Corina.

Aber indem er all seine inneren Kräfte mobilisierte, schaffte Stephen es, die Tür zum Innersten seiner Seele zu schließen, die gerade einen Spalt breit aufgegangen war. Er konnte nicht mit ihr zusammensein, nie. Sich ein Leben vorzustellen, in dem er andauernd die Wahrheit vor der Frau verbergen musste, mit der er ein Bett teilte, verstieß gegen sein Ehrgefühl und seinen gesunden Menschenverstand. Aber wenn er ihr alles erzählte, würde sie nie ein Leben mit ihm *wollen*. Sie würde ihn hassen. Und er würde jedes negative Gefühl, zu dem sie fähig war, verdient haben.

Ihm schien es, als gäbe es keine Lösung. Da war nur eine tiefe Schlucht zwischen ihnen beiden, ohne einen Weg darum herum oder darüber hinweg.

Ablenkung. Er brauchte ein Ablenkungsmanöver. Themawechsel. »Wie hast du mich nochmal gefunden?«

Sie zeigte in die südwestliche Ecke des Parkplatzes. »Ein Mann in einem blauen Overall.«

Stephen bedachte Thomas mit einem fragenden Blick. »Trägt denn einer der Angestellten blau? Ich denke, die haben alle grüne Uniformen.«

»Stimmt, die Uniformen sind tatsächlich grün. Ich werde das überprüfen.« Thomas bückte sich und holte sein Telefon aus dem Auto, wählte, schlenderte davon und ließ Stephen mit Corina alleine.

Ihr gelbes Sommerkleid und ihre hellen orangefarbenen Holzschuhe betonten den olivbraunen Ton ihrer Haut. Sie war bezaubernd, und als der Wind ihr eine ihrer dunklen Haarsträhnen ins Gesicht wehte, sehnte er sich danach, sie zu berühren.

»Du bist hier«, sagte er aus der Tiefe seiner Seele heraus mit leiser, vertraulicher Stimme.

»Ja, ich bin hier.« Sie wurde nicht weicher, wich nicht zurück. Sie behauptete sich selbstbewusst. »Als ich das letzte Mal hier im Stadion war, hast du mir gesagt, dass es aus ist zwischen uns. Warum hat dich Afghanistan so aus der Spur gebracht, Stephen? Oder liegt es an mir? Ist dir klargeworden, dass es etwas an mir gibt, das du nicht lieben kannst?«

Nein, nein. Sie war ganz und gar liebenswert. »Nach Afghanistan war ich ziemlich kaputt. Es lag nicht an dir.«

»Sagen das nicht immer alle? ›Es liegt nicht an dir, es liegt an mir.‹ Und das stimmt eigentlich nie. Bei diesem Szenario liegt es fast immer am ›Du‹.«

»Wer, ›alle‹? Wer sind denn ›alle‹?«

»Na, du weißt schon. Alle. Die Menschen halt.«

Er klopfte sich leise lachend auf die Brust. »Na ja, jedenfalls nicht dieser Mensch hier. Schau, es ging und es geht einzig und allein um meine letzte Zeit in Torcham. Das hat wirklich nichts mit dir zu tun.« Jedenfalls nicht in dem Sinne, dass er sie nicht liebenswert oder begehrenswert fand.

Bis er seinen Knöchel verletzt und Nathaniel diese dusselige Heiratsurkunde auf den Plan gebracht hatte, hatte Stephen gewusst, wer er war und was er mit seinem Leben vorhatte. Jetzt fühlte es sich so an, als habe jemand seine Welt auf links gedreht und auf den Kopf gestellt. Nichts ergab mehr Sinn. Jetzt begehrte er Dinge, die er längst von seiner Lebensliste gestrichen hatte.

»Wie war dein Flug? Bist du gut hergekommen?« Er fand unverfänglichen Small Talk weniger schmerzhaft.

»Ja, die neuen Sitze in der ersten Klasse sind einfach ein Traum. Aber die konnten trotzdem nicht verhindern, dass sich ein Mann mit dem übelsten Mundgeruch direkt hinter mich setzte und sich ständig vorbeugte und mich anatmete.«

»Der hat dich angegraben.« Der Glückspilz.

»Nein, ich glaube, er ...«

»Bitte, Corina, hast du dich in letzter Zeit mal im Spiegel gesehen?«

»Ja, und ich sehe das gleiche Gesicht wie immer. Ich sehe Carlos' Augen. Wir haben uns überhaupt nicht ähnlich gesehen, außer, dass wir die gleichen Augen hatten.« Sie atmete aus und verschränkte die

Arme. »Ich will ihn wiederhaben, weißt du.« Sie hob ihren Blick zu ihm auf. »Aber er kommt nicht zurück. Ich vermisse ihn.«

»Ich – ich weiß, dass du ihn vermisst.« Weil Stephen ihn nämlich auch vermisste. Genauso wie Bird und die anderen Kameraden, die an jenem Tag gestorben waren. »Corina, ich werde sehen, was ich tun kann.«

»Mehr will ich ja gar nicht.« Sie lächelte, und das allein war sein Versprechen wert. Er würde mit Nathaniel sprechen. Sehen, ob ihm das Verteidigungsministerium nicht doch ein kleines Stückchen Information freigeben würde.

»Du bist also im Wellington?«

»Nein, denen ist meine Reservierung abhandengekommen.«

»Hast du trotzdem ein Zimmer verlangt? Du bist immerhin Corina Del Rey.«

»Ha, sehr witzig. Und ja, das habe ich tatsächlich versucht, aber der Rezeptionist hat mir gesagt, sie seien dieses Wochenende vollkommen ausgebucht.«

»Wo wohnst du also gerade?«

»In diesem kleinen Gasthaus. Dem *Herrenhaus*. Das liegt so eingeklemmt zwischen Gliden und Martings.«

»Das *Herrenhaus*?«

»Ich habe vorher auch noch nie davon gehört.«

»An der Ecke Market und Crescent?« Stephen ging auf sie zu, er machte sich Sorgen um ihre Sicherheit.

»Bitte sag mir, dass du schon einmal davon gehört hast. Die Wirtsleute sind sehr lieb und freundlich, aber auch ziemlich eigenartig. Erst wollte ich mit fliegenden Fahnen wieder rausrennen, aber dann, ich weiß auch nicht ... Dann habe ich mich dort irgendwie sicher gefühlt. Friedlich.«

»Corina, da ist aber nichts zwischen Gliden und Martings. Das *Her-*

renhaus, oder jedenfalls das Inn, an das ich gerade denke, wurde schon vor Jahrhunderten abgerissen.«

»Na ja, vielleicht ist das ein anderes *Herrenhaus*.«

»Zugegeben, ich kenne jetzt nicht jedes Gasthaus in der Stadt, aber die Ecke kenne ich ziemlich gut. Ein paar Jungs und ich haben früher sonntagnachmittags immer im Maritime Park Rugby gespielt. Das ist einmal über die Straße. Zwischen Gliden und Martings passt nur so eine kleine Gasse, aber beim besten Willen kein Gasthaus.«

Das gefiel ihm ganz und gar nicht. Ganz und gar nicht. »Corina, ich werde Thomas bitten, dass er sich darum kümmert. Hier stimmt was nicht.«

»Es ist alles gut.« Sie bewegte sich langsam vom Fleck, auf das Auto zu. »So seltsam sich das alles auch anhört.«

In ihrer Tasche klingelte ihr Telefon. »Entschuldigung.« Corina löste ihren Blick von ihm. »Hallo?« Sie wandte Stephen den Rücken zu.

Er wartete, beobachtete, schwamm durch die kalten Gewässer seiner Seele. Das war seine Chance. Seine Chance, sie davon zu überzeugen, die Papiere zu unterzeichnen. Sie zu bezaubern. Nett zu ihr zu sein. Ihr ein bisschen was über Carlos preiszugeben. Wenn sie nur erst die Papiere unterschrieben hatte, wäre er frei. Im Herbst konnte er wieder zurück auf dem Platz sein. Sein Leben würde wieder einer normalen Routine folgen.

Sie legte auf und drehte sich um. »Das war dein Bruder.«

»Nathaniel?« Stephen runzelte die Stirn. »Was wollte der denn?«

»Mich für morgen Abend zum Essen einladen. Er schickt einen Wagen.«

»Abendessen?« *Nathaniel, du Idiot.* Corina zum Familienabendessen einzuladen. Als wäre sie ... die Frau seines Bruders. »Woher wusste er denn, dass du in der Stadt bist?«

»Deine Schwägerin hat meinen Tweet bei *Madeline & Hyacinth Live!* gesehen. Sie hat in meinem Büro angerufen.«

»Susanna. Kluges Mädchen.«

»Ich habe zugesagt.«

»Das machst du aber auf dein eigenes Risiko. Dir ist schon klar, dass Mum nie zu hoffen gewagt hat, ich könnte mal heiraten? Es kann passieren, dass sie vor dir auf die Knie fällt oder so.« Was sollte das nun wieder? Mum würde vor *ihm* auf die Knie fallen, wenn sie Corina erst einmal richtig kennengelernt hatte, und ihn bitten, die Annullierungspapiere zu zerreißen. Aber Mum wusste nur bruchstückhaft von den Ereignissen in Afghanistan. Dass ihr Sohn bei einer Explosion verwundet worden war, bei der Männer starben. Sie wusste nicht, dass Corinas Bruder einer dieser Männer gewesen war.

Stephen mauerte einen weiteren Ring Backsteine um sein Herz. Er musste diese offene Wunde in seinem Leben unbedingt schließen und alles tun, was nur nötig war, um Corina dazu zu bringen, die Aufhebungsdokumente zu unterschreiben, ohne vertrauliche Informationen über Carlos preiszugeben. Zu diesem Zwecke würde er aushalten, komme, was da wolle.

»Ich nehme an, deine Familie weiß Bescheid? Sonst hätte Susanna wohl kaum auf meinen Tweet geachtet.«

Stephen nickte. »Sie wissen davon.« Nathaniel hatte Mum von der ganzen Misere erzählt, als Stephen in Florida gewesen war. Als er dann wieder zu Hause war, kam sie vorbei, um ihr Sprüchlein aufzusagen.

»Ich wäre so gerne bei deiner Hochzeit gewesen.«

»Mum, wenn ich dir davon erzählt hätte, hätte es überhaupt keine Hochzeit gegeben.«

»Ich hätte es für mich behalten, als ein Geheimnis.«

»Und Brightons Gesetz gebrochen? Sorry, Mum, aber das passt einfach nicht zu dir.«

Thomas kam zum Auto zurück und steckte sein Telefon wieder ein. »Kein Mitarbeiter hier trägt blaue Overalls. Wir vermuten, dass es ein Elternteil oder jemand vom Turnier war.«

»Jemand, der zufällig gerade wusste, wo ich bin, als Corina ihn fragte?«

»Das halbe Stadion hat gesehen, wie Sie mit den Mädchen davongefahren sind. Ich würde sagen, das könnte man als einen heißen Tipp auffassen. Ich für meinen Teil gebe mich damit zufrieden.«

»Und was sagst du zu dem hier?«, fragte Stephen. »Hast du schon mal von dem *Herrenhaus* gehört? Einem kleinen Gasthaus an der Ecke Market und Crescent?«

Er schüttelte den Kopf. »Nein, das entzieht sich meiner Kenntnis. Ich bin aber auch auf Sicherheitsfragen spezialisiert und nicht auf Hotellerie- und Gastgewerbe.«

»Der Wirt sagt, es sei von König Stephen I. erbaut worden«, sagte Corina. »Das Haus ist altmodisch und rustikal. Glaubt mir, ich war ebenso überrascht wie ihr. Ich habe damals ziemlich viel Zeit mit Shoppen in der Market Avenue verbracht und nie irgendetwas zwischen diesen beiden riesigen Kaufhäusern gesehen.«

Stephen tigerte auf und ab. Seine Sinne standen unter Strom. »Corina, da nimmt dich jemand hoch. König Stephens Wirtshaus ist abgerissen worden.« Es ergab alles keinen Sinn. Moment mal. Er schnippte mit den Fingern. »Es ist eine Filmkulisse. Ganz bestimmt.« Er lächelte über seinen klugen Lösungsvorschlag.

»Und warum bin ich dann mittendrin? Soweit ich das beurteilen kann, bin ich der einzige Gast. Und außerdem war ich ja schon da und ...« Sie schüttelte den Kopf. »Adelaide und Brill sind viel zu echt, die schauspielern nicht.«

»Der Regisseur, Jeremiah Gonda, ist bekannt dafür, dass er eine Szene aus seinen Filmen in der jeweiligen Premierenstadt aufbauen lässt. Ich wette, die Wirtsleute sind Schauspieler. Und das Wirtshaus ist nur eine Kulisse.«

»Wenn es nur eine Kulisse ist, dann hat sich der Regisseur aber selbst übertroffen. Der Ort sieht aus, als wäre er vierhundert Jahre alt, aber mein Zimmer ist voll auf dem Stand des 21. Jahrhunderts, mit einem Flatscreen, Internet, eingelassener Badewanne und Granitfliesen.«

»Zu König Stephens Zeiten hieß die Stadt Blarestoney, und der meiste Handel fand in der Market Avenue und auf der Crescent Street statt. Den größten Anteil am Handel hatten Landbau und Schiffsverkehr. Später hat König Stephen dann die Bodenschätze entdeckt und die Minen aufgebaut. Jedenfalls wurde der Film im Norden der Insel gedreht, wo sie die Stadt einmal vollständig nachgebaut haben. Es wäre typisch für Gonda, einen Teil davon in Cathedral City wieder aufzubauen, als PR-Gag für die Premiere.«

»Und dann hat er sich mich ausgesucht? Vor dem Wellington? Hat eine Frau in einem weißen Mantel – ja, in einem Mantel – geschickt, um mich zu fragen, ob ich einen Schlafplatz bräuchte?«

Stephen lachte. »Das ist der perfekte PR-Gag. Eine schöne Frau, die ein bisschen müde und zerzaust aussieht, steht vor dem luxuriösesten Hotel der Stadt. Das ist bestimmt alles Teil der Premiere. Er hat dich vermutlich erkannt.«

Corina atmete sichtbar auf und lächelte breit. »Weißt du was, je mehr du redest, desto mehr Sinn ergibt das alles. Warum bin ich nicht selbst daraufgekommen? Daddy wird sich kaputtlachen, wenn ich es ihm erzähle. Da hat Mr. Gonda ein tolles Komplott geschmiedet. Ich habe letzte Nacht geschlafen wie ein Baby, und die Wirtsleute sind ein Traum. Das Essen ist auch einfach fantastisch.«

»Thomas? Kannst du das überprüfen? Schauen, ob Gonda die Pseudo-Gastwirtschaft bei der Stadt registriert hat?« Stephen zeigte auf das Auto. »Corina, können wir dich denn zu diesem geheimnisvollen Wirtshaus mitnehmen?«

Sie schüttelte den Kopf. »Nein danke. Ich wollte noch ein bisschen was einkaufen.«

»Dann nehme ich an, dass ich dich morgen beim Abendessen sehe.«

»Ich nehme an, das wirst du.«

Stephen ließ sich auf den Beifahrersitz fallen und wurde zornig. Er spürte, dass er in einer Art Pattsituation oder zumindest in einem Wettbewerb steckte. Was hatte sie nur vor?

Thomas lenkte den Wagen vom Parkplatz herunter. »Sie sind sehr freundlich mit ihr.«

»Sie *ist* meine Frau.«

»Also überlegen Sie es sich anders?«

»Nein.« Langsam verursachte es ihm körperliche Schmerzen, sie zurückzuweisen. »Aber Nathaniel hat vorgeschlagen, ich solle sie soweit umschmeicheln, dass sie die Papiere unterschreibt. Und nachdem er sie so dreist zum Familienabendessen am Sonntagabend eingeladen hat, kann ich genausogut den Prinzen geben und ihre Unterschrift erobern.«

»Was, wenn sie Sie immer noch liebt?«

Stephen senkte die Seitenscheibe und ließ den Fahrtwind seinen Kopf kühlen. »Tut sie nicht. Meine einzige Absicht ist es, sie zur Vernunft zu bringen, damit sie die Papiere unterschreibt. Das werde ich wohl noch schaffen, ohne dass einer von uns sich verliebt.«

Merk dir das, alter Freund. Merk dir das.

Thomas fuhr gen Osten, zum Palast, am Haupteingang des Stadions vorbei. Dort, an der Ecke, stand ein runder Mann in einem blauen Overall und winkte ihm lächelnd zu.

VIERZEHN

Es war Sonntagabend, und die Familie wartete in Nathaniels und Susannas Palastwohnung auf ihren Gast.

Stephen ging vor dem offenen Kamin, in dem kein Feuer brannte, auf und ab. Seine Haut war warm und braun, weil er den ganzen Tag beim Jugendturnier im Stadion gewesen war. Leslies Mannschaft hatte das heutige Spiel verloren, aber sie hatten alles gegeben. Er war stolz auf sie.

Das Turnier lenkte ihn ab; von seinem Knöchel und von dem Gedanken an das Abendessen, bei dem Corina zu Gast sein sollte. Je mehr er darüber nachdachte, desto mehr fragte er sich, welches Spiel sie eigentlich spielte.

Ihre Einladung zum Abendessen und die Annahme dieser hatte sie ziemlich forsch verkündet. Als ob sie ihm einen Fehdehandschuh hinwarf. Er kannte sie. Sie würde nicht kleinbeigeben, bevor sie nicht hatte, was sie wollte.

»Stephen«, sagte Mum und klopfte auf das Sofakissen neben sich. »Setz dich. Dieses Herumlaufen ist bestimmt nicht gut für deinen Knöchel.«

»Mir geht es gut, Mum.« Trotzdem ließ er sich in den Ohrensessel neben seiner Mutter und Henry fallen. Mum hatte Henry ein Jahr nach dem Tod seines Vaters geheiratet. Die beiden waren auf der Universität Turteltäubchen gewesen, bis Großvater, also Mums Vater, beschlossen hatte, dass er lieber einen Kronprinzen zum Schwiegersohn hätte.

Susanna kam herein. Das blonde Haar floss ihr in großen Wellen über die Schultern, und sie trug Jeans und eine maßgeschneiderte Bluse. »Corina ist unterwegs. Der Chauffeur hat zweimal angerufen und gesagt, er findet einfach kein Gebäude zwischen Gliden und Martings. Nur eine schmale Gasse. Deswegen habe ich Corina gebeten, an der Straßenecke zu warten.« Sie stupste Stephen in den Arm. »Sie scheint mal echt cool zu sein.«

»Was hast du erwartet? Ich habe Standards.«

Susanna setzte sich auf die Armlehne seines Stuhls. »Ich habe im Internet nach ihr gesucht. Sie sieht toll aus. Mum, hast du sie schon einmal getroffen?«

»Nein, aber ich freue mich schon darauf, sie kennenzulernen.« Mum warf Stephen einen düsteren Blick zu. Die Sorte düsteren Blick, die er schon als Junge abbekommen hatte, wenn er bis zum Saum seiner kurzen Hosen im Schlamassel gesteckt hatte.

»Also, Erbin eines riesigen Familienvermögens und eine ehemalige Miss Georgia.« Susanna beugte sich zu Stephen. »Schönen Dank auch, dass du dir ein Mädchen aus Georgia ausgesucht hast.«

Nathaniel kam herein, bekam ihren letzten Satz gerade noch mit und stimmte ein. »Wie der eine, so der andere Bruder. Die Männer aus dem Hause Stratton haben einen guten Geschmack, was Frauen angeht.« Er küsste Susanna und boxte Stephen gegen das Knie. »Sei bitte nett zu Corina.«

»Ich verabscheue euch, alle zusammen. Ihr behandelt mich wie einen Missetäter, wie ein Kind, das vom rechten Weg abgekommen ist.«

»Dann benimm dich doch nicht wie eins«, sagte Mum. »Du hast sie schließlich geheiratet und dann in die Wüste geschickt, ohne uns auch nur ein Sterbenswörtchen davon zu erzählen. Ich verstehe das nicht so ganz.«

Stephen tauschte einen Blick mit seinem Bruder. Mum wusste nicht über alles Bescheid. »Es tut mir leid, Mum, ich habe nur getan, was ich für das Beste gehalten habe.«

Henry faltete die Zeitung zusammen, die er gerade las, und gab sie Stephen weiter. »Hier steht, du wirst deine Schiene noch zwei Wochen tragen müssen. Stimmt das?«

Stephen beugte sich vor und tippte gegen die Vorrichtung, die seinem Knöchel bei der Heilung helfen sollte. »Eher sechs Wochen.«

»So lange noch?«

»Leider.«

»Sie schreiben den Verlust gegen Italien am Sonntag der Tatsache zu, dass du nicht dabei warst. Wir brauchen unseren besten Außendreiviertel bei der anstehenden Premiership.«

»Grady Hamstead ist auch ein tüchtiger Außendreiviertel, Henry.« Es schmerzte Stephen, das zuzugeben, aber es stimmte. »Er ist schneller als ich in dieser Kralle hier. Sie haben verloren, weil sie das Gedränge nicht hinbekommen haben.«

Nathaniels Butler, Malcolm, trat ein. »Miss Corina Del Rey ist angekommen.«

»Sie ist hier.« Susanna sprang auf und wuselte um die Möbel herum, um sich neben Nathaniel an die Wohnzimmertür zu stellen.

Henry und Mum standen auf und sahen zur Tür. Stephen bezog auf halber Strecke zwischen Mum und Henry sowie Nathaniel und Susanna Stellung.

Einen Moment lang fand er es richtig furchtbar, dass sie zugesagt hatte. Warum hatte sie das nicht alles ruhen lassen können? Was wollte sie damit bezwecken, dass sie hergekommen war?

Er rückte sich den Hemdkragen zurecht, der aus seinem rotgraugestreiften Pullover hervorschaute. Die gemeinsamen Essen am Sonntagabend waren eine legere Angelegenheit, seitdem Susanna als Gastgeberin galt. Jeans, ein Oberteil und etwas, das sie als »Segelschuhe« bezeichnete, waren der Standard.

Nathaniel und Stephen hatten sich im Nu angepasst. Henry auch. Er war zwar jahrelang Premierminister gewesen, aber eben kein Mitglied des Königshauses. War nie in rigiden Traditionen gefangen gewesen.

Mum dagegen empfand die Veränderung als eine Herausforderung.

Stephen sah flüchtig zu ihr hinüber und lächelte ihr zu. Sie war »königlich casual« gekleidet, in Rock und Bluse. Stephen war sich ziemlich sicher, dass Mum nicht einmal ein Paar Jeans besaß.

Er war aber sehr stolz auf sie, sie, die sie Susannas Veränderungen nachgab und ihr erlaubte, die Frau des Königs zu sein und ihre eigene Palastkultur zu schaffen.

»*Sie hat so viel aufgegeben*«*, hatte Mum eines Abends zu Stephen gesagt. »Ihr Land, ihre Sitten, ihre Staatsbürgerschaft. Ich kann meine Sonntagabendtraditionen dafür aufgeben. Lernen, ein wenig leger zu sein.*«

Und das war der Grund, warum Brighton seine Königin Campbell liebte.

Plötzlich stand Corina in der Tür, in einem eleganten goldenen Kleid, das sich auf genau die richtige Art und Weise an sie schmiegte, und Stephen hörte auf, über Mum nachzudenken.

Sie hatte ihre Haare hochgesteckt, ein paar Locken lagen sanft in ihrem Nacken, und Stephen musste schlucken, weil die Erinnerungen an die Nächte, die sie gemeinsam verbracht hatten, in denen er sie gehalten hatte und in denen ihm genau diese Haare übers Gesicht gestrichen waren, jede Zelle seines Seins erfüllten.

Ihre Blicke trafen sich, und sie lächelte. »Ich glaube, ich bin ein bisschen overdressed.« Sie wandte sich an Susanna. »Ich habe immer gedacht, die Abendessen am Sonntag wären eher förmlich.«

Sie bewegte sich mit Klasse und Selbstbewusstsein durch den Raum, knickste vor Nathaniel, dann vor Mum, und all die verstreuten Gründe, warum Stephen sie liebte, ballten sich wie im Fluge zusammen.

»Corina«, Susanna ging auf sie zu. »Es tut mir so leid. Ich habe einfach nicht daran gedacht, wegen des neuen Dresscodes Bescheid zu sagen.« Die Prinzessin des Königs zog eine Grimasse. »Ich habe für die Abendessen im Familienkreis den zwanglosen Georgia-Stil eingeführt.«

»Ach, das ist völlig in Ordnung.« Corina glättete ihren Rock mit der Handfläche. »Dein Fehler hat mir immerhin einen Grund verschafft, mir ein neues Kleid zu kaufen.«

Mum erhaschte Stephens Aufmerksamkeit. *Ich mag sie.*

Das hatte er ja vorher gewusst, dass sie sie mögen würde. Stephen ging zu Corina hinüber. »Schön, dich zu sehen.« Er küsste sie leicht auf die Wange, und ihr Duft hämmerte gegen sein Herz. »Ich nehme an, ich sollte dich noch vernünftig vorstellen.« Obwohl sie den Raum ja schon für sich eingenommen und jegliche Unbeholfenheit besiegt hatte.

»Das hier sind meine Mum, Königin Campbell, und ihr Ehemann, Sir Henry.«

»Guten Tag.« Corina schüttelte ihre Hände und knickste noch einmal vor Mum.

»Mein Bruder, König Nathaniel, und seine Frau, Prinzessin Susanna.«

»Ihre Majestäten.« Wieder knickste sie.

»Bitte, lass uns ›Du‹ sagen, nenn uns bitte Nathaniel und Susanna«, sagte Susanna. »Ich arbeite noch an dem Teil meines Namens, von wegen Majestät und so.« Dann ließ sie alles Protokoll fallen und drückte Corina in einer guten, alten Mädchenumarmung. »Endlich noch jemand aus Georgia. Ich freue mich so.« Als sie Corina losließ, wischte sich Susanna die Augen. Nathaniel legte seinen Arm um sie und küsste sie auf den Kopf. Die grüne Flamme der Eifersucht in Stephen loderte auf. Die wahre Liebe war das einzige, worum er seinen König-Bruder beneidete. »Ich glaube, ich habe ein bisschen Heimweh.«

»Das verstehe ich.« Corina berührte Susannas Arm in einer Art »wir-beide-aus-Georgia«-Solidarität. *Solidarität unter Prinzessinnen.* »Mein erstes Semester hier war einfach furchtbar. Ich hatte solches Heimweh.

Und das, obwohl mein Zwillingsbruder auch hier war.« Die Wärme in Corinas Stimme füllte den Raum mit Frieden. Erfüllte Stephen mit Frieden. »Ich konnte die Weihnachtsferien kaum erwarten.« Sie lachte leise. »Und als Weihnachten dann vor der Tür stand, habe ich Daddy und Mama angebettelt, sie sollten doch herkommen. Cathedral City ist einfach zauberhaft um diese Jahreszeit.«

»Meine erste Reise nach Brighton war gleich nach Weihnachten, und ich habe mich verliebt.« Susanna hatte eine verwandte Seele in Corina gefunden. Stephen sah zu, wie sich diese Erkenntnis in ihrem Gesicht zeigte.

Vorsichtig, Susanna, Liebes. Sie wird nicht bleiben.

»Ich arbeite noch an Nathaniel ... Ich will ihn dazu überreden, nächsten Monat nach Georgia zu fliegen.«

»Meine Mitarbeiter schaffen Platz in meinem Kalender«, sagte Nathaniel. »Danke, dass du gekommen bist, Corina.«

»Ich bedanke mich für die Einladung.«

»Und weil wir ja alle von dieser Angelegenheit zwischen Corina und Stephen wissen, können wir sie auch gleich aufs Tapet bringen, nicht wahr?«

Was? Er würde seinem Bruder den Hals umdrehen.

»Nathaniel.« Stephen machte einen Schritt auf seinen Bruder zu. »Ich glaube, es ist nicht nötig ...«

»Das ist schon in Ordnung«, Corina hob die Hand. »Wir können genausogut gleich darauf zu sprechen kommen. Was sollen wir auch um den heißen Brei herumstreichen. Wir sind verheiratet. Das hier könnte mein erstes und mein letztes Abendessen mit der Familie sein.«

Dampf kam ihm zu den Ohren heraus. Was für ein dreckiges Spiel spielte sie hier eigentlich? *Mein erstes und mein letztes Abendessen mit der Familie.* War sie auf das Mitleid der anderen aus? Sie stellte ihn da wie einen grobschlächtigen Unmenschen, der sie der Familie nie vorgestellt hatte. Von diesem Moment an glaubte er ihren demütigen, unschuldigen, was-ist-mit-meinem-Bruder-passiert-Aufführungen nicht mehr. Sie war auf Rache aus.

»Ich fing schon an zu denken, mein Jüngster würde nie die Richtige finden.« Mum beschenkte Stephen mit einem neckenden Blick. »Dabei scheint er uns alle ausgetrickst zu haben. Wenn man von dieser Annullierungsgeschichte einmal absieht. Stephen, ich verstehe das nicht.«

Ja, und schon ging's los. Er wandte sich an Susanna. »Ist das Abendessen fertig?«

»Malcolm klingelt, wenn es soweit ist.« Auch von ihr bekam er einen Blick ab, allerdings keinen neckenden. *Benimm dich.*

»Ich möchte sagen, dass es mir leid tut, falls diese Heirats-Angelegenheit jemandem in der Familie Schmerz oder Scham verursacht hat.« Corina barg ihre kleine Handtasche vor der Brust und sah zu Stephen hinüber. »Ich weiß, dass wir gegen das Gesetz verstoßen haben, aber es schien einfach so ... richtig.«

Oh, sie war gut. Sehr gut.

»Es ist wirklich alles ganz in Ordnung, Corina«, sagte Nathaniel. »Alles ist vergeben.«

»Außer – warum trennt ihr euch denn nun?«

»Campbell, Liebes, denk an deine diplomatischen Talente.« Henry lächelte seine Frau an. »Lass die Kinder das unter sich ausmachen.«

»Ich nehme an, du hast recht.« Aber Mum bedachte Stephen einmal mehr mit dem bösen Blick, und er wusste, dass er noch eine ganze Menge mehr vor ihr zu hören bekommen würde, bevor die Woche um war.

»Sollen wir uns mal um den anderen heißen Brei kümmern?« Susanna trat vor und schob die Hände in ihre Hosentaschen. »Offenbar sind ein paar von uns ja *underdressed*.« Ein kurzer, klärender Blickwechsel mit Mum und Nathaniel. »Sollen wir uns umziehen?«

»Aber bitte doch nicht meinetwegen«, sagte Corina, Susanna jedoch war schon halb aus dem Zimmer. Mum folgte ihr auf dem Fuße und unterstützte den Gedanken. »Sehr gute Idee.« Mum drehte sich noch einmal zu Corina um. »Ich bitte um Verzeihung, wir sind gleich wieder da.«

»Ich werde Malcolm sagen, er möchte noch eine Viertelstunde warten mit dem Abendessen«, sagte Nathaniel. »Ist das lange genug für alle?«

»Ja, bestimmt«, sagte Mum. »Henry, kommst du?«

»Bin schon da, Liebes.«

Aber Stephen blieb, wo er war. »Wenn es dich nicht stört, behalte ich an, was ich jetzt trage.«

Corina ging auf ihn zu. »Ich wusste nicht, dass heute Abend eine lockere Kleiderordnung vorgesehen war, also guck mich jetzt nicht an, als hätte ich dich übertrumpft oder so.«

»Du hättest fragen können.«

»Du hättest es mir sagen können.«

»Was sollte das eben, von wegen dein erstes und dein letztes Abendessen mit der Familie?«

Sie lachte höhnisch und schüttelte den Kopf. »Nichts sollte das. Es war – es ist doch nur eine Tatsache. Glaubst du vielleicht, ich werde je wieder hier sein, wenn unsere Ehe erst einmal ... aufgehoben ist?« Sie verlor ein wenig von ihrer gespielten Tapferkeit. Ihre Stimme brach.

»Susanna scheint dich sehr zu mögen.« Er seufzte, ließ seine Verdächtigungen kurz beiseite und grinste sie an. »Fünf Minuten im königlichen Haushalt, und schon hast du hier alle um den Finger gewickelt.«

»Na ja, ich bin eben eine Del Rey.«

Allen guten (oder schlechten?) Vorsätzen zum Trotz musste er lachen. »Übrigens siehst du toll aus.«

»Ich hatte Spaß beim Einkaufen gestern. Endlich war ich mal wieder in meinen Lieblingsläden.«

»Susanna sagte, der Fahrer habe die Gastwirtschaft nicht finden können.«

»Konnte er auch nicht. Ich musste bis zur Ecke vorgehen, um ihn zu treffen. Da stand er dann und wartete, schaute mit zusammengekniffenen Augen auf das Gasthaus und schüttelte den Kopf. Als ich ihn begrüßte habe, hat er sich richtig erschrocken.«

»Ich muss mir die Sache anschauen. Da muss ich wohl mal hin, zu diesem geheimnisvollen Wirtshaus.«

Sie nickte, sah ihn erst an, dann an ihm vorbei. »Es ist ein freies Land.«

»Das ist es.« Stephen sah an sich hinunter und betrachtete seinen Aufzug. Er sollte sich entspannen, sich umziehen und kein Spielverderber sein. »Weißt du was, ich verschwinde mal eben in meiner Wohnung und zieh mich um. Ich wohne auf der Nordseite des Palastes, das dauert nicht lange. Sag Susanna, ihr könnt ja schon mal ohne mich anfangen.«

Er rannte hinaus, so gut es eben ging mit seinem Knöchel, und schlüpfte in den Kleinstwagen, den er benutzte, um sich auf dem Palastgelände zu bewegen, als ein kleiner Fetzen Musik, eine kleine Melodie, sich in sein Herz schlich.

FÜNFZEHN

»Bitteschön, Miss.« Malcolm, der Butler, reichte Corina eine rotweiße Porzellantasse samt Untertasse, bis zum Goldrand gefüllt mit goldbraunem Tee. »Dieses Service wurde eigens für Ihre Majestät, Prinzessin Susanna, entworfen.«

»Es ist wunderschön. Danke.« Corina saß auf der Sofakante. »Darf ich fragen, wessen Porträt das dort über dem Kamin ist?«

»Das ist Königin Anne-Marie als junge Frau. Sie war eine sehr beliebte Monarchin.«

»Ich erinnere mich an sie aus dem Geschichtsunterricht. Sie hat sich Mitte des 19. Jahrhunderts für das Wahlrecht der Frauen eingesetzt.«

»Eine Suffragette der ersten Stunde.« Malcolm stand neben dem Teewagen, die Hände hinter dem aufrechten Rücken, und betrachtete das Porträt. »Der Künstler hat sie sehr schön getroffen.«

Corina nippte an ihrem Tee. Sie war opulente Herrenhäuser und reichlich geschmückte Salons mit Damastgardinen gewohnt, aber das hier war ein königlicher Raum. Schön gestaltet, mit Strukturtapeten, sich hoch wölbenden Fenstern und poliertem Holz.

Dennoch zeugten der Zeitungsstapel auf dem Boden neben dem Lesesessel, das iPad hinter einem Stuhlpolster und der große Flachbildschirmfernseher über dem offenen Kamin von echten Menschen. Von einer Familie. Dass dies ein Zuhause war.

»Wie ich höre, haben Sie an der Knoxton studiert?«, fragte Malcolm.

»Für einen Teil meines Hauptstudiums. Mein Zwillingsbruder war ein Mitglied des Internationalen Alliiertenverbandes unter dem Kommando von Brightons Royal Air Force. Als er für seine Ausbildung hierherkam, bin ich mitgekommen, um ihm Gesellschaft zu leisten. Er und Stephen – Prinz Stephen – waren Freunde.«

Im Flur waren Stimmen zu hören, und Malcolm eilte zur Tür.

Corina stand auf, als Nathaniel und Susanna als erste Arm in Arm den Raum betraten. Sie sahen sehr würdevoll aus, er trug einen dunklen, sehr feinen Smoking, sie ein tiefrotes Abendkleid.

»Wie sehen wir aus?« Susanna drehte sich im Kreis.

»Jetzt bin ich zu bescheiden angezogen«, erwiderte Corina. »Du siehst traumhaft aus. Susanna, ist das ein Kleid von Melinda House?«

»Sehr gut.«

Corina wies mit der Hand auf ihr eigenes Kleid. »Das hier habe ich gestern bei ihnen im Fenster gesehen. Da konnte ich nicht widerstehen.«

»Sie ist wirklich ein Genie. Melinda hat Prinzessin Regina von Hessenberg über Nacht zur Ikone gemacht, indem sie einfach ihren Cowbystiefel-Stil aufgegriffen hat. Sie hat ja vorher im Norden Floridas gelebt.«

»Ich habe ihre Geschichte noch nicht weiter verfolgt, aber das werde ich ab jetzt.« Die Neuigkeiten um Prinzessin Regina, die herausfand, dass sie die lange verloren geglaubte Erbin des Königshauses des Großherzogtums Hessenberg war, hatten Schlagzeilen gemacht, als Corina gerade beschlossen hatte, aus dem Nebel hervorzukommen.

»Das solltest du, sie ist toll.« Susanna hakte sich bei Corina unter und neigte ihr den Kopf zu. »Sie ist eine von uns.«

Corina lachte, die Freundlichkeit der Prinzessin ließ ihr das Herz warm werden. »Dann werde ich ihre Geschichte so schnell wie möglich nachlesen.«

»Ich bin mir sicher, dass ich ein Treffen arrangieren kann.«

»Ähem. Und was ist mit mir?« Der König räusperte sich und tat so, als würde er seine Krawatte glätten.

»Sehr stattlich, Eure Majestät«, sagte Corina.

Susanna ging zu ihrem Gatten. »Du siehst schick aus wie immer, Schatz.«

Die Königinmutter und ihr Mann kamen als nächstes herein, gekleidet in ein schwarzes, schulterfreies Kleid und einen Smoking.

»Ich finde, das sollten wir hin und wieder machen«, sagte die Königin und nahm ein Appetithäppchen von dem Tablett, das Malcolm im Zimmer herumreichte. »Entweder das, oder mein Gemahl müsste mich öfter zu den Symphonikern ausführen.«

»Liebes, du brauchst doch nur Bescheid zu sagen ...«

Corina hatte den früheren Premierminister nur kurz beobachtet, aber er war ganz offensichtlich schwer verliebt in seine Frau. Wie wunderbar es sein musste, solch eine herzbewegende Romantik ein zweites Mal im Leben zu finden.

Während sie noch bei diesem Gedanken verweilte, betrat Stephen das Zimmer. In seinem schwarzen Smoking schien er zu strahlen, sein weißes Hemd verlieh den glatten Flächen seines Gesichts einen besonderen Glanz. Seine Stärke, seine Gegenwart nahmen die gesamte Atmosphäre für ihn ein. Und er raubte Corina den Atem. Sie fühlte, wie ihre Knie weich wurden und wie die Schmetterlinge in ihrem Bauch durcheinanderwirbelten.

Er hatte sein dunkles, dichtes Haar gezähmt, indem er die Seiten geglättet hatte, aber ein paar Strähnen fielen ihm ungebändigt in die hohe, glatte Stirn.

Ruhig. Reichlich zu lieben heißt nicht, sich Hals über Kopf wieder zu verlieben.

Aber war sie denn je nicht in ihn verliebt gewesen? Corina stellte ihre Tasse auf den nächstbesten Tisch. Ihre Hände zitterten. Sie sah zu Stephen hinüber, wollte wissen, ob er sie beobachtete, aber stattdessen musste sie feststellen, dass er geradewegs auf sie zukam. Er füllte die Luft mit einem sauberen, herben Duft.

»Das sieht gar nicht mal so schlecht aus, wenn du dich mal eben frisch machst«, sagte sie mit einem tiefen Atemzug.

»Das Abendessen ist bereit.« Malcolm öffnete die Flügeltüren zum Speisezimmer.

Nathaniel bot Susanna seinen Arm an. »Wenn, dann richtig«, sagte er mit einem Augenzwinkern zu seiner Frau.

Die Königin nahm Henrys Arm, und übrig blieben Stephen und Corina.

Er bot ihr seinen Arm an, rückte ihr den Stuhl zurecht und setzte sich neben sie.

Während der Salat serviert wurde, drehte sich die Unterhaltung um den Sommer in Brighton, das Kunstfestival und die Theaterpremieren.

Natürlich ging es auch um Rugby und das Jugendturnier im Stadion von Cathedral City.

Schließlich kam man auf die Veranstaltung des Sommer schlechthin zu sprechen, die Premiere von *König Stephen I.*

»Der Film wird mit *Braveheart* verglichen«, sagte Henry.

»Ich freue mich schon darauf.« Corina nippte an ihrem Wasser.

»Corina, Stephen sagte, du würdest ein Interview mit Clive Boston führen.« Die Queen schien entzückt.

»Das ist jedenfalls der Plan. Ich habe gestern mit ihm geschrieben. Wir wollen uns bei der Premiere treffen und dann am nächsten Tag zu einem Gespräch zusammenkommen. Aber Clive ist bekannt dafür, seine Meinung zu ändern.«

»Sag ihm, Queen Campbell freut sich darauf, deinen Bericht zu lesen.«

Corina akzeptierte die Wärme und die Freundschaft, die die Königin ihr anbot. »Dankeschön. Das sollte mir ausreichend Munition verschaffen.«

Ein Bediensteter räumte ihre Salatteller ab und füllte die Wassergläser auf.

»Stephen«, sagte Susanna, »du weißt schon, dass Madeline und

Hyacinth einen Heidenspaß mit dir haben werden, wenn du ohne Verabredung zu der Premiere kommst.«

»Lass die ruhig ihre Spielchen versuchen.«

»Corina«, sagte die Königin und griff nach ihrem Wasser, beherrscht und elegant, »hast du denn eine Begleitung für die Premiere?«

»Nun, nein ...«

»Stephen.« Campbell senkte ihre Stimme und beugte sich zu ihrem Sohn, ein Auge auf dem Bediensteten, der am entfernten Ende des Raumes gerade mit dem Hauptgang durch die Tür kam. Es gab gebratenes Huhn und Kartoffelpürree. »Nimm deine *Frau* mit zu der Premiere.«

»Mum, ich dachte, du könntest meine Verabredung sein.« Stephen machte eine Handbewegung zu Corina hin. »Sie ist doch zum Arbeiten hergekommen.«

»Wird es nicht für Aufruhr sorgen, wenn wir zusammen dort auftauchen?«, fragte Corina.

»Ja, danke aber auch«, sagte Stephen verärgert und klopfte mit der Hand auf den Tisch. »Sie hat doch recht.«

»Um es mit deinen eigenen Worten zu sagen, Stephen: Lass sie ihre Spielchen versuchen.« Campbell wandte sich an den König. »Nathaniel, was meinst du?«

»Es tut überhaupt nichts zur Sache, was er denkt, Mum.« Stephen schob sich vom Tisch weg. »Corina und ich sind mitten in einem Annullierungsverfahren.« Er sah in ihre Richtung, schaute aber über ihren Kopf hinweg. »Wenn ich mit ihr am Arm eine Premiere besuche, gibt es das reinste Medienspektakel. Jede Zeitung und jede Bloggerin wird ihren Senf dazugeben. Wir brauchen niemanden, der unsere Vergangenheit ans Licht zerrt.«

Corinas Appetit schwand im gleichen Maße, wie Stephens Tirade immer hitziger wurde.

»Sie könnten herausfinden, dass wir verheiratet waren.«

»Ihr seid verheiratet«, sagte Nathaniel, und Corina fühlte sich, als wäre sie mittendrin in einem Familienstreit. Bei einer Familie, zu der sie gar nicht gehörte. Sie wollte sich in die tröstende Umgebung des *Herrenhauses* flüchten.

»Aber sie braucht doch nur die Unterlagen zu unterzeichnen, und dann sind wir es nicht mehr. Wenn herauskommt, dass wir verheiratet sind, dann wird diese Annullierungssache eine große und unangenehme Geschichte. Wofür soll das gut sein? Nathaniel, du weißt doch selbst am besten, was hier auf dem Spiel steht ...«

»Siehst du, und das meine ich. Da deutest du mehr an, als man auf den ersten Blick sieht. Was genau steht denn auf dem Spiel, Stephen?« Corina steckte ihre gefaltete Serviette unter den Tellerrand und schob sich ebenfalls vom Tisch weg.

»Corina, ich glaube nicht, dass Stephen irgendwelche versteckten Motive andeuten wollte.« Campbell stand ebenfalls auf.

»Das sehe ich anders. Entschuldigung. Aber es gibt da etwas, das er mir nicht erzählt. Und solange er das für sich behält, bleiben wir vor denselben Karren gespannt. Ich würde schrecklich gerne mit dir zu der Premiere gehen. Wann kommst du mich abholen?« Drücken. Schieben. Ziehen. Auf die eine oder andere Art würde sie die Wahrheit schon aus ihm herausbekommen.

»Corina, Mum hat Recht. Da ist kein ›Mehr‹.«

»Du hast selbst eben zu deinem Bruder gesagt, ›du weißt doch selbst am besten, was hier auf dem Spiel steht‹. Ich will wissen, was das zu bedeuten hat.« Ihre Stimme brachte Anspannung in den Raum und warf das, was anfangs ein friedliches Abendessen war, über den Haufen. Corina bereute ihren Ausbruch, aber daran konnte man nun nichts mehr ändern. Sie gab Stephen die Schuld. Er machte das mit ihr. Verwirrte sie. Machte sie verrückt. Zitternd wandte sie sich an die Prinzessin. »Es tut mir leid. Ich war sehr unhöflich. Meine Mutter würde sich in Grund und Boden schämen. Danke für dein Abendessen, Susanna.« Sie wandte sich zur Tür.

»Corina«, sagte Susanna. »Du brauchst nicht zu gehen.«

»Oh doch. Ich muss gehen.« Bevor sie entweder völlig durchdrehte oder ... oder ... oder als ein weinendes Häufchen Elend zusammenbrach. Sie bemühte sich, wie sie voller Scham merkte, leider vergebens, den Ausgang zu finden.

Aber die Eingangstür war geschlossen und schmiegte sich nahtlos in die geschnitzte Wandvertäfelung. Corina drehte sich hin und her, bis sie einen Türknauf erspähte und darauf zuging.

»Warte, Corina.« Stephen kam hinter ihr her und fasste sie am Arm.

Sie machte sich los, polterte in den Wohnraum, schnappte sich ihre Handtasche und eilte zum Foyer. »Es tut mir leid. Ich hätte heute Abend nicht herkommen sollen. Du und ich, wir sind wie eine tikkende Bombe. Ich verstehe dich nicht. Du verstehst mich nicht. Ach, Mist, ich verstehe mich ja selbst oft nicht.«

Die »liebe reichlich«-Ansage verwirrte sie, brachte sie zum Straucheln. Warum schickte Gott ihr ein Wort, schenkte aber nicht das passende Verständnis dazu? Sie fühlte sich dumm und schwach.

»Findest *du* denn, dass wir zusammen in der Öffentlichkeit ausgehen sollten?«

»Nein.« Sie seufzte. »Ich weiß nicht.« Sie fummelte am Verschluss ihrer Handtasche herum. »Wirst du es denn nicht leid, immer versteckt zu leben?«

Er antwortete nicht, aber sein Gesichtsausdruck sagte ihr alles, was sie wissen musste.

»Du brauchst mich nicht mit zu der Premiere zu nehmen.« Sie begann, zur Tür zu gehen. Ihr war heiß, sie war frustriert, und dabei dachte sie noch nicht einmal darüber nach, dass ihr erster und letzter Abend mit der königlichen Familie von Brighton im Streit geendet hatte. Jetzt gerade war sie mehr Corina *Redneck* als Corina *Südstaatenschönheit.*

»Corina –«, Stephen blockierte den Ausgang mit einem schnellen Schritt zur Seite.

»Nicht schlecht für einen Mann mit einem geschienten Knöchel.«

»Ist nicht mein erster Versuch.« Er lockerte seine Krawatte. »Lass mich dich nach Hause fahren.«

»Ich nehme ein Taxi.«

Er lachte. »Vor dem Palast ist kein Taxistand.«

»Dann gehe ich eben zu einem hin.«

»Du brauchst nicht so stur zu sein.«

»Du aber auch nicht.«

»Auch wieder wahr. Was für ein Spiel spielst du eigentlich?«

»Spiel? Bitte? Ich brauche keine Spielchen zu spielen.«

»Warum bist du dann hier?«

»Wegen der Premiere.«

»Und?«

»Und wegen des Interviews.«

»Das kauf ich dir nicht ab. Ebensowenig wie du mir abkaufst, dass da nicht mehr ist, was auf dem Spiel steht.«

Sie hielt an. »Also gibt es mehr.« Ihr Blick traf seinen, und die Luft zwischen ihnen war spürbar geladen. Der Duft seines Rasierwassers hüllte sie ganz ein.

Er hob zu einer Antwort an, hielt die Worte dann aber zurück und veränderte seinen Gesichtsausdruck. »Nein, nein, da ist nicht mehr.«

»Dann gibt es auch weiter keinen Grund, warum ich hier bin. Nur einfach ein Routineauftrag von Gigi.« Zu sagen, sie glaubte, sie hätte eine göttliche Berufung erhalten, sich um ihre Ehe zu bemühen, schien ihr zu gewagt. Wie würde das in seinen Ohren klingen? »Und dann hat mir die Reise noch den Vorteil verschafft, dich aushorchen zu können, was die Wahrheit über Carlos angeht.«

»Dann habe ich auch eine Bedingung.«

»Reicht es dir vielleicht nicht, dass ich diese Zettel unterschreiben soll?«

»Warum kommst du nicht einfach doch mit mir zu der Premiere? Wie du gesagt hast. Ein bisschen rauskommen aus dem Schatten. Die Welt schockieren.«

»Was? Das ist doch das genaue Gegenteil davon, dass du willst, dass ich die Annulierungspapiere unterzeichne.« Sie schüttelte den Kopf. »Außerdem hast du Madeline und Hyacinth gesagt, ich sei nicht dein Date. Willst du wirklich, dass sie anfangen, in unserer Geschichte herumzuwühlen?«

»Was werden sie schon finden? Nichts. Keine Nachrichten, noch nicht einmal ein Foto. Die Heiratsurkunde ist bei Nathaniel in sicheren Händen. Außer dem alten und dem neuen Erzbischof sowie Thomas weiß sonst niemand Bescheid. Lass uns Madeline und Hyacinth einen Streich spielen. Das sollte Spaß machen.« Sein Lächeln lockte ihr Ja weiter an die Oberfläche.

»Ich will nicht, dass meine Eltern das mit uns aus der Presse erfahren.«

»Das werden sie nicht. Versprochen.« Stephen legte den Kopf schief und nickte in Richtung des Speisezimmers. »Der Koch hat heute extra für dich gebratenes Hühnchen gemacht. Sein Rezept ist eins der besten.«

Corina sah zur Tür. »Nein, das kann ich nicht.« Sie schämte sich zu sehr. »Bitte sie bitte noch einmal um Verzeihung. Ich werde morgen Blumen schicken.«

»Lass mich den Chauffeur rufen, damit er dich nach Hause bringt. Ich fahre mit und schaue nach, was es mit diesem mysteriösen *Herrenhaus* auf sich hat.«

Corina atmete tief aus und schenkte ihm ein schwaches Lächeln. »Wir haben all das nicht kommen sehen, stimmt's? An dem Abend, als wir die Fähre nach Hessenberg nahmen.«

»Ich weiß, dass ich eine ganze Menge nicht habe kommen sehen.«

»Weißt du, was ich am allermeisten bereue?« Sie strebte durch die Eingangshalle auf die Tür zu. »Dass du uns nie eine Chance gegeben hast. Du hast unserer Liebe nie vertraut.«

Diese Signaltöne absoluter Aufrichtigkeit überraschten und befreiten sie. Sie konnte sehen, dass der Effekt bei Stephen genau umgekehrt war.

Der Ausdruck auf seinem schönen Gesicht verhärtete sich, und die Zärtlichkeit verschwand aus seinem Blick.

»Komm«, sagte er, duckte sich an ihr vorbei und humpelte die Stufen der Säulenhalle hinunter. »Ich läute nach dem Chauffeur.«

SECHZEHN

Am Montagmorgen kniete Stephen am Rand des Spielfelds, entfernte seine Gehschiene und schlüpfte in seinen linken Sportschuh. Die Spitze seiner Operationsnarbe schaute gerade so über dem Bündchen seiner Socke hervor.

»Darf ich noch einmal sagen, dass ich nicht dafür bin?« Darren, sein Physiotherapeut, stand mit verschränkten Armen neben ihm.

»Es steht Ihnen frei, zu gehen.« Stephen streckte seine Beine, bewegte seine Füße, war vorsichtig mit dem linken Knöchel, und sah dann die ganze Länge des Platzes hinunter.

»Was? Und die Verantwortung dafür übernehmen, dass sich Brightons Prinz und der beste Außendreiviertel überhaupt dauerhaft verletzt? Meine Karriere wird den Bach runtergehen.«

»Dann helfen Sie mir und hören Sie auf, zu protestieren.« Stephen wippte leicht und probierte die Stärke seines Knöchels aus.

»Lassen Sie mich ein letztes Mal protestieren. Ihr Knöchel ist immer noch schwach. Sie haben keine Kraft in den Seitenbewegungen.«

»Bei dem Test heute geht es nicht darum, einem Verteidiger auszuweichen, ich will doch nur ein bisschen auf dem Platz auf- und ablaufen.«

»Das können Sie im Physioraum probieren.«

»Aber ich will hier draußen sein.« Weil er mit einem Teil seines Selbst Kontakt aufnehmen musste. Mit dem, der er vor seiner Verletzung gewesen war. Vor den Annullierungspapieren. Der er gewesen war, bevor Corina ankam. Vor ihrer brutalen Ehrlichkeit gestern Abend.

»*Dass du uns nie eine Chance gegeben hast. Du hast unserer Liebe nie vertraut.*«

Er kam dem Punkt immer näher, an dem er die ganze Wahrheit ausspucken würde. Vergesst doch nationale und royale Sicherheitsbedenken. Wenn sie das wüsste, dann würde sie mehr sagen als »*du hast uns nie eine Chance gegeben*«. Dann wäre sie es, die sich aus dem Staub machte und sich nie wieder nach der Vergangenheit umsehen würde.

Stephen hatte das Szenario schon so oft in seinem Kopf durchgespielt, dass es schon gar keine Rolle mehr spielte, wer was sagte. Wenn er Corina erzählte, dass ihr Bruder starb, um ihm das Leben zu retten, würde sie ihn verachten.

Sie hatte recht. Er vertraute ihrer frischvermählten Liebe nicht. Er glaubte nicht, dass sie stärker war als die Liebe, die sie für ihren Bruder empfand.

»Ich muss einfach wissen, dass mein Knöchel heilt.« Stephen begann, den Platz hinunter zu gehen. Mit jedem Schritt hob sich der frische Duft von Gras und Erde.

»Wir haben Röntgenaufnahmen, MRIs und Ihre Physiotherapiesitzungen, die uns zeigen, dass Sie heilen. Es geht nur nicht so schnell, wie wir uns das vorstellen. Erinnern Sie sich daran, dass Sie sich den Knöchel schon viermal verrenkt und verstaucht haben.«

Wie sollte er das vergessen? Stephen hatte lebhafte Erinnerungen an jedes einzelne Mal. Das erste Mal war es bei einem wichtigen Spiel an der Uni passiert. Das zweite Mal bei der Explosion, die ihn aus dem Offizierskasino geschleudert hatte. Bird Mitchell war wie ein menschlicher Schutzschild auf ihm gelandet und hatte ihn vor Bombensplittern und umherfliegenden Gegenständen geschützt. Sein Bein und sein Knöchel waren zur Seite gezerrt worden, gefangen unter Birds Gewicht.

Das dritte Mal war während seines ersten Jahrs mit den Eagles passiert. Während der Premiership, als er sich zuunterst in einem Gedränge wiedergefunden hatte.

Danach hatte er sich besondere Mühe mit seinem Knöchel gegeben, hatte stetig trainiert, sich vor jedem Spiel tapen lassen und auf dem Platz sehr genau auf seine Schritte geachtet.

Und im letzten März war er dann wieder gestürzt. Ganz komisch, um ehrlich zu sein. Er hatte die Bewegung noch tausendmal in seinem Kopf durchgespielt, hatte sich die Videoaufzeichnungen angeschaut, und nichts davon hatte irgendwie besonders ausgesehen oder sich seltsam angefühlt.

Stephen ging weiter den Platz hinunter. Er versuchte, nicht vor Schmerz zusammenzufahren. Darren ging neben ihm her. »Wenn Sie nicht vorsichtig sind, wirft Sie das hier zurück.«

»Aber wenn ich mich nicht selbst herausfordere, dann verpasse ich die Herbstsaison.«

Mit einem hatte Corina gestern recht gehabt. Stephen war es leid, vorsichtig zu sein. Mit seinem Leben. Mit seinem Herzen.

»Sie hinken«, sagte Darren.

»Natürlich. Ich war so lange in diesem Stiefel, dass ich nicht mehr weiß, wie man geradeausläuft.«

»Geradeaus ist nicht das Problem. Das Problem ist, dass Sie den Knöchel nicht voll mit Ihrem Gewicht belasten können.« Darren strahlte mit seiner ganzen Person sein »Das-habe-ich-Ihnen-aber-gleich-gesagt« aus.

Stephen stelzte weiter, ging die hundert Meter bis zur Torlinie, dann wieder zurück.

»Ruhig«, sagte Darren, als Stephen sich umwandte, um die Distanz ein weiteres Mal zu gehen. Er zog das Tempo an, passte seinen Gang an und verlagerte sein Gewicht, indem er seinem heilenden Knöchel immer mehr Druck zumutete.

Er fühlte sich gut. War in der richtigen Gemütsverfassung.

»Vielleicht lasse ich die Gehschiene bei der Premiere heute Abend weg und trage einen richtigen Schuh.«

»Dann verpflastere ich Ihren Knöchel, bevor wir den Trainingsraum verlassen.«

Stephen lachte und versuchte einen vorsichtigen Schritt zur Seite, bei dem er Darren in den Arm boxte. Der Therapeut schüttelte grinsend den Kopf. »Sie überschätzen sich, Stephen.«

»Ha-ha. Ich werde gerade erst warm.« Der Wind strich über den Platz, während sich ein heller Streifen Sonnenlicht über dem Tribünendach zeigte. Stephen fing langsam an zu traben.

»Stephen, bitte –« Darren überholte ihn und rannte vor ihm her. »Wenn Sie Ihre Beweglichkeit verbessern wollen, dann lassen Sie uns in den Therapieraum gehen.«

»Eine Minute noch.« Stephen stellte sich jeden Schritt vor seinem inneren Auge vor, setzte die Füße bewusst auf, atmete gleichmäßig und zwang in Gedanken jedes Zwicken und jeden Schmerz aus dem Weg.

Er legte ein wenig Tempo zu, landete mit voller Wucht auf jedem Fuß, rechts, links, rechts ... sein linker Knöchel gab nach, und Stephen fiel zu Boden. Er rollte sich vor Schmerz zusammen, und aus seinem tiefsten Inneren kam ein Stöhnen.

»Wie schlimm ist der Schmerz?« Darren schob seine Schulter unter Stephens und wuchtete ihn nach oben, sodass er auf seinem guten Fuß balancieren konnte. »Lassen Sie uns in den Therapieraum gehen.«

»Sagen Sie es nicht.«

»Dass ich es Ihnen gleich gesagt habe?«

»Da, jetzt haben Sie es doch gesagt.« Also wurden Stephens größte Ängste wahr. Er heilte nicht schnell genug, und mit 31 Jahren konnte solch eine Verletzung den Todesstoß für einen Sportler bedeuten. Wenn er nicht schnell wieder gesund wurde, würde seine Karriere von einer jüngeren, beweglicheren, athletischeren und vor allem gesunden Nummer 14 überrollt werden. Und er würde zurückbleiben, samt seiner grässlichen Albträume und einer geheimen Eheaufhebung.

»Na, dann wollen wir mal los zu einem Eisbad und einem engen Verband. Das hier sollte die letzte Trainingseinheit dieser Art gewesen sein.«

Er war am Verlieren. In jeglicher Hinsicht. Seine Karriere, seine Gesundheit, sein Lebenssinn. Sogar seine sogenannte Ehe. Würde Stephen die Existenz des Göttlichen auch nur in Erwägung ziehen, könnte er daran glauben, dass es so etwas wie einen allwissenden, alles sehenden Gott gäbe, würde er in dieser Situation wohl auf die Knie gehen und um Wegweisung bitten.

Aber er hatte Gottes Antwort auf das Flehen um Gnade an jenem Abend in Torcham erlebt, als seine Kameraden ächzend und stöhnend in Lachen ihres eigenen Bluts lagen. Jeder einzelne von ihnen war gestorben.

Diesen Gott konnte er nicht verstehen. Wo war der Gott der Liebe und der Güte? Und wenn er wirklich existierte, wie konnte Stephen von *diesem* Gott dann erwarten, ihm mehr zu geben, als er schon hatte?

Sein bloßes Leben.

Im warmen, indirekten Licht ihres Zimmers bereitete sich Corina auf die Premiere vor, während draußen vor dem Fenster die Dämmerung ihre Vorboten vorbeihuschen ließ. Corina trug ein weiteres Kleid, das sie in der Boutique von Melinda House gekauft hatte. Das Kleid von Versace, das sie von zu Hause mitgebracht hatte, blieb im Schrank. Sie fing neu an.

Das korallenfarbige Etuikleid erweiterte sich um ihre Knie zu einer kleinen Schleppe. Das perlenbesetzte Oberteil war mit einem Muschelsaum und schulterfreien Ärmeln gestaltet.

Ein letzter Blick in den Spiegel, und Corina war zufrieden. Begeistert, um ehrlich zu sein. Sie fühlte sich innerlich einerseits ganz ruhig, andererseits auch aufgeregt. Schön. Genauso, wie ein elegantes Kleid eine Frau sich fühlen lassen sollte.

Die Verkäuferin hatte sie mit offenem Mund angestarrt, als Corina aus der Kabine in den Verkaufsraum gekommen war und das kleine Podest betreten hatte. Die zurückgenommene Beleuchtung war auf sie gefallen, hatte die goldenen Fäden und die weißen Pailletten, die in das Kleid eingearbeitet waren, funkeln lassen.

»Es ist noch atemberaubender, als wir es uns vorgestellt haben«, hatte die Frau gesagt, die Hand an der Kehle. »Es sieht aus wie für Sie geschaffen.«

Für dich geschaffen ... Das waren die Worte, die sie Stephen am Abend ihrer Hochzeit gelobt hatte. *Ich wurde für dich geschaffen. Ich weiß es.*

Ein Sturm ängstlichen Zitterns fuhr ihr im Bauch herum. Bald würde er hier sein. Stephen hatte ihr heute Morgen noch geschrieben, dass er um Sieben kommen und sie abholen würde.

»Corina?« Adelaides Stimme und ein sanftes Klopfen erklangen an der Tür. »Ob Sie wohl Hilfe brauchen?«

Corina öffnete die Tür, und das Herz wurde ihr warm beim Anblick der zierlichen kleinen Gastgeberin. »Kommen Sie herein.«

»Ach du allerliebste Güte, was sehen Sie schön aus. Ganz und gar strahlend schön.« Sie wackelte mit dem Zeigefinger. »Was für eine Wucht die wahre Liebe doch ist.«

»Was sehen Sie, Adelaide?« Corina kehrte zum Standspiegel zurück, um ihre Hochsteckfrisur zu vollenden. Während ihres kurzen Ausflugs in die Welt der Schönheitswettbewerbe hatte sie eine ganze Menge Frisurentricks gelernt. »Sie scheinen mehr zu wissen, als Sie preisgeben.«

»Hier, lassen Sie mich Ihnen helfen, meine Liebe.« Adelaide brachte einen Stuhl herbei, auf den Corina sich setzen konnte, und nahm ihr dann die Haarnadeln ab. Die zärtliche Berührung der Dame beruhigte Corinas aufgewühlte Emotionen. Ihr Wortwechsel mit Stephen am Vorabend hatte sie den ganzen Tag über begleitet und beschäftigt, und sie hatte einseitige Streitgespräche mit ihm geführt. Beinahe hätte sie ihm gesagt, er solle ihre Verabredung einfach vergessen, als er ihr schrieb. Aber dann war sie weich geworden.

Wie könnte sie denn auch diese »liebe reichlich«-Reise so schnell aufgeben? Geduld mochte wohl angebracht sein.

»Es wird alles gut werden«, sagte Adelaide, die Corinas Haar zusammenfasste und hochhob.

Corina sah Adelaide im Spiegel an. Sie war am Nachmittag eingeknickt und hatte Adelaide von ihrem Date mit dem Prinzen erzählt. Irgendjemand musste sie es einfach sagen. All das alleine zu tragen bedrückte sie. Stephen hatte Thomas. Und seine Familie. Sie hatte niemanden.

»Sie wissen so viel, Adelaide. Und ich weiß so wenig über Sie.«

»Ich habe es Ihnen doch gesagt. Ich bin eine Dienerin.«

»Wessen Dienerin?«

»Ihre. Seine.«

»Dienerin des Königs? Oder des Filmproduzenten? Stephens? Des Gasthauses? Und ist Brill Ihr Ehemann?«

Adelaide bückte sich hinter Corinas Kopf und schob ihr vorsichtig die letzte Nadel ins Haar. »Brill ist ein Diener an meiner Seite.« Sie ging um Corina herum und stellte sich vor sie. »Der Prinz wird seine Augen nicht von Ihnen lassen können.« Adelaide strich sanft mit den Händen über Corinas Wangen. »Tränen? Sind das etwa Tränen, meine Liebe?«

Corina lachte leise und hielt die Hände der Frau in ihren. »Sie ... Sie sind einfach so lieb.«

»Ihr einsames Herz wird bald bis zum Rand mit Liebe gefüllt sein.« Adelaide bückte sich, um ihr ins Gesicht zu sehen. »Haben Sie Glauben.«

»Sehen Sie, jetzt fangen Sie wieder so an. Woher wissen Sie denn, dass mein Herz bald bis zum Rand mit Liebe gefüllt sein wird?«

Die tippte sich nur an den Augenwinkel. »Ich sehe, was ich sehe. Und ich weiß, wie einsam Sie gewesen sind. Wir haben alle gewartet und zugeschaut, als er für Sie gebetet hat.«

»Er? Stephen?« Corina umklammerte Adelaides Handgelenke, zwang sie wortlos zu einer klaren Antwort.

»Jesus natürlich. Er ist der König des Königreichs.«

»Er betet für mich. Und Sie – Sie haben ihn gesehen?«

»Ja, aber natürlich.« Adelaide wandte sich zur Tür. »Und jetzt habe ich noch den perfekten Haarschmuck für Sie.«

Corina versuchte zu protestieren, aber die Flammen des Feuers, das Adelaide in ihr immer wieder schürte, fraßen ihre Worte auf.

Auf Zehenspitzen ging sie zur Tür und lehnte sich hinaus, um zu lauschen. Die Theorie, das Gasthaus könnte eine Filmrequisite sein und Adelaide und Brill Schauspieler, verlor mit jeder Begegnung mit ihnen an Kraft.

Sie waren einfach zu real. Zu aufrichtig. Zu ... andersweltlich. Konnte sie das glauben?

Außerdem war das Gasthaus einfach zu abgefahren. Als wäre es nur für eine Person gebaut worden. Warum würde ein Filmregisseur die Kosten auf sich nehmen, ein »Pseudo-Hotel« nur für eine einzige Person zu bauen?

Als sie am Nachmittag vom Kunstfestival zurückgekommen war, hatte Corina bemerkt, dass es keine anderen Stockwerke gab. Sie stieg die fünf Treppen zu ihrem Zimmer hinauf und stellte fest, dass jeder Absatz nur zur nächsten Treppe führte. Es gab keine Fenster. Keine Flure. Keine abgeschlossenen Zimmertüren.

»Hier wären wir.« Adelaide, die eine auf Hochglanz polierte dunkle Holzschatulle trug, huschte ins Zimmer. »Ich liebe dieses gute Stück.« Sie stellte das Kästchen vor dem Spiegel auf dem Bett ab. »Setzen Sie sich, und ich stecke es fest.«

Corina setzte sich und linste in die Schatulle. »Was ist denn da drin?«

Adelaide hob den Deckel mit einem entzückten »Hmmm«. Im Inneren lag auf rotem Samt gebettet ein zartes Diadem, bestehend aus einem diamantenbesetzten Reif.

Corina sprang auf. »Adelaide, nein. Ein Diadem? Ich besuche die Premiere mit Prinz Stephen. Ich kann kein Diadem tragen.« Kein Bedarf für die »Braut des Prinzen«-Beichte jetzt. »Wo haben Sie das her?«

»Setzen Sie sich, Liebes«, ordnete Adelaide an. Ihr ganzes zierliches Wesen strahlte Autorität aus. »Wie ich dazu gekommen bin, muss ein Geheimnis bleiben, aber ich kann Ihnen jedenfalls sagen, dass es sich um ein sehr besonderes Stück handelt. Es befindet sich schon, nun, schon seit längerer Zeit in meiner Obhut. Bitte setzen Sie sich. Es wird auf Ihrem dunklen Haar traumhaft aussehen.«

Zitternd weigerte sich Corina, die Hände vor der Taille gefaltet. »Ich *kann* kein Diadem tragen. Ich gehe mit einem *Prinzen* zu der Filmpremiere. Was werden die Leute denken?«

»Dass Sie eine Prinzessin sind.« Adelaide balancierte das Diadem vorsichtig auf ihren Fingerspitzen.

Corina sprang auf die Füße und wich vor Adelaide zurück. »Ich verlange, zu wissen, was Sie wissen.«

»Ich weiß, was Sie wissen.« Adelaide nahm vorsichtig Corinas Hand und zog sie zurück zur Bettkante.

»Über mich und Stephen?«

Adelaide nickte. »Das ist meine Aufgabe.«

»Ich weiß nicht, wie oder warum Sie es wissen, aber wenn Sie es wissen, dann gibt es umso mehr Gründe, warum Sie mich nicht bitten können, das Diadem heute Abend zu tragen. Und wenn Sie sich mit der königlichen Geschichte auskennen, dann kennen Sie sich doch wohl auch mit dem königlichen Protokoll aus. ›Eine Frau darf in Gegenwart des Prinzen keine Krone, Krönchen oder Diadem tragen, es sei denn, sie hat ihren eigenen Adelstitel inne oder hat einen solchen vom Hause Stratton verliehen bekommen.‹ Adelaide, ich habe *gar keinen* Adelstitel.« Wie es kam, dass sie sich an diese Regel des Protokolls erinnerte, wusste Corina nicht. Die Worte waren ihr einfach nur als stichhaltiges und überzeugendes Argument über die Lippen gekommen.

Adelaide betrachtete das Diadem prüfend und setzte es dann auf Corinas Kopf. »Das Königreich Brighton ist nicht das einzige Königreich, das Adelstitel verleihen darf. Eine Prinzessin sollte ihre Krone tragen.«

»Jemand in der königlichen Behörde hat es Ihnen gesagt, was? Oder der Erzbischof?«, sagte Corina und zuckte zusammen, als Adelaide ihren Kopf mit dem Krönchen berührte. Sie hatte schon Diamantdiademe getragen – an ihrem 16. Geburtstag, bei ihrem Debütantinnenball. Aber niemals in Gegenwart eines echten Prinzen. »Sind Sie von der Fernsehsendung *Madeline & Hyacinth Live!*?«

Adelaide seufzte. »Werden Sie wohl aufhören? Ich bin weder vom Film noch vom Fernsehen. Gute Güte, Sie kommen ja auf Geschichten wie aus dem Märchenland. Warum fragen Sie denn nicht gleich, ob ich Ihr Schutzengel bin? Da ...« Adelaide trat lächelnd zurück und sah sehr zufrieden aus. »Das hat König Stephen I. für Königin Magdalena anfertigen lassen.«

Corina beugte sich vor, um sich im Spiegel zu betrachten. »Wie sind Sie daran gekommen? Es gehört der königlichen Familie. Ich kann es auf gar keinen Fall tragen.« Der ganze Reichtum der Del Reys konnte so ein unbezahlbares Erbstück nicht ersetzen.

»Die Krone gehört dem *Herrenhaus*.«

»Was? Wie – wie ist das möglich?«

»Weil ich die Hausherrin des *Herrenhauses* bin.« Ihre Augen glitzerten. »Als Sie ins Land gekommen sind, sind auch wir gekommen. Daher das Diadem.«

»Wir? Wer ist ›wir‹?« Corinas Geist wirbelte, als stünde er in Flammen.

»Nun, Brill und ich.« Adelaide zupfte das Diadem ein letztes Mal mit peinlicher Gewissenhaftigkeit zurecht. »So, jetzt. Bitteschön. Wunderschön. Eine echte Prinzessinnenkrone. So schön wie Magdalena, behaupte ich.«

Corinas Augen trafen Adelaides Blick. Es war ein erhabener Moment, gleichzeitig aber auch so echt, so wirklich. »Wie viele haben dieses Diadem getragen?« Das Licht, das in den Diamanten funkelte, hypnotisierte Corina beinahe. In diesem Moment war sie eine Prinzessin.

»Eine.« Adelaide glättete Corinas Rock mit der Hand und sah ihr dann in die Augen. »Und jetzt Sie. Haben Sie Ihren Beutel, oder wie Ihr jungen Frauen heutzutage dazu sagt?«

»Beutel?« Corina lachte, sie fühlte sich frei und andererseits ziemlich herrschaftlich unter dem Diadem. »Sie meinen meine Clutch?« Corina hielt die kleine, perlenbesetzte Handtasche hoch.

»Klatsch, ja.« Adelaide legte sich den Handrücken gegen die Stirn. »Ich vergesse so etwas immer.« Sie führte sie die Treppe hinunter und winkte Corina dann Seite an Seite mit Brill durch die Tür. Der stand steif und förmlich, das Kinn auf die Brust gedrückt, da, lächelte aber die ganze Zeit.

»Haben Sie eine gute Zeit, Fräulein.«

»Die werde ich haben. Vielen Dank für alles.« Corina hielt in der Tür inne und deutete auf ihre Krone. »Sind Sie sicher, dass das mit diesem Diadem funktioniert?«

»Aber ja, Liebes. Das Diadem funktioniert.«

Stephen stieg aus der Limousine und sah zu dem grob gezimmerten Fachwerkhaus hinüber, das sich zwischen die beiden legendären Kaufhäuser schmiegte.

Das Herrenhaus.

Als er Corina gestern Abend im Wagen nach Hause begleitet hatte, hatte sie gezeigt, dass sie recht hatte. Da gab es tatsächlich ein Gasthaus zwischen den beiden Läden. Obwohl der königliche Chauffeur geradewegs vorbeigefahren war, und zwar gleich dreimal, weil er behauptete, er sähe nichts außer einer kleinen Gasse. Stephen hatte ihm empfohlen, umgehend einen Augenarzt aufzusuchen.

Aber er hatte keine Zeit mehr, darüber nachzudenken. Corina kam im Abendlicht aus der Tür. Stephen richtete sich auf, völlig überwältigt von ihrer Schönheit. Eine Macht, die er ihr nie abgesprochen hatte.

Den ganzen Tag über hatte er mit sich selbst über diesen Ausflug gestritten. Selbst nachdem er ihr schon geschrieben hatte. Ihm ging es doch nicht darum, sich enger an sie zu binden, sondern ihre Beziehung aufzulösen. Doch immer, wenn sie in der Nähe war, untergrub sie sein Vorhaben. Dann wurde er schwach und uneins mit sich selbst.

Ihre Macht über ihn hatte ihn an jenem Juniabend auf der Spitze des Turmes von Braithwaite auf die Knie gezwungen. Sie war sein Kryptonit, und er befürchtete, er würde zerbrechen, wenn er mehr Zeit mit ihr als nötig verbrachte. Es reichte eigentlich, dass er die Nacht des Tropensturms in ihrer Wohnung überlebt hatte.

Ruhig jetzt. Bleib konzentriert. Stephen führte sich ein Bild von ihrem Bruder und Bird vor Augen. Tot. *Mit dieser Realität musst du leben, Kumpel.*

Nachdem er erst einmal seine Perspektive unter Kontrolle hatte, ging er auf sie zu, während er die Jacke seines Smokings zuknöpfte. »Guten Abend.«

Sie nickte mit einem angedeuteten Knicks. »Guten Abend. Gut siehst du aus.«

Er schluckte. »Du auch.« Sein Blick fiel auf das glitzernde Diamantendiadem. »Corina, was ist das da auf deinem Kopf?«

»Ein Diadem.« Sie berührte den juwelenbesetzten Reif mit der Hand. »Die Frau, die das Gasthaus führt, hat es mir gegeben.«

»Ein Diadem? Ist das dein Ernst? Du kannst *das da* nicht tragen, wenn du mit mir zu der Premiere gehst.«

»Warum nicht?« Corina schoss ihm einen Blick wie ein Wurfmesser zu. »Ich habe nicht darum gebeten. Sie hat es mir gegeben. Außerdem sieht man es in der Frisur kaum.«

»Man sieht es kaum?! Vielleicht, wenn man stockblind ist. Die Diamanten blitzen bis in den Park hinüber.« Er gestikulierte groß Richtung Maritime Park. »Ich *muss* dich bitten, es zu entfernen. Das Protokoll verbietet es nicht-adeligen Frauen, in der Gegenwart von Prinzen oder Königen ein Diadem zu tragen. Es tut mir leid, ich weiß, dass das altmodisch ist, aber es gilt eben noch. Die Presse wird Sturm laufen.«

Ihre Miene glühte auf. Ein Anblick, den er nur allzu gut kannte. *Jetzt ist es passiert.* »Zu spät. Wenn ich es jetzt herausnehme, ist meine Frisur ruiniert.«

»Dann ruinierst du sie eben. Was ist denn verkehrt an einem bisschen Durcheinander? Ist das nicht der beliebteste Look zurzeit?« Ein kleiner Panikanfall, und schon stand er vor ihr. »Hast du der Eigentümerin davon erzählt? Weiß sie etwa Bescheid?«

»Ich habe ihr nichts erzählt.«

Am Bordstein summte der Motor der wartenden Limousine. Eine Windbö brachte einen Hauch Abendregen mit sich, der gleich wieder aufhörte.

»Die Medien werden über uns herfallen. Sie werden alle wissen wollen, wer du bist und warum du ein Diadem trägst.«

»Also entschuldige mal, Eure Majestät, aber ich brauche ja wohl kaum *dich*, damit die Leute wissen, wer ich bin. Ich habe meinen eigenen Ruf. Der Name Del Rey ist kein unbekannter auf dieser Welt. Wenn die Leute fragen, dann kann ich ihnen sagen, es sei ein Erbstück meiner Familie, die, wenn man nur weit genug zurückschaut, immerhin mit dem kastilischen Königshaus verbunden ist.« Im Licht der Straßenlaterne konnte er sehen, wie sie zitterte. »Wenn überhaupt, dürften sich die Presseleute wohl fragen, warum eine Del Rey eine Filmpremiere mit einem Rugbyspieler besucht.«

Er starrte sie an. Sie starrte zurück. Er gab zuerst nach und lachte. »Steig ein.«

»Bist du sicher?« Sie ging in großem Bogen um ihn herum. »Kannst du das Risiko eingehen, mit mir gesehen zu werden?«

»Schön. Du hast gesagt, was du sagen wolltest. Jetzt steig einfach ein.« Er verbeugte sich und schwang seinen Arm zur offenen Tür der Limousine. »Bitte. Die Klimaanlage läuft auf Hochtouren.«

Sie zögerte und Stephen wurde klar, dass er ihren Dickkopf aktiviert hatte. Wenn sie nicht bald einstieg, musste er damit rechnen, dass sie auf dem Absatz kehrt machen und die Avenue hinunterstreben würde.

»Willst du zu Fuß gehen?«, fragte er nach einem Moment.

»Ja. Ich bin nicht den ganzen Weg hierhergekommen, um mich von dir beleidigen zu lassen.«

Er beugte sich zu ihr. »Warum bist du dann den ganzen Weg hierhergekommen?«

Sie ging an den Bordstein und hob die Hand. »Taxi!«

Stephen trat vor sie. »Du bist gekommen, um mich zu suchen, richtig?«

Sie seufzte, und ihr warmer, süßer Atem füllte seine Brust. »Ich sehe dich dann später auf der Premiere. Taxi!« Aber das rote Taxi sauste vorbei.

Lachend legte sich Stephen die Hand in den Nacken. Die Frau machte ihn wahnsinnig. Aber er verdiente es nicht anders. Ehrlich wahr. Aber wie sollte er sein Herz unter Kontrolle halten, sich daran erinnern, warum er nicht mit ihr zusammen sein konnte, wenn sie ihm derartig unter die Haut ging?

»Corina, bitte steig jetzt in den Wagen.«

»Fahr zu, sonst kommst du noch zu spät. Taxi!« Ein weiteres Auto fuhr vorbei, sie wurde noch nicht einmal gesehen.

»Steig ein.« Er stellte sich hinter sie.

Sie drehte sich zu ihm um, griff nach dem Diadem und zupfte daran. Aber das Stück blieb, wo es war. Sie runzelte die Stirn, gab auf und tippte ihm mit dem Finger auf die Brust.

»Du willst wissen, warum ich hergekommen bin? Weil mir klargeworden ist, dass ich immer noch verheiratet bin und, also ... Ich weiß auch nicht, nenn mich verrückt, aber ich habe mich gefragt, ob da nicht noch etwas zwischen uns ist. Dass vielleicht Gott –«

»Gott? Was hat der denn mit unserer Ehe zu tun? Ich habe mit ihm nichts zu schaffen.«

»Aber der hat ja vielleicht etwas mit dir zu schaffen. Du bist der Prinz von Brighton. Oder das solltest du jedenfalls sein. Bist du schon gekrönt worden? Nein! Ich wünschte, du würdest deinen Kopf mal lange genug aus dem Stadion nehmen, dann würde dir schon klar werden, was es für dich sonst noch so alles zu tun gibt auf der Welt.« Sie zog noch einmal an dem Diadem, aber es blieb immer noch, wo es war. »Was ist denn nur los mit dem Ding?«

»Wie konnte das denn jetzt zu einem Vortrag über mein Leben werden? Rugby zu spielen ist mein Lebenszweck.« Auf diese Art war er jedenfalls nicht mehr ihrer Gerichtsbarkeit unterstellt.« »Hast du dich mit meinem Bruder unterhalten?«

»Nein, aber ich lese, ich beobachte. Deswegen weiß ich, dass da unter deinen Knochen und deiner hübschen Haut Geheimnisse schlummern.« Sie ging auf die Straße hinaus und geriet ins Strauchern, als ein viel zu schnell fahrendes Taxi sie beinahe überfuhr.

»Corina.«

»Stephen.«

»Um Himmels Willen.« Er senkte seine Schulter, schlang mit Leichtigkeit seine Arme um sie, hob sie hoch und barg sie an sich.

»Was machst du da?« Sie schlug mit ihrer Hand gegen seine harte Brust und strampelte mit den Beinen.

»Ich nehme dich zu einer Premiere mit.« Er sah sie an, ihre Gesichter waren sich so nah ... Er könnte einen Kuss stibitzen, wenn er wollte. Und oh, oh ja, das wollte er.

»Du bist ein Rüpel.« Ihre Anschuldigung verwandelte sich in Gelächter.

Thomas sprang aus dem Fond hervor. »Was machen Sie da, Sir?«

»Geh beiseite, Kumpel. Hier kommt eine wilde Hummel.«

Indem er sich vorsichtig bückte, setzte Stephen Corina auf dem Rücksitz der Limousine ab und glitt neben sie in den Wagen.

»Du spinnst doch«, sagte sie und rutschte in die Mitte der Sitzbank, glättete ihren Rock und fasste sich dann ans Haar. »Ist das Diadem an Ort und Stelle geblieben?« Sie schnappte sich eine kleine Puderdose aus ihrer Handtasche und begutachtete ihre Frisur. »Obwohl es dir sicher gefallen würde, wenn es herausfiele.«

»Würde es nicht.« Stephen klopfte an die Scheibe zum Fahrer. »Fahren Sie zu.« Mit einem Seitenblick auf Corina spürte er, wie sich ein breites Lächeln über sein Herz zog. »Das letzte Mal, als ich dich hochgehoben habe, hast du gesagt, es sei romantisch.«

Sie ließ die Puderdose zuschnappen. »Sehr gut, das Diadem sitzt. Nicht einmal ein Prinz außer Rand und Band kann mir meine Krone rauben.«

Thomas lachte laut los. »Wenn ich es nicht besser wüsste, würde ich denken, ihr beide wärt ein altes Ehepaar.«

»Halt du dich mal da raus, Kumpel.« Stephen sah ihn warnend an. »Corina, hast du mich gehört?«

»Ja, habe ich.« Sie streckte die Hand aus, um Thomas aufs Knie zu tippen. »Gut siehst du aus.«

»Danke, Corina. Ebenso.«

»Auch mit dem Diadem?«

»Ja, das ... das steht dir sehr gut. Wunderschön.«

»Immerhin sieht das ein Mann hier im Auto so.« Corina machte eine Handbewegung zu Stephen. »Siehst du, so geht das, wenn man *nett* zu jemandem ist.«

»Schön, ich entschuldige mich, falls ich nicht nett gewesen sein sollte. Aber bei einer Premiere in Begleitung eines Prinzen aufzutauchen und ein Diadem zu tragen, ist keine gute Idee. Königliches Protokoll und all so was.«

Das Gespräch verstummte, während die Limousine sich durch den Innenstadtverkehr auf das Theaterviertel zuschlängelte. Aber Stephen spürte, wie er schwach wurde, so sehnte er sich danach, Corina wieder in seinen Armen zu spüren.

Sie heute Abend so herrschaftlich und elegant in ihrem Kleid zu sehen, wie sie eine Krone trug, als wäre sie dafür geboren, sie zu tragen, rührte an die Tatsache, dass alles, was er seinem Herzen über das Ende ihrer Ehe zugeflüstert hatte, nichts anderes war als seine eigenen verlogenen Ängste.

SIEBZEHN

Ausgehungert. Die Meute der Paparazzi drängte sich um die Limousine, als der Fahrer sie langsam zum goldenen Teppich des Royal Theatre lenkte.

Corina beugte sich vor, um aus dem Fenster zu sehen, während die Platzanweiser in ihren roten Westen sich zu ihnen durchdrängten. Sie drückte sich ihre Tasche gegen ihr pumpendes Herz.

Das hier war zwar nicht ihre erste Filmpremiere, aber es war das erste Mal, dass sie mit einem Prinzen aus der Limousine steigen würde. Mit *ihrem* Prinzen noch dazu. Sie konnte sich noch so sehr Mühe geben, nicht daran zu denken, aber jede Faser ihres Körpers war erfüllt von der Tatsache, dass sie seine Frau war.

»Bereit?« Stephen sah sie an, zupfte an seinen Ärmeln und an seinem Kragen. »Möge der Spaß beginnen.«

»Oh, hat der noch gar nicht angefangen? Ich dachte, der Startschuss sei gefallen, als du mich hochgehoben hast.«

Sein Lächeln war bestens dafür qualifiziert, eine Frau ohnmächtig werden zu lassen. »Du hattest deinen Spaß. Jetzt kommt meiner.«

»Ha! Sehr lustig. Du bist so ein witziger Typ.«

»Bist du sicher, dass du mit dem Diadem da rauswillst?«

Corina berührte das zarte Schmuckstück. »Wie, soll ich es vielleicht im Auto lassen?« Sie zog vorsichtig daran. Holla, das Ding saß wie festgeklebt an ihrem Kopf.

»Der Fahrer und der Wagen stehen im Dienst der Krone. Das Diadem wird hier drin gut aufgehoben sein.«

Sie fuhr mit dem Finger über das Stirnband, versuchte, es aus dem Haar zu bekommen. »Ich bin eine Del Rey. Es sollte niemanden überraschen, wenn die Tochter eines Multimillionärs ein Diadem trägt.« Das Band rutschte weder, noch ließ es sich von ihrem Kopf hochheben. »Stephen – ich könnte es nicht mal abnehmen, wenn ich es wollte.«

»Was?«

»Es klemmt.«

»Wie kann es denn klemmen?« Stephen nahm die Spitze zwischen Zeigefinger und Daumen und zog.

»Autsch.« Sie schob Stephens Hand weg, als seine Tür sich öffnete. »Lass gut sein.«

Thomas stieg aus und wandte sich an das Sicherheitspersonal vor Ort. »Der Prinz wird zuerst aussteigen ...«

»Thomas hat Recht. Es steht dir wirklich gut.« Stephens blaue Augen suchten einen Moment lang ihre. Wollte er etwas sagen? Nochmal darauf zu sprechen kommen, wie er sie das letzte Mal getragen hatte? Das war an dem Abend gewesen, als sie heirateten. »Denk dran, wenn jemand fragt, dann sind wir *lediglich* alte Freunde.« Er rutschte zur Kante der Sitzbank und trat hinaus in das Blitzlichtgewitter und in den Donner einer Vielzahl von Stimmen.

»Natürlich«, sagte sie zu seinem Rücken. »Was hast du denn erwartet, was soll ich denn sonst sagen?«

Corina folgte ihm nach draußen und landete mitten in der elektrisch aufgeladenen Spannung der Presse und der Fans. Blitzlichter blendeten sie.

»Prinz Stephen, hier drüben.«

»Eure Königliche Hoheit, was halten Sie von einem Film über Ihre Vorfahren?«

»Werden Sie im Herbst wieder auf dem Platz stehen, Sir?«

»Hey, Sie da, Miss! Hier drüben! Woher kennen Sie den Prinzen?«

Corina wandte sich der Stimme zu und ein Blitz explodierte in ihrem Gesicht.

»Sind Sie Corina Del Rey?«

»Komm, Corina«, sagte Thomas, der die Menschenmenge für sie beiseite schob.

Als sie erst einmal den ersten Pulk aus Fotografen hinter sich gelassen hatte, drängte er sich nach vorne zu Stephen durch. Die Menge, die heiß war auf den Prinzen, wuselte und schubste sie beiseite.

Mist. Sie benutzte ihre Ellbogen, um wieder mittenhinein zu kommen, und wühlte sich zu der weißen Linie durch, wo Stephen angehalten hatte, um sich mit den Reportern zu unterhalten.

»Ich freue mich auf den Film. Jeremiah Gonda ist einer meiner Lieblingsregisseure. Und jeder mag doch wohl die Drehbücher aus der Feder von Aaron Heinly?«

»Glauben Sie, dass der Film König Stephen I. authentisch darstellen wird?«

»Es ist ein Film, Freunde. Wir wollen nicht zu viel hineininterpretieren.« Die Bemerkung sorgte für herzliches Gelächter. »Aber ja, ich glaube, der Film wird den Charakter unseres Befreiers ganz gut wiedergeben, ein Krieger und ein König. Würde Clive Boston denn überhaupt eine andere Rolle spielen? Er ist doch immer der säbelrasselnde Held.«

Corina rammte ihre Schulter in einen Fotografen mit breitem Rücken. Sie ließ ihre perlweißen Miss Georgia-Zähne blitzen. »Tut mir schrecklich leid.«

Trotzdem schaffte sie es immer noch nicht bis zu Stephen. Der wurde von drei Sicherheitsleuten abgeschirmt. Thomas ging umher und überprüfte das Publikum. Als er sie sah, lächelte er und nickte ihr zu.

»Prinz Stephen, ist das da hinter Ihnen Ihre Begleiterin? Corina Del Rey?« Deanna Robertson vom *Informanten*. Corina kannte sie aus ihrer Zeit an der Universität von Knoxton. Und Gigi kannte sie. Sie war vermutlich einer ihrer Spitzel.

Stephen sah sich zu ihr um, und in diesem Moment schien das Licht in seinen Augen direkt in ihr Herz. Sie war eins mit ihm. Weder Zeit noch Abstand noch die drohende Annullierung konnten die Wahrheit verändern.

Und er war ein Teil von ihr.

Er streckte ihr einen Arm entgegen. »Das ist Corina Del Rey, eine alte Freundin von der Universität. Sie berichtet für die *Beaumont Post* über die Premiere. Die meisten von Ihnen dürften die Familie der Del Reys kennen. Amerikanische Unternehmer und Philanthropen.«

Thomas half ihr nach vorne, mitten hinein in eine weitere Welle aus Blitzen und Stimmen.

»Haben Sie bei *Madeline & Hyacinth Live!* getwittert?«, fragte Deanna.

»Ja, ich ...«

»Sie hat mich hochgenommen.« Stephen antwortete für sie, legte ihr kumpelhaft den Arm um die Schulter und drückte sie. »Wir streiten uns ständig über die Vorzüge dieses komischen American Football.«

»Klingt nach Kabbeleien unter Turteltäubchen.« Deanna grub einfach nach einem Knochen, an dem sie herumkauen konnte, oder? Oder hatte Gigi sie auf irgendetwas angesetzt?

»Total lustig, Deanna. Wir sind nur Freunde«, sagte Stephen.

»Und im Übrigen ist Football Rugby selbstverständlich haushoch überlegen«, sagte Corina und verzog leicht den Mund.

Stephen lachte und schubste sie freundschaftlich an. »Deine Dreistigkeit ist so mutig wie leichtsinnig. Das traust du dich im Kernland der Brighton Eagles zu sagen?!«

»Wo wir gerade vom Rugby sprechen, Eure Majestät ...«

Stephen widmete sich ein paar Rugbyfragen, zeigte ihnen seinen Knöchel ohne die Gehhilfe und versicherte ihnen, dass er im Herbst wieder spielen würde.

Aber Corina bemerkte die kleinen Macken in seinem Selbstbewusstsein. Und als er sich auf den Weg zum Kinoeingang machte, entging ihr die kleine Unsauberkeit seines Gangs nicht.

Sie beeilte sich, um zu ihm aufzuholen, aber die Sicherheitsleute umgaben ihn wie eine stählerne Wand und schlossen sie aus.

»Hey, warte auf mich.« Aber ihre Stimme ging unter in den Rufen, die rund um das Kino laut wurden.

»Bitteschön, Miss.« Ein Türsteher im Smoking hielt die Tür für sie auf. »Sind Sie mit dem Prinzen hier?«

»Theoretisch.«

Die Luft in dem zweihundert Jahre alten Theater war kühl und frisch, die Atmosphäre lebendig und voller Musik, Stimmen und dem Klirren der Gläser.

Die Wände waren mit falschen griechischen Säulen ausgestattet, auf denen steinerne Löwenköpfe über das Publikum wachten. Corina drängelte und fädelte sich durch die Leute zu Stephen. Dabei hielt sie die Augen nach Clive offen. Den sollte sie treffen, bevor der Film begann. Aber der Schurke hatte nicht auf die Nachricht geantwortet, die sie ihm heute geschickt hatte.

Als sie Stephen fand, war er umringt von lauter Frauen. »Was ist der Plan?«

»Weiß ich auch nicht, was ist denn der Plan?«

»Du hast mich dahinten einfach stehengelassen.«

»Ich dachte, du wärst bei mir.«

»Das ist ziemlich schwierig, wenn mich deine Sicherheitsleute von dir abschirmen.« Sie rauchte vor Wut. War verletzt. Was sie gar nicht sein wollte. »Sag ihnen einfach, sie sollen auf mich achten, ja?«

»Tut mir leid, ich dachte, Thomas hätte das im Griff.« Stephen wandte sich an seine kleine Versammlung. »Corina, darf ich dich der Frau vorstellen, die Gillian, die Kammerfrau spielt ...«

»Laura Gonda. Wir kennen uns.« Corina beugte sich zu Laura, der Frau des Regisseurs, vor und küsste sie auf die Wange.

»Wie geht es dir? Es hat mir so leidgetan, von der Sache mit Carlos zu hören.« Laura hielt Corinas Hand fest. »Er hat mich immer zum Lachen gebracht. Was für ein Verlust.«

»Wir vermissen ihn jeden Tag.« Neben ihr machte Stephen einen Schritt zurück und schien sich ganz darauf zu konzentrieren, den Champagner in seinem Glas zu schwenken. Er trank nicht. Das war es also, »die Sache mit Carlos«. Immer, wenn die zur Sprache kam, veränderte er sich.

»Woher kennt ihr beide euch?«, fragte er einen Augenblick später.

»Laura hat in einem Film mitgespielt, den Daddy co-produziert hat.«

»Ein großartiger Film und eine tolle Erfahrung«, sagte Laura und nippte an ihrem Champagner. »Mir gefällt dein Diadem, Corina.« Die Schauspielerin tippelte näher, um es sich genauer anzuschauen. »Ein Erbstück der Familie? Ich meine, deine Mutter hätte einmal etwas von den Kronjuwelen aus Kastilien erzählt, stimmt's?«

Corina zog eine kleine Grimasse für Stephen. *Ha!* »Ja, aber das hier ist keins von unseren Stücken. Es ist die Leihgabe einer Freundin.«

»Ich bin so neidisch. Ich wollte ein Diadem tragen, aber Jeremiah hat es mir nicht erlaubt. Angeblich wegen des königlichen Protokolls.« Sie lachte schnaubend. »Aber in Wirklichkeit hat er einfach nur Angst, ich könnte anfangen, mich wegen dieses Films wie eine Prinzessin aufzuführen.«

»Warum auch nicht?«, sagte Corina. »Meine Oma hat immer gesagt, jedes kleine Mädchen sollte hin und wieder Prinzessin spielen.«

»Was ist hier denn los?« Die Schauspielerin Martina Lord guckte über Lauras Schulter.

»Martina.« Laura nahm sie in den Arm. »Ich habe dem Prinzen und

Corina gerade erzählt, dass Jer mir nicht erlauben wollte, heute Abend ein Diadem zu tragen.«

Martinas Blick glitt prüfend über Corina. »Nun ja, immerhin macht Corina das ziemlich gut.« Sie bot ihr die Hand an. »Schön, dich zu sehen.« Martina spielte Magdalena, Kriegerin und erste Königin von Brighton.

»Martina kennst du auch?«, fragte Stephen, der ein bisschen verprellt klang.

»Wir haben uns in Atlanta kennengelernt.« Corina küsste die Wange der Schauspielerin, die in den Südstaaten geboren und aufgewachsen war. »Ich kann es kaum erwarten, deine Darstellung der Magdalena zu sehen. Was für eine spannende Figur!«

»Ich hoffe, ich bin ihr gerecht geworden.« Martina griff nach einem Drink auf dem Tablett eines Kellners, der eben vorbeikam. »Sie war eine beeindruckende Frau, stark im Kampf und grimmig in der Liebe.« Sie hob das Glas und sah sich in der Runde um. »Auf Eure Ahnin Magdalena, Eure Hoheit! Aber Corina, du hast noch kein Glas. Bedienung!«

Corina lächelte. Martina war so köstlich und unverstellt Südstaatlerin. Kurz darauf hielten sie alle volle Champagnergläser in den Händen.

»Also, mein Trinkspruch. Auf die königliche Familie von Brighton, das Haus von Stratton. Mögen Sie noch weitere 150 Jahre regieren.« Sie verbeugte sich vor Stephen. »Mögen Sie so wie König Stephen I. die wahre Liebe finden.«

Laura hob ihr Glas. »Und auf Königin Magdalena für ihre Liebe, Schönheit, Stärke und Ausdauer.«

Mit einem Seitenblick auf Stephen hob Corina ihr Glas.

»Auf das Haus von Stratton«, sagte er, freundlich, leise und ein bisschen düster.

Martina winkte. »Jetzt wissen wir also, woher wir beide uns kennen. Aber woher kennt ihr beide euch denn?«

»Wir haben uns an der Uni getroffen.« Er lächelte Corina an und schüttelte ab, was ihn kurz vorher noch bedrückt hatte.

»Uni?« Martina zog eine Grimasse. »Was heißt hier Uni?«

»Na, an der Universität«, sagte Corina. »Ich habe einen Teil meines Hauptstudiums in Knoxton absolviert. Wir waren im gleichen Kurs.« Sie wollte sich bei ihm unterhaken, ihn auf die Wange küssen und ihm sagen, dass alles gut werden würde.

»Ich verstehe. Derselbe *Kurs*.« Martina verlieh dem Wort einen Klang, der sich nach Flirten anhörte, fast unanständig.

»Ein Management-Seminar.«

»Prinz Stephen, Sie fieser Kerl.« Clive Boston platzte überlebensgroß, selbstbewusst und mit einem wilden blonden Haarschopf in das Stelldichein hinein.

»Clive.« Stephen schüttelte seine Hand. »Wie ich höre, haben Sie meinen Vorfahren hervorragend dargestellt.«

»Natürlich habe ich das. Es war die Rolle meines Lebens.« Er ließ den Blick aus seinen braunen Augen über seine Schauspielerkollegen schweifen, bis er Corina fand. »Corina! Da bist du ja. Wie ich höre, bist du auf der Jagd nach mir.«

»Mit einer abgesägten, zweiläufigen Flinte, ganz genau.«

Clive lachte. Zu laut. Zu viel. »Kluges Mädchen. Ich mag kluge Mädchen.«

»Steht der Termin morgen?«

»Für dich, Süße, mach ich alles. War das morgen?« An seinem Atem konnte sie riechen, dass er getrunken hatte. An seiner Aussprache konnte sie hören, dass er viel getrunken hatte. Clive zwängte sich an Stephen vorbei und legte den Arm um sie. »Warum haben wir nicht mehr miteinander zu tun gehabt?«

»Ihr Bruder ist gestorben, du Depp«, sagte Laura.

»Ganz ruhig, Laura, ich frage doch nur.« Clive sah Corina düster an. »Ist das nicht eine ganze Weile her? Ich erinnere mich daran, dass ich davon in den Nachrichten gehört habe.«

»Fünfeinhalb Jahre.« Sie zog sich aus der engen Umarmung des Schauspielers zurück und schuf sich ein wenig Bewegungsfreiheit.

»Es tut mir so schrecklich leid, Corina. Wenn du jemanden zum Reden brauchst ...«

»Um Himmels Willen.« Martina rollte mit den Augen. »Clive, du bist so ein furchtbarer Aufreißer. Und hör endlich auf, zu trinken wie ein Fisch. Wie alt bist du eigentlich, zwanzig oder was?«

»Jetzt sei mal nicht eifersüchtig, Martina.« Clive hob Corinas Kinn mit dem Finger an. »Wahre Schönheit bewegt mich. Daran kann ich gar nichts ändern.«

»Dann mach mal schön Platz, Freundchen.« Stephen legte seine Hand schwer auf Clives Schulter und zog ihn aus dem Inneren des Kreises. »Lass der Dame Luft zum Atmen.«

»Wenn ich es nicht besser wüsste, würde ich behaupten, Sie sind eifersüchtig, Eure Hoheit.«

»Überhaupt nicht, aber *du* bist betrunken und unhöflich.« Stephen tat so, als würde er ein Glas in einem Zug leertrinken.

»Entschuldigung, aber betrunken bin ich wirklich nicht. Höchstens ein kleines bisschen.« Er maß mit Daumen und Zeigefinger ab, wieviel bisschen, und lächelte Corina durchtrieben an. »Ich habe es euch doch gesagt, wahre Schönheit bewegt mich eben.«

»Ja, und es hat dich mit sämtlichen Statistinnen über das ganze Set bewegt«, bemerkte Laura.

»Was soll das heißen?« Clive legte sich die Hände auf die Brust und tat verletzt. »Meine Freunde verbünden sich gegen mich und ruinieren meine Chancen bei dieser wunderbaren Frau?«

Corina hob beschwichtigend die Hände. »Clive, dein Ruf ist bei mir sicher. Wann und wo wollen wir uns denn treffen? Ich habe den ganzen Tag über Zeit.«

»Um zwei. Am Strandcafé. Ich habe schon Tagträume, in denen deren Sandwiches vorkommen.«

»Super. Dann sehen wir uns dort.« Das Strandcafé lag auf der anderen Seite des Maritime Park, nicht weit vom *Herrenhaus* entfernt. Nur eine kurze Fahrt mit dem Taxi.

Die Theaterangestellten gingen zwischen den Besuchern umher und flüsterten mit den Darstellern, die sich daraufhin in einer anderen Ecke der Eingangshalle versammelten, und Corina fand sich alleine mit Stephen wieder.

Das erste, was er sagte, war: »Sei vorsichtig mit Clive.«

»Ich kenne Clives Art ganz genau. Die Frage ist, warum macht dir das was aus?«

Stephen stellte sein unberührtes Champagnerglas auf einem Tablett ab. »Nur weil jetzt jeder von uns seine eigenen Wege geht, heißt das doch noch lange nicht, dass ich will, dass du bei einem Typen wie Clive landest.«

»Ich nehme an, das geht dich nichts an, aber danke.«

»Immerhin sind wir Freunde, oder?«

»Das sagst du.« Sie gab ihre Champagnerflöte einem der Kellner.

»Wir haben einander zu viel bedeutet, als dass es anders sein könnte.«

Ein Fotograf kam vorbei und machte eine Aufnahme, bevor sie protestieren konnten.

»Eure Hoheit?« Ein Mann in einem Smoking kam durch die Menschenmenge auf sie zu und verbeugte sich vor Stephen. »Willkommen im Royal Theatre. Ihre Loge ist bereit.« Er bedeutete Stephen mit einer Handbewegung, vorzugehen und folgte ihm auf dem Fuße, ohne Corina auch nur eines Blickes zu würdigen.

Bevor sie sich an Stephens Fersen hängen konnte, hatte die Wand aus Sicherheitsleuten wieder zugeschlagen.

Corina atmete aus. *Okay, dann folge einfach dem Platzanweiser nach drinnen.* Stephens dunkler Kopf hob sich gut sichtbar über alle anderen, sodass sie ihm zu seiner Loge folgen konnte.

Aber in diesem Moment flackerten die Lichter und die gesamte Masse derer, die im Foyer gewartet hatten, strebte auf die Türen zu und füllte die breiten, teppichbedeckten Treppenstufen. Sie verlor Stephen aus den Augen und hatte keine Ahnung, welches Treppenhaus hinter welcher Tür zur königlichen Loge führte.

Corina ließ sich zurückfallen und wartete, bis die anderen Gäste, Kinogänger und ihre Kollegen von der Presse ihre Plätze einnahmen. Dann stand sie genau vor den Haupttüren und suchte den Balkon, den zweiten Rang und die großen Logen nach ihrem königlichen Begleiter ab.

»Sie brauchen eine Berechtigung, um hineinzugehen.« Einer der Platzanweiser zupfte sie vorsichtig am Arm. »Der Film fängt gleich an. Ich muss Sie bitten, sich jetzt zu entfernen.«

»Ich bin von der *Beaumont Post* hier, um über die Premiere zu berichten.« Sie öffnete ihre Handtasche. »Ich habe die Einladung –« Nein, nein, nein, sie hatte sie im Zimmer vergessen. Die Diadem-Geschichte hatte sie völlig aus der Spur gebracht.

»Wenn Sie keine Akkreditierung oder eine Einladung vorweisen können, muss ich Sie bitten, zu gehen.«

»Ich kann jetzt nicht gehen. Ich bin mit dem Prinzen gekommen. Ich bin Corina Del Rey.« Eins davon musste doch wohl Eindruck bei diesem Flegel machen.

»Der Prinz befindet sich mit seiner Begleitung in der königlichen Loge. Wenn Sie nicht gehen, muss ich die Sicherheitsleute anrufen.«

»Ich *bin* seine Begleitung.« Sie sah ihn wutschnaubend an und entriss ihren Arm seinem Griff. »Okay, dann gehe ich eben, aber wenn Sie einfach mit dem Prinzen sprechen, wird er Ihnen schon sagen ...«

Er lachte. »Ich werde den Prinzen ganz sicher nicht wegen jeder Irren stören, die behauptet, sie sei mit ihm hier.«

»Schauen Sie«, sagte Corina und zeigte auf ihren Kopf. »Ich habe ein Diadem.«

Da tauchte er auf. »Corina.« Stephen beugte sich über das reichverzierte, geschnitzte Geländer. »Hier entlang.«

»Wo hast du denn so lange gesteckt?« Corina machte sich von dem Platzanweiser los und begann, die Treppe hinaufzusteigen.

»Ich bitte um Entschuldigung, Eure Hoheit. Ich wusste das nicht.«

»Ich habe ja versucht, es Ihnen zu sagen«, sagte Corina über ihre Schulter und das Treppengeländer.

Aber der Platzanweiser war weg, hatte sich durch die große Flügeltür verdrückt.

»Ich dachte, du wärst direkt hinter mir«, sagte Stephen.

»Ich bin außen vor geblieben. Schon wieder. Kannst du bitte mit Thomas sprechen?«

»Als ich bei der königlichen Loge ankam, musste ich mich mit den Leuten beschäftigen, die Schlange standen, um mich zu begrüßen. Er hat den Eingang überwacht.«

»Schon gut. Jetzt sind wir ja hier.«

Als sie sich auf ihren Plätzen eingerichtet hatten, sah sie zur Leinwand und fühlte sich dämlich. Vielleicht war es Zeit, sich mit der nackten Wahrheit auseinanderzusetzen. Er würde sich nicht verändern. Er hatte nicht vor, sie wieder von den Füßen zu holen und ihr seine Liebe zu erklären. Er wollte nicht, dass ihre Ehe in Ordnung kam. Er wollte sein Leben weiterleben. Ohne sie.

Sie würde nie wirklich die Ehefrau von Prinz Stephen sein.

ACHTZEHN

Bei der Party nach dem Film verlor er sie aus den Augen. Sie hatte sich ihm gegenüber kühl verhalten, nachdem er nach der Vorführung zu ihr aufgeschlossen hatte. Wohl zu Recht. Er hatte sie zurückgelassen und konnte sich auch beim besten Willen nicht erklären, warum.

Immerhin hatte er sie ja zu der Premiere eingeladen. Aber auf einmal fühlte sie sich viel zu nahe an, zu wirklich, und die Erinnerungen an ihre weiche Haut unter seiner und an die Flammen ihrer Küsse lenkten ihn beinahe von der Eröffnungsszene ab, in der König Stephen I. und seine Mannen sich an der Südküste wie Meeresungeheuer erhoben und die Armee von König Heinrich VIII. überwältigten, die am Strand lagerte und schlief.

Als der Abspann losging und das Publikum sich mit reichlich Applaus erhob, fand der Scheinwerfer seine Loge, und Corina tauchte in die Schatten ab.

Er ging mit ihr zur Nachfeier, aber sobald sie den Raum betraten, wurde er umschwärmt, und sie verschwand.

Stephen betrachtete prüfend das Büffet und entschied sich für ein Lachshäppchen.

Impulsivität. Das war seine Superkraft. Das konnte er gut. Wenn er zögerte oder zu lange über etwas nachdachte, wurden Menschen verletzt. Dann wurde die Freude zur Sorge. Friede zu Krieg. Freunde zu Feinden.

Deswegen war er heute Abend in Panik geraten, als Corina auf einmal die perfekte Ehefrau für ihn zu sein schien – sie fühlte sich wohl in seiner Welt, war bekannt mit den Laura Gondas und Martina Lords, kontrollierte Clive (den Vollpfosten) mit Charme und Verstand. Deswegen hatte er sich von ihr wegbewegt: In ihm hatte sich seine Impulsivität geregt.

Heirate mich. Wieder.

Deswegen hatte Stephen Abstand zwischen ihr und sich geschaffen. Jetzt war sie sauer, und er konnte ihr keine Vorwürfe machen. Er aß sein Häppchen auf und bewegte sich durch die Besucher, begrüßte Gäste, die sich darüber ausließen, es sei »so ein toller Film«.

Aber er war bereit, nach Hause zu fahren. Das hier war nicht seine Welt. Trotz seines rauen Rufs als Rugbyspieler waren seine Exzesse mit Wein, Weib und Gesang lediglich Legenden.

Warum sollte er die Leute mit der Wahrheit langweilen? Der Prinz von Brighton war ein Stubenhocker. Ein verletzter, wertloser Mann.

Nach seinem Auslandseinsatz hatte er versucht, seinen Schmerz im Alkohol zu ertränken, aber er hatte schnell gemerkt, dass er sich entscheiden musste. Er konnte entweder betrunken oder diszipliniert sein.

Das moderne Rugby verlangte von ihm, dass er fit blieb und mental und körperlich obenauf war. Wenn er trank, bewirkte das das Gegenteil. Rugby entpuppte sich als seine einzig wahre Erlösung.

Im Augenwinkel sah er, wie Corina sich durch die Partygesellschaft bewegte und wie die Leute auf sie reagierten. Sie sah himmlisch aus unter ihrem Diamantdiadem. Glückwunsch, dass sie das königliche Protokoll missachtet hatte.

»Sir?« Thomas tauchte neben ihm auf. »Es ist beinahe Mitternacht.«

»Ich bin soweit, wir können gehen.« Nach Mitternacht veränderte sich die Stimmung drastisch, und Menschen, die vorher gute Manieren und einen gewissen Sinn für Sitte und Anstand vorweisen konnten, verloren bei lärmender Musik, starken Getränken und Kaspereien hinter verschlossenen Türen den Verstand, und vielleicht auch ein Stück ihrer Seele. »Lass uns Corina einsammeln.«

»Sie sagte, sie nimmt ein Taxi.« Thomas ging vor und machte Platz für Stephen, indem er sich mit seinen breiten Schultern durch die

Menge zwängte. Er nickte den Sicherheitsleuten zu, die an der Tür warteten.

»Nicht schon wieder.« Stephen ging schneller. Er hatte sie doch gerade noch gesehen, weit konnte sie nicht gekommen sein.

»Die Limousine kommt gleich«, sagte Thomas.

Durch die Tür ging es hinaus in die klare, kalte Nacht, die von den umherschweifenden Scheinwerfen erleuchtet wurde, und Stephen knallte wieder in die Wand aus beharrlichen Paparazzi.

»Prinz Stephen, hier drüben! Was halten Sie von dem Film?«

Er beschleunigte seinen Schritt. »Richtig toll.« *Wo bist du nur hin, Corina?* »Beinahe hätte ich Clive Boston ›Opa‹ genannt.«

Das Lachen stieg in den Nachthimmel auf.

»Eure Hoheit, wo ist Ihre Freundin hin?« Ein Fotograf duckte sich unter dem Seil durch, das die Medien abschirmen sollte, und trabte neben ihm her. »Corina Del Rey, wenn ich mich nicht irre. Sind Sie beide ein Paar?«

»Nein, sind wir nicht.« War das deutlich genug? Aber die Wahrheit hinter der Sache fraß ihn an. Sie *waren* ein Paar. Ein Ehepaar. Mann und Frau. Warum konnte er das nicht einfach sagen? Sich davon befreien? *Aber wir arbeiten an einer Annullierung.*

Weil dann die Fragen nach dem Warum kämen.

Thomas fing den Fotografen ab und forderte ihn auf, weiterzugehen, gerade als Stephen Corina am Taxistand entdeckte, die ihre Hand hob, um einen Wagen heranzurufen.

Er brach aus dem Verband der Sicherheitsleute aus und hinkte eilig auf sie zu. Sein eng verbundener Knöchel war müde und brannte.

»Stephen, wo willst du hin?« Thomas' Stimme dröhnte hinter ihm her.

»Spazieren.« Stephen hakte sich bei Corina unter und zog sie wortlos in die Schatten der riesigen Scheinwerfer. »Du hattest vor, zu gehen, ohne dich zu verabschieden.« Am Bordstein prüfte Stephen den Verkehrsfluss und eilte dann mit ihr über die Durchgangsstraße, als die Lichter des entgegenkommenden Verkehrs auf sie zurasten.

»Ruhig, Brauner, wozu die Eile?« Corina machte sich von ihm los, blieb aber in seinem Tempo.

»Mir ist nach Krapfen zumute.«

»Krapfen? Um diese Zeit?«

»Krapfen sind zu jeder Zeit lecker.«

Thomas erschien an Stephens rechter Schulter. Er sprach Anweisungen in das Funkgerät, das er im Ärmel hatte. »Schicken Sie die Limousine. Sind nach Osten unterwegs, zur Bakery Row.«

»Das Zuhause der besten Bäckereien und Restaurants in ganz Europa.«

»Thomas, wie konntest du mich außen vor lassen? Ich dachte, gerade du ...«

»Es tut mir leid, Miss. Aber ich bin dem Prinzen verpflichtet. Wenn wir in der Menschenmenge unterwegs sind –«

»Mach mich dafür verantwortlich. Nicht Thomas.« Stephen wurde langsamer, als sie auf den Gehweg ins dreieckige Licht einer Straßenlaterne traten. »Ist es zu spät, um Verzeihung zu bitten?«

»Wofür genau jetzt?« Sie seufzte und sah weg. Aber er hatte den feuchten Schimmer in ihren Augen gesehen. »Ich glaube langsam, du hast recht. Es hätte uns nie geben dürfen.«

»Es tut mir leid. Ich will einfach keine Unmengen bohrender Fragen beantworten. Was meinst du? Eine Schachtel von Brightons bestem Gebäck? Eine Tasse heißen süßen Tee mit Sahne?« Er lockerte seine Krawatte, knöpfte den Kragen auf und zeigte auf die Lichter der alten Franklin-Bäckerei. »Da sind wir bei unserer ersten Verabredung gelandet, weißt du noch? Dort hast du deine ersten Krapfen gegessen.« Sie hatten mit Freunden zu Abend gegessen. Sein Kumpel Harry hatte sich während des ersten Gangs zu ihm hinübergebeugt und ihm theatralisch zugeflüstert: »Heirate sie! Ohne Quatsch jetzt. Mach es möglich!«

Sie wurde ebenfalls langsamer und ging neben ihm her. »Das waren nicht die ersten Krapfen, die ich gegessen habe. Ich habe hier als Kind meine Ferien verbracht. Bitte sag mir, dass du die Geschichten vergessen hast, wie ...«

»Ja, wie Eure Angestellte, Ida Mae, versucht hat, sich mit den Einheimischen zu unterhalten.«

Corina lachte leise, ein Klang, der länger in ihm nachhallte als der bombastische Soundtrack des Films. »Sie kam immer völlig verwirrt vom Einkaufen zurück. ›Also wirklich, Horatia, ich glaube, mir hat schon wieder jemand einen Antrag gemacht.‹«

»Weil unter den Gemüsehändlern die Redewendung gilt, ›Wenn du mir aus all dem, was ich dir hier verkaufe, was Schönes kochst, mach ich zu meiner Braut.‹«

»Was so viel heißt wie: ›Wenn du das nächste Mal in meinen Laden kommst, mache ich dir einen Sonderpreis.‹«

Ihr Gelächter fügte sich in die Geräusche der Nacht ein, passend zum Rhythmus ihrer Schritte. Corina blieb stehen, hielt sich an seiner Schulter fest und zog sich die Schuhe aus. »Oh, endlich. Die bringen mich noch um.«

»Thomas!«, sagte Stephen. »Trag die Schuhe der Dame zum Auto.«

»Ach du meine Güte, ich werde bestimmt niemanden bitten, meine Schuhe zu tragen.«

Thomas hielt seine Hand hin. »Das macht mir gar nichts aus.«

Corina gab ihm die Schuhe mit den hohen, spitzen Hacken. »In dem Fall danke ich dir sehr.«

Mit einem leichten Druck seiner Hand in ihrem Rücken drängte Stephen sie weiter. »An dem Abend haben wir ...«

»... in der Bluedon Street Nummer zehn gegessen.«

»Ganz genau. Und danach sind wir zu den Krapfen übergegangen.«

»*Bei Franklin gibt es die besten Krapfen der Stadt. Der Laden ist so gut, dass er nie schließt*«, sagte er und lehnte sich vor, um ihr an ihrer Haarmähne vorbei ins Gesicht zu sehen. »*Komm schon, ich meine, du hast sowieso schon den größten Teil des Abends mit mir verbracht.*«

»*Ja, und langsam mache ich mir Sorgen um meinen Ruf.*«

Er lachte. Er mochte, wer er war, wenn er mit ihr zusammen war. Entspannt, ganz er selbst, ohne sich um seinen Status als Prinz Gedanken zu machen. Und dennoch brachte sie ihn nicht auch dazu, so königlich sein zu wollen, wie er nur konnte.

»*Also, ein Spaziergang zu Franklin für eine Schachtel Krapfen?*«

»*Ich weiß auch nicht ...*« *Sie kaute nachdenklich auf ihrer Unterlippe herum, und er überlegte, dass er sie einfach in den Arm nehmen und von ihren Lippen kosten könnte.*

»*Ich sage dir was ...*« *Er zog sein Handy hervor.* »*Ich rufe deinen Bruder an und frage ihn um Erlaubnis.*« *Er wählte, während sie lachte.* »*Carlos, Alter, hier ist Stephen. Ja ... deine Schwester ... der geht es gut. Wir diskutieren gerade, ob wir zu Franklins gehen sollen ... Krapfen essen ...*« *Er betrachtete sie in der gedämpften Beleuchtung des Restaurants, und sein Herz rutschte ein Stück weiter über die Klippe der Liebe.* »*Dürfte ich dich um deinen Segen bitten, sie zum Mitkommen zu überreden? Okay, das klingt nach einem fairen Angebot. Eine Schachtel Krapfen, mit Schokolade, für den Bruder.*«

»*Carlos, du bist ein mieser großer Bruder.*« *Sie hielt einen Zeigefinger hoch und formte mit den Lippen lautlos die Worte* »*gerade mal eine Minute älter.*«

»*Er sagt, ein Mann müsse nun einmal etwas essen.*«

»*Ich vermisse ihn*«, sagte sie und kaute auf ihrer Unterlippe herum, wie an jenem Abend vor so langer Zeit.

Ihr leises Geständnis durchdrang sein Herz. Er räusperte sich. »Krapfen also.« Was machte er denn da? *Lass sie in Frieden. Mach ein Ende.* Glaubte er denn, er könnte ewig um die Wahrheit herumkommen? Dass er nicht irgendwann einmal aus einem Impuls heraus alles verraten würde?

Egal, wie er es drehte und wendete, Corina Del Rey war mit ihrem Bruder verbunden, und ob der nun tot war oder lebendig, er würde immer ein Teil ihrer Beziehung sein.

Sie bogen um die Ecke, und Stephen hielt vor dem Schaufenster einer kleinen Bäckerei an. Auf dem Schild über der Tür stand schlicht »Franklin. Bäckerei.« Eine von Brightons Sehenswürdigkeiten.

»Wollen wir?« Er öffnete die Tür. Thomas trat zuerst ein, dann Corina, gefolgt von Stephen. Am Bordstein rollte die Limousine heran und stoppte.

Stephen ging zum Tresen, als aus dem hinteren Teil des Ladens der Inhaber zum Vorschein kam, der sich noch das Mehl von den Händen klopfte. »Prinz Stephen.« Die Überraschung in seiner Stimme spiegelte sich in seinen Augen. »Willkommen bei Franklins, Eure Hoheit. Es freut mich sehr, Sie zu sehen. Was darf es sein? Eine Schachtel Krapfen?«

»Sie kennen mich gut, Mr. Franklin. Und noch zwei Schachteln mehr für meine Freunde da draußen.« Er wies mit dem Kopf Richtung Thomas, den Chauffeur und die Jungs bei der Limousine. »Packen Sie noch eine Runde Tee für alle obendrauf.«

»Kommt sofort. Zimt?«

»Die besten, ja. Aber auch ein paar mit Schokolade.« Stephen pulte mehrere Pfundnoten aus seiner Geldklammer und legte sie auf den Ladentisch, bevor er sich an Corina wandte. »Sollen wir uns einen Tisch aussuchen?«

Sie wählte einen Tisch am Fenster, und als Thomas seine Zustimmung nickte, führte Stephen sie hin.

»Was hältst du denn nun eigentlich von dem Film?«, fragte er nach einem Moment.

»Fragst du jetzt die Frau oder die Amateurkritikerin?«

»Wer zuerst antwortet.«

»Die Kritikerin meint, er sei gut gemacht. Die Filmtechnik war großartig. Die Schauspielerei ...« Sie fuchtelte mit den Händen in der Luft herum. »Martina als Magdalena und Laura als Gillian waren hervorragend, aber Clive als König Stephen ... Er war einfach zu nahe dran an seiner Agentenrolle, Scott Hunter. So eine Mischung aus Jason Bourne und James Bond, und das Ganze im Jahr 1542, weißt du, was ich meine? Es fühlte sich fast an wie ein Bond-Hunter-Bourne-Streifen, nur mit einer Bauernarmee, die mit Pfeil und Bogen kämpft anstelle von CIA-Spionen, die ihre Feinde mit der Rückseite ihres Handys und einem durchgesabberten Kaugummi ungespitzt in den Boden rammen.«

Stephen schmunzelte. »Gut formuliert.«

»Als Frau und Premierenreporterin allerdings habe ich jede Minute genossen. König Stephen war so nobel, so heldenhaft. Und Magdalena war weit mehr als nur mutig.«

Sie sah auf, als Mr. Franklin erschien, der ebenso ein Erb-Prinz war wie Stephen, nur in der Welt des Bäckerhandwerks. Er war ein Sohn des Sohns des Sohnes des Gründers – und leistete wie gewohnt die Nachtschichten. Er brachte ihre Krapfen und den Tee mit. Und Stephens Geld.

»Das geht heute aufs Haus, Eure Hoheit.«

»Sind Sie sicher?« Stephen zögerte, bevor er nach den Geldscheinen griff. »Vielen Dank.«

»Zu Ehren der Premiere.«

»Zu Ehren der Premiere.« Stephen stand auf und schüttelte dem Mann die Hand.

Corina nahm sich eines der luftigen Gebäckstücke aus der Schachtel und stippte es in ihren Tee, so wie er sie es am jenem Abend gelehrt hatte, als sie das erste Mal gemeinsam Krapfen gegessen hatten.

»*So, und nur so isst man Krapfen. Man tunkt sie in heißen, süßen Tee.*«

»Und was ist mit dir?«, fragte sie. »Hat es dir gefallen? Wie war es, deinen Vorfahren auf der großen Leinwand zum Leben erweckt zu sehen?«

»Ein bisschen gruselig, aber inspirierend. Ich finde, der Film ist sehr gut gemacht.« Er griff nach seiner Serviette und wischte sich den Zimt von den Fingern. »Es gab Momente, in denen ich es schwerfand zu glauben, dass das Blut von einem mutigen Kerl wie König Stephen I. durch meine Adern fließt. Auch wenn Clive ein bisschen zu sehr Scott Hunter war.«

»Warum ist das schwer zu verstehen? Du hast ebenso wie er für dein Land gekämpft. Vielleicht bist du mehr wie er, als dir klar ist.«

»Oder weniger.« König Stephen I. hatte Magdalena ohne Einschränkungen und ohne Fehler geliebt. Selbst als es schwierig wurde, weil sich sein Rat gegen ihn stellte. Stephen sah über den Rand seiner Teetasse. Wie konnte er Corina aufrichtig und treu lieben, wenn das Blut ihres Bruders auf ihm lastete?

Sie würde ihm nie vergeben können. Zu Recht.

»Ich würde gerne glauben, dass ich das Schwert meines gefallenen Bruders ergreifen würde, wenn ich es denn könnte.«

Stephen tunkte seinen Krapfen in den Tee. Dieses Gespräch näherte sich wieder gefährlichem Grund. *Lass gut sein.*

Corina wischte sich ebenfalls die Hände sauber und griff sich dann ins Haar, um das Diadem abzunehmen. »Ich hätte das nicht in deiner Gesellschaft tragen sollen. Ich habe mich nur so angestellt, weil du gesagt hast, ich sollte es abnehmen. Jetzt habe ich deine Familie womöglich nur noch mehr beleidigt.« Aber das Krönchen regte sich keinen Millimeter. »Diese Adelaide ...« Corina knurrte leise. »Hat sie das festgeklebt oder was? Sie wird es mir aus dem Haar schneiden müssen, sonst muss ich die ganze Woche damit herumlaufen.«

Stephen streckte sich über den Tisch und berührte ihre Hand. »Lass mal. Es steht dir.«

Sie lehnte sich zurück und strich mit dem Finger durch die Kuchenkrümel, die auf dem Tisch lagen. »Ist dir klar, dass das unser erster gemeinsamer Auftritt überhaupt war? Jedenfalls offiziell.«

»Ja, stimmt. Darüber habe ich noch gar nicht nachgedacht.«

Sie atmete tief ein und aus und schnippte sich den Zucker von den Fingern. »Keiner wusste je davon.«

»Wir haben unsere Beziehung gut versteckt.«

»Und das hat ja auch Spaß gemacht, aber ...« Sie musterte ihn. »Aber wenn eine Frau heiratet, will sie, dass die ganze Welt davon erfährt.«

Stephen rutschte auf seinem Stuhl hin und her und hörte, wie sein Herz donnernd in die Tiefe krachte. Von seinem Antrag bis hin zu ihrer geheimen Ehe hatte er diese Frau um alles beraubt, was romantisch war. Um alles, was sich eine Frau wünscht.

Vielleicht war Impulsivität auch sein Untergang, nicht seine Superkraft.

Und doch hatte sie das alles freiwillig mitgemacht. Gerne. Weil sie ihn liebte.

Auf seiner Stirn bildeten sich Schweißperlen, Hitze stieg ihm den Hals hinauf ins Gesicht. Und wie hatte er sie dafür belohnt? Mit einem abrupten Ende und eisiger Stille.

»Es ist schon seltsam ... das, was da zwischen uns ist.« In leisen Momenten öffnete sich sein Herz von ganz allein. Da löste sich ein Fädchen, das seine sorgfältig umsäumten Emotionen freiließ. »Verheiratet und doch nicht verheiratet.«

»Sehr seltsam.« Sie stützte sich auf ihre Ellbogen und stippte ihren Krapfen noch einmal in den Tee.

»Es tut mir leid.« Seine kurz angebundene Entschuldigung trieb auf einer Wolke schaler Gefühle. Er könnte ihr eine Unmenge Entschuldigungen anbieten, aber wäre auch nur eine davon der Balsam, den ihr geschundenes Herz brauchte?

Sie seufzte. »Können wir nicht einfach nur das hier genießen?« Sie hielt ihren angebissenen Krapfen hoch. »Warum sollen wir den Abend mit einem Gespräch verderben, das wir letztendlich doch nicht führen wollen?«

Er strich mit seiner Hand über seine Serviette. »In Ordnung. Aber jetzt sag mir mal, was dein Tweet während der Fernsehshow sollte.«

Sie kniff die Lippen zusammen, aber das Lachen brach sich Bahn. »Ich weiß auch nicht ...« Ihre goldbraunen Augen leuchteten. »Ich habe mich einfach streitlustig gefühlt.«

»Was hattest du denn vor? Die Presse auf den Plan zu bringen?«

»Nein«, sagte sie abwehrend. »Ich wollte *dich* auf den Plan bringen und dann zusehen, wie du dein dusseliges Rugby verteidigst.«

Er lachte laut. »Dusseliges Rugby.« Er legte sich die Hand aufs Herz, als wäre er tief getroffen. Dabei betrachtete er sie. Demut durchflutete ihn. Wie konnte sie ihm so viel Geduld und Freundlichkeit erweisen? Das störte ihn auf. Rüttelte an seiner Seele.

»Ja, dusselig. Ich meine, mal ehrlich, was soll das denn? In einer Reihe auf dem Platz auf- und abrennen und dann den Ball nach hinten werfen?«

»Es ist eine der überragendsten, härtesten Sportarten der Welt.«

Sie zog eine Grimasse und runzelte die Nase. »Ja, und genau das kapiere ich einfach nicht.«

Er schnaubte und presste sich die Faust gegen die Lippen. »Rugby ist eurem American Football einfach weit überlegen, Süße.«

Vom anderen Ende des Raumes her meldete sich Thomas zu Wort. »Vorsichtig, Corina. Du sprichst mit einem der besten Außendreiviertel der Welt.«

»Danke, Thomas«, sagte Stephen, plusterte sich auf und verschränkte die Arme hinter der Stuhllehne. *Tatsächlich einer der besten.* Es fühlte sich gut an, dass jemand vor den Ohren seiner Frau sein Können herausstrich. Nicht, dass »Frau« auf die lange Sicht etwas zu bedeuten hatte. *Gib nicht zu viel preis, Kumpel. Sie geht wieder zurück nach Amerika.*

»Der beste Außendreiviertel in einer dusseligen Sportart. Zählt das überhaupt?« Unbeeindruckt schob sie einen Krapfen in ihren Mund, kaute und schluckte, bevor sie fortfuhr. »Thomas, von dir hatte ich eigentlich den Eindruck, du wärst ein ehrlicher Typ, der die Wahrheit sagt. Sogar seinem Prinzen gegenüber.«

»Das bin ich auch, Ma'am.«

Oha, jetzt legte das Mädel es aber darauf an. »Sag mal, wie viele Länder spielen eigentlich deine Sorte *Football*?«

Sie zuckte mit den Schultern. »Spielt keine Rolle.«

»Über 117 Nationen spielen in der Rugby Union. Und euer American Football? Das spielen vielleicht, was, ein Dutzend oder so?«

»Siehst du, und genau deswegen ist es besser. Man braucht Zeit, Talent, Training und Geld, um überhaupt mitspielen zu können. Und seit wann ist Quantität eigentlich wichtiger als Qualität?«

Thomas lachte. »Punkt für die Dame, Sir.«

»Pssst, oder ich lasse dich mit der Palastwache Wachdienst schieben.«

Thomas zwinkerte Corina zu und strebte zur Tür. »Ich geh raus zu den Jungs und überlasse den Rest dir, Corina.«

»Stephen«, sagte sie und beugte sich vor, sobald Thomas draußen war, die Teetasse in ihren langen, zarten Händen. Seine Lippen prickelten, so gerne hätte er ihre Finger geküsst. »Hast du eigentlich jemals American Football *gespielt*?«

»Du meinst das Spiel mit den Typen mit dem Helm auf, die alles Mögliche an Schutzkleidung tragen? Nein. Das ist ein Spiel für die Damen.« Er erwischte sie beim Trinken. Sie schnaubte und versprühte dabei etwas Tee. »Ah, wie fein. Spuckst auf dein Date, was?« Er wischte sich mit übertriebener Geste den Smoking sauber.

»Nicht mein *Date*.« Sie tupfte den Tisch mit der Serviette ab. »Nein, das hast du doch wohl klargemacht. Egal. Was glaubst du wohl, warum sie die Sachen tragen? Weil –«

»Sie schwach sind«, sagte er und ließ den Kommentar über das Date unbeachtet, weil er den sicheren Boden einer sportlichen Debatte bevorzugte. »Und ich hab doch schon gesagt, dass es mir leidtut.«

»Schwach?« Mit herausforderndem Blick schob sie das Kinn vor. »Und nein, hast du nicht.«

»Ich finde, das habe ich gerade. Ich entschuldige mich für meine Unhöflichkeit.«

»Hör mal, American Football ist ein aktiver Kontaktsport, bei dem die Spieler aufeinander zurennen wie Güterzüge. Beim Rugby umarmt ihr euch doch einfach solange, bis alle auf dem Boden liegen. Und Entschuldigung angenommen.«

Sein Kopf ruckte vorwärts. »Oh nein, das hast du jetzt nicht wirklich gesagt!? ›Solange umarmen, bis alle auf dem Boden liegen‹?«

»Ich glaube, das habe ich, doch.«

»Schön, schön.« Er rieb sich die Hände. Ihm war wohl bewusst, dass er sich auf vertrautem Boden bewegte und sich der ich-verliebe-mich-Falle näherte. »Wie wäre es mit einer kleinen Wette?« Draußen vor dem Fenster gingen die Sicherheitsleute auf und ab, reichten die Schachteln mit den Krapfen herum und tranken aus ihren Pappbechern. Es war spät geworden, und Stephen wollte sie nicht noch länger warten lassen, aber er war noch nicht bereit, Corinas Gesellschaft aufzugeben.

»Was für eine Wette? Und keine blöden Spielchen, wie ›nenne den erfolgreichsten Torschützen im Rugby‹.«

»Dan Carter, Neuseeland. 100 Auslandsspiele. Ich war bisher auf dem besten Weg, wenigstens die Hälfte davon auch zu schaffen.«

Sie sah flüchtig zu seinem verbundenen Knöchel hinunter. »Wirst du bald wieder spielen können?«

»Die Premiership im Herbst ist mein Ziel.« Er erwähnte nicht, wie er sich am Morgen malträtiert hatte und dann mit seinem Fuß im Eisbad gelandet war, während er sich eine Gardinenpredigt von seinem Physiotherapeuten anhören musste.

»Wie war das mit der Wette?« Bei ihrer Frage löste sich eine schwarze Locke und tanzte zwischen ihren haselnussbraunen Augen, wo sie die Spitze ihrer feinen Nase kitzelte.

»Als wir uns das erste Mal unterhalten haben ... wo waren wir da?«

»Das ist die Wettfrage?«

»Das ist die Wettfrage.«

»Willst du verlieren?«

»Ich habe vor, zu gewinnen.«

»Und wenn ich gewinne?«

»Dann werde ich auf dem Marktplatz – in meiner Stadt, wohlgemerkt – erklären, dass American Football die beste Sportart der Welt ist.« Er zuckte schmerzhaft zusammen. Könnte seine Seele das aushalten? Eine so große Lüge? Selbst für sie? Für die wahre Liebe? »Das ist es doch, was ihr Amerikaner glaubt, oder?«

»Auf jeden Fall. Weil es nämlich stimmt.«

»Aber wenn ich gewinne«, er beugte sich auf seine Ellbogen gestützt zu ihr und atmete den berauschenden Duft ihrer Haut ein, »dann musst *du* dich auf den Platz stellen und erklären, dass Rugby die beste Sportart der Welt ist.«

»Du machst Witze.« Aber ihr Lächeln zeigte ihm, dass ihr die Wette gefiel. »Dir liegt wohl nicht viel an deinem Sport.«

»Ich glaube von ganzem Herzen sowohl an meinen Sport als auch an diese Herausforderung.«

»Abgemacht.« Sie hielt ihm die Hand hin.

»Abgemacht.« Er zögerte und schlug ein. Wie er befürchtete, ließ ihre Berührung die schlafende Glut in ihm helle Flammen schlagen. Er wollte sie nicht mehr loslassen. Wie leicht es wäre, sie an sich zu ziehen und die alte Bekanntschaft ihrer Lippen wieder aufzufrischen.

»Professor Reubens Seminar. In dem du hinter mir gesessen hast. Da haben wir das erste Mal miteinander gesprochen.«

»Wie ich es vermutet habe. Falsch.« Er schlug mit der flachen Hand auf die Tischplatte. Daten und Jahrestage waren sonst nicht gerade seine Spezialität, aber er würde nie vergessen, wie er sie das erste Mal gesehen und mit ihr gesprochen hatte. Er konnte jeden Tag abzählen, an dem er sie dabei beobachtet hatte, wie sie über den Innenhof ging, mit ihrer Mähne, die vom Wind zerzaust wurde. »Ab mit dir zum Marktplatz.«

»Falsch? Ich weiß noch ganz genau ...«

»Erinnerst du dich an den allerersten Tag des Wintersemesters? Vor der Verwaltung? Du bist so schnell aus der Tür geschossen, dass du in jemanden reingerannt bist und deine Bücher fallen gelassen hast.«

Sie schnappte nach Luft. »Das warst du?« Sie machte große Augen und wollte nicht glauben, was sie da hörte. »Nein, der Mann ... Der war richtig nett. Er hob meine Bücher auf und fragte, ob es mir gut ginge. Er hat sich entschuldigt, obwohl es ja eigentlich mein Fehler war.«

»Hat er vielleicht etwas in der Art von ›Hallo. Tut mir leid. Ich bin dieser Tage anscheinend öfter zur falschen Zeit am falschen Ort‹ gesagt?«

Sie verschränkte die Arme und hob trotzig das Kinn. »Was habe ich getragen?«

»Unfair. Ich bin ein Mann, uns fällt sowas nicht weiter auf.«

Ihre Augen sprühten, während sie sich mit selbstzufriedener Zuversicht vorbeugte. »Was hatte ich an?«

»Ein pinkes Top. Jeans. Flip-Flops.«

Sie starrte ihn mit weit aufgerissenen Augen an. »Dann warst das wirklich du.«

Stephen schob sich einen weiteren Krapfen in den Mund, nahm einen großen, befriedigenden Schluck Tee und schob sich dann vom Tisch weg. »Na, dann bringen wir es wohl am besten hinter uns, würde ich sagen.«

»Du hast nie etwas davon gesagt.«

»Manche Erinnerungen sind eben nur für mich alleine da.«

»Das kann ich dir nicht glauben.«

»Auf geht's. Lange genug getrödelt.« Er bot ihr seine Hand an.

Sie erhob sich langsam, wie in Zeitlupe, die Augen groß wie Untertassen. »Ist das dein Ernst? Du willst, dass ich auf dem Marktplatz von Cathedral City herumschreie, dass Rugby die bessere Sportart ist? Ich bin eine Frau aus guter Gesellschaft. Eine Tochter aus gutem Hause. Davon, dass ich Reporterin der renommierten *Beaumont Post* bin, einmal ganz abgesehen.«

»Ich bin der Prinz von Brighton und einer der besten Außendreiviertel der Welt. Wenn es umgekehrt wäre, würdest du auch keine Gnade zeigen. Wir beeilen uns besser.« Er sah auf seine dicke, juwelenbesetzte Armbanduhr. Ein Geschenk seines Großvaters väterlicherseits, König Kenneth III. »Es ist eine halbe Stunde nach Mitternacht. Jetzt dürften diejenigen, die spät zu Abend gegessen haben, gerade am Marktplatz vorbei nach Hause fahren.« Er hakte sie unter und führte sie zur Tür. »Was meinst du? Der Kreisverkehr am Markt? Der liegt schön zentral. Fang besser schon mal an, deine Stimme aufzuwärmen. Ich will diese Erklärung laut und deutlich hören können.«

»Du verlangst ernsthaft von mir, dass ich mitten in der Stadt eine Lüge herausposaune? Vom Hügel des Kreisverkehrs aus?«

»Nein, ich will, dass du die Wahrheit verkündest. Es kommt dir nur deswegen wie eine Lüge vor, weil du es nicht glauben willst.«

»Oder ... weil es tatsächlich eine Lüge ist. Jedenfalls für mich.«

»Corina, du solltest dich jetzt besser aufwärmen. Mi-mi-mi-mi.«

»Och, ich bin schon warm.« Sie zerquetschte die Handtasche in ihren Händen. »Meine Erklärung wird laut sein. Und sehr deutlich.« Sie sah ihn an, fletschte die Zähne und ging in die Nacht hinaus. Er unterdrückte sein Lachen. Unterdrückte die Regungen seiner Liebe zu ihr.

»Sei nicht böse, Liebes. Es geht zum Markt«, sagte er in die Nacht. Thomas und das Sicherheitsteam schlossen zu ihnen auf.

»Wo gehen wir hin?«, fragte Thomas. »Corina, deine Schuhe.«

»Danke, Thomas.« Sie entriss sie seinen Händen und hielt kurz an, um sie anzuziehen. Dabei hielt sie sich wieder mit einer Hand an Stephens Schulter fest.

»Wir gehen zum Kreisverkehr am Marktplatz«, sagte Stephen, der weiterging, als Corina soweit war.

»Jetzt? Da wird ordentlich Verkehr sein.«

»Für die Tatsache bin ich ganz dankbar.« Er sah Corina von der Seite an. Sie war still. Ein bisschen zu still. Er konnte beinahe hören, wie sich die Zahnräder der Rache in ihrem schönen Kopf drehten.

Sie wichen dem Verkehr auf der Bakery Row aus und gingen zum vielbefahrenen Überweg am Kreisverkehr.

»Noch einmal, um was geht es hier eigentlich?«, fragte Thomas, der alte Spürhund, der Fährte aufgenommen hatte.

»Corina wird die Wahrheit verkünden.« Er überquerte eine Seitenstraße, die zum Park führte. Sie gingen durch die Schatten viktorianischer Häuser und alter Bäume mit dicken Stämmen und kräftigen, satt belaubten Ästen.

»Welche Art Wahrheit?« Thomas presste seine Hände in die Rücken von Stephen, und Corina und führte sie eilig über eine weitere Seitenstraße und schließlich zu dem grasbewachsenen Kreisverkehr in der

Mitte der mehrspurigen Durchgangsstraße, dem Broadway. Ein Meer aus Autolichtern flutete ihnen entgegen.

»Wart's nur ab, Thomas«, sagte Corina, »du wirst schon sehen.«

Stephen hielt abrupt an. Hier stimmte etwas nicht. »Was meinst du mit ›Wart's nur ab‹? Vor einer Minute hast du noch protestiert.«

»Du wolltest eine Wahrheitsbekundung. Und die bekommst du auch.«

»Stephen, bitte, wir stehen mitten auf der Straße.« Thomas wies die anderen Sicherheitsleute an, Corina zur Mitte zu geleiten.

Er ging, so schnell er konnte, und ignorierte das Zwicken in seinem Knöchel – dafür würde er morgen büßen müssen. Schließlich kam Stephen auf dem Rasen des Kreisverkehrs an, atmete tief und versuchte, die Gefühle zu erfassen, die ihn durchströmten. Spaß? Glück? Freude? Alles? So etwas hatte er so lange nicht gefühlt. »Corina.« Er konzentrierte sich auf sie. »Sprich mir nach: ›Rugby ist die beste Sportart der Welt.‹«

»Rugby ist die beste Sportart der Welt.« Steif und prüde starrte sie in die Welle weißer Scheinwerfer, die auf sie zuhielten.

»Schon ganz nett, aber mit etwas mehr Betonung.«

»Rugby ist die beste Sportart der Welt.« Corina wiederholte die Worte in einem dumpfen, ausdruckslosen Ton.

»Hör mal, Süße, ich habe die Wette gewonnen. Ganz eindeutig. Findest du nicht auch?«

»Du hast mir eine Falle gestellt.«

»Aber du hast dich auf die Wette eingelassen. Gib's zu, du hast gedacht, du würdest gewinnen. Also bitte, mit ein bisschen mehr Kraft dahinter. Immerhin würdest du das auch von mir verlangen. Vielleicht mit einem kleinen Tänzchen oder so.«

»Ist das wirklich nötig, Sir?« Thomas positionierte sein Team so, dass es von Norden und Süden her das Zentrum des Kreisverkehrs im Blick behielt, aber er war nervös. Aufgewühlt.

»Ja, ist es. Jetzt ...« Stephen legte seine Handfläche auf den Sockel der Marmorstatue von König Leopold II. Er stützte sich ab und nahm ein wenig Gewicht von seinem schmerzenden, protestierenden Knöchel. »In welche Richtung sollte sie schauen?« Er sah nach Norden, dann nach Süden und ignorierte, wie der Wind ihr Haar gegen seine Wange wirbelte. Dennoch setzte diese sachte Berührung eine Abrissbirne in Gang, die hart gegen die Wand um sein Herz hämmerte.

In der Zwischenzeit gab Thomas dem Chauffeur leise Kommandos über das Funkgerät in seinem Ärmel. »Fahren Sie an der westlichen Ecke der Seitenstraße rechts ran. Wir kommen sofort zu Ihnen, wenn das hier vorbei ist.«

»Nach Süden, finde ich«, sagte Corina, deren Hüfte seinen Arm streifte, als sie sich zu ihm umdrehte. »Da kommt der meiste Verkehr her.«

Noch so eine Berührung, und er wäre verloren. »Na, dann gib mal dein Bestes.«

Sie atmete tief ein und wollte gerade loslegen, sah ihn dann aber noch einmal an. »Du weißt schon, dass das hier völlig lächerlich ist?«

»Nichts da. Im Gegenteil, das ist eine hochernste Angelegenheit. Also, auf geht's. Lass hören.« Er verschränkte schwankend die Arme, balancierte auf einem Fuß, und sein Herz schlug in zwei Richtungen.

Wollte er wirklich nur über sie und ihre halbherzige Erklärung lachen? Oder wollte er sie in den Arm nehmen und küssen?

»Und dann wirst du dich besser fühlen, was?«, fragte sie und sah ihn im Schein der Autolichter an. Die Diamanten auf ihrem Diadem funkelten und leuchteten.

»Ich glaube schon, ja. Aber im Grunde geht es einfach um die Wette, verstehst du.« Er klatschte mit der Hand gegen den Denkmalsockel. Wie König Stephen I. hatte auch König Leopold II. Brighton beschützt, damals, im Ersten Weltkrieg, als er die Eroberung durch die Russen verhindert hatte. Stephen sah hinauf zu dem marmornen Ebenbild seines kriegerischen Vorfahren. Noch so ein Mann wie König Stephen I., der mit Macht und Mut für Brightons Freiheit gekämpft hatte.

»Es ist spät. Wir fahren besser nach Hause. Komm da runter. Du brauchst das nicht zu tun.«

»Was? Warum?« Corina grabschte nach seinem Arm und drehte ihn in den Schatten herum. »Was ist mit der Wette?«

»Was soll ich jetzt sagen? Dass ein paar banale Worte über Rugby den Schaden zwischen uns beiden schon wieder richten werden? Lassen wir es lieber.«

»Weil es Dinge gibt, für die es sich zu kämpfen lohnt. Seit wann gibst du eigentlich so leicht auf, Stephen? Wenn du willst, dass sich irgendetwas ändert, was die letzten paar Jahre angeht«, sie nahm ihn an beiden Armen und schüttelte ihn, »dann unternimm etwas deswegen. Komm zurück zu mir. Lass uns daran arbeiten, wir schaffen das.«

»Unmöglich.« Er zog sich von ihr zurück. »Wenn du wüsstest.« Er ging hinunter und beobachtete den Verkehr. Thomas gesellte sich zu ihm.

»Dann sag es mir!« Mit Leuten wie Adelaide und Stephen schien sie in einer Welt aus lauter subtilen Geheimnissen zu leben. So langsam ging ihr das reichlich auf die Nerven.

»Corina, zum Wagen.« Thomas ließ keine Gegenwehr zu.

Ein Knurren ging von ihr aus, so tief und so wild, dass Thomas tatsächlich mitten auf der Straße stehenblieb. »Ich habe diese Geheimnistuerei satt. Ich kann keine unterschwelligen Andeutungen und kryptischen Antworten mehr hören. Was ist in Afghanistan passiert?«

Stephen drehte sich um und ging zum Kreisverkehr zurück. »Bitte lass uns gehen.«

Die Arme steif an ihrer Seite eng an ihren glänzenden Rock gepresst, warf Corina den Kopf in den Nacken. »Go, Georgia Bulldogs! Go, Georgia Bulldogs! Go, Georgia Bulldogs! G-E-O-R-G-I-A! Vorwärts! Schnappt sie und kriegt sie! Wau, wau, wau!«

Thomas schnaubte, atmete tief durch und schluckte gleichzeitig sein Gelächter hinunter.

»Corina«, Stephen hinkte eilig wieder den Hügel hinauf. »Nein, nein, nein!« Er klatschte in die Hände und machte sie auf sich aufmerksam. »Das hast du die ganze Zeit schon vorgehabt, oder? Nicht ›Rugby ist die beste Sportart der Welt.‹«

Immer noch steif und mit einem leichten Zittern grölte sie wieder in die Nacht hinaus. »American Football ist die großartigste Sportart der Welt.« Ein paar Autos bremsten ab und hupten.

»Du hältst dich wohl nicht gerne an Anweisungen, was?«, fragte Stephen, der das im Übrigen für eine ihrer besten Eigenschaften hielt.

Sie sah ihn an. »Vorwärts! Schnappt sie und kriegt sie! Wau, wau, wau!«

»Hast du mich gerade angebellt?«

»Wau!«

»Du bist eine Wortbrecherin. Ganz genau – eine Wortbrecherin erster Güte!«

Sie atmete aus und drängte gegen ihn. »Ich? Eine Wortbrecherin? Das sagt der Richtige! Ich glaube, *du* hast ein Versprechen abgegeben, zu lieben, zu ehren und ...«

Impuls. Das, was ihn in seinem Innersten ausmachte, zwang ihn dazu, sie an sich zu ziehen.

Im geisterhaften Licht der Autoscheinwerfer fanden seine Lippen ihre, und die Kurven ihres Körpers fühlten sich so vertraut an unter seinen Händen. Die Hitze ihrer Haut drang ihm in jede Pore.

Ihre Reaktion war bei der ersten Berührung steif und kalt, aber nach einem langen Atemzug ließ ihre Anspannung nach. Sie legte die Hand in seinen Nacken, ließ sich gegen ihn sinken, und ihre Lippen wurden weich und warm.

Er war mit einem Schlag *zu Hause.* In der sehr intimen, allumfassenden Welt ihrer Liebe. Und er fragte sich, ob er dieses Mal entkommen können würde.

Was machst du da?

Er löste sich von ihr. Das Hupen der Autos holte ihn in die Wirklichkeit zurück. Indem er einen Schritt zurück machte, atmete er die kalte Nachtluft ein und unterdrückte die Sehnsucht, sie noch einmal zu küssen. Er fühlte sich wie unter Schock, als hätte er gerade eine Auseinandersetzung mit einer echten Macht gehabt.

»Warum – warum hast du das gemacht?« Ihre atemlose Frage war arglos.

»Wir sollten los, Corina.« Er ließ sie los und eilte zur Limousine. Diese Macht? Die einer geliebten Frau? Das war ein Gegner, mit dem er nicht zurechtkam. Er hatte von ihr gekostet, und nicht einmal die Albträume der Hölle waren stark genug, um ihr zu widerstehen. »Es ist spät.«

Aber er musste unbedingt widerstehen.

Welches Recht hatte er, das Leben zu genießen, seine Frau zu lieben, Kinder zu bekommen und Ferien an der Küste zu machen, wenn die Familien der Männer, die für ihn gestorben waren, sich durchkämpften und versuchten, ihre Leben wieder aufzubauen? Söhne und Töchter, die ohne ihre Väter aufwachsen mussten. Alles seinetwegen.

Nein, er war das Glück ihres Kusses nicht wert. Und das war die Last, die er tragen musste.

NEUNZEHN

Die Schmetterlinge, die sein Kuss aufgescheucht hatte, begleiteten Corina durch die Nacht und flatterten bis in ihre Zehen hinunter, als sie träumte. Sein Kuss war der Kuss eines Mannes, der Gefühle für sie hatte. Der sie vielleicht immer noch liebte.

Am Dienstagmorgen warf sie ihre Bettdecke mit einem behaglichen Räkeln beiseite, krabbelte aus dem Bett und öffnete die Gardinen. Sie setzte sich auf die Fensterbank, umarmte ein samtenes Kissen und beobachtete, wie die sanfte Dämmerung Cathedral City leise aufweckte. Adelaide hatte recht, das hier war eine der schönsten Städte der Welt.

Sie atmete zufrieden aus und schlang die Arme um ihre Knie. *Sein Kuss* ... Diesen Kuss würde sie immer besitzen.

Ihr Flittermonat war voller solcher Küsse und den Leidenschaften junger Liebender gewesen – Geist, Körper und Seele.

Stephen war ihr ein und alles. Damals wie heute. Es würde nie einen anderen für sie geben. Er hatte ihr die gleiche Liebe und Hingabe gelobt, als sie zu ihrer ganz eigenen Sinfonie auf der Turmspitze des Braithwaite getanzt hatten. Hatte er sich wirklich so verändert, hatte er sich während der schweigsamen Wochen am Ende seines Einsatzes entliebt? Hatte ihn die Explosion so sehr verwundet?

Corina warf das Kissen achtlos beiseite, während ihr langsam etwas klar wurde. Aber natürlich ...

Er war mit den Annullierungspapieren nach Florida gereist, obwohl er sie genauso gut mit einer kurzen Nachricht per Post hätte verschikken können. Vielleicht mit einem kurzen Anruf vorher, um die Wichtigkeit zu betonen.

Warte mal, darüber musste sie nachdenken, das musste sie verarbeiten. Sie tigerte zwischen Bett und Fenster hin und her. Ihre pinke Pyjamahose beulte sich um die Hüften herum aus.

Warum, *warum* lehnte er sie ab? Leugnete seine Gefühle? Versteckte die Wahrheit?

Carlos. Sein Name schien die Wurzel aller Dinge zu sein. Egal, welche Absichten Stephen ursprünglich verfolgt hatte, als er nach Florida kam, sie war es gewesen, die die Bedingungen bestimmt hatte. Nachdem sie ihm einmal den Fehdehandschuh hingeworfen und Informationen verlangt hatte, hatte sie ihm dadurch einen Ausweg aus der Aufhebungsgeschichte gezeigt.

Er rückte nicht mit der Wahrheit um Carlos heraus, denn wenn er ihr gab, was sie verlangte, würde sie ja unterschreiben. Das hatte sie versprochen. Deshalb behielt er sein Wissen für sich, und sie blieben verheiratet. Er *musste* sie immer noch lieben. Deswegen war er nach Florida geflogen. Um sie zu sehen und um seine Gefühle auf die Probe zu stellen. Um ihre Gefühle auf die Probe zu stellen.

Aber Corinas Argumentationskette hatte Schwachpunkte. Was, wenn sie von vorneherein unterschrieben hätte? Was hätte er dann gemacht? Oder wenn sie wieder verheiratet oder verlobt gewesen wäre?

Okay. Gute Fragen. Sie schob die Haare aus dem Gesicht. Das Diadem war problemlos abgegangen, als sie nach Hause gekommen war, und wartete jetzt in seiner Schatulle auf Adelaide.

Er hatte möglicherweise schon vorher gewusst, dass sie nicht verheiratet oder in einer Beziehung war. »*Du versteckst dich ja nicht gerade.*«

Corina legte sich lächelnd die Hand aufs Herz. Seine Worte buchstabierten Annullierung, aber sein Verhalten sagte: »Ich liebe dich«.

Ein Lachen stieg in ihrer Brust auf. Stephen wollte ebenso wenig wie sie, dass sie diese Papiere unterschrieb.

Das allerdings zu beweisen, stellte sie vor eine ganze Reihe Schwierigkeiten.

Fürs Erste würde sie ihrem Ehemann vertrauen müssen. Und der Absicht, die der Herr aller Dinge auf seinem eigenen Herzen hatte, als er ihr auftrug, »reichlich zu lieben«. Wie auch immer diese Absicht aussehen mochte.

Corina kniete sich auf ihrem Fensterplatz auf ein Knie und lehnte sich an die Brüstung. Brighton war ihr Zuhause, wenn sie nicht zu Hause war. Cathedral City war ihre Stadt. Die saphirblauen Küsten waren ein wunderschöner Kontrast zu den lehmroten Straßen Georgias.

Ihre restliche Zeit hier würde sie damit verbringen, Stephens Erinnerung daran, wie gut sie zusammen waren, auf die Sprünge zu helfen. Ihre Liebe war voller Möglichkeiten. Vergiss Kriege und Enttäuschungen, Aufhebungspapiere und Herzschmerz. Sie musste an ihrem Mann dranbleiben, das Spiel bis zum Abpfiff spielen, ihren eigenen Torschuss wagen.

Corina legte die Hand auf die Hüfte, dorthin, wo seine gelegen hatte, und sie fühlte die Wärme seiner Berührung. Obwohl er ziemlich von der Rolle gewesen war, als er sie am Vorabend absetzte, und auch nichts davon gesagt hatte, dass sie sich wiedersehen würden.

Herr, betest du für mich? Du musst mir den richtigen Weg zeigen.

Regenwolken verdüsterten die Morgendämmerung, und der erste Gruß eines Morgenregens klopfte gegen die Fensterscheiben, als Corina die Riemen am Korsett ihres Herzens lockerte und sie jedes zärtliche Gefühl, das sie für ihren Ehemann empfand, bewusst spüren ließ.

Ihre Gedankengänge wurden vom schrillen Klingeln ihres Telefons unterbrochen. Gigis Klingelton.

»Na, wie war es?«

»Wunderbar.« Corina senkte das Telefon und räusperte sich. Zu viel Emotion in der Stimme.

»Wunderbar?«, echote Gigi, hart und sehr bestimmt. »Sprechen wir über die Filmpremiere oder über etwas anderes?«

Corina fuhr sich mit der Hand durchs Haar. Wach auf, wach auf.

Konzentrier dich. »Natürlich über die Premiere. Zu Hause ist es spät. Wartest du darauf, dass die ersten Ausgaben der europäischen Zeitungen online gehen?«

»Du weißt, dass ich das immer mache. Also, du hast dich gerade auf die Premiere bezogen? Einen Augenblick lang klang es, als ob du von einem Kuss sprichst.«

»Einem Kuss? Wer hat wen geküsst?« Corina kam zu sich. Es konnte doch wohl nicht sein, dass Gigi über den Kreisverkehr Bescheid wusste. »Ich habe jedenfalls über die Premiere gesprochen. Die war wunderbar.« Sie legte ein wenig *Aura* in ihre Sprechweise. »Es war die Nacht der Filmstars, Abendkleider, Champagner. Clive Boston.«

»Und königlicher Prinzen?«

»Ja, sicher, natürlich war Prinz Stephen in Vertretung der königlichen Familie dort.«

»Sag mal, wie bist du eigentlich in seiner Limousine gelandet? Noch dazu mit einem Krönchen?«

»Das Diadem hat mir jemand geliehen. Hast du ein Foto gesehen? In welcher Zeitung?« Corina presste sich den Handballen gegen die Stirn. Anfängerfehler. Sie hätte an die Morgenzeitungen denken sollen. Sie war zu lange aus dem Spiel gewesen und zu naiv geworden, was die digitalen Augen der Welt anging. Mal davon abgesehen, dass sie von Stephen so abgelenkt war, dass sie Gigi ganz vergessen hatte.

»Die *Liberty Press* behauptet, du wärst sein Date gewesen.«

»Naja, das nun nicht ganz. Wir sind alte Freunde von der Uni.« Da, sie hielt sich an die Partyformulierung.

»Ist er der Mann, der dich besucht hat? An dem Abend auf dem Parkplatz?«

»Gigi, ernsthaft, du bist doch wohl nicht immer noch an dieser Parkplatzgeschichte dran? Das war vor zwei Wochen und spät am Abend? Ich bitte dich, das war nichts Wichtiges. Hör mal, es ist ziemlich früh hier. Ich bin gerade erst aufgewacht. Kann ich dich später anrufen –«

»Du kannst wegrennen, aber verstecken kannst du dich nicht, Liebes.« Gigis abfälliges Lachen brachte sämtliche Liebesseifenblasen in Corina zum Platzen. »Ich weiß von deinem Tweet an *Madeline & Hyacinth Live!*«

»Ja, schön, ich habe getwittert. Er war ein Freund von meinem Bruder. Wir haben uns immer wegen Rugby gegen Football und so gekabbelt.«

»Und da hat er dich dann einfach angerufen und dich eingeladen, mit ihm zu der Premiere zu gehen? Hast du deswegen beschlossen, nach Brighton zu fliegen?«

»Nein. Er hat mich erst eingeladen, als ich schon hier war. Ehrlich, Gigi, du interpretierst da viel zu viel rein.«

»Na, schönen Dank auch, aber das beurteile ich lieber selbst.«

Corina wechselte das Thema. »Es wird dich freuen zu hören, dass ich mich heute um zwei mit Clive zum Interview treffe. Er freut sich schon richtig darauf.«

»Der freut sich darauf, mit einer schönen Frau zu flirten, die mit Prinz Stephen ausgeht.«

»Wir sind *nur* Freunde.«

»Schön und gut, aber sag mal, ist er so eine Sahneschnitte, wie es auf den Fotos den Anschein erweckt?«

Auf jeden Fall. Corina säuberte ihre Stimme von allen romantischen Anleihen. »Geht so.«

»Na, dann lass dich nicht von Clives Charme bezirzen.«

»Och, warum?« Das würde sie auf eine falsche Fährte locken. »Der *ist* eine Sahneschnitte, und er ist reich –«

»Das bist du auch.«

»Umwerfend. Charmant.«

»Was willst du mir damit sagen? Du kannst mir nicht weismachen, dass du dich auch nur im Entferntesten für einen unbedeutenden Hollywoodschauspieler interessierst, wenn du Prinz Stephen am Haken hast.«

»Gigi, ich habe Prinz Stephen nicht am Haken. Ich wiederhole: Ich habe Prinz Stephen nicht am Haken. Er ist ein alter Bekannter. Wenn du irgendetwas über uns druckst ...«

»Mein liebes Kind, du besorgst dir wohl am besten die Morgenzeitungen aus deinem Teil der Welt, weil ›ihr‹ längst gedruckt seid.«

Corina legte auf, pfefferte das Telefon auf den Berg aus zerwühltem Bettzeug und öffnete mit zitternden Händen ihren Laptop.

Nach und nach öffnete sie die Internetportale von Brightons Zeitungen. Stephen und sie hatten es auf das Startbanner der *Liberty Press* geschafft.

Zu guter Letzt doch noch eine Prinzessin für unseren Prinzen?
Ist das deren Ernst?
Krönchen anbei

»Wer schreibt denn so was?«

Der *Informant* hatte die anzüglichste Schlagzeile verbrochen.

Endlich! Der Prinz hat eine Geliebte!

»Ein sehr schönes Bild von Ihnen, Corina.«

Corina fuhr zusammen und entdeckte Adelaide, die sich hinter ihr über ihre Schulter beugte. »Hast du mich erschreckt.«

»Entschuldigen Sie, meine Liebe, Ihre Tür war nicht abgeschlossen. Ja, Sie und der Prinz geben ein sehr schmuckes Paar ab.« Sie beugte sich weiter vor, um Corinas Mac zu inspizieren. »Sind diese neumodischen Computerdinger nicht was Feines?«

»Ganz was Feines, genau.«

Aber Adelaides süße Stimme besänftigte Corinas aufgewühlte Seele. »Was habe ich mir nur dabei gedacht, mit ihm zu der Premiere zu gehen? Was hat *er* sich dabei gedacht? Ich hätte einfach nur selbst hingehen sollen. Und ohne dieses infame Diadem. Schau, jetzt sind nur alle aufgescheucht deswegen.«

»Es ist nicht leicht, reichlich zu lieben, meine Gute.« Adelaides honigfarbener, großmütterlicher Blick verwandelte sich in ein starkes, beständiges Leuchtfeuer. »Sie können auf Nummer Sicher gehen, wenn Sie wollen, aber es sind die Mutigen, diejenigen, die sich ihren Ängsten stellen, die die Welt zähmen und den Tag für sich entscheiden. Reiten Sie auf den Wellen.« Sie begann, das Bett zu machen und wirkte wieder ganz harmlos und unschuldig.

»Wo haben Sie das mit dem ›reichlich lieben‹ gehört?« Corina stand auf und tappte neben ihr her. »Und wo sind die anderen Gäste? Bin ich die einzige hier?«

Adelaide zog an dem Glockenstrang. »Brill wird Ihnen das Frühstück heraufbringen.« Sie glättete die Tagesdecke und schüttelte die Kissen auf. »Ja, Sie sind der einzige Gast.«

»Das hier ist das einzige Zimmer?«

»Wenn es nur einen Gast gibt, braucht es doch auch nur ein Zimmer.«

»Adelaide, kennen Sie die Dame in Weiß, die mich hierhergeschickt hat?«

»Sie sollte Ihnen helfen, den Weg zu finden. Sie sind niemals alleine. Wir sind die Bewahrer. Die Wächter.« Am Fenster schob Adelaide die Gardinen ganz auf und arrangierte die Polster auf dem Fenstersitz.

»Bewahrer wovon?«

Brill, der alte Bär, erschien im Zimmer. Er trug ein Tablett mit Tee, Eiern, Speck und getoasteten Brötchen. Es duftete himmlisch.

»Stell es dort ab.« Adelaide zeigte auf den Tisch neben der Chaiselongue. »Sie hat einen anstrengenden Tag vor sich.«

»Aha, ist das so?« Der alte Mann zwinkerte Corina zu und nickte in Richtung Adelaide. »Mach dir nichts aus ihr. Sie kann ein bisschen herrisch sein.«

»Mit meinen Ohren ist alles in Ordnung. Ich kann dich hören.« Adelaide fuhr mit der Hand über Schreibtisch und Lampe und untersuchte sie dann auf – nicht vorhandenen – Staub. »Corina, wenn Sie Ihre Zeit darauf verschwenden, dem nachzutrauern, was einmal war, dann verlieren Sie die Hoffnung auf das, was kommen soll, die Hoffnung darauf, zu entziffern, was Gott in Ihr Herz geschrieben hat. Sie werden lahm gehen, so wie der Prinz, und nie die Autoritätsposition werden, die Ihnen zu sein bestimmt ist. Hören Sie mich?«

Wie kam es nur, dass sie von jetzt auf gleich von unterwürfig auf bestimmend umschalten konnte? »Ich höre Sie, ja.«

»Der Weg zum Leben und zu der Liebe liegt dort, wo man vorangeht, wo man auf das zugeht, was vor einem liegt. Nicht dort, wo man auf dem beharrt, was einmal war. Das Diadem ist ein Zeichen für Sie. Nehmen Sie es an, oder lehnen Sie es ab, aber grübeln Sie nicht darüber nach.«

»Verstehen Sie denn nicht, dass meine Vergangenheit meine Zukunft bestimmt? Wenn ich die nicht in Ordnung bringe, wie kann ich dann nach vorne sehen?«

»Er hat Sie berufen, auf dem Wasser zu gehen, und Sie haben den ersten Schritt gewagt. Fangen Sie jetzt nicht an, aufs Ufer zu starren.« Stahl. Jedes Wort wie ein Schwert, das Corinas gespielte Tapferkeit von allem Unwesentlichen befreite.

»Und wenn ich es nicht schaffe?«

»Dann kämpfen Sie. Dann entscheiden Sie den Tag am Ende für sich. So wie König Stephen I. und Königin Magdalena. Wegen ihrer Liebe zueinander liebten sie auch andere. Und sie liebten reichlich.«

Corina lachte und sank aufs Bett. »Aber ich bin nicht die einzige, um die es hier geht, Adelaide. Was ist mit Stephen?«

Adelaide stand an der Tür und war kurz davor, zu gehen. »Es geht nicht um zwei, sondern um einen. Um eine. Um Sie. Um Ihr Herz.«

»Aber ich kann ihn nicht lieben, wenn er mich nicht liebt.«

»Denken Sie darüber nach. Die Liebe ist überwältigend, gehaltvoll, ihre Beschaffenheit ist kaum zu greifen. Wenn Sie sich nur auf die romantische Liebe konzentrieren, werden Sie nie reichlich lieben.«

»Meinen Sie freundschaftliche Liebe?« Der Gedanke enttäuschte Corina. Sie wollte mehr sein als nur Stephens Freundin. Die Wahrheit war, dass sie sich ein Leben ohne ihn nicht vorstellen konnte.

»Das ist Ihre Reise.« Adelaide kam wieder ins Zimmer zurück. Macht und Feuer lagen in ihren Augen. »Ich soll Ihnen nur helfen, Ihren Weg zu finden.« Damit verschwand sie.

Corina rubbelte sich die Gänsehaut von den Armen, während ein leichter Regen gegen das Fenster wehte und es in ihr zu stürmen schien.

Sie betete lange, bevor sie sich an ihr Frühstück setzte. Während sie ihren Tee trank, dachte sie an Stephen. Und an ihre verrückte Reise.

Was machte er wohl an diesem gemütlichen, regnerischen Morgen? Dachte er an sie? In der ersten Woche ihrer Ehe hatte es an jedem Tag geregnet, und sie hatten die Zeit gut genutzt, indem sie sich ins Bett verkrochen hatten.

Corina beendete ihr Frühstück, dachte nach, betete. Dann packte sie ihre Grübeleien beiseite, raffte sich auf, schrieb und speicherte ihren Premierenartikel und bereitete sich anschließend auf einen Nachmittag mit dem unvergleichlichen Clive Boston vor.

Als sie ein paar Minuten vor zwei am Café ankam und aus dem Taxi stieg, hatte der Regen aufgehört. Der Wind fing sich in den Plisseefalten und dem breiten Saum ihres rotgoldenen Sommerkleids.

Unter der Markise des Cafés stieß Clive ein zustimmendes Wolfsgeheul aus. »Wahnsinnstolle Beine, Schätzchen«, sagte er.

Corina zog eine Grimasse, hielt ihren Rock fest und ließ die Spitze ihres Pferdeschwanzes über ihr Gesicht flattern, während sie den Riemen ihrer Umhängetasche ordnete. *Ignoriere ihn.*

»Wie fühlt sich das an?«, sagte sie, während sie ihm links und rechts Luftküsschen an die Wange hauchte. »Wieder einmal der Star eines Kinoerfolgs zu sein?«

Seine blauen Augen zeichneten den Rand ihres Ausschnitts nach. »Ich würde mich lieber darüber unterhalten, wie ein erwachsener Mann, der hauptberuflich Makeup trägt und So-tun-als-ob zum Job hat, zu der Ehre kommt, den Nachmittag mit einer zauberhaft schönen amerikanischen Millionärstochter zu verbringen?« Sein Plastiklächeln und die weißen Hollywoodzähne verbargen Dinge, die Corina nicht recht in Worte fassen konnte.

»Heute Nachmittag bin ich eine ganz normale, gute alte Journalistin.« Sie betrachtete die Tische unter der Markise und ging dann hinein, um sich dort umzusehen. Draußen wie drinnen war eine mäßig große Menge an Gästen versammelt. »Möchtest du lieber reingehen oder hier draußen sitzen?«

»Ich habe mir schon einen Tisch ausgesucht.« Clive legte den Kopf schief und zeigte auf einen gemütlichen Platz auf der andere Seite des Cafés, in der Nähe der Straße, aber abgeschirmt durch eine üppige Blätterwand.

Corina folgte ihm und schlängelte sich durch die Tische. Die Gäste, die draußen saßen und die Köpfe in angeregten Unterhaltungen zusammensteckten, schienen sich der Star-Power, die sich unter ihnen bewegte, nicht bewusst zu sein.

Clive pfiff nach einem Kellner und winkte ihn zum Tisch. »Was soll's sein, Liebes?«, fragte Clive, der sich zu ihr beugte und ihr einen der schmiedeeisernen Stühle mit der Mosaik-Sitzfläche zurechtrückte. Sein Atem war zu warm und zu nah.

Sie lehnte sich von ihm weg und konzentrierte sich auf den Kellner. »Einen Latte macchiato mit fettarmer Milch.«

Er wandte sich an den jungen Mann, der auf seinen Ruf reagiert hatte. »Die Dame nimmt einen Latte macchiato mit fettarmer Milch. Ich nehme einen English Breakfast-Tee mit Sahne. Danke, mein Freund.« Clive flirtete einfach mit allen.

»Kommt sofort, Sir. Sie sind Clive Boston, stimmt's?«

Clive seufzte. »Schon wieder? Nein, mein Bester, ich bin sein Cousin. Der besser aussehende Cousin noch dazu, aber was soll ich machen?« Er machte ein Gesicht und setzte sich in den Stuhl gegenüber Corina. Der Kellner wollte etwas sagen, überlegte es sich dann anders und ging kopfschüttelnd zur Tür.

»Du bist böse«, sagte Corina.

»Ich mach doch nur ein bisschen Spaß. Corina, du siehst heute noch schöner aus als gestern Abend. Das Kleid steht dir ausgezeichnet.« Clive drehte sich auf seinem Stuhl seitwärts und legte seinen Arm über die Lehne. Es war, als knipste er seinen Großleinwandcharme an.

Es war wirklich zu viel. *Ignoriere ihn.* Corina holte ihr iPad sowie einen Stift und Papier aus der Tasche. Das Interview würde sie aufnehmen, aber Dinge, die ihr auffielen – die Atmosphäre, wichtige Aussagen oder Clives Outfit –, schrieb sie auf.

In Straßenkleidung sah er mehr aus wie ein blaublütiger, neu-englischer Yale-Absolvent als der britisch-italienische Schauspieler, der im Londoner East End aufgewachsen war.

Seine Baumwollhose war glatt gebügelt, sein hellblaues Poloshirt war gestärkt. Er trug legere Halbschuhe ohne Socken. Und sein kräftiges dunkles Haar wehte ungezähmt im Wind.

Er war ein bindungsscheuer Typ, sehr skeptisch, was das häusliche Leben anging, und tauschte seine Frau alle paar Jahre gegen eine jüngere ein.

Corina startete ein Aufnahmeprogramm und tippte dann auf den Bildschirm, um ihre Fragen zu öffnen. »Ich habe mir den ganzen Morgen überlegt, wie ich dieses Interview angehen soll und –«

»Was ist das mit dir und dem Prinzen?« Clive grub ein zerknautschtes Päckchen Zigaretten aus der Hosentasche, fischte eine Zigarette heraus und zündete sie mit einem Feuerzeug an. Er sah Corina mit zusammengekniffenen Augen durch das dünne Rauchband an und aktivierte sein Markenzeichen, den kritischen Ausdruck des rauchenden Ermittlers.

»Wir sind Freunde. Ende der Geschichte.«

»Sehr schlau. Liebes, ich weiß, wann ein Mann sein Territorium markiert, und wenn wir gestern Abend draußen im Reich der Wildnis unterwegs gewesen wären, hätte mich der Prinz kurz und klein geschlagen.«

»Wir sind nur Freunde.« Sie lächelte. *Okay? Bist du jetzt fertig?* »Ich habe heute Morgen einige Rezensionen zum Film gelesen, während ich meine eigene schrieb, und mir hat gut gefallen, was die Kollegen bei der *Liberty Press* schreiben.« Sie las vom Display ihres iPads ab. »›Boston ist über das Image als Pop-Ikone hinausgewachsen, um einer von Europas ...‹«

»›... heldenhaftesten Helden zu werden.‹ Ja, Liebes, ich lese die Zeitungen selbst auch. Was lernen Filmkritiker eigentlich heutzutage?

Heldenhafte Helden? Was ist das denn bitte für ein Gefasel? Kann ein Held denn unheldenhaft sein?« Er hob die Brauen und wartete auf ihre Antwort.

»Ich denke schon. Wenn der Held einfach nur die Hauptfigur ist. Es kann sein, dass er heldenhaft sein will, es am Ende aber nicht schafft. König Stephen I. hat sich seinen Ängsten und der unüberwindlichen Tatsache gestellt, dass er quasi keine Chance hatte, Henry VIII. zu besiegen und Brighton zu gewinnen. Er ist dennoch keinen Fußbreit zurückgewichen.« Corina stützte ihren Arm auf dem Tisch ab und spürte dem Echo ihrer Worte nach. Sie musste so mutig sein wie der alte König, um reichlich zu lieben. »Sein Auftrag war ihm klar, und nichts anderes schien eine Rolle zu spielen. Nicht mal sein eigenes Leben.«

»Habe ich das alles im Film rübergebracht?« Clive schien von seiner eigenen Frage überrascht.

Corina lächelte. »Ich finde schon.«

»Dann habe ich das aber gut gemacht, bravo. Ich sollte für einen Oscar nominiert werden. Um ehrlich zu sein fand ich eigentlich, ich wäre ein bisschen zu viel Scott Hunter.« Clive nahm einen langen Zug an seiner Zigarette.

»Vielleicht.« Sie lachte. »Ein bisschen.«

Clive schnippte die Asche von seiner Zigarette. »Ich habe auch über dich nachgelesen, Corina Del Rey. Es tut mir leid um deinen Bruder. Ist das der dunkle Regenbogen, den ich in deinen Augen sehe?«

Der Kellner brachte Corinas Latte und Clives Tee.

»Ja, ich glaube, mein Bruder hatte den Mut von König Stephen I.«, sagte Corina und starrte kurz durch die Blätter auf die geschäftige Nebenstraße. »Aber er ist gestorben, als er das tat, woran er glaubte. Beim Kampf für die Freiheit.«

»Wart ihr eng miteinander?« Clive klemmte seine Zigarette in einen

Aschenbecher, der neben seinem Stuhl stand, und setzte einen Klacks Sahne aus einem silbernen Krug auf seinen Tee.

Sie rührte mit dem Strohhalm in ihrem Kaffee und ließ ihn abkühlen. »Natürlich. Sehr. Wir waren Zwillinge.«

»Also stimmen die Gerüchte. Die unfassbar reichen, aristokratischen Del Reys sind eine richtige, engverbundene Familie.«

Das war einmal. Jetzt stimmten sie nicht mehr, die Gerüchte. »Wie kommt es eigentlich«, sagte sie und rührte ein wenig Süßstoff in ihren Latte, »dass du die ganze Zeit dieses Interview in die Hand nimmst und alle Fragen stellst?«

»Weil du interessant bist. Ich bin ein alter Langweiler.«

»Nicht für deine Fans. Du bist seit bald zehn Jahren auf Sendepause. Komm schon, lass uns über dich reden, über diesen Film und darüber, warum du dich endlich zu diesem Interview bereit erklärt hast.«

»Weißt du, was ich interessant finde? Du sagst, du seist auf der Universität mit Prinz Stephen befreundet gewesen, aber ich habe dich nie mit ihm zusammen gesehen. Wie habt ihr beide es geschafft, der Presse aus dem Weg zu gehen? Du bist zu verführerisch, Süße. Zu schön, um alleine gelassen zu werden.« Clive trommelte mit den Fingern auf den Tisch. Der Zigarettenrauch stieg als dünne Ranke zum Himmel. »Dann vergehen ein paar Jahre und *Bäm* hängst du bei einer sehr öffentlichen, sehr königlichen Filmpremiere an seinem Arm.«

Corina legte ihren Stift achtlos beiseite. »Ja und? So etwas kommt vor. Freunde nehmen wieder Kontakt zueinander auf.«

»Ist doch einfach nur komisch. Stephen lässt sich ja sonst nicht in die Karten schauen, wenn es um Frauen geht.«

»Darf ich dich zitieren?« Die Luft unter der Markise war warm, aber angenehm, und die Geräusche des Stadtlebens – Motoren, Hupen und Stimmen – verliehen dem Ort, und Clive, den Anschein von alltäglicher Beiläufigkeit.« »Clive Boston führt Buch über Prinz Stephens Liebesleben.«

Der Schauspieler lachte spöttisch und beobachtete sie über den Rand seiner Teetasse. »Zitier doch, was du willst. Meine Fragen haben nur einen Zweck. Ich will nicht, dass er wütend wird, wenn ich *seine Freundin* zum Abendessen einlade.« Er stellte seine Tasse ab, griff nach seiner Zigarette und blies eine Rauchfahne aus, die die Luft mit Menthol füllte.

»Vorschlag«, sagte sie. »Lass du mich dieses Interview führen, und dann sehen wir weiter, was das Abendessen angeht.«

Clive grinste. »Abgemacht.«

Im Grunde konnte sie ein Abendessen mit Clive nicht als Verabredung bezeichnen. Sie war *verheiratet*. Und gestern Abend noch hatte ihr Ehemann sie geküsst. Aber ein Abendessen mit Clive könnte ganz unterhaltsam werden – wenn sie betonte, dass sie nur als Freunde miteinander ausgingen. Wenn Clive losließ und vergaß, dass er »den Clive« geben musste, war er witzig und jemand, mit dem man es gut aushalten konnte.

»Der Film ...« Corina nippte an ihrem Kaffee, während sie ihre Notizen überflog. »Du hast der Londoner *Times* gesagt, dass du keine Historienfilme mehr machen würdest. Es sei dir ›zu anstrengend‹.«

»Entschuldigung«, sagte eine junge Frau, die an ihren Tisch trat. »Es tut mir leid, dass ich Sie unterbreche, aber ... Clive Boston.« Sie hing über ihnen wie eine Wolke. »Ich habe jeden Ihrer Filme gesehen.«

»Danke, meine Liebe.« Er lächelte, als sei sie sein ein und alles. »Woher kommen Sie?«

»Ohio. Kann ich bitte ein Foto von Ihnen machen?« Sie klimperte mit den Wimpern und gurrte. Ja, tatsächlich. Sie *gurrte*. Corina unterbrach die Tonaufzeichnung, verschränkte abwartend ihre Arme und versuchte, ihre Ungeduld elegant zu überspielen. Sie würde nie ein

Gespräch unterbrechen, um ein Foto mit einem Promi zu machen. Andererseits war sie aber auch damit aufgewachsen, dass die Clive Bostons dieser Welt am Tisch ihres Elternhauses mit zu Abend aßen.

»Ein Foto? Aber ja, natürlich. Wie heißen Sie?« Er stellte seinen Tee ab. »Wie wäre es mit einem Selfie? Corina, Liebes, komm rüber, du musst mit aufs Bild.«

»Ich glaube, es wäre ihr lieber, wenn es nur du wärst.«

Das Mädchen, das sagte, es heiße Brooke, stellte sich neben Clive und hielt ihr Telefon hoch, um ein Foto zu machen. Dann unterschrieb er auf einem zusammengeknüllten Kassenzettel, den sie aus ihrer Tasche ausgegraben hatte, und machte ihr mehrere Komplimente. Sie errötete, dankte ihm und eilte dann mit einem Quietschen und ein paar fröhlichen Tanzschritten davon.

Er konzentrierte seinen Blick auf Corina und griff wieder nach seinem Tee. »Man muss sie bei Laune halten.«

»Du bist ein Schönling.« Sie startete die Aufzeichnung wieder.

»Psst ... sag's nicht weiter.«

»Also, warum hast du diesen Historienfilm gemacht?«

»Ich mochte König Stephen I. Mutiger Kerl.«

»Das war's? Du mochtest den Typen, also hast du deine Meinung geändert?«

»Ich habe Aarons Drehbuch gelesen. Das hat mich angesprochen. Und natürlich lasse ich mir keine Möglichkeit entgehen, mit Jeremiah Gonda zu arbeiten. Ich nehme an, man könnte sagen, dass einfach alle Puzzleteile zusammenpassten.«

»Wie hast du dich auf die Rolle vorbereitet? König Stephen I. hat vor 500 Jahren gelebt. Wie wird man von jemandem, der im Flugzeug um die Welt reist und Filme anschaut auf Apparaten, die in die Handfläche passen, zu einem Krieger, der nichts hat als ein Schwert und eine Horde wildentschlossener Mannen?«

Clive trank einen Schluck Tee und zog lange an seiner Zigarette. »Du bist in ihn verliebt, stimmt's? Das Gefühl hatte ich bei dem Foto, auf dem ihr beide zusammen weggeht. Richtung Restaurantmeile.«

Corina stoppte die Aufzeichnung und griff nach ihrer Tasche. »Wenn du das Interview nicht machen willst ...«

»Corina, Liebes, sei nicht so. Was ist denn an einem einseitigen Interview so lustig?«

»Unsere Abmachung war ein Abendessen, wenn du mich dich interviewen lässt. Nicht umgekehrt.«

»Tut mir leid, Schätzchen, aber ich habe gedacht, du würdest interessantere Fragen stellen. ›Wie haben Sie sich auf diese Rolle vorbereitet?‹ Die Idioten von der *Liberty Press* fragen solche Sachen.«

»Welche Art Fragen willst du denn beantworten?« Sie verschränkte wartend die Arme und formte im Stillen ihren Einleitungssatz.

Clive Boston ist ein Schuft.

»Zum Beispiel, warum ein Mann mit einem IQ von 150 und einem Abschluss in Astrophysik auf die Bühne wollte? Ins Rampenlicht?«

Er hatte einen IQ von 150? »Warum strebt ein Mann mit einem IQ von 150 auf die Bühne?«

»Weil er geliebt werden will. Weil er Zustimmung sucht. Applaus.«

»Tut das nicht jeder? Auf die eine oder andere Art? Warum also die Schauspielerei? Warum nicht die Welt der Wissenschaft?«

Clive hob die Tasse, um zu trinken, setzte sie aber ab, bevor er einen Schluck genommen hatte. »Weil es Spaß macht, sich zu verstellen, so zu tun als ob. Jemand anderes zu sein.« Er starrte sie an. »Findest du nicht?«

»Warum interessiert es dich so, wie meine Beziehung zu Stephen aussieht?«

»Er ist der Prinz von Brighton. Für Prinzen ist die Liebe schwer zu bekommen. König Stephen I. hat sich auf jeden Fall ziemlich ins Zeug gelegt, um seine Königin zu gewinnen. Hat dieses Gasthaus für sie gebaut. Hat sich für sie gegen seinen Kronrat gestellt.«

»Für die meisten Leute ist die Liebe schwer zu bekommen. Wahre Liebe jedenfalls. Bist du deswegen Schauspieler? Um die wahre Liebe zu finden?«

Er lachte. »Meine Güte, nein. Wenn überhaupt, dann ist die Bühne, zusammen mit dem Beifall, die einzig wahre Liebe eines Schauspielers. Außerdem kann man mit den Reichtümern ganz gut ausgleichen, was einem in Sachen Liebe fehlt. Die Bezahlung ist super.«

Sie machte sich eine Notiz. *Clives akademischen Hintergrund prüfen.* »Also ist das Geld besser als wahre Liebe?«

»Nein, aber es ist ein netter Trostpreis.«

»Wir haben Geld. Massenhaft. Aber kein roter Heller des Del Rey Vermögens kann meinen Bruder zurückbringen.« Oder das Herz ihrer wahren Liebe erwerben. »Ich kann mir noch nicht einmal die Details zu den Umständen seines Todes damit erkaufen.«

»Es tut mir leid, Corina. Ich höre mich bestimmt an wie ein unsensibler Klotz.«

»Du brauchst dich nicht entschuldigen. Du warst einfach nur ehrlich. Ich bin's, die schnippisch geworden ist.« Ihre Blicke trafen sich einen Moment lang auf Augenhöhe, sie verstanden sich. »Du hast also einen IQ von 150 Punkten?«

»Dem Test zufolge jedenfalls. Wenn man solchen Dingen Glauben schenken darf.« Sein Tonfall veränderte sich, und er klang mehr wie ein normaler Mann, weniger wie ein arroganter Schauspieler.

»Und einen Abschluss in Astrophysik?«

»Steht jedenfalls auf dem Zeugnis in meiner Schreibtischschublade.« Clive zuckte zusammen, als das Telefon in seiner Manteltasche klingelte. »Entschuldige bitte.« Er ging leise murmelnd zur Straße.

Alleine am Tisch, suchte Corina auf ihrem iPad nach dem Bild, das

Clive erwähnt hatte. Bei der *Liberty Press* fing sie an. Sie durchsuchte die Innenseiten, aber anstatt des Fotos fand sie ein Update. Eine Pressemeldung der königlichen Behörde.

Dienstag, 15. Juni
 12:00 Uhr
 Die königliche Behörde antwortet auf unsere Bitte um Informationen bezüglich Prinz Stephens Begleiterin gestern Abend:
 »Der Prinz von Brighton befindet sich nicht in einer Liebesbeziehung mit der Frau, die die Premiere von ›König Stephen I.‹ mit ihm besucht hat. Corina Del Rey, eine amerikanische Millionärstochter und Gesellschaftsreporterin für die Beaumont Press, ist lediglich eine Bekannte.
 Der Prinz konzentriert sich auf die Genesung seines Knöchels und strebt an, für die Premiership wieder zum Rugby zurückzukehren. »Romantik ist mir im Moment nicht wichtig«, sagte der Prinz.
 Der Prinz von Brighton wird heute Abend bei der Kunstauktion der Stiftung Kinderliteratur im Galaxy anwesend sein.

Corina zitterte, obwohl es nicht mehr regnete und die Sonne sich hier und da blicken ließ. Bekannte. Sie war von einer Liebhaberin über eine alte Freundin zur Bekannten heruntergestuft worden.

Sie bei der Premiere abzutun, war eine Sache. Aber eine Pressemitteilung dazu herauszugeben?

Clive kam wieder und setzte sich, den Blick fest auf sie gerichtet. »Ist alles in Ordnung, Liebes? Warum so ernst?«

Corina zauberte ein Lächeln hervor und tauschte die Startseite der *Liberty Press* gegen ihr Aufnahmeprogramm. »Super. Und du? Ich hoffe, der Anruf hat nur gute Neuigkeiten gebracht?«

»Nur ein Freund«, sagte Clive. »Bat mich um einen Gefallen. Er hat mich gefragt, ob ich die Kunstauktion der Stiftung Kinderliteratur heute Abend besuchen würde. Ich habe ›warum nicht?‹ gesagt. Wir können ja ein andermal zusammen essen. Sag mal«, Clive legte seine Hand auf ihre, »bist du sicher, dass es dir gut geht?«

»Ja«, sie atmete tief ein und aus. »Alles in Butter.«

ZWANZIG

Den Knöchel auf einem Stuhl hochgelagert, ging Stephen den Terminkalender in seinem Gedächtnis durch, überlegte sich, wie die nächsten Tage aussehen würden. Breite Lichtbänder spiegelten sich in seinen Bürofenstern. Die Haut an seinem Bein war ganz blau, weil er den Fuß vorhin noch in einem Eiskübel versenkt hatte.

Das Licht taute seine eiskalten Knochen auf, doch um sein Herz härtete sich eine dicke Schicht Lack. Er hatte die Kühlsitzung damit verbracht, seine Gefühle für Corina ebenfalls auf Eis zu legen.

Der Kuss der letzten Nacht hatte ihn wie blockiert zurückgelassen, er hatte sich die ganze Nacht unruhig hin- und hergeworfen. Immer, wenn er kurz davor gewesen war einzuschlafen, hörte er ihre Stimme – »Mein Schatz ...« – und fühlte ihre Berührung. Dann war er wieder hellwach. Er wollte sie.

Um drei Uhr morgens zwang er sich ins Fernsehzimmer und sah sich die Videoaufzeichnungen der *Summer Internationals* an, die ihm sein Trainer geschickt hatte.

Gegen fünf schlief er ein und träumte von gar nichts. So, wie er es am liebsten hatte.

»Sir?« Robert schaute herein. »Der Tee ist serviert.«

»Guter Mann.« Stephen senkte seinen Fuß und massierte das Blut in seine Zehen zurück. Nach dem Eis fühlte sich sein Knöchel immer stark an. Aber wenn sich sein Blut erwärmte, kamen die Schmerzen zum Vorschein, und er hinkte wieder.

Robert schob den Teewagen herein und bereitete alles vor. »Die Arrangements für die Kunstauktion heute Abend sind getroffen, Sir. Die Limousine fährt um 19.45 Uhr vor. Ob Sie sich wohl um 19.15 Uhr umziehen wollen?«

»Das ist gut.« Stephen steckte sich einen Schokoladenkeks in den

Mund. Er erwartete, dass sein Butler-Dienstmann-Assistent gehen würde, aber als er sich umdrehte, stand der Mann noch an der Tür. »Was gibt's?«

»Ihr Bruder ist auf dem Weg.«

»Jetzt? Hat er gesagt, warum?«

»Nein, er hat nur gefragt, ob Sie im Hause seien.« Robert ging rückwärts aus dem Zimmer.

Was konnte der nun wieder wollen? An den Fotos in den Morgenzeitungen konnte es wohl kaum liegen. Er war ja dafür gewesen, dass Stephen mit Corina die Premiere besuchte. Was ziemlich seltsam war, wenn Stephen genauer darüber nachdachte.

»Bring sie dazu, die Annullierungspapiere zu unterschreiben«, hatte er gesagt. Während seine Handlungen ausdrückten: »Komm mit ihr zusammen!«

Stephen war froh, dass der Kuss nach Mitternacht im Schatten, ohne die spähenden Augen der Presse, passiert war. Impulsivität könnte tatsächlich sein sehr guter Freund sein. Er hatte schon lange keine Frau mehr geküsst. Fünfeinhalb Jahre lang, um genau zu sein. Seit Corina ihn zum Abschied geküsst hatte.

»Ich werde gehen.« Tränen strömten ihr über das Gesicht. *»Aber ich verstehe das nicht.«*

Stille. Wenn er den Mund aufmachte, würde er einbrechen. Ihr die Wahrheit sagen. Er musste sie aus seinem Leben entfernen.

»Sag mir, liebst du mich denn nicht?«

»Corina ...« *Er lehnte sich an die Wand, während sie an der offenen Tür stand. Sonst würde er in einem Häuflein Elend auf dem Boden zusammensinken.*

»Dann kannst du mich wenigstens küssen?« *Sie strich mit der Hand über seine Brust und bewegte sich auf ihn zu. Leidenschaften durchzuckten ihn.*

Als ihre Lippen die seinen berührten, blieb er steif und unnachgiebig. Kalt.

Stephen unterdrückte die Erinnerung und nippte an seinem Tee, während er nach der Fernbedienung suchte. Was Madeline und Hyacinth heute Nachmittag wohl zu sagen hatten? Der Kanal war bereits eingestellt.

»Madeline«, sagte Hyacinth und hielt die Titelseite der *Liberty Press* in die Kamera. »Das war die heißeste Story heute Morgen, der Prinz mit der traumhaften Amerikanerin, Corina Del Rey.«

»Die am Freitag in unsere Show getwittert hat, und trotzdem saß er hier und hat geleugnet, dass da etwas zwischen ihnen ist.«

»Warte mal, Mads. Das ist das Schöne am Live-Fernsehen.« Hyacinth hielt einen blauen Zettel hoch. »Die königliche Behörde hat gerade heute Nachmittag eine Pressemitteilung veröffentlicht, die bestätigt, dass ›der Prinz von Brighton sich nicht in einer Liebesbeziehung mit Corina Del Rey befindet‹.« Sie lehnte sich zurück, wobei sowohl ihre Mimik als auch ihre Gestik ausdrückten, dass sie kein Wort davon glaubte.

»Och, Mädels, bitte, macht was anderes. Was ist denn mit eurem heißgeliebten Clive Boston?« Stephen sprach mit dem Fernseher. Mit seinem Herzen. »Letzte Woche konntet ihr nicht genug von ihm kriegen.«

»Glaubst du das?« Madeline griff nach dem Papier. »Ich meine, es ist offiziell und alles, von der königlichen Behörde.«

»Ich glaube, die versuchen nur, uns von der Fährte abzubringen.«

»Oooh, du meinst, es gibt eine Fährte?« Madeline beugte sich zu Hy und ließ den Zettel los, sodass er durch die Luft schwebte. Das Publikum applaudierte zustimmend.

»Natürlich gibt es eine Fährte. Und sie trägt amerikanisches Parfüm.«

Hyacinth und Madeline fingen an, über ihren Prinzen zu debattieren, den begehrtesten Junggesellen von Brighton, vielleicht der Welt, und, hergehört, Ladies, sie waren dabei, ihn an eine Amerikanerin zu verlieren.

Sie hatten doch schon eine amerikanische Prinzessin im Palast.

Stephen dampfte vor Wut, sprang auf und sprach mit dem Fernseher: »Das geht euch gar nichts an.«

Dann machten sie die Tür zum Twitteruniversum auf. »Was meint ihr, Mädels? Sollte der Prinz von Brighton eine Frau aus Brighton heiraten?«

Stephen stemmte sich aus dem Sessel hoch. Er musste herumlaufen, egal, ob sein Knöchel nun davon anschwoll oder nicht.

»Hier ist eine gute Idee ... Ein Tweet von Rebekah911«, sagte Madeline. »›Holt ihn in die Show zurück und fragt ihn.‹«

Das Publikum jubelte stürmisch.

Stephen boxte mit der Faust in die Luft. »Niemals, Maddie, nie im Leben.«

In dem Moment öffnete sich die Tür und Nathaniel kam herein, der festliche Abendgarderobe trug. »Sprichst du wieder mit dem Fernseher?«

»Madeline und Hyacinth entscheiden gerade über mein Liebesleben. Was höre ich da über eine Pressemeldung von der königlichen Behörde?«

»Wir haben heute Morgen eine Unmenge Anfragen bekommen.« Nathaniel glättete seine seidene Smokingjacke.

»Ignoriert sie.«

»Du weißt, dass das nur in einem gewissen Rahmen möglich ist.«

Stephen setzte sich hart in den Sessel. »Ich finde das so widerwärtig.« Er wies mit einer Geste auf den Teewagen. Ob Nathaniel eine Tasse wollte? »Jedes Mal, wenn sie sich nur umdreht, wird sie abgewiesen.«

»Ich wusste nicht, dass dir das was ausmacht.«

»Meine Güte ja, natürlich macht mir das was aus.«

»Aha. Ich war kurz verwirrt wegen der fünfeinhalb Jahre Funkstille.«
Stephen warf seinem Bruder einen finsteren Blick zu. »Hast du dich deswegen zu mir hergeschleppt? In einem Smoking? Um über mein Versagen zu sprechen?« Seine Handbewegung beschrieb das ganze Erscheinungsbild seines Bruders. »Wohin bist du denn unterwegs?«
»Bluffwood.« Der Palast lag an der Nordküste der Insel, eine Flugstunde entfernt. Der prächtige Fachwerkbau wurde vorwiegend für Staatsempfänge, Feierlichkeiten, Wohltätigkeitsveranstaltungen und Feste benutzt. »Der Ball, den die Stiftung für Bildung zu Mums Ehren veranstaltet, findet heute Abend statt. In einer Stunde sind wir in der Luft. Egal, ich bin jedenfalls gekommen, um zu fragen, wie es gestern Abend lief. Den Fotos nach bist du ganz gut mit Corina ausgekommen.«
Nathaniel ging zum Teewagen und schenkte sich eine Tasse ein.
»Ja, ganz gut ausgekommen trifft es schon.« Die Leidenschaft des Kusses kam wie ein Bumerang zurück und kribbelte auf Stephens Lippen.
»Der Film wird über den grünen Klee gelobt. Hat er dir gefallen? Susanna und ich schauen ihn am Wochenende bei einer Privatvorstellung an.«
»Es war großartig. Der hat Blockbuster-Qualitäten.«
»Wie bist du denn mit Corina verblie-«
»Ich habe sie geküsst.«
Nathaniel wiegte Tasse und Untertasse in der Handfläche und warf einen Blick auf Stephen. »Und warum hast du das gemacht?«
»Ich weiß auch nicht recht, aber es hat sich nichts verändert. Ich will immer noch die Annullierung.« Stephen griff nach einem niedrigen Hocker und legte seinen Fuß hoch. »Ich verstehe dich nicht, Nathaniel. Du zwingst mich, nach Amerika zu fliegen, um sie zu besuchen, und verlangst, dass sie die Aufhebungspapiere unterschreibt, und dann ver-

hältst du dich so, als würdest du mir Mut machen wollen, sie für mich zu gewinnen.«

»Ich gebe es zu, dass ich am Anfang wirklich wütend auf dich war. Du hast dich dumm und verantwortungslos verhalten, als du sie so übereilt geheiratet hast. Ich wollte einfach dieses ganze Durcheinander beseitigt wissen.«

»Warum habe ich das Gefühl, dass da noch ein ›aber jetzt‹ fehlt?«

»Ich bin ganz einfach weich geworden. Ich habe mit Susanna über die ganze Sache gesprochen. Dann habe ich mich daran erinnert, wie mein Bruder die Gästeliste für meine Krönungsfeierlichkeiten manipuliert hat, damit die Frau, von der er dachte, dass ich sie liebte, dabei sein konnte. Obwohl ich zu feige war, um das zuzugeben.«

»Feige? Nein, das würde ich nie über dich sagen. Wenn überhaupt, dann warst du zu sehr bereit, um des Königreiches willen dein königliches Schwert auf dich zu nehmen und dafür die Liebe in deinem närrischen Herzen am langen Arm verhungern zu lassen.«

»Jedenfalls hattest du recht. Ich habe sie geliebt. Und jetzt stehst du hier und machst genau das Gleiche wie ich. Du willst nicht zugeben, dass du Corina liebst. Da muss irgendwas in unserem brüderlichen Blut sein. Ich finde, du solltest eurer Ehe eine –«

»Lass es.« Stephen winkte ab. »Es wird nicht passieren.«

»Hat es dir gefallen, sie zu küssen?«

»Es wird nicht passieren.«

»Hast du noch Gefühle für sie?«

»Es wird nicht passieren.« Bei dem Mantra würde er so lange bleiben, bis es durch den dicken Schädel seines Bruders gesickert war.

»Vielleicht solltest du noch eine Sitzung bei Mark Pyle buchen? Über das sprechen, was in Afghanistan passiert ist? Weil dich das von deine wahren Liebe abzuhalten scheint.«

»Was ich wirklich brauche ist, dass du mich endlich in Frieden lässt, mein Knöchel heilt und ich wieder auf den Platz kann. Ich kann reden, bis ich schwarz werde, nichts davon wird Carlos, Bird und die anderen zurückbringen.«

»Das ist es also. Carlos ist tot, deswegen kann Corina nicht deine Frau sein.«

»Lange Rede, kurzer Sinn: ja.« Es so zusammengefasst zu hören, fühlte sich seltsam an. Jahrelang hatte er darüber Selbstgespräche geführt, aber es laut auszusprechen, verdrängte jeden Zweifel.

»Du kannst keine Entscheidungen für Corina treffen.«

»Aber ich kann ihr ja auch wohl kaum die ganze Wahrheit sagen, oder? Über Asif. Über meine Einmischerei. Das ist eine Frage der nationalen und der royalen Sicherheit.«

»Ich würde eine Empfehlung kaum als Einmischung bezeichnen«, sagte Nathaniel, »und das Verteidigungsministerium auch nicht.«

»Vielleicht nicht, aber das ändert nichts an der Tatsache, dass der Bruder meiner Frau gestorben ist, weil er mir das Leben gerettet hat.«

Nathaniel schürzte die Lippen. »Bist du sicher, dass du darüber nie hinwegkommen wirst?«

»Könntest du das denn? Außerdem weiß ich gar nicht, ob es mich jemals loslassen wird.«

»Wirkt das so unüberwindbar? Bereust du es, sie geheiratet zu haben?«

»Ich versuche, nicht darüber nachzudenken. Nicht zurückzuschauen, nur nach vorne. Bedauern führt doch zu nichts, oder? Deswegen mache ich mit dem Rugby weiter.«

»Du weißt, dass du nicht unendlich lang der Tatsache aus dem Weg gehen kannst, dass du Mitglied der königlichen Familie bist. Du bist der Prinz von Brighton, gekrönt oder ungekrönt. Aber darüber sprechen wir später.« Nathaniel, immer noch stehend, nippte an seinem Tee.

Stephen lachte leise.

»Ich glaube, ich habe das schon mehr als einmal gesagt, aber es ist es wert, wiederholt zu werden: Du bist nicht verantwortlich für den Tod dieser Männer. Asif war ein Einzeltäter.«

»Aber ich habe ihn empfohlen. Und Carlos Del Rey war in Peschawar, wo es ihm gut ging, bis ich ihn für unsere Fliegerstaffel vorgeschlagen habe. Was die anderen angeht, weiß ich natürlich, dass sie um das Risiko wussten, das sie eingingen, als sie sich freiwillig gemeldet haben, um mit mir in einer Einheit zu kämpfen. Aber wer hätte denn je gedacht ...«

»Das ist was, wo du unbedingt mit dir ins Reine kommen musst. Diese Last ist zu schwer, als dass ein Mann sie den Rest seines Lebens alleine tragen könnte.«

»Das ist vielleicht einfach mein Schicksal.« Stephen ging zum Fenster, öffnete es und ließ die Sommerbrise herein. Zwei Etagen weiter unten lagen die grünen Hügel des Palastgeländes. Eine Oase inmitten einer Stadt aus Steinen und Beton. »Mir ging es ganz gut, bis ich mich verletzt habe – und bis du mit dieser Heiratsurkunde aufgetaucht bist. Ich kann das nicht erklären, aber ich war wirklich über sie hinweg. Bis ich sie gesehen habe. Dann ist sie hier aufgetaucht, und jetzt bin ich jeden Tag weniger über sie hinweg.«

Weil am Ende alles darauf hinauslief, dass Corina Del Rey die Liebe seines Lebens war.

»Hat sie die Papiere unterschrieben?«

»Noch nicht.«

»In Ordnung, na ja, also, pass mal auf. Wie wäre es mit dieser Idee: Susanna hat ein paar Urlaubstage vorgeschlagen. Parrsons House, von Mittwoch bis Freitagmorgen. Wir würden am Wochenende fahren, aber da sind wir ausgebucht.«

»Was hat das mit mir zu tun?«

»Wir dachten, wir könnten eine Familienveranstaltung daraus machen. Mum und Henry fahren mit. Vielleicht willst du dich ja ... mit Corina ... anschließen?«

Stephen lachte. »Corina zu einem Familientrip einladen? Nach dem Reinfall beim Abendessen?«

»Susanna findet, sie hat eine zweite Chance verdient. Und ich übrigens auch. Mum ist völlig verrückt nach ihr. Betrachte das bitte als hinreichende Warnung.«

»Wozu soll das führen, wenn ich sie einlade? Das ist doch genau das Gegenteil einer Eheaufhebung. Willst du es mir vielleicht heimzahlen, dass ich mich damals in deine Geschichte mit Susanna eingemischt habe?«

»Ganz bestimmt nicht. Wenn überhaupt, bin ich dir deswegen noch etwas schuldig. Ich nehme an, ich sehe da zwei Möglichkeiten, wenn du Corina mit nach Parrsons hinaus nimmst. Die eine wäre, dass du, wie du bereits angedeutet hast, feststellst, dass du eben nicht über sie hinweg bist und ...«

»Es spielt keine Rolle, ob ich über sie hinweg bin oder nicht. Warum verstehst du das denn nicht?«

»Oder sie unterschreibt zügig die Papiere, und du hast die Sache hinter dir.«

»Das wird nicht passieren.«

Nathaniel ging mit seinem üblichen Autoritätsgehabe zur Tür. »Denk mal drüber nach. Morgen früh fahren wir.«

Als er alleine war, starrte Stephen auf den stummgeschalteten Fernseher. Ohne Ton waren Madeline und Hyacinth ziemlich komisch. Die Zwickmühle seines Herzens öffnete sich erneut.

Mit Corina zusammen zu sein, weckte einen schlafenden Teil seines Lebens, den Teil, der sich nach mehr sehnte.

Aber trotzdem kam er ja zurecht. Konnte weitermachen. Stephen stellte sich Corina vor, die liebe, schöne Corina, die ihm einen Satz Annullierungspapiere überreichte. Die Vorstellung überwältigte seine Seele, und statt Erleichterung und Freiheit zu empfinden, fühlte er sich allein und verloren – alles in ihm sehnte sich danach, die Ketten seiner unsichtbaren Fesseln zu lösen.

Das Sechs-Uhr-Läuten der Kathedralen klang durch die Stadt und lud den diesigen Abend mit uralten Liedern auf.

Corina sah hoch. Ein Bild von Stephen tauchte in ihren Gedanken auf. Lose Strähnen wehten ihr ins Gesicht. »Ist es schon sechs?« Ihr Interview mit Clive war viel besser gelaufen als erwartet. Vier Stunden lang hatte er mit ihr an dem Tisch in der Ecke gesessen, den Regen betrachtet, Kette geraucht und über sein Leben gesprochen.

»Ich liebe dieses Glockengeläut. Das bringt mich dazu, dass ich etwas Schwerwiegendes tun will. Auf einen Berg klettern oder eine schöne Frau küssen.« Clive betrachtete sie, während die auf einander abgestimmten Glockenspiele vom Beton und Glas der Innenstadt widerhallten.

»Die Glocken bringen mich dazu, dass ich mich zum Gebet hinknien möchte.«

Clive lachte. »Na, wenn das mal keine eiskalte Dusche für die Flammen meiner Leidenschaft ist.«

Corina rieb sich die Finger. »Ich bin mit meiner Arbeit hier fertig.«

Clive grinste und drückte seine letzte Zigarette aus. Nachdem sie die schwierigen Teile von Clives Charakter umschifft hatte, hatten Corina und der Star-Schauspieler-Menschenfreund in ein freundschaftliches Gespräch gefunden, währenddessen sie auf alles Mögliche zu sprechen gekommen waren, von seiner Karriere über Babys bis hin zur Politik.

Er war ein viel tiefgründigerer, freundlicherer Mann als er das Publikum sehen ließ. Er erzählte von seiner Kindheit in Armut. Von seinen Lehrern in der Mittelstufe, die seine Brillanz erkannt hatten. Dem Schutzpatron, der ihm ein Studium in Oxford ermöglicht hatte. Seiner ersten Liebe, die ihn zum Theater gebracht hatte. »*Ich habe nie wieder zurückgeschaut.*«

Der sechste Ton klang auf, das Lied der Glocken vibrierte in der regendurchtränkten Luft.

»Ich glaube, ich werde diese aufeinander abgestimmten Glocken nie überhaben.«

»Wenn wir das hier schon schön finden, dann stell dir mal vor, wie es erst im Himmel sein muss.«

»Im Himmel? Hm, darüber habe ich noch nicht viel nachgedacht«, sagte Clive. »Aber was für eine unglaubliche Macht. Das Läuten von sieben Kathedralen, perfekt aufeinander abgestimmt.« Er klopfte sich gerade eine weitere Zigarette aus seiner zerknitterten Packung, als er den überquellenden Aschenbecher sah. Er blickte zu Corina auf. »Wir waren eine ganze Weile hier.«

»Vier Stunden.« Das Interview hätte nicht besser laufen können. Sie hatte genug Material für eine ganze Biografie. Sie würde Gigi schreiben, dass sie das Interview in dem Monat, in dem *König Stephen I.* in den Staaten anlief, als Sonderbeitrag in einer Sonntagsausgabe bringen sollten, sowohl gedruckt als auch online. »Ich kann dir gar nicht genug danken. Du bist ein wirklich wunderbarer Mann.«

»Was glaubst du, was sie singen?«, fragte er. »Die Glocken?«

Sie sah in seine tiefbraunen Augen. »Ich bin mir nicht sicher, aber in meinem Kopf höre ich, ›Ehre sei Gott in der Höhe, Friede auf Erden, den Menschen ein Wohlgefallen‹.«

Clive legte den Kopf schief und lauschte. War da ein feuchter Schein in seinen Augen? »Ehre sei Gott in der Höhe ... Friede auf Erden ...«

»So ein herrlicher, machtvoller Klang.« Ein Klang, der sie daran erinnerte, dass sie ein Geheimnis hatte.

»Ich weiß, dass es spät ist, Liebes. Wie gesagt, ich hab da diese *Sache* heute Abend, diese Kunstauktion der Stiftung Kinderliteratur in der Royal Galaxy Hall. Hättest du Lust, mitzukommen? Du schuldest mir noch ein Abendessen.« Clive überschüttete Corina mit seinem kriecherischen Hollywoodlächeln.

»Ich weiß nicht.« Sie klopfte auf ihre Umhängetasche. »Ich sollte diese Notizen ins Reine schreiben.« Außerdem würde Stephen da sein. Wenn es stimmte, was die *Liberty Press* schrieb.

»Pffft.« Er winkte ab. »Lass sie schmoren. Ich finde immer, die Dinge kommen ins Reine, wenn ich sie ein bisschen stehenlasse.« Er stand auf und hielt ihr den Arm hin. »Komm schon, ich brauche eine Begleitung heute Abend, sonst fällt die Meute über mich her. Eine schöne Frau ist immer das beste Ablenkungsmanöver. Außerdem kannst du damit die Gerüchte entkräften. Morgen lauten die Schlagzeilen dann so: ›Prinz oder Clive Boston – mit wem ist sie zusammen?‹«

»Sehr witzig, aber ich habe gar kein Interesse an noch mehr Schlagzeilen.«

»Protestierst du, weil dein Prinz der Schirmherr der Stiftung ist?« Clive verschränkte die Arme und lehnte sich gegen eine verschnörkelte Eisenstange, die die Markise abstützte.

»Clive«, sagte Corina mit einem sprechenden Seufzer, »ich glaube langsam, du willst selbst was von dem Prinzen.«

Sein herzhaftes Lachen weckte die Aufmerksamkeit der anderen Gäste. Das Flüstern begann. *Clive Boston.* »Ich weiß einfach, was ich sehe.« Er tippte sich in den Augenwinkel. »Ich sehe Liebe.«

»Nichts siehst du«, sagte Corina, stand auf und steckte ihr iPad in die Umhängetasche.

»Keiner ist so blind wie diejenigen, die nicht sehen *wollen*.«

»Wie du meinst, Clive.« Blind oder nicht blind, er hatte es jedenfalls geschafft, ihr Gespräch wieder auf den Anfang zu bringen: Spekulationen über Stephen. Die Wahrheit? Sie wollte ihn gerne sehen. Von den Dokumenten für die Annullierung abgesehen, könnte es gut sein, dass ihr hastiger Abschied im bernsteinfarbenen Licht des *Herrenhauses* gestern Abend ihr letztes Treffen gewesen sein könnte.

»Komm, ich fahre dich nach Hause.« Clive legte den Arm um sie und führte sie vom Café zu einem Privatparkplatz. »Ich verspreche auch, dass ich der perfekte Gentleman sein werde.«

»Im Auto oder bei der Auktion?«

Er drückte ihre Schulter. »Also kommst du mit?« Er schlug sich aufs Herz. »Still, mein Herz. Kann sein, dass ich mich davon nie wieder erhole.«

»Als eine Freundin.« *Ich bin eine verheiratete Frau.*

»Aber natürlich.«

Clive fuhr einen Lamborghini, der mehr Pferdestärken hatte, als die Straßen von Cathedral City verkraften konnten. Corina hielt sich am Türgriff fest, als der Schauspieler im Rhythmus eines schmetternden Steven Tyler-Songs Gas gab, das Pedal wieder zurücknahm, dann wieder durchtrat.

»Welches Hotel?«, fragte er. »Das Wellington oder das Astor?«

»Weder noch. Ich bin in diesem schnuckeligen Gasthaus, dem *Herrenhaus*, es liegt zwischen Gliden und Martings.«

»Das *Herrenhaus*? Warum bist du nicht im Wellington? Oder im Astor?«

»Das Wellington war ausgebucht. Und zum Astor bin ich gar nicht erst gekommen.«

Sein Gesichtsausdruck zeigte ihr, dass er ihr nicht glaubte, aber er fuhr seelenruhig weiter, riss ruckartig am Lenkrad, wenn er die Spur wechselte, und grölte »Walk this Way« eine Oktave höher als Steven Tyler selbst.

Während er die Market Avenue hinunterbrauste, schnitt er zwei Fahrbahnen, was einen Chor aus Auto- und LKW-Hupen zum Klingen brachte, raste um die Ecke zum Crescent und hielt dann mit einer Vollbremsung bei Gliden an. Er lehnte sich vor, um aus ihrem Fenster zu sehen. »Wo übernachtest du, hast du gesagt?«

»Da.« Sie klopfte an ihr Fenster und zeigte auf das kleine Fachwerkhaus. »Das *Herrenhaus*.«

Clive drehte die Musik runter und sah mit zusammengekniffenen Augen hinaus. »Corina, Liebes, ich sehe da nichts zwischen Gliden und Martings außer einer alten, dunklen Gasse.«

»Wo schaust du denn hin? Es ist doch gleich da.« Sie fuhr ihre Fensterscheibe herunter und zeigte darauf. »Es ist klein, aber man kann es kaum verfehlen. Siehst du nicht das Licht da im Fenster?«

Er warf sich in seinen Sitz zurück und ließ den Wagen im Leerlauf aufjaulen. »Wenn du nicht willst, dass ich erfahre, wo du übernachtest, dann sag das doch einfach. Aber sich einen Ort auszudenken? Ts, ts, da hätte ich mehr von dir erwartet. Nach all dem, was wir einander heute Nachmittag bedeutet haben.«

»Clive, ich denke mir nichts aus.« Sie rubbelte sich die Arme, über die ein eiskalter Schauer lief. »Schau her, ich werde aussteigen und reingehen.«

»Du gehst rein? Wo rein?« Er machte eine Bewegung mit beiden Handflächen nach oben. »In eine Gasse zwischen zwei Kaufhäusern? Liebes, wenn du einen Schlafplatz brauchst, ich habe ein Gästezimmer.« Er öffnete beide Arme, als wollte er ihren Protest von vorneherein abschalten. »Rein platonisch. Jedenfalls für die erste Nacht.« Er zwinkerte. »Die Gästezimmer sind im anderen Flügel des Hauses.«

Corina schaute zur Fensterfront des *Herrenhauses*, wo sie Brill sehen konnte, der die Eingangshalle kehrte. »Du siehst es wirklich nicht?«

»Lämmchen, ich sehe es nicht, und um ehrlich zu sein, macht es mir ein bisschen Sorgen, dass du da angeblich etwas siehst.«

Corina öffnete die Tür und hängte sich die Tasche um. »Dann sehen wir uns heute Abend? Ich nehme ein Taxi. Treffen wir uns dort?«

»Corina, Liebes, ich kann dich nicht einfach am Bordstein abstellen. Was wird der Prinz sagen, wenn dir etwas passiert?«

»Danke fürs Bringen, Clive.« Sie schloss die Autotür und wandte sich zum *Herrenhaus* um, während er abfuhr. Wenn sie nicht gerade die letzten vier Stunden mit ihm verbracht hätte, würde sie glauben, dass er sie mit diesem unsichtbaren-Herrenhaus-Ding veräppeln wollte. Aber er war den ganzen Nachmittag über ernsthaft, wirklich aufrichtig gewesen, nachdem er sich einmal auf sie eingelassen hatte, und hatte sein Herz geöffnet, war ihr Freund geworden.

Aber wenn er das Gasthaus nicht sah, wieso sah Stephen es dann? Was war mit Thomas? Ein Zittern legte sich auf ihre Gedanken.

Was läuft hier?

Adelaides freundliches Gesicht erschien in der Tür. »Kommst du rein? Das Abendessen ist gleich fertig.«

»Ja-ja. Sicher.« Corina sah Clives Wagen hinterher, dessen rote Rücklichter gerade verschwanden, und trat über die Schwelle des *Herrenhauses*.

EINUNDZWANZIG

Der geschwungene Stahlbau der Royal Galaxy Hall, der einem Raumschiff ähneln sollte, umfing Corina, als sie durch die Tür trat.

Die futuristische Architektur war wie ein kaltes, blaues Leuchten über den fünfhundert Jahre alten Straßen, über den uralten Reetdächern, die immer noch in der Altstadt von Cathedral City standen.

Corina machte Fotos mit ihrem Telefon und dachte über die Wichtigkeit der Architektur nach. Wie sie einerseits widerspiegelte, wo ein Volk gewesen war, während sie gleichzeitig darauf hinwies, wohin es unterwegs war.

Sie wanderte zum Klang wummernder Musik im Ausstellungsraum umher und sah sich nach Clive um. Er hatte ihr eine SMS geschickt und gesagt, sie würden sich bei den Fingerfarbenbildern der Kinder treffen. Aber es ging ihr ganz gut damit, sich erst einmal ein paar Minuten für sich selbst in der Galerie umzuschauen. Könnte sein, dass sie sogar eins der Bilder kaufte. Die Stiftung Kinderliteratur war eine wirklich gute Sache, und sie wollte sowieso schon lange damit anfangen, Kunst zu sammeln.

Cathedral City war die Heimat mehrerer weltbekannter Renaissancekünstler. Die Geschichte schrieb ihnen den Verdienst zu, Brighton aus dem dunklen Mittelalter ins Licht der Aufklärung geführt zu haben.

Im Ausstellungsteil der Kinder verliebte sich Corina in die Fingerfarbenbilder. Solche Kreativität! Besonders das da, Jesus mit einem riesigen »S« auf der Brust. Vielleicht würde das mit ihr nach Hause fliegen.

Hinter der Stellwand, auf der Acrylbilder von 13 bis 15-Jährigen ausgestellt waren, traf Corina auf eine Gruppe Männer im Smoking. Clive?

Aber er war nicht dabei.

Da entdeckte sie den Pissarro, eines der impressionistischen Gemälde, die zur Auktion standen. Herr im Himmel, es war »Rue du Roi« – Königsstraße.

Ihr Herz füllte sich mit Erinnerungen, als sie nähertrat, um das Bild zu betrachten. *Gott, was mache ich jetzt damit?*

Die historische Ansicht der Rue du Roi von der Spitze des Braithwaite Tower gesehen, mit den Pferden und Kutschen, die nach einem reinigenden Regenschauer im Licht der Gaslaternen standen und warteten, war magisch. Herrlich. Es war die Aussicht, die Stephen und Corina in der Nacht genossen hatten, als er ihr den Antrag machte. Und das sollte nun verkauft werden.

»Ein außergewöhnliches Stück, nicht wahr? 1898.« Eine Frau mit der Anstecknadel der Stiftung Kinderliteratur gesellte sich zu Corina. »Es ist ein großer Segen, dass wir es haben dürfen. Das Bild war fünfeinhalb Jahre lang verschollen.«

»Verschollen?«

»Bauarbeiter fanden es in einem alten Lagerhaus im Norden der Stadt. Keiner weiß, wie es dorthin gekommen ist. Wir glauben, es gehört einem privaten Sammler, aber wir können keine Aufzeichnungen dazu finden. Können Sie sich das vorstellen? Die Arbeiter haben es uns gebracht und vorgeschlagen, wir sollten es heute Abend zugunsten der Stiftung versteigern. Wir werden ein gutes Zuhause für dieses schöne Stück finden.«

»Das ist meine liebste Aussicht in der ganzen Stadt«, sagte Corina.

»Meine auch. Mein Mann hat mir auf dem Braithwaite Tower den Heiratsantrag gemacht.« Die Frau seufzte. »Vergessen Sie nicht, sich registrieren zu lassen, falls Sie das noch nicht getan haben. Die Auktion beginnt in einer halben Stunde.«

»Dankeschön.« Corina sah zu, wie die Frau in der Menge untertauchte, und drehte sich dann wieder zu dem Bild um.

Der Ehemann dieser Frau hatte auf dem Braithwaite um ihre Hand angehalten? Das Bild war fünfeinhalb Jahre lang verschollen? Das war zu viel. Zu viel. Waren das Zeichen, um die sie sich Gedanken machen sollte, oder reiner Zufall? Alles um sie herum zeigte auf Stephen.

Aber er schaut nicht hin, Gott.

Errötend und zitternd, überwältigt von ihren Gefühlen, vermisste sie ihn. Vermisste Carlos. Selbst dieses verrückte Diamatia-Kleid, das ihr Hochzeitskleid geworden war.

»Das ist mein liebster Platz auf der ganzen weiten Welt«, sagte sie, während er ihr die Arme um die Taille legte.

»Wirst du mich vermissen?« Er legte seinen Finger unter ihr Kinn und hob ihr Gesicht zu seinem hoch, das er ihr zum Kuss zuneigte. Prachtvoll sah er aus, in seiner Galauniform, mit einer königlichen Schärpe vor der Brust.

»Mit jeder Faser meines Seins.«

Er hielt sie fest und lehnte sich gegen das verschlungene schmiedeeiserne Geländer, das die Aussichtsplattform des Braithwaite umgab, und sie sahen gemeinsam hinunter auf die glitzernde Rue du Roi.

»Es ist so wunderschön.«

»Das ist eben Cathedral City.«

Die Glocken läuteten. Neun Mal. Sie legte den Kopf gegen seine Brust und lauschte seinem Herzschlag, der mit den Glocken harmonierte. Wie konnte sie gleichzeitig so glücklich und so traurig sein?

»Der Pissarro.« Stephens Stimme ertönte hinter ihr. »Eins meiner Lieblingsbilder.«

Corina drehte sich um und entdeckte ihn ein paar Meter hinter sich, umgeben von nüchternen Auktionstypen, einer Frau in einem langen weißen Kleid, das ihren blassen Typ betonte, und einer Gruppe Männer in Smokings.

Ihre Blicke trafen sich, aber nur für so einen kurzen Moment, dass sie sich gar nicht sicher war, ob er sie überhaupt gesehen hatte. Sie ging los, um ihn zu begrüßen, aber die Gruppe ging weiter und Stephen mit ihr, ohne ein Wort oder einen Blick für Corina.

Thomas folgte ihnen, er nickte ihr ein fröhliches Hallo zu.

Sie lächelte, aber nur gerade so, und stellte sich der Wahrheit. Stephen würde sich in der Öffentlichkeit nie zu ihr bekennen. Warum sollte er? Es war aus.

»Gib nicht auf, Liebes.« Clive lehnte grinsend an der Stellwand.

»Da bist du ja. Wo warst du denn?«

»Ernsthaft, Corina, ein betrunkener Penner bekommt mehr von dem mit, was um ihn herum vor sich geht, als du.«

»Fang jetzt nicht wieder mit der Prinz-Stephen-Sache an.«

Er lachte und gesellte sich vor dem Bild zu ihr. »Wir würden ein schönes Paar abgeben, du und ich. Ein Power-Duo.«

Corina betrachtete ihn und dachte über seine Verletzlichkeit nach. Er hatte ihr während des Interviews gestanden, dass er in Sachen Liebe aufgegeben hatte, nachdem ihm jemand während der Zeit in Oxford gründlich das Herz gebrochen hatte.

»Du alter Halunke.« Corina brachte ein kumpelhaftes Lachen zustande. »Du willst mich doch nur auf deine Liste mit Frauen setzen, deren Herz du gebrochen hast, stimmt's?«

Er sammelte sich, und der Blick in seinen Augen veränderte sich. »Jetzt hast du mich, du kluges Kind. Aber einen Versuch war's wert. Eine amerikanische Millionenerbin habe ich noch nicht im Stall.« Er küsste sie auf die Wange und flüsterte ihr ins Ohr: »Aber wenn du es dir anders überlegst ...«

»Dann bist du der Erste, der davon erfährt.«

»Wenn du mich entschuldigst, werde ich mich mal nach den anderen Schönheiten umsehen. Dann treffen wir uns später, essen ein Häppchen oder zwei und nennen das dann Abendessen. Du sollst ja schließlich meine Verabredung sein.«

»Wie wäre es mit neun?«

»Perfekt.«

Oh Clive. Kein Wunder, dass er sich vor der Presse versteckte. Er versteckte sich ja vor sich selbst.

»Wie lief es? Mit Clive?« Als sie sich dieses Mal umdrehte, fand Corina Stephen alleine vor, der die Hände hinter dem Rücken verschränkt hatte. »Hat er dich gefragt, ob er dich heiraten will? Er ist doch bekannt für spontane Anträge, die dann zu nichts führen.«

»Immerhin ist er ehrlich, was das angeht.«

Stephen unterzog die Umgebung einer schnellen Untersuchung und beugte sich dann zu ihr. »Nathaniel und Susanna fahren für ein paar Tage hinaus nach Parrsons House. Du bist eingeladen. Wenn du möchtest.«

»Ich bin eingeladen. Von der Familie, die ich am Sonntag so unhöflich habe sitzen lassen?«

»Stell uns bitte nicht als gefühllose Trottel dar.« Unruhig veränderte er noch einmal seine Körperhaltung und entlastete seinen geschienten Knöchel. »Möchtest du kommen oder nicht? Nathaniel und Susanna wollen morgen früh fahren.«

»Willst *du* denn, dass ich komme?« Ihre Blicke trafen sich kurz.

»Ich – es könnte schön werden.«

»Dein Selbstbewusstsein haut mich um.«

»Hey, willst du mitkommen oder nicht? Egal, weißt du was, ich hole dich morgen um elf Uhr ab.« Er ging davon, hinein in eine Ansammlung edel gekleideter Frauen und Männer, die auf ihn warteten.

Corina unterdrückte ein Grinsen. Sie würde auf dem Lande Zeit mit ihrem Ehemann und seiner Familie verbringen. Wie nett.

So denn. Dann würde sie sich jetzt um die Registrierung für die Auktion und den Erwerb des hochgeschätzten Pissarros kümmern.

ZWEIUNDZWANZIG

Gigi

Ihr Näschen für Neuigkeiten juckte wie die flohgeplagte Schnauze eines Jagdhunds. Gigi schob sich vom Schreibtisch weg und ging mit den Händen in den Hüften zum Fenster, wo sie dem Fluss zusah, der gegen das Ufer schwappte.

Auf der Titelseite des *Informanten* prangte ein körniges Foto von Prinz Stephen bei einer karitativen Veranstaltung am Vorabend und im Hintergrund stand, wer hätte das gedacht, Corina Del Rey.

Irgendetwas war da los, und irgendetwas lauerte da auch unter der Oberfläche.

Mal davon abgesehen, dass ihre Lakaien vor Ort sie an allen Fronten im Stich ließen. Keiner hatte Informationen über Corina oder den Prinzen.

Gigi griff nach ihrem Telefon und feuerte eine Textsalve an Corina ab.

Kunstauktion? Mit Prinz. Erzähl.

Da gibt es nichts zu erzählen.

Gigi ging zurück zum Fenster. Zwei Segelschiffe glitten durch Balken aus Sonnenlicht den Fluss hinunter auf den hohen Brückenbogen zu.

Sie würde einfach Ausdauer haben müssen. Zurück am Schreibtisch feuerte sie eine E-Mail ab.

An: Madeline Stone
Betreff: Tolles Rezept, musst du unbedingt ausprobieren!

Jegliche Information über Prinz Stephen und Corina Del Rey würde sich sehr für dich lohnen.

Als am Mittwochabend die Sonne über dem Landsitz unterging, beugte sich Stephen über die behelfsmäßige Boulebahn.

Ragtime erklang unter dem Pavillon auf dem Rasen, wo Mum und Henry auf ihren Liegestühlen lagen, Händchen hielten, der Musik lauschten und dem Spiel zusahen.

Vom umgebenden Tal her kam eine sanfte Brise auf, kühl und angenehm, die den taufeuchten Geruch der dunklen Erde Brightons mit sich trug. Der Wind erfasste Corinas langes, offenes Haar und bauschte es hinter ihrem Rücken, während sie Nathaniel und Stephen zusah, die das Spiel vorbereiteten.

Die Fahrt aus der Stadt nach Parrsons hinaus heute Vormittag war angenehm gewesen, als ob sie sich wortlos darauf geeinigt hätten, einfach zu *sein* und die Schwierigkeiten zwischen ihnen zu vergessen.

Aber in Corinas Nähe zu sein erinnerte ihn daran, warum er sie so verehrte. Sie forderte seine sorgfältig gesetzten Freiräume heraus. Sie brachte ihn zum Lachen. Sie brachte ihn dazu, mehr sein zu wollen, seine Grenzen zu testen, der Mann zu sein, der er zu sein bestimmt war.

»Okay, wir sind dann soweit«, sagte Nathaniel, der einen letzten prüfenden Blick auf die Bahn warf.

Susanna trat vor und warf sich die metallene Boulekugel von einer Hand in die andere. »Ich schlage vor, wir spielen Mädchen gegen Jungs.«

»Susanna.« Corina protestierte mit einer schwachen Handbewegung. »Ich bin wirklich schlecht in dem Spiel. Ich würde die kleine

Zielkugel da nicht treffen, wenn ich mit einem Hammer danebenstünde.«

»Das Risiko gehe ich ein.« Susannas Gesichtsausdruck brachte Stephen zum Lachen. Sie war so ganz und gar amerikanisch. *Das Risiko gehe ich ein und gewinne trotzdem.*

»Susanna, wirklich, ich spiele lausig.«

»Klingt fair.« Nathaniel trat vier Kugeln in Stephens Richtung. »Die Gewinner bekommen das Recht, anzugeben. Ohne eine Silbe der Beschwerde von den Verlierern.«

»Abgemacht, Großmaul.« Susanna schlug ein und drückte Nathaniels Hand kräftig. »Georgia Girls gegen Brighton Boys.«

»Gibt's nicht ein Lied, das so heißt?«, fragte Stephen, schnippste lachend mit den Fingern und summte eine Melodie.

»Noch nicht«, Susanna zwinkerte ihm zu. »Also, Platz da, Männer. Corina und ich werden jetzt üben. Corina, Süße, schau, alles, was du machen musst, ist die Kugel zu der kleinen Zielkugel in der Mitte dort hinten zu rollen. Es macht nichts, wenn du dabei die Bälle der Jungs bis zum geht-nicht-mehr anhaust.«

»Echt jetzt.« Corina fuhr sich nervös mit den Handflächen über die Hosenbeine ihrer Shorts. »Ich bin echt mies darin.«

»Du sollst nicht schlecht über dich selbst reden.«

Stephen reckte sich bei jedem ihrer Würfe innerlich mit, wollte Corinas Kugeln durch die Kraft seiner Gedanken dazu zwingen, ihr Ziel zu erreichen. Aber sie hatte recht. Sie war nicht besonders gut.

»In Ordnung«, sagte Susanna und klatschte in die Hände. Ihre Stimme klang der von Stuart, seinem Trainer, verdächtig ähnlich. »Du wirst schon dahinter kommen. Lass uns noch ein paar Probewürfe machen.«

»Genug geübt. Lasst uns spielen.«

Stephen sah grinsend seinem sauberen und anständigen Bruder, dem disziplinierten König Nathaniel, zu. Der Kerl war genauso ehrgeizig wie seine Frau. Und doppelt so ehrgeizig wie sein Bruder. Er hatte nicht vor, dieses kleine Rasenturnier zu verlieren. Er verbeugte sich vor seiner Frau. »Ladies first.«

»Das nehmen wir gerne an.«

Stephen erhaschte Corinas Hand, als er an ihr vorbeiging, und flüsterte ihr zu: »Du schaffst das.«

»Wenn du das sagst.« Ihre Antwort schmiegte sich weich an seine Seele, ihr Blick war ganz friedfertig. »Aber ich bin nicht stolz. Es macht mir nichts aus, wenn Susanna mich durchschleppen muss.«

Er lachte, ließ ihre Hand los und gesellte sich zu seinem Bruder. Zu einer anderen Zeit, in einem Leben, in dem der Krieg keine Spuren hinterlassen hätte, wäre dies ein Spiel der Prinzen von Brighton gegen ihre Prinzessinnen geworden.

Sie war seine Frau, aber nicht seine Prinzessin. Das war eine Ehre, um die er sie beraubt hatte.

»Es heißt also Damen gegen Herren, wie ich sehe.« Mum trat unter dem Pavillon hervor und stellte sich zu den Frauen. Mit 58 war sie würdevoll und elegant in Leinenhosen, Kaschmirpulli und Perlen. Die Königin von Brighton, die über 30 Jahre mit Dad gelebt hatte, der zuerst ein junger Kronprinz gewesen war und später König wurde. Nach seinem Tod war sich Stephen nicht sicher gewesen, ob sie je wieder lachen würde. Aber sie hatte neue Freude in Henrys Liebe gefunden.

»Wir spielen eine Runde um das Recht anzugeben. Der Rest ist nur zum Spaß«, sagte Nathaniel. »Mum und Henry sind die Schiedsrichter. Henry, denk daran, dass ich dein König bin und *so* kurz davor, dein Projekt für die jungen Unternehmer zu genehmigen.«

»Also bitte ... Erpressung?« Susanna plusterte sich auf und legte solidarisch einen Arm um Corina. »Mach dir nichts daraus. Wir gewinnen trotzdem.«

»Susanna, bitte.« Corina war kurz davor, zu betteln. »Du überschätzt mich.«

Aber das Spiel lief, und Corina sollte zuerst werfen. Stephen kauerte an der Seite der Bahn. »Wirf so dicht du kannst an das Ziel. Gib der Kugel einen kleinen Schwung mit, wenn du ...«

Seufzend hielt sie inne und sah zu ihm hinüber. »Hältst du bitte mal die Klappe? Du machst mich ganz nervös.«

Nathaniel unterdrückte ein Lachen, indem er sich die Faust gegen die Lippen drückte.

Stephen reckte sich wieder gerade. »Also, dann zeig uns mal, was du so draufhast, Del Rey.«

Ihr Wurf schaffte es gerade bis zur Hälfte der Bahn, aber Susanna machte das mehr als Wett, indem sie auf Zentimeter an das Ziel herankam. Sie würde schwer zu schlagen sein.

Corina jubelte und klatschte mit ihrer Partnerin ab.

Aber Nathaniels Wurf stieß Susannas Kugel aus dem Spiel. »Oh Stratton, dafür wirst du büßen.«

»Na, dann gib's mir, Stratton.« Nathaniel schnappte sich Susanna und küsste sie, und Stephen sah weg, um seine Eifersucht zu verstecken.

Stephen hatte sich nicht allzu schnell für Susannas amerikanische Art begeistern lassen – sie erinnerte ihn zu sehr an Corina und an all das, was er verloren hatte –, aber jetzt konnte er sich die Familie nicht mehr ohne sie vorstellen. Er schaute nach Corina und fing lächelnd ihren Blick ein.

»Du bist dran, kleiner Bruder. Zeig ihnen, wie man das macht.«

Der Wettkampf lief zwischen Nathaniel, Stephen und Susanna, die die Männer mit links schlug. Nachdem zehn Würfe gespielt und zwei übrig waren, bückte sich Corina für ihre letzte Runde. Sie ließ den Ball in der Hand kreiseln.

»Als ob man den Laufsteg lang läuft ... Das ist alles nur ein Schönheitswettbewerb ... ein Schönheitswettbewerb. Denen werd ich ein Liedchen singen ... kinderleicht.« Sie ließ den Ball sanft los und gab ihm eine leichte Drehung mit.

Die Metallkugel rollte in der genau richtigen Geschwindigkeit über den Rasen, an Nathaniels Kugel vorbei, und küsste ganz sanft das Ziel. Dort blieb sie liegen.

»Ich hab's geschafft!« Corina sprang kreischend auf und sah mit offenem Mund Susanna an, die sie feierlich umarmte.

»Die Schönheitskönigin hat abgeliefert!«

»Du hast es geschafft, Liebes«, sagte Stephen, der sich nichts sehnlicher wünschte, als sie in die Arme zu schließen und sie zu küssen. »Ich wusste, dass du es kannst.«

Sie legte den Kopf in den Nacken und breitete die Arme weit aus. »Ich liebe Boule.«

»Stephen, komm schon, Alter. Du bist dran.« Nathaniel klopfte ihm auf den Rücken. »Wir sind immer noch dabei. Auf das Recht, angeben zu dürfen.«

»O-okay.« Aber er pfiff auf das Recht, angeben zu dürfen. Er wollte den Ausdruck auf Corinas Gesicht sehen, wenn die Mädels gewannen.

Corina kniete sich singend auf den Boden: »Daneben, daneben, so ist das Leben eben. Schlechter Schuss kost' 'nen Kuss.«

Susanna lachte. »Ach herrje. Das habe ich ja jahrelang nicht gehört.«

»Das ist das einzige Talent, das ich bei diesem Spiel beisteuern kann.«

Stephen linste zu ihr hin. Oh, den Kuss würde er nie im Leben schuldig bleiben wollen.

Mum stand mit Susanna ungefähr auf der Hälfte der Bahn und sah zu, während sich Henry zu Nathaniel gesellte und ihn anfeuerte. »Nun komm. Für die Männer!«

»Wage es nicht, ihr einen Vorteil zu verschaffen«, sagte Nathaniel.

»Mach dir mal keine Gedanken.« Stephen balancierte auf seinem guten Fuß, zielte und spielte seinen Ball mit gefühlvoller Perfektion. Wenn er es richtig ausgerechnet hatte, sollte sein Wurf Corinas Kugel touchieren und kurz vor dem Ziel liegen bleiben.

»Komm schon, komm schon.« Nathaniel schritt an der Seite der Bahn neben der rollenden Kugel her. »Für das Recht, anzugeben!«

Stephen beobachtete Corina, die den Ball anbrüllte und sich lachend mit Nathaniel balgte, indem sie mit ihrem Singsang weitermachte: »Daneben, daneben, so ist das Leben eben. Schlechter Schuss kost' 'nen Kuss.«

Die Stimmung über dem Rasen dämpfte sich zu einem Flüstern. Die Bewegungen wurden langsamer. Die Geräusche wurden leiser. Farben verblassten.

Dann passierte es. Stephens Kugel hielt um Haaresbreite vor Corinas an. Er atmete aus, ließ sich von den Fersen auf den Hintern, dann auf den Rücken fallen und streckte sich im Gras lang aus.

Susanna und Corina explodierten, stießen schrille Jubelrufe aus und fingen eine Art wilden rituellen Tanz an – das musste so eine amerikanische Sache sein –, der dazu führte, dass die Königin von Brighton mit ihrer Schwiegertochter Hüfte an Hüfte stieß. Nein, mit ihren *Schwiegertöchtern*.

Nathaniel stand über Stephen und bot ihm die Hand an. »Wir haben unser Bestes gegeben, was, kleiner Bruder?«

»Aber absolut, unser Allerbestes.« Stephen stand auf. Sein Blick, sein Herz, all seine Sinne waren auf Corina ausgerichtet. Er musste es ihr erzählen. Alles. Er hatte es satt, sich zu verstecken, sich zu fürchten, hatte es satt, sich ihren Kopf zu zerbrechen. Wenn sie ihn hasste, dann hasste sie ihn eben.

Wenigstens würden sie dann beide wissen, wofür.

DREIUNDZWANZIG

Gerade noch hatte sie gejubelt und gefeiert. Und im nächsten Moment hatte Stephen sie an der Hand genommen und zog sie mit sich.

»Wohin gehen wir?«

»Komm einfach mit.« Stephen nahm sie mit zu einem der Caddys. Sobald sie neben ihm Platz genommen hatte, steuerte er los, über den Rasen, weg von der Familie, ließ seine Komfortzone hinter sich und hielt auf das große Unbekannte zu.

Corina sah ihn von der Seite an. Ein Abendbart warf Schatten über Kinn und Wangen, und unter seinen dunklen Wimpern leuchteten seine blauen Augen mit einem Glanz, den sie so noch nie gesehen hatte.

Ein Dutzend Fragen schossen ihr durch den Kopf, während Stephen das Wägelchen über das Gelände steuerte und einen Weg durch das dicke Gras bahnte. Aber sie behielt sie für sich. Er würde schon reden, wenn er soweit war.

Es ging eine leichte Steigung hinauf. Stephen zwang ihr Gefährt auf den Gipfel eines Hügels, schlängelte durch eine Schonung, und sie kamen auf einer kleinen Lichtung heraus, wo sich unter sechs herrschaftlichen Eichen ein gepflegter, von einer Steinmauer eingefriedeter Garten befand.

Er parkte neben der Mauer und stellte den Motor ab, ließ aber eine Hand auf dem Lenkrad liegen. »Außer mir kommt nur der Gärtner hierher.«

»Es ist schön hier.« Corina stieg auf ihrer Seite aus. Heide und dunkelrosa Fingerhut wuchsen an der Mauer, Seite an Seite mit lila und gelben Blumen, die sie nicht kannte. Im hinteren Bereich der kleinen Anlage stand zwischen zwei Bäumen eine gusseiserne Bank mit Holzlamellen.

»Am Gedenktag für die Gefallenen komme ich hierher.« Stephen stand neben ihr. »Und am 20. Dezember.«

»Was – was ist das für ein Ort? Eine Gedenkstätte?« Mit der Hand auf dem Herzen warf sie ihm einen Blick zu, registrierte die Granitsteine unter jedem Baum.

»Meine eigene. Ja.« Stephen griff in den Wagen, holte eine Taschenlampe heraus und lud sie mit einer Handbewegung ein, durch die Pforte zu treten. »In einem Jahr spielte unsere Mannschaft in Australien. Da bin ich nach Hause geflogen, um am Gedenktag hier an den Steinen Kränze niederzulegen. An dem Tag gehe ich nicht auf den Platz. Egal, um was es geht.«

Corina machte sich auf, den von Hecken gesäumten Pfad hinunterzugehen. »Hast du das gebaut?«

»Ich brauchte einen Ort, an den ich kommen konnte, um mich daran zu erinnern, was die Jungs getan haben, ohne dass die Welt das mitbekommen hat.« Er zielte mit dem Strahl der Taschenlampe erst auf einen Grabstein, dann auf den nächsten. »Ihre Körper liegen nicht hier, aber ...« Seine Stimme wurde leiser, und ein leichtes Beben legte sich über seine Schultern. »Ihre Geister sind hier. Jedenfalls für mich. Wenn ich hierherkomme, verstummen die Stimmen, dann hören die Explosionen auf und die Tumulte auch. Frieden. Zusammen mit dem Rugby ist es dieser Ort, der mich am Laufen hält.«

»Ein Frieden, den du mit mir nicht finden konntest?« Warum konnte er es ihr nicht einfach sagen? Er liebte sie nicht genug, um mit ihr Frieden zu finden.

Er richtete die Taschenlampe auf ihr Gesicht. »Es ist nicht so einfach.« Dann ging er weiter, die Lampe beschien nun eine Kupferplatte, die an der Bank befestigt war. »*Memento semper.* Erinnere dich immer.« Seine Stimme war rau und tief. »Hier liegen meine Brüder. Die sechs Männer meiner Einheit.«

Sie sah ihn mit dem Blick der Erkenntnis an. »Sie sind gestorben, um dich zu retten, nicht wahr?«

»Ja.« Er nahm sie am Arm und führte sie zum ersten Granitstein rechts von der Bank. »Hier findest du, was zwischen uns steht.«

Sie bückte sich und las einen sehr vertrauten Namen.

LIEUTENANT CARLOS DEL REY
INTERNATIONALER ALLIIERTENVERBAND,
AUSKUNFTS- UND SICHERHEITSDIENST
SOHN, BRUDER, FREUND

»Carlos.« Sie fiel auf die Knie und strich mit der flachen Hand über den kalten Namen ihres Bruders. »Warum – warum ist er hier? Ich verstehe das nicht.«

»Der Garten ist ein Ort der Erinnerung an die Männer, die gestorben sind, weil mich jemand anderes tot sehen wollte.« Stephen ging weiter zum nächsten Stein. »Carlos und Bird haben mir wirklich das Leben gerettet.«

Müde von diesem Spiel sprang sie auf. »Dieses Hier-mal-ein-bisschen-da-mal-ein-bisschen bringt mich noch um. Carlos hat dir das Leben gerettet?«

Stephen senkte die Taschenlampe, bis sie nur noch einen Kreis zu seinen Füßen erleuchtete. Das blaue Licht der Abenddämmerung hüllte sie ein.

»Wenige Monate nach unserer Ankunft waren die Vereinten Sicherheitskräfte in Torcham intensiven Kampfhandlungen ausgesetzt. Wir verloren unseren taktischen Spezialisten, deshalb habe ich Carlos vorgeschlagen. Er war einer der Besten. So ist er überhaupt nach Torcham gekommen.«

»Davon haben wir nie erfahren.«

»Seine Versetzung war noch in Bearbeitung, als er ums Leben kam. Er war erst zwei Tage auf dem Stützpunkt gewesen, als er starb.«

»Er ist nicht bei einem Schusswechsel gestorben, oder?« Corinas Herz formte Bilder aus Stephens Worten, füllte die dunklen, konturenlosen Schatten um den Tod ihres Bruders aus, um Stephens radikale Veränderung und das Ende von allem.

»Direkt nach Carlos' Ankunft war die Lage an sich entspannt. Wir planten zwar ein wohlüberlegtes Manöver, aber nach all dem Chaos war es eine beinahe ruhige Zeit. Carlos war Carlos, er schloss schnell Freundschaften mit dem Rest der Einheit und trug seine Erkenntnisse aus seiner Zeit in Peschawar bei. Ich hatte vor, ihm am zweiten Abend von dir und mir zu erzählen. Mir schien es sinnvoll, in aller Ruhe darüber zu sprechen.«

Mit einem Gefühl der Unwirklichkeit setzte sich Corina mit dem Rücken zum Grabstein und hörte zu.

»Die erste Mission startete um null Uhr am nächsten Tag, und der Stützpunkt war ruhig. Alle versuchten, ein bisschen Schlaf zu kriegen. Aber wir waren zu aufgekratzt, um zu schlafen. Carlos hatte gerade ein paar von uns zu einer Runde Nintendo herausgefordert, als Asif hereinkam.«

»Asif?«

»Unser Dolmetscher. Ein Pakistani, der an der Nordküste von Brighton aufgewachsen ist. Ein Freund von der Uni, übrigens. Er war zu unserer Einheit gekommen, nachdem ich ihn dem Rat des Alliiertenverbands vorgeschlagen hatte.« Stephens Stimme klang distanziert, während er die Geschichte erzählte. »Ich bin wegen irgendetwas aufgestanden ... Ich weiß nicht mal mehr, wofür.« Das verfolgte ihn. »Ich sagte Asif noch, er solle sich zu uns setzen, mitspielen, aber irgendetwas stimmte nicht. Er sah krank aus. Wie versteinert.«

»Um Himmels willen, Stephen.« Er zog sie näher zur Wahrheit hin, indem er seine Geschichte vor ihr ausbreitete. »Er wollte ein Selbstmordattentat durchführen.«

»Ja.« Er sprang erregt auf.

»Wieso hat es das Militär von Brighton erlaubt, dass sich so ein Mann überhaupt auf dem Stützpunkt befand? Überprüft euer Geheimdienst diejenigen nicht, die sich verpflichten? Oder die als Zivilisten angestellt sind?«

»Er war sauber, Corina. Es gab keinen Grund, misstrauisch zu sein. In seinem Hintergrund war nichts Auffälliges zu finden. Er hat seinen Master in Pakistan gemacht und ist dann wieder nach Brighton zurückgekehrt, wo er eine Arbeitsstelle angenommen und ein Leben wie jeder andere gelebt hat.«

»Ganz offenbar ja nicht.«

»Er stand unter dem Einfluss einer rebellischen Sekte im Untergrund. Keiner wusste davon. Nach dem Attentat haben wir noch vier Monate gebraucht, um sie überhaupt zu finden und auszumerzen. Bevor Asif nach Brighton zurückkehrte, hatte er einen Eid abgelegt, Mitglieder der königlichen Familie zu töten, um Rache für Kriegsverbrechen zu üben, die an seinem Volk begangen worden waren. Alles, was er brauchte, war eine passende Gelegenheit.«

»Und die hast du ihm gegeben.« Sie zitterte. Langsam, im Schutz der Dunkelheit und der Abgelegenheit eines grasbewachsenen Hügels, nahmen die lange ersehnten Details Form an.

»Asif war gekommen, um mich zu töten.« Die Worte sanken wie Steine in sie. »Ich wusste es in dem Moment, als ich ihn sah ... Als mir klar wurde, dass er unter Drogen stand. Aber ich zögerte. Ich hätte mich bewegen sollen, hätte den Männern befehlen sollen, rauszugehen. Carlos und Mitchell Bird bemerkten im selben Augenblick wie ich, dass etwas nicht stimmte.« Stephen fuhr sich mit der Hand übers Gesicht. »Asif rief, dass ich sterben musste und riss sich das Hemd auf, um zu zeigen, dass er voller Sprengstoff war. Er konnte kaum stehen, er war so vollgedröhnt. Ich zögerte. Carlos und Bird nicht.« Mitten im Garten sank er langsam auf den Boden. »Ich weiß nicht, warum ich gezögert habe. Warum ich dastand wie festgefroren.«

Corina blieb, wo sie war, und starrte in das letzte bisschen Tageslicht.

»Noch während er sprach, ging Carlos ihn an. Bird rannte zu mir und schützte mich mit seinem breiten Körper, als Asif die Detonation auslöste. Wir wurden in den hinteren Teil des Casinozelts geschleudert, prallten auf den Beton, und das nächste, woran ich mich erinnere, ist, dass ich im Feldlazarett aufgewacht bin. Die anderen vier Jungs waren lebensbedrohlich verletzt und starben wenige Stunden später. Mich hat man in aller Stille weggebracht, und bis die Kommandoebene wusste, was passiert war, herrschte für das gesamte Geschwader absolute Funkstille.«

»Du hast fünfeinhalb Jahre gebraucht, bis du mir das erzählst?«

»Ist dir klar, dass ich gegen die Regeln der nationalen Sicherheit verstoße, indem ich dir das erzähle?«

»Warum? Warum ist das eine Frage der nationalen Sicherheit? Warum konnte Daddy nichts darüber herausfinden?«

Stephen richtete den Strahl der Taschenlampe auf die Bäume. »Als wir das Ereignis erst einmal auseinanderklamüsert hatten, traten die Sondereinsatzkräfte von Brighton in Aktion. Die haben Asifs kleine Gruppe Aufständischer eliminiert. Zu dem Zeitpunkt war die größte Sorge, es könnte Trittbrettfahrer geben. Andere, die ähnlich gesinnt waren und Angriffe auf den Palast, die königliche Behörde oder unsere Familien ausführen könnten. Das Verteidigungsministerium und der Internationale Alliiertenverband hielten die Informationen sorgfältig zurück, veröffentlichten keine Details, nicht einmal gegenüber den Familien der Gefallenen, weil wir keine undichten Stellen oder

Leute, die versehentlich etwas ausplauderten, gebrauchen konnten. Sie versiegelten die Angelegenheit unter der höchsten Geheimhaltungsstufe, mit außerordentlichen Sicherheitsmaßnahmen. Nur der leiseste Hinweis, dass es möglich sein könnte, nahe genug an einen Prinzen heranzukommen, um ihn in die Luft zu sprengen, und wir wären alle in Gefahr. Ich werde in ernsthafte Schwierigkeiten kommen, wenn irgendjemand herausfindet, dass ich dir davon erzählt habe.«

»Endlich ergeben die letzten fünfeinhalb Jahre so nach und nach Sinn für mich.«

»Diese Sicherheitsmaßnahmen haben es mir überhaupt ermöglicht, für die Eagles zu spielen.« Er stemmte sich vom Boden hoch und ging zwischen den Steinen umher, strich mit den Fingern über die glatten Oberflächen. »Ich bin froh, dass die Geschichte für dich Sinn zu ergeben scheint, weil ich das alles noch nicht verstehe. Männer haben für mich ihr Leben gelassen, dabei weiß ich nicht, wie ich, ein Mensch wie jeder andere, das Leben eines anderen wert sein könnte!«

»Was meinst du wohl, um was es im Krieg geht? Menschen sterben füreinander.«

»Für die Schwachen und Unterdrückten, nicht für die Wohlhabenden und Privilegierten. Nicht für einen Prinzen. Einer, der wenn der Krieg zuende ist, zu einem Leben voller Opulenz und Überfluss zurückkehrt und sogar seine Rugbyträume verfolgen kann.«

»Also verdienen es deinesgleichen – und meinesgleichen – nicht, dass jemand unsere Freiheiten schützt? Dann sind wir es nicht wert, dass jemand für uns stirbt?« Sie fing ihn am Rand des Gartens ab. Das einzige Licht zwischen ihnen war der Schein der Taschenlampe.

»Wir können uns unsere Freiheiten erkaufen.«

Seine Abscheu überraschte und irritierte sie. »Nicht immer. Beinahe jedes europäische Königshaus fiel nach dem Ersten Weltkrieg. Der Zar und seine Familie wurden zusammengetrieben und ermordet. Freiheit gilt allen, nicht nur den Schwachen und Unterdrückten. Carlos, übrigens einer der Reichen und Privilegierten, hat sein Leben gelassen, um deins zu retten. Was sagt das über dich? Und über ihn?«

»Carlos war ...« Er sah auf, sah ihr ins Gesicht. »Er war jemand ganz Besonderes. Ich habe nie einen selbstloseren Kerl kennengelernt.«

In ihren Augenwinkeln brannten Tränen. »Warum hast du mir nie gesagt, dass er in deine Einheit versetzt worden war?«

»Ich hatte es doch vor ... Es ging alles so schnell. Seine Versetzungspapiere waren noch nicht einmal fertig bearbeitet.«

Sie wischte sich mit dem Handrücken übers Gesicht und setzte sich zu ihm auf die Bank. »Also hast du mich einfach angelogen? Hast mich zurückgewiesen, als du nach Hause gekommen bist und ich hierher geflogen kam, um bei dir zu sein?«

»Ich war ganz schlecht drauf, als ich nach Brighton zurückkam. Ich wollte mit überhaupt niemandem etwas zu tun haben, noch nicht einmal mit meiner eigenen Familie. In dem Moment, als ich dich sah, war ich wieder in diesem Zelt, die Explosion hallte in meinen Ohren wider, in meiner Brust, in meinem Verstand. Dein Bruder ...«

»Du hast ihn nicht umgebracht, Stephen.«

»Nicht unmittelbar, nein, das nicht. Aber wenn ich dich sehe, sehe ich ihn. Ich kann nicht mit dir zusammen sein.«

»Habe ich denn nichts zu sagen in unserer Beziehung? Du hast mich geheiratet, weil ich ›Ja‹ gesagt habe. Wie kommt es eigentlich, dass du mich ohne mein ›Ja‹ einfach so verlassen kannst?«

»Ich habe dich hiergebracht, damit du es verstehst. Wenn du mich siehst, wirst du wissen, dass ich lebe, weil dein Bruder für mich gestorben ist.«

»Du kannst nicht über meine Gefühle für dich bestimmen. Über das, was ich sehe, wie ich darauf reagiere.«

»Das kannst du umgekehrt auch nicht. Wenn ich dich sehe, sehe ich ihn.« Er sah zu ihr hinunter und strich ihr das Haar aus dem Gesicht. Beinahe hätte sie sich an ihn geschmiegt. »Ich kann nicht vergessen, wenn ich mit einer Mahnerin verheiratet bin. Ich habe recht, und du weißt das.«

»Aber ich weiß es eben nicht. Du sagst das eine und verhältst dich völlig anders, wenn wir alleine sind. Montagnacht, als du mich geküsst hast ... Willst du sagen, das hätte dir nichts bedeutet?« Sie musste ihn daran erinnern, wer er vor dem Krieg gewesen war. Freundlich, lustig, aufrichtig, mit ganzem Herzen bei der Sache, wunderbar romantisch.

»Was macht das schon? Am Ende, wenn das Leben übernimmt und die Romantik weg ist, wirst du jeden Tag neben einem Mann aufwachen, der das Blut deines Bruders an den Händen hat. Bitte zwing mich nicht, das noch einmal zu sagen.«

»Ich zwinge dich überhaupt nicht, irgendetwas zu sagen. Du wählst deine Worte ganz alleine aus.«

In Stephens Brusttasche klingelte sein Handy. »Es ist Nathaniel.« Als er antwortete, ging sie ein paar Schritte, sammelte ihre Gedanken, versuchte, diese eigenartige Mischung aus Erleichterung und neubelebter Sorge zu ordnen. Es kam ihr vor, als wollte er, dass sie wütend auf ihn war. Als sollte sie ihn hassen.

»Er fragt, ob wir zu einem späten Tee und einem Film zum Haus zurückkommen wollen.«

»Ich weiß nicht. Ja, ich glaube schon.« Corina ging zur Bank zurück und ließ ihren Blick über die anderen Gräber schweifen. »Was ist mit den anderen? Wissen deren Familien Bescheid?«

»Keiner außerhalb der Führungsebene des Internationalen Alliiertenverbandes weiß Bescheid, abgesehen von Nathaniel und ein paar Leuten im Außenministerium. Und jetzt du.«

»Ich glaube, die anderen Familien würden auch gerne hierherkommen.«

»Nathaniel will, dass wir mit den Abläufen für meine Krönung zum Prinzen von Brighton fortfahren, und wenn wir das machen, bin ich der Schirmherr des Kriegsdenkmals, aber ...« Er schüttelte den Kopf. »Ich will die Uniform nicht tragen.«

»Überleg doch mal, was du alles für die Familien dieser Männer tun könntest.«

»Ich brauche kein Schirmherr für ein Kriegsdenkmal zu sein, um etwas für sie zu tun.«

»Hast du denn schon etwas unternommen?«

»Noch nicht.« Er stand auf, aber sie blieb sitzen. »Sollen wir reingehen?«

»Ich weiß nicht, ob ich mir jetzt gerade einen Film anschauen kann. Ich glaube, ich werde einfach hier draußen sitzenbleiben.«

Er atmete aus, steckte das Telefon ein, schaltete die Taschenlampe aus und gesellte sich erneut zu ihr auf die Bank.

Irgendwo in den Wipfeln der Bäume rief eine Eule, und der Wind ließ wie zur Antwort die Blätter rauschen. Im Dunkeln ließ Corina ohne jede Zurückhaltung die Tränen fließen. Mit dem Handrücken fing sie sie ab, bevor sie vom Kinn tropften.

Neben ihr starrte Stephen in den Wald, der sie umgab; sein rechtes Bein pendelte entspannt von Seite zu Seite, sein linkes hatte er lang ausgestreckt, um seinen Knöchel zu schonen. Im letzten bisschen Licht fand Corina seine Hand und schob ihre hinein. Er zuckte zuerst zurück, entspannte sich aber dann und verschränkte seine Finger mit ihren.

Lange saßen sie dort und schwiegen. Sagten nichts. Sagten alles.

VIERUNDZWANZIG

Zurück im *Herrenhaus,* saß Corina am Freitagmorgen an dem kleinen Schreibtisch mit den geschwungenen Beinen unter der Gaube und zog die Annullierungspapiere hervor.

Sie faltete die Seiten auf und las das Kleingedruckte durch. Übelkeit drehte ihr den Magen um, als sie die Definition dessen las, was Stephen und sie im Begriff waren zu tun.

»*Die Nichtigkeitserklärung ist die Feststellung der Tatsache, dass von Anfang an keine gültige Ehe bestand.*«

Aber das war eine Lüge. Sie hatten eine gültige Ehe. Jedenfalls in ihrem Herzen.

Ein paar Zeilen weiter unten hatte Stephen das Kästchen hinter dem Wort »Fehler« angekreuzt.

Sah er das alles wirklich so? Sie strich die Seiten mit der Hand glatt. Ob sie wohl ein eigenes Kästchen ergänzen konnte? Und dann »Feigling« ankreuzen konnte?

Sie stand auf und ging zum Fenster. Das würde sie ihm nie vergeben, ihre Ehe als einen Fehler zu bezeichnen, sie aufgrund seiner eigenen Vermutungen und Thesen zu beenden, die Beziehung abzubrechen, als sie sich gegenseitig am meisten gebraucht hätten.

Trotzdem hatte Stephen seinen Teil der Abmachung erfüllt. Er hatte ihr erzählt, was mit Carlos passiert war. Und Corina fühlte sich verpflichtet, zu unterschreiben.

Eine neue Tränenflut strömte ihr über die Wangen. Sie war es leid zu weinen. Nach ihrem Abend mit Stephen auf der Steinbank im Garten der Erinnerung waren sie nach Parrsons House zurückgekehrt. Dort hatte sich Corina in ihrer Suite versteckt und den größten Teil des Donnerstags weinend, sich erinnernd und betend verbracht.

Heute frühmorgens hatte Stephen sie wortkarg in die Stadt zurückgefahren und am *Herrenhaus* abgesetzt. »Die Annullierung?«

»Ich werde unterschreiben.«

Aber wie konnte sie das tun? Corina saß auf dem Fenstersitz und blickte über die Stadt hinaus. Ihre Liebe für Sommermorgen in Cathedral City war nicht mehr als eine blasse Erinnerung.

Sie sah zu den Papieren hinüber. Einfach unterschreiben und das Ganze hinter sich lassen.

Als ihr Telefon klingelte, grabschte sie danach, in der Hoffnung, Stephens Nummer auf dem Display zu sehen. Aber nein.

»Miss Del Rey?«

»Ja?«

»Hier spricht Clem von der Stiftung Kinderliteratur. Auf Ihrem Auktionsformular haben Sie Ihre Adresse am Ort als ›*Das Herrenhaus*‹ angegeben, aber wir können diese Adresse in keinem Verzeichnis und auf keiner Karte finden. Wohin sollen wir Ihren Neuerwerb liefern lassen, bitte?«

»Genau, ja, der Pissaro.« Sie hatte sich mit einem unscheinbaren Paar um das Stück duelliert, das anscheinend keine finanziellen Grenzen kannte. Nun ja, die kannte sie auch nicht. Sie würde das Vermögen, das Großmutter Del Rey ihr hinterlassen hatte, nicht einmal anrühren, und die Macht des Zinseszinses hielt ihren Kontostand gesund und munter. Sie hätte den Pissarro dreimal kaufen können.

Letztendlich gewann sie ihn bei einem Gebot von zehn Millionen. Applaus brandete auf. Der Stiftung Kinderliteratur stand ein gutes Jahr ins Haus.

»Wohin sollen wir es liefern?«

»An Prinz Stephen, zu Händen der königlichen Behörde.«

»Wie bitte?«

»Die königliche Behörde. Prinz Stephen.« Sie nahm die Aufhebungspapiere noch einmal zur Hand. Sie hatte das Gemälde für Stephen gekauft, weil sie dachte, dass er, na ja, dass es ihm gefallen würde. Man konnte es ein »frisch annulliert!«-Geschenk nennen.

»Ich brauche ein besonderes Formular, um es an die königliche Behörde liefern zu lassen.«

»Aha. Brauchen Sie mich für dieses Formular?«

»Ich muss nur bei der königlichen Behörde anrufen.«

»Dann rufen Sie dort an.«

»Wenn es eine Verzögerung gibt, rufe ich Sie an. Wenn nicht, wird das Gemälde morgen geliefert.«

Perfekt. Sie würde am Sonntag nach Hause fliegen. »Mit der Nachricht, die ich geschrieben habe? Bitte fügen Sie die Nachricht bei.«

»Ich werde mich darum kümmern.«

Corina legte auf und ging zum Fenster zurück. Die Straßen dort unten waren ruhig für einen Freitag. Der Wind hatte Platz, sich zu bewegen und sich breitzumachen, und zerzauste die Bäume entlang der Avenue.

Auf den Gehwegen bereiteten sich Straßenverkäufer auf die Kunden vor, die in der Mittagszeit kommen würden. Taxis reihten sich am Bordstein hintereinander, die Fahrer standen zusammen, unterhielten sich, gelegenlich schnippte einer die Asche seiner Zigarette weg.

Liebe reichlich.

Corina griff nach den Annullierungspapieren. Bedeutete es denn, *reichlich zu lieben*, wenn sie sie unterschrieb?

Ein sanftes Klopfen ließ sie »herein!« rufen.

Adelaide trat mit einem Tablett mit Tee und Keksen durch die Tür. »Zeit für eine Kleinigkeit. Wie war Ihre Zeit auf dem Lande?«

»Erkenntnisreich.« Corina warf die Dokumente zurück auf den Schreibtisch. Bis heute Abend würde sie sich entscheiden. Wenn sie nach Hause flog, ohne zu unterschreiben, würde sie sich darauf vorbereiten müssen, die Konsequenzen zu tragen.

»Sie klingen besorgt.«

»Ich habe eine Abmachung getroffen, bekommen, was ich wollte, und jetzt weiß ich nicht, ob ich meinen Teil der Abmachung einhalten kann.«

»Da stecken Sie in einem Dilemma.« Adelaide schenkte Corina eine Tasse Tee ein und legte ein dünnes, waffelähnliches Plätzchen auf die Untertasse, als sie sie ihr reichte.

»Mein Kopf gegen mein Herz.« Corina zog den Schreibtischstuhl herüber. In ihrem Bauch brannte ein kleines Feuer wegen ihrer inneren Auseinandersetzung mit der Annullierung.

»Es wird Ihnen besser gehen, wenn Sie einen Schluck Tee getrunken haben.« Adelaide füllte eine zweite Tasse mit dem dampfenden, kräftig braunen Gebräu. »Dieses Teeservice ist etwas ganz Besonderes.« Adelaide setzte sich manierlich auf das Sofa und hob Tasse und Untertasse etwas hoch.

»Wirklich?« Corina inspizierte ihre Tasse. »Diese hier hat eine kleine Macke.« Sie tippte gegen die kleine Kerbe am Boden der Tasse.

»Sie ist reichlich benutzt worden. König Stephen I. hatte von den großartigen Porzellantassen gehört, die in China hergestellt wurden. Er ließ sich ein Service anfertigen, und es dauerte zehn Jahre, bis es ankam. Eines der ersten, die den Westen erreichten.«

Corina senkte Tasse und Untertasse. Die Luft im Raum veränderte sich wieder, als Adelaide sprach, und Corina fühlte sich von der Elektrizität gefesselt. »Sie servieren mir Tee in einer 450 Jahre alten Tasse?«

»Könige und Königinnen, die Kranken und Armen, Frauen und Männer, Kinder haben aus diesen Tassen getrunken.«

»Woher haben Sie die?« Nochmal, warum waren die Sachen nicht im Besitz der Krone?

»Das Service gehört zum *Herrenhaus*. Zusammen mit dem Diadem.«

»Adelaide, Sie haben ja so einiges vor. Versteckte Diademe, besondere Tee-Service.«

Die Frau lehnte sich an die weichgepolsterte Lehne der Chaiselongue zurück. »Sie haben gefragt, was es mit Brill und mir auf sich hat. Nun, wir sind hier, um Ihnen zu helfen, zu sehen, was es mit *Ihnen* auf sich hat.« Sie hob ihre Tasse für Corina. »Um das Diadem tragen zu dürfen, muss man aus der Tasse getrunken haben.«

Corina betrachtete ihre Tasse. »Sie meinen, um wahrhaftig königlich zu sein, muss man aus der Tasse der Liebe und des Dienens getrunken haben?«

»Na bitte, das war doch jetzt gar nicht so schwierig, oder? Zu regieren, indem man dient. So ist das große Königreich beschaffen. Es ist die Liebe, die Himmel und Erde bewegt.«

Die Schauer, die über Corinas Arme liefen, vermehrten sich schlagartig.

»Und so haben also König Stephen I. und Königin Magdalena geliebt?« Sie versuchte, hinter Adelaides Weisheit zu kommen.

»Ja. Und Sie und Ihr Prinz haben denselben Ruf erhalten.«

»Aber er will raus aus der Sache, Adelaide. Er will die Ehe für nichtig erklären lassen.«

»Das ist Ihr Weg, Liebes. Alles, was ich Ihnen geben kann, ist die himmlische Sicht auf das Ganze.« Adelaide drehte ihre Untertasse um. »König Stephen I. hat seine Kunsthandwerker eine Initiale für ihr Königshaus anfertigen lassen. Sehen Sie?«

Corina überprüfte ihre Untertasse. Auf dem Boden fand sie eine von einem Schwert gekreuzte Krone. Darunter befanden sich die Buchstaben »H. v. S.« Haus von Stratton.

»Es war seine Gewohnheit, seine Gäste, ob reich oder arm, Adelige oder Bürgerliche, mit dem ganzen Service zu empfangen. Nun bleiben nur noch diese beiden.«

»Und ich soll es ihm gleichtun?«

»Wenn Sie das Diadem tragen wollen, müssen Sie bereit sein, aus der Tasse zu trinken.«

»Wenn ich das Diadem tragen will, wie kann ich dann diese Papiere unterschreiben?«, fragte Corina, die nach den Unterlagen griff.

»Das kann ich Ihnen nicht sagen. Was sagt Ihnen Ihr Herz?«

»Dass ich ihn liebe. Ich bin hierhergekommen, weil ich dachte, ich könnte ihn vielleicht zurückgewinnen, wissen Sie? Ihn reichlich lieben. Aber vielleicht ist zu viel Zeit vergangen. Wir sind nicht mehr dieselben Menschen wie vor sechs Jahren.«

»Nur, weil er es sich noch nicht anders überlegt hat, heißt das nicht, dass Sie nicht reichlich geliebt haben. Sie haben nicht versagt.« Mit einem »ahh« trank Adelaide ihren Tee aus und stellte die Tasse auf dem Tablett ab. »Jetzt muss ich aber weiter.«

Adelaide räumte das Porzellan ab und ließ Corina mit all ihren Fragen alleine im Zimmer zurück.

Liebe reichlich. Wenn es nach ihr ginge, würde sie die Papiere einfach zerreißen, aber sie hatte eine Abmachung mit Stephen getroffen. Was, wenn der erste Schritt, reichlich zu lieben, das Loslassen war? Wenn es darum ging, die Krone des Glaubens zu tragen und aus der Tasse zu trinken, die den anderen höher achtete als sich selbst?

»Herr, was soll ich nur tun?«

Sie schloss ihre Augen, atmete ein und linste dann wieder zu den Unterlagen. Und unterschrieb. Heute Nachmittag würde sie sie mit einem Kurier zur königlichen Behörde schicken.

Wenn sie wieder zurück bei der *Beaumont Post* war, würde ihre Reise beendet sein. Dann würde sie eine alleinstehende Frau sein, die reichlich geliebt hatte, in Worten und Taten und durch alle wechselhaften Schatten.

FÜNFUNDZWANZIG

»Das hier ist eben für Sie angekommen.« Robert durchschritt den Raum mit einem Silbertablett in der Hand, auf dem ein Umschlag lag.

»Ist das alles?« Stephen warf das Kuvert achtlos auf den Schreibtisch. Er war sicher, dass es nur die Annullierungsunterlagen waren. Was blieb denn schon noch zu sagen oder zu tun, nachdem er sie am Freitagmorgen am *Herrenhaus* abgesetzt hatte, außer, das Ende offiziell zu machen?

Sie hatte versprochen, die Nichtigkeitserklärung zu unterschreiben, wenn er ihr die Wahrheit sagte. Also hatte er das getan. Und somit das Stillschweigen gebrochen, das ihm durch die höchste Geheimhaltungsstufe von oberster Stelle auferlegt war.

In den letzten beiden Nächten war er in der dunkelsten Stunde aufgewacht, jeweils geweckt von einem stechenden Bedauern. Wenn sie erst einmal die Papiere unterzeichnet hatte, würde sie für immer aus seinem Leben verschwinden.

Was für eine außerordentlich traurige Angelegenheit. Kein Mann sollte je eine Frau wie Corina Del Rey verlieren.

»Gibt es sonst noch etwas, Sir?«, fragte Robert. »Sind Sie bereit für das Mittagessen?«

»Noch nicht ganz, danke.« Stephen war gleich zur Physiotherapie gefahren, nachdem er Corina beim *Herrenhaus* abgesetzt hatte. Aber weil er so gar keine Kraft in seinem Knöchel spürte, hatte er die Sitzung abgekürzt. Im Moment waren die Schmerzen beinahe so intensiv wie in den Stunden unmittelbar nach der Operation.

Seine Vision davon, rechtzeitig zur Premiership wieder auf dem Platz zu stehen, verschwamm zusehends.

Stephen setzte sich, stieß sich vom Schreibtisch ab, und nahm den

Umschlag lange in Augenschein. *Nun komm schon, alter Freund, du bist deswegen bis nach Amerika geflogen. Verlier jetzt nicht den Mut.*

Ein Fetzen aus dem Katechismus, den er in seiner Kindheit gelernt hatte, schoss ihm durch den Kopf. *Die Liebe ist langmütig und freundlich ...*

Stephen schnappte sich den Umschlag, riss ihn auf und leerte ihn. Doch anstatt der erwarteten Papiere mit der Aufhebungserklärung fand er nur einen einzigen Briefbogen vor, auf dem eine Adresse stand.

Agnes Rothery
10 Mulchbury Lane
Dunwudy Glenn, Brighton Kingdom, 12R49-H

Birds Freundin. Da wurde doch der Hund in der Pfanne verrückt. Hatte sie die königliche Behörde also doch ausfindig gemacht. Auf seine Bitte nach dem Auftritt bei *Madeline & Hyacinth Live!* letzte Woche. Gut gemacht, königliche Behörde.

Stephen tippte die Adresse in sein iPhone. Dunwudy Glenn war ein hübsches, pittoreskes Dorf, das ungefähr zwei Autostunden nördlich der Stadt lag. Die Karte spuckte ihm auch gleich schon die Route zu Agnes Rotherys Haus aus.

Er überlegte, wie er weiter vorgehen sollte. Agnes wusste rein gar nichts darüber, wie ihr Partner gestorben war. Nur, dass er als Held gestorben war. Sie hatte keine weiteren Fragen gestellt und Bird und die Vergangenheit in Frieden ruhen lassen.

Aber, Himmel nochmal, Stephen war es so leid, sich vor dem Leben zu verstecken, nur weil ein brutaler Aufständischer auf ihn losgegangen war und ihn beinahe umgebracht hätte. Er hatte zwar nicht vor, Agnes Staatsgeheimnisse zu erzählen, aber er würde das Versprechen halten, das er Bird gegeben hatte.

»Wenn mir irgendetwas passiert, kümmere dich um Agnes, ja?«
»Du hast mein Wort darauf.«

Um aufs Neue weitermachen zu können, musste er sich Torcham und all den Konsequenzen, die das Ereignis nach sich zog, stellen. Seine gebrochenen Versprechen endlich einlösen. Dann würde er sich – vielleicht – irgendwann mal ansatzweise der Luft würdig fühlen, die er atmete.

Stephen sammelte den Zettel und sein Telefon auf und ging in sein Zimmer. Er duschte und zog Jeans und Hemd an. Im Speisesaal fand er Robert.

»Bitte ruf Thomas an. Sag ihm, er hat den Rest des Tages frei.«

»Ja, Sir.« Robert runzelte die Stirn und sah ihn ernst an. »Dürfte ich fragen, wohin Sie unterwegs sind? Sie wissen, dass die königliche Behörde es nicht gerne sieht, wenn Sie ...«

»Hier ist die Adresse.« Er gab den einzelnen Briefbogen weiter. »Ich werde selbst fahren. Aber ich werde Miss Del Rey abholen.«

»Sir?«

»Ich werde sie mitnehmen, wenn sie damit einverstanden ist.«

»Ihr Mobiltelefon werden Sie doch mitnehmen?« Robert wusste wenig bis gar nichts über die Ereignisse in Afghanistan, nur, dass er auf der Hut sein sollte, was die Sicherheit des Prinzen anging.

»Ich habe mein Handy dabei.« Stephen winkte mit dem Gerät, während er den langen Flur zur Garage hinuntereilte. »Ich werde spät zurückkommen.« Bevor er um die Ecke bog, hielt er an. »Nimm dir den Rest des Tages selbst auch frei, Robert. Geh in den Park. Genieß die Festivals und die Stadt bei dem schönen Wetter.«

Während sich Stephen durch den Verkehr wand, ließ die Spannung in seiner Brust nach, und das Gewicht, das er auf seinen Schultern spürte, hob sich. Der Wind, der durch das offene Fenster hereinströmte, zerzauste ihm das Haar.

Er schaffte es gerade noch bei Grün über die Ampel an der Market Avenue, machte einen weiten Bogen zum Crescent und nahm dann eine Abkürzung über die Spur, die nach Norden führte, um direkt beim *Herrenhaus* zu parken.

War es lächerlich, sie unangemeldet zu besuchen und zu bitten, mitzukommen? Das machte ihm nichts aus. Vor dreißig Minuten hatte er erwartet, ihre unterschriebenen Annullierungspapiere in den Händen zu halten. Jetzt stand er vor ihrer Tür und lud sie zu einer Ausfahrt ein.

Mal davon abgesehen würde es ihr bestimmt guttun, Agnes zu treffen. Sie hatten etwas gemeinsam, das sonst niemand teilte. Die Männer, die sie liebten, waren bei einem Selbstmordattentat gestorben, das den Prinzen von Brighton zum Ziel hatte. Vielleicht würden sie sich anfreunden und gemeinsam heil werden.

Außerdem überlegte er, wie sehr er Corinas Mut und Stärke brauchen würde, wenn er Agnes erzählte, dass er fünfeinhalb Jahre zu spät dran war, sein Versprechen einzulösen.

Als er gerade in das *Herrenhaus* eintreten wollte, sah er Corina um die Ecke biegen, die eine Schachtel Krapfen unter dem Arm trug.

»Hey.« Sie verlangsamte ihren Schritt. »Was – was machst du denn hier?« Ihr dunkles Haar umrahmte ihr Gesicht und floss offen über ihre Schultern, und ihre bernsteinfarbenen Augen waren weit, offen und klar.

»Ich möchte dich um einen Gefallen bitten.« Er verbeugte sich vor ihr. »Du kannst natürlich auch Nein sagen.«

»Was denn für einen Gefallen?«

In aller Kürze erzählte er ihr von Agnes und Bird, wie er Bird versprochen hatte, dass er sich um sie kümmern würde, wenn ihm etwas zustieß, und wie er sein Versprechen gebrochen hatte. Es war an der Zeit, die Scharte auszuwetzen.

»Ich will da nicht alleine hin, verstehst du? Ich kann mich nicht all meinen Dämonen alleine stellen. Ich habe gedacht, vielleicht würde es dir gefallen, sie kennenzulernen. Bird und Carlos waren an dem Tag in Torcham die wahren Helden.«

»Wirst du ihr das Gleiche erzählen, was du mir erzählt hast?«

»Nein. Aber ich will sie besuchen. Ich will sicher gehen, dass es ihr gut geht.«

»Das ist jetzt fünfeinhalb Jahre her. Agnes hat möglicherweise mit all dem abgeschlossen und mit ihrem Leben weitergemacht.«

»Aber ich muss das sehen. Wenn das so ist, dann ist das so. Das ändert nichts an dem Versprechen, das ich Bird gegeben habe. Sie liebte ihn, und ich möchte, dass sie weiß, dass er ehrenvoll gestorben ist.« Etwas Zärtliches huschte über ihr Gesicht. Etwas, das er nie gesehen hatte, bevor er in den Einsatz gezogen war. Ein besonderes Stück ihres Herzens. »Nur, wenn du willst.«

Sie sah zu seinem Audi hinüber. »Wo ist Thomas?«

»Bei diesem Ausflug sind nur du und ich dabei, Liebes.«

»Das verstehe ich nicht, Stephen. Ich dachte, es ist aus mit uns. Du hast mir das dunkle Geheimnis verraten, das hinter allem steckt. Warum fahren wir beide dann jetzt zusammen los? Warum brauchst du mich, um dich deinen Dämonen zu stellen?«

Er seufzte. »Damit ich damit abschließen und mit meinem Leben weitermachen kann.«

»Oh, um Himmels willen.« Corina drückte ihm die Schachtel Krapfen in die Hand. »Die sind frisch von Franklins Marktstand. Gib mir einen Moment, damit ich mein Telefon holen kann.«

»Machst du das jetzt nur aus Mitleid?« Er folgte ihr ins Haus.

»Ja«, sagte Corina und rannte nach oben, während er in der kleinen, altmodischen Lobby wartete, wo die massiven, ungehobelten Balken nur wenige Zentimeter über seinem Kopf hingen.

Eine kleine Frau mit einem großen Lächeln kam auf ihn zu. »Wie schön, Sie zu sehen, Eure Hoheit.«

»Vielen Dank. Ein schönes Haus haben Sie hier.«

Die Frau bot ihm Tee an, aber er lehnte dankend ab. Die Intensität ihres Blicks und das Gefühl, das sie in ihm auslöste – aufsteigende Hitze, sagte man wohl – machten ihn nervös.

Aber er fühlte sich von ihr angezogen, fast verändert in ihrer Gegenwart.

»Corina spricht sehr gut von Ihnen«, sagte er. »Es scheint, Sie haben sie gerettet, als sie in der Stadt ankam und keine Reservierung für das Wellington vorweisen konnte.«

Die Augen der Frau sprühten Funken. »Ja, tatsächlich. Keine Reservierung für das Wellington. Nun, wir hier halten auch sehr viel von ihr. Und von Ihnen.«

Stephen atmete durch, als Corina in die Lobby gesprungen kam. Sie trug Jeans und ein Top, das Haar hatte sie zu einem dicken, glatten Pferdeschwanz zusammengebunden. Wunderschön. Perfekt für ihn. Montagabend Prinzessin, Soldatengattin am Freitagnachmittag.

Zu spät. Zu spät.

Am Anfang waren sie still, während Stephen den Wagen aus der Stadt hinauslenkte in Richtung der Brücke Seiner Majestät, zur Autobahn, die nach Norden, nach Dunwudy Glenn führte.

Er hatte das Radio angestellt, es spielte eine leise Abendmusik.

Als sie die Autobahn erreicht hatten und sich zurücklehnen konnten, eröffnete Corina das Gespräch. »Wie hast du Rugby spielen können? Warst du für die Spieler und die Fans nicht eine Art Gefahrenquelle?«

»Alles unter Verschluss zu halten, hat geholfen. Aber in der ersten Trainingswoche hätte ich fast die Mannschaft verlassen, weil mir klar geworden ist, welches Risiko ich allen aufbürde. Meinen Mannschaftskameraden, den anderen Spielern und Fans auf der ganzen Welt. Es war kaum auszuhalten. Obwohl ich auch halb verrückt wurde, weil ich unbedingt spielen wollte. Rugby wurde zu meiner Therapie. Meine Art, zu vergessen. Ich musste rennen, musste wetteifern, Torversuche machen. Für *sie*. Für die sechs, die gestorben sind.«

»Das verstehe ich. Wirklich. Ich bin zu Hause geblieben. Ich habe fünf Jahre verschwendet, weil ich geglaubt habe, ich könne Daddy und Mama, also besonders Mama, aus ihrer Trauer heraushelfen.«

Er legte ihr die Hand auf den Arm und bereute gleich, dass sie das als zärtliche Berührung interpretieren könnte. Egal. Dass er ihr die Wahrheit gesagt hatte, verband sie, jedenfalls als Freunde.

»Dad erkannte mein Dilemma, mischte sich ein und organisierte Treffen, was eine Menge Diskussionen mit der Rugby Union, den Brighton Eagles und dem Verteidigungsminister hinter verschlossenen Türen nach sich zog. Nachdem die Rugby Union zugesichert hatte, ihre eigenen Sicherheitsvorkehrungen zu erhöhen, und wir unseren Teil auch aufstockten, wurde vereinbart, dass ich spielen konnte. Als die Spezialeinheiten von Brighton die Terrorzelle beseitigt hatten, der Asif angehört hatte, waren wir etwas zuversichtlicher, dass mein Leben in Sicherheit war – und damit auch die Rugbywelt.«

Musik spielte in ihr Schweigen hinein, aber das störte ihn nicht. Es war friedlich.

»Hey, erinnerst du dich noch an das Kleid, das ich beim Militärball und bei unserer Hochzeit getragen habe?« Sie hatte keinen Kummer damit, über die Vergangenheit zu sprechen. Stephen sah sie aus dem Augenwinkel an. Sie war anders, verändert, und das in der kurzen Zeit seit gestern.

»Das weiße mit dem fedrigen Rock? Das irgend so ein zurückgezogener Designer gemacht hat?«

»Aber er hat sich so lange damit Zeit gelassen, dass ich es nicht zu seinem ursprünglichen Zweck tragen konnte.«

»Ich erinnere mich daran, dass du schön darin ausgesehen hast. Und, wenn ich das mal so sagen darf, sexy.« Sein neckendes Lachen folgte. Sie boxte ihn freundschaftlich in den Arm.

»Ganz genau. Danke, und es wurde für mich gemacht. Auf der ganzen Welt gibt es kein zweites Exemplar davon. Bevor ich hierhergekommen bin, habe ich einen Abstecher nach Hause gemacht.« Sie hielt in ihrer Erzählung inne und dachte nach. »Mama hat es gespendet, es ist bei einer Wohltätigkeitsauktion verkauft worden. Ich war gerade mal ein paar Monate aus dem Haus.«

»Das ist ja brutal. Hat sie gesagt, warum?«

»Sie hat sich irgendetwas ausgedacht, von wegen, dass ich es ja nicht bräuchte. Aber Stephen, es ist, als wäre Carlos gestorben, und sie versucht, mich mit ihm zu begraben. Sie hat mein Kinderzimmer in einen ›Raum der Stille‹ umfunktioniert. Mein Zimmer. Dabei bin ich diejenige, die immer noch nach Hause kommt. Mal ganz davon abgesehen, dass es dreißig Zimmer in dem Haus gibt. Aber *meins* gestaltet sie zu einem Innengarten um, zu einem Schrein für Carlos.«

»So wie mein Erinnerungsgarten?«

Sie betrachtete ihn einen Augenblick lang. »Na, da würdet ihr beide euch sicher gut verstehen.«

»Obwohl ich dir zustimme, dass sie dafür nicht gerade dein Zimmer nehmen sollte.«

»Mein Zimmer liegt dem von Carlos gegenüber, und wir hatten einen gemeinsamen Balkon, der die beiden Zimmer verband. Nachts sind wir manchmal mit Schlafsäcken nach draußen gegangen, obwohl wir natürlich in unseren Zimmern hätten schlafen sollen. Wir haben die Sterne betrachtet und miteinander geträumt. Er wollte schon mit zehn Jahren Menschen helfen. In der Highschool war er laufend damit beschäftigt, Leute zu retten. Immer sprang er irgendjemandem bei, der sich nicht selbst verteidigen konnte.«

Stephen schluckte. Seine Haut brannte heiß. Er ließ sein Fenster herunter, um frische Luft zu schnappen. Er war derjenige, der sich selbst nicht hatte verteidigen können, für den Carlos gestorben war. Obwohl er der Verteidiger hätte sein sollen. Er hätte Asif angehen und ihn überwältigen sollen.

»Du bist still. Was ist los?«

»Ich denke nur nach.«

»Über *den* Tag?«

»Darüber, welches Opfer ihr gebracht habt, deine Familie und du.«

»Vielleicht kannst du ja jetzt abschließen und neuanfangen, wo doch endlich die Wahrheit raus ist, also, jedenfalls mir gegenüber, und wo du mit Agnes nachholst, was du versäumt hast.«

»Dafür ist das Rugbyfeld da, Liebes.«

»Was passiert, wenn dein Spiel vorbei ist? Wenn du nicht mehr spielen kannst?«

»Das kann ich mir nicht vorstellen. Das kann ich einfach nicht.«

Die Unterhaltung wandte sich netteren, sichereren Themen zu – die Kunstauktion, Philosophie und Welpen. Sie liebte alles, was flauschig war.

Die Schatten über der Landstraße waren lang geworden, als Stephen in eine von Bäumen gesäumte Dorfstraße abbog. Kleine Häuser aus dem 17. Jahrhundert mit Vorgärten so klein wie Briefmarken standen hier.

Vom Beifahrersitz aus zählte Corina die Hausnummern. »Fünf, sechs, sieben ... Zehn. Da ...« Sie klopfte gegen ihr Fenster, als der Wagen an einem leuchtend bemalten Häuschen mit einem goldenen Reetdach vorbeiglitt.

Stephen bremste, wendete und rollte in die schmale Auffahrt. Das, was er da gerade vorhatte, zerrte an seinen Nerven. Als er Agnes angerufen hatte, um seinen Besuch anzukündigen, hatte sie zweifelnd geklungen.

»*Der Prinz von Brighton kommt hierher?*«

Er stellte den Motor ab und wog die Schlüssel in der Hand, während er zu dem Haus hinübersah, das sich unter riesigen Platanen duckte.

»Es wird gut werden«, sagte Corina.

»Das nehme ich an.«

Mit Corina an seiner Seite strebte Stephen den Fußweg entlang. Das Gewicht seines verschleppten Versprechens lastete auf ihm.

An der Stufe zur vorderen Veranda hielt er an und klingelte. Die Tür ging auf, und ein etwa fünfjähriger Junge, von der Hüfte aufwärts nackt, sah sie aus großen grünen Augen an. »Mum, da sind ein Mann und eine Frau.« Auf seiner kurzen Hose waren Schmutzflecken, seine schlammverschmierten Socken versanken in seinen Schuhen. Ein Schopf blonder Haare wölbte sich in einem ungestümen Wirbel über seiner sommersprossigen Stirn. Stephen mochte ihn auf Anhieb.

»Baby Bird, komm mal da weg.« Eine Frau kam durch den schmalen, dunklen Korridor. *Baby Bird? Bird hatte einen Sohn?*

»Bitte kommen Sie herein, Eure Hoheit. Ich kann es kaum glauben. Der Prinz von Brighton in meinem eigenen Zuhause.« Agnes strich das Haar des Jungen glatt, während sie ihn beiseite zog und Platz machte, damit Stephen und Corina eintreten konnten. Sie bot ihnen einen ungelenken Knicks an. »Entschuldigung wegen des Jungen. Er kommt gerade von seiner Oma, wo er anscheinend im Matsch gespielt hat.« Agnes scheuchte ihren Sohn mit einer Handbewegung durch den Flur.

»Keine Sorge. Es tut uns leid, so hereinzuplatzen. Ich weiß es sehr zu schätzen, dass ich kommen durfte.« Stephen duckte sich unter dem niedrigen Türrahmen. Er hatte das Gefühl, er müsste sich vor ihr verbeugen. Ihr Opfer ehren. »Das ist Corina Del Rey.«

»Natürlich. Ich habe Sie in den Zeitungen gesehen. Schön, Sie kennenzulernen.«

Corina streckte die Hand aus. »Es mir eine Ehre.«

Agnes und Baby Birds Zuhause war klein und warm, sauber und ordentlich; es duftete nach Tomatensoße. Aber die Nachmittagsluft, die durch das geöffnete Küchenfenster hereinkam, konnte es mit der Wärme nicht aufnehmen.

»Es tut mir leid, dass es so heiß ist. In diesen alten Häusern gibt es keine Klimaanlagen.« Agnes drehte einen Ventilator, der auf dem Boden stand, zum Sofa hin und bedeutete Stephen und Corina, sich zu setzen. Ihre Stimme zitterte, als sie Baby Bird an sich zog und sich mit feuchten Augen auf einen Sessel setzte. »Ich kann es gar nicht glauben, dass Sie hier sind. Bird hat mir immer von Ihnen geschrieben. Stephen dies, Stephen das.« Ihr Lachen erfrischte die Atmosphäre im Raum. »›Kann kaum glauben, dass er ein Prinz ist‹, schrieb er dauernd. Aber Bird sagte immer, wenn ihm etwas passierte, würden Sie hierherkommen.« Sie sah ihn mit einem geradlinigen, sanften Blick an. »Ich habe mich schon gefragt, ob er sich das nur ausgedacht hatte.«

Stephen fuhr nervös mit den Händen über die Seiten seiner Jeans. Wieder war er gefangen in der harschen Wirklichkeit des Schmerzes, den er verursacht hatte. »Es tut mir Leid, Agnes. Ich konnte einfach nicht ...« Sein Geständnis offenbarte seine Schwäche, seine Scham. »Bird und die anderen zu verlieren hat mich schwer getroffen. Ich konnte all dem keinen Sinn abgewinnen.«

»Wo sie doch der einzige waren, der überlebt hat. Das verstehe ich, Sir. Überlebensschuld.« Sie zeigte auf einen Bücherstapel in der Ecke. »Ich habe alles darüber gelesen. Es hat mir geholfen, wissen Sie, zu verstehen, warum er gestorben ist, und wie ich weitermachen sollte. Wir wollten heiraten, bevor er in den Einsatz zog, aber wir konnten uns die Verwaltungsgebühren nicht leisten, deswegen haben wir gewartet. Wir hatten vor, seine Gefahrenzulage dafür zu verwenden.« Sie lachte wieder und klopfte sich auf den Oberschenkel. »Stellen Sie sich das mal vor, die Gefahrenzulage für ein Aufgebot zu verwenden. Steckt da nicht ein bisschen Ironie drin?«

Dann wurde sie still. Baby Bird tauchte wieder auf, mit sauberen Kleidern zwar, aber immer noch großzügig mit Schlamm bedeckt. Er vergrub sein Gesicht an der Seite seiner Mutter und lugte unter seinen goldenen Ponyfransen zu Stephen.

»Agnes, ich hätte viel früher kommen sollen. Besonders, weil ich ein Prinz bin. Bitte ... vergeben Sie mir. Es tut mir leid.«

»Da gibt es nichts zu vergeben, Eure Hoheit. Das war eine schwere Zeit für uns alle.« Sie verschränkte die Finger. »Immerhin sind Sie doch ein Prinz. Mit Verpflichtungen, denen Sie nachkommen müssen. Und ein Spitzensportler. Baby Bird hier liebt Rugby. Oh, wo bleiben nur meine Manieren? Ich habe Tee und Kekse.« Sie schob den Jungen beiseite und eilte in die Küche.

Aber sie hielt abrupt an, als ein Schluchzen in ihr aufstieg.

»Agnes.« Stephen stand auf und nahm sie sanft bei den Schultern. Sie drehte sich um und ließ sich gegen seine Brust fallen. Mit einem Blick zu Corina, deren Augen in Tränen schwammen, schloss Stephen Agnes in die Arme und ließ sie weinen.

Das brachte Baby Bird aus der Ruhe. Er zupfte am Rock seiner Mutter, wollte wissen, warum sie weinte. Corina rutschte von der Couch.

»Deine Mama freut sich einfach, den Prinzen zu sehen. Ich habe gehört, du magst Rugby? Hast du einen Ball?«

Er verzog den Mund. »Du redest ja komisch.«

»Baby Bird!« Agnes löste sich von Stephen und wischte sich die Augen mit der Hand. »Es tut mir leid!«

»Das ist schon in Ordnung.« Corina zwickte den Jungen in die Nase. »Ich komme aus Amerika, und ich finde, dass ihr alle miteinander auch ganz schön komisch redet. Also, wo ist denn jetzt dein Ball?«

Ohne ein weiteres Wort rannte er davon.

»Er hat gar nichts anderes im Kopf. Der hält mich auf den Beinen.« Agnes zog ein Taschentuch aus ihrer Handtasche, die neben der Haustür stand.

»Birds Sohn, ja?«

Sie nickte und schnäuzte sich.

»Wusste er Bescheid?«

Sie quetschte das zusammengeknüllte Taschentuch in der Faust zusammen und schüttelte den Kopf. »Ich wollte ihn überraschen. Ich habe es selbst erst einen Monat vor seiner geplanten Rückkehr herausgefunden. Da dachte ich, ich würde ein spätes Weihnachtsgeschenk daraus machen. Noch einen Monat warten. Das war doch alles. Ein lausiger Monat.« Der Junge stürmte mit seinem Ball ins Zimmer; der Ball war halb so groß wie das Kind. Agnes strich ihm über den Kopf. »Mitchell O'Connell der Dritte. Birds Sohn.«

Ihre Augen glitzerten, und ihre schmalen Schultern schienen zu zerbrechlich, um die Last alleine zu tragen. »Bird und ich waren aus demselben Holz geschnitzt. An der Hüfte miteinander verbunden, als ob wir für eineinander geschaffen wären. Das einzige, was ich an Familie hatte, und ich hätte mir nie ein Leben ohne ihn vorstellen können. Und dann stand ich da, alleine und schwanger. Noch nicht einmal mit ihm verheiratet. Wir sind die Dinge verkehrt herum angegangen.«

»Er ist ein hübsches Kerlchen.« Corina kniete sich vor Baby Bird hin. »Willst du rausgehen? Ich kann dir die Grundregeln des besten Sports der Welt beibringen. American Football.«

»Was?« Lachend scheute Stephen wie ein Pferd vor einem Hindernis. »Hör bloß nicht auf sie, Baby Bird.«

Aber der war unter Jubelrufen schon halb aus der Tür.

Corina sah Stephen selbstgefällig an und ging um ihn herum. »Ich komme schon, Baby Bird.«

»Sie ist reizend.«

»Ja, das stimmt.« Stephen kauerte auf der Armlehne des Sessels und nahm Agnes' Hand in seine. »Ich habe Bird versprochen, ich würde mich um Sie kümmern.«

»Aber ich bin nicht seine richtige Ehefrau. Sie sind mir nichts schuldig. Obwohl ich wirklich gerne etwas für Baby Bird hätte.« Ihre Wangen röteten sich, während sie auf den Sessel hinuntersah und an einem losen Faden herumzupfte. »Ich weiß, dass Bird sich mehr für seinen Sohn gewünscht hätte, als ich ihm bieten kann.« Sie wischte sich die Tränen mit dem Handrücken weg. »Wenn Sie mir Hilfe anbieten, schäme ich mich nicht dafür, sie anzunehmen.«

»Wie kommen Sie zurecht? Haben Sie Arbeit?«

»Birds Eltern kümmern sich für mich um Baby Bird, solange ich in der Schule bin. Ich bin Schulassistentin. Das Gehalt ist nicht riesig, aber es sichert uns das Dach über dem Kopf und das Essen auf dem Tisch. Gott sei Dank, sonst wüsste ich auch nicht, was wir tun sollten. Ich möchte gerne, dass die Welt weiß, dass Bird einen Sohn hat, Eure Hoheit.«

»Bitte, nennen Sie mich Stephen.«

»Ich will kein Sozialfall sein. Wenn das Militär wenigstens Birds Vaterschaft anerkennen würde, würde er Waisenrente bekommen.«

»Lassen Sie mich mal machen. Und, um meinetwillen und für meinen Kameraden Bird O'Connell, würde ich gerne für seine Ausbildungskosten aufkommen.«

Mit einem lauten Schluchzen brach sie zusammen. Mit der Hand vor dem Mund legte sie die Stirn an Stephens Schulter. »Alles, was Bird über Sie gesagt hat, ist wahr. Ganz und gar wahr.«

Stephen klopfte ihr unbeholfen auf den Rücken und ließ seine Hand dann dort liegen, hielt mit ihr in ihrer Trauer aus.

Durch das Küchenfenster konnte er Baby Bird und ein paar andere Jungs im Hof sehen, wie sie versuchten, den dicken Rugbyball wie einen American Football zu werfen. Es spritzte reichlich, als sie durch den Matsch rannten. Oh, kleine Jungs. Er würde sich überlegen müssen, wie er Agnes zu einer richtig guten Waschmaschine und einem ordentlichen Wäschetrockner verhelfen konnte.

»Agnes.« Corina war zurückgekommen und schlich sich leise in ihre Unterhaltung. »Mein Zwillingsbruder, Carlos, starb am gleichen Tag.« Agnes hob den Kopf und wischte sich die Tränen ab. »Er hat mit deinem Bird in dem Internationalen Alliiertenverband gedient. Mit Stephen. Ich vermisse ihn immer noch. Meine Eltern ... Ich glaube, sie werden nie wieder dieselben sein.«

»Oh meine Liebe, das tut mir so leid.« Agnes floss von Stephens Schulter zu Corina hinüber, und eine lange Zeit standen die beiden Frauen umarmt da und weinten. Heilten.

Die Hintertür knallte, und Baby Bird kam zurück. Seine kleinen Schritte klapperten über den Dielenboden. »Hast du meinen Papa gekannt?« Er zupfte an Stephens Hand.

»Aber sicher habe ich das. Er war ein guter Freund.« Stephen nahm Birds Sohn mit einem Schwung hoch und legte sein Gesicht gegen die schmalen Schultern des kleinen Jungen, die ihm in diesem Moment breiter und männlicher erschienen als seine eigenen.

»Ich kriege ja gar keine Luft mehr. Lass mich los.« Baby Bird wand sich und zappelte mit den Beinen, um sich zu befreien. »Ich bin nicht deine Puppe.«

»Baby Bird«, sagte Agnes, ließ Corina los und gab dem Jungen einen sanften Klaps auf den Kopf. »Du sprichst mit dem Prinzen von Brighton. Zeig Respekt.«

»Das ist schon in Ordnung«, sagte Stephen und setzte den Jungen auf dem Boden ab. »Er kommt wirklich ganz nach dem Papa.«

Baby Bird warf sich in die Brust und stemmte die Fäuste in die Hüften. »Ich will auch Pilot werden, so wie er. Er war der allerbeste.«

»Pilot?« Stephen sah verstohlen zu Agnes. Bird war Techniker gewesen.

Sie zuckte mit den Schultern, eine leichte Röte zog sich über ihre Wangen. »Das ist es, was er seinen Vater sein lassen wollte. Also hab ich mir gedacht, warum auch nicht?«

»Ja, tatsächlich. Warum auch nicht?«

In der Küche blubberte irgendetwas, und Agnes eilte davon. Baby Bird rannte hinter ihr her. »Ich komme gleich mit Tee und Kuchen wieder.«

Als sie zu zweit waren, strich Corina mit der Hand über Stephens Rücken. »Geht's dir gut soweit?«

Er atmete durch und wappnete sich gegen das Aufwallen all der Erinnerungen und Gefühle, die er so lange unter Verschluss gehalten hatte. »Ich bin froh, dass wir gekommen sind.« Er hob die Hand zu ihrem Gesicht und streichelte über ihr Kinn, kümmerte sich nicht um die Vergangenheit, die Zukunft, war einfach nur in diesem Moment mit ihr. Jetzt und hier. »Ich bin froh, dass du hier bist.« Und da wurde es ihm klar ... Corina war immer sein Fels gewesen. »Obwohl ich Baby Bird jetzt erst einmal von diesem Footballkram kurieren muss.« Sein Herz zog sich schmerzhaft zusammen, so sehr sehnte er sich danach, sie an sich zu ziehen und zu küssen. Er schob die Hand in ihren Nakken und ging auf sie zu. »Corina, ich ...«

»Ich stand gerade am Herd, als mir klar wurde ...« Agnes war zurück. »Oh, ich bitte vielmals um Entschuldigung.«

Stephen trat beschämt und aufgewühlt zurück. Erleichtert. Er hatte Corina nicht zu küssen. Er sah sie kurz an. Sie hatte ihm nicht zu erlauben, sie zu küssen. »Kein Problem, das macht gar nichts.«

»Es ist nur, dass ich gerade erst so richtig begriffen habe, dass der Prinz von Brighton in meinem Haus ist.« Sie stellte das Tablett auf dem Esstisch ab und knickste noch einmal, dieses mal tief und förmlich.

»Das ist das Teeservice meiner Großmutter. Sie hat es in ihren Flitterwochen in Frankreich gekauft.«

»Es ist sehr hübsch«, sagte Corina und setzte sich, während Agnes einschenkte. Stephens Blick wich sie aus.

Die Unterhaltung wandte sich dem Leben nach Afghanistan zu, wie Agnes an das Häuschen und zu ihrer Arbeit gekommen war, um ihre hilfsbereite Familie, das Ganze gewürzt mit Baby Birds Beobachtungen über das Leben und seine Mum.

»Sie kommandiert mich immer herum.«

»Das müsste ich wohl nicht, wenn du einmal auf mich hören würdest, oder? Hmmm?« Agnes sah ihren Sohn mit hochgezogenen Augenbrauen an.

Baby Bird bedachte Stephen mit einer Grimasse, sodass der lachen musste und, Herr im Himmel, sich doch tatsächlich selbst in dem Jungen wiedererkannte.

Als alle zufrieden mit ihrem Tee dasaßen, hob Agnes ihre Tasse. »Auf Bird, den besten Mann, den ich je gekannt habe. Möge er in Frieden ruhen.«

Stephen hob ebenfalls seine Tasse. »Auf Bird.«

»Auf Bird und Carlos«, sagte Corina.

»Auf Carlos.«

»Auf Carlos.«

»Wer ist Carlos?« Und wieder brachte Baby Bird sie alle zum Lachen.

Der Nachmittag in Agnes Wohnzimmer ging in den Abend über, sie erzählten, lachten und erinnerten sich an Bird und Carlos, eine familiäre Verbindung, die durch die schweren Zeiten geschmiedet worden war.

Stephen spielte eine Runde mit Baby Bird auf dem Rasen hinter dem Haus. Er lehrte ihn die Überlegenheit des Rugby und achtete gut auf seinen Knöchel, während Corina Agnes' Bitte nachkam, sich mit ihr ein kleines Zimmer anzuschauen, das sie renovieren wollte und wofür sie Ideen brauchte.

Und an jenem Abend wuchs Stephens Familie um zwei Personen an.

Auf der Heimfahrt lehnte sich Corina entspannt in ihren Sitz, ihr Blick war schläfrig und benommen. »Danke.«

»Wofür?«

»Du hast mich gebeten, mitzukommen und dich zu unterstützen, aber am Ende hast du mir selbst damit ein großes Geschenk gemacht. Ich fühle mich jetzt nicht mehr so alleine. Während meine Eltern nie über Carlos sprechen wollten, redet Agnes so unverwandt darüber, dass sie Bird vermisst. Ich bin endlich dazu gekommen, in Erinnerungen über Carlos zu schwelgen.«

»Ohne dich wäre all das nie passiert.«

»Warum sagst du das?«

»Du hättest die Annullierungspapiere in Florida unterschreiben können, aber stattdessen hast du etwas von mir verlangt. Das hat mich herausgefordert.«

»Ich glaube, ich bin ganz zufällig über diese Bitte gestolpert, angetrieben von meiner eigenen Sehnsucht danach, endlich einen Abschluss zu finden.«

Sie schwieg, und er ließ sie schweigen, weil er spürte, dass da noch mehr war. Im Schein der Armaturenbeleuchtung fand er ihre Hand und drückte sie sanft.

»Ich liebe dich, Stephen.« Sie umschloss seine Hand und ließ nicht mehr los. »Ich sage mir selbst, dass ich das nicht sollte, dass unsere Ehe vorbei ist, aber ich liebe dich. Nicht nur als einen Freund, sondern als meinen Ehemann.«

Das Bekenntnis überrollte ihn, nahm ihn ganz ein. Wie konnte sie ihn lieben? Wenn er schon vorher keine Antwort gekannt hatte, ertrank er jetzt bei dem Versuch, es einfach nur zu verstehen.

Aber sie schien keine Antwort zu brauchen. Er sah sie von der Seite an, während der Audi über die Autobahn flog. Ihre Hände ruhten immer noch ineinander, und ihre Augen schlossen sich, während sie sanft einschlief.

Gigi

In der Welt des Journalismus waren keine Neuigkeiten schlechte Neuigkeiten. Gigi überflog ihre E-Mails ein letztes Mal, bevor sie nach Hause ging. Nichts. Sogar Madeline Stone hatte nichts zu berichten gehabt. Obwohl Gigi ja vermutete, dass die Fernsehmoderatorin aus Brighton sich nicht besonders viel Mühe gegeben hatte. Natürlich würde sie die besten Fundstücke für ihre eigene Sendung mit dieser schrillen Hyacinth zurückhalten.

Gigi dachte nach, grübelte. Sie sollte doch wohl in der Lage sein, etwas über Corina, ihre eigene Angestellte, in Erfahrung zu bringen. Sie brauchte eine neue Strategie. Die alte funktionierte offenbar nicht.

An ihrem Bürofenster sah sie auf das Stück Fluss zwischen dem Eau Gallie und dem Damm von Melbourne hinunter. Vielleicht war ihr mit 56 auch einfach der Schwung verloren gegangen. Zum ersten Mal in ihrem Leben dachte sie über das Unmögliche nach. Aufzuhören. Nur die Idee brachte sie zum Zittern.

Ein ungewohntes Gefühl, ein seltsames Wort, das sie bislang noch nicht in ihren Wortschatz aufgenommen hatte.

Sie war *die* Gigi Beaumont. Die Frau, die dieses Unternehmen hier von Grund auf aufgebaut hatte, als das weltweite Netz aus wenig mehr als piepsenden Modems, ein paar Technikfreaks und den ersten Cyberperverslingen bestanden hatte.

Sie war ehrgeizig, besaß Wettbewerbsgeist, Instinkt, Einfallsreichtum und eine kaltschnäuzige Seele. Egal, was notwendig war, um voranzukommen, sie tat es. Und sie bedauerte nichts.

Ihren dritten Ehemann hatte sie nur geheiratet, um an seinen Reichtum zu kommen. Einen erstklassigen Ehevertrag hatte sie mit ihm schließen können, der sie bei der Scheidung mit der Hälfte seines Vermögens aus der Ehe entließ.

Aber heute spürte sie eine Erschöpfung, die ihr bis in die Knochen kroch. Ihr Gewissen wachte aus einem langen, tiefen Schlaf auf und klopfte an die geschundene Tür ihres Herzens. *Lass sie in Frieden ...*

Übertrumpft von einer weichherzigen, zerbrochenen Schönheit aus Georgia.

Gigi machte sich wieder an ihre Arbeit und öffnete ihre Präsentation für das Online-Meeting der Spartenchefs um halb fünf. Vielleicht hatten die ja Ideen, wie man der Marke *Beaumont Post* wieder auf die Sprünge helfen konnte. Wie man ihrem verblassenden, wenn auch furchtlosen Leitmedium neues Leben einhauchen konnte.

Als sie gerade losgehen und durch das Großraumbüro pirschen wollte, um zu sehen, ob jemand irgendeinen Tipp erhalten hatte – immerhin hatte sie die besten Fährtenleser, Quellen und Tratschdetektoren der Welt in ihr Hauptquartier am Meer geholt –, erreichte eine neue E-Mail mit einer seltsamen Absenderadresse ihren elektronischen Briefkasten.

801laurellane@bmail.com

Die Geräusche aus dem Großraumbüro schienen zu verstummen. Gigis warmes Blut gefror, und ihre Hand, die auf der Maus ruhte, fing an zu zittern.

801 Laurel Lane? Das war die Adresse ihrer Wohnung im Norden von Cathedral City, als sie für die Brighton Broadcast Company gearbeitet hatte.

Robert? Lieber, guter Robert. Mit einem langen Atemzug öffnete sie die E-Mail. Es war Dienstag um acht Uhr. Was konnte er wohl wollen?

Vor 35 Jahren hatte er sie heiraten wollen, dabei aber nichts außer seinem Herzen und seiner Hingabe zu bieten gehabt.

Sie dagegen startete gerade erst durch, ehrgeizig ohne Ende, eingebildet und voller Träume. Sie hatte sich geweigert, sich an einen Mann zu binden, der weder Mittel noch Namen hatte. Einen Diener im Palast.

Als sie ihn zum letzten Mal verließ, hatte sie ihre Absichten klar gemacht. »Ich habe große Ziele, und ich brauche einen Partner, der mit mir Schritt halten und mir weiterhelfen kann.«

Gigi Beaumont, was warst du nur für eine Idiotin.

Ihre Augen füllten sich mit Tränen, als sie seine Nachricht las. Sie bestand nur aus drei Worten.

Sie sind verheiratet.

Gigi kniff die Augen zusammen und las die eine, die wunderschöne Zeile noch einmal.

Sie sind verheiratet.

Ach. Du. Meine. Güte. Ach du allerliebste Güte. Welch großartige Nachrichten. Fast wäre sie aufgesprungen und in ihrem Büro herumgetanzt. Robert, du lieber, lieber guter Mann.

Das hier, *das* war ihre Sensationsnachricht. Die Nachricht, die sie wieder an die Spitze der Pseudo-Neuigkeiten-Boulevard-Welt bringen würde.

»Oh, danke Herr, danke, danke. Hast du deine kleine alte Gigi doch nicht vergessen, was? Nicht wie in den langen Nächten, als mein Vater auf Sauftour war. Dankeee!«

Zurück auf ihrem Stuhl, drückte Gigi auf »antworten« und blickte forschend auf den Bildschirm.

Eine Story wie diese brauchte eine solide Unterfütterung, aber die

Schlüpfrigkeit der Schlagzeile war eine Geldquelle an sich, das reichte eigentlich, um sie auf der Basis von Hörensagen zu bringen.

Wenn sie sich als falsch herausstellte, würde sie einen leisen Rückruf irgendwo auf den hinteren Seiten der *Post* veröffentlichen.

Aber sie würde sich Corinas Zorn stellen müssen, oder jedenfalls dem, was an Zorn in diesem süßen, sittsamen Mädchen mit wenig Feuer in den Knochen steckte. Carlos Tod forderte bis heute seinen Tribut.

Aber Moment mal, wenn sie mit Prinz Stephen verheiratet war, was tat sie dann in Melbourne? Wie lange waren die beiden denn verheiratet?

Warum hatte die Welt noch nichts davon gehört?

Woher weißt du das? Was weißt du? Details.

Nachdem sie die Nachricht in den Cyberspace geschickt hatte, stolzierte Gigi durch das Großraumbüro und schlug ihren Mitarbeitern ein Grillfest bei sich zu Hause auf Tortoise Island vor; man könnte vielleicht die Jet Skis und die Paddelboote zu Wasser lassen. Immerhin stand das Wochenende vor der Tür.

Die Mitarbeiter reagierten mit einem Enthusiasmus, der die Trägheit des Freitagnachmittags in ihre Schranken verwies. Sie waren alle an Bord.

Gigi rief zu Hause an und wies ihre Angestellten an, alles für die Party vorzubereiten. Dann tänzelte sie zum Teewagen. Sie hatte es immer noch drauf, Baby, sie hatte es immer noch drauf.

SECHSUNDZWANZIG

Um 20.54 Uhr lag ein sanftes Licht über Cathedral City. Der Schleier der Dämmerung legte sich über die Stadt und vermischte sich mit dem bernsteinfarbenen Licht der Straßenlampen.

Corina trat aus dem Lift und auf die Terrasse des Braithwaite Tower, hinein in die Brise, den wolkenlosen Abend, die gedämpfte Musik des Stadtlebens – und in ihre Erinnerungen.

Sie war froh, dass sie gekommen war. Froh, dass sie Stephen geschrieben hatte, er solle sie hier treffen. Die Idee war ihr gekommen, als sie von Dunwudy Glen aus nach Hause gefahren waren. Ein Treffen auf dem Braithwaite Tower.

Sie hatte sich den ganzen Morgen lang den Kopf darüber zerbrochen, ob das nicht doch ein wenig melodramatisch wäre. Aber zur Teezeit hatte sie ihm dann eine SMS geschickt und ihn gebeten, sie hier um 20:54 Uhr zu treffen.

Zum Neun-Uhr-Läuten würde sie ihm seine Freiheit schenken. Sie würde ihre Ehe so beenden, wie sie begonnen hatte.

Auf der Spitze des Braithwaite war eine wunderschöne, hoch über der Stadt gelegene Dachterrasse mit einem kleinen Garten genau im Zentrum, in dem kleine Bäume in Kübeln zwischen Tischen und Parkbänken standen.

Der historische Turm war ein heißbegehrter Ort für Überraschungen, für Siegesfeiern, Ankündigungen aller Art, Geburtstage und Hochzeiten. Für Blind Dates und Heiratsanträge. Für Abschiede.

Corina strebte durch den Garten zur vorderen Mauer und stützte sich mit den Armen dort auf das Geländer, wo man gerade auf die Rue du Roi hinuntersah. In weiter Entfernung sah sie den Nordflügel von Stratton Palace.

Viele Stockwerke weiter unten wimmelten die Straßen nur so vom

Verkehr. Fußgänger schlängelten sich über die Gehwege, gingen in Geschäfte hinein oder kamen heraus, in den Park, stiegen in Busse ein oder aus.

Von ihrem Standpunkt aus sah alles so klein aus. So kontrollierbar. Manchmal war alles, was man brauchte, ein Perspektivenwechsel.

Der Wind, der an der Seite des Gebäudes hochwirbelte, spielte Seilziehen mit ihrem Haar. Corina grub in ihrer Handtasche nach einem Haarband.

Wie sehr sich der heutige Abend von jenem vor sechs Jahren unterschied, als sie hier mit Stephen gestanden hatte, in ihrem Diamatia-Kleid, das Haar gelockt und hochgesteckt und mit Nadeln und Haarspray fixiert. Nicht einmal die Brise auf dem Braithwaite hatte daran rühren können.

In jenen Tagen war ihr Herz nur so übergeflossen vor Selbstvertrauen, war ihr Selbstbewusstsein befeuert worden von ihrem Können, ihrer Jugend, ihrer Schönheit und ihrem Vermögen. Und obendrein hatte sie auch noch das Herz des Prinzen erobert.

Es lag an ihr, das Leben zu steuern. So lange, bis das Leben anfing, sie zu steuern und sie auf die Knie zwang.

Jetzt, wo sie hier auf dem historischen Turm auf Stephen wartete, hatte sie nichts, worauf sie ihre Hoffnung setzen konnte, außer Jesus selbst. Das reinste Beispiel dafür, reichlich zu lieben.

Den ganzen Tag über hatte sie auf eine Reaktion von ihm auf ihr »ich liebe dich« gewartet, aber er ließ das Bekenntnis ohne ein weiteres Wort verklingen. Vielleicht war es das Beste. Sie war Gottes geflüsterter Aufforderung, reichlich zu lieben, gehorsam gewesen. Der Rest lag an ihm.

Beim Klang der Aufzugglocke drehte sie sich um. Die Türen öffneten sich, Stephen stieg aus und brachte ihr Herz zum Springen, immer noch, während er mit seinem holprigen Gang auf sie zukam.

»Hey du«, sagte sie, und empfing ihn am Rand des Gartens. »Danke, dass du gekommen bist.«

»Warum sollte ich nicht?« Sein Blick glitt über sie. »Du hast gestern für mich den Nachmittag im Haus einer Fremden verbracht.« Trotz seines zwanglosen Benehmens war er auf der Hut. Sein zurückhaltender Blick verlieh ihr keinen Zugang zu seinem Herzen.

»Möchtest du dich setzen?« Sie wies mit der Hand auf die Tische in der Mitte.

Stephen begleitete sie zu einem Tisch in der vorderen Ecke. Nicht weit von der Stelle, wo er ihr den Antrag gemacht hatte. Ob er sich erinnerte? »Der alte Braithwaite. Die Augen über der Stadt.« Er stützte sich mit den Armen auf dem Geländer ab und hielt die Nase in die Brise. »Von hier aus kann man jeden Winkel der Stadt sehen.«

»Stephen.« Corina ließ ihre Umhängetasche auf den Tisch fallen und griff hinein, um die Annullierungspapiere herauszuholen. »Ich reise am Morgen ab, also lass mich tun, wofür ich hergekommen bin.«

Er kam zu ihr zurück und setzte sich ans Tischende, mit den Füßen auf der Lehne der Bank. »In Ordnung.«

»Erstens, danke, dass du mir das über Carlos erzählt hast. Ich habe mir überlegt, dass ich das doch meinem Vater erzählen will. Es tut mir leid, aber ich habe das Gefühl, dass ich das tun muss. Aber ich verspreche, dass ich es niemand anderem erzähle. Du hast mein Wort darauf.«

Er nickte. Der Wind zerrte seine dunklen Locken von einer Seite zur anderen.

»Zweitens ...« Sie hatte diesen Moment wieder und wieder geprobt, aber ihn zu durchleben erwies sich als schwieriger, als sie erwartet hatte. »Hier.« Sie überreichte ihm den offiziellen weißen Briefumschlag, der ihr *Ende* enthielt. »Alles unterschrieben. Du hast meine Bedingung erfüllt, also halte ich mich an deine.«

Er zögerte und griff dann nach dem Kuvert. »Da-danke.«

Sie seufzte und strich sich eine dünne Haarsträhne aus den Augen. »Ich wollte das nicht unterschreiben. Ich habe die Sprache der Nichtigkeitserklärung gehasst. Da steht, dass unsere Ehe nie existiert hat. Und du hast das Kästchen angekreuzt, hinter dem ›Fehler‹ steht.« Sie sah ihn an, aber er hatte den Blick abgewandt. »Ich glaube nicht, dass irgendetwas davon ein Schwindel oder ein Fehler war.«

»Ich hatte wenig Auswahl. ›Tod meines Schwagers‹ war keine Option. Die Alternative wäre gewesen, die Scheidung einzureichen, und ich glaube nicht, dass einer von uns beiden das gewollt hätte.«

Sie lehnte sich an die Kante des Tisches neben ihm und feuerte die volle Kraft ihrer Beichte auf ihn ab. »Ich mag es gar nicht, dass du darüber entscheiden wolltest, wie es in meinem Herzen aussieht. Was ich denken oder nicht denken würde, fühlen oder nicht fühlen, wollen oder nicht wollen. Dazu hattest du kein Recht.«

»Du hattest kein Recht, von mir Antworten über Carlos' Tod einzufordern.« Er hielt ihrem Blick nur eine Sekunde stand. »Aber ich habe deiner Bitte nachgegeben.«

»Wolltest du denn so sehr, dass ich die Papiere unterschreibe? So sehr, dass du das Gesetz gebrochen und mir geheime Informationen weitergegeben hast?«

Er hielt den Umschlag hoch. »Hättest du denn sonst unterschrieben?«

»Möglicherweise. Irgendwann. Aber ich habe das schon so gemeint, als ich sagte, dass ich dich liebe.«

Er antwortete nicht, sondern starrte nur den Umschlag an. Corina wog ihre nächsten Worte gut ab. Ein Bekenntnis, über das sie viel nachgedacht, viel gebetet hatte. Sie hielt es für ebenso wichtig wie ein »ich liebe dich.«

»S-Stephen?«

Er sah auf.

Sie nahm einen tiefen Atemzug. »Ich vergebe dir.«

»W-was?«

Die Tränen ... oh, die dummen Tränen. »Ich – ich vergebe dir.« Konnte ihr Herz denn in noch mehr Stücke zerbrechen? Aber jedes pulsierende, verstreute Stück bestätigte ihre Erklärung. »Ich – ich vergebe dir. Ich sehe das Blut meines Bruder nicht an deinen Händen.«

Seine Schultern bebten, als er über die Kante des Braithwaite hinuntersah.

Corina streichelte seine Hand. »Und wenn du mich fragst, solltest du dir selbst auch vergeben.«

»Hast du mich deswegen hier hochbestellt?« Er veränderte seinen Sitz auf der Bank und rückte leicht von ihr ab. »Um mich vorzuführen? Die Klügere zu sein?« Die Frage, voller Anschuldigungen, schmerzte.

»Nein, ich wollte das zwischen uns einfach im Guten zuende bringen. Wer weiß, ob wir uns nicht noch einmal über den Weg laufen.«

Er war still, mit verkrampftem Unterkiefer, angespannt, und dann ...

»Letzte Nacht ... Ich konnte nicht aufhören, über Bird nachzudenken, darüber, dass da ein Kind unterwegs gewesen war. Ein Sohn. Du kanntest Bird ja nicht, aber eine Ehefrau, eine Familie? Das war es, was er sich vom Leben erwünscht hat. Das und am Wochenende Rugby zu spielen.« Der Kommentar war nicht ganz zufällig. »Wenn er davon gewusst hätte, hätte er an dem Tag anders reagiert? Ich wäre tot wie alle anderen auch, wenn er nicht auf mich gefallen wäre.«

»Worauf willst du eigentlich hinaus? Hör auf, einer von den lebenden Toten zu sein. Du bist so schlimm wie meine Eltern. Du bist nicht ohne Grund verschont worden, und ich glaube, dieser Grund war nicht, damit du in ewigem Bedauern, ewiger Trauer leben kannst.« Sie hatte die Hände zu Fäusten geballt und zitterte. »Bird hat sich dafür entschieden, dich zu beschützen. Er mag vielleicht nichts von Baby Bird gewusst haben, aber er wusste doch von Agnes. Er hat sein Leben für dich gegeben. Warum entscheidest du dich nicht dafür, ihn zu ehren, indem du dein Leben lebst?«

»Instinkt.« Er schüttelte den Kopf und weigerte sich, sie anzusehen. »Bird bewegte sich aus Instinkt. Hätte er gezögert wie ich, wäre er vielleicht in Deckung gegangen. Aber egal wie, ich kann mich nicht vor der Wirklichkeit drücken, dass ich Bird, Carlos und die anderen ihres Lebens beraubt habe.«

»Nein, das hast du eben *nicht*.« Sie stellte sich vor ihn, die Hände auf seinen Oberschenkeln, und beugte sich hinunter, um ihm ins Gesicht zu sehen. »Hör auf mit dieser eingeredeten Schuld. Asif hat sie beraubt. Nicht du. Seine Wut und seine Bitterkeit.« Oh, das Bild der Vergebung wurde immer klarer in ihrem Herzen. »Wenn du weiter auf diesem Weg bleibst, kann dich irgendwann nicht einmal mehr der Platz retten. Eines Tages wirst du zu alt sein, um zu spielen, Stephen. Was, wenn dein Knöchel nicht heilt –«

»Er wird heilen.« Seine Augen fingen ihren Blick, und sie sah hinter den Schutzwall in die Tiefe seines Schmerzes. »Er wird heilen.«

»Dann heile *du*. Lass los. Es ist jetzt fünfeinhalb Jahre her. Kette dich doch nicht an die Vergangenheit. Was sagt dir dein Instinkt? Genau jetzt, genau hier? Du sagst, dein Zögern hätte dich zu Fall gebracht. Also zögere nicht.«

Seine Hand berührte sie flüchtig an der Hüfte, und sie spürte Leidenschaft, sehnte sich danach, in seinen Armen zu liegen. Aber seine Antwort war leise. Leidenschaftslos. »Weitermachen. Einen Tag nach dem anderen.«

Enttäuschung brannte in Corinas Brust, als der erste Glockenruf der Kathedralen erklang, dann folgte eine weitere Kathedralenglocke. Um neun Uhr waren sie zwar kühn und klangvoll, aber auch misstönend und unkoordiniert.

Eins ...

Zwei ...
Drei ...
Corina war wild entschlossen, diesen Moment nicht zu verlieren. Sie schob ihre Hand in seinen Nacken, zog ihn zu sich und drückte ihre Lippen auf seine. Zuerst vorsichtig, dann mit der ganzen Kraft ihres Herzens, lehnte sie sich gegen sein Bein und drückte sich gegen seine Brust.
Vier ...
Ein Kuss, um ihn an ihre Liebe zu erinnern, an den Kuss, mit dem alles anfing, an jenem Tag auf dem Platz im Stadion von Cathedral City.
Fünf ...
Ihr Kuss wurde intensiver, als sie an ihre Hochzeitsnacht dachte, an die Hitze und den Schweiß, als sie sich zum ersten Mal in dem kleinen altmodischen Cottage an der Küste Hessenbergs geliebt hatten.
Sechs ...
Bei der ersten Berührung hielt er sich zurück, zog sich fast zurück, doch dann umschlossen seine Arme ihre Taille, und er zog sie auf seinen Schoß. Sie umarmten sich, ihre Körper pulsierten.
Sieben ...
Dann löste sie sich von ihm und strich mit der Hand über seine Brust, wo sein Herz gegen ihre Handfläche trommelte.
Acht ...
»Corina –« Sein Atem war heiß auf ihrer Haut.
Neun ...
»Ich liebe dich.« Sie verankerte ihre Hände auf seinen Beinen und legte ihre Stirn gegen seine. Das Kuvert mit den Annullierungspapieren kitzelte ihren Arm. »Ich liebe dich einfach.«

Stephen wachte am Sonntagmorgen schweißgebadet auf. Er hatte wieder von Corina geträumt, aber diesmal lag sie in seinen Armen, sie wiegten sich zu Violinen, die Chopin spielten, und das fedrige Weiß ihres Kleides war rein und fehlerlos.

Vergeben.

Mit einem Grummeln in seiner Brust kickte er die Bettdecke beiseite und ging ins Badezimmer. Am Waschbecken spritzte er sich kaltes Wasser ins Gesicht, um die Gefühle zu kühlen, die in ihm brannten.

»Jetzt hast du es geschafft, Kumpel.« Er starrte sein Spiegelbild an. »Sie ist weg. Das wolltest du doch.«

Er berührte seine Unterlippe mit dem Finger. Dort zeugte ein Summen immer noch von ihrer Gegenwart. Er wusch sich noch einmal und versuchte, das Summen von seiner Lippe zu reiben. Als er das Handtuch von der Stange riss, war das Echo ihrer Berührung nicht schwächer geworden, sondern stärker.

Vergeben. Das Wort nahm sein Herz unter Beschuss.

Stephen warf das Handtuch in den Wäschekorb und ging zurück in sein Zimmer. Er war die Vergebung nicht wert, weder Corinas noch seiner eigenen. Schon gar nicht der Vergebung eines Gottes, mit dem er kaum sprach.

Der weiße Umschlag mit der Nichtigkeitserklärung lockte von der Anrichte. Stephen hob ihn auf und ging in sein Büro. Das war es doch, was er wollte. Nicht die nachklingende Leidenschaft ihres Kusses, nicht die Auferstehung ihrer Erinnerungen.

Er war doch frei, oder nicht? Warum fühlte er sich dann so gebunden?

Er beschloss, das Kuvert am Morgen in die königliche Behörde zu bringen und warf es auf den Schreibtisch. Am Montagnachmittag wäre dann alles offiziell.

Der Gedanke saugte ihn leer, er sank mit dem Kopf in den Händen in den Schreibtischstuhl. *Gott, könntest du einen Mann wie mich lieben?*

Irgendwo am Ende des Flurs klingelte sein Mobiltelefon. Mit einem Ruck stemmte er sich aus seinem Stuhl und ging halb hüpfend, halb hinkend in sein Zimmer. Sein linker Knöchel pulsierte und zwickte.

Mehr Physiotherapie. Er musste zielstrebig bleiben. Vielleicht würde er Darren dazu überreden können, auch am Sonntagnachmittag zu ein paar Übungen herauszukommen.

Corinas Nummer stand auf dem kleinen Bildschirm, und er seufzte. War sie immer noch in der Stadt? Sein Herzschlag pulsierte heftig in seinen Venen, als er antwortete.

»Hey«, sagte sie, leise mit ihrem Südstaatenakzent.

»Wie geht es dir?«

»Gut. Ich bin auf dem Flughafen.«

»Du weißt schon, dass das ganz schön klischeehaft ist, oder? Ein kitschiger Abschied.«

»Ich nehme an, dass du deswegen nicht hier bist?«

»J-ja, deswegen.«

Nach ihrem Kuss auf dem Braithwaite hatte sie auf eine Reaktion seinerseits gewartet. Irgendeine. Vielleicht, dass er sagte, er liebe sie auch. Aber sein Herz blieb verschlossen.

Sie lachte. »Schlau. Wer mag nämlich schon eine kitschige Szene auf dem Flughafen? Besonders, wenn ein Prinz dabei ist.«

Er wurde sachlich. »Corina, bitte, ich kann dich nicht mit irgendeiner Hoffnung nach Hause fliegen lassen. Es tut mir leid, dass ich das jetzt so hart sagen muss, aber ich will ganz deutlich sein. Ich habe dir mit den fünfeinhalb Jahren Stille einen echten Bärendienst erwiesen. Das werde ich nicht noch einmal machen. Morgen früh geht die Annullierung an die königliche Behörde.«

»Dann solltest du wissen, dass ich meine, was ich gesagt habe. Ich liebe dich. Und mir war es ernst mit dem Kuss gestern Abend. Wir sind gut zusammen, du und ich. Das, was in Afghanistan passiert ist, sollte uns zusammenschweißen und uns nicht auseinanderbringen.«

Hörte sie sich da überhaupt reden? »Das sagst du jetzt, aber in fünf oder zehn Jahren wirst du es bereuen, neben einem Mann aufzuwachen, der dich so viel gekostet hat. Darf ich so direkt sein und ›lass los‹ sagen? Du musst zusehen, dass du weiterkommst. Halt nicht meinetwegen an irgendetwas fest.«

»Was ist mit dir? Wirst du ›zusehen, dass du weiterkommst‹?« Der zaghafte Ton ihrer Frage gab ihm das Gefühl, dass sie nicht unbedingt eine Antwort auf ihre Frage erwartete. »Ich – ich nehme an, ich werde mich einfach darauf vorbereiten müssen, dich bald mit jemand anderem zu sehen.«

»Tu dir das nicht an.« Weitermachen? Weiterkommen? Wie sollte es irgendeine andere mit ihr aufnehmen können?

»Eine Sache habe ich mich noch gefragt. Wenn du all die Jahre sowieso geglaubt hast, wir wären nicht verheiratet, warum hast du dann nicht dein Leben weitergelebt?«

»Und selbst? Warum hast du die Sache nicht hinter dir gelassen?«

»Ich war einfach nur damit beschäftigt, *irgendwie* zu überleben. Mama und Daddy Kraft zu spenden. Es ist schon wahr, der Tod eines Kindes kann eine Familie zerbrechen lassen, wenn man nicht vorsichtig ist.«

Im Hintergrund hörte Stephen einen Aufruf für einen Flug nach Atlanta. »Bist du das?«

»Erste Klasse. Das bin ich.«

Er grinste und presste sich die Finger gegen die aufkommenden Tränen ins Gesicht. »Ja, stimmt, Süße, das bist du.«

»Also, na ja, ich denke mal, ich sollte dich nicht darum bitten, anzurufen oder zu schreiben.«

»Es wird das Beste sein, wenn wir einen klaren Schlussstrich ziehen.«

»Was, wenn ich schwanger gewesen wäre?«

Er schluckte und war dankbar, dass das nicht der Fall war. »Corina, lass uns einfach auf dieser Ebene bleiben.«

»Ich meine ja nur –«

»Kannst du mir einen Gefallen tun?«

»Was denn?«

»Vergiss mich.«

»Damit habe ich schon in den letzten fünfeinhalb Jahren keinen Erfolg gehabt.«

»Jetzt ist das alles vorbei. Wir wissen das. Wir hatten unsere Gespräche, die Geschichten sind erzählt, die Papiere unterschrieben.« Ein weiterer Aufruf für den Flug 781 nach Atlanta war zu hören.

»In Ordnung. Ich werde mein Leben weiterleben. Aber Stephen, an einer einfachen Sache ändert das so gar nichts.«

»Nein, Corina –«

»Ich liebe dich.«

Sie sagte auf Wiedersehen. Er legte auf und ließ sich auf sein Bett fallen. Sie brachte ihn noch um. Er fuhr sich mit Daumen und Zeigefinger über die Augen und drückte die aufkommenden Tränen heraus.

Das war's jetzt. Das wirklich allerletzte Mal, dass er ihretwegen geweint hatte. Dann war es vorbei.

Nach ein paar Momenten fasste er sich, trocknete das Gesicht und rief Darren an, der ihm leider keinen Termin für Physiotherapie geben konnte, weil er mit seiner Familie auf dem Weg zur Küste war.

»Machen Sie Pause. Ruhen Sie sich aus. Unternehmen Sie etwas mit der Familie.«

»Haben Sie eine gute Zeit, Darren. Dann sehen wir uns morgen.«

Robert kam herein und verkündetete, das Frühstück sei fertig.

Stephen dankte ihm und nahm eine schnelle Dusche, wo ihm eine nagende Idee kam, die unter Hitze und Dampf zu gedeihen begann.

Sprich mit Erzbischof Caldwell. Der Erzbischof a.D. lebte in einem Häuschen an Hessenbergs Nordküste. Stephen war sich auf einmal sicher, irgendwo davon gelesen zu haben.

Er fragte sich, ob der alte Herr wohl Lust hatte, Besuch zu empfangen.

»Robert, ich werde heute Nachmittag unterwegs sein«, sagte Stephen, als er die Treppe ins Foyer hinunterging, wo er seinen Butler vorfand, der dort auf ihn wartete.

»Das hier ist für Sie gekommen. Per Spezialkurier von der Royal Galaxy Hall, über die königliche Behörde.«

»An einem Sonntag?« Seltsam. »Ich habe bei der Auktion gar nichts gekauft. Wer hat das geschickt?«

»Ich weiß es nicht.« Robert hielt einen Hammer hoch, er war bereit, die Holzkiste zu öffnen. »Wollen wir?«

»Wir wollen.« Stephen wies ihn an, die Kiste zu öffnen. Er ging Robert zur Hand, um den Deckel zu heben, als dieser gelöst war, und dann das Gemälde aus dem Packpapier zu befreien.

Er wusste, was es war, ohne hinzuschauen. Der Pissarro. Sie lehnten das Gemälde an einen Stuhl im Wohnzimmer. Stephen trat ein paar Schritte zurück, und die Magie der goldenen Gaslampen, die sich in der regennassen Rue du Roi spiegelten, ließ seinen Hunger nach Corina in ihm aufkommen.

»Meine Güte, welch exquisites Gemälde. Camille Pissarro ist einer meiner Lieblingskünstler.«

»Auch einer der meinen.« Corina. Das kam von ihr. In den gedämpften Braun-, Rost- und Goldtönen der Rue du Roi war er bei ihr, ging mit ihr Arm in Arm zwischen den anderen Liebenden umher. Ihr Kuss auf seinen Lippen weckte sein Herz.

Du liebst sie.

Stephen sah zu Robert hin, als der den Raum verlassen wollte. »Schicken Sie es zurück.«

»Zurückschicken? An wen? Es ist ein Pissaro. Sind Sie sicher, dass Sie den nicht für Ihre Sammlung haben wollen?«

»Welche Sammlung?« Stephen sah ihn geradeheraus an und breitete die Arme aus.

»Vielleicht beginnen Sie ja eines Tages mit einer Sammlung, Sir.«

»Vielleicht. Aber ich fange nicht mit diesem Stück hier an.« Wollte sie ihn brechen? »Schicken Sie es an die Royal Galaxy Hall zurück. Oder besser noch, spenden Sie es irgendeinem Museum. Hier bleibt es jedenfalls nicht.«

Du liebst sie. Er hielt sich die Ohren zu und strebte zur Küche. Er würde diesen Erzbischof, diesen Mann Gottes zur Rede stellen – »Warum haben Sie uns überhaupt getraut?« –, diese ganze Liebesangelegenheit in Ordnung bringen und damit endlich fertig sein.

»Auf der Rückseite ist eine Notiz.« Roberts Stimme brachte Stephen wie ein Lassowurf zum Halten.

Stephen sah die geschwungene Treppe zu seinem Butler hinunter. »Bringen Sie sie bitte her.«

Robert überreichte ihm den Umschlag, und Stephen zog eine Grußkarte heraus. Der Butler-Dienstmann-Assistent ging seiner Wege, während Stephen auf den nächstbesten Stuhl sank und las.

Zu sagen, ich liebe dich, geht weit über Worte hinaus.
's ist eine Wahrheit in meinem Herzen.
Ich liebe dich, mein Engel, und du hast mich geheiratet.
Nichts wird uns je trennen.

Die Worte waren weit weg, aber er kannte sie. Sie stammten von der Karte, die er ihr an dem Abend ihrer Heirat gekauft hatte. Er zerknüllte die Karte in seiner großen Hand, ließ sie auf den Boden fallen und zertrat sie mit dem Fuß. Jetzt spielte sie ein mieses Spiel, indem sie die zärtlichen Erinnerungen ausgrub, die er vorgehabt hatte, erst zu betrachten, wenn er als alter Mann zahnlos sein Frühstück aß und von einer Liebe vor sich hinmurmelte, von der keiner wusste. Sie würden ihn für senil halten. Der plappernde Prinz von Brighton.

Stephen betrachtete das Gemälde. Es war wunderschön. Aber was beabsichtigte sie damit, ihm das Braithwaite-Bild zu schicken? Wollte sie ihn quälen, ihn daran erinnern, was er nie würde haben können? Sein Herz zog sich schmerzhaft zusammen bei dem Gedanken daran, wie es wäre, wenn er das Gemälde, die Erinnerung an sie, in seiner Wohnung aufhängte.

Er stemmte sich auf die Beine und kehrte in sein Zimmer zurück, wo er Gehhilfe, Telefon und Brieftasche holte. Zwanzig Minuten später parkte er seinen Wagen in der südlichen Bucht und schaffte es noch auf die Fähre in das Großherzogtum Hessenberg, den Inselstaat südlich von Brighton, kurz bevor sie ablegte.

SIEBENUNDZWANZIG

Corina sah aus dem Taxifenster, als der Fahrer in die lange Auffahrt zu ihrem Elternhaus einbog. Sie war erschöpft. Während des langen Heimflugs hatte sie versucht zu schlafen, aber immer, wenn sie wegnickte, weckte die Erinnerung an Stephens Umarmung sie wieder auf.

Dann wurde ihr bewusst, dass sie nicht in seinen Armen war, also versuchte sie wieder zu schlafen. Aber zur Ruhe fand sie nie.

Eigentlich hatte sie gar nicht vorgehabt, wieder herzukommen. Doch dann hatte sie den Anschlussflug nach Melbourne verpasst. Mit Daddy musste sie sowieso sprechen und ihm im persönlichen Gespräch die Wahrheit über die Umstände von Carlos' Tod sagen.

Sie war dankbar, dass nur wenig Verkehr war und die Fahrt vom Flughafen nach Marietta nicht lange dauerte. Für den Fahrer, der nicht allzu viele Fragen stellte. Dankbar, als er durch das Eingangstor und die lange, von Eichen gesäumte Auffahrt zu ihrem Elternhaus hinunter fuhr.

Sie war sogar noch dankbarer für Adelaide und Brill, ihre Schutzengel. Sie hatten sich mit einem traurigen Ausdruck auf ihren engelhaften Gesichtern verabschiedet.

»Ich habe ihm gesagt, dass ich ihm vergeben habe, Adelaide. Und das habe ich auch genau so gemeint. Ich – ich glaube, das ist der Kern davon, reichlich zu lieben, finden Sie nicht auch?«, fragte sie. Sie sehnte sich nach der Wahrheit, wollte eine Bestätigung dafür, dass sie ihre Mission erfolgreich beendet hatte.

Adelaide tätschelte Corinas Arm. »Doch, das glaube ich auch.«

»Vielleicht sollte ich noch bleiben? Es könnte ja sein, dass er sich noch besinnt.«

»Überlassen Sie das dem Vater, Mädel. Sie brauchen sich nicht solche Sorgen zu machen. Sie sind in Seinen guten Händen.«

»Ich wünschte, ich hätte Ihre Zuversicht.«

Dann kam das Taxi, und sie hatten keine Zeit mehr für weitere Diskussionen. Sie würde die beiden vermissen, wer auch immer sie nun wirklich waren.

Adelaide und Brill sahen im dünnen Licht der Dämmerung zu, wie sie abfuhr, und Corina behielt als letztes Bild in Erinnerung, wie die beiden seltsamen alten Wirtsleute vor dem alten Gasthaus standen und winkten. In dem großen Panoramafenster spiegelte sich das goldene Morgenlicht.

Schon halb über dem Atlantik wurde ihr bewusst, dass sie nicht ein einziges Foto von ihnen gemacht hatte. Sie zog ihren Laptop heraus und hielt in ihrem Tagebuch ihre Gedanken fest.

Der Taxifahrer fuhr in einem Schwung vor die Veranda und hielt an. Er öffnete den Kofferraum, während Corina in die Schwüle des frühen Nachmittags trat. Es war Mitte Juni, und ein Hitzesommer kündigte sich an.

War es wirklich nur eine Woche her, dass sie zuletzt hiergewesen war? Es kam ihr vor wie eine Ewigkeit.

»Bitteschön.« Der Fahrer stellte ihr die Koffer zu Füßen.

Corina bezahlte ihn, und er verabschiedete sich. Sie hob ihr Gepäck auf und begann, zum Haus zu gehen. Sie vermisste Stephen. Ob sie wohl einen Neuanfang geschafft, sich wieder verliebt und die Annullierung annulliert hätten, wenn sie nur länger geblieben wäre?

Sie fragte sich, ob er ihr Bescheid geben würde, wenn er den Pissarro erhielt. Sie fragte sich, ob er das Bild behalten würde, aber gut, das blieb schließlich ihm überlassen. Sie hatte alles getan, was sie nur konnte, um ihn daran zu erinnern, was sie beide zusammen waren. Wer sie sein konnten.

Sie eilte durch kühle Schatten die Stufen der Veranda hinauf. Ihr Magen knurrte bei dem Gedanken an Ida Maes leckere Küche, ihr Hühnchen mit Knödeln war ein Traum.

An der Haustür drückte sie versuchsweise die Klinke, und die Tür schwang auf.

»Hallo zusammen.« Sie deponierte ihre Koffer in der großen, luftigen Eingangshalle und eilte dann zur Küche. »Ist jemand zu Hause?«

»Hallo?« Eine Männerstimme donnerte in der Eingangshalle.

Corina wirbelte herum. »Daddy!«

»Willkommen zu Hause, Rehlein. Wie war es in Brighton?«

»Es war ...« Sie seufzte. »Das ist eine lange Geschichte. Du bist zu Hause. Das freut mich.« Corina fiel dem Mann um den Hals, der ihr erster Prinz, ihr Fels, ihr Hafen war.

Er küsste sie auf den Kopf. »Ich bin zu Hause, um nach ein paar Dingen zu sehen.« Er war sehr ernst, und als er ihr mit seiner zusammengefalteten Zeitung winkte, sie solle sich mit ihm in das förmliche Wohnzimmer setzen, überzog eine dunkle Vorahnung ihre Freude.

»Was ist los?« Sie setzte sich auf die Sofakannte, während er auf der Armlehne eines Ohrensessels hockte.

»Ich ziehe für eine Weile in unsere Wohnung in Atlanta.«

»Daddy, mach das nicht.«

»Deine Mutter und ich brauchen etwas Abstand.«

»Ihr braucht keinen Abstand. Du musst nach Hause kommen. Sie muss mal raus aus dem Haus. Ihr beide müsst wieder zu Donald und Horatia Del Rey werden.«

»Ich weiß gar nicht, ob wir diese Leute je wiederfinden, Liebling. Übrigens hat unser Buchhalter angerufen. Er sagt, du hättest zehn Millionen aus deinem Anteil der Del Rey-Treuhandstiftung abgehoben.«

»Ich habe ein Gemälde gekauft. Einen Pissarro.«

Er sah beeindruckt aus. »Gut gemacht.«

»Ich habe es dortgelassen.«

Er musterte sie einen Augenblick lang und nickte dann. »Dann hast du also vor, zurückzugehen?«

»Nein, das glaube ich nicht.« Wenn sie ihm sagte, das Bild sei ein Geschenk, würde er nur fragen, für wen, und das wollte sie ihm nicht auf diese Weise sagen. Nicht jetzt, wo sie müde war und er ihr erzählte, dass er auszog. Aber das überraschte sie nicht einmal. »Geht ihr beide auf eine Scheidung zu?«

»Im Moment nicht, nein.«

»Ihr wisst nämlich, dass das nicht das ist, was Carlos gewollt hätte.«

»Er hätte auch nicht tot sein wollen und ist es doch.«

»Aber das mit dir und Mama ist eine der ganz großen Liebesgeschichten.« Corina hörte Adelaides süße Stimme. *Welch ein Geschenk, so eine Liebe.* »Wie könnt ihr da nicht füreinander da sein?«

»Wir sind doch füreinander da, Corina. Auf unsere Art.«

»Auf welche Art? Aus der Ferne? Indem ihr zulasst, dass euch Carlos Tod auseinanderbringt? Uns alle auseinanderbringt? Was ist denn mit mir? Ich bin ganz alleine hier draußen. Es ist, als wäre ich auch gestorben.« Ein Schluchzer brach sich Bahn, und die Tränen folgten ihm auf dem Fuße. »Gibt es denn keine Hoffnung für wahre, anhaltende Liebe?« Sie schoss vom Sofa hoch und ging mit langen Schritten zum offenen Kamin. »Das regt mich so auf.«

»Sag mal, Corina, sprechen wir eigentlich noch über deine Mama und mich?« Daddy faltete seine Zeitung auseinander. »Oder vielleicht darüber?«

Auf der Titelseite der Sonntagsausgabe der *Beaumont Post* fand sich gleich unter dem Logo ein vollfarbiges Foto von Corina und Stephen am Abend der Premiere von *König Stephen I.* Die Schlagzeile lautete:

PRINZ STEPHEN IST VERHEIRATET!

Corinna riss Daddy die Zeitung aus der Hand. »Wie um alles in der Welt ... wo ... ich bringe Gigi um.«

Daddy hakte sich bei Corina unter, ging mit ihr durch das Wohnzimmer in Mamas Bibliothek – wo ihr Stuhl seltsam leer aussah – und führte sie in die Küche. Corina zitterte die ganze Zeit über.

»Sie ist eine Kanaille.« Sie haute auf die Kücheninsel. »Eine Nachrichtenschnüfflerin wie aus dem Bilderbuch. Daddy, ich will sie verklagen.«

»Nein, das willst du nicht.« Daddy holte zwei Gläser aus dem Schrank und füllte sie mit Eiswürfeln und Eistee. »Und sie würde all diese Bezeichnungen mit Freude annehmen.«

»Warum kann ich sie nicht verklagen?« Corina breitete die Zeitung vor ihnen aus. »Sie hat gerade aller Welt meine Privatangelegenheiten kundgetan. Stephen wird denken, dass ich das gemacht habe. Um ihm eine Retourkutsche zu schicken. Die Telefone in der königlichen Behörde werden nicht mehr stillstehen.«

»Corina ...« Daddy nahm ihr die Zeitung weg und gab ihr ein Glas. »Beruhige dich. Vergiss die Presse. Erzähl mir von dir und Prinz Stephen.« Er setzte sich auf den Hocker neben ihr und wölbte die Hände um sein Glas. »Wenn ich dich richtig verstehe, stimmt die Schlagzeile?«

»Sie hat gestimmt. Wir waren vor sechs Jahren verheiratet. Bevor er in den Einsatz zog.«

»Ich wusste, dass er Carlos' Freund war. Ich habe nie gedacht, dass ihr beide zusammengehört.« Daddy prostete ihr mit erhobenem Glas zu. »Der Prinz hat einen ausgezeichneten Geschmack, was Frauen angeht.«

»Ich habe gestern die Papiere für die Nichtigkeitserklärung unterschrieben. Wir sind nicht mehr verheiratet.« Sie zupfte eine Serviette aus dem Spender und wischte sich die Augen. »Der Erzbischof von Hessenberg hat uns in aller Stille getraut.« Sie erzählte ihm die Geschichte ihrer nächtlichen Hochzeit, die Geheimnisse, die verborgene Heiratsurkunde und Stephens Überraschungsbesuch in Florida. »Als er aus Afghanistan zurückkam, wollte er nicht mehr verheiratet sein. Also bin ich nach Hause gekommen. Ich wollte sowieso bei dir und Mama sein.« Sie rupfte eine weitere Serviette aus dem Spender.

»Warum hast du uns nichts davon gesagt?«

Sie zuckte mit den Schultern. »Wir wollten, dass es für eine Weile nur unser Geheimnis sein sollte. Wir dachten, wir könnten nicht einfach dir und Mama Bescheid sagen, ohne seinen Eltern davon zu erzählen, und ...«

»... damit waren einige Komplikationen verbunden.«

»Ein paar, ja.«

Daddy nippte an seinem Tee, stützte seine Ellbogen auf der Arbeitsplatte ab und war zum ersten Mal richtig für sie da, seitdem er nach Carlos' Beerdigung in der Abenddämmerung verschwunden war. »Warum bist du dann also jetzt nach Cathedral City geflogen?«

»Gigi hat mich geschickt, um über die Premiere zu berichten ...«

»Du sprichst hier gerade mit deinem Dad.«

»Ich wollte ihn wiederhaben.« Sie fuhr mit dem Finger über die Gravur ihres Glases. »Ich habe gedacht, Gott wollte, dass wir zusammen sind.«

»Aber er hatte andere Vorstellungen?«

Die harten, konkreten Fakten zu hören, trocknete ihre Tränen. Überraschenderweise. Aber in Daddys Stimme lag ein gewisser Klang, eine Mischung aus Autorität und Trost. »Ja, ziemlich.« Sie wandte sich ihm zu und schob ihren Tee beiseite. »Er war bei Carlos, als er starb.«

Daddy nahm einen langen Schluck und wandte den Blick ab. »Ja, ich weiß.«

»Du weißt ...?« Ihr Blick folgte seinem breiten Rücken, als er zum Kühlschrank ging, um sein Glas aufzufüllen.

»Ich wusste es schon die ganze Zeit, Rehlein.«

»Warum hast du uns dann nicht davon erzählt? Ich habe gedacht, du hättest beim Pentagon auf Granit gebissen.«

»Ich habe einen anderen Weg gefunden. Ich hatte da einen Kontakt in Senator Smith' Büro.« Daddy kam zur Kücheninsel zurück und setzte sich neben sie. Er ordnete den Kragen seines Poloshirts. Seine Augen glitzerten, als er in ihre sah. »Er brachte mich mit dem Internationalen Alliiertenverband in Verbindung, die mir nur unter den strengsten Geheimhaltungsauflagen berichteten, was vorgefallen ist, und das auch erst, nachdem sie mich ein halbes Jahr verhört und untersucht hatten.«

»Wenn man überlegt, was vorgefallen ist, kann ich ihnen daraus keinen Vorwurf machen.«

»Ich habe auch erst letztes Jahr davon erfahren. Dir und deiner Mutter habe ich nicht davon erzählt, weil es nicht klug gewesen wäre. Erst einmal hätte ich die Freigabe bekommen müssen, euch davon zu erzählen. Zweitens hat es mich nicht getröstet, zu wissen, dass er gestorben ist, um Prinz Stephens Leben zu retten. Wie sollte es da dich oder deine Mutter trösten?« Daddys dunkler Blick traf ihren. »Sie haben dich auch untersucht, Kleine. Aber es kam nie irgendetwas darüber heraus, dass du verheiratet bist.«

»Ich habe dir ja gesagt, dass es im Geheimen passiert ist.«

»Hut ab vor Erzbischof Caldwell. Wie hast du eigentlich herausgefunden, dass Carlos an jenem Tag bei dem Prinzen war?«

»Als Stephen hierherkam, um mir von der Annullierung zu erzählen, wollte ich die Papiere nicht unterschreiben. Weil er auch bei dem Internationalen Alliiertenverband gewesen ist, habe ich verlangt, dass er den Einfluss, den er als Prinz hat, benutzt, um etwas über Carlos herauszufinden.«

»Wusstest du, dass sie in derselben Einheit waren?«

»Nein, ich habe mir nur einfach gedacht, er ist der Bruder des

Königs, da sollte er doch wohl in der Lage sein, mehr zu tun, als nur der Gastgeber bei Benefizveranstaltungen zu sein und irgendwo rote Bänder durchzuschneiden. Es kam mir einfach so komisch vor, dass wir keine Einzelheiten kannten – dass du so gar nichts herausfinden konntest.«

»Hat er dir erzählt, dass der Selbstmordattentäter ein Freund von ihm war? Von der Uni?«

»Ja.«

»Und dass der aufgrund von Stephens Empfehlung ihrer Einheit als Übersetzer zugeordnet wurde?«

»Das ist der Grund, warum er sich Vorwürfe macht. Er sagt, er ist es nicht wert, dass die Männer für ihn ihr Leben gelassen haben.«

»Die längste Zeit lang habe ich ihm da voll zugestimmt. Ich fand, er war das Leben meines Sohnes nicht wert.«

»Die längste Zeit lang? Was meinst du damit? Hast du es dir anders überlegt?«

»Als ich heute Morgen den Artikel in der *Beaumont Post* gelesen habe, habe ich mir den Kopf darüber zerbrochen, ob Prinz Stephen ein Mann ist, der meiner Tochter würdig ist. Würde er sie lieben und gut behandeln, ihr treu und ein guter Vater sein? Dann wurde mir klar, dass er der Mann war, für den mein Sohn bereitwillig sein Leben gelassen hat.«

Corina legte den Kopf an seine Schulter und schlang die Arme um ihn. Sie weinte und schluchzte.

»Na, na«, tröstete sie Daddy und streichelte ihren Kopf. »Es wird schon alles gut werden.«

»Ich liebe ihn immer noch.« Sie richtete sich auf und griff nach einer weiteren Serviette.

»Das Herz will, was das Herz will.« Daddys Lächeln schien ein wenig heller, doch die Traurigkeit suchte noch immer seine Augen heim. »Es ist gut, jetzt jemanden zu haben, mit dem ich darüber reden kann.«

»Wirst du es Mama erzählen? Und übrigens, wo ist sie eigentlich? Wo ist Ida Mae?«

»Deine Mutter ist gleich nach dem Frühstück aus dem Haus gegangen. Ida Mae ist vor einer halben Stunde los, sie meinte, sie müsste etwas einkaufen.« Daddy leerte sein Glas und stellte es in die Spülmaschine. Multimillionär hin oder her, Ida Mae ließ es nicht gelten, dass jemand Geschirr in der Spüle stehen ließ, wo ihm doch der liebe Gott Hände gegeben hatte, mit denen man die Spülmaschine einräumen konnte.

»Arbeitet daran und löst das. Das ist die Sache doch wert.«

»Lass uns Zeit, Corina.«

»Daddy, ich habe den Pissarro für Stephen gekauft. Damit er sich erinnert. Das müsst ihr beide auch machen. Ihr müsst euch daran erinnern, wer ihr wart, als ihr euch ineinander verliebt habt, als wir alle zusammen glücklich waren und das Leben liebten.« Corina trank ihr Teeglas ebenfalls leer und verstaute das Glas in der Spülmaschine.

»Wie bist du nur so weise geworden?«

»Ich habe auf meinen Vater gehört.«

Daddy lachte, und Corina hörte das leise Echo des Mannes, der er einmal gewesen war. »Was ist eigentlich mit deiner Arbeit?« Er griff wieder nach der *Post*. »Wie ich höre, steckt Gigi in finanziellen Schwierigkeiten.«

Sie seufzte und sah über Daddys Schulter. Objektiv betrachtet war das alles ganz einfach eine heiße Geschichte, und Corina sah auch außerordentlich gut aus in dem Kleid von Melinda House, wenn sie das selbst mal so sagen durfte. Aber Stephen? Oh, er war ein Prinz von einem Mann, stark durchs Rugby, atemberaubend und gutaussehend. »Ich weiß nicht. Ich habe noch nicht so richtig Zeit gehabt, mir darüber Gedanken zu machen. Mein Bauchgefühl sagt mir, ich soll kündigen. Gigi hat die Story gebracht, ohne Rücksicht auf mich zu nehmen.«

»Carl Hatch rief an, nachdem er den Artikel gelesen hat.« Carl war Daddys Anwalt und Golfpartner. »Er sagte, Gigi würde eine Beleidigungsklage nicht riskieren, wenn sie nicht wirklich verzweifelt wäre. Also hat er ein bisschen gegraben, ein paar Anrufe gemacht. Sie steckt in Schwierigkeiten. Wenn du Interesse hast, könnten wir die *Post* aufkaufen, die Marke neu lancieren und –«

»Daddy«, sagte Corina und tätschelte ihm die Hand. »Ich liebe dich dafür, dass du so großes Vertrauen in mich setzt, aber ich habe gerade erst vor einem halben Jahr angefangen, wieder richtig zu arbeiten, habe gerade erst die Wahrheit über den Tod meines Bruders erfahren und habe mit einer Ehehaufhebung zu tun. Ich glaube, ich werde mich einfach eine Weile bedeckt halten. Ich muss mich orientieren. Außerdem bin ich keine Gigi Beaumont, die Imperatorin der Medien.«

»Es könnte Spaß machen, Rehlein. Wir könnten die Besten der Branche anheuern.«

»So wie Gigi?«

»Sicher, warum nicht?« Daddys dunkle Augen tanzten ein bisschen. Er war schlank und sah gut aus für seine 59 Jahre, ohne Grau in den Haaren oder Rettungsreifen um die Hüfte. »Sie kann ja als Chefredakteurin bleiben. Wir stellen jemand wie Fred Kemp als Finanzleiter ein. Er wird die *Beaumont Post* binnen eines Jahres wieder in den schwarzen Zahlen haben.«

»Seltsamerweise hat mir Gigi mal einen richtig weisen Ratschlag gegeben. Sie sagte: ›Beschränke dich nicht auf ein Leben in der Bedeutungslosigkeit.‹ Ich glaube, deshalb macht sie es sich so schwer im Leben, weil sie versucht, sich Bedeutung zu verschaffen. Ich will sie nicht nachahmen. Ich will ... Jesus nachahmen.« Sie räusperte sich und linste zu Daddy. Klang sie abgedroschen?

»Na, das ist doch der beste Plan überhaupt.«

»Hast du zum Glauben zurückgefunden?«

»Nicht so weit wie du, aber ich bin auf dem Weg.«

»Beeil dich besser mal.« Corina machte sich auf den Weg, aus dem Zimmer zu gehen, und warf ihrem Papa einen Blick zu. »Wer weiß, wie die First Baptist nach noch einem Jahr ohne dich aussieht.«

Daddy lachte und sie hielt in der Tür inne.

»Ich liebe dich, Daddy.«

»Es tut mir leid wegen deines Prinzen, Rehlein.«

Sie lehnte sich gegen den Türrahmen. »Es ist nicht leicht, sich einen Prinzen zu angeln, und noch viel schwerer, ihn dann zu halten.«

»Mir scheint es, als hättest du ihn nicht verloren, er hat ja beschlossen, wegzulaufen.«

»Egal wie, meine Liebe zu ihm hat es jedenfalls nicht geschafft, den Tod zu besiegen.« Sie drückte sich von der Tür weg. »Aber das wissen Mama und du dann wohl schon, oder?«

»Kleine ...«, sagte Daddy.

»Ja, okay, ich lasse euch Zeit. Was hält denn Mama davon, dass ich einen Prinzen geheiratet habe?«

»Das hat sie nicht gesagt. Ich habe nur gehört, wie sie in ihrer Bibliothek laut nach Luft schnappte. Dann war sie am Telefon und dann, ich weiß auch nicht, jedenfalls rannte sie kurz nach dem Frühstück aus dem Haus. Seitdem habe ich sie nicht mehr gesehen.« Daddy klopfte mit der Zeitung gegen den Tresen in der Küche. »Soll ich nach Brighton fliegen und mit deinem jungen Mann reden?«

Sie lachte. »Es ist zu spät. Aber danke der Nachfrage.«

»Wenn er wirklich dein Prinz ist, gib noch nicht auf, Süße.«

Corina unterbrach diesen Gedankengang, indem sie ihm die flache

Hand zeigte. »Ich habe gerade eine Woche lang versucht, reichlich zu lieben, und alles, was dabei herausgekommen ist, ist eine Nichtigkeitserklärung. Aber ich habe ihm vergeben.«

»Das klingt in meinen Ohren nach ›reichlich lieben‹.«

Corina zeigte mit dem Daumen in Richtung der Treppe. »Ich arrangiere meinen Heimflug für morgen und mache ein Nickerchen. Morgen kündige ich, und dann werde ich eine Woche am Strand verbringen und über meine nächsten Schritte nachdenken.«

»Ich kenne ein paar Leute beim Film, falls du Hilfe brauchst.«

»Hey, das hört sich doch schon besser an. Wir können Clive Boston für die Filmversion von *Wie man sich einen Prinzen angelt* unter Vertrag nehmen. Und wie man ihn verliert.«

»Lach nicht, Rehlein. Es kann passieren. Klingt für mich nach einem echten Oscar-Kandidaten. Aber findest du Clive Boston nicht ein bisschen alt für so eine Rolle?«

»Lass ihn das bloß nicht hören.« Ihre Lachen mischte sich, und das erste Mal seit fünfeinhalb Jahren spürte Corina ein kleines Stück dessen, was einst war. »Daddy, ich weiß, dass es für uns alle furchtbar war, Carlos zu verlieren. Besonders für dich, weil du deinen Sohn und Erben verloren hast. Aber lass nicht zu, dass sein Tod uns zerstört.«

»Du bist meine Erbin, Corina. Aber du hast recht.« Er nickte, aber sie merkte, dass er immer noch mit seinem Herzen im Clinch lag. »Ich werde daran arbeiten, wenn du mir versprichst, dass du mir beim nächsten Mal, wenn du heiratest, die Ehre lässt, dich zum Altar zu führen. Darauf freue ich mich doch schon seit dem Tag deiner Geburt.« Er winkte mit der Zeitung. »Ich habe mich ein bisschen betrogen gefühlt, als ich das hier gelesen habe.«

»Ich verspreche es. Und du weißt doch, dass ich es auch gar nicht anders haben wollen würde.«

»Eure Hoheit.« Der Erzbischof trat beiseite, damit Stephen in sein Häuschen am See eintreten konnte. Ein gemütliches Heim mit einem Durcheinander aus Büchern und Papieren, die überall in dem kleinen Wohnzimmer aufgestapelt waren. »Wie komme ich denn zu dem Vergnügen?«

»Ich hoffe, ich störe Sie nicht.« Stephen kam herein, sank in das tiefrote Plüschsofa, und der Ort fühlte sich schon gleich an wie zu Hause.

»Nein, nein, überhaupt nicht. Das hier ist meine Ehefrau, Lola.«

»Eure Hoheit.« Sie knickste. »Ob Sie wohl Tee wünschen?« Sie hob die Zeitschriften und Bücher zu Stephens Füßen auf und stapelte sie auf einem Beistelltisch.

»Herzlichen Dank. Tee wäre reizend.«

»Ich habe Blaubeerscones gebacken. Hätten Sie gerne einen?«

»Abermals vielen Dank.« Jetzt, wo er hier war, ließ die Anspannung in seinem Bauch nach, und sein Magen erinnerte ihn daran, dass er sein Frühstück einfach hatte stehen lassen. »Aber nur, wenn es keine Umstände macht.«

Sie lachte. »Pah, das sind doch keine Umstände. Mack, ich nehme an, du hättest auch gerne Tee?«

»Wenn du dem Prinzen auch welchen servierst.« Erzbischof Caldwell nahm seine Brille ab und legte sie auf einem Tischchen neben seinem Sessel ab. »Schön, Sie zu sehen. Es ist ja eine Weile her. Wie ich höre, ist Ihr Dienst in Afghanistan nicht ganz reibungslos verlaufen.«

Stephen richtete sich auf und rieb sich die Hände, um mit der Wärme die kalten Schauer zu vertreiben, die ihm die Nervosität über den Körper jagte. »Nicht ganz reibungslos, ja. Alle Männer meiner Einheit sind gefallen. Bis auf mich.«

»Ist Ihnen daran gelegen, darüber zu sprechen? Sind Sie deswegen hier?«

»Nein, ich bin aus einem anderen Grund hier.«

»Egal, was es ist, ich sehe, dass es Ihnen auf der Seele liegt.«

Mrs. Caldwell kam mit Tee und Scones wieder, was den Männern und ihrer Unterhaltung einen Moment Verschnaufpause verschaffte. Orientierung.

Stephen rührte in seinem Tee, der Löffel klickerte leise gegen die Porzellantasse. Er warf einen verstohlenen Blick auf den Erzbischof, der seinen Tee mit einem Ausdruck völliger Zufriedenheit trank und Stephen nichts weiter anbot als den Raum, von sich aus zu sprechen.

Doch wie genau er diesen Raum füllen sollte, wusste der nicht. Er stellte seinen Tee beiseite und streckte seine Beine, seinen sich verkrampfenden Knöchel aus. In letzter Zeit fühlte sich der Schmerz sehr viel intensiver an. So langsam fing er an zu glauben, dass die Verletzung ihn den Rest seines Lebens begleiten würde.

Er betrachtete den Bischof. »Darf ich Sie etwas fragen, Sir?«

»Sind Sie nicht extra deswegen hergekommen?«

»Warum haben Sie uns getraut? Im Geheimen? Corina und mich? Wir haben Sie mitten in der Nacht aufgescheucht und Sie darum gebeten, das königliche Recht Brightons zu brechen.« Vor sechs Jahren war der Erzbischof ein Diener des Hauses Stratton und der Kirche von Brighton gewesen, darauf vereidigt, die Gesetze des Landes und der Kirche zu halten.

Die verschwisterten Inseln waren durch ein hundert Jahre altes Abkommen zusammengekoppelt, bis Hessenberg im letzten Jahr seine lange verlorene Prinzessin wiedergefunden und sich als unabhängige Nation etabliert hatte.

»Sagen Sie es mir«, sagte Mr. Caldwell.

»Warum Sie uns getraut haben?«

»Ja. Was glauben Sie, warum ich Ihrer Bitte nachgab und all die Jahre Stillschweigen gewahrt habe?«

»Weil ich der Prinz bin? Weil Sie ... ich weiß nicht ... uns loswerden wollten, damit Sie wieder ins Bett konnten? Sollte ich die Suppe selber auslöffeln, die ich mir eingebrockt hatte?«

Der Mann lachte. »Ich habe bereits zu Königinnen und Königen Nein gesagt. Glauben Sie, ich hätte Skrupel gehabt, einem jungen Prinzen sein anscheinend ungestümes Anliegen zu verweigern?«

Stephen lehnte sich zurück. Seine Teetasse hielt er in der hohlen Hand. »Corinas Zwillingsbruder ist gestorben. In Afghanistan. Ich war dort.«

»Ah, ich verstehe. Waren Sie deshalb getrennt?«

»Ja.«

»Und was hält sie von diesem Arrangement?«

»Sie sagt, sie liebt mich. Sie hat erst vor Kurzem die ganze Wahrheit erfahren und warum ich nicht mit ihr zusammensein kann.«

»Warum Sie nicht mit ihr zusammensein können? Sind Sie noch verheiratet?«

»Sie hat die Annullierungspapiere unterschrieben.«

»Und das bekümmert Sie?«

»Ein wenig. Ich würde gerne wissen, warum Sie uns getraut haben.«

»Warum wollten Sie denn, dass ich Sie und Corina einen Monat vor Ihrer Entsendung traue?«

»Ich wollte einfach mit ihr zusammen sein. Nicht nur für eine Nacht, nicht nur, um zu ... Sie wissen schon ... und dann abreisen. Ich wollte ihr meinen Namen geben, einen Titel. Ich wollte mein ganzes Leben mit ihr verbringen. Ich liebte sie.« Er stellte seinen Tee ab, der Appetit darauf war ihm vergangen.

»Und sie hat Sie geliebt?«

»Ja, sie hat mich geliebt. Sie sagt, sie liebt mich immer noch.«

»Da haben Sie Ihre Antwort. Warum ich Sie getraut habe. Als Sie an jenem Abend an meine Tür klopften und mich aus dem Schlaf rissen, war ich ein wenig irritiert. Dann öffnete ich zwei Menschen die Tür, die sehr verliebt waren. Ich sah mich selbst in ihren Augen, sah, wie ich mich selbst gefühlt hatte, als ich meine Frau vor 45 Jahren geheiratet habe. Wenn das nicht so gewesen wäre, hätte ich wohl kaum gezögert, Sie wieder nach Hause zu schicken. Prinz hin oder her.«

»Wissen Sie, Sir, wenn ich Corina ansehe, dann sehe ich ... ihren Bruder ... der blutet und stirbt. Ich habe einen Albtraum gehabt, wie sie wehklagend zwischen den Toten umhergeht, das weiße Brautkleid verschmiert vom Blut.« Stephen rang mit den Händen, drückte, rieb den unsichtbaren Makel weg. »Ich habe ihr das angetan, habe es diesen Männern angetan.«

»Sind Sie denn irgendwie verantwortlich für ihren Tod?« Der alte Mann versuchte, die Einzelheiten zu verstehen, die Stephen nicht aussprechen konnte.

»Indirekt, ja.«

»Eine falsche Entscheidung?«

»Indirekt, ja.« Asif schien anfangs die ideale Wahl zu sein. Aber ...

»Sie dürfen mir nicht mehr sagen, oder?«

»Nein, tut mir leid.«

»Ich glaube, ich habe genug, um zu verstehen.« Der Erzbischof griff nach einem Scone und lehnte sich dann in seinen Sessel zurück. »Möchten Sie einen?«

»Nein, danke.« Er hatte gedacht, er wollte einen, aber die Unterhaltung hatte ihm den leeren Bauch gefüllt.

»So, wie ich die Dinge verstehe, hat das, was da drüben vorgefallen ist, Ihnen das Gefühl gegeben, verantwortlich, vielleicht sogar schuldig zu sein, sodass Sie ihr nicht gegenüberstehen können.«

»Nicht als meiner Ehefrau, nein.« Ein leiser Fluch kam über die Lippen, aber er entschuldigte sich nicht dafür und wünschte ihn auch nicht zurück. »Ihr Bruder, die anderen, die verdienten es alle nicht zu sterben, nicht für die Sache, die dazu führte, dass ihr Blut vergossen wurde.«

»Sie haben als Einziger überlebt?«

Er nickte und ließ das Kinn auf die Brust fallen. Seine Augen füllten sich, und eine brennende Hitze folgte seinen Gefühlen, versengte seine Gedanken. »Ich bin das nicht wert. Ich habe gezögert. Sie sind gestorben.«

»Und dieses Zögern macht Sie gewissermaßen verantwortlich.«

»Ja, ganz genau.«

»Ein ziemlicher Schlamassel.«

»Ziemlich.« Er sackte nach vorne in sich zusammen und hielt seinen Kopf in den Händen. »Ich träume von ihnen, von ihrem Leiden.«

»Und Sie können sich selbst nicht dafür vergeben, nicht wahr?«

»Niemals!« Er sprang auf, lehnte sich auf seinen verletzten Knöchel, Schmerz durchfuhr seine Knochen und durchbohrte seinen Fuß. »Ich bin es nicht wert.«

»Kein Mann ist es wert, bis Christus ihn wertvoll macht.«

»Verstehen Sie das nicht? Sie sind umsonst gestorben.«

»Ist Ihr Herr, der Christus, auch umsonst gestorben?«

»Wie bitte? Ich komme nicht mit. Christus hatte mit meinen Männern nichts zu tun.«

»Er hat mit Ihnen allen zu tun, und mit Ihren Männern. Wenn er Sie für wertvoll genug hielt, für Sie zu sterben, dann waren Sie auch wertvoll genug für diese Männer. Niemand hat größere Liebe als der, der sein Leben lässt für seine Freunde.«

»Stopp!« Stephen drückte sich die Handflächen auf die Ohren. »Lüge. Das ist eine Lüge.«

»Aber Sie betrachten sich selbst als unwürdig, und deshalb nicht wertvoll genug, um von einer Frau wie Corina geliebt zu werden. Um auch der Liebe Christi nicht wert.«

»Weil ich es nicht bin. Nach außen hin mag ich ein Prinz sein, aber im Inneren bin ich ein Mensch wie jeder andere auch, und Krieg hin oder her ...« Er zögerte, war er doch kurz davor, zu viel preiszugeben. »Mein Leben ist das eines anderen nicht wert. Und ich kann mich ganz bestimmt nicht mit Christus vergleichen. Er mag es ja wert sein, dass Menschen für ihn sterben, aber ich ganz bestimmt nicht.«

»Er war auch ein Mensch. Mit Gefühlen. Und auch er wurde von denen verraten, die ihm am nächsten standen.«

»Er ist auch Gott.«

»Aber er war auch Mensch.«

Der Erzbischof gluckste, obwohl Stephen nicht verstehen konnte, was da gerade lustig sein sollte, und betrachtete seinen Tee, um dann einen herzhaften Schluck zu nehmen. Der alte Mann brach ein Stück seines Scones ab, schloss die Augen und genoss mit einem *Hmmm*, was Stephen außerordentlich irritierte.

Er sollte einfach gehen. Das hier war ein schlecht überlegter Ausflug.

»Was möchten Sie von mir?«, fragte der Erzbischof endlich. »Sie scheinen Ihre Antworten schon zu kennen.«

Stephen betrachtete ihn. »I-ich ...« Was hatte er eigentlich gewollt, als er hierher gekommen war? »Ich habe gedacht, ich wollte wissen, warum Sie uns getraut haben.« Stephen zupfte an den Fäden des Polsters und hatte das Gefühl, sein Herz und seine Dummheit wären bloßgelegt. »Aber jetzt weiß ich es nicht mehr.«

»Wenn Sie zurückreisen könnten, alles noch einmal durchleben, würden Sie es wieder tun? Heirat, Einsatz, Dienst mit diesen Männern?«

»Ich weiß es nicht.«

»Was würden Sie wohl anders machen? Sie nicht heiraten? Vielleicht mit anderen Männern dienen? Andere Entscheidungen treffen?«

»Nein, ich wäre möglicherweise vermessen genug, sie wieder zu heiraten.« *Kapier es endlich: Du liebst sie!* »Und die Jungs in meiner Mannschaft waren die besten der ganzen Einheit. Es war eine Ehre, mit ihnen zu dienen. Aber ja, es gibt ein paar Sachen, die ich anders machen würde.«

»Im Nachhinein.«

»Im Nachhinein.«

»Mein guter Prinz, Sie brauchen eine neue Perspektive.« Der Erzbischof kämpfte sich aus seinem Sessel, um sich auf der Couch zu Stephen zu gesellen. »Ihr Wert bemisst sich nicht daran, wer Sie sind oder was Sie tun, oder daran, was Sie *nicht* tun. Er wird bestimmt durch das Tun Ihres Heilands. Wenn unser Herr das Kreuz getragen hat, um Sie für würdig zu erklären, dann sind Sie das auch – kein Krieg, kein Tod, Zweifel, Verletzung, gebrochene Herzen oder Schlagzeilen im Boulevard kann etwas daran ändern. Nur, wenn Sie sich dazu entscheiden, das nicht anzunehmen.«

»Ich muss bekennen, dass ich kein religiöser Mensch bin, Erzbischof.«

»Können Sie denn ein gläubiger Mensch sein? Einer, der an Gott glaubt? Lassen Sie zu, dass er Ihnen vergibt, damit Sie sich selbst vergeben können. Geben Sie die Sache in Seine Hand. Ansonsten sind Ihre Kameraden wirklich umsonst gestorben, wenn Sie sich auf ein Leben des Bedauerns beschränken, indem Sie eine Last tragen, die nicht aussieht, als gehörte Sie Ihnen. Und sich selbst nicht dafür vergeben.« Er sprach in einer aufgeräumten, ruhigen Stimmlage und sortierte Stephens Gefühle mit dem scharfen Skalpell seiner Weisheit. »Am Ende sterben Sie dann mit Ihnen, nach Jahren eines langen, welkenden Sterbens, indem Sie Ihre eigene Prophezeiung erfüllen. Sie sind umsonst gestorben.«

Seine Worte vermischten sich mit einer schweren, öligen Gegenwart im Raum, die einen würzig-süßen Duft mit sich brachte, der sich über

Stephen ergoss. Wenn er die Augen schloss, fühlte er sich, als würde er schweben.

»Welche Wahl werden Sie treffen? Eure Hoheit, Sie können die Vergangenheit nicht ungeschehen machen. Aber Sie können sie im Blut des Herrn baden, anstatt in dem Ihrer Kameraden, und der Sohn Gottes wird Sie heilen und sich um Ihre zukünftigen Tage kümmern.«

Die Erklärung erschütterte ihn. Rüttelte an seiner Selbstgerechtigkeit. Er fühlte das Beben und die Verschiebung in seiner Brust. Er hatte die meiste Zeit seiner 31 Jahre an Gott geglaubt. Aber nach Torcham hatten Zweifel und Verwirrung seinen kleinen Glauben in Stücke gehauen. »Was willst du von mir?« Sein Geist wirbelte, er stellte die Frage mehr dem Einen, der sich mit im Raum befand, als dem Erzbischof, der neben ihm saß.

»Er will alles, Eure Hoheit. Ich würde sagen, das hat er verdient. Wenn Sie sich irgendwie mit Ihren Kameraden im Jenseits treffen könnten, würden Sie denen nicht alles geben dafür, dass sie für Sie gestorben sind?«

»Mein königliches Zepter. Meine Krone, meinen Titel, mein Geld ... ja, alles, was ich habe.«

»Christus wird dasselbe für Sie tun. Wenn *Sie ihm* alles überlassen. Kommen Sie zum Kreuz.« Die Stimme des Erzbischofs schien das Öl im Raum aufzurühren.

Stephen blieb, wo er war. Im Inneren zitterte er so gewaltig, dass seine Hände und seine Beine bebten. Er umklammerte seine Knie und versuchte, die Wellen zu kontrollieren, die ihn überkamen, aber er schaffte es nicht.

»Es ist besser, Sie geben nach, Junge. Der Herr ist gekommen, um Ihnen zu begegnen, und ich glaube, er geht nicht wieder, ehe Sie sich ergeben.«

»Wem ergeben?«

»Ihm. Dem Kreuz. Seiner Liebe und der Tatsache, dass Sie, mein guter Junge, es wert waren, dass Er für Sie gestorben ist.«

Es wert, dass jemand für ihn gestorben ist ...

Die Formulierung schockierte ihn dermaßen, dass Stephen die Kontrolle über seine Muskeln verlor, vom Sofa herunterrutschte und auf den Knien zu Boden sank. Er weinte, presste den Handballen gegen die Augen. Erniedrigt, gedemütigt ... Aber er konnte nicht aufhören.

Seine Brust dehnte sich mit jedem Schluchzen. Sie füllte sich mit der Wirklichkeit seiner eigenen Schwäche und Sünde. Sünde, über die er nie weiter nachgedacht hatte, Handlungen und Gedanken, die ihm einmal Freude gemacht hatten, brachten ihn zu Boden, weiter hinein in die unsichtbare Präsenz im Raum.

»Herr, vergib ihm.« Das leise Gebet des Erzbischofs durchbrach Stephens letzte Mauer. Wehgeschrei explodierte aus seiner Brust, ein Klang, den er vorher nie gehört hatte. »Herr, sie sind für mich gestorben. Einen unwürdigen Mann.« Er japste nach Luft, ein flacher Atemzug, der es nicht fertigbrachte, seine Lungen zu füllen. »Herr –« Der Name rollte ihm sanft über die Zunge, und seine Lippen bekannten: »Jesus, du bist mein Herr. Du bist für mich gestorben. Vergib mir. Hilf mir, mir selbst zu vergeben. Bitte denke an Bird und Carlos, die Jungs, die gestorben sind. Asif ... denke auch an Asif. Und an Corina, an meine Corina.« Die Worte flossen weiter, während er sich flach auf den Boden legte und alles darbrachte, was im Verborgen gewesen war.

Und mit jedem Augenblick wurde Stephen Stratton, der Prinz von Brighton, zu dem Mann, der er immer hatte sein wollen.

ACHTUNDZWANZIG

An einem strahlend schönen Montagnachmittag marschierte Corina mit einer leeren Druckerpapierschachtel in der Hand durch das Großraumbüro. Hinter ihr klingelte der Aufzug und erinnerte sie daran, dass sie kein Geheimnis mehr hatte.

Sie hatte in Atlanta einen frühen Rückflug genommen und schon vor dem Mittagessen zu Hause alles ausgepackt. Jetzt war sie bei der Zeitung, mit der vorbereiteten Kündigung in der Tasche, bereit für alles, was da kommen mochte.

»Ach du heiliges Kanonenrohr.« Melissa stürzte sich auf Corina, als diese die Schachtel absetzte. »Wie hast du denn *das* geheim gehalten? Ein Prinz? Und was, bitteschön, machst du denn hier in Melbourne?«

»Ich bin hier, weil ich hier lebe, Mel.« Die Lampe gehörte ihr, die hatte sie an dem Nachmittag gekauft, als sie Gigis Stellenangebot angenommen hatte. Die wanderte in den Karton. Der Stifteköcher, der Spender mit dem Handdesinfektionsmittel, das *alle* benutzten, und eine Reihe Antistressspielzeuge gehörten auch ihr. Corina schaute sich prüfend den Tacker an. Gehörte der ihr oder der *Beaumont Post*? Der war eigentlich zu neu und zu schick, um dem Verlag zu gehören. Aber sie verstaute ihn trotzdem in der mittleren Schublade. Ein hübsches Abschiedsgeschenk für Gigi. »Ich habe es geheim gehalten, weil die Sache geheim war. Außerdem habe ich gar nicht geglaubt, dass wir noch verheiratet wären.« Seufzend warf sie ihrer Freundin einen Blick zu. »Das ist nicht die Art Geschichte, mit der man hausieren geht. ›Hey, alle miteinander, ich war mit einem Prinzen verheiratet.‹«

»Das stimmt wohl für die meisten von uns, aber du bist doch *du*. Corina Del Rey. Die Art Frau, die sehr wohl einen Prinzen heiratet.«

»Jedenfalls sind wir jetzt nicht mehr verheiratet. Ich habe eine Nichtigkeitserklärung unterschrieben.«

»Du hast was?« Ihrem Gesichtsausdruck nach hätte man folgern können, es sei Melissa, die geschieden wurde. »Warum? Nein, nein, nein, ich will eine Prinzessin zur Freundin. Und ich will, dass meine Freundin glücklich ist. Liebst du ihn noch?«

»Das ist nicht die Frage, Mel. Des Pudels Kern ist, dass er nicht mit mir verheiratet sein will.«

»Warum nicht?«

»Das kann ich dir nun wirklich nicht erzählen.« Corina lächelte. »Bitte, lass es einfach.«

»Er ist ein Idiot. Darf ich das sagen?«

Corina lachte leise. »Ich weiß, dass du mich aufmuntern willst, aber die Wahrheit sieht so aus, dass er kein Idiot ist. Er ist ein sehr guter, freundlicher und anständiger Mann.« Ihre Stimme zitterte. »Einer der besten.«

Melissa tippte an die Seite der Pappschachtel. »Gehst du?«

»Du glaubst doch wohl nicht, dass ich bleiben würde, nach dem, was Gigi da gemacht hat, oder?«

»So ein Mist. Da gehen sie hin, all die coolen Leute.«

»Ach, nein«, Corina schaute zu Gigis Büro hinüber. »Du bist doch noch hier.«

Durch die Glasscheibe sah sie Gigis blonden Scheitel über den Schreibtisch gebeugt. »Weißt du, wie sie es herausgefunden hat?«

»Es ist Gigi. Sie hat ihre Lakaien auf der ganzen Welt.«

»Ja, es sieht jedenfalls so aus, als hätte sie einen Maulwurf im Palast. Im Artikel hieß es ›eine Quelle aus dem Palast.‹«

»Das könnte sie auch erfunden haben.« Melissa nahm den Stiftköcher heraus und untersuchte die Stifte. »Kann ich die lilanen Stifte haben? Ich liebe Lila.«

»Bedien' dich. Aber dass wir im Geheimen verheiratet waren, hätte sie sich nicht ausdenken können. So gut ist sie auch wieder nicht.«

Gigi hatte zwar eine Grenze überschritten, indem sie den Artikel veröffentlichte, aber sie hatte Corina auch einen Gefallen getan. Sie hatte die Ehe ans Licht gebracht und das Geheimnis offengelegt.

Mama hatte irgendwie verändert gewirkt, als sie am Sonntagabend spät nach Hause zurückkehrte, wo immer sie auch gewesen sein mochte. Freundlicher. Sanfter.

Heute Morgen war sie heruntergekommen, um sich zu verabschieden, bevor Corina und Daddy sich nach Atlanta aufmachten. Mit feuchten Augen hatte sie Corina eine Strähne aus dem Gesicht geschoben. »Sei keine Fremde.«

»Was hast du als Nächstes vor?« Melissa klopfte gegen die Pappschachtel.

»Ich weiß es nicht, ich habe mich noch nicht entschieden.« Und das war auch in Ordnung so. Fürs Erste.

Melissa ging zu ihrem Schreibtisch zurück, während Corina ihre letzten Sachen einpackte. Sie war nicht lange genug bei der *Beaumont Post* gewesen, um viel anzusammeln. Als sie fertig war, durchquerte sie das Großraumbüro und ging zu Gigi. Ihre Flipflops schmatzten bei jedem Schritt leise.

»Auf ein Wort bitte?«, sagte Corina, als sie den Kopf durch die Tür steckte und Gigi und Mark im Gespräch vorfand.

Gigi schreckte auf. »Huch, dich habe ich ja gar nicht kommen gehört.«

Mark stand mit einigen Zetteln in der Hand auf. »Willkommen zurück. Wie war es in Brighton? Wir haben uns gerade darüber unterhalten, wann wir deinen Artikel über Clive bringen sollen. Vielleicht vor der amerikanischen Premiere. Dein Bericht über die Premiere in Brighton war hervorragend.«

»Gigi. Das hier ist die letzte Minute, die ich für dich und Beaumont Media arbeite.« Corina kam gleich zum Thema. »Ich werde das Interview mit Clive zu Hause schreiben und es dir bis Freitag zukommen lassen. Aber die Rechte bleiben bei mir. Ich werde die Story, samt zusätzlichen Infos aus Clives Leben, spätestens nächste Woche auch anderen Medien anbieten. Wenn du also auf eine Sensationsnachricht aus bist, und das scheint dir zurzeit ja sehr wichtig zu sein, dann bringst du diese Story besser gleich in der nächsten Sonntagsausgabe der *Post*.«

»Entschuldigst du uns bitte, Mark?«, fragte Gigi. Ihr Blick lag stahlhart und standhaft auf Corina.

Mark beugte sich im Vorbeigehen zu Corina. »Ich wusste nichts von alldem.«

»Ich strenge keine Klage an, falls du dir deswegen Sorgen machst.«

»Oh, dem Himmel sei Dank.« Es klang wie ein Seufzer der Erleichterung, als die Tür hinter Mark ins Schloss fiel.

»Er ist klasse, oder?«, sagte Corina, verschränkte die Arme und sah Gigi an. »Wie hast du es herausgefunden?«

»Du weißt, dass ich meine Quellen nicht preisgeben kann.«

»Also wird die Privatsphäre der Quelle gewahrt, während mein Leben und das von Prinz Stephen auf der Titelseite breitgetreten werden und das ganze Königreich Brighton aus dem Tritt bringt?«

»Die Frage ist, warum ich überhaupt eine Quelle brauchte, wo du doch das letzte halbe Jahr keine zehn Meter von meinem Schreibtisch entfernt gesessen hast?«

»Weil es dich nichts anging.«

»Was? Wir gehören zu einer Familie.«

»Das tun wir nicht. Meine Familie würde mir nicht antun, was du mir angetan hast. Außerdem wussten nicht einmal meine Eltern Bescheid. Sie haben es aus *deiner* Zeitung erfahren.«

»Das geht mich jetzt aber *wirklich* nichts an. Das ist deine Angelegenheit.«

»Wie hast du es herausgefunden?«

»Das kannst du mich nicht fragen. Stimmt es denn nicht?«

»Es hat mal gestimmt.«

»Dann tut's mir leid, aber wenn der Prinz von Brighton im Geheimen heiratet, dann geht mich das sehr wohl was an. Dann geht das die ganze Welt etwas an. Das ist mein Geschäft.« Sie strich mit der Hand über einen Neuzugang in ihrem Büro, einen marmornen Pelikan. »Ich habe meine Anwälte hinter mir, falls dich das interessiert.«

»Ich habe dir doch gesagt, dass ich nicht klagen werde. Ich brauche dein Geld nicht. Warum hast du mir nicht gesagt, dass die Zeitung in Schwierigkeiten steckt?«

Corina entging der Hauch des Überraschtseins auf Gigis Gesicht nicht.

»Wie hast du das herausgefunden?«

»Du weißt, dass ich meine Quellen nicht preisgeben kann.«

»Ah, touché. Dein Vater?«

»Ich gehe jetzt, aber ich wollte mich noch dafür bedanken, dass du mir diese Stelle angeboten hast. Dass du mich aus meinem Nebel herausgeholt hast. Aber ich danke dir nicht dafür, dass du diese Story gebracht hast. Du fragst dich, warum ich es dir nicht erzählt habe? Warum hattest du denn nicht einmal den Anstand, mit mir zu reden?«

»Sollte ich mir die Schlagzeile des Jahrzehnts entgehen lassen?«

»Viel Glück bei allem, Gigi.« Corina griff nach dem Türknauf. »Und du solltest mal mit deiner berüchtigten Quelle Rücksprache halten: Der Prinz von Brighton ist nicht mehr verheiratet.«

Corina balancierte die Schachtel auf der Hüfte, als sie aus dem Fahrstuhl stieg, und spürte eine seltsame Mischung aus Traurigkeit und Aufregung.

Ein altes Leben verging, ein neues lag vor ihr. Sie eilte voran. Auf der Heimfahrt über die U.S. I hatte sie das Verlangen, mit Adelaide zu sprechen und sich in ihrer tröstlichen Weisheit geborgen zu wissen.

In der Eingangshalle hatte Captain Schicht. Er kam hinter seinem Schreibtisch hervor, um sie zu begrüßen. »Während Sie unterwegs waren, ist eine Lieferung für Sie angekommen. Ich habe den Kurier zu Ihrem Apartment hinauf begleitet. Es war ein ziemlich großes Paket, und ich wollte es nicht hier unten lassen.«

»Ein großes Paket?« Stephen. Er hatte ihr den Pissarro geschickt. »Eine hölzerne Kiste? Vielleicht von der Sorte, mit der man so etwas wie ein Gemälde verschicken würde?«

Captain überlegte einen Moment. »Eine Holzkiste, ja. Rechteckig. Ich nehme an, da könnte ein Bild drin sein.« Captain lächelte. »Haben Sie denn ein Gemälde gekauft, Miss Del Rey?«

»Ja, aber nicht für mich.« Ehrlich wahr – verabscheute er ihre gemeinsame Zeit so sehr, dass er nicht einmal den Pissarro behalten wollte? »Vielen Dank, Captain.«

»Jederzeit, Miss Del Rey.« Er legte seine Hand grüßend an die Hutkrempe. »Ist es wahr? Das, was in der Zeitung stand? Sind Sie eine Prinzessin?«

Corina drückte den Knopf am Lift und klammerte sich an ihre Würde. Sie würde nicht hier in der Lobby vor Captain zusammenbrechen. »Nein, ich bin ganz bestimmt keine Prinzessin.«

Mit einem Klingeln öffnete sich die Tür, und sie sehnte sich beinahe nach der leisen Berührung der Erinnerung, die noch vor Kurzem ihre Seele gestreift hatte, wenn sie das Geräusch hörte. Die Erinnerung daran, dass sie ein Geheimnis hatte. Dass sie einen Prinzen geangelt hatte. Dass sie einmal schwer verliebt gewesen war.

Sie trat ein und drückte den Knopf für die achte Etage. Ihr Prinz wollte weder sie noch ihre Geschenke.

Sie fiel gegen die Wand der Kabine und ließ ihren Tränen freien Lauf. Jetzt, wo ihr gemeinsames Geheimnis vor der ganzen Welt offenlag, hatte sie ihre Verbindung zu ihm verloren, auch, wie der kleinste Klingel- oder der leiseste Glockenton sie an ihre Liebe erinnerte. Wenn er das Gemälde wirklich zurückgeschickt hatte, dann war das das Ende. Dann war da rein gar nichts mehr zwischen ihnen.

Sie hatte nicht vorgehabt, an ihm zu kleben oder ihn zu manipulieren. Sie wollte ihn lediglich segnen. Und, ja, ihn vielleicht an etwas erinnern. Aber ...

Oh Herr. Reichlich zu lieben ist so unfassbar schwer.

»Da sind Sie ja, Corina.« Ihre Nachbarin, Mrs. Putman, wetzte in Bademantel und Pantoffeln durch den Flur, als Corina aus dem Fahrstuhl stieg.

Es war fünf Uhr nachmittags, aber Mrs. Putman trug ihre Schlafkleider oft auch tagsüber. Sie war Witwe; ihr Mann war leitender Angestellter bei Harris Corporation gewesen. So verbrachte sie ihre Morgen, indem sie Kaffee trank und las, und ihre Nachmittage vor dem Fernseher, wo das Soap-Network der Sender ihrer Wahl war. »Ein sehr großes Paket ist für Sie abgegeben worden.«

»Das habe ich schon gehört. Captain hat mir Bescheid gesagt.« Corina rückte den Pappkarton auf ihrer Hüfte zurecht, während sie ihre Tür aufschloss.

»Eine Art Lattenkiste. Die Sorte, die für teure Dinge verwendet werden.« Sie verschränkte die Arme und hob ihr schmales Kinn. »Haben Sie sich denn etwas Teures gekauft?«

»Nein, ich habe *mir* nichts Teures gekauft.«

»Jemand hat aber etwas Teures gekauft. Vielleicht ...« Mrs. Putman beugte sich zu ihr. »Vielleicht Ihr Prinz?«

Corina lachte. Was sollte sie auch sonst tun? Außerdem machte die Frau wirklich ein witziges Gesicht. »Mrs. Putman, ich habe gar keinen

Prinzen. Ich bin keine Prinzessin und mein Leben ist keine Seifenoper. Ich bin einfach nur eine ganz normale, gewöhnliche Tochter aus gutem Hause.«

»Aber in der *Post* haben sie geschrieben, Sie hätten einen Prinzen geheiratet. Im Geheimen!«

»Wir sind nicht verheiratet.«

»War das eine Lüge?« Sie schaute skeptisch, ihre Augen wurden schmal.

»Lassen Sie uns einfach sagen, es stimmt nicht.« Corina trat über ihre Schwelle und stellte den Druckerpapierkarton ab. Mrs. Putman linste mit erhobener Nase hinein, sah sich suchend nach der Lieferung um.

Corina schloss sanft die Tür. »Ich wünsche Ihnen noch einen schönen Abend, Mrs. Putman.«

»Nicht so schnell.« Die Frau drückte ihre Hand gegen die Tür. »Ich will wissen, was in der Kiste ist.«

»Ich auch.« Corina lehnte sich gegen die Tür und schob die Nachbarin zentimeterweise in den Korridor.

»Sagen Sie mir Bescheid, wenn Sie sie aufmachen. Mein Mann hat mir mal so eine Kiste wie die da geschickt, und da war ein sehr schönes Porträt unserer Tochter drin.«

»Was für ein schönes, besonderes Geschenk. Ich sage Ihnen ganz bestimmt, was in meiner Kiste war.« Die Frau war wie ein Hund, der einen Knochen wollte.

»Warum kann ich denn nicht zusehen, wenn Sie die Kiste aufmachen?«

Corina seufzte. Sie hatte Mitleid mit Mrs. Putman. Sie war verwitwet und einsam, ihre Kinder lebten im ganzen Land verteilt und waren mit ihrem eigenen Leben beschäftigt. »Ich mache Ihnen einen Vorschlag. Kommen Sie doch morgen früh um zehn zum Tee vorbei. Dann können Sie sich anschauen, was in der Kiste war.«

»Morgen früh um zehn?« Die Nachbarin runzelte die Stirn. »Ja, sind Sie denn da nicht bei der Arbeit?«

»Nein, bin ich nicht. Ich habe gekündigt. Morgen um zehn also?«

»Ja, d-das wäre schön.« In Mrs. Putmans feuchten Augen spiegelte sich die Wahrheit. Sie war einsam. Und sie war dankbar.

Als die Tür zu war, stellte sich Corina dem Paket, das an der Wand ihres Eingangsbereiches lehnte. Es war tatsächlich eine Lattenkiste, wie man sie für Gemälde verwendete. Ein wenig tiefer, als sie das erwartet hätte, aber Stephen hatte ihr ganz zweifellos den Pissarro geschickt.

Wie er das so schnell bewerkstelligt hatte, war eine Frage, die wohl nur Prinzen und Könige beantworten konnten.

Schlimmer war, *warum* er ihn zurückgeschickt hatte. Ihre Tränen stiegen wieder auf. Wollte sie den Pissarro? Wollte sie, dass all ihre Erinnerungen an der Wand hingen, anstatt in ihrem Herzen zu sein, wo sie hingehörten?

Corina holte den Hammer aus der Krimskramsschublade in der Küche. Dann legte sie die Kiste auf den Boden, während lauter Fragen ihr Herz lauter schlagen ließen. Wollte sie die Kiste überhaupt öffnen? War sie stark genug, sich dem Abbild und der Gefühlswelt der Rue du Roi zu stellen?

Sie flüsterte ein Gebet, brachte den Hammer in Position und stemmte den Deckel auf. Und wenn es nur das eine war, so würde der Pissarro sie doch immerhin an die Nacht auf dem Braithwaite erinnern, als sie das Herz eines Prinzen gewonnen hatte.

Sie würde ihre Enkel mit der Geschichte beglücken.

Als der Deckel lose war, lehnte Corina ihn an die Wand. Sie hatte erwartet, einen Berg Luftpolsterfolie vorzufinden, aber stattdessen waren da massenhaft Packpapier und Seidenpapier.

Sie kniete sich neben die Kiste, um herauszufinden, was sich wohl unter dem ganzen Papier verbarg, und schnappte nach Luft, als der weiße Glanz und die federleichte Schönheit des Luciano Diamatia-Kleides zutage traten.

»Oh, Mama.« Corina hob das Kleid aus der Verpackung. Neue Tränen wallten auf. Ein rosa Umschlag fiel ihr zu Füßen. Sie griff danach und fand eine einfache Nachricht vor.

Bitte vergib mir, Corina. Deine Dich liebende Mama.

Ein Lachen brach sich durch Corinas Tränen Bahn, während sie in ihr Zimmer eilte. Diamatias Stimme, mit all ihren lustigen Eigenschaften – rollende »Rs« und verwaschene »S« – hallte in ihn ihrem Kopf wider.

Bei ihrem ersten Treffen war der weltberühmte Designer laut nachdenkend um sie herum gegangen.

Ich sehe einen Schwan. Einen prachtvollen Schwan!

Corina stand vor ihrem Schlafzimmerspiegel und hielt sich das Kleid an. Sie platzte fast, so gerne wollte sie es anprobieren.

Bitte pass, bitte pass.

Trauer und Schmerz konnten verheerenden Schaden anrichten.

Corina breitete das Kleid auf ihrem Bett aus, fand ihr Telefon in ihrer Handtasche und rief zu Hause an. Ida Mae ging ran und sagte nur: »Ich hole deine Mama.« Gott segne die liebe alte Ida Mae.

»Also hast du das Kleid bekommen?«, fragte Mama mit mehr Gefühl in der Stimme, als Corina seit Jahren bei ihr gehört hatte. Sie saugte es in sich auf wie ein Durstiger aus einer tiefen Quelle trinkt.

»Vielen, vielen Dank, Mama. Aber was hat dich denn dazu gebracht, es zu suchen?«

»Die Geschichte in der Sonntagszeitung ... über dich und den Prinzen.«

»Aha, ich verstehe.« Wie sollte sie ihr nur sagen, dass die Ehe für nichtig erklärt wurde? »Mama –«

»Dein Vater hat mir den Rest der Geschichte erzählt. Es tut mir leid, Corina. Wirklich. Aber trotzdem, als ich den Artikel gelesen habe, ist mir bewusst geworden, was für eine zauberhafte, fähige Frau du bist, und wie glücklich sich der Mann schätzen kann, der dich zur Frau hat. Besonders Prinz Stephen. Also habe ich das Kleid ausfindig gemacht und einen Sonderkurier beauftragt, es dir zu liefern. Außerdem hattest du ja recht. Ich hätte es nie weggeben dürfen, es gehört mir nicht.«

»Ich weiß gar nicht, was ich sagen soll.« Corina stand am Schlafzimmerfenster. Draußen färbten die zarten Töne des verblassenden Sonnenlichts den Juniabend sanft ein. Sie spürte, wie das Gefühl, beschenkt und bereichert zu sein, in ihr immer stärker wurde.

»Sag, dass du es tragen wirst. Und bald.«

»Ich habe Stephen in diesem Kleid geheiratet.«

Mama war einen Augenblick still. »Es tut mir leid, dass ich nicht da war, um das zu sehen.«

»Es tut mir auch leid, dass du nicht dabei warst.«

»Aber ich bin mir sicher, dass das alles ganz bestimmt furchtbar romantisch war.«

»Furchtbar romantisch.«

»Ich gebe mir Mühe, Corina. Wirklich wahr.« Mamas langer Seufzer berührte Corinas Herz. »Hab Geduld mit mir.«

»Immer, Mama. Immer.«

Sie verabschiedeten sich, und Corina ließ sich aufs Bett fallen. Sie lag erschöpft und aufgekratzt neben dem Kleid.

Danke, Herr. Danke. Reichlich geliebt zu werden fühlte sich ziemlich großartig an.

Corina nahm seine Gegenwart in sich auf. Sie hatte sie schon in dem Moment gespürt, als sie das Kleid aus der Kiste hob. Sie verstand das unsichtbare Streicheln an ihren Armen oder das sanfte Klopfen an ihrer Stirn, das sie blinzeln ließ, nicht immer, aber das war er. Ihr Gott. Ihr Gott, der auf sich aufmerksam machte und sie daran erinnerte, dass er da war, wachte und wartete.

Wenn man reichlich lieben wollte, lernte man am besten vom Meister selbst. Corina verstand, dass das Leben eine Reise war. Wenn sie ihm vertraute, würde Jesus ihr einen Weg durch die Wildnis bahnen, ihr Licht in der Dunkelheit sein.

Tränen strömten ihr über die Schläfen und sammelten sich in ihren Ohren. Heute Abend war sie eine reiche Prinzessin. Nicht wegen Daddy oder Prinz Stephen.

Sondern weil Jesus ihr König war.

Nach einer Weile spülte eine wirbelnde Freude über ihren Geist. Corina setzte sich auf, wischte sich die Augen und strich mit der Hand über das Kleid.

»Mal sehen, ob du noch passt.« Sie wand sich aus Shorts und T-Shirt und stieg mit einem zittrigen Atemzug in die Seide und die Pracht des Kleides.

Sie hob das Kleid über ihre Hüften und arrangierte den Rock knapp unterhalb der Taille. Sie lächelte. Es passt, so perfekt wie an dem Tag, als Luciano es abgeliefert hatte. Das trägerlose Mieder schmiegte sich sanft an sie, und der fließende, fedrige Rock breitete sich von ihren Hüften her aus wie das Federkleid eines Schwans auf einem Teich voller Sonnenlicht, das sich über den Schlafzimmerboden ergoss. Der Saum küsste gerade so ihre Zehenspitzen.

Oh, oh, oh, wie absolut wunderbar!

Corina drehte sich mit weit ausgebreiteten Armen in einem kleinen Kreis. Ihr Herz explodierte, Freiheit durchzuckte sie. Sie hatte ihre Trauerkleider abgelegt. Hatte vom Tod zum Leben gefunden.

Sie war so dankbar über den Schmerz ihrer Lebensreise, der sie zu diesem Moment mit Gott geführt hatte.

Ich will dich reichlich lieben, will dich reichlich lieben ...

Als die Türglocke erklang, schrak sie auf. Ihr heilsamer Moment mit Gott wurde unterbrochen, erschrocken legte sie die Hand aufs Herz.

Wer konnte das sein? Sie wollte diesen Ort des Friedens und der Verheißung nicht verlassen.

Corina lehnte sich aus ihrer Schlafzimmertür. »Hallo?« Sie wartete, lauschte. »Mrs. Putman? Wir sehen uns morgen früh um zehn.« Sie wartete noch einen Moment. »Okay?«

Die Klingel ging erneut, etwas energischer diesmal. Oh, um Himmels willen. Corina strebte über die Dielen; ihre nackten Füße patschten leise. Das Bild ihrer Nachbarin blitzte in ihrem Kopf auf.

Nun, es gab keinen Grund, warum sie nicht heute Abend zusammen Tee trinken sollten. Corina war vielleicht ein wenig zu schick angezogen ... Sie lachte, als sie zum Türknauf griff. Sie in ihrem seltenen Designerkleid und Mrs. Putman in Bademantel und Pantoffeln.

»Ta-da!« Corina riss die Tür auf. »Was halten Sie davon –« Aber da stand gar nicht die neugierige alte Mrs. Putman im Flur. »Stephen.« Ein Adrenalinschub überwältigte sie und ließ ihre Beine schlottern. »Was – was machst du denn hier?« Ihr Stephen. Ihr Stephen stand auf ihrer Schwelle. Sein Gesicht strahlte so hell wie der Vollmond.

Wortlos sah er sie an, trat ein, nahm sie in die Arme und schloss die Tür mit einem Fußtritt. »Ich habe dich vermisst.« Sein warmer, angenehmer Atem streifte ihre Wange.

Corina zitterte und ließ sich gegen ihn fallen. Ihre Hand ruhte auf seiner Brust, während sie seine Anwesenheit in sich aufnahm. »Was – was machst du hier?«

»Ich bin wegen dir hier.« Das spitzbübische Blitzen in seinen Augen strahlte zehnmal heller, als sie es in Erinnerung hatte. Sie konnte gar nicht wegschauen. »Du hast etwas zu mir gesagt, auf das ich nicht angemessen reagiert habe. Das will ich jetzt nachholen.«

Er fasste sie fester, legte seine rechte Hand in ihren Nacken. Seine Augen suchten ihren. Blick.

Feuer durchströmte sie. »Was? Stephen, bitte ... Was machst du hier?«

Er beugte sich zu ihr. Seine Lippen berührten ihre mit dem Hauch eines fast nicht vorhandenen Kusses. Corina stöhnte. »Ich wollte dir nur sagen ...« Er schluckte schwer, um Luft zu holen. »Dir sagen, dass ich ...« Wieder berührte er sachte ihre Lippen, ein halber Kuss, der sie dazu brachte, ihre letzten Ängste abzulegen.

Sie umklammerte seine Schulter, hielt sich fest und überließ sich der Kraft seiner Überredungskunst. Sie brauchte nicht mehr zu wissen, warum er hier war. Es reichte ihr, dass sie in seinen Armen lag und dass die Macht seiner Leidenschaft gesiegt hatte. Sie reagierte auf die gleiche Art, stellte sich auf die Zehenspitzen, drückte ihre Lippen auf seine und brachte zu Ende, was er begonnen hatte.

Ich liebe dich, Stephen!

Er antwortete, hungrig und eifrig, fiel gegen die Wand in der Diele und nahm sie mit sich.

Als er den Kopf hob, um Luft zu holen, die blauen Augen so leuchtend wie der Sommerhimmel, sein Lächeln heller als die Sterne, strich er ihr über den Kopf. Sie dachte, er wollte etwas sagen, aber er atmete nur tief durch und küsste sie noch einmal mit dem Behagen eines zufriedenen Mannes.

Der Rock ihres Kleides schaukelte und kitzelte ihre Zehen mit Entzücken.

Der Kuss wurde zu einer Umarmung. Stephen barg sein Gesicht an ihrer Schulter. »Ich liebe dich, Corina.« Sein Bekenntnis war herrlich. »Ich liebe dich so sehr.«

Corina legte den Kopf zurück, um sein Gesicht sehen zu können, und fuhr mit den Fingern durch sein schönes Haar, weil sie sich danach gesehnt hatte, seitdem er wieder in ihrem Leben aufgetaucht war. Er gehörte ihr. Ihr ganz allein. »Was ist denn mit dir passiert, Prinz Stephen von Brighton?«

»Du bist mir passiert. Ich muss dir so viel erzählen. Lass uns damit anfangen«, er ging durch den Eingangsbereich und zeigte auf seinen linken Knöchel. »Geheilt. Ein Wunder. Ich habe die Schiene schon zwei Tage nicht mehr getragen.«

»Du bist geheilt?«

»Ein Wunder.«

Corina streckte sich zu ihm aus, um ihn noch einmal zu küssen – weil sie es konnte, weil sie wieder durstig nach ihm war. Würde dieser Durst je gestillt werden?

»Ich habe einen Besuch bei Erzbischof Caldwell gemacht und –«

»Und hast zu Gott gefunden?« Corinas Herz hüpfte bei der Aussicht, dass Stephen ein Mann Gottes geworden sein konnte. Ganz und gar. Befreit von seinem Schmerz und seiner Bitterkeit.

»Nein«, sagte er und küsste ihre Hand. »Er hat mich gefunden.«

»Wie? Und warum hast du Erzbischof Caldwell besucht?«

»Um ihn zu fragen, warum er uns damals getraut hat.«

»Und was hat er gesagt?«

Stephen gluckste. »Ich bin mir ehrlich gesagt nicht ganz sicher, Liebes, aber ich habe mich auf dem Boden wiedergefunden. Ich habe geweint, Buße getan, wurde von innen und von außen gewaschen und geheilt. Mein Knöchel wurde geheilt und alle Schlösser meines Herzens geöffnet. Ich habe es dann so schnell es ging eingerichtet, hierherzufliegen.« Da, in ihrer Diele, kniete er sich hin und zog einen Ring aus der Tasche. »Heirate mich. Bitte. Noch einmal.«

Freude kitzelte ihre Lippen, als sie sich vor ihm hinkniete und er ihr den Platinring mit dem Diamanten ansteckte. Sie betrachtete ihn einen Moment lang und küsste ihn. »Ja, ich werde dich wieder heiraten. Und immer wieder. Der Ring ist wunderschön.«

»Ein Juwelier, der mit Nathaniel befreundet ist, hat gestern seinen Laden für mich aufgemacht. Ich wollte dich diesmal ordentlich fragen. Und ich wollte einen Ring, der nur dir und mir gehört.« Stephen geleitete sie ins Wohnzimmer und zog sie mit sich, als er sich auf den Ruhesessel fallen ließ.

»Der ist toll, und ich mag ihn sehr, aber sind wir denn nicht schon verheiratet?« Corina legte ihre Beine über die Armlehne des Sessels und kuschelte sich an Stephen.

»Ich habe die Annullierungspapiere eingereicht.«

Corina wich zurück. »D-du hast sie eingereicht? Und dann bist du den ganzen Weg hierher geflogen, um mir einen Antrag zu machen?«

»Mir ist es völlig ernst. Ich will es diesmal richtig ordentlich machen. Ich will neu anfangen. Ich will eine Verlobungszeit mit Partys und Pressekonferenzen. Ich will dich auf einer dicken fetten königlichen Hochzeit heiraten, mit allem Drum und Dran. Du in einem weißen Kleid, das dann alle Mädchen auch haben wollen«, er fächerte die Federn ihres Rocks auf, »und ich in meiner Uniform –«

»Du wirst deine Uniform anziehen?«

»Ja, das werde ich. Ich will, dass die Familien der Jungs in der ersten Reihe sitzen. Ich will, dass deine und meine Eltern dabei sind, dass unsere Freunde und Familien da sind. Was wir vorher hatten, wurde verletzt und ist kaputtgegangen. Wir müssen dieses Kapitel unseres Lebens schließen und neu anfangen.« Er streichelte ihre Wange. »Aber wenn ich eins weiß, dann ist es, dass du meine einzig wahre Liebe bist. Wenn du mir noch eine Chance gibst, werde ich jeden Tag darum kämpfen, dass unsere Ehe an erster Stelle steht, damit wir zu dem Paar werden, zu dem Gott uns geschaffen hat.«

Manchmal waren Tränen tatsächlich die einzig richtige Antwort. Sie legte ihren Kopf auf seine Brust, und Stephen hielt sie fest, ganz nah bei sich. So nah es nur ging.

Es gab keinen Ort auf der Welt, der sich mehr wie ihr Zuhause anfühlte, als hier in seinen Armen zu sein.

NEUNUNDZWANZIG

Königreich Brighton
12. Oktober

Einmal mehr fand er sich in den warmen Kulissen von *Madeline & Hyacinth Live!* wieder. Die stehende Luft brachte ihn immer noch zum Schwitzen. Er zupfte erst an seinem Kragen, dann an den Ärmeln seines Hemdes.

Aber ihre Hand ließ er nie los.

»Geht es dir gut?« Corina sah mit ihren bernsteinfarbenen Augen zu ihm auf, die sein Herz immer einen Schlag aussetzen ließen.

»Es ist nur ein bisschen stickig hier, findest du nicht?« Stephen küsste sie auf die Stirn und sah dann zu Thomas hinüber, der mit einem kaum versteckten Grinsen den Kopf schüttelte.

Seit dem Heiratsantrag in Florida fühlte sich Stephen, als hätten ihn Gott, Corina und die Macht der Liebe und der Vergebung von den Füßen gerissen.

Er hatte veranlasst, dass Agnes und Baby Bird das Geld aus Lt. Mitchell »Bird« O'Connells Sterbegeldversicherung zugesprochen wurde und einen Fonds für die Ausbildung des Fünfjährigen und der Kinder der anderen Männer, die an jenem Tag gestorben waren, gegründet.

Auch für Asifs Kinder.

Einmal im Monat fuhr er für ein Wochenende nach Hessenberg, wo er Tag und Nacht mit Erzbischof Caldwell verbrachte und lernte, was er als Kind in der Sonntagsschule hätte lernen sollen – aber eben nicht gelernt hatte.

Sein Herz floss beinahe über, je mehr ihm bewusst wurde, welch liebenden König er zum Heiland hatte.

Als er an jenem Frühlingstag vor sieben Monaten seinen Knöchel verletzte, hätte er nie geglaubt, was für ein Leben ihn erwartete. Er war unwürdig. Auf sich allein gestellt. Jesus hatte ihn würdig gemacht, und das war ein Opfer, das er annehmen konnte.

Stephen legte sich die Hand auf die Brust, als ein Gefühlssturm aufkam.

Gott, ich lobe und preise dich.

In den letzten drei Monaten hatte er sein Leben zu einem offenen Buch gemacht. Er hatte der Presse von seiner geheimen Ehe, der Nichtigkeitserklärung und der Neuverlobung erzählt. Wenn es das Wort »Neuverlobung« so überhaupt gab. Hatte erzählt, wie es nach den Ereignissen in Afghanistan dunkel um ihn geworden war und wie Gott durch Corinas Liebe um ihn geworben hatte.

Einst hatte Stephen sich an Rugby und das Leben auf dem Platz als seine einzige Erlösung geklammert. Er hatte Angst davor gehabt, sich davon zu entfernen, weil es ihm schien, als müsste er dann zerfallen. Was er als seine Freiheit betrachtet hatte, war sein Gefängnis gewesen.

Aber jetzt, wo er wahre Erlösung und echte Freiheit kannte, waren seine Möglichkeiten unendlich. Er war frei, wieder Prinz Stephen zu sein. Und seit ihrer Verlobung schlief er wie ein Baby. Die nächtlichen Albträume hatten aufgehört. So ein guter, unendlich guter Gott.

Der Bühnenmanager kam vorbei. »Sechzig Sekunden.«

Die Bühnenarbeiter bauten das Studio schnell von hellen Lichtern mit hohen Regisseurstühlen um zu einer Art Wohnzimmer mit zwei kleinen cremefarbenen Plüschsofas, die sich vor der Attrappe eines offenen Kamins gegenüberstanden.

Stephen drückte Corinas Hand. »Bereit?«

»Bereit.«

Madeline und Hyacinth nahmen ihre Positionen vor der Kamera ein, und dann kamen sie aus der Werbepause.

»Madeline, wir hatten ja schon einige richtig tolle Sendungen dieses Jahr«, sagte Hyacinth, um die Ankündigung aufzubauen. »Aber heute Nachmittag erwartet uns eine der möglicherweise besten Shows, die wir je hatten – oder je haben werden.«

»Ich bin so gespannt auf unsere nächsten Gäste«, sagte Madeline, die einen Blick auf ihre Stichwortkarte warf. »Wir haben Sie schon einmal mit ihm überrascht, und heute überraschen wir Sie wieder mit *ihm* – und mit seiner zauberhaften Verlobten. Meine Damen und Herren, bitte heißen Sie den Prinzen von Brighton, Prinz Stephen, und seine Verlobte, Corina Del Rey, aufs Herzlichste willkommen!«

Stephen führte Corina unter tosendem Applaus in das Studio. Sie gingen harmonisch und im Gleichschritt. Die ehemalige Schönheitskönigin passte perfekt zu ihm. Die Scheinwerfer machten ihr weder Angst noch faszinierten sie sie.

Nach einer Runde freundschaftlicher Umarmungen mit ihren Gastgeberinnen setzten sich Stephen und Corina auf eine Couch, Madeline und Haycinth auf die andere. Wie Freunde, die zusammen Tee tranken.

»Lassen Sie mich damit anfangen, dass ich gratuliere«, sagte Madeline. »Wir sind so dankbar dafür, Sie hierzuhaben.«

»Es freut uns, hier zu sein«, sagte Stephen mit einem Seitenblick auf Corina, die strahlte.

»Wir haben eine Menge zu bereden, aber das Wichtigste zuerst. Corina, wir haben in den letzten paar Monaten ja eine Menge über Ihr Diamatia-Kleid gehört, aber so gar nichts über Ihr Hochzeitskleid.« Hyacinth zog ein Schnütchen. »Können Sie uns *irgendetwas* darüber verraten? Nur einen klitzekleinen Hinweis geben?«

Corinas Lachen war klangvoll und schön. »Ich kann Ihnen verraten, dass es von Melinda House entworfen wird. Ich liebe ihre Arbeit einfach, und sie war mir wirklich eine große Hilfe in dieser Saison.«

»Nun, wir können es jedenfalls kaum erwarten, es zu sehen.« Hyacinth lächelte, als würde ihr Corinas Antwort reichen, aber Stephen wusste, dass sie alles dafür geben würde, mehr zu erfahren.

»Wir haben von Schätzungen gehört, die davon ausgehen, dass die Hochzeit von etwa fünfhundert Millionen Zuschauern im Fernsehen gesehen werden wird«, sagte Madeline. »Corina, denken Sie manchmal darüber nach?«

»Bisher habe ich alle Hände damit zu tun, eine Hochzeit zu planen. So, wie es jeder anderen verlobten Frau auch ergeht.« Sie sah Stephen aus dem Augenwinkel an. Er liebte, wie selbstbewusst sie war. »Ich konzentriere mich nicht auf die zuschauende Welt.«

Ja, tatsächlich. Sie würde eine hervorragende Fürstin werden.

Madeline und Hyacinth plapperten weiter, stellten Fragen zur Hochzeit, machten Beobachtungen, verkündigten den Zuschauern einmal mehr, dass der große Tag am 19. Oktober sein und die Trauung in der Davidskathedrale stattfinden würde, mit einem Empfang im Palast am Nachmittag und einer privaten Feier am Abend.

»Warum haben Sie sich den Braithwaite für Ihre private Feier ausgesucht?«

Corina übernahm die Antwort. »Der Braithwaite hat eine besondere Bedeutung für uns, daher wollten wir gerne dorthin zurückkehren. Dies ist der Ort, an dem wir feiern möchten, wo wir heute stehen und dass wir unser gemeinsames Leben beginnen.«

Wo alles angefangen und geendet hatte. Wo alles wieder neu beginnen würde, neu und frisch.

»Prinz Stephen, die königliche Behörde hat uns darüber informiert, dass Sie eine Ankündigung machen wollen.« Madeline las von ihren Karten ab.

»Ja, das habe ich«, sagte er und fasste Corinas Hand fester. »Obwohl mein Knöchel in besserer Form denn je ist –«

»Ist es denn wahr, dass Sie eine Art Wunderheilung erlebt haben?« Hyacinth versteckte ihre Skepsis nicht.

»Ja, das stimmt, und in der Folge hat sich vieles in meinem Leben verändert –«

»Wie wahr, wie wahr, letzten Monat erst wurden Sie offiziell zum Prinzen von Brighton gekrönt«, sagte Madeline. »Was für eine wunderschöne Zeremonie.«

»Und durch die Krönung bin ich Schirmherr des Kriegsdenkmals geworden. Das Denkmal braucht ein gewisses Maß an Aufmerksamkeit, und es gibt eine Menge zu tun für die Familien unserer Soldatinnen und Soldaten. Deshalb gebe ich heute meinen vollständigen Rücktritt aus dem professionellen Rugby bekannt.«

Erschrocken atmete das Publikum wie auf Kommando ein.

»Das ist ein außerordentlich trauriger Tag für das Rugby in Brighton.« Hyacinth beugte sich zu Stephen.

»Corina, was sagen Sie dazu? Unterstützen Sie das?« Madeline las von ihren Karten ab. »In einem Interview letzten Monat haben Sie gesagt, dass Sie sich zuerst in den Rugbyspieler verliebt haben, nicht in den Prinzen.«

»Ich habe gesagt, dass ich mich auf dem Rugbyfeld in ihn verliebt habe. Ich habe mich in den Mann verliebt. Den Teil mit dem Prinzen musste ich akzeptieren, der gehört einfach zu ihm.«

Das Publikum lachte, vereinzelt wurde applaudiert.

»Werden Sie bald eine Familie gründen?«, fragte Madeline.

»Wissen Sie was, Madeline? Sie werden es als Erste erfahren, wenn das Kind auf der Welt ist«, antwortete Corina zum Vergnügen des Publikums.

Stephen unterdrückte ein Grinsen, aber er hätte nicht stolzer auf seine zukünftige Ehefrau sein können. Sie würde sich gut behaupten in dem Zirkus, der sich um seine Familie herum abspielte.

»Ich bin mir sicher, dass die Eagles Sie schwer vermissen werden, Eure Hoheit«, sagte Hyacinth. »Werden Sie den Sport vermissen? Sie wurden die Jahre über oft zitiert, weil Sie sagten, Rugby wäre Ihr Leben.«

»Ich liebe Rugby, und der Sport hat mir sehr gut getan. Ich bin meinem Trainer und den Jungs in der Mannschaft sehr dankbar. Ohne sie hätte ich nie erreicht, was ich erreicht habe. Aber es gibt mehrere Außendreiviertel, die sich gut entwickelt haben und mich weit übertreffen werden. Und das ist super für sie.«

Es ging weiter mit Plänkeleien über Rugby und Stephens Erfolge auf der Außendreiviertelposition mit der Nummer 14, dann war es Zeit für eine Werbepause.

»Geht es dir gut?«, flüsterte Stephen Corina zu.

»Ja, weil ich mit dir hier bin.« Corina küsste ihn, und das Publikum seufzte einstimmig.

Die Lichter im Studio und die Kameras gingen wieder an. »Hier sind wir wieder mit unseren ganz besonderen Ehrengästen, Prinz Stephen und seiner Verlobten, Corina Del Rey«, sagte Hyacinth. »Wir freuen uns wirklich sehr, Sie beide hier zu haben.«

»Hy«, unterbrach Madeline sie, »ich muss mal gerade etwas fragen.« Sie wippte auf ihrem Platz auf und ab. »Corina, Prinz Stephen ist als einer der begehrtesten Junggesellen der Welt bezeichnet worden, und ganz bestimmt war die Nachfrage entsprechend hoch. Obwohl er sich ja so dermaßen auf sein geliebtes Rugby konzentriert hat, dass er davon gar nichts mitbekommen hat.«

»Ich glaube, mir gefällt Rugby immer besser«, sagte Corina.

»Also können Sie sich bestimmt vorstellen, wie verblüfft wir alle waren, als wir hörten, dass Sie beide verheiratet waren. Ich bin mir sicher, die Damen in unserem Publikum würden dafür sterben zu erfahren, wie Sie sich denn nun den Prinzen geangelt haben?«

Corina ließ seine Hand los, setzte sich aufrechter und faltete die Hände auf ihrem Knie. »Ich weiß das gar nicht so genau. Wir haben uns in einem Seminar in Knoxton kennengelernt und ...«

»Darf ich diese Frage beantworten?« Auch Stephen setzte sich gerade hin. Er war der einzige, der wirklich wusste, wie diese unglaubliche Frau sein Herz gewonnen hatte.

»Aber bitte doch«, sagte Madeline.

Corina fuhr herum und sah ihn an. »Oh nein, Schatz, was kommt denn jetzt?«

»›Schatz‹? Ist das Ihr Kosename für ihn?« Hyacinth ging gerne direkt ans Eingemachte.

»Einer davon«, sagte Stephen mit einem Augenzwinkern.

»Oh, darüber will ich gleich noch mehr hören«, sagte Madeline. »Aber wie hat denn nun die Amerikanerin Corina Del Rey das Herz unseres Prinzen von Brighton erorbert?«

Stephen griff nach Corinas Hand. »Sie hat mich reichlich geliebt. Sie hat mich reichlich geliebt.«

DREISSIG

Cathedral City
Davidskathedrale
19. Oktober

Über das Königreich Brighton spannte sich ein frischer, blauer Himmel. Corina hielt die Hand ihres Vaters fest, während sie in einer vergoldeten schwarzroten Kutsche mit offenem Verdeck fuhren. Der Vierspänner wurde von zehn Lakaien durch die Straßen der Stadt begleitet, in denen es nur so von Gratulanten wimmelte.

»Das Getöse ist so laut, dass ich mich nicht einmal selbst denken hören kann«, sagte Daddy lachend. Aufregung, Vorfreude und Spannung spiegelten sich in seinen Augen.

Corina zehrte von seiner Stärke und winkte mit einem nervösen Lachen der Menge zu. »Ihr Rugby-Prinz heiratet. Und es ist ein Nationalfeiertag.«

»Nervös?« Daddy drückte ihre Hand.

»Schlimmer als damals bei dem Schönheitswettbewerb zur Miss Georgia, als mein Schuh kaputtgegangen ist.« Corina lehnte sich an ihn. »Aber ich freue mich auch so.«

»Ich bin stolz auf dich, Rehlein.« Mit einem Räuspern befreite er seine Stimme von den Gefühlen, die darin mitschwangen. »Carlos wäre stolz. Aber er würde Stephen auch daran erinnern, dass er die tollste Frau der Welt bekommt und sie besser auch so behandelt.«

Sie atmete tief aus. »Ich fühle mich so dadurch gesegnet, dass ich ihn habe. Ich habe nie aufgehört, ihn zu lieben. Selbst in den dunkelsten Tagen, als ich dachte, unsere Ehe wäre nichtig.«

Die Kutsche bog in die breite Rue du Roi ab, fuhr unter den zweihundert Jahre alten Eichen hindurch, die im rötlichen Orange ihres Herbstlaubs erstrahlten.

Die Davidskathedrale, wo Stephen vor einem Monat offiziell zum Prinzen von Brighton gekrönt worden war, wartete auf sie. Ihre in sich gedrehten Turmspitzen grüßten von Weitem.

»Danke, dass du ihn akzeptierst und lieb hast, Daddy.« Stephen hatte Donald Del Rey formvollendet um die Hand seiner Tochter gebeten. Und er hatte um Vergebung für seinen Anteil am Tod seines Sohnes gebeten.

An jenem Tag begann eine gründliche Heilung bei den Del Reys. Sie waren nicht mehr die Familie von einst, aber sie begannen, die Familie zu werden, die sie sein konnten.

»Welche Wahl hatte ich, Rehlein? Du hast ihn geliebt, und Carlos hat sein Leben für ihn gegeben. Außerdem ist er ja nun mal der Prinz von Brighton.« Daddy zwinkerte. »Deine Mutter hat mit der Königinmutter gefrühstückt. Und ihre Tochter wird Prinzessin.« Daddy lachte. »Sie wurde für diese Welt geboren. Es ist, als hätte das Mutterschiff sie nach Hause gerufen.«

»Sie und Königin Campbell haben einige gemeinsame Freunde.«

»Sie heilt, Corina. Ich heile.« Daddys Stimme versagte, und er tippte auf ihre Nasenspitze, das machte er schon, seit sie ein Baby gewesen war. »Du hast uns allen Heilung und Liebe gebracht.«

Liebe reichlich.

Die Kutsche fuhr vor der Kathedrale vor, das Klappern der Hufe hörte auf. Am roten Teppich öffneten zwei Diener die Kutschentür.

Corina hielt sich an Daddy fest und kletterte die Stufen der Kutsche hinunter. Sie hielt inne, um der Menschenmenge zuzuwinken, nahm sich Zeit, um sich zu fangen, um ihre Gesichter zu sehen. Immerhin nahmen sich die Leute inmitten ihrer geschäftigen Leben die Zeit, um mit ihr zu feiern.

Am Eingang zum Kirchenschiff warteten die Trauzeugin Daisy und die Brautjungfer Melissa mit der Managerin und Regisseurin dieser königlichen Hochzeit, Tama.

»Königin Campbell und Prinzessin Susanna sind auf ihrem Platz, und Ihre Mutter ist gerade den Mittelgang hinuntergegangen.« Tama überreichte Corina ihren Brautstrauß, in den ein kleines Medaillon mit dem Foto von Carlos eingearbeitet war. Es ruhte zwischen den Lilien; Carlos lachte. »Wir sind in dreißig Sekunden für Sie bereit ...«

»Du siehst so wunderschön aus«, sagte Daisy mit Tränen in den Augen und umarmte sie vorsichtig. »Und mein Traum ist wahr geworden. Du bist eine Prinzessin.«

»Du strahlst«, sagte Melissa.

»Es bedeutet mir alles, dass ihr beide hier seid.«

In dem Moment wechselte die Musik, und die »Rhapsodie für die Braut« erklang, ein Stück, das extra für Corina und Stephen komponiert worden war. Die Melodie der Streicher stieg jubilierend in die höchsten Höhen der gewölbten Decke des Kirchenschiffs.

Wenn sie je Bedenken gehabt hatte, war es jetzt zu spät.

»Denk daran«, sagte Daddy und reichte ihr die Hand, »alle hier sind wegen dir und für dich hier.«

Corina legte ihre zitternde Hand in Daddys. Ihr Herzschlag donnerte durch den ganzen Körper.

Aber sie hatte diese Verabredung mit dem Schicksal schon so lange.

Während sie mit der Hand auf Daddys Hand durch den Mittelgang glitt, fanden ihre Augen Stephens Blick. Sein Lächeln zitterte, und selbst aus dieser Entfernung konnte sie sehen, dass es in seinen Augen feucht glitzerte.

Er war schneidig und stattlich in seiner blauen Galauniform, mit einer Reihe Medaillen und Orden über dem Herzen und der goldenen königlichen Kordel über der Schulter.

Auf halbem Wege, inmitten von *Ohs* und *Ahs*, ging Corina langsamer und hielt an, als sie sah, dass auf einer der langen, polierten Bänke Adelaide und Brill am Gang saßen.

Adelaides Augen gingen über, und Brill warf sich in die Brust. Er strich mit der Handfläche über seinen grauen Haarschopf. Dann streckte er die Hand aus und hielt ihr eine einzelne Rose hin.

Tränen stiegen in Corinas Augen, und sie trat beiseite, um nach der zauberhaften Blume zu greifen. »Ihr?«

Brill zwinkerte strahlend.

»Wir sollten besser weitergehen, Rehlein«, flüsterte Daddy.

Aber Corina beugte sich vor, um den alten Mann, wenn er denn ein Mann war, auf die Wange zu küssen. Dann Adelaide. »Vielen Dank für alles.«

»Es ist uns eine Ehre. Denke nur daran: Du hast das Diadem, also vergiss nie, auch aus der Tasse zu trinken.«

»Das vergesse ich nicht, nie.«

»Rehlein, Süße, wir sollten weiter.«

»Das sind die Freunde, Daddy, von denen ich dir erzählt habe.«

Daddy, ganz der Gentleman aus den Südstaaten, schüttelte zuerst Brills, dann Adelaides Hand, während die Musik der Streicher sie umschmeichelte.

Als sie sich wieder aufmachten, trat Stephen von den Altarstufen herunter und kam auf sie zu.

In langen, gleichmäßigen Schritten, ohne jegliches Anzeichen eines Hinkens, kam er näher. Wäre sein Lächeln nicht gewesen, wäre sie zusammengebrochen. *Was machte er da nur?*

»Mr. Del Rey, darf ich um die Ehre bitten, meine Braut selbst die letzten Schritte zum Altar zu führen?«

Daddy wechselte einen Blick mit Corina. Die nickte, brach in Tränen aus und flüsterte Stephen zu: »Du ruinierst mein Makeup.«

»Tut mir leid, Liebes, aber ich möchte dich gerne selbst zum Altar führen.«

Daddy küsste Corinas Hand und trat zurück. »Ich hab dich lieb, Rehlein.« Er schüttelte Stephens Hand. »Pass gut auf mein Mädchen auf. Ich vertraue dir ihr Leben an.«

Corina atmete ein, ein Gefühlssturm stieg in ihr auf. Genau hier, vor den Augen von Millionen Zuschauern, auf dem Mittelgang der Kathedrale, brach Stephen in Tränen aus und legte seine Stirn an Daddys Schulter.

»Ist schon gut, mein Sohn, ist schon gut.« Eine lange Weile hielt Daddy seinen Schwiegersohn tröstend in den Armen.

»Psst, sollen wir weitermachen?« Tama, rotgesichtig und mit weit offenen Augen, sah sie an.

Stephen hob lachend den Kopf. »Ja, ich glaube, wir machen dann wohl am besten mit dieser Hochzeit hier weiter.« Er fuhr sich mit den Fingern über die Wangen und trat an Daddys Stelle neben Corina.

»Du weißt schon, dass ich verrückt nach dir bin, oder?« Sie konnte die Augen nicht von ihm lassen. Er war so strahlend und leuchtend im Licht der Liebe.

»Nicht halb so verrückt, wie ich es nach dir bin.«

Corina stellte sich darauf ein, mit ihm weiterzugehen, aber Stephen sah sich in dem großen Mittelschiff um. »Verehrte Gäste«, sagte er. Das Orchester spielte leiser, behielt aber den freudigen und feierlichen Ton bei. »Haben Sie vielen Dank, dass Sie hier sind. Ich habe diese Frau im Geheimen geheiratet, bevor ich in den Einsatz nach Afghanistan zog. Als ich vom Kampfgefecht gebrochen von dem Einsatz zurückkehrte, glaubte ich, ihrer nicht würdig zu sein. Also habe ich sie fortgeschickt.«

Corina fing das seidige Rinnsal an der Kante ihrer Wange auf.

»Über fünf Jahre lang musste sie alleine mit ihrem Schmerz fertigwerden, aber durch eine Reihe wahrhaft göttlicher Ereignisse haben wir uns wiedergefunden.« Stephen legte sich die Hand aufs Herz. Er sah sie jetzt ganz direkt an, seine blauen Augen voller Überzeugung. »Sie liebte mich, als ich sie nicht einmal beachtete. Als ich sie verprellte und zurückwies. Sie hat mich reichlich geliebt. Sie liebte mich zu Jesus hin, wo ich endlich herausfand, was es bedeutet, ein Mann von Wert zu sein. Deshalb will ich, dass die ganze Welt weiß, dass ich diese Frau liebe!« Sein Ruf klang bis zu den Deckenbalken hinauf, wo er widerhallte.

Die Gäste brachen das Protokoll und jubelten.

Stephen führte sie an den lächelnden Gesichtern ihrer Freunde und Verwandten vorbei den restlichen Weg den Mittelgang hinunter zum Altar, wo der Erzbischof von Brighton mit der traditionellen Zeremonie begann.

Und da kannte die Welt ihr Geheimnis. Corina Del Rey liebte den Prinzen von Brighton.

EPILOG

Drei Tage später

»Schatz, ich habe eine Idee.« Stephen zog Corina zu einem Kuss an sich, während die noch überlegte, was sie für ihre Flitterwochen einpacken sollte. Am nächsten Morgen würden sie zu einem ihr unbekannten Ort fliegen, und Stephens einziger Hinweis war, »*Pack deinen Badeanzug und Wechselwäsche ein. Mehr brauchst du nicht.*«

»Eine Idee?« Sie starrte die Wäschehaufen auf ihrem Bett an. Einer mit Strandbekleidung. Ein anderer mit Sachen für die Berge. »Stephen, mein Lieber, jetzt sag schon, wo fahren wir denn hin? Was soll ich einpacken?« Sie drehte sich in seinen Armen um und schubste ihn aufs Bett. Noch im Fallen küsste sie ihn.

»Das habe ich dir doch gesagt. Den Badeanzug und was zum Wechseln.« Er lachte. Das tat er immer, wenn er das sagte, deswegen wusste sie nicht, wie ernst sie das nehmen sollte.

»Na schön. Dann packe ich Sachen ein, die zu Badeanzügen passen und Kleider, die man über der Wechselwäsche tragen kann.« Sie versuchte, sich von ihm loszumachen, aber er hielt sie fest, drehte sie um und küsste sie in den Nacken. »Ist das die Idee, die du eben hattest?« Sie lachte leise und war nicht in der Lage, seinen wortlosen Vorschlägen zu widerstehen.

»Nein, das nicht.« Er erhob sich und sprang auf die Beine. »Lass uns beim *Herrenhaus* vorbeifahren und Adelaide und Brill einen Besuch abstatten. Wir haben ihnen noch nicht vernünftig für ihren Anteil an unserer Beziehung gedankt.«

In den vier Monaten ihrer Verlobungszeit hatte Corina ihm von ihren seltsamen und anscheinend heiligen Begegnungen mit den beiden alten Wirtsleuten erzählt. Sie hatte sie zweimal besucht, als sie wegen der Hochzeitsvorbereitungen in der Stadt war. Aber ihr letzter Besuch lag über sechs Wochen zurück.

»Au ja, das ist eine tolle Idee. Ich hatte bei der Hochzeit wenig Gelegenheit, Zeit mit ihnen zu verbringen. Ich konnte nur eben Hallo sagen.« Corina nahm eine Strickjacke vom Stapel »Flitterwochen in den Bergen« und schlüpfte in ihre Stiefeletten. Sie freute sich darauf, an diesem klaren, frischen Oktoberabend vor die Tür zu kommen.

»Geht mir auch so«, sagte Stephen, der sich einen Pullover anzog. »Ich habe bei der Feier nach ihnen Ausschau gehalten, aber ich konnte sie nicht finden.«

Unten informierten sie Nicolas, Stephens neuen Butler-Assistenten-Dienstmann darüber, dass sie ausgehen wollten.

»Sehr gut, Eure Hoheit.«

Stephen nahm Corinas Hand, als sie zur Garage gingen. Er wagte sich immer mehr alleine, ohne Thomas, an Orte, denen er vertrauen konnte.

»Ich bin immer noch traurig wegen Robert«, sagte er.

»Du hast das Richtige getan.«

»Aber du hättest sein Gesicht sehen sollen, als er gestand, dass er erst Nathaniel und mich belauscht und dann Gigi Beaumont über uns informiert hat ... Er hat geweint. Er sagte, er wüsste nicht, was über ihn gekommen sei. Wer hätte sich denn träumen lassen, dass sich ein Diener des Palastes je mit einer wie Gigi Beaumont eingelassen hat?«

»Aber er hat doch jetzt beim Wellington eine gute Stelle gefunden, oder? Und was Gigi angeht – unterschätze sie bloß nie.«

»Na ja, Nicolas' Hintergrund wurde jedenfalls gründlichst untersucht. Robert war das eine, aber ich will auch keinen zweiten Asif –«

»Hey«, Corina hielt an und drehte ihn zu sich. »Das reicht. Schluss mit den Gerede über Schuld und Bedauern. Das ist vorbei, vergeben, und von jetzt an geht es nach vorne. Und wir sind in Sicherheit, mein Schatz.«

»Richtig, du hast ja recht.« Stephen küsste ihre Stirn. »Siehst du, und darum brauche ich dich.« Er öffnete die Beifahrertür des Audi für sie.

Bevor sie sich setzte, sah sie ihm in die Augen. »Ich liebe Sie, Eure Hoheit.«

»Gleichfalls, Ihre Königliche Hoheit, Prinzessin Corina, Prinzessin von Brighton.«

Sie seufzte. »Ich weiß nicht, ob ich das oft genug hören kann.«

Stephen gluckste und schob sie sanft auf ihren Sitz. »Lass uns fahren. Ich möchte auf dem Rückweg noch ein spätes Abendessen mitnehmen.«

Sie fuhren gemächlich durch die Stadt, ihre Hände lagen ineinander verschränkt auf der Mittelkonsole. Um viertel vor sechs war die Sonne schon auf dem Weg gen Westen und hüllte das Ende des Herbsttages in orange und goldene Töne.

Am Sonntagabend fehlten dem Stadtzentrum der Lärm und das Chaos der Woche, aber auf den Straßen waren die Leute unterwegs zum Theater oder zum Abendessen, und auch im Park waren viele Familien.

Stephen näherte sich dem *Herrenhaus* von Süden her durch die Nebenstraßen und hielt schließlich am Bordstein an.

»Da wären wir ... Sieht ziemlich dunkel aus.« Stephen beugte sich vor, um an Corina vorbei aus dem Seitenfenster zu schauen, während er den Motor abstellte. »Lass uns aussteigen und nachsehen, was da los ist.«

Corina kniff die Augen zusammen und starrte in die Dunkelheit zwischen Gliden und Martings, wo sonst immer der warme, heilige Lichtschein des *Herrenhauses* auf sie gewartet hatte. Sie stieg aus. Stephen gesellte sich zu ihr und murmelte, »Was ist denn hier los?«

Wo einst das *Herrenhaus* gestanden hatte, war eine schmale, schattige Gasse.

»Es ist weg.« Corina rannte das Kopfsteinpflaster hinunter und drehte sich zu Stephen um. »Siehst du auch nicht, was ich nicht sehe?«

»Ich sehe eine Gasse und kein Wirtshaus.« Er ging zurück und starrte in die Leere zwischen den beiden Einkaufsriesen.

»Hat es jemand abgerissen? Wer würde das den beiden lieben Leuten nur antun?« Sie wölbte die Hände um den Mund und rief: »Adelaide! Brill!« Die Lichter des Parks auf der anderen Straßenseite brachten sie auf eine Idee. »Der Park. Vielleicht sind sie im Park.« Sie ging los, wollte am Auto vorbeieilen, aber Stephen hielt sie am Arm fest.

»Ich glaube kaum, dass sie das *Herrenhaus* in den Park versetzt haben, Liebes.«

»Aber wohin dann? Wo sind sie?« Sie rannte zu der Gasse zurück. »Das ist doch unglaublich.« Sie fuhr zu Stephen herum. »Clive Boston hat mich nach dem Interview nach Hause gefahren. Er sagte, er sähe nur eine Gasse. Ich habe gedacht, der veräppelt mich.«

»Jetzt, wo du es sagst ... Thomas hat gesagt, er habe das *Herrenhaus* auch nie gesehen. Er fand es ziemlich unheimlich, dass *wir* es sahen, aber alles, was er je sah, war eine Gasse.«

Corina presste sich die Hand auf den Bauch. Ihre Haut brannte; sie hatte das Gefühl, dass ihr eine Offenbarung bevorstand. »Was haben wir denn dann gesehen? Ich habe hier eine Woche lang gewohnt. Ich habe in einem Bett geschlafen, habe mich mit Adelaide und Brill unterhalten. Ich habe geduscht, das Internet benutzt, dort gegessen.«

Auf der anderen Straßenseite erhaschte Corina im wechselhaften Licht des Sonnenuntergangs einen Blick auf eine Frau. Die Frau in Weiß. Sie rannte zum Bordstein. »Stephen, das ist die Frau ... Die Frau, die mich überhaupt erst zum *Herrenhaus* geschickt hat. Hey! Hallo? Wo sind Adelaide und Brill?«

Die Frau sah auf, ging aber weiter, unter zwei Straßenlaternen hindurch, und verschwand in ihrem Licht.

»Welche Frau?«

»In dem weißen Mantel.« Corina zeigte. »Sie war genau da drüben, am Rand des Parks. Hast du sie nicht gesehen? Jetzt ist sie weg.«

»Weg?«

»Ich fühle mich langsam wie in einer Folge von *Doctor Who*.« Corina ging enttäuscht mit Stephen zurück zu der dunklen Gasse.

Dann leuchtete auf einmal ein Lichtstrahl hinter ihnen auf, an ihnen vorbei, streifte die Seite von Martings – und eine einfache, polierte Schatulle lag an der Einmündung der Gasse.

»Adelaides Schatulle.« Corina sank auf ein Knie nieder und öffnete vorsichtig den Deckel. »Das Diadem.«

»Das von der Premiere«, sagte Stephen.

»Ja. Adelaide sagte, es gehöre zum *Herrenhaus*. Sie sagte, sie würde über es wachen.«

Der Winkel des Lichtstrahls veränderte sich und glitzerte auf zarten blauen Porzellantassen. Corina lachte und griff nach einer. »Adelaide hat mir Tee in einer dieser Tassen serviert. Sie sagte, König Stephen I. hätte sie für sich und Königin Magdalena anfertigen lassen.«

»Von diesen Tassen habe ich noch nie gehört.« Stephen nahm die zweite Tasse zur Hand. »Solche Dinge werden normalerweise in den königlichen Archiven aufbewahrt.« Er drehte seine Tasse um und pfiff leise. »Corina – die Krone und das Schwert. Das Monogramm des Hauses Stratton.«

»Sie sagte, König Stephen I. und Königin Magdalena hätten ihrem Volk in diesen Tassen Tee serviert.«

Er machte ein seltsames Gesicht, als er die blauweiße Tasse untersuchte. »Komisch ... sie fühlt sich einfach perfekt an in meiner Hand. Als hätte ich sie schon hundert Mal gehalten.«

»Es kommen so viele ›komische‹ Sachen in dieser ganzen Geschichte vor, Stephen.« Corina sah an die Stelle, wo einmal das *Herrenhaus* gestanden hatte. Sie vermisste das warme, goldene Licht im Fenster. Das Gefühl, von ihm angelockt zu werden, als würde es »Komm herein« sagen.

»Das *Herrenhaus* ist weg, aber das Diadem, die Tassen, sind geblieben«, sagte Stephen. »Ich komme mir vor, als wäre ich in eine Art göttliche Zeitfalle geraten.«

Corina lachte leise. »Unser eigenes Märchen.«

»Was meinst du, was hat das alles zu bedeuten? Ein Diadem und Teetassen?«

Auf einmal verschmolzen Adelaides kleine und große Andeutungen zu einer einzigen Wahrheit. »Dass wir, wenn wir wahrhaft königlich sein wollen, und den Nutzen, die Autorität, den Respekt und all das, was damit zusammenhängt, haben wollen, dass wir dann bereit sein müssen, aus diesen Tassen zu trinken und den ganz normalen Menschen zu dienen. So sein wie Jesus. Dienend leiten.«

Stephen stand mit ernstem Blick auf. Er hielt immer noch seine Tasse in der Hand. »Ich fühle mich, als sollten wir beten oder so, weißt du, was ich meine? Dem Herrn danken. Ihn um Wegweisung bitten.« Er hielt Corina die Hand hin. »Weil wir ein Geschenk erhalten haben. Ihn fragen, was er von uns möchte. Den Einen ehren, der uns auch ehrt.«

Corina schob ihre Hand in seine. Tränen liefen ihr übers Gesicht. »Ich bin ziemlich durcheinander.«

Mit gebeugten Köpfen standen sie schweigend da, mitten auf dem Gehweg unter dem Himmel von Cathedral City.

Dann, gerade, als Stephen anfing, zu beten: »Heiliger Geist, lehre uns, wie wir königlich und demütig sein können«, begannen die Glocken der Kathedralen ihr Sechs-Uhr-Läuten, und ihr Ruf zum Gebet schallte laut durch den klaren, frischen Herbstabend.

THE LIBERTY PRESS
1. Dezember

Die königliche Behörde meldete heute, dass ein seltenes Diamantdiadem aus der Zeit König Stephen I. wiedergefunden wurde.
»Wir freuen uns außerordentlich darüber, dass dieses geschätzte Erbstück wieder in unserem Besitz ist«, sagte ein Palastsprecher. »Prinzessin Corina hat das seltene Stück entdeckt, als sie ein altes Gasthaus in der Stadt besuchte. Sie hat es zu den Juwelen der Familien zurückgebracht. Die königliche Familie ist begeistert darüber, dass sich Königin Magdalenas Krone endlich wieder sicher an dem Ort befindet, wo sie hingehört.«
Der Palast hat das Diadem für die ausschließliche Nutzung durch die neue Prinzessin von Brighton, Ihre königliche Hoheit Prinzessin Corina, vorgesehen.

Na, was sagte man nun dazu? Corina lächelte. Sie faltete die Zeitung zusammen, ließ sie neben das Bett fallen und streckte die Hand aus, um das Licht auszuschalten. Mit einem Seufzen hielt sie inne, als sie sah, dass vor dem Fenster dicke Schneeflocken durch den Lichtschein des Palastes fielen.

Adelaide, Brill, wo auch immer ihr seid, danke, dass ihr über mich gewacht habt. Über uns.

Stephen hatte Nathaniel angerufen und für morgen einen »Schneetag« angekündigt. Er hatte eine Schneefestung und eine Schneeballschlacht erwähnt.

Oh, es gab noch so viel über ihn zu lernen und so viel an ihm zu lieben.

Sie drückte auf den Lichtschalter, vergrub sich unter der Decke und rollte sich an dem starken Körper ihres warmen, friedlich schlafenden Ehemanns zusammen.